D0948005

**BEST**SELLER

**Stephen King** es el maestro indiscutible de la narrativa de terror contemporánea, con más de cincuenta libros publicados. En 2003 fue galardonado con la Medalla de la National Book Foundation, por su contribución a las letras estadounidenses, y en 2007 recibió el Grand Master Award, que otorga la asociación Mystery Writers of America. Entre sus títulos más célebres cabe destacar *El misterio de Salem's Lot*, *El resplandor*, *Carrie*, *Christine*, *La zona muerta*, *Ojos de fuego*, *It (Eso)*, *Maleficio*, *La milla verde* y las novelas que componen el ciclo *La Torre Oscura*. Sus últimos libros publicados en nuestro idioma son *La cúpula*, *Todo oscuro, sin estrellas*, *22/11/63*, *Revival* y *Quien pierde paga*. Debolsillo ha publicado en exclusiva sus novelas *Colorado Kid* y *Blockade Billy*.

Biblioteca

# STEPHEN KING

## Todo oscuro,
## sin estrellas

Traducción de
**José Óscar Hernández Sendín**

**DEBOLS!LLO**

**Todo oscuro, sin estrellas**

Título original: *Full Dark, No Stars*

Primera edición en Debolsillo en España: octubre, 2012
Primera edición en Debolsillo en México: abril, 2017

D. R. © 2010, Stephen King
Publicado por acuerdo con el autor, representado
por Ralph M. Vicinanza, Ltd.

D. R. © 2011, Penguin Random House Grupo Editorial, S. A. U.
Travessera de Gràcia, 47-49, 08021, Barcelona

D. R. © 2017, derechos de edición mundiales en lengua castellana:
Penguin Random House Grupo Editorial, S. A. de C. V.
Blvd. Miguel de Cervantes Saavedra núm. 301, 1er piso,
colonia Granada, delegación Miguel Hidalgo, C. P. 11520,
Ciudad de México

www.megustaleer.com.mx

D. R. © 2011, José Óscar Hernández Sendín, por la traducción

ISBN: 978-607-315-243-3

Impreso en México – *Printed in Mexico*

El papel utilizado para la impresión de este libro ha sido fabricado a partir de madera procedente
de bosques y plantaciones gestionadas con los más altos estándares ambientales, garantizando
una explotación de los recursos sostenible con el medio ambiente y beneficiosa para las personas.

Penguin
Random House
Grupo Editorial

*Para Tabby*
*todavía.*

# ÍNDICE

# 1922

*Hotel Magnolia*
*Omaha, Nebraska*
*11 de abril de 1930*

A QUIEN PUEDA INTERESAR:

Me llamo Wilfred Leland James, y esta es mi confesión. En junio de 1922 asesiné a mi esposa, Arlette Christina Winters James, y sepulté su cadáver en un viejo pozo. Mi hijo, Henry Freeman James, me asistió en este crimen, aunque a sus catorce años no se le puede atribuir ninguna responsabilidad; yo lo embauqué para hacerlo, jugando con sus miedos, destruyendo sus naturales objeciones a lo largo de un período de dos meses. Es algo de lo que me arrepiento aún más amargamente que del crimen, por razones que este documento revelará.

El motivo que me indujo a cometer el asesinato, y ha supuesto mi perdición, consistía en cuarenta hectáreas de buena tierra en Hemingford Home, Nebraska. Mi esposa la heredó de su padre, John Henry Winters. Yo deseaba incorporar ese terreno a nuestra hacienda en propiedad, que en 1922 totalizaba treinta y dos hectáreas. Mi mujer, quien nunca se adaptó a la vida en una granja (o a ser la esposa de un granjero), ansiaba vendérsela a la compañía Farrington a cambio de dinero contante y sonante. Cuando le pregunté si francamente deseaba vivir junto a un matadero de Farrington, me sugirió que, además del terreno, también podíamos vender la granja... ¡la granja que perteneció a mi padre, y antes al suyo! Cuando le pregunté qué haríamos con dinero y sin tierra, contestó que podíamos mudarnos a Omaha, o incluso a Saint Louis, y abrir una tienda.

—Nunca viviré en Omaha —le aseguré yo—. Las ciudades son para idiotas.

Resulta irónico, considerando el lugar donde vivo ahora, pero no duraré aquí mucho más tiempo; lo sé tan bien como sé cuál es el origen del ruido que oigo en las paredes. Y sé dónde me encontraré cuando esta vida terrenal termine. Me pregunto si el Infierno puede ser peor que la ciudad de Omaha. Acaso *sea* la ciudad de Omaha, pero sin una buena campiña en derredor; solo un vacío humeante, apestando a azufre, atestado de almas perdidas como la mía.

Discutimos amargamente por esas cuarenta hectáreas durante el invierno y la primavera de 1922. Henry quedó atrapado en medio, si bien se decantaba más hacia mi lado; en los rasgos físicos salió a su madre, pero en su amor por la tierra se parecía a mí. Era un muchacho dócil sin nada de la arrogancia de su madre. Una y otra vez le decía que no albergaba deseo alguno de vivir en Omaha, ni en cualquier otra ciudad, y que solo se iría si ella y yo llegábamos a un acuerdo, lo cual nunca logramos.

Consideré la posibilidad de acudir a la ley, con la convicción de que, como marido en la disputa, cualquier tribunal del país confirmaría mi derecho a decidir qué uso y propósito se daría a esa tierra. Pero algo me frenaba. No era el miedo a las habladurías de los vecinos, no me importaban los chismorreos de la gente del campo; se trataba de otra cosa. Yo había llegado a odiarla, ya sabe. Había llegado a anhelar su muerte, y por tal razón me contenía.

Creo que existe otro hombre dentro de cada hombre, un extraño, un Hombre Maquinador. Y también que hacia marzo de 1922, cuando el cielo del condado de Hemingford era blanco, y todos los campos, lodazales de nieve derretida, el Hombre Maquinador que moraba en el interior del Granjero Wilfred James ya había juzgado y decidido el destino de su mujer. Encarnaba, además, una suerte de justicia con capucha negra. La Biblia dice que más peligroso que colmillo de serpiente es el hijo desagradecido, pero una esposa ingrata y rezongona es siempre mucho más afilada.

No soy un monstruo; intenté salvarla del Hombre Maquinador. Le sugerí que si no podíamos ponernos de acuerdo, debería irse con su madre a Lincoln, a unos noventa kilómetros al oeste; una buena distancia para una separación que no es estrictamente un divorcio, pero que implica una disolución de la sociedad marital.

—Y dejarte la tierra de mi padre, supongo, ¿no? —preguntó, y sacudió la cabeza. Cómo odiaba el descaro con que levantaba la cabeza, tan similar al de una yegua mal domada, y el pequeño bufido que siempre lo acompañaba—. Eso nunca va a pasar, Wilf.

Propuse comprarle la tierra, si insistía. Tendría que ponerla a plazos, ocho años, quizá diez, pero le pagaría hasta el último centavo.

—El dinero que entra a cuentagotas es peor que el que no entra —replicó (con otro bufido y otro descarado movimiento de cabeza)—. Eso lo saben todas las mujeres. La compañía Farrington pagará a tocateja, y calculo que su oferta será muchísimo más generosa que la tuya. Y no viviré en Lincoln jamás. Eso no es una ciudad, solo un pueblucho con más iglesias que casas.

¿Se da cuenta de mi situación? ¿No entiende en qué «aprieto» me puso? ¿No puedo contar al menos con un poco de compasión por su parte? ¿No? Pues preste atención.

A principios de abril de ese año (por cuanto sé, hoy mismo se cumplen ocho años), se acercó a mí toda radiante y reluciente. Había pasado la mayor parte del día en el «salón de belleza» de McCook, y su cabello colgaba alrededor de sus mejillas en espesos rizos que me recordaron a los rollos de papel higiénico que uno encuentra en hoteles y posadas. Dijo que había tenido una idea. Deberíamos venderle las cuarenta hectáreas *y* la granja al grupo industrial Farrington. Estaba segura de que lo comprarían todo para conseguir la parcela de su padre, que prácticamente lindaba con la vía del ferrocarril (y probablemente tuviera razón).

—Después —prosiguió la insolente arpía—, nos repartimos el dinero, solicitamos el divorcio, y empezamos una nueva vida cada uno por su lado. Los dos sabemos que eso es lo que quieres.

Como si ella no.

—Oh, bueno... —dije, simulando que me tomaba la idea en serio—. ¿Y con quién se irá el chico?

—Conmigo, claro —respondió, con los ojos muy abiertos—. Un muchacho de catorce años necesita a su madre.

Empecé a «trabajarme» a Henry ese mismo día, relatándole la última ocurrencia de su madre. Estábamos sentados en el almiar de heno. Adopté mi semblante más triste y hablé con mi voz más triste, pintando un retrato de cómo sería su vida si su madre lograba continuar adelante con su plan: cómo se quedaría sin granja ni padre; cómo tendría que asistir a una escuela mucho más grande, separado de todos sus amigos (la mayoría de la primera infancia); cómo, en esa nueva escuela, tendría que luchar para hacerse un sitio entre extraños que se reirían de él y le llamarían paleto. Por el contrario, añadí, si pudiéramos conservar todo el terreno, estaba convencido de que para 1925 ya habríamos cancelado nuestros pagarés en el banco y viviríamos felices y libres de deudas, respirando aire puro en lugar de estar obligados a ver cómo tripas de cerdo flotaban en nuestro arroyo otrora limpio desde la salida hasta la puesta del sol.

—Ahora bien, ¿qué es lo que quieres? —pregunté después de dibujar este panorama con tanto detalle como fui capaz.

—Quedarme aquí con usted, padre —dijo. Las lágrimas rodaban por sus mejillas—. ¿Por qué ha de ser tan..., tan...?

—Adelante —le animé—. La verdad nunca es una grosería, hijo.

—¡Tan *zorra*!

—Porque casi todas las mujeres lo son —dije yo—. Forma parte de su naturaleza. La cuestión es qué vamos a hacer al respecto.

No obstante, el Hombre Maquinador en mi interior ya había pensado en el viejo pozo detrás del establo de las vacas, el que solamente usábamos como recolector de aguas porque era demasiado turbio y no muy hondo; apenas seis metros de profundidad, poco más que un desagüe. Tan solo era cuestión de incitarle a ello. Y debía hacerlo, seguro que usted lo comprende; yo podía matar a mi mujer, pero debía salvar a mi amado hijo. ¿De qué sirve poseer setenta y dos hectáreas, o cuatrocientas, si no tienes a nadie con quien compartirlas y a quien legárselas?

Fingí que meditaba el absurdo plan de Arlette de ver una buena tierra para el maíz convertida en un matadero de cerdos. Le pedí que me diera tiempo para acostumbrarme a la idea. Ella consintió. Y durante los dos meses siguientes seguí hablando con Henry, inculcándole una idea muy diferente. No resultó tan difícil como habría cabido esperar; poseía la belleza de su madre (la belleza de una mujer es como la miel, ¿sabe?, que atrae a los hombres hasta la colmena repleta de aguijones), pero no su maldita terquedad. Bastó con describirle el cuadro de cómo sería su vida en Omaha o en Saint Louis. Planteé la posibilidad de que quizá ni siquiera esos dos abarrotados hormigueros la satisfarían; quizá decidiera que solo le valdría Chicago.

—Entonces —añadí—, podrías encontrarte yendo a la escuela secundaria con negros.

Empezó a mostrarse frío para con su madre; tras unos pocos intentos (todos torpes, todos rechazados) por recuperar el afecto de su hijo, Arlette le correspondió con la misma frialdad. Yo (o más bien el Hombre Maquinador) me regocijé por ello. A principios de junio le comuniqué que, tras mucho recapacitar, había decidido que no le permitiría vender esas cuarenta hectáreas sin presentar batalla; que sería capaz de enviarnos a todos a la ruina y a la mendicidad si hacía falta.

Reaccionó con tranquilidad. Se decidió a solicitar consejo legal por cuenta propia (pues la ley, como sabemos, ofrecerá su amistad a quienquiera que pague). Yo ya lo había previsto. ¡Y me congratulo por ello! Porque no podía costearse tal consejo. Para entonces yo guardaba con celo el poco dinero que poseíamos. Incluso Henry me entregó su cerdito hucha cuando se lo requerí, para impedir que sisara también de esa fuente, por mísera que fuese. Por supuesto, Arlette acudió a las oficinas de la compañía Farrington en Deland, convencida (igual que yo) de que aquellos que tanto tenían que ganar asumirían con gusto la minuta legal.

—Así será, y entonces ella habrá ganado —le dije a Henry en el almiar, que se había convertido en nuestro sitio habitual de conversación. No estaba completamente seguro, pero yo ya había tomado mi decisión, aunque no llegaré a definirla como «plan».

—Pero, padre, ¡no es justo! —lloró. Sentado en el heno, aparentaba una edad muy joven, más próxima a los diez años que a los catorce.

—La vida nunca lo es —le dije—. A veces la única acción posible es aferrarte a lo que es tuyo por necesidad. Aunque alguien salga herido. —Hice una pausa, evaluando su rostro—. Aunque alguien muera.

Se puso blanco.

—¡Padre!

—Si se marchara —proseguí—, todo sería igual que antes. Cesarían todas las discusiones. Podríamos vivir aquí en paz. Le he ofrecido todo cuanto me ha sido posible para que se marche, pero no lo aceptará. Solo queda una cosa que pueda hacer. Que *podamos* hacer.

—¡Pero yo la quiero!

—Yo también la quiero —dije. Lo cual, pese al poco crédito que usted pueda concederme, era cierto. El odio que sentía hacia ella aquel año de 1922 era mayor que cualquiera que pueda profesar un hombre por una mujer a menos que el amor forme parte de ese sentimiento. Y, aun siendo resentida y obstinada, Arlette era una mujer de naturaleza cariñosa. Nuestras «relaciones maritales» no se interrumpieron en ningún momento, aunque, desde que comenzaran las discusiones por las cuarenta hectáreas, nuestras escaramuzas en la oscuridad habían ido pareciéndose cada vez más al apareamiento de dos animales en celo.

—No tiene por qué ser doloroso —dije—. Y cuando esté hecho..., bueno...

Le conduje a la parte de atrás del establo y le enseñé el pozo, donde prorrumpió en un amargo llanto.

—No, padre. Da igual lo que pase, pero eso no.

Pero cuando ella regresó de Deland (Harlan Cotterie, nuestro vecino más próximo, la transportó en su Ford casi todo el camino, menos los tres últimos kilómetros, que recorrió a pie) y Henry le imploró que cediera «para que pudiéramos volver a ser una familia», Arlette perdió los nervios, le pegó en la boca, y le dijo que dejara de gimotear como un perro.

—Tu padre te ha contagiado su timidez. Peor, te ha contagiado su avaricia.

¡Como si ella fuera inocente de *ese* pecado!

—El abogado me asegura que la tierra es mía para hacer lo que me venga en gana, y voy a venderla. Y en cuanto a vosotros dos, podéis quedaros aquí sentados y oler cómo se asan los cerdos y haceros vuestra comida y haceros vuestras camas. Tú, hijo mío, puedes pasarte todo el día arando y toda la noche leyendo *sus* interminables libros. A tu padre le han servido de bien poco, pero puede que a ti te vaya mejor. ¿Quién sabe?

—¡Madre, eso no es justo!

Arlette miró a su hijo igual que una mujer podría mirar a un extraño que se hubiera atrevido a tocarle un brazo. Y cómo se regocijó mi corazón cuando advertí que el muchacho le devolvía la mirada con la misma frialdad.

—Podéis iros al infierno, los dos. Yo me voy a Omaha y abriré una tienda de ropa. Eso es lo que *yo* entiendo por justo.

Esta conversación tuvo lugar en el patio polvoriento entre la casa y el establo, y su idea de lo que era justo para ella fue la última palabra. Cruzó el patio, levantando polvo con sus refinados zapatos de ciudad, entró en la casa y cerró de un portazo. Henry se volvió a mirarme. Tenía sangre en la comisura de la boca y el labio inferior empezaba a hincharse. La furia en sus ojos era salvaje, pura, de la clase que solo los adolescentes pueden experimentar. Es una furia que no repara en los costes. Asintió con la cabeza. Le devolví el gesto con la misma seriedad, pero dentro de mí el Hombre Maquinador sonreía.

Aquella bofetada selló su sentencia de muerte.

Dos días más tarde, cuando Henry se me acercó en el maizal, observé que su determinación flaqueaba de nuevo. Este hecho no me produjo consternación ni sorpresa; los años entre la niñez y la edad adulta son cual viento racheado, y aquellos que los viven giran como las veletas que algunos granjeros del Medio Oeste solían instalar en lo alto de sus silos de grano.

—No podemos —dijo—. Padre, ella está en Error. Y Shannon dice que aquellos que mueren en Error van al Infierno.

*Dios maldiga a la Iglesia metodista y a las Juventudes Metodistas*, pensé... pero el Hombre Maquinador tan solo sonreía. Durante los diez minutos siguientes hablamos sobre teología entre el maíz verde, mientras las nubes de principio de verano (las mejores nubes, las que flotan como goletas) navegaban lentamente sobre nosotros, proyectando una estela de sombras. Le expliqué que significaba todo lo contrario a enviar a Arlette al Infierno; la enviaríamos al Cielo.

—Pues un hombre o una mujer asesinada no muere en el tiempo de Dios, sino en el del Hombre —dije—. Su vida es sesgada antes de que él..., o ella..., pueda expiar sus pecados, y por eso todos los errores deben ser perdonados. Si lo miras de ese modo, cada asesinato es una Puerta al Cielo.

—¿Y qué pasa con nosotros, padre? ¿No iríamos al Infierno?

Señalé los campos, soberbios con sus nuevos brotes.

—¿Cómo puedes decir eso cuando estás viendo el Cielo alrededor nuestro? Pero ella pretende expulsarnos de aquí con la misma certeza que el ángel con la espada llameante expulsó a Adán y Eva del Paraíso.

Me dirigió una mirada de preocupación. Oscura. Detestaba ensombrecer a mi hijo de esa manera, pero parte de mí creía entonces, y lo sigue creyendo, que no fui yo el causante, sino Arlette.

—Y piensa —proseguí—. Si se va a Omaha, ella misma se cavará una fosa aún más profunda en el Sheol. Si te lleva con ella, te convertirás en un chico de ciudad...

—¡Nunca! —Gritó tan fuerte que los cuervos alzaron el vuelo del cercado y se alejaron revoloteando en el cielo azul como papel quemado.

—Eres joven, y lo harás —le dije—. Te olvidarás de todo esto..., aprenderás las costumbres de la ciudad... y empezarás a cavar tu propia tumba.

Si hubiera replicado que los asesinos no tenían ninguna esperanza de reunirse con sus víctimas en el Cielo, podría haberme dejado sin respuesta. Sin embargo, o su teología no alcanzaba tal extremo, o no quiso plantearse la cuestión. ¿Y existe el Infierno, o acaso nos forjamos uno propio en la tierra? Cuando repaso los últimos ocho años de mi vida, opto por lo segundo.

—¿Cómo? —preguntó—. ¿Cuándo?

Se lo conté.

—¿Y podremos seguir viviendo aquí después?

Respondí afirmativamente.

—¿Y no le dolerá?

—No —aseguré—. Será rápido.

Parecía satisfecho. Y todavía se podría haber evitado, de no ser por la propia Arlette.


Acordamos actuar un sábado por la noche, hacia mediados de un junio que estaba siendo tan bueno como cualquiera que recuerde. Algunas noches de verano, Arlette bebía una copa de vino, aunque raramente más. Existía un buen motivo para ello. Pertenecía a esa clase de personas que nunca se toman dos copas sin tomarse cuatro, luego seis, luego la botella entera. Y después otra botella, si es que había otra.

—Tengo que ser muy cuidadosa, Wilf. Me gusta demasiado. Por fortuna, mi voluntad es fuerte.

Aquella noche nos acomodamos en el porche, contemplando la última luz que persistía sobre los campos, escuchando el somnoliento cricrí de los grillos. Henry se recluyó en su habitación. Apenas había tocado la cena, y cuando Arlette y yo nos sentamos en las mecedoras a juego del porche, con las letras MA y PA bordadas en los cojines, me pareció oír un débil sonido que tal vez fueran arcadas. Recuerdo haber pensado que cuando llegara el momento se vería incapaz de afrontarlo. Su madre se levantaría malhumorada a la mañana siguiente, con «resaca» e ignorando lo cerca que había estado de no volver a presenciar jamás un amanecer en Nebraska. No obstante, seguí adelante con el plan. ¿Porque yo era como una de esas muñecas rusas? Quizá. Quizá todos los hombres sean así. Dentro de mí habitaba el Hombre Maquinador, pero dentro del Hombre Maquinador habitaba un Hombre Esperanzado. Ese tipo murió en algún momento entre 1922 y 1930. El Hombre Maquinador, una vez consumado el daño, se desvaneció. Sin sus confabulaciones y ambiciones, la vida se había manifestado como un espacio hueco.

Saqué la botella al porche, pero cuando intenté llenarle su vaso vacío, lo cubrió con la mano.

—No hace falta que me emborraches para conseguir lo que quieres. Yo también lo quiero. Me pica.

Separó los muslos y se puso la mano en la entrepierna para indicar dónde crecía ese picor. Encerraba Arlette una Mujer Vulgar dentro de sí, tal vez incluso una Ramera, y el vino siempre la desataba.

—Tómate otro vasito de todas formas —insistí—. Tenemos algo que celebrar.

Me miró con recelo. Una única copa de vino bastaba para humedecerle los ojos (como si una parte de su ser llorara por todo el vino que ansiaba y que no podía tener), y a la luz del ocaso brillaban anaranjados, como ojos en un fanal de calabaza con una vela en su interior.

—No habrá pleito —le comuniqué—, y no habrá divorcio. Si la compañía Farrington puede permitirse pagar por mis treinta y dos hectáreas además de las cuarenta, doy por finiquitada nuestra disputa.

Por primera y única vez en nuestro turbulento matrimonio, se quedó verdaderamente boquiabierta.

—¿Qué estás diciendo? ¿Es lo que creo que dices? ¡No juegues conmigo, Wilf!

—No lo hago —declaró el Hombre Maquinador. Hablaba con una desbordante sinceridad—. Henry y yo hemos mantenido muchas conversaciones sobre ello...

—Habéis sido uña y carne, eso es verdad —dijo ella. Había retirado la mano del vaso y aproveché la oportunidad para llenarlo—. Siempre en el almiar, o sentados en la pila de leña, o con las cabezas juntas en el campo de atrás. Pensaba que tendría algo que ver con Shannon Cotterie.

Bufido y respingo de cabeza. Sin embargo, intuí en sus ademanes cierta nostalgia también. Bebió un sorbo de su segundo vaso de vino. Dos sorbos de un segundo vaso y aún sería capaz de dejar el vaso e irse a la cama. Cuatro y bien podría yo ofrecerle la botella entera. Por no mencionar las otras dos que mantenía en reserva.

—No —dije yo—. No hablábamos sobre Shannon. —Aunque *había* descubierto a Henry cogiéndola de la mano en alguna ocasión, mientras caminaban los tres kilómetros hasta la escuela de Hemingford Home—. Hemos estado hablando sobre Omaha. El chico quiere ir, supongo. —No convenía exagerar la mentira, no tras un solo vaso de vino y dos sorbos de otro. Ella era desconfiada por naturaleza, así era mi Arlette, siempre buscando un motivo más profundo. Y, desde luego, en este caso existía uno—. Por lo menos para probar si le gusta. Y Omaha no queda tan lejos de Hemingford...

—No. No está tan lejos. Como ya te tengo dicho mil veces. —Otro sorbo de vino, y en lugar de soltar el vaso como hiciera antes, la sostuvo en la mano. Hacia el oeste, mientras oscurecía, la luz anaranjada sobre el horizonte se teñía de un púrpura verdoso preternatural que parecía arder en el cristal.

—Si fuera Saint Louis, eso ya sería distinto.

—He renunciado a esa idea —dijo Arlette. Lo que significaba, por supuesto, que había investigado la posibilidad y la había encontrado problemática. A mis espaldas, claro. Todo ello a mis espaldas excepto la visita al abogado de la compañía. Y eso también me lo habría ocultado si no hubiera pretendido utilizarlo como un garrote con el cual atizarme.

—¿Comprarán el lote completo? ¿Tú qué opinas? —pregunté—. ¿Las setenta y dos hectáreas?

—¿Cómo voy a saberlo?

Sorbito. El segundo vaso medio vacío. Si en este momento intentara quitárselo, alegando que ya había bebido suficiente, se resistiría a dejarlo.

—Lo sabes, no me cabe duda —contesté—. Las setenta y dos hectáreas no son diferentes a Saint Louis. Lo has *investigado*.

Me dirigió una perspicaz mirada de soslayo... y entonces prorrumpió en una cruel carcajada.

—Tal vez sí.

—Supongo que podríamos buscar una casa en las afueras de la ciudad —dije yo—. Donde al menos tuviéramos vistas a un prado o dos.

—Donde aposentarás tu culo en una mecedora del porche todo el día mientras tu mujer hace el trabajo para variar, ¿no? Eh, llena esto. Si vamos a celebrar, celebremos.

Rellené ambos vasos. El mío solo requirió un chorrito, pues no había dado sino un único trago.

—Creo que podría conseguir trabajo como mecánico. Coches y camiones, pero sobre todo maquinaria agrícola. Si puedo hacer que funcione ese viejo Farmall —señalé con el vaso hacia la oscura mole del tractor detenido junto al granero—, entonces supongo que podré hacer que funcione cualquier cosa.

—Y Henry te convenció.

—Me hizo ver que sería mejor aprovechar la oportunidad de ser feliz en la ciudad que quedarme aquí solo en la miseria.

—¡El chico muestra sentido común y el hombre escucha! ¡Por fin! ¡Aleluya! —Apuró su vaso y lo tendió en busca de más. Me asió por el brazo y se inclinó tan cerca de mí que percibí el olor a uvas agrias en su aliento—. Es posible que esta noche consigas esa cosa que te gusta, Wilf. —Se tocó el labio superior con la lengua manchada de púrpura—. Esa cosa *asquerosa*.

—Lo estoy deseando. —Si me ceñía a mi plan, esa noche iba a ocurrir algo todavía más asqueroso en la cama que habíamos compartido durante quince años.

—Que venga Henry —demandó ella. Empezaba a arrastrar las palabras—. Quiero felicitarle por ver finalmente la luz. —(¿He mencionado que el verbo «agradecer» no formaba parte del vocabulario de mi mujer? Tal vez no. A estas alturas tal vez ya no sea necesario)—. ¡Le invitaremos a una copa de vino! ¡Ya es lo bastante mayor! —Me propinó un codazo como uno de esos ancianos que observas sentados en los bancos que flanquean las escalinatas del palacio de justicia, contándose chistes verdes unos a otros—. Si se le desata un poco la lengua, puede que hasta descubramos si ya ha fornicado con Shannon..., una brujilla, pero tiene un bonito pelo, eso se lo concedo.

—Antes tómate otro vasito —sugirió el Hombre Maquinador.

Se tomó otros dos, y con eso vació la botella. (La primera.) Para entonces cantaba «Avalon» con su mejor voz de juglar, y le bailaban los ojos al mejor estilo juglar. Inspiraba lástima verla así, y mayor lástima aún escucharla.

Entré en la cocina a por la segunda botella de vino, y juzgué adecuado el momento para llamar a Henry. Aunque, como ya he expuesto, no albergaba grandes esperanzas. Solo podría hacerlo si él accedía a ser mi cómplice voluntario, y en el fondo de mi corazón presentía que se acobardaría cuando se agotaran las palabras y se acercara la hora de la verdad. Si así ocurriera, nos limitaríamos a meterla en la cama. Por la mañana le diría que había cambiado de idea respecto a vender la tierra de mi padre.

Llegó Henry, y nada en su rostro pálido y afligido ofrecía un hálito de éxito.

—Padre, no creo que pueda —susurró—. Es *mamá*.

—Si no puedes, no puedes —dije, y en estas palabras nada se adivinaba del Hombre Maquinador. Estaba resignado; lo que hubiera de ser, sería—. En cualquier caso, ella es feliz por primera vez en meses. Borracha, pero feliz.

—¿No solo achispada? ¿Está *borracha*?

—No te extrañe; salirse con la suya es lo único que la hace feliz. Digo yo que catorce años con ella es tiempo suficiente para haber aprendido eso.

Frunciendo el ceño, ladeó la cabeza en dirección el porche

cuando la mujer que le había alumbrado se lanzó a una discordante pero textual interpretación de «Dirty McGee». Henry arrugó la frente en respuesta a esta balada de taberna, quizá debido al estribillo («Ella deseaba ayudarle a que se la metiera / Pues McGee la Sucia de nuevo era»), o más probablemente por la manera en que arrastraba las palabras. Henry había hecho voto de abstinencia en un campamento de las Juventudes Metodistas, celebrado el año anterior durante el fin de semana del Día del Trabajo. Yo, por el contrario, me complací en su conmoción. Cuando los adolescentes no están girando como veletas ante un fuerte viento, son tan rígidos como los puritanos.

—Quiere que nos acompañes y tomes un vaso de vino.

—Padre, sabe que prometí al Señor que nunca bebería.

—Tendrás que arreglártelas con ella. Quiere celebrarlo. Vamos a vender y mudarnos a Omaha.

—¡No!

—Bueno..., veremos. Realmente depende de ti, hijo. Sal al porche.

Su madre, alegre, se irguió al instante, le rodeó con sus brazos por la cintura, le estrechó fuertemente contra su cuerpo, y le cubrió el rostro de extravagantes besos. De olor desagradable, por la mueca que esgrimió el chico. El Hombre Maquinador, entretanto, rellenó el vaso de ella, que volvía a estar vacío.

—¡Por fin todos juntos! ¡Mis hombres entran en razón! —Alzó su vaso para brindar, y derramó una buena cantidad de líquido sobre el busto. Se echó a reír y me guiñó un ojo—. Si eres bueno, Wilf, después podrás lamerlo de la ropa.

Henry la miró con confusa aversión mientras su madre se dejaba caer en la mecedora, se subía la falda, y se la colocaba entre las piernas. Arlette vio su semblante y rió.

—No hace falta ser tan remilgado. Te he visto con Shannon Cotterie. Una brujilla, pero tiene un pelo bonito y buena figura. —Se bebió el resto del vino y eructó—. Si no la has manoseado ya es que eres tonto. Pero más vale que tengas cuidado. Con catorce no se es demasiado joven para casarse. Aquí en el centro, con catorce hasta podrías casarte con tu *prima*. —Soltó otra carcajada y alargó el vaso. Le serví más vino de la segunda botella.

—Padre, ya ha bebido bastante —dijo Henry con el tono de reproche de un párroco. Por encima de nuestras cabezas, las primeras estrellas se hicieron visibles, parpadeando sobre las vastas llanuras que había amado toda mi vida.

—Oh, no sé —discrepé—. *In vino veritas*. Eso decía Plinio el Viejo... en uno de esos *libros* de los que tu madre siempre se está burlando.

—El arado en la mano todo el día, la nariz metida en un libro toda la noche —dijo Arlette—. Menos cuando me mete otra cosa a *mí*.

—¡Madre!

—¡Madre! —se mofó ella, luego alzó el vaso en dirección a la granja de Harlan Cotterie, aunque se hallaba demasiado lejos para divisar las luces. Ahora que el maíz estaba crecido, no las habríamos vislumbrado ni aunque distara un par de kilómetros menos. Cuando el verano se cierne sobre Nebraska, cada granja es un barco que navega en un inmenso océano verde—. Por Shannon Cotterie y sus nuevas tetitas, y si mi hijo no sabe de qué color son sus pezones, es que es un poco lerdo.

Mi hijo no respondió a la provocación, pero lo que pude apreciar en su rostro ensombrecido regocijó al Hombre Maquinador.

Ella se volvió hacia Henry, le asió por el brazo, y vertió el vino sobre su muñeca. Haciendo caso omiso a su maullido de disgusto, mirándole a la cara con repentina severidad, dijo:

—Pero cuando estéis retozando en el maizal o detrás del establo, procura *no* follártela. —Cerró la mano libre en un puño, extendió el dedo medio, y luego lo usó para palparse, describiendo un círculo alrededor de su entrepierna: muslo izquierdo, muslo derecho, vientre, ombligo, vientre, y de vuelta al muslo izquierdo—. Explora cuanto gustes, y frótate con tu Johnny Mac hasta que se ponga contento y escupa, pero mantente fuera del hogar a menos que quieras quedar pillado de por vida, igual que tu mamaíta y tu papaíto.

Henry se levantó y se marchó sin mediar palabra, y no le culpo. Había sido un espectáculo de extrema vulgaridad, incluso para Arlette. Debió presenciar ante sus ojos la transmutación de su madre (una mujer difícil, pero a veces afectuosa) en una maloliente madame de burdel que está instruyendo a un joven cliente todavía verde. Esto ya era bastante malo de por sí, pero mi hijo trataba con dulzura a la chica de los Cotterie, y eso lo empeoraba. Los muchachos no pueden evitar sino poner a sus primeros amores en un pedestal, y si alguien se presenta y escupe en el altar... incluso si ese alguien resulta ser la propia madre de uno...

Oí débilmente que su puerta se cerraba de un golpe. Y un débil aunque perceptible sollozo.

—Has herido sus sentimientos —le reproché.

Arlette expresó la opinión de que los *sentimientos*, al igual que la *justicia*, eran el último recurso de los peleles. Luego alargó su vaso. Lo llené, consciente de que por la mañana no recordaría ninguna de sus palabras (siempre suponiendo que aún continuara allí para saludar a un nuevo día), y que lo negaría, con vehemencia, si se lo mencionara. Ya la había visto en tal estado de embriaguez anteriormente, pero no desde hacía años.

Dimos buena cuenta de la segunda botella (más bien *ella*, en singular) y la mitad de la tercera antes de que su barbilla se desplomara sobre la pechera manchada de vino y empezara a roncar. A través de su así constreñida garganta, aquellos ronquidos resonaban como el gruñido de un perro malhumorado.

Le pasé el brazo alrededor de los hombros, enganché la mano bajo su axila, y la puse en pie de un tirón. Protestó en susurros y me abofeteó flojamente con una mano hedionda.

—*Dégame en pá. Quiero igm'a dormí.*

—Y eso vas a hacer —indiqué—. Pero en tu cama, no aquí en el porche.

La guié a través de la salita, ella se tambaleaba y roncaba, con un ojo cerrado y el otro abierto con mirada adormilada. La puerta de Henry se abrió. Se quedó plantado en el umbral, con rostro inexpresivo y mucho más viejo de lo que correspondía a su edad. Asintió hacia mí. Una sola inclinación de cabeza, pero que me dijo todo cuanto necesitaba saber.

La acosté en la cama, le quité los zapatos, y la dejé allí roncando con las piernas extendidas y una mano oscilando fuera del colchón. Volví a la salita y encontré a Henry de pie junto a la radio que había comprado el año anterior por insistencia de Arlette.

—No tiene derecho a decir esas cosas de Shannon —musitó.

—Pero seguirá diciéndolas —observé yo—. Así es ella, así la hizo el Señor.

—Y no tiene derecho a *apartarme* de Shannon.

—Eso también lo hará —le dije—. Si se lo permitimos.

—¿No podría..., padre, no podría usted conseguir su propio abogado?

—¿Crees que algún abogado cuyos servicios pudiera contratar con el poco dinero que tengo en el banco podría hacer frente a los abogados que Farrington nos echaría encima? Ellos lo manejan todo en el condado de Hemingford; yo no manejo nada salvo una hoz para cortar heno. Quieren esas cuarenta hectáreas y ella está empeñada en que las tengan. Esta es la única manera, pero te necesito. ¿Me ayudarás?

No pronunció palabra durante un buen rato. Agachó la cabeza y advertí las lágrimas que caían de sus ojos y goteaban en la alfombra. Entonces susurró:

—Sí. Pero si tengo que mirar... no estoy seguro de que pueda...

—Hay una forma en la que puedes ayudar sin tener que mirar. Ve al cobertizo y trae un saco de arpillera.

Obedeció. Entré en la cocina y cogí su cuchillo más afilado. Cuando Henry regresó con el saco, su rostro palideció al verlo.

—¿Tiene que ser con *eso*? ¿No puede... con una almohada...?

—Sería demasiado lento y demasiado doloroso —contesté—. Forcejearía.

Lo aceptó como si yo hubiera matado a una docena de mujeres antes que a mi esposa y supiera de lo que hablaba. Pero no era así. Únicamente sabía que en todos mis medio planes (mis fantasías para deshacerme de ella, en otras palabras) siempre imaginé el cuchillo que en ese instante sostenía en la mano. Por tanto sería con el cuchillo. El cuchillo o nada.

Permanecimos allí, a la luz de las lámparas de queroseno (en Hemingford Home no habría otra electricidad que la proporcionada por generadores hasta 1928), mirándonos el uno al otro, el gran silencio nocturno que existe en el centro de todo quebrado únicamente por el feo sonido de sus ronquidos. Y aún concurría una tercera presencia en aquella estancia: la ineluctable voluntad de Arlette, que existía aparte de la mujer (creí intuirla entonces; ahora, ocho años más tarde, estoy seguro). Esta es una historia de fantasmas, pero el fantasma se hallaba entre nosotros antes de que la mujer a la que pertenecía muriera.

—De acuerdo, padre... Nosotros... la enviaremos al Cielo. —El rostro de Henry se iluminó ante ese pensamiento. Qué horrible se me antoja ahora, especialmente al evocar cómo acabó.

—Será rápido —aseguré. De niño y de adulto había degollado a cientos de cerdos, y así lo creía. Pero me equivocaba.

Lo narraré rápido. En las noches de insomnio, que son muchas, lo visualizo una y otra vez, cada contorsión y cada tos y cada gota de sangre, en exquisita lentitud, así que permítame que lo narre rápido.

Entramos en el dormitorio, yo delante con el cuchillo de carnicero en la mano, mi hijo con el saco de arpillera. Andábamos de puntillas, pero bien podríamos haber estado tocando címbalos y aun así no la hubiéramos despertado. Le hice una seña a Henry para que se quedara a mi derecha, junto a su cabeza. Ahora oíamos, además de los ronquidos, el tictac del reloj despertador de su mesilla de noche, y me vino a la mente un pensamiento curioso: nosotros éramos como médicos atendiendo a un paciente importante en el lecho de muerte. Pero me consta que, por norma, los médicos en tal situación no tiemblan presos del miedo y la culpa.

*Por favor, que no haya mucha sangre*, pensé. *Que se quede toda en la saca. Todavía mejor, que mi hijo se eche atrás ahora, en el último minuto.*

Pero Henry no se echó atrás. Quizá creyó que le odiaría si lo hacía; quizá se rindió a la idea de que ella iría al Cielo; quizá estaba recordando ese obsceno dedo corazón, trazando un círculo alrededor de su entrepierna. No lo sé. Solo sé que murmuró «Adiós, mamá» y le enfundó la cabeza en el saco.

Arlette resopló con un gruñido e intentó revolverse. Yo pretendía meter la mano en el saco para ejecutar mi trabajo, pero el chico se vio obligado a empujar con fuerza para sujetarla, y no fui capaz. Vi que su nariz moldeaba en la arpillera una forma semejante a la aleta de un tiburón. Vi también la expresión de pánico despuntando en el rostro de mi hijo, y supe que no resistiría por mucho tiempo.

Apoyé una rodilla en la cama y una mano sobre su hombro. Luego rajé la arpillera y la garganta debajo. Profirió un grito y entonces empezó a sacudirse seriamente. La sangre brotó a través de la abertura en el tejido. Sus manos se alzaron y azotaron el aire. Henry se retiró de la cama con un alarido, trastabillando, y entonces yo intenté sujetarla. Arlette tiró del saco chorreante y le acuchillé las manos, cortándole tres dedos hasta el hueso. Volvió a chillar, un sonido tan fino y agudo como una esquirla de hielo, y la mano cayó sobre el cubrecama y empezó a temblar. Otra cuchillada sangrante en la arpillera, y otra, y otra. Cinco cortes en total efectué antes de que me apartara de un empujón con la mano sana; luego desgarró la tela que le cubría la cara. No pudo desprenderse por completo del saco, enganchado en el pelo, y así lo lucía como una crespina.

Le había rebanado el cuello con las dos primeras cuchilladas, la primera tan profunda que expuso a la vista el cartílago de la tráquea. Con las dos últimas le grabé la mejilla y la boca; el último corte era tan profundo que esgrimía la sonrisa de un payaso. Se extendía de oreja a oreja y exhibía toda la dentadura. Dejó escapar un rugido gutural, ahogado, el sonido que podría emitir un león a la hora del almuerzo. La sangre manaba de su garganta y fluía hasta los pies del cubrecama. Recuerdo haber pensado que tenía la apariencia del vino cuando Arlette alzó su vaso hacia la última luz del día.

Intentó levantarse de la cama. Al principio me dejó anonadado, y entonces me enfurecí. Me había estado fastidiando todos los días de nuestro matrimonio, y seguía fastidiándome incluso ahora, en nuestro sangriento divorcio. Pero ¿qué otra cosa debería haber esperado?

—¡Oh, padre, deténgala! —aulló Henry—. ¡Deténgala, oh, padre, por el amor de Dios, deténgala!

Me abalancé sobre ella como un amante fogoso y la abatí sobre la almohada bañada en sangre. De las profundidades de su garganta destrozada surgieron más gruñidos discordantes. Los ojos rodaban en las órbitas, derramando lágrimas. Enrosqué la mano en su pelo, le eché la cabeza hacia atrás, y le rebané la garganta una vez más. Luego rasgué el cubrecama que sobresalía por mi lado y le envolví la cabeza, capturando todo menos el primer latido de su yugular. Mi cara recibió esa rociada, y entonces la sangre caliente empezó a gotearme de la barbilla, la nariz y las cejas.

Detrás de mí, los aullidos de Henry cesaron. Me volví y vi que Dios se había apiadado de mi hijo (suponiendo que Él no hubiera vuelto el rostro al ver en lo que andábamos metidos): se había desmayado. Mi mujer se retorcía ahora más débilmente. Por fin yació inmóvil... pero yo permanecí sobre ella, presionando con el cubrecama, ahora empapado de sangre. Me recordé que con Arlette nada había sido fácil jamás. Y acerté. Después de treinta segundos (según marcó el despertador de latón que había comprado por catálogo), sufrió otra convulsión, arqueando la espalda tan vigorosamente que casi me derribó. *Móntala, vaquero*, pensé. O tal vez lo pronuncié en voz alta. No me acuerdo, que Dios me asista. De todo lo demás sí, pero no de eso.

Se apaciguó. Conté otros treinta segundos de latón, y después treinta más, por precaución. En el suelo, Henry se agitó y gruñó. Empezó a incorporarse, luego pareció pensarlo mejor. Se arrastró hasta el rincón más alejado de la habitación y se acurrucó hecho un ovillo.

—¿Henry? —llamé.

Nada procedente de la forma enroscada en el rincón.

—Henry, está muerta. Está muerta y necesito ayuda.

Nada todavía.

—Henry, ya es demasiado tarde para echarse atrás. El acto está consumado. Si no quieres ir a prisión... y que tu padre vaya a la silla eléctrica..., ponte en pie y ayúdame.

Se acercó a la cama tambaleándose. El pelo le caía sobre los ojos; relucían a través de los mechones apelmazados por el sudor como los ojos de un animal oculto entre los arbustos. Se lamía los labios repetidamente.

—No pises la sangre. Tenemos mucha porquería que limpiar, más de la que hubiera deseado, pero podemos encargarnos de ello. Eso si no la esparcimos por toda la casa, claro.

—¿Tengo que mirarla? Padre, ¿tengo que *mirarla*?

—No. Ninguno de los dos.

La volteamos, convirtiendo el cubrecama en su sudario. En ese instante comprendí que no podríamos sacarla de la casa de esa manera; en mis medio planes y fantasías no había visualizado más que un discreto hilo de sangre estropeando el cubrecama en el lugar que cubría su garganta degollada (su garganta *limpiamente* degollada). No había previsto, ni siquiera considerado, la realidad: la colcha blanca era de un púrpura negruzco en la habitación en penumbra, rezumando sangre igual que una esponja hinchada rezumaría agua.

Había un edredón en el armario. No pude reprimir el breve pensamiento de lo que diría mi madre si viera el uso que le estaba dando a ese regalo de bodas que había sido bordado con amor. Lo desplegué en el suelo. Depositamos a Arlette encima y luego la enrollamos.

—Deprisa —le apremié—. Antes de que esto también empiece a gotear. No..., espera..., ve a por una lámpara.

Estuvo fuera tanto tiempo que empecé a temer que hubiera huido. Entonces vi la luz oscilando en el corto pasillo entre su dormitorio y el que compartíamos Arlette y yo. El que *habíamos* compartido. Pude ver las lágrimas cayendo por su rostro céreo.

—Ponla en la cómoda.

Dejó la lámpara al lado del libro que yo había estado leyendo. *Calle mayor*, de Sinclair Lewis. Nunca lo terminé; nunca pensé ni siquiera en terminarlo. A la luz de la lámpara señalé las salpicaduras de sangre en el suelo, y el charco junto a la cama.

—Hay más escurriéndose del edredón —observó—. Si hubiera sabido cuánta sangre tenía...

Sacudí mi almohada para quitar la funda y la ceñí sobre el extremo del edredón como un calcetín sobre una espinilla sangrante.

—Agárrala por los pies —le indiqué—. Ahora tenemos que hacer bien esta parte. Y no te vuelvas a desmayar, Henry, porque no puedo hacerlo yo solo.

—Ojalá haya sido un sueño —dijo, pero se agachó y pasó los brazos por debajo del edredón—. ¿Cree que esto podría ser un sueño, padre?

—Dentro de un año, cuando todo esto haya quedado atrás, pensaremos que lo ha sido. —Una parte de mí verdaderamente lo creía—. Rápido, ya. Antes de que la funda de la almohada empiece a gotear. O el resto del edredón.

Cargamos con ella por el pasillo, por la salita y a través de la puerta delantera como hombres que transportan una pieza de mobiliario envuelta en una manta de mudanzas. Una vez que descendimos los escalones del porche respiré un poco más aliviado; la sangre en el patio podía ocultarse con facilidad.

Henry guardó la compostura hasta que doblamos la esquina del establo y apareció a la vista el viejo pozo. Estaba cercado por estacas con el propósito de que nadie pisara por accidente la tapa de madera que lo cubría. Bajo la luz de las estrellas, aquellos maderos ofrecían un aspecto lúgubre y horrendo, y al verlos, Henry profirió un grito ahogado.

—Eso no es tumba para una ma... mad... —fue todo cuanto logró decir, y entonces cayó desmayado en la maleza que crecía junto al establo. De repente me encontré yo solo cargando con el peso muerto de mi esposa asesinada. Me planteé soltar el grotesco fardo (cuya envoltura estaba ahora retorcida y de donde asomaba la mano acuchillada) el tiempo suficiente para reanimarle. Decidí que sería más piadoso que se quedara allí tumbado. Arrastré a Arlette hasta el pozo, la deposité en el suelo, y levanté la tapa de madera. Mientras la apoyaba contra dos de las estacas, el pozo exhaló en mi cara: un hedor a agua estancada y hierbas podridas. Libré una batalla contra mi gañote y perdí. Aferrándome a dos de las estacas para mantener el equilibrio, me doblé por la cintura y vomité la cena y el poco vino que había bebido. Se produjo un sonido resonante al chocar con el agua turbia del fondo. Aquel sonido, como el pensamiento de *Móntala, vaquero*, ha permanecido al alcance de la mano de mi memoria durante los últimos ocho años. Me despertaré en mitad de la noche con el eco en mi mente y sentiré las astillas de las estacas clavarse en las palmas de mis manos mientras me agarro firmemente a ellas como si me fuera la vida en el empeño.

Retrocedí apartándome del pozo y tropecé con el fardo que contenía a Arlette. Caí al suelo. La mano acuchillada quedó a centímetros de mis ojos. La introduje en el edredón y la acaricié, como para reconfortarla. Henry aún yacía entre los hierbajos con la cabeza apoyada en un brazo. Parecía un muchacho durmiendo tras una extenuante jornada durante la temporada de cosecha. En el firmamento brillaban las estrellas, miles, decenas de miles. Reconocí las constelaciones (Orión, Casiopea, la Osa Mayor y la Menor) que mi padre me enseñara. En la distancia, Rex, el perro de los Cotterie, ladró una sola vez y luego calló. *Esta noche no acabará nunca*, recuerdo que pensé. Y era cierto. En todas las cuestiones que importan, nunca acabó.

Levanté en brazos el fardo, y entonces dio una sacudida espasmódica.

Me quedé paralizado, aguantando la respiración a pesar de los latidos atronadores de mi corazón. *No es posible que haya sentido eso*, pensé. Esperé a que se repitiera. O quizá a que su mano asomara sigilosamente del edredón y tratara de asirme la muñeca con sus dedos acuchillados.

No sucedió nada. Lo había imaginado. Seguramente debía de ser eso. Y así la arrojé en el pozo. Vi que el edredón se desenredaba por el extremo que no estaba sujeto por la funda de la almohada, y entonces se oyó el plaf. Mucho más fuerte que el producido por mi vómito, además, vino acompañado de un acuoso impacto. Ya sabía que la profundidad del agua no era mucha, pero había confiado en que bastara para cubrirla. Aquel ruido me confirmó que no.

Una estruendosa sirena de carcajadas comenzó a sonar a mi espalda, un sonido tan cercano a la demencia que me puso la carne de gallina desde el culo hasta la nuca. Henry se había despertado y reincorporado. No, mucho más que eso. Corría y brincaba detrás de los establos de las vacas, saludando con la mano al cielo salpicado de estrellas, y reía.

—¡Mamá al pozo va y me da igual! —canturreaba—. ¡Mamá al pozo va y me da igual, porque mi señor ya *no estáaa*!

Le alcancé con tres grandes zancadas y lo abofeteé con todas mis fuerzas, dejándole sangrientas marcas de dedos en una aterciopelada mejilla que todavía no había sentido el roce de una navaja.

—¡Cállate! ¡Te van a oír! Te... Idiota, ya has vuelto a alertar a ese maldito perro.

Rex ladró una, dos, tres veces. Después silencio. Aguardamos, yo asiendo a Henry por los hombros, escuchando con la cabeza ladeada. El sudor me corría por la nuca. Rex ladró una vez más, luego desistió. Si alguno de los Cotterie se levantaba, pensaría que le había estado ladrando a un mapache. O en eso confiaba.

—Entra en la casa —le sugerí—. Lo peor ya ha pasado.

—¿De verdad, padre? —Me miraba con solemnidad—. ¿De verdad?

—Sí. ¿Estás bien? ¿Te vas a volver a desmayar?

—¿Me he desmayado?

—Sí.

—Estoy bien. No..., no sé por qué me reía de esa manera. Estaba confuso. Supongo que por el alivio. ¡Se acabó!

Se le escapó una risita y se tapó la boca con las manos, como un niño que sin darse cuenta ha dicho una palabra fea delante de su abuela.

—Sí —asentí—. Se acabó. Nos quedaremos aquí. Tu madre se ha ido a Saint Louis..., o a lo mejor era Chicago..., pero nosotros nos quedaremos aquí.

—¿Ella...? —Desvió la mirada hacia el pozo y la tapa apoyada contra tres de aquellas estacas que de algún modo presentaban tan lúgubre aspecto bajo la luz de las estrellas.

—Sí, Hank, se ha ido. —Su madre detestaba oír que le llamara Hank, lo consideraba un nombre común, pero ahora ya no había nada que pudiera hacer al respecto—. Nos ha abandonado. Y claro que lo lamentamos, pero entretanto la faena no espera. Ni la escuela.

—Y podré seguir siendo... amigo de Shannon.

—Por supuesto —dije, y con el ojo de mi mente vi el dedo medio de Arlette toqueteándose alrededor de la entrepierna en un círculo lascivo—. Claro que sí. Pero si alguna vez sientes la necesidad de *confesarte* con Shannon...

Una expresión de terror despuntó en su rostro.

—¡Nunca jamás!

—Eso es lo que piensas ahora, y me alegro. Pero si algún día te acuciara la necesidad, recuerda esto: ella huiría de ti.

—Vaya si lo haría —musitó.

—Ahora entra en la casa y coge los dos barreños de la despensa. Un par de lecheras del establo tampoco estarían de más. Llénalos con la bomba de la cocina y saca espuma con ese jabón que guarda bajo el fregadero.

—¿Debería poner a calentar agua?

Oí a mi madre decir: «Agua fría para la sangre, Wilf. Acuérdate».

—No hace falta —respondí—. Estaré allí en cuanto coloque en su sitio la tapa del pozo.

Empezó a dar media vuelta, entonces me asió del brazo. Tenía las manos terriblemente frías.

—¡Nadie puede enterarse jamás! —me susurró con voz ronca—. ¡Nadie puede saber jamás lo que hemos hecho!

—Nadie se enterará —le aseguré, sonando mucho más audaz de lo que me sentía. Las cosas ya se habían torcido, y empezaba a comprender que cualquier acción nunca es igual que el sueño de esa acción.

—Ella no regresará, ¿verdad?

—¿*Qué*?

—Ella no nos rondará, ¿verdad? —Salvo que lo pronunció con esa forma de hablar propia de las zonas rurales que siempre provocaba que Arlette meneara la cabeza y pusiera los ojos en blanco. No ha sido hasta ahora, ocho años más tarde, cuando he llegado a comprender lo similar que sonó a «odiará».

—No —respondí.

Pero me equivocaba.

Miré al fondo del pozo, y aunque solo tenía seis metros de profundidad, no había luna, y lo único que distinguí fue la pálida mancha del edredón. O quizá fuera la funda de la almohada. Bajé la tapa a su sitio, la enderecé un poco, y luego me encaminé de vuelta la casa. Procuré desandar la trayectoria que habíamos seguido con nuestra terrible carga, arrastrando los pies a propósito, tratando de borrar cualquier rastro de sangre. Lo haría mejor por la mañana.

Esa noche descubrí algo que la mayoría de la gente nunca ha de aprender: el asesinato es pecado, el asesinato es condenación (de la propia mente y del espíritu, seguramente, incluso aunque los ateos tengan razón y no exista una vida más allá), pero el asesinato, además, significa trabajo. Refregamos el dormitorio hasta tener la espalda dolorida, después continuamos con el pasillo, la salita y, finalmente, el porche. Cada vez que pensábamos que habíamos terminado, uno de nosotros encontraba otra mancha. Cuando el alba empezó a iluminar el cielo en el este, Henry estaba de rodillas en el dormitorio, frotando las grietas entre las tablas del suelo, y yo hacía lo propio en la salita, examinando centímetro a centímetro la alfombra de nudo cuadrada de Arlette, en busca de esa gota de sangre solitaria que podría traicionarnos.

No había ninguna allí (tuvimos fortuna en ese sentido), pero sí junto a ella, una gota del tamaño de una moneda de diez centavos. Parecía sangre de un corte al afeitarse. La limpié, luego regresé al dormitorio para comprobar cómo se desempeñaba Henry. Tenía mejor aspecto, y yo mismo me sentía mejor. Creo que fue la llegada del día, que siempre parece disipar lo peor de nuestros terrores. Sin embargo, cuando George, nuestro gallo, lanzó el primer cacareo lozano del día, Henry pegó un salto. Después se echó a reír. Fue una risa breve, y aún se percibía algo malo en ella, pero no me aterrorizó del modo que lo hicieran sus carcajadas cuando recuperó la consciencia entre el establo y el viejo pozo para el ganado.

—Hoy no puedo ir a la escuela, padre. Estoy demasiado cansado. Y... creo que la gente me lo notaría en la cara. Sobre todo Shannon.

No había pensado en la escuela, lo cual era otra evidencia de un plan a medio concebir. El medio plan de un asno. Debería haber pospuesto el acto hasta que la escuela del condado cerrara sus puertas durante el verano. Solo habría representado esperar una semana.

—Puedes quedarte en casa hasta el lunes, y luego decir a la maestra que pillaste la gripe y que no querías contagiar al resto de la clase.

—No es la gripe, pero estoy enfermo.

Igual que yo.

Habíamos extendido una sábana limpia del armario de la ropa blanca *de Arlette* (aquella casa contenía demasiadas cosas *suyas*... pero ya no más) y apilado la ensangrentada ropa de cama encima. El colchón también estaba manchado, por supuesto, y tendría que desaparecer. Guardábamos otro, no tan bueno, en el trastero. Acarreé el fardo con toda la ropa de cama, y Henry transportó el colchón. Retornamos al pozo momentos antes de que el sol despuntara por el horizonte. El cielo amaneció completamente límpido de nubes. Iba a ser un día espléndido para el maíz.

—No puedo mirar ahí dentro, padre.

—No tienes por qué —dije, y una vez más levanté la tapa de madera. Estaba pensando que debería haberla dejado levantada desde un principio («Sé previsor, ahórrate trabajo», solía decir mi propio padre), pero sabía que nunca habría sido capaz. No después de sentir (o creer que sentía) esa última sacudida a ciegas.

Ahora se veía el fondo, y lo que vi fue horrible. Arlette había aterrizado sentada, con la espalda erguida y las piernas aplastadas bajo el cuerpo. La funda de la almohada se había rajado y descansaba en su regazo. El edredón y el cubrecama se habían soltado y estaban desplegados alrededor de sus hombros como una suerte de complicada estola. El saco de arpillera enganchado en su cabeza, que le sujetaba el pelo como una crespina, completaba el retrato: casi tenía aspecto de haberse vestido para una noche en la ciudad.

*¡Sí! ¡Una noche en la ciudad! ¡Por eso estoy tan contenta! ¡Por eso estoy sonriendo de oreja a oreja! ¿Y te has fijado en lo rojo que es mi pintalabios, Wilf? Nunca había llevado este color a misa, ¿verdad? No, esta es la clase de pintalabios que se pone una mujer cuando quiere hacerle esa cosa asquerosa a su hombre. Baja, Wilf, ¿por qué no? No te preocupes por la escalera, ¡tan solo salta! ¡Enséñame lo mala que quieres que sea! ¡Me hiciste una cosa asquerosa, ahora déjame que yo te la devuelva!*

—¿Padre? —Henry aguardaba con el rostro vuelto hacia el establo y los hombros hundidos, como un muchacho esperando su castigo—. ¿Va todo bien?

—Sí.

Arrojé en el pozo el fardo envuelto en lino, con la esperanza de que aterrizara encima de su cuerpo y cubriera esa espantosa sonrisa exagerada, pero en cambio una caprichosa corriente lo hizo flotar hasta su regazo. Ahora parecía encontrarse sentada en una suerte de extraña y ensangrentada nube.

—¿Está tapada? ¿Está tapada, padre?

Agarré el colchón y lo impulsé dentro. Aterrizó en el agua sucia sobre un extremo, y luego cayó contra la pared circular de piedra, creando una especie de pequeño cobertizo sobre ella, ocultando por fin su cabeza ladeada y su sonrisa sanguinolenta.

—Ahora sí. —Bajé la vieja tapa de madera a su sitio, consciente de que quedaba más trabajo por delante: el pozo requeriría ser cegado. Ah, pero esa era una tarea largo tiempo aplazada, en cualquier caso. El pozo constituía un peligro, razón por cual había plantado el círculo de estacas en derredor—. Entremos en la casa a desayunar.

—¡No podría comer ni un bocado!

Sin embargo lo hizo. Ambos lo hicimos. Freí huevos, panceta y patatas, y comimos hasta el último bocado. El trabajo duro despierta el apetito. Todo el mundo sabe eso.

Henry durmió hasta bien entrada la tarde. Yo me mantuve despierto. Parte de aquellas horas las pasé en la mesa de la cocina, bebiendo una taza tras otra de café solo. Parte las pasé caminando entre el maíz, hilera arriba y abajo, escuchando el entrechocar de espadas de las hojas bajo la suave brisa. En junio, a medida que se acerca el momento de la recolección, casi da la impresión de que el maíz hable. Esto desagrada a algunas personas (y existen los necios que afirman que es el sonido del maíz realmente creciendo), pero yo siempre había encontrado reconfortante ese sosegado murmullo. Me aclaraba la mente. Ahora, sentado en esta habitación de hotel de ciudad, lo añoro. La vida de la ciudad no es vida para un hombre de campo; para tal hombre esa vida es una especie de condenación en sí misma.

La confesión, he descubierto, también es un trabajo arduo.

Caminaba, escuchaba al maíz, intentaba trazar un plan, y finalmente lo conseguí. Era necesario, y no solo por mí mismo.

Hubo un tiempo, menos de veinte años atrás, cuando un hombre en mi situación no habría tenido de qué preocuparse; en aquellos días, los asuntos de un hombre solo le incumbían a él, especialmente si se trataba de un granjero respetado: un tipo que pagaba sus impuestos, asistía a la iglesia los domingos, apoyaba al equipo de béisbol local, las Estrellas de Hemingford, y votaba a los republicanos. Pienso que, en aquellos días, acontecían toda clase de cosas en lo que llamamos «el centro». Cosas que pasaban inadvertidas y de las cuales ni mucho menos se informaba. En aquellos días, la esposa de un hombre se consideraba asunto del hombre, y si ella desaparecía, ahí concluía todo.

Pero aquellos días habían pasado, y aunque no fuera así... Subsistía la cuestión del terreno. Las cuarenta hectáreas. La compañía Farrington las quería para su maldito matadero de gorrinos, y Arlette les había inducido a creer que lo iban a conseguir. Eso significaba peligro, y peligro significaba que las fantasías y los planes a medias ya no serían suficiente.

Regresé a la casa a media tarde, cansado pero tranquilo y con la mente lúcida, por fin. Nuestras pocas vacas estaban mugiendo, olvidada su hora de ordeño matinal. Cumplí con esa tarea y luego las puse a pastar; así me desentendí hasta después de la puesta de sol, en lugar de arrearlas para su segundo ordeño tras la cena. A ellas no les importó; las vacas aceptan las cosas tal y como *son*. Si Arlette se hubiera parecido más a una de nuestras jefas, reflexioné, aún continuaría viva y fastidiándome con una nueva máquina lavadora del catálogo del Monkey Ward. Y probablemente se la hubiera comprado. Ella siempre terminaba convenciéndome. Salvo en lo referente a la tierra. Sobre eso debería haber sido más lista. La tierra es asunto del hombre.

Henry aún dormía. En las semanas que siguieron durmió mucho, y yo se lo permití, aunque en cualquier verano ordinario habría colmado sus días con faena una vez que la escuela hubiera acabado. Y él habría colmado sus noches visitando a los Collerie o paseando arriba y abajo por nuestro camino de tierra con Shannon, los dos tomados de la mano y observando la salida de la luna. Cuando no estuvieran besándose, claro. Albergaba la esperanza de que tan dulces pasatiempos no se hubieran visto perjudicados por lo que habíamos hecho, pero creía que habían quedado estropeados. Que yo los había estropeado. Y, por supuesto, no me equivocaba.

Barrí de mi mente tales pensamientos diciéndome que por el momento bastaba con que durmiera. Le debía otra visita al pozo, y convenía que fuera solo. Nuestra cama desnuda parecía gritar «asesinato». Me acerqué al armario y examiné su ropa. Las mujeres poseen mucha, ¿verdad? Faldas y vestidos y blusas y jerséis y otras prendas íntimas, algunas de las cuales son tan complicadas y extrañas que un hombre ni siquiera puede diferenciar cuál es la parte delantera. Deshacerme de todo constituiría un error, porque el camión continuaba aparcado en el granero y el Modelo T, bajo el olmo. Arlette se habría marchado a pie, sin llevarse más de lo que pudiera transportar a mano. ¿Por qué no había cogido el T? Porque yo le habría oído arrancarlo y habría impedido que se marchara. Eso sonaba bastante verosímil. Por tanto... una única maleta.

La llené con lo que creía que una mujer precisaría y no se atrevería a abandonar. Metí sus pocas joyas buenas y el retrato de sus padres con el marco de oro. Estuve deliberando sobre los artículos de tocador, y decidí descartar todo excepto su frasco atomizador de perfume Florient y su cepillo. Había un Testamento en su mesilla de noche, obsequio del pastor Hawkins, pero nunca la vi leerlo, de modo que lo dejé donde estaba. Sí incluí, sin embargo, el frasco de pastillas de hierro que guardaba para sus períodos mensuales.

Henry aún dormía, pero ahora se agitaba de un lado a otro, como presa de las garras de un mal sueño. Me apresuré con mis tareas tanto como pude, deseando estar en la casa para cuando despertara. Bordeé el establo en dirección al pozo, solté la maleta en el suelo, y levanté la vieja tapa astillada por tercera vez. Gracias a Dios que Henry no me acompañaba. Gracias a Dios que no presenció lo que yo presencié. Creo que le habría hecho enloquecer. Casi me hizo enloquecer a mí.

El colchón estaba desplazado a un lado. Mi primer pensamiento fue que Arlette se lo había quitado de encima antes de intentar trepar fuera del pozo. Porque seguía viva. Respiraba. O así me lo pareció en un principio. Entonces, cuando la capacidad de raciocinio empezaba a resurgir a través de mi conmoción inicial (cuando empezaba a preguntarme qué clase de aliento podría causar que el vestido de una mujer subiera y bajara no solo a la altura del pecho sino en toda su extensión, desde el escote hasta el dobladillo), la mandíbula comenzó a moverse, como si se esforzara por hablar. No fueron palabras lo que emergió de su enormemente dilatada boca, sin embargo, sino la rata que había estado mordisqueando la exquisitez de su lengua. Primero apareció la cola. Entonces la boca se abrió en un bostezo más amplio a medida que la bestia retrocedía, excavando con las garras de sus patas traseras un asidero en la barbilla de mi mujer.

La rata se dejó caer en su regazo y, como consecuencia, un enorme torrente de hermanos y hermanas suyos brotó de debajo del vestido. Una tenía algo pegado en los bigotes, un trozo de la enagua, o acaso de su piel. Les tiré la maleta encima. No lo pensé, pues mi mente rugía de repulsión y terror, simplemente actué. Aterrizó sobre las piernas. La mayoría de los roedores, quizá todos, la esquivaron con suma agilidad. Luego se precipitaron por un agujero negro redondo que estuviera tapado por el colchón (el cual debían de haber apartado con la mera fuerza de su número), y desaparecieron en un santiamén. Sabía muy bien qué era ese agujero; la boca de la tubería que había suministrado agua a los abrevaderos del establo hasta que el nivel decreció tanto que terminó resultando inútil.

El vestido se desinfló alrededor del cadáver. La falsa respiración cesó. Sin embargo, ella me *miraba* de hito en hito, y lo que antes pareciera la mueca de un payaso ahora semejaba el escrutinio de una gárgola. Pude ver mordeduras de rata en sus mejillas, y el lóbulo de una de sus orejas había desaparecido.

—Dios santo —musité—. Arlette, cuánto lo siento.

*No acepto tus disculpas*, parecía decir esa mirada. *Y cuando me encuentren así, con mordeduras de rata en mi cara muerta y la enagua mordisqueada bajo mi vestido, seguro que cabalgarás sobre el rayo en Lincoln. Y la mía será la última cara que veas. Me verás cuando la electricidad te fría el hígado y prenda fuego a tu corazón, y allí estaré riéndome.*

Bajé la tapa y caminé dando tumbos hasta el granero. Allí me traicionaron las piernas, y de haberme hallado al sol seguramente me habría desmayado igual que Henry la noche anterior. Sin embargo, estaba a la sombra, y tras permanecer cinco minutos sentado con la cabeza inclinada casi entre las rodillas empecé a sentirme yo mismo otra vez. Las ratas habían llegado hasta ella, ¿y qué? ¿Al final no terminan alcanzándonos a todos? ¿Las ratas y los bichos? Tarde o temprano incluso el ataúd más sólido cede y permite el paso de la vida para que se alimente de la muerte. Así funciona el mundo, y ¿qué importaba? Cuando el corazón se detiene y el cerebro se asfixia, o bien nuestros espíritus se van a alguna otra parte, o bien sencillamente se apagan. Sea como fuere, no nos encontramos allí para sentir las laceraciones a medida que nuestra carne es devorada y arrancada del hueso.

Eché a andar hacia la casa, y había alcanzado los escalones del porche cuando una idea me detuvo: ¿y qué pasaba con el espasmo? ¿Y si había estado viva cuando la arrojé en el pozo? ¿Y si ella *seguía* viva, paralizada, incapaz de moverse tanto como uno de sus dedos acuchillados, cuando las ratas salieron de la tubería y comenzaron con sus depredaciones? ¿Y si había sentido a la que se introdujo retorciéndose en su convenientemente dilatada boca y comenzó a...?

—No —musité—. No lo sintió porque no hubo ninguna sacudida. En ningún momento. Ya estaba muerta cuando la arrojé adentro.

—¿Padre? —llamó Henry con una voz embotada por el sueño—. Padre, ¿es usted?

—Sí.

—¿Con quién habla?

—Con nadie. Yo solo.

Entré. Lo encontré sentado a la mesa de la cocina, en camiseta y calzoncillos, con aspecto aturdido e infeliz. Su cabello, levantado en remolinos, me recordó al chiquillo que una vez fue, y cómo reía y perseguía a las gallinas por el patio con su sabueso Boo (muerto mucho tiempo atrás) pegado a los talones.

—Ojalá no lo hubiéramos hecho —dijo cuando me senté frente a él.

—Lo hecho, hecho está, y no puede deshacerse —contesté—. ¿Cuántas veces te he dicho eso, muchacho?

—Un millón, más o menos. —Agachó la cabeza por unos instantes, luego alzó la vista hacia mí. Tenía los ojos ribeteados de rojo e inyectados en sangre—. ¿Nos van a pillar? ¿Vamos a ir a la cárcel? O...

—No. Tengo un plan.

—¡También tenías un plan que no le haría daño! ¡Y mira en qué resultó!

Un prurito de abofetearle me aguijoneó la mano, obligándome a dominarla con la otra. No era momento para recriminaciones. Además, él tenía razón. Yo tenía la culpa de todo cuanto había salido mal.

*Menos de las ratas*, pensé. *Ellas no son responsabilidad mía.*

Sin embargo lo eran. Por supuesto. De no ser por mí, ella habría estado junto al fogón, preparando la cena. Probablemente porfiando una y otra vez sobre esas cuarenta hectáreas, sí, pero vivita y coleando, al bollo y no en el hoyo.

*Seguro que las ratas ya están de vuelta*, susurró una voz en las profundidades de mi mente. *Devorándola. Se acabarán las partes buenas, las partes sabrosas, la exquisiteces, y después...*

Henry alargó el brazo sobre la mesa y me tocó las manos nudosas. Di un respingo.

—Lo siento —se disculpó—. Estamos juntos en esto.

Le amé por eso.

—Vamos a estar bien, Hank; si no perdemos la cabeza, estaremos bien. Ahora escúchame.

Escuchó. En cierto momento empezó a asentir. Cuando terminé, me hizo una sola pregunta: ¿cuándo íbamos a rellenar el pozo?

—Todavía no.

—¿No es arriesgado?

—Sí —respondí.


Dos días más tarde, mientras reparaba una sección de un cercado a escasamente medio kilómetro de la granja, divisé una gran nube de polvo aproximándose por nuestro camino desde la Carretera Omaha-Lincoln. Estábamos a punto de recibir una visita del mundo del que Arlette había deseado formar parte tan desesperadamente. Caminé hacia la casa con el martillo encajado en el cinturón y el mandil de carpintero atado a la cintura, con su alargado bolsillo lleno de clavos tintineantes. Henry no se encontraba a la vista. Quizá hubiera bajado a la alberca a darse un baño; quizá estuviera en su habitación, durmiendo.

Para cuando llegué al patio y me senté en el tajo de la leña ya había reconocido el vehículo que remolcaba tras de sí aquella cola de gallo: el camión de reparto Red Baby de Lars Olsen. Lars era el herrero de Hemingford Home, y también el lechero del pueblo. Por un cierto precio, además, servía como una especie de chófer, y tal era la función que desempeñaba en esta tarde de junio. El vehículo se detuvo en el patio, espantando a George, nuestro malhumorado gallo, y a su pequeño harén de gallinas. Antes incluso de que el motor emitiera su último estertor, un hombre corpulento envuelto en un ondulante guardapolvo gris se apeó por el lado del pasajero. Se quitó los anteojos, revelando unos grandes (y cómicos) círculos blancos alrededor de los ojos.

—¿Wilfred James?

—A su servicio —dije yo, poniéndome en pie. Me sentía bastante tranquilo. Quizá no lo habría estado tanto si hubiera venido en el Ford del condado que lucía una estrella en la puerta—. ¿Y usted es...?

—Andrew Lester —respondió—. Abogado.

Extendió la mano. La miré reflexivamente.

—Antes de estrechársela, mejor será que me diga de quién es usted abogado, señor Lester.

—En la actualidad estoy contratado por la Compañía de Ganado Farrington de Chicago, Omaha y Des Moines.

*Sí*, pensé. *No me cabe duda. Pero apuesto a que tu nombre ni siquiera está en la puerta. Los peces gordos de Omaha no tienen que tragar polvo para pagarse el pan de cada día, ¿verdad? Los peces gordos apoyan los pies encima de la mesa, beben café y admiran los bonitos tobillos de sus secretarias.*

Le dije:

—En ese caso, señor, ¿por qué no prosigue y retira esa mano? Sin ánimo de ofender.

Hizo justamente eso, y con una sonrisa de abogado. El sudor trazaba límpidos surcos por sus rollizas mejillas, y su cabello presentaba un aspecto apelmazado y enmarañado a causa del viaje. Me acerqué a Lars, que había izado el capó del motor y toqueteaba algo del interior. Silbaba y parecía tan contento como un pájaro en un cable. Le envidié por eso. Pensé que a lo mejor Henry y yo volvíamos a disfrutar otros días felices (en un mundo tan variopinto como este, cualquier cosa es posible), pero no sería en el verano de 1922. Ni en el otoño.

Estreché la mano de Lars y le pregunté cómo estaba.

—Bien, tirando —respondió—, pero seco. Me vendría bien algo de beber.

Asentí con la cabeza en dirección al lado este de la casa.

—Ya sabes dónde está.

—Sí —dijo, cerrando de un golpe la hoja del capó con un ruido metálico que provocó que las gallinas, que habían regresado sigilosamente, salieran volando una vez más—. Dulce y fresca como siempre, imagino, ¿no?

—Diría que sí —Y pensé: *Pero si aún pudieras bombear agua de ese otro pozo, Lars, creo que no te preocuparías por el sabor, no*—. Pruébala a ver.

Echó a andar hacia el lado sombreado de la casa, donde se encontraba la bomba externa bajo un pequeño cobertizo. El señor Lester le observó y luego se volvió hacia mí. Se había desabotonado el guardapolvo. El traje que llevaba debajo necesitaría una limpieza en seco cuando regresara a Lincoln, Omaha, Deland, o dondequiera que colgara su sombrero cuando no atendía a los negocios de Cole Farrington.

—A mí también me vendría bien algo de beber, señor James.

—Y a mí. Clavetear un cercado es un trabajo fatigoso. —Le miré de arriba abajo—. Aunque no tan fatigoso como viajar treinta kilómetros en la camioneta de Lars, me apostaría cualquier cosa.

Se frotó el trasero y esgrimió su sonrisa de abogado. En esta ocasión había un toque de lamento en ella. Vi que sus ojos se movían acá y allá, por todas partes. No convenía infravalorar a ese hombre solo por el hecho de que le hubieran mandado al campo a recorrer traqueteando treinta kilómetros en un caluroso día de verano.

—Mis posaderas quizá nunca vuelvan a ser las mismas.

Había un cazo encadenado a un lado del pequeño cobertizo. Lars lo llenó y bebió, con la nuez de Adán subiendo y bajando por su cuello escuálido y quemado por el sol; después lo llenó de nuevo y se lo ofreció a Lester, quien lo miró con tanto recelo como yo había mirado su mano extendida.

—Quizá podríamos beber algo dentro, señor James. Se estaría más fresco.

—Sí —convine—, pero no le invitaría a entrar más de lo que le estrecharía la mano.

Lars Olsen vio de dónde soplaba el viento y no desperdició el tiempo para regresar a su camioneta. Pero primero le tendió el cazo a Lester. Mi visitante no se lo tomó de un trago, como había hecho Lars, sino en fastidiosos sorbitos. Como un abogado, en otras palabras, aunque no paró hasta que el cazo estuvo vacío, y en eso también se comportó como un abogado. La mosquitera se cerró de golpe y Henry salió de la casa, con el peto puesto y los pies descalzos. Nos lanzó una mirada que parecía absolutamente desinteresada (¡buen chico!) y seguidamente se dirigió a donde habría ido cualquier muchacho de campo hecho y derecho: a ver trabajar a Lars en su camión y, si tenía suerte, aprender algo.

Me senté en la pila de leña que guardábamos bajo una lona a ese lado de la casa.

—Imagino que está aquí por negocios. Los de mi mujer.

—En efecto.

—Bien, ya ha bebido, de modo que vayamos al grano. Todavía tengo por delante faena de un día entero, y son las tres de la tarde.

—Desde que sale el sol hasta que se pone. La vida en una granja es dura. —Suspiró como si supiera de qué hablaba.

—Lo es, y una mujer difícil la puede hacer aún más dura. Ella le ha enviado, supongo, aunque no sé por qué... Si fuese por algún papel legal, imagino que habría venido un ayudante del sheriff a entregármelo.

Me miró sorprendido.

—Su esposa no me ha enviado, señor James. De hecho, he venido hasta aquí en *su* busca.

Era como una obra de teatro, y ahora me proporcionó el pie para mostrar perplejidad, primero, y para reírme después, pues así lo requerían las instrucciones de escena.

—Eso lo demuestra.

—¿Demuestra qué?

—Cuando yo era un muchacho, en Fordyce, teníamos un vecino, un viejo desagradable de nombre Bradlee. Todo el mundo lo llamaba Papa Bradlee.

—Señor James...

—Mi padre hacía negocios con él de vez en cuando, y en ocasiones me permitía acompañarle. Esto se remonta a los días de las carretas. Comerciaban principalmente con semillas de maíz, por lo menos en primavera, pero a veces también intercambiaban herramientas. Por aquel entonces no había venta por correspondencia, y una buena herramienta podía circular por todo el condado antes de retornar a su origen.

—Señor James, no veo la rela...

—Y cada vez que íbamos a ver a ese tipo, mi madre me decía que me tapara las orejas, porque cada palabra que salía de la boca de Papa Bradlee era una blasfemia o algo indecente. —En un cierto sentido agrio, empezaba a disfrutar de esto—. De modo que, naturalmente, yo escuchaba todo con atención. Recuerdo que uno de los dichos favoritos de Papa era: «Nunca montes una yegua sin brida, porque nunca sabes hacia dónde saldrá corriendo la zorra».

—¿Y se supone que he de entender eso?

—¿Hacia dónde supone que ha salido corriendo *mi* zorra, señor Lester?

—¿Me está usted diciendo que su esposa se ha...?

—Fugado, señor Lester. Levantado el campamento. Despedido a la francesa. Marchado a la chita callando. Como lector ávido y estudioso del argot americano, estas expresiones se me ocurren de manera natural. Cuando se corra la voz, sin embargo, Lars y casi toda la gente del pueblo dirán simplemente: «Se largó y lo ha dejado». A él y al chaval, en este caso. Naturalmente, pensé que se habría ido con sus amiguitos de los gorrinos de la compañía Farrington, y que lo próximo que sabría de ella sería a través de una notificación para informarme que vendía el terreno de su padre.

—Ésa es su intención.

—¿Ya ha firmado? Porque si lo ha hecho, supongo que tendré que acudir a los tribunales.

—Todavía no, en realidad. Pero cuando lo haga, le desaconsejo emprender una acción legal que con toda seguridad perdería.

Me puse en pie. Uno de los tirantes de mi peto se había caído y lo enganché de nuevo en el hombro con el pulgar.

—Bien, como ella no está aquí, eso es lo que los profesionales de las leyes llaman «una cuestión discutible», ¿no es cierto? Yo la buscaría en Omaha si fuera usted. —Sonreí—. O en Saint Louis. Ella *siempre* estaba hablando de San-lu. Me parece que terminó hartándose de ustedes tanto como de mí y del hijo que alumbró. Dijo adiós y buen viaje. Una plaga en ambas casas. Eso es de Shakespeare, por cierto. *Romeo y Julieta*, una obra acerca del amor.

—Perdone que se lo diga, pero todo esto me resulta muy extraño, señor James. —Había sacado un pañuelo de seda de un bolsillo interior (apuesto a que los abogados viajantes de su índole tienen muchos bolsillos), y empezó a secarse el sudor de la cara. Sus mejillas ya no se veían solo ruborizadas, sino de un rojo brillante. El calor del día no bastaba para explicar el cambio de color en su rostro—. Muy extraño, sí, considerando la cantidad de dinero que mi cliente está dispuesto a pagar por esa propiedad, lindante con el arroyo Hemingford y próxima a la línea de ferrocarril de la Great Western.

—A mí también me va a hacer falta acostumbrarme, pero llevo ventaja sobre usted.

—¿Sí?

—Yo la conozco. Estoy seguro de que usted y sus *clientes* pensaban que ya tenían el trato completamente cerrado, pero Arlette James... Digamos que atarla a algo es como atar gelatina a un poste. Recuerde lo que decía Papa Bradlee, señor Lester. Cielos, ese hombre era todo un genio rural.

—¿Podría echar un vistazo dentro de la casa?

Volví a reír, y esta vez la risa no fue forzada. Al hombre no le faltaban arrestos, eso he de concedérselo, y se entendía que no deseara regresar con las manos vacías. Había cabalgado treinta kilómetros en una polvorienta camioneta sin puertas, le quedaban otros tantos de regreso a Hemingford City (y después un viaje en tren, sin duda), tenía el culo escocido, y la gente que lo envió allí no iba a alegrarse con su informe cuando finalmente alcanzara el final del trayecto. ¡Pobre diablo!

—Le contestaré con otra pregunta: ¿se bajaría los pantalones para que pudiera verle los huevos?

—Encuentro eso ofensivo.

—No le culpo. Piense en ello como... no como un símil, eso no es correcto, sino como una especie de *parábola*.

—No le entiendo.

—Bien, tiene un viaje de vuelta a la ciudad de una hora para meditar..., dos si al Red Baby de Lars le revienta un neumático. Y puedo garantizarle, señor Lester, que si yo le *permitiera* meter la nariz en mi casa (mi lugar privado, mi castillo, mis huevos), no encontraría el cadáver de mi mujer en el armario o... —Durante un terrible instante estuve a punto de decir «o en el pozo». Sentí cómo me brotaba el sudor en la frente—. O bajo la cama.

—En ningún momento he dicho...

—¡Henry! —llamé—. ¡Ven aquí un segundo!

Henry se acercó, con la cabeza gacha y arrastrando los pies por la tierra. Tenía aspecto de preocupado, quizá incluso culpable, pero eso estaba bien.

—¿Sí, señor?

—Cuéntale a este hombre dónde está tu madre.

—No lo sé. Cuando mi padre me llamó a desayunar el viernes por la mañana no estaba. Había hecho la maleta y se había ido.

Lester lo miraba minuciosamente.

—Hijo, ¿eso es la verdad?

—Sí, señor.

—¿Toda la verdad y nada más que la verdad, con la ayuda de Dios?

—Padre, ¿puedo volver a la casa? Tengo deberes de la escuela de cuando estuve enfermo.

—Ve, pues —consentí—, pero no tardes. Recuerda que te toca ordeñar.

—Sí, señor.

Subió pesadamente los escalones y entró. Lester lo miró entretanto, y luego se dirigió a mí.

—Aquí hay más de lo que aparenta a simple vista.

—Veo que no lleva alianza, señor Lester. Si algún día llega a estar casado tanto tiempo como yo, descubrirá que en las familias siempre hay más de lo que parece. Y también descubrirá otra cosa: es imposible decir hacia dónde saldrá corriendo una zorra.

Se incorporó.

—Esto no ha acabado.

—Sí ha acabado —repliqué. Sabiendo que no. No obstante, si las cosas iban bien, nos hallábamos más cerca del final que antes. *Si*.

Echó a andar a través del patio, pero entonces se volvió. Usó su pañuelo de seda para secarse nuevamente la cara, y luego dijo:

—Si piensa que esas cuarenta hectáreas son suyas solo por haber asustado a su esposa... y por haberla mandado a freír espárragos con su tía en Des Moines, o con alguna hermana en Minnesota...

—Compruebe Omaha —sugerí con una sonrisa—. O San-lu. Ella no aguantaba a sus parientes, pero la enloquecía la idea de vivir en San-lu. Dios sabrá por qué.

—Si cree que puede cultivar y cosechar allí, será mejor que lo piense dos veces. Esa tierra no es suya. Si planta una sola semilla allí, me verá en los tribunales.

Así contesté yo:

—Estoy seguro de que tendrá noticias de ella en cuanto padezca un caso grave de ruinitis.

Lo que hubiera querido decir era: «No, no es mía... pero tampoco es suya. Se va a quedar ahí tal cual. Y eso está bien, porque será mía dentro de siete años, cuando vaya al juzgado a declararla legalmente muerta. Puedo esperar. ¿Siete años sin oler la mierda de cerdo cuando el viento sople del oeste? ¿Siete años sin tener que escuchar los chillidos de los cerdos moribundos (tan parecidos a los chillidos de una mujer moribunda), ni ver sus intestinos flotando por un riachuelo que es rojo por la sangre? A mí me parece que serán siete años excelentes».

—Que tenga un buen día, señor Lester, y protéjase del sol. A última hora de la tarde pega con fiereza, y va a darle directamente en la cara.

Subió al camión sin responder. Lars se despidió con la mano y Lester le habló con brusquedad. Lars le dirigió una mirada que bien podría significar «Ya puede ladrar y meter toda la prisa que quiera, que todavía nos quedan treinta kilómetros hasta Hemingford City».

Cuando desaparecieron y solo quedó a la vista la polvorienta cola de gallo, Henry salió al porche.

—¿Lo he hecho bien, padre?

Le cogí la muñeca, le di un apretón, y fingí que no notaba la carne tensándose bajo mi mano, como si se esforzara por contrarrestar un impulso de apartarse.

—Muy bien. Perfecto.

—¿Vamos a rellenar el pozo mañana?

Medité la respuesta detenidamente, porque nuestras vidas podrían depender de lo que decidiera. El sheriff Jones estaba entrado en años y en peso. No era un vago, pero resultaba difícil ponerle en movimiento sin una buena razón. Lester convencería finalmente a Jones para que viniera hasta aquí, pero probablemente no hasta que consiguiera que alguno de los dos desaforados hijos de Cole Farrington hiciera una llamada para recordar al sheriff qué compañía era la mayor contribuyente del condado de Hemingford (por no mencionar los condados vecinos de Clay, Fillmore, York y Seward). Aun así, pensaba que disponíamos al menos de dos días.

—Mañana no —respondí—. Pasado.

—Padre, ¿por qué?

—Porque vendrá el comisario, y el sheriff Jones es viejo pero no estúpido. Un pozo cegado podría levantar sospechas acerca de *por qué* se ha rellenado, así tan de repente. Pero un pozo que *aún* está siendo rellenado... y por un buen motivo...

—¿Qué motivo? ¡Cuéntamelo!

—Pronto —contesté—. Pronto.


Pasamos todo el día siguiente esperando divisar un remolino de polvo aproximándose hacia nosotros por la carretera, arrastrado no por la camioneta de Lars Olsen, sino por el coche del sheriff del condado. No apareció. Quien sí vino fue Shannon Cotterie, luciendo hermosa una blusa de algodón y una falda de cuadros, para preguntar si Henry estaba bien y, en caso afirmativo, si podría cenar con ella y sus padres.

Henry declaró que se encontraba bien, y me quedé mirando cómo se alejaban por el camino de tierra, tomados de la mano, con un profundo recelo. Mi hijo guardaba un terrible secreto, y los secretos terribles representan una pesada carga. El deseo de compartirlos es la cosa más natural del mundo. Y amaba a la muchacha (o él creía amarla, que viene a ser lo mismo cuando estás a punto de cumplir los quince). Para empeorar la situación, debía contarle una mentira, y la muchacha podría detectarla. Dicen que los ojos de un enamorado son ciegos, pero esta afirmación es un axioma para idiotas. A veces observan demasiado.

Pasé el azadón por el huerto (arrancando más guisantes que malas hierbas), y más tarde me senté en el porche, a fumar una pipa y esperar su regreso. Volvió justo antes de que saliera la luna. Con la cabeza gacha y los hombros encogidos, avanzaba a trompicones más que andaba. Odiaba verlo así, pero aún me sentía aliviado. Si hubiera compartido su secreto (siquiera una parte), no habría venido andando de esa manera. Si hubiera compartido su secreto, no habría regresado de ninguna manera.

—¿Se lo has contado como acordamos? —le pregunté cuando se sentó.

—Como *tú* acordaste. Sí.

—¿Y ha prometido no contárselo a sus padres?

—Sí.

—Pero ¿lo mantendrá?

Lanzó un suspiro.

—Probablemente, sí. Quiere a sus padres, y sus padres la quieren a ella. Me figuro que le notarán algo en la cara y se lo sacarán. Y aunque no, seguro que se lo contará al sheriff. Si es que se molesta en hablar con los Cotterie, claro.

—Lester vigilará todos sus movimientos. Le ladrará al sheriff Jones porque sus jefes en Omaha le están ladrando a él. Gira y gira; y dónde parará, nadie lo imagina.

—Nunca debimos hacerlo —reflexionó en voz alta, y luego lo repitió en un fiero murmullo.

No dije nada. Permanecimos un rato sin mediar palabra. Contemplamos la luna elevarse sobre el maíz, roja y embarazada.

—¿Padre? ¿Puedo tomar un vaso de cerveza?

Lo miré, sorprendido y sin sorpresa. Después entré y serví un par de vasos. Le pasé uno y le advertí:

—Nada de esto mañana o pasado, que conste.

—No. —Bebió un sorbo, hizo una mueca y volvió a beber—. Detesto mentirle a Shan, padre. Todo este asunto es sucio.

—La suciedad se lava.

—No la de este tipo —replicó, y tomó otro sorbo. Esta vez no hizo ninguna mueca.

Un poco más tarde, cuando ya la luna se había transmutado en plata, bordeé la casa para usar el retrete, y para escuchar al maíz y la brisa nocturna intercambiando los antiguos secretos de la tierra. Cuando regresé al porche, Henry ya no estaba. Su vaso de cerveza descansaba a medio terminar sobre la barandilla junto a los escalones. Después le oí en el establo, diciendo:

—Soo, Jefa. Tranquila.

Me acerqué a echar una ojeada. Abrazaba a Elpis por el pescuezo y la acariciaba. Creo que lloraba. Lo observé durante un rato, pero al final no dije nada. Volví a la casa, me desvestí y me tumbé en la cama donde había rebanado el cuello a mi mujer. Transcurrió mucho tiempo antes de dormirme. Y si usted no entiende los motivos (*todos* los motivos), entonces leer esto no le servirá de utilidad.

Habíamos llamado a nuestras vacas con nombres de diosas griegas menores, pero Elpis resultó ser o una mala elección o un chiste irónico. En caso de que usted no recuerde la historia de cómo sobrevino la maldad a nuestro triste y antiguo mundo, permítame que le refresque la memoria: todos los males escaparon cuando Pandora se rindió a su curiosidad y abrió el ánfora cuya custodia le había sido confiada. La única cosa que permaneció dentro cuando recobró suficiente ingenio para cerrar de nuevo la tapa fue Elpis, la diosa de la esperanza. Sin embargo, en el verano de 1922 no existía esperanza para nuestra Elpis. Era vieja y de mal carácter, ya no daba mucha leche, y prácticamente habíamos desistido de intentar sacarle la poca que tuviera; en cuanto te sentabas en el taburete, ella intentaba pegarte una coz. Deberíamos haberla convertido en comida un año antes, pero me mostraba reacio a pagar a Harlan Cotterie para que la descuartizara, y, aparte de los cerdos, yo no tenía maña para las matanzas..., una autoevaluación con la que usted, Lector, seguramente coincida ahora.

—Y será dura de pelar —argumentaba Arlette, que había manifestado un secreto afecto por Elpis, quizá porque nunca tuvo que ordeñarla—. Mejor dejarla tranquila en su gozo.

Sin embargo ahora encontramos un uso para Elpis (*en el pozo*, casualmente) y su muerte podría servir a un fin mucho más provechoso que unas cuantas tajadas fibrosas de carne.

Dos días después de la visita de Lester, mi hijo y yo le pusimos un ronzal y la guiamos bordeando el establo. A medio camino del pozo, Henry se detuvo. Sus ojos brillaban de consternación.

—¡Padre! ¡La *huelo*!

—Ve a la casa, entonces, y coge bolas de algodón para la nariz. Están en su cómoda.

Aunque agachó la cabeza, advertí la mirada de soslayo que me lanzó al irse. «Todo esto es culpa tuya», decía esa mirada. «Todo culpa tuya porque no supiste quedarte quieto.»

Mas no me cupo duda de que me ayudaría a concluir el trabajo que nos aguardaba por delante. Pensara lo que pensase de mí en aquel momento, el cuadro también incluía a una muchacha, y no querría que ella se enterara de lo que había hecho. Aunque se hubiera visto forzado a ello, Shannon nunca lo comprendería.

Condujimos a Elpis hasta la tapa del pozo, donde el animal, de manera muy razonable, se negó a pisar. Nos situamos en el extremo opuesto, sujetando las correas como cintas en una danza de Maypole, y tiramos de ella, arrastrándola por la fuerza hasta la podrida madera. La tapa crujió bajo su peso..., se combó..., pero resistió. La vieja vaca permaneció allí plantada, gacha la cabeza, con la misma expresión estúpida y terca de siempre, exhibiendo los rudimentos amarillo verdoso de su dentadura.

—¿Y ahora qué? —preguntó Henry.

Abrí la boca para responder que no sabía, y fue en ese instante cuando la tapa se quebró en dos con un chasquido alto y crispado. Asimos con fuerza las correas, aunque por un instante temí que fuera a arrastrarme a ese maldito pozo con los dos brazos dislocados. Entonces el ronzal se soltó, roto, y pegó un latigazo hacia atrás. Las traíllas a ambos lados se habían partido. Más abajo, Elpis empezó a mugir en agonía y a golpear la pared rocosa del pozo con las pezuñas.

—¡*Padre!* —chilló Henry. Se presionaba las manos, apretadas en puños, contra la boca, los nudillos hundidos en el labio superior—. *¡Hazla callar!*

Elpis profirió un gemido largo y resonante. Sus pezuñas continuaban aporreando la piedra.

Agarré a Henry por el brazo y lo arrastré a trompicones de regreso a la casa. Lo senté en el sofá que Arlette encargó por catálogo, y le ordené que no se moviera hasta que volviera a buscarle.

—Y recuerda: ya casi se ha acabado.

—Nunca estará acabado —replicó, y se tumbó boca abajo en el sofá. Se cubrió las orejas con las manos, aun cuando desde allí no se escuchaban los mugidos de Elpis. Salvo que Henry *seguía* oyéndola, y yo también.

Cogí mi arma de caza del estante superior de la despensa. Solo era un calibre 22, pero serviría. ¿Y si Harlan oyera los disparos a través de las hectáreas que mediaban entre nuestras casas? Eso también encajaría con nuestra historia. En tanto Henry fuera capaz de mantener la serenidad para ceñirse a ella, naturalmente.

He aquí algo que aprendí en 1922: siempre hay cosas peores acechando. Crees que has presenciado la escena más terrible, la que fusiona todas tus pesadillas en un horror demencial que existe en la realidad, y el único consuelo es que nada puede haber peor. Que incluso si te equivocas, tu mente se quebrará ante su visión, y no sabrás nada más. Sin embargo siempre hay un mal peor, tu mente mantiene la entereza, y de algún modo continúas adelante. Quizá comprendas que, para ti, toda la dicha se ha evaporado del mundo, que tus actos han situado todo cuanto anhelabas conseguir fuera de tu alcance, quizá desees ser tú quien estuviera muerto, pero continúas adelante. Te das cuenta de que te hallas en un infierno de tu propia creación, pero sin embargo continúas adelante. Porque no queda otra cosa que puedas hacer.

Elpis había aterrizado sobre el cadáver de mi mujer, pero el rostro burlón de Arlette seguía siendo perfectamente visible, aún erguido hacia el mundo soleado de arriba, aún dando la impresión de escrutarme. Las ratas habían regresado. La vaca que se abatió sobre su mundo las obligó sin duda a retirarse a la tubería que con el tiempo llegué a denominar Bulevar de la Rata, pero entonces habían olido carne fresca, y se habían apresurado a investigar. Ya estaban mordisqueando a la pobre Elpis, mientras el animal mugía y pataleaba (ahora con menos energía), y una se sentaba sobre la cabeza de mi mujer muerta a modo de espeluznante corona. Había hurgado a través de un agujero en el saco de arpillera y extirpado un mechón de pelo con sus hábiles garras. Las mejillas de Arlette, que otrora fueran redondeadas y hermosas, colgaban en jirones.

*Nada hay que pueda ser peor que esto*, pensé. *Sin duda he alcanzado el final del horror.*

Pero sí, siempre hay cosas peores acechando. Mientras escudriñaba el fondo, paralizado por la conmoción y la repulsión, Elpis se puso a cocear de nuevo, y una de las pezuñas conectó con cuanto perduraba del rostro de Arlette. Se produjo un chasquido al romperse la mandíbula de mi mujer, y todo por debajo de la nariz se desplazó hacia la izquierda, como suspendido de una bisagra. Y aun así, la sonrisa de oreja a oreja persistía. Que ya no estuviera alineada con sus ojos la hacía todavía peor. Como si ahora ella poseyera dos caras con las que acosarme en lugar de una sola. Su cuerpo se desplomó contra el colchón, que resbaló como consecuencia. La rata sobre su cabeza se escabulló por detrás. Elpis volvió a mugir. Pensé que si Henry aparecía en ese momento y miraba dentro del pozo, me mataría por haberle convertido en partícipe de esto. Probablemente yo merecía morir. Pero mi muerte lo dejaría solo, y solo se hallaría indefenso.

Una parte de la tapa había caído dentro del pozo; otra parte aún pendía sobre el agujero. Cargué el rifle, lo apoyé en la superficie inclinada, y apunté a Elpis, que yacía con el pescuezo roto y la cabeza ladeada contra la pared de piedra. Esperé a que mis manos se aquietaran, luego apreté el gatillo.

Un disparo fue suficiente.


De vuelta en la casa, encontré a Henry durmiendo en el sofá. Yo seguía demasiado conmocionado como para considerarlo extraño. En aquel momento me parecía la única cosa verdaderamente esperanzadora del mundo: sucio, pero no tan mugriento que nunca volviera a estar limpio. Me agaché y le di un beso en la mejilla. Protestó con un gemido y apartó la cara. Lo dejé allí y me dirigí al establo a por mis herramientas. Cuando se reunió conmigo tres horas más tarde, yo ya había retirado el trozo de tapa rota que colgaba y me dedicaba a rellenar el pozo.

—Te ayudaré —dijo con voz plana y sombría.

—Bien. Coge el camión y vete a la escombrera del cercado oeste...

—¿Yo solo? —La incredulidad en su voz era apenas perceptible, pero me animó escuchar un indicio de emoción.

—Sabes manejar la palanca de cambios, y podrás encontrar la marcha atrás, ¿verdad?

—Sí...

—Entonces te las apañarás bien. Me queda mucho que hacer aquí entretanto, pero cuando vuelvas lo peor habrá acabado.

Esperaba que me contestara otra vez que lo peor nunca acabaría, pero no lo hizo. Reanudé mi trabajo con la pala. Aún se veía la parte superior de la cabeza de Arlette y la arpillera con aquel horrible mechón desarraigado asomando a través. Quizá una camada de ratas recién nacidas ocupara ya la cuna entre los muslos de mi esposa muerta.

Oí que el camión tosía una vez, luego dos. Confiaba en que la manivela no le rompiera un brazo a Henry si brincaba despedida hacia atrás.

La tercera vez que accionó la manivela nuestra vieja camioneta cobró vida con un rugido. Retrasó el encendido, pisó el acelerador una o dos veces, y a continuación se puso en marcha. Estuvo ausente casi durante una hora, pero cuando regresó, la caja del vehículo estaba llena de rocas y tierra. Lo condujo hasta el borde del pozo y apagó el motor. Se había despojado de la camiseta, y su torso brillante de sudor parecía demasiado delgado; podía contar sus costillas. Intenté recordar la última vez que le había visto tomar una buena comida, y en un primer momento no pude. Entonces caí en la cuenta de que debió de ser el desayuno de la mañana siguiente a deshacernos de ella.

*A ver si esta noche puede tomar una buena cena*, pensé. *A ver*

*si podemos ambos. Nada de ternera, pero hay cerdo en el refrige-*
*rador...*

—Mira hacia allá —indicó Henry con su nueva voz plana, y apuntó con el dedo.

Divisé la cola de gallo de una nube de polvo viniendo hacia nosotros. Bajé la vista al pozo. No bastaba, no todavía. La mitad de Elpis aún afloraba de la tierra, lo cual estaba bien, desde luego, pero la esquina del colchón manchado de sangre también sobresalía.

—Ayúdame —le rogué.

—¿Tenemos tiempo suficiente, padre? —Sonaba solo medianamente interesado.

—No lo sé. Quizá. No te quedes ahí parado y ayúdame.

La pala adicional estaba apoyaba contra la pared del establo al lado de los restos astillados de la tapa del pozo. Henry la empuñó y empezamos a sacar paladas de tierra y rocas de la caja del camión más rápido que nunca.


Cuando el coche del sheriff del condado, el de la estrella dorada en la portezuela y el faro en el techo, se detuvo junto al tajo de la leña (espantando una vez más a George y a las gallinas), Henry y yo estábamos sentados en los escalones del porche con las camisas quitadas y compartiendo la última cosa que Arlette preparó en su vida: una jarra de limonada. Se apeó el sheriff Jones, se ajustó el cinturón, se quitó el Stetson y se peinó el cabello gris hacia atrás. Seguidamente volvió a encasquetarse el sombrero sobre la línea donde concluía la piel blanca de su frente y tomaba el relevo una tez cobriza. Estaba solito y desamparado. Lo consideré una buena señal.

—Buenos días, gentes. —Se fijó en nuestros pechos desnudos, las manos sucias y las caras sudorosas—. Ha habido faena esta tarde, ¿no?

Escupí.

—Toda la maldita culpa es mía.

—¿Ah, sí?

—Una de nuestras vacas se cayó en el viejo pozo para el ganado —dijo Henry.

—¿Ah, sí? —repitió Jones.

—Sí —dije yo—. ¿Le apetece un vaso de limonada, sheriff? Es de Arlette.

—¿De Arlette, eh? ¿Así que ha decidido volver?

—No —respondí—. Se llevó su ropa favorita pero dejó la limonada. Tome un poco.

—De acuerdo. Pero antes necesitaría usar la letrina. Desde que cumplí los cincuenta y cinco o así, parece que tenga que pararme a mear en cada arbusto. Es una puñeta.

—Está detrás de la casa. Siga el sendero y busque la luna creciente en la puerta.

Rió como si fuera el chiste más divertido que hubiera escuchado en todo el año y echó a andar alrededor de la casa. ¿Se detendría de camino a mirar por las ventanas? Lo haría si era bueno en su trabajo, y yo tenía entendido que sí. Al menos en sus días jóvenes.

—Padre —llamó Henry. Habló en voz baja.

Lo miré.

—Si lo descubre, no haremos nada. Soy capaz de mentir, pero no puede haber más muertes.

—Está bien —asentí. Fue una conversación breve, pero en los ocho años transcurridos desde entonces he cavilado sobre sus palabras a menudo.

Regresó el sheriff Jones, abotonándose la bragueta.

—Entra y tráele un vaso al sheriff —le pedí a Henry.

Henry obedeció. Jones acabó con la bragueta, se quitó el sombrero, se peinó el cabello hacia atrás un poco más, y volvió a calarse el sombrero. Su placa resplandecía bajo el sol de primera hora de la tarde. Un revólver de gran tamaño colgaba de su cadera, y aunque Jones era demasiado viejo para haber luchado en la Gran Guerra, la pistolera parecía propiedad de las Fuerzas Expedicionarias. Quizá perteneció a su hijo, que murió en la contienda.

—Huele bien la letrina —comentó—. Algo que siempre se agradece en un día caluroso.

—Arlette solía echarle cal viva constantemente —expliqué—. Procuraré mantener esa práctica si no vuelve. Vamos al porche y sentémonos a la sombra.

—Buena idea lo de la sombra, pero creo que me quedaré de pie. Necesito estirar la columna.

Me senté en mi mecedora, la del cojín con las letras PA. El sheriff se plantó a mi lado, mirándome desde arriba. No me agradaba encontrarme en esa posición, pero intenté soportarlo con paciencia. Henry salió con un vaso. El mismo sheriff Jones se sirvió la limonada y la degustó; seguidamente la ingirió casi toda de un trago y se relamió.

—Está rica, ¿verdad que sí? Ni demasiado amarga ni demasiado dulce, en su justa medida. —Rió—. ¿No soy como Ricitos de Oro? —Apuró el resto de la limonada, pero negó con la cabeza cuando Henry se ofreció a rellenarle el vaso—. ¿Quieres que tenga que parar a mear en cada poste de aquí a Hemingford Home? ¿Y después todo el camino hasta Hemingford City?

—¿Ha trasladado la oficina? —pregunté—. Creía que la tenía aquí mismo, en el Hogar.

—Ahí sigue, ¿verdad? El día que consigan que traslade la oficina del sheriff a la capital del condado será el día que presente mi dimisión y deje que Hap Birdwell ocupe mi lugar, que lo está deseando. No, no, solo se trata de una vista en el juzgado de la ciudad. Lo cual no significa más que papeleo, pero ahí está. Y ya sabe cómo es el juez Cripps..., o no, supongo que no, siendo usted de los que acatan las leyes. Tiene mal temple, y cuando alguien no es puntual, el carácter se le avinagra todavía más. Conque, aunque todo se reduce a decir «con la ayuda de Dios» y a firmar con mi nombre un puñado de legajos, he de aligerar mis asuntos aquí, ¿verdad? Y espero que el maldito Maxie no se averíe en el camino de vuelta.

No contesté. El sheriff no *hablaba* como un hombre que tuviera prisa, pero tal vez ese era su estilo.

Se sacó el sombrero y se peinó el cabello hacia atrás un poco más, pero en esta ocasión no volvió a calarse el sombrero. Me miró con seriedad, luego a Henry, luego otra vez a mí.

—Supongo que sabe que no estoy aquí por voluntad propia. Creo que lo que pase entre un hombre y su mujer solo les concierne a ellos. ¿No ha de ser así? La Biblia dice que el varón es la cabeza de la mujer, y que si la mujer ha de aprender cualquier cosa, es el marido quien debe enseñárselo en casa. Libro de los Corintios. Si la Biblia fuera mi único jefe, seguiría sus enseñanzas a rajatabla y la vida sería más simple.

—Me sorprende que el señor Lester no esté aquí —dije yo.

—Oh, él quería venir, pero le paré los pies. Además, quería que consiguiera un mandamiento judicial, pero le dije que no requería ninguno. Le dije que usted me permitiría echar un vistazo o no. —Se encogió de hombros. De rostro plácido, sus ojos eran agudos y permanecían en constante movimiento: fisgando y escrutando, escrutando y fisgando.

Cuando Henry me preguntó acerca del pozo, había respondido: «Le observaremos y decidiremos cuán avispado es. Si se muestra muy perspicaz, se lo enseñaremos nosotros mismos. No podemos dar la impresión de que ocultamos algo. Si te hago una seña con el pulgar, eso significará que creo que debemos correr el riesgo. Pero tenemos que estar de acuerdo, Hank. Si veo que no me respondes, mantendré la boca cerrada».

Levanté el vaso y bebí el último sorbo de limonada. Cuando vi que Henry me miraba, sacudí el pulgar una vez. Levemente. Podría haber sido un espasmo muscular.

—¿Qué se piensa ese Lester? —soltó Henry; sonaba indignado—. ¿Que la tenemos atada en el sótano? —Mantenía las manos pegadas a los costados, inmóviles.

El sheriff Jones se rió con ganas, en tanto que su enorme barriga se agitaba tras el cinturón.

—Bueno, no sé *qué* piensa, ¿verdad? Tampoco es que me importe mucho. Los abogados son pulgas en el pellejo de la naturaleza humana. Lo sé porque he trabajado para ellos toda mi vida adulta..., y contra ellos también. Pero... —Sus penetrantes ojos se clavaron en los míos—. No me vendría mal echar un vistazo, más que nada porque a *él* no le dejó. Está bastante sulfurado por eso.

Henry se rascó el brazo y, mientras lo hacía, sacudió el pulgar un par de veces.

—No le permití entrar en la casa porque le cogí tirria —expliqué—. Aunque para ser justos, supongo que hasta le cogería tirria al apóstol Juan si viniera aquí a batear para el equipo de Cole Farrington.

El sheriff prorrumpió en carcajadas: «¡Jua, jua, jua!». Pero sus ojos no reían.

Me levanté. Suponía un alivio estar de pie. Erguido, le sacaba casi diez centímetros a Jones.

—Puede mirar cuanto se le antoje.

—Se lo agradezco. Me facilitará mucho la vida, ¿verdad? Ya es suficiente tener que lidiar con el juez Cripps cuando me vaya. No necesito escuchar los ladridos de ningún sabueso legal de Farrington, si puedo evitarlo.

Entramos en la casa, yo encabezaba la marcha y Henry cerraba la retaguardia. Tras unos cuantos elogios sobre lo arreglada que estaba la salita y lo pulcra que estaba la cocina, nos encaminamos hacia el pasillo. El sheriff Jones echó un somero vistazo al cuarto de Henry, y entonces llegamos a la atracción principal. Empujé la puerta de nuestro dormitorio con una extraña sensación de certeza: la sangre habría retornado. Encharcando el suelo, salpicando las paredes, empapando el nuevo colchón. El sheriff Jones miraría con atención. Entonces se volvería hacia mí, sacaría las esposas que se asentaban en su carnosa cadera al otro lado del revólver y diría: «Queda arrestado por el asesinato de Arlette James, ¿verdad?».

Ni se veía sangre ni olía a sangre, porque la habitación había dispuesto de días para airearse. La cama estaba hecha, aunque no a la manera de Arlette; mi manera imitaba más el estilo del ejército, aun cuando mis pies me libraron de la guerra que arrebatara la vida al hijo del sheriff. No puedes ir a matar alemanes si tienes los pies planos. Los hombres con pies planos solo pueden matar a sus mujeres.

—Un cuarto encantador —comentó el sheriff Jones—. ¿Verdad que le entra luz desde primera hora de la mañana?

—Sí —respondí—. Y por las tardes se mantiene fresca, hasta en verano, porque el sol cae por el otro lado. —Me acerqué al armario y lo abrí. La sensación de certeza regresó, más fuerte que nunca. «¿Dónde está el edredón?», inquiriría. «El que va en ese hueco en medio del estante superior.»

No hizo tal pregunta, por supuesto, pero acudió con presteza cuando le invité a ello. Sus perspicaces ojos, de un brillante color verde, casi felinos, se posaban aquí, allá, y por doquier.

—Vaya montón de trapos —observó.

—Sí —admití—, a Arlette le encantaba la moda y le encantaban los catálogos por correspondencia. Solo se llevó una maleta... Tenemos dos, y la otra sigue ahí, ¿la ve en el rincón de atrás? Diría que únicamente metió la ropa que más le gustaba. Y la más cómoda, supongo. Tenía dos pares de pantalones y unos tejanos, y han desaparecido, aunque no eran muy de su agrado.

—Los pantalones son buenos para viajar, ¿verdad? Seas hombre o mujer, los pantalones son buenos para cualquier viaje. Es posible que una mujer los prefiriera. Si anduviera con prisa, claro.

—Supongo.

—Se llevó las joyas buenas y la fotografía de los abuelos —intervino Henry detrás de nosotros. Me sobresalté levemente; casi me había olvidado de su presencia.

—¿Sí, eh? Bueno, supongo que sí.

Echó otra rápida ojeada a las ropas y cerró el armario.

—Bonita habitación —dijo, retrocediendo dificultosamente hacia el pasillo con su Stetson en las manos—. Y bonita casa. Una mujer tendría que estar loca para abandonar una habitación y una casa tan bonitas.

—Mamá hablaba mucho de la ciudad —dijo Henry, y lanzó un suspiro—. Tenía la idea de abrir alguna clase de tienda.

—¿Sí, eh? —El sheriff Jones le observaba intensamente con sus ojos verdes de gato—. ¡Caramba! Pero para algo así hace falta dinero, ¿no?

—Tiene las hectáreas de su padre —indiqué.

—Sí, sí. —Sonriendo con timidez, como si hubiera olvidado aquellas hectáreas—. Y tal vez sea para bien. «Mejor es morar en tierra de desierto que con mujer resentida e iracunda.» Libro de Proverbios. ¿Te alegras de que se haya ido, hijo?

—No —respondió Henry, y se le desbordaron las lágrimas. Las bendije a todas y cada una de ellas.

—Vamos, vamos —dijo el sheriff Jones. Y tras ofrecerle ese somero consuelo, se agachó, apoyando las manos en sus rodillas regordetas, y miró debajo de la cama—. Parece que hay un par de zapatos de mujer ahí debajo. Y ya domados, además. Esos serían buenos para andar. Supongo que no se iría corriendo descalza, ¿verdad?

—Se puso sus zapatillas de lona —dije yo—. Son las que no están.

Era cierto, no estaban. De color verde desvaído, solía referirse a ellas como sus zapatillas de jardín. Recordaba haberlas visto justo antes de empezar a cegar el pozo.

—¡Ah! —exclamó—. Otro misterio resuelto. —Sacó un reloj chapado en plata del bolsillo del chaleco y lo consultó—. Bueno, más vale que me ponga en marcha. El tempus fugit.

Atravesamos la casa, con Henry cerrando la retaguardia, tal vez para poder enjugarse los ojos en privado. Acompañamos al sheriff hasta el sedán Maxwell con la estrella en la portezuela. Me encontraba a punto de preguntarle si quería ver el pozo, sabía incluso cómo iba a sacar el tema, cuando se detuvo y dirigió a mi hijo una mirada de aterradora amabilidad.

—Pasé por casa de los Cotterie —dijo el sheriff.

—Oh, ¿de verdad? —dijo Henry.

—Ya mencioné que últimamente tengo que pararme a regar casi cada arbusto, pero procuro usar una letrina siempre que hay una a mano, suponiendo que esté limpia y no deba preocuparme por las avispas mientras le cambio el agua al canario. Y los Cotterie son gente limpia. Con una hija bonita. ¿No es más o menos de tu edad?

—Sí, señor —respondió Henry, elevando un poquito la voz al pronunciar «señor».

—Andas medio enamoriscado de la muchacha, adivino, ¿verdad? Ella lo está de ti, por lo que cuenta su madre.

—¿Le ha contado eso? —preguntó Henry. Su voz denotaba sorpresa, pero también parecía complacido.

—Sí. La señora Cotterie dijo que estabas muy afectado por el asunto de tu madre, y que Shannon le había hablado de algo que contaste sobre este tema. Le pregunté de qué se trataba, y respondió que ella no era quién para contarlo, pero que podía preguntarle a Shannon. Y es lo que hice.

Henry se miró los pies.

—Le pedí que guardara el secreto.

—No irás a recriminárselo, ¿verdad? —preguntó el sheriff Jones—. Quiero decir, cuando un hombretón como yo, con una estrella en el pecho, interroga a una cosita como ella, es difícil que mantenga la boca cerrada, ¿verdad? Casi no le queda más remedio que hablar, ¿verdad?

—No lo sé —dijo Henry, aún con la vista en el suelo—. Probablemente. —No es que fingiera desdicha; se sentía verdaderamente desdichado. Aun cuando todo se desarrollaba conforme a nuestras expectativas.

—Shannon dice que tus padres tuvieron una fuerte riña por la venta de esas cuarenta hectáreas, y que cuando te pusiste del bando de tu padre, la señora James te pegó una buena bofetada.

—Sí —asintió Henry de forma anodina—. Ella había bebido mucho.

El sheriff Jones se volvió hacia mí.

—¿Estaba borracha o simplemente achispada?

—Algo entre medias —respondí—. Si hubiera estado completamente borracha, habría dormido durante toda la noche en lugar de levantarse, coger el hatillo y escabullirse como una ladrona.

—Pensó que volvería una vez que se despejara, ¿verdad?

—En efecto. Hay más de seis kilómetros hasta el pavimento. Creía con certeza que volvería. Mi teoría es que debió de pasar alguien y la recogió antes de que recuperara la lucidez. Algún camionero en la ruta Lincoln-Omaha, aventuraría.

—Sí, sí, yo también pienso lo mismo. Recibirá noticias suyas cuando contacte con el señor Lester, estoy seguro. Si pretende establecerse por su cuenta, si eso es lo que tiene en mente, necesitará dinero para hacerlo.

De modo que también conocía esa parte.

Sus ojos se aguzaron.

—¿Ella disponía de algún dinero, señor James?

—Bueno...

—No sea tímido. La confesión es buena para el espíritu. Los católicos tienen ahí algo a lo que aferrarse, ¿verdad?

—Guardo una caja en mi cómoda. Había metido allí doscientos dólares, para ayudar a pagar a los jornaleros que empezarán a trabajar el mes que viene.

—Y al señor Cotterie —recordó Henry. Dirigiéndose al sheriff Jones, agregó—: El señor Cotterie tiene una cosechadora de maíz. Una Harris Giant. Casi nueva. Es una pepita.

—Sí, sí, la vi en su patio. Menuda hijaputa, ¿verdad? Perdón por mi polaco. ¿Así que el dinero desapareció de la caja?

Sonreí agriamente..., solo que no era realmente yo quien esgrimía aquella sonrisa; el Hombre Maquinador había tomado el control desde el mismo instante en que el sheriff Jones aparcó junto al tajo de la leña.

—Dejó veinte. Muy generoso por su parte. Pero veinte es lo que siempre cobra Harlan Cotterie por usar su cosechadora, y por ese lado no hay problema. Y a la hora de pagar a los jornaleros, supongo que Stoppenhauser en el banco me adelantará un pequeño préstamo. A menos que le deba un favor a la compañía Farrington, claro. De cualquier modo, mi mejor peón se encuentra aquí mismo.

Hice ademán de alborotarle el pelo a Henry. Avergonzado, me esquivó agachando la cabeza.

—Bien, tengo una buena cantidad de noticias de las que informar al señor Lester, ¿verdad? No le agradará ninguna, pero si es tan listo como cree, adivinará que le conviene esperarla en su despacho, y calculo que sucederá más pronto que tarde. La gente posee la costumbre de presentarse cuando anda escasa de cuartos, ¿eh?

—Por mi experiencia, sí —dije yo—. Si hemos acabado aquí,

sheriff, más vale que mi chico y yo retornemos al trabajo. Deberíamos haber cegado ese pozo inútil hace tres años. Una de mis viejas vacas...

—Elpis. —Henry habló como un niño en un sueño—. Se llamaba Elpis.

—Elpis —asentí—. Salió del establo y decidió darse un paseo por encima de la tapa, y la madera cedió. Ni siquiera mostró la gentileza de morirse por sí misma. Tuve que pegarle un tiro. Venga a la vuelta del establo y le enseñaré el precio de la vagancia asomando sus condenadas patas tiesas. Vamos a enterrarla ahí mismo, y desde ahora llamaré a ese viejo pozo la Insensatez de Wilfred.

—Bueno, me gustaría, ¿verdad? Sería algo digno de ver. Pero he de lidiar con ese viejo juez malhumorado. En otra ocasión. —Se encaramó al coche con un gruñido—. Gracias por la limonada y por ser tan cortés. Podría haber reaccionado de otra manera, considerando quién me envió.

—No hay problema —contesté—. Todos tenemos nuestro trabajo.

—Y con nuestra propia cruz hemos de cargar. —Sus ojos agudos se posaron de nuevo en Henry—. Hijo, el señor Lester me dijo que ocultabas algo. Estaba seguro. Y era cierto, ¿verdad?

—Sí, señor —reconoció Henry con su anodina voz, espantosa de algún modo. Como si todas sus emociones hubieran volado, igual que aquellas entidades liberadas del ánfora de Pandora. Aquí, sin embargo, no había una Elpis, ni para Henry ni para mí; nuestra Elpis yacía muerta en el pozo.

—Si me pregunta, le diré que se equivocaba —declaró el sheriff Jones—. Un abogado no necesita saber que una madre le ha puesto la mano encima a su hijo estando borracha. —Tanteó bajo el asiento, extrajo una larga herramienta en forma de S que yo conocía bien, y se la tendió a Henry—. ¿Salvarías la espalda y el hombro de un anciano, hijo?

—Sí, señor, con mucho gusto. —Henry cogió la manivela y se encaminó a la parte delantera del Maxwell.

—¡Cuidado con tu muñeca! —gritó Jones—. ¡Da coces como un toro! —Después se volvió hacia mí. El brillo inquisitivo de sus ojos había desaparecido, así como su color verde. Ahora veíanse apagados y grises y duros, igual que la superficie de un lago en un día nublado. Era el rostro de un hombre que podría estar a un tris de matar a golpes a un vagabundo en un tren y no perder ni un minuto de sueño por ello—. Señor James. Necesito preguntarle algo. De hombre a hombre.

—Adelante —asentí. Traté de prepararme para lo que sentía la certeza que vendría a continuación: «¿Hay alguna otra vaca en ese pozo? ¿Alguna que se llame Arlette?». Me equivocaba, sin embargo.

—Puedo poner un telegrama con el nombre y la descripción de su esposa, si lo desea. Porque no habrá ido más lejos de Omaha, ¿verdad? No si solo tenía ciento ochenta pavos. Y una mujer que ha pasado casi toda su vida cuidando del hogar no sabe cómo esconderse. Lo más probable es que esté alojada en una casa de huéspedes en el barrio este, donde son baratas. Podría traerla de vuelta. *A rastras* por el pelo, si así lo desea.

—Es una oferta generosa, pero...

Los apagados ojos grises me sondearon.

—Piénselo antes de responder sí o no. A veces es necesario hablarle a una mujer con la mano, si entiende lo que quiero decir, para que se porten bien. Una buena tunda es capaz de ablandar a algunas hembras. Piénselo.

—Lo haré.

El motor del Maxwell cobró vida con un estallido. Extendí la mano (la que le rebanó el cuello a Arlette), pero el sheriff Jones no se dio cuenta. Se afanaba en retrasar el encendido del Maxwell y en ajustar el regulador.

Dos minutos más tarde no era más que un menguante remolino de polvo en el camino de la granja.

—Ni siquiera ha querido mirar —se maravilló Henry.

—No.

Y eso resultó ser algo muy bueno.

Habíamos arrojado paladas deprisa y con fuerza en el momento de avistar al sheriff, y ahora nada afloraba salvo la tibia de una de las patas de Elpis. La pezuña quedaba a poco más de un metro por debajo de la boca del pozo. Una nube de moscas trazaba círculos en derredor. El sheriff se habría maravillado, de acuerdo, y su asombro habría aumentado aún más cuando la tierra delante de aquella pezuña protuberante empezó a palpitar arriba y abajo.

Henry soltó la pala y me asió del brazo. La tarde era calurosa, pero su mano estaba fría como el hielo.

—¡Es ella! —masculló. Su rostro parecía ser todo ojos—. *¡Está intentando salir!*

—Deja de comportarte como un condenado tontaina —ordené, pero me sentía incapaz de apartar los ojos de aquel círculo de tierra jadeante. Era como si el pozo poseyera vida propia y estuviéramos contemplando los latidos de su corazón oculto.

Entonces, la tierra y los guijarros se esparcieron a un lado y a otro, y una rata emergió a la superficie. Los ojos, negros como gotas de petróleo, parpadearon bajo la luz del sol. Era casi tan grande como un gato adulto. Enganchado en sus bigotes se veía un trozo de arpillera marrón manchada de sangre.

—*¡Ah, que te jodan!* —chilló Henry.

Algo pasó silbando a escasos centímetros de mi oreja y entonces el filo de la pala de Henry dividió en dos la cabeza de la rata, que en ese momento alzaba la vista deslumbrada.

—La ha enviado ella —dijo Henry. Sonreía con una mueca—. Las ratas son suyas ahora.

—Nada de eso. Simplemente estás alterado.

Soltó la pala y se acercó al montón de rocas destinadas a rematar el trabajo una vez que el pozo se encontrara cegado casi en su totalidad. Allí se sentó y, absorto, me miró de hito en hito.

—¿Estás seguro? ¿Estás completamente seguro de que no va a rondarnos? La gente dice que las personas asesinadas regresan para atormentar a quienes...

—La gente dice muchas cosas. Un rayo nunca cae dos veces en el mismo sitio, romper un espejo trae siete años de mala suerte, el canto de un chotacabras a medianoche significa que un familiar está a punto de morir.

Hablaba de una manera razonable, pero continuaba mirando la rata muerta. Y el trozo de arpillera manchado de sangre. De su *crespina*. Aún la llevaba puesta, en la profunda oscuridad, solo que ahora con un agujero por el que sobresalía su cabello. *Este verano esa moda causará furor entre las mujeres muertas*, pensé.

—Cuando era niño creía de veras en ese adagio de que si pisaba una grieta algo malo le pasaría a mi madre —reflexionó Henry.

—Ahí lo tienes, ¿ves?

Se sacudió el polvo de los pantalones y se plantó a mi lado.

—Pero la pillé..., pillé a esa cabrona, ¿a que sí?

—¡Y tanto! —Mas como no me gustó el sonido de su voz (no, nada en absoluto), le di una palmadita en la espalda.

Henry seguía sonriendo burlonamente.

—Si el sheriff hubiera venido a mirar, como le invitaste, y hubiera visto a esa rata abriendo un túnel hasta arriba, habría tenido unas cuantas preguntas más que hacer, ¿no crees?

Algo en esta idea propició que Henry rompiera a reír histéricamente. Durante cuatro o cinco minutos dio rienda suelta a sus carcajadas, asustando a una bandada de cuervos posados en la cerca que mantenía al ganado lejos del maíz, pero finalmente se calmó. Para cuando terminamos nuestro trabajo ya se había puesto el sol, y oíamos a los búhos intercambiando impresiones mientras emprendían sus cacerías previas a la salida de la luna desde el altillo del establo. Las rocas en la parte superior del desaparecido pozo estaban bien encajadas, y no creía que ninguna otra rata pudiera retorcerse hasta la superficie. No nos molestamos en reemplazar la tapa rota; no existía necesidad. Henry casi volvía a parecerse a su yo normal, y pensé que a lo mejor disfrutaríamos de una noche de sueño decente.

—¿Qué dices de unas salchichas, unas judías y pan de maíz? —le pregunté.

—¿Puedo poner en marcha el generador y escuchar *Hayride Party* en la radio?

—Sí, señor. Permiso concedido.

Sonrió ante esto, su vieja sonrisa de siempre.

—Gracias, padre.

Cociné comida suficiente para cuatro peones de granja, y lo devoramos todo.



Dos horas más tarde, cuando estaba hundido en mi sillón de la salita y cabeceaba sobre un ejemplar de *Silas Marner*, Henry salió de su cuarto, vestido solo con sus calzoncillos de verano. Me contempló con seriedad.

—Madre siempre me insistía en que dijera mis oraciones, ¿sabía eso?

Parpadeé, sorprendido.

—¿Todavía? No, no lo sabía.

—Sí. Incluso cuando dejó de mirarme si no llevaba los pantalones puestos, porque decía que ya era mayor y que no estaría bien. Pero ahora soy incapaz de rezar, nunca más. Creo que, si me arrodillara, Dios me castigaría con la muerte.

—Si es que hay un Dios —maticé.

—Espero que no. Uno se siente más solo, pero espero que no haya ninguno. Imagino que todos los asesinos tienen esa esperanza. Porque si no existe el Cielo, tampoco existe el Infierno.

—Hijo, fui yo quien la mató.

—No; lo hicimos juntos.

No era cierto (no se trataba más que de un muchacho, y yo le había embaucado), pero él sí lo creía, e intuí que siempre sería así.

—Pero no debe preocuparse por mí, padre. Sé que piensa que cometeré un desliz, probablemente con Shannon. O que me sentiré tan culpable que iré a Hemingford y se lo confesaré a ese sheriff.

Por supuesto, esos pensamientos habían cruzado mi mente.

Henry negó con la cabeza, lenta y categóricamente.

—Ese sheriff... ¿Vio cómo se fijaba en todo? ¿Vio sus *ojos*?

—Sí.

—Intentaría sentarnos a los dos en la silla eléctrica, eso es lo que pienso, y da igual que yo no cumpla los quince hasta agosto. Va a estar también allí para mirarnos con esos ojos duros que tiene cuando nos pongan las correas y...

—Basta, Hank. Es suficiente.

No lo era, sin embargo. No para él.

—... y accionen el interruptor. Nunca permitiré que eso pase si puedo evitarlo. Esos ojos no van a ser nunca lo último que vea. —Consideró lo que acababa de decir—. Es decir, jamás. Nunca jamás.

—Vete a la cama, Henry.

—Hank.

—Hank. Vete a la cama. Te quiero.

Sonrió.

—Lo sé, pero no me lo merezco.

Se marchó, arrastrando los pies, antes de que yo pudiera replicar.


Y con esto a la cama, como dice el señor Pepys. Dormimos mientras los búhos cazaban y Arlette descansaba en la más profunda oscuridad con la mitad inferior de su rostro coceado pendiendo hacia un lado. A la mañana siguiente salió el sol, un buen día para el maíz, y nos dedicamos a nuestras faenas.

Cuando, acalorado y cansado, fui a preparar algo para almorzar, encontré una cacerola tapada en el porche. Había una nota aleteando bajo el borde. Decía así:

> Wilf, sentimos mucho tu problema, y ayudaremos de la mejor forma que podamos. Harlan dice que no te preocupes por el pago de la cosechadora este verano. Por favor, avísanos si tienes noticias de tu mujer.
>
> Con cariño,
>
> SALLIE COTTERIE
>
> PD: Si Henry viene a visitar a Shan, mandaré con él una tarta de arándanos.

Guardé la nota en el bolsillo delantero del peto con una sonrisa. Nuestra vida post-Arlette había empezado.

Si Dios nos recompensa en la Tierra por las buenas acciones (el Antiguo Testamento así lo sugiere, y ciertamente los puritanos creían en ello), entonces quizá Satán nos recompensa por los actos malvados. No sabría decirlo con certeza, pero sí puedo afirmar que fue un buen verano, con mucho calor y sol para el maíz, y solo la lluvia necesaria para mantener fresco nuestro huerto de casi media hectárea. Algunas tardes se descargaban tormentas, con truenos y rayos pero no con esas ráfagas de viento que mutilan las cosechas y que los agricultores del Medio Oeste temen. Harlan Cotterie vino con su Harris Giant y no sufrió ni una sola avería. Me preocupaba que la compañía Farrington pudiera interferir en mis asuntos, pero no ocurrió. Conseguí el préstamo del banco sin problema, y devolví el crédito en su totalidad hacia octubre, porque ese año los precios del maíz se pusieron por las nubes y los costes de transporte de la Great Western estaban por los suelos. Si conoce la historia, sabrá que esas dos cosas —el precio del producto y el precio de los portes— intercambiaron sus posiciones hacia el 23, y así han permanecido desde entonces. Para los agricultores del centro, la Gran Depresión se inició el verano siguiente, cuando el Mercado Agrícola de Chicago colapsó. Pero el verano de 1922 fue tan perfecto como cualquier agricultor hubiera deseado. Solo lo estropeó un incidente, relacionado con otra de nuestras diosas bovinas, y que relataré enseguida.

El señor Lester vino en dos ocasiones. Intentaba provocar, pero no tenía nada con lo que intimidarnos, y debía de saberlo, porque en ese mes de julio parecía bastante tenso. Imagino que sus jefes lo estaban apremiando, y él se limitaba a seguir la cadena. O lo procuraba. La primera vez hizo un montón de preguntas que en realidad no eran preguntas en absoluto, sino insinuaciones. ¿Creía yo que mi esposa había sufrido un accidente? Debía de ser eso, ¿verdad? De lo contrario se habría puesto en contacto con él a fin de acordar una cifra por aquellas cuarenta hectáreas, o sencillamente habría vuelto a la granja arrastrándose con el rabo (metafórico) entre las piernas. ¿O creía yo que había sido víctima de algún criminal en el camino? Esas cosas ocurrían de vez en cuando, ¿verdad? Y, ciertamente, resultaría muy conveniente para mí, ¿verdad?

La segunda vez que se presentó mostraba un aspecto desesperado además de tenso, y fue directamente al grano: ¿había sufrido mi esposa un accidente allí mismo en la granja? ¿Era eso lo que había ocurrido? ¿Era la razón por la que no había aparecido ni viva ni muerta?

—Señor Lester, si me está preguntando si he asesinado a mi esposa, la respuesta es no.

—Bueno, por supuesto, es lo que usted diría, ¿no?

—Es la última cosa que me pregunta, señor. Monte en la camioneta y márchese. No vuelva por aquí. Si lo hace, le atizaré con el mango de un hacha.

—¡Le encarcelarían por agresión!

Ese día llevaba un cuello de celuloide, y lo tenía ladeado. Casi era posible hasta compadecerse de él, plantado allí de pie con el cuello hurgando por debajo de la barbilla mientras ríos de sudor surcaban el polvo en su cara rechoncha, los labios temblorosos y los ojos casi fuera de las órbitas.

—Nada de eso. Le he advertido de que se mantenga lejos de mi propiedad, como es mi derecho, y tengo intención de enviar una carta certificada a su bufete declarando eso mismo. Si vuelve otra vez será allanamiento, y le machacaré. Tómese la advertencia en serio, señor.

Lars Olsen, que había vuelto a traer a Lester en su Red Baby, prácticamente ahuecaba las manos alrededor de las orejas para oír mejor.

Cuando Lester alcanzó el camión, por el lado sin puerta del pasajero, giró sobre sus talones con el brazo extendido y me apuntó con un dedo, como un abogado con inclinación por la teatralidad ante un tribunal.

—¡Creo que usted la mató! ¡Y tarde o temprano el homicidio saldrá a la luz!

Henry (o Hank, como prefería que le llamaran ahora) salió del granero. Había estado aventando el heno y sostenía la horca contra su pecho como un rifle en posición de «presenten armas».

—Lo que *yo* creo es que más le vale salir de aquí antes de que empiece a sangrar —amenazó. El muchacho amable y bastante tímido que conociera yo hasta el verano del 22 jamás habría dicho nada semejante, pero este lo hizo, y Lester vio que hablaba en serio. Subió al vehículo. Sin puerta que cerrar de golpe, se conformó con cruzarse de brazos.

—Vuelve cuando gustes, Lars —dije agradablemente—, pero no lo traigas, no importa cuánto te ofrezca por acarrear su culo inútil.

—No, señor James —dijo Lars, y partieron.

Me volví hacia Henry.

—¿Ibas a pegarle con esa horca?

—Sí, señor. Hasta que chillara.

A continuación, con semblante adusto, regresó al granero.

Sin embargo, no *siempre* se mostró adusto ese verano, y el motivo de ello fue Shannon Cotterie. La vio mucho (más de lo apropiado para cualquiera de los dos; eso lo descubrí en otoño). La muchacha empezó a venir a la casa los martes y jueves por la tarde, vestida con faldas largas y el cabello pulcramente recogido con una cofia, y armada con un morral cargado de cosas ricas para comer. Explicó que sabía «lo que cocinaban los hombres» (como si tuviera treinta años en lugar de quince), y aseguró que su intención era ver que tomábamos por lo menos dos cenas decentes a la semana. Y aunque yo solo disponía de una de las cazuelas de su madre para comparar, admito que era una cocinera suprema. Henry y yo nos limitábamos a echar filetes en una sartén sobre el anafe; la muchacha tenía una manera de condimentar que convertía un mero trozo de carne en algo delicioso. Traía verduras frescas en su morral, no solo zanahorias y guisantes, sino productos exóticos (para nosotros) como espárragos y fríjoles gordos que cocinaba con cebollas perla y beicon. Tomábamos hasta postre. Cierro los ojos en esta miserable habitación de hotel y huelo la masa. La veo de pie en la cocina, veo el movimiento de sus nalgas mientras batía huevos o montaba la nata.

«Generosa» era la palabra para describir a Shannon: de cadera, de busto, de corazón. Trataba a Henry con ternura, y le cuidaba. Así que me encariñé de ella…, salvo que esta declaración se me antoja demasiado pobre, Lector. La amaba, y ambos amábamos a Henry. Aquellos martes y jueves, tras la cena, yo insistía en fregar los cacharros y los enviaba al porche. A veces los oía murmurar entre ellos, y si me asomaba los veía sentados en las sillas de mimbre, uno al lado del otro, observando el Campo Oeste y cogidos de la mano como un viejo matrimonio. A veces los pillaba besándose, y en ese acto no había ni rastro de un viejo matrimonio. Existía en aquellos besos la dulce urgencia que solo pertenece a los muy jóvenes, y entonces me escabullía con dolor en el corazón.

Un caluroso martes por la tarde ella llegó temprano. Su padre se hallaba en nuestro Campo Norte con la cosechadora; Henry le acompañaba subido en la máquina, y una pequeña cuadrilla de indios de la reserva de Lyme Biska caminaba detrás… y detrás de estos, Urraca Vieja conducía el remolque. Shannon me pidió un cazo de agua fría, que le procuré encantado. Permaneció de pie en el lado sombreado de la casa, y mostraba un aspecto imposiblemente fresco pese al voluminoso vestido que la cubría desde la garganta hasta los tobillos y desde los hombros hasta la cintura; el vestido de una cuáquera, casi. Su manera de actuar era grave, acaso temerosa, y por un instante yo mismo me asusté. *Se lo ha contado*, pensé. Eso resultó no ser cierto. Excepto que, en varios sentidos, sí lo fue.

—Señor James, ¿Henry está enfermo?

—¿Enfermo? Diantres, no. Está sano como un caballo, diría. Y también come igual que uno. Tú misma lo has visto. Aunque creo que ni siquiera un hombre enfermo podría negarse a tu comida, Shannon.

Eso me hizo acreedor de una sonrisa, aunque distraída.

—Este verano se comporta distinto. Siempre supe cuáles eran sus pensamientos, pero ya no. *Rumia*.

—¿Sí? —pregunté (con demasiada efusividad).

—¿No lo ha notado?

—No, señora. —(Pero sí)—. A mí me parece el mismo de siempre. Pero siente un inmenso aprecio por ti, Shan. Quizá lo que para ti es cavilación, él lo sienta como una dolencia de amor.

Creí que me recompensaría con una sonrisa auténtica, pero no. Me tocó la muñeca. La mano estaba fría a causa del mango del cazo.

—Lo he pensado, pero... —Espetó el resto—: Señor James, si estuviera encaprichado de alguien más, de alguna de las chicas de la escuela..., usted me lo diría, ¿verdad? No intentaría... no herir mis sentimientos, ¿verdad?

Me reí ante eso, y observé que su bonito rostro se iluminaba de alivio.

—Shan, escúchame. Porque soy tu amigo. El verano siempre es una época de duro trabajo, y como Arlette se ha ido, Hank y yo hemos estado más ocupados que un empapelador manco. Cuando llega la noche, cenamos..., una buena cena si estás tú, y luego leemos durante una hora. A veces habla de lo que añora a su madre. Después nos acostamos, y al día siguiente nos levantamos y vuelta a lo mismo. Apenas tiene tiempo para cortejarte a *ti*, mucho menos a otra chica.

—Él me ha cortejado, eso es cierto —dijo, y desvió la mirada hacia el lugar donde, en el horizonte, resoplaba la cosechadora de su padre.

—Bien..., eso es bueno, ¿no?

—Solo pensé que... está tan callado..., tan taciturno... A veces se queda con la mirada perdida a lo lejos, y tengo que repetir su nombre dos o tres veces para que me haga caso y me responda. —Se ruborizó con fiereza—. Incluso sus besos son distintos. No sé cómo explicarlo, pero es así. Y si alguna vez le cuenta que he dicho eso, me moriré. De veras que me *moriré*.

—Nunca se me ocurriría —dije—. Los amigos no se traicionan entre sí.

—Supongo que estoy siendo una tonta. Y claro que añora a su madre, eso lo sé. Pero hay tantas chicas en la escuela que son más bonitas que yo..., más bonitas que yo...

Alcé su barbilla para que me mirara a los ojos.

—Shannon Cotterie, cuando mi chico te mira, ve a la muchacha más bonita del mundo. Y tiene razón. Diantres, con su edad, yo mismo te cortejaría.

—Gracias —dijo. Lágrimas como diamantes diminutos se agolpaban en las esquinas de sus ojos.

—Lo único de lo que necesitas preocuparte es de volver a ponerle en su sitio si se aparta del camino. Los chicos a veces se ofuscan, ¿sabes? Y si me he pasado de la raya, adelante, dímelo. Esa es otra cosa que está bien entre amigos.

Me dio un abrazo entonces, y yo se lo devolví. Un abrazo bien fuerte, pero acaso mejor para Shannon que para mí. Porque Arlette se hallaba entre nosotros. En el verano de 1922, Arlette se interponía entre cualquier persona y yo, y sucedía lo mismo con Henry. Shannon así acababa de confirmármelo.

Una noche de agosto, terminada ya la cosecha y con la cuadrilla de Urraca Vieja pagada y de regreso en la reserva, me despertó el mugido de una vaca. *Me he quedado dormido y se me ha pasado la hora del ordeño*, pensé, pero tras buscar a tientas en la mesilla el reloj de bolsillo de mi padre, vi que marcaba las tres y cuarto de la madrugada. Arrimé el reloj al oído para comprobar que aún tenía cuerda, pero un vistazo por la ventana a la oscuridad sin luna habría servido al mismo propósito. Tampoco se trataba de la llamada ligeramente molesta de una vaca que necesita que le extraigan la leche. Era el sonido de un animal dolorido. Las vacas a veces braman de ese modo cuando paren, pero hacía mucho tiempo que nuestras diosas habían dejado atrás esa etapa de sus vidas.

Me levanté y eché a andar hacia la puerta, pero luego regresé a por el calibre 22 que guardaba en el armario. Oí a Henry serrando madera tras la puerta cerrada de su habitación al pasar apresuradamente por delante con el rifle en una mano y mis botas en la otra. Esperaba que no se despertara y quisiera acompañarme a lo que podría ser una diligencia peligrosa. En aquel entonces ya quedaban pocos lobos en las praderas, pero Urraca Vieja me había contado que algunos zorros a lo largo del curso del río Platte y el Medicine Creek padecían la enfermedad del estío. Así llamaban a la rabia los shoshones. Un bicho rabioso en los establos era la causa más probable de aquellos gritos.

Ya en el exterior de la casa, los mugidos agonizantes sonaban con mayor intensidad, y huecos, de algún modo. Con resonancia. *Como una vaca en un pozo*, pensé. Aquella idea me puso la piel de gallina en los brazos e hizo que asiera con fuerza el 22.

Para cuando alcancé el establo y abrí la puerta derecha empujando con el hombro, oí que las demás vacas empezaban a mugir en solidaridad, pero aquellos gemidos eran interpelaciones tranquilas en comparación con los bramidos de angustia que me habían despertado... y que despertarían también a Henry si no lograba poner fin a lo que los causaba. Una lámpara de arco de carbón colgaba en un gancho a la derecha de la puerta; no usábamos llamas abiertas en el establo a menos que fuera absolutamente necesario, sobre todo en verano, cuando el altillo estaba cargado de heno y cada silo rebosaba de maíz hasta arriba.

Palpé en busca del botón de encendido y lo apreté. Brotó un círculo brillante de luz blanco azulada. Deslumbrado en un primer momento, no pude distinguir nada; solo oía aquellos gritos de dolor y los ruidos sordos que producían las pezuñas de una de nuestras diosas al intentar escapar de lo que fuera que la estaba hiriendo. Era Aquelois. Cuando mis ojos se adaptaron un poco, vi que sacudía la cabeza de un lado a otro, reculaba hasta que sus cuartos traseros chocaban contra la puerta de su chiquero (el tercero a la derecha según se avanzaba por el pasillo), y luego embestía de nuevo hacia delante. Las otras vacas sembraban completamente el pánico entre ellas mismas.

Me armé de valor y corrí hasta allí con el 22 metido bajo el brazo izquierdo. Abrí la puerta de un tirón, y retrocedí un paso. Aquelois significa «aquella que ahuyenta el dolor», pero esta Aquelois sufría una agonía. Cuando salió al pasillo a trompicones, observé que sus patas traseras estaban embadurnadas de sangre. Se encabritó como un caballo (algo que nunca antes viera hacer a una vaca), y en ese momento divisé una enorme rata noruega aferrándose a una de las tetillas. El peso había convertido la protuberancia rosada en un tenso trozo de cartílago. Petrificado por la sorpresa (y el horror), recordé cuando, siendo todavía un niño, Henry se sacaba de la boca una tira de chicle rosado. «No hagas eso», le reprendía Arlette. «A nadie le interesa ver lo que has estado masticando.»

Levanté el arma, luego la bajé. ¿Cómo iba a disparar con la rata balanceándose de acá para allá como un peso vivo al final de un péndulo?

En el pasillo, Aquelois mugía y sacudía la cabeza de un lado a otro, como si eso pudiera servir de alguna ayuda. En cuanto sus cuatro patas volvieron a tocar el suelo, la rata fue capaz de sostenerse en las tablas sucias de heno. Era como algún extraño tipo de cachorro monstruoso con gotas de leche en sus bigotes. Busqué algo con lo que golpearla, pero antes de que pudiera agarrar la escoba que Henry había dejado apoyada contra el chiquero de Femonoe, Aquelois volvió a ponerse sobre dos patas y la rata cayó al suelo. Al principio pensé que había conseguido desprenderse de ella, pero entonces divisé la protuberancia rosada y arrugada que sobresalía de la boca de la rata, como un cigarro de carne. La maldita alimaña había arrancado de cuajo una de las tetillas de la pobre Aquelois. El animal reposó la cabeza contra una de las vigas del establo y me dedicó un extenuado mugido, como si dijera: «Te he dado leche todos estos años sin ocasionar problemas, no como algunas que podría mencionar, luego ¿por qué has permitido que me pase esto?». Bajo su ubre se estaba formando un charco de sangre. Incluso con la conmoción y la repulsión, creía que no moriría a causa de la herida, pero ante su visión (y la de la rata, con la tetilla inocente en la boca) me invadió la ira.

Aun así no disparé, en parte porque tenía miedo del fuego, pero sobre todo porque, al llevar la lámpara de carbón en una mano, temía fallar. En lugar de eso, bajé la culata del rifle, con la esperanza de matar a la intrusa igual que Henry había matado a la superviviente del pozo con la pala. Pero Henry era un muchacho de reflejos rápidos, y yo un hombre de mediana edad que había sido despertado de un profundo sueño. La rata me esquivó con facilidad y se marchó trotando por el pasillo central. La tetilla cercenada se movía arriba y abajo en su boca, y comprendí que la estaba devorando (caliente y, sin duda, aún llena de leche) incluso mientras corría. Le di caza, lancé un par de golpes más, y fallé ambos intentos. Entonces vi hacia dónde se dirigía: la tubería que conducía al extinto pozo para el ganado. ¡Por supuesto! ¡El Bulevar de la Rata! Al rellenar el pozo, aquel se convirtió en su único medio de agresión. Sin ese conducto, habrían quedado sepultadas vivas. Sepultadas con *ella*.

*Pero seguramente esa cosa es demasiado grande para caber por la tubería*, pensé. *Debe de haber venido del exterior, tal vez de un nido en el montón de abono.*

Saltó a la abertura, y mientras lo hacía, estiró su cuerpo de la manera más asombrosa. Blandí la culata del rifle una última vez y la estrellé contra el borde del conducto. Erré el blanco por completo. Cuando bajé la lámpara de carbón hasta la boca de la tubería, alcancé a vislumbrar borrosamente la cola sin pelo que se internaba en la oscuridad, y oí el chirrido de sus garras en el metal galvanizado. Después desapareció. El corazón me latía con tanta fuerza que surgieron puntitos blancos delante de mis ojos. Aspiré una profunda bocanada de aire, pero estaba impregnado de un hedor a putrefacción y descomposición tan intenso que retrocedí tapándome la nariz con la mano. Las arcadas ahogaron la necesidad de gritar. Con aquel olor invadiendo mis fosas nasales, casi podía ver a Arlette al otro lado de la tubería, su carne, ahora infestada de bichos y gusanos, licuándose; sus facciones que empezaban a escurrirse de la calavera, la sonrisa de sus labios dando paso a la sempiterna mueca ósea que yacía debajo.

Me aparté de aquella atroz tubería a gatas, esparciendo el vómito primero a la izquierda y luego a la derecha, y después de expulsar toda la cena, escupí largos hilos de bilis. Con ojos acuosos, vi que Aquelois había regresado a su chiquero. Eso estaba bien. Por lo menos no iba a tener que perseguirla por el maíz y ponerle el ronzal para guiarla de vuelta.

Lo que quería hacer en primer lugar era taponar la tubería, lo deseaba más que cualquier otra cosa, pero a medida que mi gañote se calmaba, la lucidez se reafirmó a sí misma. La prioridad era Aquelois. Era una buena vaca lechera. Más importante que eso, ella era responsabilidad mía. Guardaba un botiquín en el pequeño despacho del establo donde llevaba las cuentas. Allí encontré un frasco grande de bálsamo antiséptico Rawleigh. Había un montón de trapos limpios en el rincón. Cogí la mitad y regresé al chiquero de Aquelois. Cerré la puerta para minimizar el riesgo de recibir una coz y me senté en el taburete de ordeñar. Creo que una parte de mí sentía que *merecía* ser pateado. Pero la vieja y querida Aquelois no se movió cuando la acaricié en la ijada y susurré: «Sooo, Jefa, tranquila, grandullona», y aunque tembló cuando le unté el bálsamo en la zona dañada, permaneció inmóvil.

Después de dar todos los pasos posibles para prevenir la infección, usé los trapos para secar el vómito. Era importante hacer bien el trabajo, pues cualquier granjero le dirá que el vómito humano atrae a los depredadores tanto o más que un vertedero de basura que no haya sido adecuadamente enterrado. Mapaches y marmotas, por supuesto, pero sobre todo ratas. Las ratas adoran los residuos humanos.

Me sobraron unos pocos trapos, pero procedían de la mantelería desechada de Arlette y eran demasiado finos para mi siguiente tarea. Cogí la hoz de su gancho, iluminé el camino hasta la pila de leña, y corté un irregular cuadrado de la gruesa lona que la cubría. De vuelta en el establo, me agaché y sostuve la lámpara cerca de la boca de la tubería, pues quería cerciorarme de que la rata (la misma u otra; donde hay una, con certeza habrá más) no estaba al acecho, preparada para defender su territorio, pero se hallaba vacía hasta donde me alcanzaba la vista, a unos cuatro metros de distancia. No había excrementos, pero eso no me sorprendió. Se trataba de una vía transitada (en ese momento, su *única* vía) y no la ensuciarían mientras pudieran hacer sus cosas en el exterior.

Metí la lona en la tubería. Era rígida y voluminosa, y al final tuve que usar el mango de la escoba para introducirla del todo, pero lo logré.

—Listo —dije en voz alta—. A ver si os gusta esto. Así os atragantéis.

Volví para echarle un vistazo a Aquelois. Permanecía tranquila, y cuando la acaricié me dirigió una afable mirada por encima del hombro. Sabía entonces y sé ahora que solo era una vaca (descubrirá que los granjeros albergan pocos sentimientos románticos hacia el mundo natural), pero esa mirada me llenó los ojos de lágrimas y me obligué a reprimir un sollozo. *Sé que has hecho todo lo posible*, decía. *Sé que no es culpa tuya.*

Sin embargo lo era.

Pensé que yacería despierto durante mucho tiempo, y que cuando me durmiera soñaría con la rata corriendo por las tablas sucias de heno hacia su escotilla de escape con la tetilla en la boca, pero caí dormido de inmediato, y mi sueño fue tranquilo y reparador. Desperté con la luz de la mañana que inundaba el dormitorio y el denso hedor del cadáver en descomposición de mi esposa muerta que impregnaba mis manos, las sábanas y la almohada. Me incorporé al instante, jadeando, pero consciente de que se trataba de una ilusión. Aquel olor fue mi pesadilla. No la había tenido durante la noche, sino con la primera y cuerda luz de la mañana, y con los ojos abiertos de par en par.


A pesar del bálsamo, esperaba una infección debida a la mordedura de la rata, pero no se produjo. Aquelois murió ese mismo año, aunque por otra causa. Nunca volvió a dar leche, sin embargo; ni una sola gota. Debería haberla matado, pero no tuve corazón para hacerlo. Ya había sufrido demasiado a cuenta mía.


Al día siguiente le entregué a Henry una lista de suministros y le indiqué que fuera a buscarlos con la camioneta al Hogar. Una gran sonrisa encandilada le quebró el rostro.

—¿El camión? ¿*Yo* solo?

—¿Todavía te acuerdas de manejar la caja de cambios? ¿Aún eres capaz de encontrar la marcha atrás?

—¡Cielos, claro que sí!

—Entonces creo que estás listo. Quizá no para Omaha, todavía, ni siquiera Lincoln, pero si conduces despacio, deberías llegar sano y salvo a Hemingford Home.

—¡Gracias!

Me rodeó con los brazos y me besó en la mejilla. Por un instante dio la impresión de que volvíamos a ser amigos. Incluso me permití el lujo de creérmelo un poco, aunque mi corazón sabía más. La evidencia podría estar bajo tierra, pero la verdad se hallaba entre nosotros, y siempre sería así.

Le entregué una cartera de piel con dinero.

—Pertenecía a tu abuelo. Te convendría guardarla bien; iba a regalártelo por tu cumpleaños en otoño, de todas formas. Hay dinero dentro. Si sobra algo, puedes quedártelo. —Casi agregué: «Y no traigas contigo ningún chucho», pero me detuve a tiempo. Esa había sido una manida ocurrencia de su madre.

Intentó agradecérmelo otra vez, pero fue imposible. Ya era demasiado.

—Pasa por la herrería de Lars Olsen en el camino de vuelta y llena el depósito. Hazme caso, o tendrás que venir a casa a pie en lugar de tras un volante.

—No me olvidaré. Y ¿padre?

—Sí.

Arrastró los pies y luego me miró con timidez.

—¿Podría pasar por casa de los Cotterie a preguntarle a Shan si quiere ir conmigo?

—No —respondí, y su cara se alargó antes de poder añadir—: Pídele permiso a Sallie o a Harlan. Y asegúrate de decirles que nunca antes has conducido hasta la ciudad. Está en juego tu honor, hijo.

Como si nos quedara algo a cualquiera de los dos.

Permanecí observando junto a la cancela hasta que nuestro viejo camión desapareció en una nube de su propio polvo. Había un bulto en mi garganta que era incapaz de tragar. Tenía la estúpida pero fortísima premonición de que nunca le volvería a ver. Supongo que es algo que la mayoría de los padres sienten la primera vez que ven a un hijo yéndose solo y se enfrentan a la comprensión de que si un niño tiene la edad suficiente para mandarle a hacer recados sin supervisión, entonces ya ha dejado de ser un niño.

Pero no podía pasar demasiado tiempo deleitándome en mis sentimientos; tenía una importante tarea que realizar, y había enviado a Henry lejos para poder ocuparme de ella yo solo. Advertiría lo sucedido a la vaca, por supuesto, y probablemente adivinaría qué lo había provocado, pero pensé que aun así podría paliar un poco el efecto de ese conocimiento.

Primero comprobé el estado de Aquelois, que parecía decaída, pero por lo demás bien. Luego examiné la tubería. Seguía obstruida, pero no me hacía ilusiones; requeriría tiempo, pero finalmente las ratas roerían la lona. Debía perfeccionar el trabajo. Llevé un saco de cemento Portland hasta el pozo de la casa y preparé la mezcla en un viejo balde. De vuelta en el establo, mientras esperaba a que espesara, empujé la lona aún a mayor distancia en la tubería, dos metros, que fueron los que rellené con cemento. Para cuando regresó Henry (y con buen ánimo, pues logró que Shannon le acompañara y ambos habían compartido una gaseosa con helado, pagada con el cambio de los recados), ya estaba endurecido. Supongo que unas pocas ratas debieron de salir a forrajear, pero no me cabía duda de que había enclaustrado a la gran mayoría en la oscuridad, incluyendo a la que se ensañó con la pobre Aquelois. Y en la oscuridad morirían. Si no de asfixia, de inanición cuando su innombrable despensa estuviera agotada.

Eso pensaba entonces.

En los años entre 1916 y 1922 hasta los granjeros estúpidos de Nebraska prosperaron. Harlan Cotterie, lo opuesto a un estúpido, prosperó más que la mayoría. Su granja lo demostraba. Agregó un establo y un silo en 1919, y en 1920 construyó un profundo pozo que bombeaba un increíble caudal superior a veinte litros por minuto. Un año más tarde instaló fontanería interior (aunque sensatamente conservó el retrete del patio trasero). Así, tres veces por semana, él y sus mujeres disfrutaban de lo que constituía un lujo inverosímil en aquella región del país: duchas y baños calientes donde el agua se suministraba no con ollas puestas a hervir en el anafe de la cocina, sino mediante cañerías que primero la transportaban desde el pozo y luego la vertían al sumidero. Fueron los baños lo que reveló el secreto que Shannon Cotterie había estado guardando, aunque supongo que yo ya lo conocía, que lo supe desde el día que me dijo «Él me ha cortejado, eso es cierto», hablando con una voz plana, opaca, impropia de ella, y mirándome no a mí, sino a la silueta de la cosechadora de su padre y a los espigadores que andaban dificultosamente detrás de la máquina.

Esto ocurrió hacia finales de septiembre, con el maíz ya cosechado por otro año, pero aún pendiente la recolección de los huertos. Un sábado por la tarde, mientras Shannon disfrutaba de una ducha, su madre entró por la puerta de atrás con una colada que recogiera temprano del tendedero, pues amenazaba lluvia. Es probable que Shannon creyera que había cerrado completamente la puerta del cuarto de baño (la mayoría de las damas se muestran reservadas en lo que atañe a sus quehaceres en el aseo, y cuando el verano de 1922 cedía paso al otoño, Shannon Cotterie tenía cierto motivo en especial para sentirse así), aunque quizá se soltó el pestillo y se abrió parcialmente. Su madre echó un vistazo por casualidad, y aunque la vieja sábana que servía de cortina se extendía por todo lo largo del riel en forma de U, el rocío la había vuelto translúcida. No hizo falta que Sallie viera verdaderamente a la muchacha; atisbó su *figura*, por una vez sin uno de sus voluminosos vestidos estilo cuáquero para ocultarla. Con eso bastó. La muchacha estaba de cinco meses, o cerca; en cualquier caso, probablemente no habría podido guardar su secreto mucho más tiempo.

Dos días más tarde, Henry volvió a casa de la escuela (ahora utilizaba la camioneta) con aspecto asustado y culpable.

—Shan no ha ido los dos últimos días —me explicó—, así que pasé por casa de los Cotterie para preguntar si estaba bien. Creí que a lo mejor había pillado la gripe española. No me dejaron entrar. La señora Cotterie me dijo que siguiera mi camino, y que su marido vendría esta noche para hablar, después de que terminara sus faenas. Le pregunté si podía hacer algo, y me dijo: «Ya has hecho suficiente, Henry».

Entonces recordé la conversación con Shan. Henry se tapó la cara con las manos y dijo:

—Está embarazada, padre, y se han enterado. Sé que es eso. Nosotros queremos casarnos, pero tengo miedo de que ellos no nos lo permitan.

—No te preocupes por ellos —le dije—. No te lo permitiré *yo*.

Me miró con ojos dolidos y llorosos.

—¿Por qué no?

Pensé: *¿Has visto lo que pasó entre tu madre y yo y todavía preguntas?* Pero lo que respondí fue:

—Ella tiene quince años, y a ti aún te faltan otras dos semanas.

—¡Pero nos amamos!

Oh, necio lamento. Ese ululato cobarde. Apreté las perneras del peto con los puños cerrados, pero me obligué a abrir las manos. Enfadarse no serviría de nada. Un muchacho necesitaba a una madre con la que discutir asuntos como ese, pero la suya estaba sentada en el fondo de un pozo cegado, atendida sin duda por un séquito de ratas muertas.

—Lo sé, Henry,...

—¡*Hank!* ¡Y hay otros que se casan a esa edad!

Otrora, sí; no tanto desde el cambio de siglo y el cierre de las fronteras. Pero eso no lo mencioné. Cuanto dije fue que no tenía dinero para proporcionarles un comienzo. Quizá para 1925, si los cultivos y los precios se mantenían, pero ahora no había nada. Y con un bebé en camino...

—¡*Habría* habido suficiente! —espetó—. ¡Si no hubieras sido tan cabrón con esas cuarenta hectáreas, habríamos tenido *en abundancia*! ¡*Ella* me hubiera dado una parte! ¡Y *ella* no me hubiera hablado de esa forma!

En un primer momento me quedé demasiado conmocionado para decir nada. Habían transcurrido seis semanas o más desde que el nombre de Arlette (o incluso el vago pronombre *ella*) dejara de existir entre nosotros.

Me miraba de modo desafiante. Y entonces, a lo lejos en nuestra porción de carretera, divisé a Harlan Cotterie. Siempre le consideré un amigo, pero la irrupción de una hija embarazada tiene por costumbre cambiar esas cosas.

—No, ella no te hubiera hablado de esa forma —concedí, y le miré directamente a los ojos—. Te habría hablado peor. Y lo más probable es que se hubiera reído. Si buscas en tu corazón, hijo, sabrás que es cierto.

—¡No!

—Tu madre llamó bruja a Shannon, y después te dijo que mantuvieras la colita en los pantalones. Fue su último consejo y, aun ordinario e hiriente como casi todo lo que decía, deberías haberlo seguido.

La ira de Henry decayó.

—Solo fue después de..., después de esa noche cuando... Shan no quería, pero yo la convencí. Y una vez que empezamos, a ella le gustó tanto como a mí. Una vez que empezamos, era ella la que lo pedía. —Lo expresó con un extraño orgullo, medio enfermizo, y luego meneó la cabeza cansinamente—. Y ahora en esas cuarenta hectáreas solo crecen hierbajos y yo estoy metido en un lío. Si madre estuviera aquí, me ayudaría a arreglarlo. El dinero lo arregla todo, eso es lo que *él* dice. —Henry asintió en dirección a la nube de polvo que se aproximaba.

—Si no te acuerdas de cómo se aferraba tu madre a cada dólar, entonces olvidas demasiado rápido por tu propio interés —dije—. Y si has olvidado cómo te cruzó la cara aquella vez...

—No lo he olvidado —dijo hoscamente. Y luego, con mayor resentimiento aún—: Creí que me ayudarías.

—Pienso intentarlo. Ahora mismo quiero que te esfumes. Estar aquí cuando aparezca el padre de Shannon sería como agitar un trapo rojo delante de un toro. Deja que vea en qué posición estamos, y cómo está él, y a lo mejor te llamo para que salgas al porche. —Le cogí por la muñeca—. Voy a hacer todo lo posible por ti, hijo.

Se liberó de mi agarre de un tirón.

—Más te vale.

Entró en la casa, y justo antes de que Harlan detuviera su coche nuevo (un Nash tan verde y reluciente bajo la capa de polvo como el lomo de un moscardón), oí el portazo de la mosquitera a mis espaldas.

El Nash resopló, y se produjeron varias detonaciones en el escape antes de apagarse. Harlan se apeó, se quitó el guardapolvo, lo dobló, y lo depositó en el asiento. Se lo había puesto porque estaba vestido para la ocasión: camisa blanca, corbata de lazo, pantalones buenos de domingo sujetos por un cinturón con hebilla de plata. Enganchó los dedos en él y se colocó el pantalón a su gusto por debajo de su barriga pequeña y en buena forma. Harlan siempre se había portado bien conmigo, y yo no solo le consideraba un amigo, sino un buen amigo, pero en aquel momento lo odié. No porque viniera a acusarme por el asunto de mi hijo; Dios sabe que yo habría actuado igual si nuestras posiciones se hubieran invertido. No, era su nuevo Nash, verde y radiante. Era la hebilla plateada del cinturón con forma de delfín. Era el nuevo silo, pintado de un rojo brillante, y la fontanería interior. Sobre todo, era la esposa obediente, feúcha de cara, que le esperaba en la granja, sin duda preparando la cena a pesar de su preocupación. La esposa que frente a cualquier problema respondería con amabilidad: «Lo que creas que es mejor, querido». Mujeres, tomad nota: una esposa así nunca ha de temer exhalar su último aliento a través de una garganta degollada.

Avanzó con grandes zancadas hacia los escalones del porche. Me puse en pie y le ofrecí la mano, esperando a ver si la estrechaba o la rechazaba. Hubo vacilación mientras analizaba los pros y los contras, pero al final le dio un breve apretón antes de soltar.

—Tenemos un problema considerable, Wilf —anunció.

—Lo sé. Henry acaba de contármelo. Mejor tarde que nunca.

—Mejor nunca jamás —matizó en tono grave.

—¿Te sientas?

Lo meditó también antes de coger la mecedora que había pertenecido a Arlette. Sabía que no quería sentarse (un hombre trastornado y enfurecido no se siente cómodo estando sentado), pero lo hizo igualmente.

—¿Te apetece un poco de té helado? No hay limonada, Arlette era la experta en limonada, pero...

Me impuso silencio con un gesto de su mano regordeta. Regordeta pero dura. Harlan era uno de los granjeros más ricos del condado de Hemingford, pero no actuaba como un simple capataz; a la hora de cosechar o de segar y secar el heno, allí estaba él el primero al lado de los jornaleros contratados.

—Quiero regresar antes de la puesta de sol. No veo una mierda con esos faros. Mi chica tiene un bollo en el horno, y me figuro que sabes quién ha sido el maldito cocinero.

—¿Serviría de algo si digo que lo siento?

—No. —Fruncía los labios con fuerza, y noté la sangre caliente palpitando a ambos lados de su cuello—. Estoy más furioso que un avispón, y lo peor es que no tengo a nadie con *quien* enfurecerme. No puedo enfadarme con los críos, porque son solo eso, críos, aunque si Shannon no estuviera encinta, la pondría sobre las rodillas y le pegaría una zurra por no actuar con sensatez aun cuando *sabía* lo que era mejor para ella. Ha recibido una buena educación, y en el dogma de la Iglesia, además.

Quise preguntarle si estaba insinuando que había educado mal a Henry. En cambio, mantuve la boca cerrada y le dejé que expusiera todo lo que había estado bufando en el trayecto hasta aquí. Traía un discurso elaborado, y una vez que lo soltara sería más fácil tratar con él.

—Me gustaría culpar a Sallie por no fijarse antes en el estado de la chica, pero las primerizas suelen llevar el bebé muy arriba, todo el mundo lo sabe..., y por Dios, ya ves la clase de vestidos que se pone. No es algo nuevo. Ya se vestía como para ir a una reunión de abuelas a los doce años, cuando empezaron a salirle...

Levantó las rechonchas manos a la altura del pecho. Asentí con la cabeza.

—Y me gustaría culparte a *ti*, porque parece que te has saltado esa charla que los padres suelen tener con sus hijos. —*Como si tú supieras algo de criar a un hijo*, pensé—. La referente a que porta una pistola en los pantalones y que debería guardarla con el seguro puesto. —Se le atoró un sollozo en la garganta—. ¡Mi... niñita... es demasiado joven para ser madre! —sollozó.

Por supuesto, existía una parte de culpa atribuible a mí que Harlan ignoraba. Si yo no hubiera colocado a Henry en una situación de desesperada necesidad por el amor de una mujer, quizá Shannon no se habría encontrado en el apuro en el que se veía. Podría haber preguntado, además, si Harlan se había guardado parte de culpa para él mismo mientras se ocupaba en repartirla. Pero guardé silencio. El silencio nunca surgía en mí de manera natural, pero al vivir con Arlette había adquirido práctica a raudales.

—Solo que tampoco puedo culparte, porque tu mujer fue y huyó esta primavera pasada, y es lógico que tu atención estuviera distraída por algo como eso. Conque salí y corté casi medio remolque de leña antes de venir aquí; intentaba sacarme un poco el cabreo de encima, y debe de haber funcionado. Te estreché la mano, ¿no?

La auto-congratulación que percibí en su voz me picó para decir: «A menos que sea una violación, creo que hacen falta dos para bailar el tango». Pero me limité a decir:

—Sí, es verdad. —Y ahí lo dejé.

—Bien, eso nos lleva a qué vais a hacer al respecto. Tú y ese chico que se sentaba a mi mesa y comía la comida que mi mujer cocinaba para él.

Algún demonio (la criatura que penetra en un tipo, supongo, cuando el Hombre Maquinador se marcha) me impulsó a decir:

—Henry quiere casarse con ella y darle al bebé un nombre.

—Eso es tan condenadamente ridículo que no quiero ni oírlo. No diré que Henry no tiene ni una lata en la que mear, ni un lugar donde caerse muerto; sé que lo has hecho bien, Wilf, o lo mejor dentro de tus posibilidades, pero es lo máximo que puedo decir. Estos han sido años de vacas gordas, y aun así solo vas un paso por delante del banco. ¿Cuál será tu situación cuando vuelvan los años de escasez? Porque siempre vuelven. Si tuvieras el dinero de esas cuarenta hectáreas de ahí atrás, entonces sería distinto, el dinero amortigua los tiempos difíciles, todo el mundo lo sabe... Pero al irse Arlette, allí están como una vieja criada estreñida sentada en un orinal.

Durante un solo instante una parte de mí intentó imaginar cómo habrían resultado las cosas si hubiera cedido ante Arlette con respecto a esa puta tierra, igual que había hecho con respecto a tantas otras cosas. *Estaría viviendo en la hediondez, eso es lo que habría ocurrido. Habría tenido que desenterrar el viejo estanque para las vacas, porque las vacas no beberían de un riachuelo con sangre y tripas de cerdo flotando.*

Cierto. Pero yo viviría en lugar de simplemente subsistir, Arlette viviría conmigo, y Henry no sería el chico huraño, angustiado y difícil en que se había convertido. El chico que había metido a su amiga de la niñez en un atolladero.

—Bien, ¿qué quieres hacer? —pregunté—. Dudo que hayas hecho este viaje sin nada en mente.

Dio la impresión de no haberme oído. Miraba a través de los campos hacia donde su nuevo silo se erguía en el horizonte. Su rostro tenía un aspecto apesadumbrado y triste, pero he llegado muy lejos y escrito demasiado para mentir; esa expresión no me conmovió mucho. 1922 había sido el peor año de mi vida, el año en el que me convertí en un hombre que ya no conocía, y Harlan Cotterie era simplemente otro derrubio en un rocoso y miserable tramo del camino.

—Es inteligente —dijo Harlan—. La señora McReady de la escuela dice que Shan es la alumna más inteligente a la que ha enseñado en toda su carrera, y eso se remonta a casi cuarenta años. Es buena en inglés, y mejor incluso en matemáticas, lo que según la señora McReady es raro en las chicas. Es capaz de hacer *trigonoromía*, Wilf. ¿Lo sabías? La propia señora McReady no es capaz de hacer *trigonoromía*.

No, lo ignoraba, pero sabía decir esa palabra. Sentí, sin embargo, que quizá ese no fuera el momento para corregir la pronunciación de mi vecino.

—Sallie quería mandarla a la escuela normal en Omaha. Aceptan también a chicas desde 1918, aunque hasta la fecha no se ha graduado ninguna mujer. —Me dirigió una mirada que era difícil de aguantar: mezcla de repulsión y hostilidad—. Mira, las mujeres siempre quieren *casarse*. Y *tener bebés*. Unirse a la *Estrella* de Oriente y barrer el condenado *suelo*.

Suspiró.

—Shan podría ser la primera. Posee la habilidad y el cerebro. Eso no lo sabías, ¿a qué no?

No, lo cierto era que no. Simplemente había hecho la suposición (una de tantas que ahora sé que resultaron erróneas) de que la muchacha era material de mujer de granja, y nada más.

—Hasta podría llegar a enseñar en la universidad. Planeábamos enviarla a esa escuela en cuanto cumpliera los diecisiete.

*Sallie lo planeaba, querrás decir*, pensé. *Abandonado a tus propios recursos, esa disparatada idea nunca habría cruzado tu mente de granjero.*

—Shan lo ansiaba, y habíamos reservado el dinero. Estaba todo arreglado. —Se volvió para mirarme, y oí el crujido de los tendones en su cuello—. Todavía está arreglado. Pero primero, casi de inmediato, se va al Hogar Católico de Santa Eusebia en Omaha. Ella aún no lo sabe, pero es lo que va a pasar. Sallie habló de mandarla a Deland, su hermana vive allí, o con mis tíos en Lyme Biska, pero no confío en ninguno de ellos para llevar a término lo que hemos decidido. Y una chica que causa esta clase de problemas no se merece ir a vivir con gente que conoce y ama.

—¿Qué es lo que habéis decidido, Harl? Aparte de enviar a tu hija a alguna especie de..., no sé..., ¿orfanato?

Se erizó.

—No es un orfanato. Es un lugar limpio, saludable y con mucho trabajo. Así me lo han contado. He estado en la centralita, y todos los informes que he recibido son buenos. Le asignarán tareas, tendrá clases, y dentro de cuatro meses dará a luz. Después de eso, entregaremos al niño en adopción. Las hermanas de Santa Eusebia se ocuparán de eso. Luego podrá volver a casa, y en otro año y medio se irá a la escuela de maestros, como desea Sallie. Igual que yo, claro. Sallie y yo.

—¿Cuál es mi parte en esto? Supongo que debo tener una.

—¿Te estás haciendo el listo conmigo, Wilf? Sé que has pasado un año duro, pero eso no lo aguanto.

—No me estoy haciendo el listo, pero has de saber que no eres el único que está enfadado y avergonzado. Solo dime lo que quieres, y a lo mejor podemos seguir siendo amigos.

La sonrisita singularmente fría con la que acogió mis palabras (apenas una inclinación de sus labios y un momentáneo atisbo de hoyuelos en las comisuras de la boca) dijo mucho sobre la poca esperanza que albergaba de que eso ocurriera.

—Sé que no eres rico, pero aun así tendrás que dar un paso adelante y asumir tu cuota de responsabilidad. Su estancia en el hogar, las hermanas lo llaman cuidado prenatal, me va a costar trescientos dólares. La hermana Camilla lo llamó una donación cuando hablé con ella por teléfono, pero reconozco una tarifa cuando la oigo.

—Si vas a pedirme que dividamos el...

—Sé que no podrías conseguir ciento cincuenta dólares, pero a lo mejor eres capaz de reunir setenta y cinco, que es el coste de la institutriz. La que va a ayudarla a mantenerse al día con sus lecciones.

—No puedo. Arlette me limpió cuando se fue. —Por vez primera me pregunté si ella no habría ahuchado algo. Ese asunto de los doscientos que supuestamente cogió al fugarse era pura mentira, pero en esta situación incluso un pequeño fajo de billetes guardado en un calcetín serviría de ayuda. Tomé nota mentalmente de revisar los armarios y los botes de la cocina.

—Pide otro préstamo en el banco —sugirió—. Devolviste el último, por lo que he oído.

Desde luego. Se suponía que esas cosas eran privadas, pero los hombres como Harlan Cotterie poseen oídos largos. Sentí una oleada fresca de aversión hacia él. ¿Que me prestaba el uso de la cosechadora y solo me cobraba veinte dólares? ¿Y qué? Ahora pedía eso y más, como si su preciosa hija nunca hubiera separado las piernas y dicho «entra y píntame las paredes».

—Disponía del dinero de la cosecha para pagarlo —señalé—. Ya no. Tengo mis tierras y mi casa, eso es más o menos todo.

—Encontrarás la forma —dijo—. Hipoteca la casa si hace falta. Tu parte son setenta y cinco dólares, y comparado con tener a tu hijo cambiando pañales a los quince años, creo que te sale barato.

Se puso en pie. Yo también.

—¿Y si no puedo encontrar la forma? ¿Entonces qué, Harl? ¿Me enviarás al sheriff?

Sus labios se curvaron en una expresión de desdén que transformó en odio mi aversión hacia él. Ocurrió en un instante, y aún siento ese odio hoy en día, cuando tantos otros sentimientos se han extinguido en mi corazón.

—Nunca recurriría a la ley por algo como esto. Pero si no asumes tu parte de responsabilidad, tú y yo hemos acabado. —Entrecerró los ojos bajo la menguante luz del día—. Tengo que irme si no quiero que me pille la noche. No necesitaré los setenta y cinco hasta dentro de un par de semanas, así que ese es el tiempo que tienes. Y no vendré a atosigarte para que pagues. Si es no, es que no. Pero no digas que no puedes, porque me conozco el cuento. Deberías haberla dejado que vendiera ese terreno a Farrington, Wilf. De haberlo hecho, Arlette seguiría aquí y tú tendrías dinero contante y sonante. Y a lo mejor mi hija no estaría encinta.

En mi mente, lo tiraba por encima del porche de un empujón, y mientras él intentaba levantarse, yo saltaba sobre su barriga dura y redondeada con ambos pies. Luego empuñaba la hoz del establo y le atravesaba un ojo. En la realidad, permanecí plantado con una mano en la barandilla y le observé bajar pesadamente los escalones.

—¿Quieres hablar con Henry? —pregunté—. Puedo llamarlo. Se siente tan mal por todo esto como yo.

Harlan no rompió el paso.

—Ella era pura y tu chico la mancilló. Si le haces salir, podría tumbarlo de un puñetazo. No sé si sería capaz de contenerme.

Me cuestioné eso. Henry estaba en edad de crecimiento, era fuerte, y, tal vez lo más importante de todo, conocía el asesinato. Harl Cotterie no.

El Nash no requería de manivela para arrancarlo, bastaba con pulsar un botón. La prosperidad era buena en todos los sentidos.

—Setenta y cinco es lo que quiero para cerrar este asunto —gritó por encima de la rotación y el petardeo del motor. A continuación giró alrededor del tajo, espantando a George y a su séquito, y puso rumbo a la granja del generador grande y la fontanería interior.

Cuando me di la vuelta encontré a Henry a mi lado, con aspecto cetrino y furioso.

—No pueden mandarla lejos así de esa manera.

De modo que había estado escuchando. No puedo negar que me sorprendiera.

—Pueden y lo harán —dije—. Y si intentas algo estúpido y testarudo, solo conseguirás empeorar una situación ya de por sí mala.

—Podríamos escaparnos. No nos cogerían. Si pudimos librarnos de…, de lo que hicimos…, me figuro que me salvaría si me fugo a Colorado con mi chica.

—No podrías —repliqué yo—, porque no tenéis dinero. Él dice que el dinero lo arregla todo. Pues esto es lo que digo yo: la falta de dinero lo estropea todo. Yo lo sé, y Shannon también. Ahora tiene un bebé del que cuidar…

—¡No si ellos la obligan a darlo!

—Eso no cambia los sentimientos de una mujer que lleva un chaval en el vientre. Un bebé las hace sabias en formas que los hombres no entienden. No os he perdido el respeto ni a ti ni a ella porque vaya a dar a luz, no sois los primeros ni seréis los últimos, aunque su Señoría tuviera la idea de que ella solo usaría en el retrete lo que tiene entre las piernas. Pero si le pides a una muchacha embarazada de cinco meses que huya contigo... y ella accede..., os perdería el respeto a ambos.

—¿Qué sabrás tú? —preguntó con infinito desprecio—. Ni siquiera eres capaz de rajar una garganta sin causar un estropicio.

Me quedé sin habla. Henry lo notó, y se fue dejándome así.

Al día siguiente se marchó a la escuela sin discutir, aunque ya no hallaría allí a su tesoro. Probablemente porque le permití coger la camioneta. Un muchacho aprovechará cualquier excusa para conducir un automóvil cuando la conducción es algo nuevo. Por supuesto, lo nuevo se desgasta. Lo nuevo se desgasta en todo, y normalmente no requiere mucho tiempo. Con frecuencia, lo que subyace es gris y ajado. Como la güarida de una rata.

Cuando se hubo ido, entré en la cocina. Vertí el azúcar, la harina y la sal de las latas de estaño y lo revolví todo. No había nada. Entré en el dormitorio y rebusqué entre sus ropas. No había nada. Miré en sus zapatos y no había nada. Sin embargo, cada vez que no encontraba nada, más convencido me hallaba de que debía de haber *algo*.

Tenía faena en el huerto, pero en lugar de dedicarme a ella, me dirigí a la parte trasera del establo, donde antes se ubicara el viejo pozo. Ahora crecían allí las hierbas: espiguillas y solidagos esmirriados. Elpis descansaba bajo la superficie. Arlette también. Arlette, con el rostro ladeado. Arlette, con su sonrisa de payaso. Arlette, con su *crespina*.

—¿Dónde está, puta insolente? —le pregunté—. ¿Dónde lo has escondido?

Procuré vaciar la mente, como me aconsejaba mi padre cuando extraviaba una herramienta o uno de mis pocos libros valiosos. Después de un rato retorné a la casa, al dormitorio, al armario. Había dos sombrereras en el estante superior. En la primera no encontré nada salvo un sombrero, el blanco que se ponía para ir a la iglesia (cuando se molestaba en ir, que era aproximadamente una vez al mes). El sombrero en la otra caja era rojo, y nunca se lo había visto. Me recordó al sombrero de una prostituta. Metidos en la cinta de satén interior, plegados en cuadrados diminutos no más grandes que una píldora, descubrí dos billetes de veintes dólares. Al Lector le digo ahora, aquí sentado en este cuartucho de hotel barato, mientras oigo a las ratas correteando y escabulléndose tras las paredes (sí, mis viejas amigas están aquí), que aquellos dos billetes de veinte dólares sellaron mi perdición.

Porque no eran suficiente. Se da cuenta de eso, ¿verdad? Por supuesto que sí. No hace falta ser un experto en *trigonoromía* para saber que uno necesita sumar treinta y cinco a cuarenta para obtener setenta y cinco. Eso no parece mucho, ¿verdad? No obstante, en aquellos días, por treinta y cinco dólares podías comprar víveres para dos meses, o unos buenos arreos de segunda mano en la herrería de Lars Olsen. Podías comprar un billete de tren hasta Sacramento..., lo cual a veces deseaba haber hecho.

35.

Y en ocasiones, tendido en la cama por la noche, puedo realmente ver ese número. Es un destello rojo, intermitente, como la advertencia para no cruzar un camino cuando un tren se acerca. Yo intenté cruzarlo, de todos modos, y el tren me arrolló. Si cada uno de nosotros lleva un Hombre Maquinador dentro, cada uno de nosotros también encierra a un Lunático. Y en estas noches en las que me cuesta dormir porque ese número que se enciende y apaga no me lo permite, mi Lunático asegura que fue una conspiración: que Cotterie, Stoppenhauser y el picapleitos de Farrington actuaban juntos. Yo soy más sensato, desde luego (por lo menos a la luz del día). Es posible que Cotterie y el señor

Abogado Lester mantuvieran una charla con Stoppenhauser más tarde, después de hacer lo que hice, pero en un principio casi seguro que fue una conversación inocente; Stoppenhauser intentaba en verdad ayudarme... y hacer algo de negocio para el Home Bank & Trust, por supuesto. Pero cuando Harlan o Lester (o los dos juntos) vieron una oportunidad, la aprovecharon. El Hombre Maquinador actuó en connivencia: ¿qué te parece eso? Para entonces apenas me importaba, porque para entonces había perdido a mi hijo, pero ¿sabe a quién culpaba realmente?

A Arlette.

Sí.

Porque había sido ella quien dejó aquellos dos billetes dentro de su sombrero rojo de fulana para que yo los encontrara. ¿Y se da cuenta de cuán diabólicamente inteligente resultó ser? Porque no fueron esos cuarenta los que acarrearon mi perdición; fue el dinero que mediaba entre esa cantidad y la que Cotterie demandaba para la institutriz de su hija embarazada; la que quería para que ella pudiera estudiar latín y mantenerse al día con la *trigonoromía*.

35, 35, 35.


Pasé el resto de la semana pensando en el dinero que Harlan me exigía para pagar a la institutriz, y también todo el fin de semana. A veces sacaba aquellos dos billetes (los había desdoblado pero las arrugas continuaron presentes) y los estudiaba. La noche del domingo tomé una decisión. Le dije a Henry que el lunes tendría que llevarse el Modelo T a la escuela; yo debía ir a Hemingford Home y ver al señor Stoppenhauser del banco para solicitar un crédito. Uno pequeño. Solo treinta y cinco dólares.

—¿Para qué? —Henry estaba sentado en la ventana y miraba con aire taciturno hacia el cada vez más oscuro Campo Oeste.

Se lo conté. Creí que se originaría otra discusión acerca de Shannon, y en cierto sentido, lo deseaba. No la había mentado en toda la semana, aunque sabía que Shan ya no estaba. Mert

Donovan me había informado cuando vino a por un cargamento de semillas de maíz para siembra.

—Se ha ido a una escuela de campanillas en Omaha —dijo—. Bueno, más poder para ella, eso es lo que pienso. Si van a votar, mejor que aprendan. Aunque —agregó tras un momento de cavilación—, la mía hace lo que yo le digo. Más le vale, si sabe lo que le conviene.

Si yo me había enterado de su marcha, Henry también, y probablemente antes que yo: los escolares son chismosos entusiastas. Pero él no había revelado nada. Supongo que quería darle una razón para que se desahogara de todo daño y recriminación. No sería agradable, pero a largo plazo podría ser beneficioso. No debería permitirse que una llaga en la frente o en el cerebro se encone. De lo contrario, lo más probable es que la infección se extienda.

Pero Henry se limitó a gruñir ante el anuncio, así que decidí apretarle un poco más.

—Tú y yo vamos a repartirnos la deuda —indiqué—. No ascenderá a más de treinta y ocho dólares si redimimos el préstamo antes de Navidad. Eso son diecinueve por cabeza. Cogeré tu parte de tu asignación.

Seguro que eso, pensaba, desembocaría en un torrente de ira..., pero solo produjo otro pequeño gruñido hosco. Ni siquiera discutió sobre lo de tener que llevarse el Modelo T a la escuela, aunque decía que los demás chicos se burlaban a su costa y lo llamaban «el rompeculos de Hank».

—¿Hijo?

—¿Qué?

—¿Te encuentras bien?

Se volvió hacia mí y sonrió; sus labios se movieron, al fin.

—Estoy bien. Buena suerte mañana en el banco, padre. Me voy a acostar.

Cuando se levantaba, pregunté:

—¿Me darías un beso?

Me besó en la mejilla. Fue la última vez.

Henry se llevó el T a la escuela y yo conduje la camioneta a Hemingford Home, donde el señor Stoppenhauser del banco me hizo pasar a su despacho después de una simple espera de cinco minutos. Le expliqué lo que necesitaba, pero rehusé decir para qué, y solo alegué motivos personales. Pensaba que para una cantidad tan insignificante no haría falta ser más específico, y acerté. Sin embargo, cuando terminé, juntó las manos sobre el papel secante de su escritorio y me miró con una severidad casi paternal. En el rincón, el reloj de péndulo desgranaba sosegadas porciones de tiempo. En la calle, considerablemente más fuerte, se oyó el retumbo quejumbroso de un motor. Cesó, se hizo el silencio, y acto seguido otro motor se puso en marcha. ¿Era mi hijo, llegando en el Modelo T primero, y robando mi camioneta después? No existe manera de poder saberlo con certeza, pero sospecho que sí.

—Wilf —dijo el señor Stoppenhauser—, ha tenido algo de tiempo para superar el que su mujer se marchara de la manera que lo hizo; perdón por sacar a relucir un asunto tan doloroso, pero se me antoja pertinente, y además, el despacho de un banquero es un poco como el confesionario de un sacerdote. Por lo tanto, le voy a ser muy directo, como los holandeses. Solo porque viene a cuento, pues mi madre y mi padre procedían de allí.

Eso ya lo había escuchado antes (igual que, imagino, la mayoría de quienes visitaban ese despacho), y le brindé la obediente sonrisa que se pretendía suscitar.

—¿El Home Bank & Trust le prestará treinta y cinco dólares? Seguro. Me siento tentado a hacer un trato de hombre a hombre y ponerlo de mi propio bolsillo, excepto que nunca llevo encima más de lo imprescindible para pagar la comida en el Splendid Diner y un cepillado de zapatos en la barbería. Demasiado dinero supone una tentación constante, incluso para un viejo artero como yo, y aparte, los negocios son los negocios. ¡Pero! —Alzó un dedo—. Usted no *necesita* treinta y cinco dólares.

—Lamentablemente, sí. —Me pregunté si sabría para qué. Quizá; era, en efecto, un viejo artero. Pero también Harl Cotterie, y ese otoño, Harl, además, era un hombre avergonzado.

—No, no. Setecientos cincuenta, eso es lo que usted necesita, y podría tener ese dinero hoy. Guárdelo en el banco o váyase con él en el bolsillo, me es indiferente cualquiera de las dos cosas. Hace tres años que liquidó la hipoteca de su casa. Está exenta de cargos. Así que no existe absolutamente ninguna razón por la que no debiera pegar un vuelco a su economía y contratar otra hipoteca. Se hace continuamente, muchacho, y las mejores gentes. Se sorprendería de algunas de las cuentas que llevamos. Las mejores gentes. Sí, señor.

—Se lo agradezco muy amablemente, señor Stoppenhauser, pero creo que no. Esa hipoteca fue como una nube gris sobre mi cabeza durante todo el período de vigencia, y...

—¡Wilf, esa es la *cuestión*! —El dedo volvió a elevarse. Esta vez oscilaba de acá para allá como el péndulo del reloj—. *¡Yipi-kai-yi!* ¡Esa es exactamente la *cuestión*, vaquero! ¡Los tipos que contratan una hipoteca y se sienten como si siempre fueran a caminar bajo el sol son los que terminan incumpliendo los pagos y perdiendo su valiosa propiedad! Los tipos como usted, que llevan las letras bancarias como si cargaran con un montón de rocas en un día sombrío, ¡son los tipos que siempre pagan! ¿Y pretende decirme que no hay mejoras que podría acometer? ¿Un tejado que reparar? ¿Más ganado? —Me dirigió una mirada astuta y llena de picardía—. ¿Fontanería interior, tal vez, igual que su vecino de al lado? Cosas así se pagan por sí mismas, ¿sabe? Al final las mejoras podrían compensarle con creces el coste de una hipoteca. ¡Calidad por dinero, Wilf! ¡Calidad por dinero!

Lo medité. Por fin, contesté:

—Me siento muy tentado, señor. No le mentiré...

—No hay ninguna necesidad. El despacho de un banquero, el confesionario de un sacerdote: difieren muy poco. Los mejores hombres de este condado se han sentado en esa silla, Wilf. Los mejores.

—Pero solo vine a por un pequeño préstamo, que usted muy amablemente me ha concedido, y esta nueva proposición requiere mayor reflexión. —Se me ocurrió una nueva idea, una que me sorprendió muy gratamente—. Y debería discutirlo con mi chico, Henry..., o Hank, como gusta llamarse ahora. Está alcanzando una edad en la que es necesario que le consulte, porque lo que poseo será suyo algún día.

—Lo entiendo, lo entiendo perfectamente. Pero es lo correcto, créame. —Se puso en pie y me tendió la mano. Me levanté y se la estreché—. Vino aquí a comprar pescado, Wilf. Yo le ofrezco una caña. Un trato mucho mejor.

—Gracias. —Y, mientras abandonaba el banco, pensé: *Lo hablaré con mi hijo.* Fue un buen pensamiento. Un pensamiento cálido en un corazón que había permanecido helado durante meses.


La mente es algo curioso, ¿verdad? Preocupado como estaba por la oferta no solicitada del señor Stoppenhauser para contratar una hipoteca, en ningún momento me percaté de que habían reemplazado el vehículo en el cual llegué por el que Henry se llevó a la escuela. No estoy seguro de si lo habría notado inmediatamente ni siquiera aunque hubiera tenido asuntos menos graves en la cabeza. Ambos me eran familiares, después de todo; los dos me pertenecían. No me di cuenta hasta que me incliné para coger la manivela y vi un trozo de papel doblado, sujeto por un pedrusco, en el asiento del conductor.

Por un instante me quedé inmóvil, medio dentro medio fuera del T, con una mano en el costado de la cabina, la otra bajo el asiento, que era donde guardábamos la manivela de arranque. Supongo que comprendí por qué Henry se había marchado de la escuela y efectuado este cambio antes incluso de sacar su nota de debajo del improvisado pisapapeles y desdoblarla. El camión ofrecía una mayor fiabilidad para los viajes largos. Un viaje a Omaha, por ejemplo.

Padre:

He cogido el camión. Me imagino que sabes adónde voy. Déjame en paz. Sé que puedes mandar al sheriff Jones para traerme de vuelta, pero si lo haces se lo contaré todo. A lo mejor crees que cambiaré de idea porque soy «sólo un crío», PERO NO. Sin Shan no me importa nada. Te quiero, padre, aunque ni siquiera sé por qué, pues todo lo que hemos hecho solo me ha traído mizeria.

Tu hijo que te quiere,

HENRY «HANK» JAMES

Conduje de regreso a la granja en un estado de aturdimiento. Creo que varias personas me saludaron con la mano, creo que incluso Sallie Cotterie, que atendía el puesto de verduras al borde del camino de los Cotterie, me saludó, y probablemente devolví el saludo, pero no poseo ningún recuerdo de eso. Por primera vez desde que el sheriff Jones visitó la granja, con sus joviales preguntas que no requerían respuesta y sus ojos fríos e inquisitivos que todo lo observaban, la silla eléctrica se me antojaba como una posibilidad real, tanto que casi podía sentir en la piel las hebillas de las correas de cuero al ser apretadas alrededor de las muñecas y por encima de los codos.

Le apresarían, tanto si yo mantenía la boca cerrada como si no. Eso me parecía inevitable. No tenía ningún dinero, ni siquiera tres cuartos de dólar para llenar el depósito del camión, por lo que se encontraría andando mucho antes de llegar siquiera a Elkhorn. En caso de que se las ingeniara para robar algo de combustible, le apresarían cuando se acercara al lugar donde ella vivía ahora (Henry suponía que como prisionera; nunca cruzó su aún incompleta mente la idea de que ella podría ser una huésped voluntaria). Sin duda, Harlan habría proporcionado la descripción de Henry a la persona al cargo (la hermana Camilla). Incluso aunque no hubiera considerado la posibilidad de que el ultrajado zagal se presentara en el emplazamiento de la vil reclusión de su dama amada, la hermana Camilla lo habría sospechado. En su negocio, sin duda había tratado con zagales ultrajados con anterioridad.

Mi única esperanza residía en que, una vez abordado por las autoridades, Henry guardaría silencio el tiempo suficiente para comprender que le habían echado el lazo debido a sus propios ideales tontamente románticos más que por mi interferencia. Confiar en que un adolescente recobre el juicio es como apostar a caballo perdedor en un hipódromo, pero ¿qué otra cosa me quedaba?

Cuando enfilé el camino de entrada hacia el patio, un salvaje pensamiento me cruzó la mente: dejar en marcha el T, meter mis cosas en una maleta, y partir hacia Colorado. La idea perduró no más de dos segundos. Tenía dinero (setenta y cinco dólares, de hecho), pero el T moriría mucho antes de cruzar la frontera del estado en Julesburg. Y eso no era lo importante; de haberlo sido, siempre podría haber conducido hasta Lincoln y allí cambiar el T y sesenta dólares por un coche fiable. No, se trataba de la casa. El hogar. *Mi* hogar. Había asesinado a mi esposa para conservarlo, y no iba a renunciar ahora porque a mi estúpido e inmaduro cómplice se le hubiera metido en la mollera emprender una cruzada romántica. Si abandonaba la granja, no sería para mudarme a Colorado; sería para ingresar en la prisión del estado. Y no iría sino encadenado.


Eso ocurrió un lunes. No hubo noticias ni el martes ni el miércoles. El sheriff Jones no vino a decirme que habían recogido a Henry mientras hacía autostop en la Carretera Lincoln-Omaha, y Harl Cotterie no vino a decirme (con satisfacción puritana, sin duda) que la policía de Omaha había arrestado a Henry a petición de la hermana Camilla, y que en la actualidad estaba en el calabozo, contando disparates sobre cuchillos y pozos y sacos de arpillera. Todo transcurrió tranquilo en la granja. Coseché los vegetales del huerto, reparé la cerca, ordeñé las vacas, alimenté a las gallinas, todo ello en un estado de aturdimiento. Una parte de mí, y no precisamente pequeña, creía que todo esto pertenecía a un prolongado sueño, terriblemente complejo, del que despertaría con Arlette roncando a mi lado y el sonido de Henry partiendo leña para el fuego de la mañana.

Entonces, el jueves, la señora McReady (la querida y corpulenta viuda que enseñaba las materias académicas en la Escuela Hemingford) me visitó en su propio Modelo T para preguntarme si Henry se encontraba bien.

—Hay una..., una *dolencia* intestinal circulando —dijo—. Me preguntaba si la habría pillado. Se marchó muy de repente.

—Está dolido, es cierto —admití—, pero es el bicho del amor, no un bicho del estómago. Se ha fugado, señora McReady.

—Unas lágrimas inesperadas, picantes y cálidas, anegaron mis ojos. Saqué el pañuelo del bolsillo delantero del peto, pero algunas rodaron por mis mejillas antes de poder enjugarlas.

Cuando mi visión se aclaró de nuevo, observé que la misma señora McReady, quien apreciaba a todos los niños, incluso a los problemáticos, estaba cerca de las lágrimas. Debía de haber sabido desde el comienzo de qué clase de bicho padecía Henry.

—Volverá, señor James. No tema. He visto esto en el pasado, y espero verlo una o dos veces más antes de mi retiro, aunque ese momento ya no dista tanto como en otro tiempo. —Bajó la voz, como si temiera que el gallo George, o alguna hembra de su harén, fuera un espía—. De quien querrá cuidarse es del padre de ella. Es un hombre duro e inflexible. No malo, pero sí duro.

—Lo sé —dije—. Y supongo que usted conoce el paradero actual de su hija.

Bajó la vista. Fue respuesta suficiente.

—Gracias por venir, señora McReady. ¿Puedo pedirle que guarde el secreto para sí?

—Por supuesto..., pero los niños están cuchicheando.

Sí. Cómo no.

—¿Está usted en el intercomunicador? —Buscó cables de teléfono—. Veo que no. No importa. Si me entero de algo, vendré a contárselo.

—Querrá decir si se entera de algo antes que Harlan Cotterie o el sheriff Jones.

—Dios cuidará de su hijo. Y también de Shannon. ¿Sabe?

Hacían una pareja adorable; todo el mundo lo comentaba. A veces la fruta madura demasiado pronto y muere por una helada. Lástima. Es una lástima, triste, muy triste.

Me estrechó la mano (con un fuerte apretón de hombre), y se marchó en su cochecito barato. Creo que no se dio cuenta de que, al final, había hablado de Shannon y de mi hijo en pasado.

El sheriff Jones apareció el viernes, conduciendo el coche con la estrella dorada en la portezuela. Y no venía solo. Le seguía detrás mi camión. El corazón me dio un vuelco al verlo, pero se hundió en el acto al advertir quién estaba sentado tras el volante: Lars Olsen.

Intenté esperar pacientemente mientras Jones ejecutaba su Ritual de Llegada: colocarse el cinturón, enjugarse el sudor de la frente (pese al día frío y nublado), peinarse el cabello. No pude aguantar.

—¿Está bien? ¿Le ha encontrado?

—No, no. Imposible decir que sí. —Ascendió la escalera del porche—. Un jinete encontró el camión al este de Lyme Biska, pero ni rastro del chaval. Tal vez sabríamos más acerca de su estado de salud si hubiera informado de esto cuando desapareció. ¿Verdad?

—Esperaba que regresara por su cuenta —dije lánguidamente—. Se ha ido a Omaha. No sé cuánto necesito contarle, sheriff...

Lars Olsen había deambulado sin rumbo hasta situarse a distancia auditiva, con las orejas prácticamente aleteando.

—Vuelve a mi coche, Olsen —dijo Jones—. Esta es una conversación privada.

Lars, un espíritu manso, echó a correr sin demora. Jones se volvió hacia mí. Se mostraba mucho menos alegre que en su anterior visita y, además, había prescindido de su imagen de torpe.

—Ya sé lo suficiente, ¿verdad que sí? Que su chico dejó embarazada a la hija de Harl Cotterie y que probablemente ha salido disparado hacia Omaha. Sacó el camión de la carretera y lo escondió en un campo de hierba alta cuando vio que el depósito estaba casi seco. Eso fue inteligente. ¿Sacó esa clase de inteligencia de usted? ¿O de Arlette?

No dije nada, pero me había dado una idea. Una pequeña, pero que podría venir bien.

—Le contaré una cosa que hizo, la cual es de agradecer —dijo Jones—. Además, a lo mejor le evita la cárcel. Arrancó toda la hierba bajo el camión antes de continuar su alegre camino. Así los gases de combustión no prenderían fuego, ¿sabe? Puede que un jurado se mostrara un poco quisquilloso por iniciar una gran fogata que hubiera arrasado más de mil hectáreas de prado, ¿no cree? Aunque el infractor tenga solo quince años.

—Bueno, pero no sucedió así, sheriff; hizo lo correcto, entonces ¿por qué anda a vueltas con eso? —Conocía la respuesta, por supuesto. Al sheriff Jones le importaba un comino la gente como Andrew Lester, abogado, pero guardaba buena amistad con Harl. Ambos eran miembros de la recién fundada Logia de los Alces, y Harl la había puesto en contra de mi hijo.

—Un poco quisquilloso, ¿verdad que sí? —Se enjugó la frente de nuevo y se caló su Stetson—. Bueno, yo también me mostraría un poco quisquilloso si se tratara de mi hijo. Y ¿sabe qué? Si fuera mi hijo y Harl Cotterie fuera mi vecino, mi *buen* vecino, puede que me hubiera dado una carrera hasta allá y le hubiera dicho: «¿Harl? ¿Sabes qué? Creo que mi hijo intenta ir a ver a tu hija. ¿Quieres decírselo a alguien para que eche un ojo?». Pero usted tampoco hizo eso, ¿verdad?

La idea que el sheriff me había inspirado parecía cada vez mejor, y casi era el momento de sorprender con ella.

—No ha aparecido dondequiera que esté ella, ¿no?

—No, todavía no, pero tal vez siga buscando el sitio.

—No creo que se escapara para ver a Shannon —dije.

—¿Por qué, pues? ¿Tienen en Omaha una marca de helado mejor? Porque esa es la dirección que tomó, tan seguro como el aire.

—Creo que fue en busca de su madre. Creo que ella pudo haberse puesto en contacto con él.

Aquello le detuvo durante unos buenos diez segundos, tiempo suficiente para limpiarse el sudor de la frente y un cepillado de pelo. Después dijo:

—¿Cómo pudo hacerlo?

—En mi opinión, una carta. —La tienda de ultramarinos de Hemingford Home servía también de estafeta, donde se recibía toda la lista de correos—. Se la entregarían cuando fuera a comprar un caramelo o una bolsa de cacahuetes, como hace a menudo al salir de la escuela. No lo sé con certeza, sheriff, y tampoco sé la razón que le ha traído hasta aquí actuando como si yo hubiera cometido alguna especie de crimen. No fui yo quien le hizo un bombo.

—¡No debería hablar así de una buena muchacha!

—Quizá sí y quizá no, pero esto me pilló tan de sorpresa a mí como a los Cotterie, y ahora mi chico ha desaparecido. Por lo menos ellos saben dónde está su hija.

Calló una vez más, perplejo. Sacó una pequeña libreta del bolsillo trasero y apuntó algo en ella. La devolvió a su sitio y preguntó:

—¿Pero no sabe con certeza si su mujer se puso en contacto con el chico? ¿Es eso lo que me está diciendo? ¿Que es solo una conjetura?

—Sé que hablaba mucho de su madre después de que ella se marchara, pero luego paró. Y sé que no ha aparecido en ese hogar donde Harlan y su mujer metieron a Shannon. —Y en ese aspecto yo estaba tan sorprendido como el sheriff Jones..., pero terriblemente agradecido—. Junte las dos cosas, y ¿qué obtiene?

—No lo sé —dijo Jones, frunciendo el ceño—. Sinceramente, no lo sé. Creí que tenía esto resuelto, pero ya he estado equivocado antes, ¿verdad? Sí, y no será la última vez. «Estamos destinados a errar», eso es lo que el Libro dice. Pero, Dios bendito, los críos me complican la vida. Si tiene noticias de su hijo, Wilfred, yo le diría que trajera su culo flacucho a casa y se mantuviera alejado de Shannon Cotterie, si sabe dónde está la chica. Ella no querrá verle, eso se lo garantizo. La buena noticia es que ningún prado se incendió, y no podemos arrestarlo por robar el camión de su padre.

—No —dije con gravedad—, nunca conseguiría que yo presentara cargos.

—*Pero.* —Alzó el dedo, lo cual me recordó al señor Stoppenhauser del banco—. Hace tres días, en Lyme Biska, no muy lejos de donde el jinete encontró su camión, alguien asaltó la tienda y estación de alcohol a las afueras de la ciudad, esa con la Chica del Gorro Azul en el tejado. Se llevó veintitrés dólares. Tengo el informe encima de mi mesa. Fue un tipo joven vestido con ropas viejas de vaquero, que se tapaba la boca con un pañuelo y llevaba un sombrero de llanero encasquetado hasta los ojos. La madre del propietario atendía el mostrador, y el tipo la amenazó con alguna clase de herramienta. Ella piensa que pudo ser una palanca o una biela, pero ¿quién sabe? Ronda los ochenta y está medio ciega.

Fue mi turno de callarme. Me hallaba estupefacto. Por fin hablé:

—Henry se marchó de la escuela, sheriff, y hasta donde puedo recordar, ese día se puso una camisa de franela y unos pantalones de pana. No cogió nada de ropa, y de todas formas, no *tiene* atavíos de vaquero, si se refiere a las botas y todo eso. Ni tampoco ningún sombrero de llanero.

—Pudo haber robado también esas cosas, ¿no?

—Si no sabe más de lo que acaba de contar, debería parar. Sé que usted es amigo de Harlan...

—Quieto, quieto. Esto no tiene nada que ver.

Sí tenía que ver, y ambos lo sabíamos, pero no existía razón alguna para continuar por ese camino. Quizá mis treinta y dos hectáreas no supusieran nada frente a las ciento sesenta de Harlan Cotterie, pero aun así yo era un terrateniente que pagaba sus impuestos, y no iba a dejarme intimidar. Ese era el argumento que pretendía exponer, y el sheriff Jones lo había captado.

—Mi hijo no es un ladrón, y no amenaza a mujeres. Eso no corresponde a su manera de actuar, ni a la manera en que fue educado.

*Al menos, no hasta hace poco*, susurró una voz interior.

—Probablemente fue un bala perdida que buscaba ganarse un dinero por la vía rápida —dijo Jones—. Pero sentía la obligación de sacar el tema, por eso lo hice. Y no sabemos qué dirá la gente, ¿verdad? Las habladurías vuelan. Todo el mundo habla, ¿verdad? Hablar es barato. El caso está cerrado en lo que a mí concierne: deja que el sheriff del condado de Lyme se preocupe de lo que pasa en Lyme Biska, ese es mi lema; pero debería saber que la policía de Omaha está vigilando la residencia de Shannon Cotterie. Por si acaso su hijo se pone en contacto, ya sabe.

Se peinó hacia atrás el cabello, luego se colocó el sombrero una última vez.

—Quizá vuelva por sí mismo, sin perjuicios, y podamos archivar todo este asunto como, no sé, una deuda incobrable.

—Bien. No se le ocurra llamarle mal hijo, a menos que esté dispuesto a llamar mala hija a Shannon Cotterie.

La manera en que se ensancharon sus fosas nasales sugería que eso no le gustó mucho, pero no replicó. En cambio dijo:

—Avíseme si vuelve y dice que ha visto a su madre, ¿eh? La tenemos registrada como persona desaparecida. Es una tontería, lo sé, pero la ley es la ley.

—Lo haré, descuide.

Asintió y se encaminó hacia su coche. Lars se había situado detrás del volante. Jones lo echó de allí; el sheriff era la clase de hombre que no permitía que nadie condujera por él. Pensé en el joven que había asaltado la tienda, y traté de convencerme de que mi Henry nunca haría algo semejante, e incluso aunque se hubiera visto empujado a ello, no sería lo bastante astuto para vestirse con ropa robada del granero o el barracón de alguien. No obstante, Henry ahora era diferente, y los asesinos *aprenden* a ser astutos, ¿no es cierto? Es una habilidad de supervivencia. Pensé que quizá...

Pero no. No lo diré de ese modo. Es demasiado pobre. Esta es mi confesión, mi última palabra, y si no puedo decir la verdad, toda la verdad, y nada más que la verdad, ¿de qué sirve? ¿De qué sirve todo?

Fue él. Fue Henry. Había advertido en los ojos del sheriff Jones que solo mencionaba aquel atraco de carretera porque no me doblegué del modo que él pensaba que debería hacerlo, pero yo sí lo creía. Porque sabía más que el sheriff Jones. Después de ayudar a tu padre a asesinar a tu madre, ¿qué era robar unas prendas de ropa nuevas y blandir una palanca ante una vieja? No mucho. Y si lo había intentado una vez, lo volvería a intentar, en cuanto aquellos veintitrés dólares desaparecieran. Probablemente en Omaha. Donde lo capturarían. Y entonces todo el asunto saldría a la luz. Casi con toda certeza, *saldría* a la luz.

Subí al porche, me senté, y oculté el rostro entre las manos.


Transcurrieron los días. Ignoro cuántos, solo sé que fueron lluviosos. Cuando en otoño cae la lluvia, las faenas en el exterior han de esperar, y no tenía ganado suficiente ni edificios anexos para ocupar las horas con tareas de interior. Intenté leer, pero las oraciones se antojaban inconexas, aunque de vez en cuando alguna palabra solitaria parecía emerger de la página y gritar. Asesinato. Culpa. Traición. Palabras así.

Días en los que me sentaba en el porche con un libro en el regazo, envuelto en mi abrigo de piel de cordero para protegerme de la humedad y el frío, observando las gotas de lluvia que se desprendían del alero. Noches en las que yacía despierto hasta las horas previas al amanecer, escuchando el sonido de la lluvia en el tejado. Se asemejaba al tamborileo de unos dedos tímidos solicitando la entrada. Pasé demasiado tiempo pensando en Arlette, en el pozo con Elpis. Empecé a fantasear con la idea de que aún se encontraba... no viva (me encontraba bajo una fuerte tensión, pero no loco), sino de algún modo *consciente*. De algún modo contemplando el desarrollo de los acontecimientos desde su improvisada tumba, y con placer.

*¿Te gusta cómo han resultado las cosas, Wilf?*, preguntaría ella si pudiera (y, en mi imaginación, lo hacía). *¿Valió la pena? ¿Qué dices?*

Una noche, aproximadamente una semana después de la visita del sheriff Jones, cuando me senté con intención de leer *La casa de los siete tejados*, Arlette se me acercó sigilosamente por la espalda, extendió el brazo alrededor de mi cabeza, y me tocó el puente de la nariz con un dedo gélido y húmedo.

Dejé caer el libro sobre la alfombra trenzada de la salita, proferí un grito, y me incorporé de un salto. Al hacerlo, la fría yema del dedo se desplazó a la comisura de mi boca. Entonces me dio otro golpecito, en la coronilla, donde mi cabello raleaba. Esta vez me eché a reír, con una risa temblorosa y enojada, y me agaché a recoger el libro. En ese momento el dedo me rozó una tercera vez, ahora en la nuca, como si mi esposa muerta estuviera diciendo: «¿He atraído ya tu atención, Wilf?». Me desplacé a un lado, para que la cuarta vez no me alcanzara en el ojo, y alcé la vista. El techo sobre mi cabeza se había tornado amarillento y goteaba. El yeso aún no había comenzado a hincharse, pero si la lluvia continuaba, no tardaría. Podría incluso disolverse y caerse a pedazos. La gotera estaba situada encima de mi sitio de lectura especial. Por supuesto. El resto del techo parecía en buen estado, al menos por el momento.

Me acordé de Stoppenhauser diciendo «¿Y pretende decirme que no hay mejoras que podría acometer? ¿Un tejado que reparar?». Y esa astuta mirada. Como si lo hubiera sabido. Como si él y Arlette estuvieran juntos en esto.

*Sácate esas cosas de la cabeza*, me dije. *Ya es bastante malo que sigas pensando en ella, allí abajo. Me pregunto si le saldrán ya los gusanos por los ojos. ¿Habrán devorado los bichos su afilada lengua, o la habrán erosionado, al menos?*

Me acerqué a la mesa en el rincón del otro extremo de la sala, agarré la botella que estaba encima, y me serví un buen lingotazo de whisky. La mano me temblaba, pero solo un poco. Vacié el vaso en dos tragos. Era consciente del mal asunto que supondría convertir la bebida en un hábito, pero no ocurre cada noche que un hombre sienta que su esposa muerta le acaricia la nariz.

Y el alcohol me hizo sentir mejor. Con mayor control de mí mismo. No necesitaba sacar una hipoteca de setecientos cincuenta dólares para reparar mi tejado, podría remendarlo con retazos de madera cuando cesara la lluvia. No obstante, sería un apaño feo; conferiría a la casa el aspecto de lo que mi madre llamaría una chabola. Tampoco residía ahí la cuestión. Reparar una gotera requeriría uno o dos días. Necesitaba trabajar para sobrellevar el invierno. El trabajo duro expulsaría los pensamientos sobre Arlette en su trono inmundo, Arlette con su *crespina* de arpillera. Necesitaba un proyecto de mejoras en el hogar que me enviara a la cama lo bastante cansado para dormir de un tirón, en lugar de yacer despierto escuchando la lluvia y preguntándome si Henry se encontraría bajo ella, quizá tosiendo a causa de la gripe. A veces el trabajo es la única solución, la única respuesta.

Al día siguiente conduje a la ciudad en mi camión e hice lo que nunca pensé que haría de no haber necesitado el préstamo de treinta y cinco dólares: contraté una hipoteca por valor de setecientos cincuenta. Al final quedamos todos atrapados en artificios de nuestra propia invención. Así lo creo. Al final quedamos todos atrapados.


Esa misma semana, en Omaha, un hombre joven con un sombrero de llanero entró en una casa de empeños en la calle Dodge y compró una pistola niquelada del calibre 32. Pagó con cinco dólares que sin duda había conseguido, bajo coacción, de una anciana medio ciega que atendía su negocio bajo un letrero de la Chica del Gorro Azul. Al día siguiente, un hombre joven, con una boina en la cabeza y un pañuelo rojo que le cubría la boca y la nariz, entró en la sucursal de Omaha del First Agricultural Bank, apuntó con una pistola a una guapa empleada llamada Rhoda Penmark, y exigió todo el dinero de la caja. La jovencita le entregó unos doscientos dólares, principalmente en billetes de uno y cinco, mugrientos, como los que los granjeros guardan enrollados en el bolsillo de la pechera de sus petos.

Al salir, mientras con una mano se metía el dinero en los

pantalones (claramente nervioso, dejó caer varios billetes al suelo), el corpulento guardia, un policía retirado, le dijo:

—Hijo, no quieres hacer esto.

El muchacho disparó su calibre 32 al aire. Varias personas gritaron.

—Tampoco quiero pegarle un tiro —contestó el joven del pañuelo—, pero lo haré si me obliga. Retroceda contra aquel poste, señor, y quédese allí si sabe lo que mejor le conviene. Tengo un amigo fuera vigilando la puerta.

El muchacho huyó a la carrera, quitándose ya el pañuelo de la cara. El guardia esperó durante un minuto aproximadamente, luego salió con las manos levantadas (no portaba ningún arma en el cinto), por si acaso existía realmente aquel amigo. No había nadie, por supuesto. Hank James no tenía amigos en Omaha a excepción de la chica en cuyo vientre crecía el bebé de ambos.


Retiré doscientos dólares en efectivo del dinero de mi hipoteca e ingresé el resto en el banco del señor Stoppenhauser. Hice algunas compras en la ferretería, el almacén de maderas, y la tienda de ultramarinos donde Henry podría haber recogido una carta de su madre... si siguiera viva para poder escribirla. Salí de la ciudad bajo una ligera llovizna, aunque para cuando llegué a casa caían chuzos de punta. Descargué las ripias y los cachivaches recién comprados, di de comer y ordeñé a las vacas, luego almacené las provisiones, en su mayoría telas y alimentos básicos que, sin Arlette para vigilar el rebaño en la cocina, empezaban a agotarse. Finalizada esa tarea, puse a calentar agua en el fogón de leña para prepararme un baño y me despojé de la ropa mojada. Saqué el fajo de dinero del bolsillo derecho de mi arrugado peto, lo conté, y vi que aún andaba rozando los ciento sesenta dólares. ¿Por qué me había traído tanto dinero en efectivo? Porque mi mente estaba distraída en otra parte. *¿Dónde*, por el amor de Dios? En Arlette y Henry, claro. Por no mencionar a Henry y Arlette. Durante aquellos días lluviosos, ellos abarcaban en gran medida la totalidad de mis pensamientos.

Sabía que no era una buena idea tener a mano tanto dinero en efectivo. Sería conveniente retornarlo al banco, donde podría generar algún pequeño beneficio (aunque ni por asomo lo suficiente para igualar los intereses del crédito) mientras decidía la mejor forma de sacarle partido. Pero, entretanto, debería guardarlo en algún lugar seguro.

Me vino a la mente la caja con el sombrero rojo de puta. Era donde ella escondía su propio dinero, y allí había estado seguro Dios sabía cuánto tiempo. Mi fajo abultaba demasiado para caber en el interior de la cinta, así que decidí que lo metería dentro del mismo sombrero. Lo dejaría ahí hasta que encontrara una excusa para regresar a la ciudad.

Entré en el dormitorio, en cueros vivos, y abrí la puerta del armario. Aparté a un lado la caja que contenía su sombrero blanco de la iglesia, y traté de agarrar la otra. La había empujado hasta el fondo del estante, y tuve que ponerme de puntillas para alcanzarla. Estaba asegurada con una cuerda elástica alrededor. Enganché mi dedo por debajo para tirar de la sombrerera, momentáneamente consciente de que pesaba demasiado, como si en su interior hubiera un ladrillo en lugar de un gorro, y entonces sentí una extraña sensación *glacial*, como si tuviera la mano empapada de agua helada. Un momento después el hielo se transformó en fuego. Fue un dolor tan intenso que se me agarrotaron todos los músculos del brazo. Trastabillé hacia atrás, rugiendo de agonía y sorpresa, y el dinero se desparramó por doquier. Mi dedo seguía enganchado en el elástico, y arrastró la sombrerera. Encima, agazapada, se encontraba una rata noruega que se me antojaba demasiado familiar.

Es posible que usted me diga: «Wilf, todas las ratas se parecen entre sí», y en circunstancias ordinarias tendría razón, pero yo conocía a esta; ¿acaso no la había visto huir de mí con el pezón de una vaca colgando de su boca como la colilla de un cigarro?

La sombrerera se soltó de mi mano sangrante, y la rata se cayó al suelo. De haberme parado a pensar, la bestia habría vuelto a escaparse, pero el pensamiento consciente quedó anulado por el dolor, la sorpresa y el horror que supongo que casi cualquier hombre siente cuando ve manar la sangre de una parte de su cuerpo que aún permanecía entera solo segundos antes. Ni siquiera me acordaba de que estaba tan desnudo como el día que nací, simplemente hinqué el pie derecho sobre la rata. Oí crujir sus huesos y sentí aplastarse sus tripas. Un chorro de sangre e intestinos licuados brotó por debajo de la cola y me roció el tobillo izquierdo con tibieza. La rata intentó revolverse y morderme otra vez; veía rechinar sus grandes incisivos, pero no podía alcanzarme de lleno. No, claro estaba, mientras yo aguantara el pie encima. Así lo hice. Pisé con fuerza, sosteniendo mi mano herida contra el pecho, sintiendo la cálida sangre que apelmazaba el grueso pellejo que le crecía allí. La rata se retorcía y batía la cola. Me lanzó un latigazo a la pantorrilla, primero, y luego la cola se enroscó alrededor de mi pierna como una culebra. La sangre surgía a borbotones de su boca. Sus ojos negros sobresalían como canicas de mármol.

Permanecí con el pie sobre la rata moribunda durante un buen rato. Machacada por dentro, con sus entrañas reducidas a pulpa, y aun así daba coletazos e intentaba morder. Finalmente cesó todo movimiento. Me mantuve firme durante otro minuto, queriendo cerciorarme de que no fingía (¡una rata imitando a una zarigüeya, ja!), y cuando tuve la certeza de que estaba muerta, fui cojeando hasta la cocina, dejando tras de mí huellas sangrientas, mientras pensaba, de manera confusa, en la advertencia del oráculo a Pelias de cuidarse de un hombre que calzara una sola sandalia. Pero yo no era ningún Jasón; era un granjero medio loco por el dolor y el asombro, un granjero que parecía condenado a ensuciar de sangre su lugar de reposo.

Mientras sostenía la mano bajo la bomba, helándose con el agua fría, oí a alguien decir «Ya no más, ya no más, ya no más». Era yo, lo sabía, pero sonaba como un anciano. Uno que se había visto degradado a la mendicidad.

Recuerdo el resto de aquella noche, pero es como mirar fotografías antiguas en un álbum lleno de moho. La rata me había mordido en el tejido entre el pulgar y el índice de la mano izquierda; una mordedura terrible pero, en cierto sentido, afortunada. Si me hubiera apresado el dedo que tenía enganchado bajo aquella cuerda elástica, podría habérmelo arrancado de cuajo. Lo deduje cuando volví al dormitorio y recogí a mi adversario por la cola (usando mi mano derecha; la izquierda se encontraba demasiado rígida y dolorida para flexionarla). Medía unos sesenta centímetros de largo, y pesaba tres kilos por lo menos.

*Entonces no era la misma rata que escapó por la tubería,* le oigo decir. *No pudo ser.* Sin embargo lo era, le garantizo a usted que lo era. No poseía ninguna marca de identificación, ni zonas de pelaje blanco ni una recordable oreja convenientemente mordisqueada, pero sabía que era la misma que se había ensañado con Aquelois. Igual que sabía que no la encontré agazapada allá arriba por casualidad.

La llevé a la cocina por la cola y la tiré al cubo de las cenizas, que saqué a nuestra fosa de desperdicios. Iba desnudo bajo la lluvia torrencial, pero apenas era consciente de ello. Lo que notaba en mayor grado era mi mano izquierda, que palpitaba con un dolor tan intenso que amenazaba con devastar todo mi raciocinio.

Cogí mi guardapolvo del perchero en el cuarto ropero de la entrada (fue todo lo que pude discurrir), me envolví en él con los hombros encogidos, y salí de nuevo, esta vez en dirección al establo. Me unté la mano herida con el bálsamo Rawleigh. Eso había impedido que la ubre de Aquelois se infectara, y quizá surtiera el mismo efecto con mi mano. Me disponía a marcharme, pero entonces recordé cómo se me había escapado la rata la última vez. ¡La tubería! Me acerqué a ella y me agaché, esperando encontrar el cemento que la rellenaba despedazado a mordiscos, o desaparecido por completo, pero seguía intacto. Pues claro. Ni ratas de tres kilos con dientes descomunales pueden abrirse paso a dentelladas a través del hormigón. Que la idea me hubiera cruzado siquiera la mente demuestra el estado en el que me hallaba.

Por un instante pareció como si estuviera viéndome a mí mismo desde fuera: un hombre desnudo excepto por un guardapolvo desabotonado, su vello apelmazado con sangre hasta la ingle, su mano izquierda desgarrada, refulgente bajo una espesa capa mucosa de bálsamo para vacas, los ojos saliéndose de las órbitas. Similares a los ojos de la rata cuando la pisaba.

*No era la misma rata*, me dije. *La que mordió a Aquelois está muerta en la tubería, o en el regazo de Arlette.*

Pero sabía que lo era. Lo sabía entonces y lo sé ahora.

Era ella.

De vuelta en el dormitorio, me arrodillé y recogí el dinero manchado de sangre. Con una sola mano, resultó un proceso lento. En una ocasión mi mano desgarrada chocó contra la cama y aullé de dolor. Vi que la sangre fresca teñía la cataplasma, que adquirió un tono rosado. Puse el dinero encima del aparador, sin molestarme siquiera en cubrirlo con un libro o con uno de los malditos platos ornamentales de Arlette. Tampoco recordaba por qué me había parecido tan importante esconder los billetes, para el caso. De un puntapié mandé la sombrerera roja al armario, y lo cerré de un portazo. Por mí, podía quedarse allí hasta el fin de los tiempos.

Cualquiera que alguna vez haya sido propietario de una granja, o que haya trabajado en una, le dirá que los accidentes están a la orden del día, y que se deben tomar precauciones. Yo guardaba un rollo grande de vendas en un arcón al lado de la bomba de la cocina; el arcón que Arlette siempre había llamado el «armario del dolor». Me disponía a sacar el rollo cuando la olla que desprendía vapor en el fogón atrajo mi atención. El agua que había puesto a calentar para un baño cuando yo aún seguía entero y cuando ese dolor monstruoso que parecía estar consumiéndome solo era teórico. Se me ocurrió que a lo mejor el agua caliente y jabonosa era precisamente el remedio que necesitaba mi mano. La herida ya no podía doler más, reflexioné, y la inmersión la limpiaría. Me equivocaba en ambos puntos, pero ¿cómo iba a saberlo? Todos estos años más tarde, aún me parece una idea razonable. Supongo que hasta podría haber funcionado si me hubiera mordido una rata común.

Usé la mano buena, la derecha, para echar agua caliente en una palangana con un cucharón (la idea de inclinar la olla y verter el agua quedaba fuera de toda consideración), y luego añadí una pastilla del áspero jabón marrón de Arlette. Resultó ser la última pastilla; hay demasiadas cosas que un hombre omite cuando no está acostumbrado a abastecerse. Agregué un trapo, luego entré en el dormitorio, volví a ponerme de rodillas, y comencé a fregar la sangre y las tripas. Recordando en todo momento (por supuesto) la última vez que había limpiado sangre del suelo de ese maldito dormitorio. Al menos en aquella ocasión Henry compartió el horror conmigo. Solo y dolorido, constituía una tarea terrible. Mi sombra danzaba revoloteando en la pared, lo cual me trajo a la mente a Quasimodo en *Notre Dame de París*, de Hugo.

Con el trabajo casi terminado, me detuve y ladeé la cabeza con el aliento contenido, los ojos abiertos de par en par, el corazón que parecía latir sordamente en mi mano herida. Oía el sonido de algo que se escabullía, y daba la impresión de proceder de todas partes. El sonido de ratas corriendo. En aquel momento estaba seguro de ello. Las ratas del pozo. Sus leales cortesanos. Habían encontrado otra salida. La agazapada encima de la sombrerera roja solo fue la primera y la más atrevida. Se habían infiltrado en la casa, estaban en las paredes, y pronto saldrían y me inundarían. Ella se cobraría su venganza. Y oiría sus risas cuando las ratas me descuartizaran.

Arreció el viento, con fuerza suficiente para hacer temblar la casa, y aulló brevemente bajo los aleros. El ruido de rozamiento se intensificó, y se debilitó un poco cuando el viento amainó. El alivio que me invadió fue tan inmenso que venció al dolor (durante unos segundos, al menos). No eran ratas; se trataba de aguanieve. Con la llegada de la oscuridad y el descenso de temperatura, la lluvia se había medio solidificado. Reanudé el restregado de los restos.

Cuando acabé, tiré el agua de lavado teñida de sangre por encima de la barandilla del porche, y después me dirigí de nuevo al granero para aplicarme una capa fresca de bálsamo en la mano. Con la herida completamente limpia, observé que el pellejo entre el pulgar y el índice presentaba tres cortes que se asemejaban a los galones de un sargento. El pulgar izquierdo colgaba torcido, como si los dientes de la rata hubieran roto algún tendón importante entre el dedo y el resto de la mano. Apliqué la cataplasma de vaca y después caminé con paso lento hacia la casa, pensando: *Duele, pero por lo menos está limpio. Aquelois no se infectó; yo tampoco lo haré. Todo irá bien.* Intenté visualizar las defensas de mi cuerpo movilizándose y llegando al escenario de la mordedura como diminutos bomberos con cascos rojos y abrigos largos de lona.

En el fondo del armario del dolor, envuelto en una tela rasgada de seda que en el pasado pudo ser parte de las enaguas de una dama, encontré una botella de píldoras de la Farmacia y Droguería de Hemingford Home. Escrito a pluma en la etiqueta, con pulcras letras mayúsculas, se leía: **ARLETTE JAMES Tomar 1 o 2 a la Hora de Acostarse para el Dolor Mensual**. Me tomé tres, con una inyección de whisky. Ignoro lo que contenían aquellas píldoras (morfina, supongo), pero surtieron efecto. El dolor continuaba allí, pero parecía pertenecer a un Wilfred James que en ese preciso instante existiera en algún otro nivel de realidad. Sentía que mi cabeza flotaba; el techo comenzó a girar suavemente; la imagen de los bomberos diminutos llegando para sofocar las llamas de la infección antes de que se propagaran se hizo más nítida. El viento empezaba a soplar con mayor fuerza, y para mi mente medio en sueños, el constante tamborileo del aguanieve contra la casa sonaba más que nunca como el correteo de las ratas tras las paredes, pero yo sabía lo que sabía. Creo que hasta lo dije en voz alta:

—Sé lo que sé, Arlette, no me engañas.

A medida que perdía la consciencia y empezaba a alejarme a la deriva, comprendí que a lo mejor me iba para siempre: que la combinación de trauma, bebida y morfina podría acabar con mi vida. Me encontrarían en una fría granja, con la piel de color azul grisáceo, la mano desgarrada descansando sobre mi vientre. La idea no me asustó; al contrario, era reconfortante.

Mientras dormía, el aguanieve se convirtió en nieve.

Cuando a la mañana siguiente desperté al alba, la casa se hallaba tan gélida como una tumba y tenía la mano hinchada al doble de su tamaño normal. La carne alrededor de la mordedura era de un gris ceniciento, pero los tres primeros dedos habían adquirido un apagado tono rosáceo que al final del día sería rojo. Palpar cualquier zona de la mano, excepto el meñique, me provocaba un dolor insoportable. No obstante, me la vendé tan fuerte como me fue posible, y eso redujo la palpitación. Encendí la lumbre en el fogón de la cocina (con una sola mano, fue un proceso largo, pero me las apañé), y después me arrimé, tratando de entrar en calor. Es decir, en todo el cuerpo salvo la mano mordida, claro; esa parte de mí ya ardía. Ardía y palpitaba como un guante con una rata escondida en su interior.

A media tarde estaba febril, y tenía la mano tan abotagada y las vendas me apretaban tanto que tuve que aflojarlas. Ese simple acto me hizo proferir un grito. Necesitaba que me examinara un doctor, pero nevaba con más fuerza que nunca, y no sería capaz de llegar ni a la casa de los Cotterie, mucho menos recorrer toda la distancia hasta Hemingford Home. Aun cuando el día hubiera estado despejado y seco, ¿cómo me las habría arreglado para arrancar el camión o el T accionando la manivela con una sola mano? Me senté en la cocina y alimenté el fogón hasta que rugió como un dragón; mientras, derramaba sudor y tiritaba de frío, sosteniendo el garrote vendado de mi mano contra el pecho, y recordando la manera amable en que la señora McReady había inspeccionado mi abarrotado patio delantero, no particularmente próspero. «¿Está usted en el intercomunicador, señor James? Veo que no.»

No. No lo estaba. Me encontraba a mi suerte en la granja por la cual había matado, sin medio de pedir auxilio. Vi que la carne empezaba a ponerse roja más allá de donde terminaban las vendas: en la muñeca, surcada de venas que distribuirían el veneno por todo mi cuerpo. Los bomberos habían fracasado. Pensé en ligarme la muñeca con una cuerda elástica (en matar mi mano izquierda en un intento de salvar el resto de mí) y hasta en amputarla con el hacha que solíamos utilizar para partir la leña y decapitar al ocasional pollo. Ambas ideas se me antojaban absolutamente plausibles, pero también requerían demasiado trabajo. Al final no hice nada excepto acudir renqueante al armario del dolor en busca de más de las píldoras de Arlette. Me tomé otras tres, esta vez con agua fría (mi garganta ardía), y luego retorné a mi asiento junto al fuego. Iba a morir a causa de la mordedura. Estaba convencido y resignado a ello. La muerte por mordeduras e infecciones era tan común como el polvo en las llanuras. Si el dolor aumentara más de lo que fuera capaz de soportar, me tragaría todos los analgésicos restantes de una tacada. Lo que me impidió suicidarme inmediatamente (además del miedo a la muerte, que supongo que nos aqueja a todos nosotros, en mayor o menor grado) fue la posibilidad de que pudiera venir alguien: Harlan, o el sheriff Jones, o la amable señora McReady. Incluso era posible que se presentara el abogado Lester para amedrentarme un poco más por aquellas cuarenta hectáreas condenadas de Dios.

Pero mi mayor esperanza, sobre todas las demás, era que Henry regresara. Eso no ocurrió, sin embargo.

Fue Arlette quien vino.

Quizá se esté preguntando cómo tuve conocimiento de la pistola que Henry compró en la casa de empeños de la calle Dodge, y del robo al banco en la Plaza Jefferson. En tal caso, probablemente se habrá dicho a sí mismo: «Bueno, entre 1922 a 1930 hay mucho tiempo; es suficiente con rellenar los detalles en una biblioteca que conserve números atrasados del *Omaha World-Herald*».

*Sí* acudí a los periódicos, por supuesto. Y escribí a gente que conoció a mi hijo y a su novia embarazada en su corta y catastrófica carrera entre Nebraska y Nevada. La mayoría de aquellas personas contestaron, con la disposición suficiente para proporcionar detalles. Un trabajo de investigación así es lógico, y sin duda le satisface a uno. Pero aquellas indagaciones se produjeron años más tarde, después de que yo abandonara la granja, y solo confirmaron lo que ya sabía.

«¿Ya?», se sorprenderá usted, y yo simplemente respondo: «Sí. Ya. Y lo supe no solo en el momento de ocurrir, sino *antes* de que ocurriera, al menos en parte. La última parte».

¿Cómo? La respuesta es simple. Mi esposa muerta me lo contó.

No da crédito, por supuesto. Lo entiendo. Ninguna persona racional lo creería. Solo puedo reiterar que esta es mi confesión, mis últimas palabras en la tierra, y no he incluido nada que no sepa que es cierto.


La noche siguiente (o la siguiente a esta; a medida que la fiebre se afianzaba, perdí la noción del tiempo), desperté de una cabezada delante de la cocina y volví a oír aquel sonido susurrante, de correteo. Al principio deduje que se había reanudado la lluvia de aguanieve, pero cuando me levanté a partir un trozo de pan de la hogaza que se endurecía en la encimera, advertí la delgada franja anaranjada de la puesta de sol en el horizonte, y Venus brillaba en el firmamento. La tormenta había pasado, pero el golpeteo era más fuerte que nunca. No procedía de las paredes, sin embargo, sino del porche trasero.

El pestillo de la puerta comenzó a moverse. Al principio solo temblaba, como si la mano que intentaba accionarlo fuera demasiado débil para liberarlo completamente de la ranura. El movimiento cesó, y acababa de decidir que no había visto nada de eso en absoluto, que era una alucinación nacida de la fiebre, cuando el cerrojo cedió con un pequeño claqueteo y la puerta se abrió de golpe con una fría ráfaga de viento. De pie en el porche se hallaba mi esposa. Aún lucía su crespina de arpillera, ahora moteada de nieve; debió de ser un viaje lento y doloroso desde lo que debería haber sido su lugar de descanso final. Tenía el rostro fláccido por la descomposición, la mandíbula torcida violentamente a un lado, su sonrisa más amplia que nunca. Era una sonrisa llena de conocimiento, ¿y por qué no? Los muertos lo entienden todo.

Se encontraba rodeada por sus leales cortesanas. Eran ellas las que de algún modo la habían sacado del pozo. Eran ellas las que la mantenían erguida. Sin su cooperación, Arlette no habría sido más que un fantasma, malévolo pero inofensivo. Pero ellas la habían animado. Ella era su reina; y también su marioneta. Entró en la cocina, desplazándose de una manera horripilante, con un paso carente de huesos que nada tenía que ver con andar. Las ratas correteaban apresuradamente a su alrededor; algunas alzaban la vista hacia ella con amor, otras me miraban a mí con odio. Bordeó la cocina tambaleándose, en un recorrido por lo que habían constituido sus dominios, mientras terrones de arena se desprendían de la falda de su vestido (no se veía rastro del edredón ni del cubrecama), y su cabeza basculaba y viraba sobre el corte de la garganta. En un momento dado la cabeza cayó completamente hacia atrás, colgando entre los omóplatos, y acto seguido se balanceó bruscamente hacia delante, con un chasquido grave y carnoso.

Cuando finalmente posó sus ojos nebulosos en mí, retrocedí hasta el rincón donde se encontraba la leñera, ahora casi vacía.

—Déjame en paz —musité—. Ni siquiera estás aquí. Sigues en el pozo y no podrías salir ni aunque no estuvieras muerta.

Emitió un gorgoteo, que sonó como si alguien se atragantara con una salsa espesa, y prosiguió su avance, suficientemente real para proyectar sombra. Y olía su carne en descomposición, esta mujer que a veces me metía la lengua en la boca durante sus trances de pasión. Ella estaba allí. Ella era real. Igual que su séquito. Las sentía correteando de acá para allá sobre mis pies, y me hacían cosquillas en los tobillos con sus bigotes al olisquear los bajos de mis calzones largos.

Mis talones chocaron con la leñera, y cuando traté de esquivar el cadáver que se aproximaba, perdí el equilibrio y caí sentado encima. Me golpeé en la mano hinchada e infectada, pero apenas registré el dolor. Arlette se estaba encorvando sobre mí, y su cara... *pendía*. La carne se había despegado de los huesos y su cara flotaba como un rostro dibujado en el globo de un niño. Una rata trepó por un lado de la leñera, brincó sobre mi barriga, me subió por el pecho, y me olisqueó la parte inferior de la barbilla. Pude sentir que otras se escurrían bajo mis rodillas con facilidad. Pero no me mordieron. Esa misión en particular ya había sido cumplida.

Arlette se inclinó más cerca. Desprendía un hedor aplastante, y su ladeada sonrisa de oreja a oreja... la veo ahora, mientras escribo. Me ordené morir, pero mi corazón siguió latiendo. Su cara suspendida se deslizó por la mía. Noté que mi rastrojo de barba arrancaba diminutos pedazos de su piel; pude oír su mandíbula rota rechinando como una rama cubierta de escarcha. Entonces presionó sus labios gélidos contra el pabellón ardiente y febril de mi oreja y comenzó a susurrar secretos que solo una mujer muerta podría conocer. Chillé. Prometí matarme y ocupar su lugar en el Infierno si se detenía, solo eso. Pero no lo hizo. No lo haría. Los muertos no se detienen.

Eso es algo que ahora sé.


Después de huir del First Agricultural Bank con doscientos dólares en el bolsillo (o probablemente unos ciento cincuenta, más bien; parte del dinero se quedó en el suelo, recuerde), Henry desapareció durante unos días. «Se borró del mapa», en el argot del hampa. Esto lo digo con un cierto orgullo. Pensaba que lo atraparían casi inmediatamente nada más llegar a la ciudad, pero demostró que me equivocaba. Estaba enamorado, estaba desesperado, aún ardía de culpa y horror por el delito que ambos habíamos cometido..., pero a pesar de aquellas distracciones (aquellas *infecciones*), mi hijo evidenció coraje e inteligencia, incluso una cierta nobleza triste. La idea de esto último es lo peor. Aún me invade la melancolía por su vida malgastada (*tres* vidas malgastadas; no debo olvidar a la pobre Shannon Cotterie embarazada) y la vergüenza por la ruina a la cual le conduje, como un ternero con una cuerda alrededor del pescuezo.

Arlette me mostró la «madriguera» en la que se refugió, y la bicicleta que ocultaba detrás; esa bicicleta fue la primera cosa que compró con el dinero robado. En aquella época no habría podido contarle dónde se hallaba exactamente su escondite, pero en los años transcurridos desde entonces lo he localizado y hasta lo he visitado; tan solo una cabaña junto a la carretera con un anuncio desteñido de Royal Crown Cola pintado en un lado. Se encontraba a pocos kilómetros al oeste de Omaha, y a la vista del suburbio de Boys Town, que había comenzado a operar el año anterior. Un cuarto, una única ventana sin cristal, y ninguna estufa. Cubrió la bicicleta con heno y hierbajos, y allí trazó sus planes. Luego, una semana o así después de robar el First Agricultural Bank (para entonces el interés de la policía por un robo menor se habría extinguido), comenzó a hacer viajes en bicicleta a Omaha.

Un muchacho corto de entendederas hubiera ido directamente al Hogar Católico de Santa Eusebia, donde los polis de Omaha le habrían echado el lazo (como sin duda el sheriff Jones esperaba que ocurriera), pero Henry Freeman James era más listo que eso. Averiguó el emplazamiento del Hogar, pero se mantuvo a distancia. En cambio, buscó la confitería y heladería más cercana. Dedujo, correctamente, que las chicas la frecuentarían siempre que pudieran (que era siempre que su comportamiento mereciera una tarde libre y tuvieran algo de dinero en sus bolsos), y aunque no se obligaba a las residentes de Santa Eusebia a llevar uniforme, se las reconocía fácilmente por sus vestidos sin gracia, sus ojos alicaídos y su comportamiento, ahora coqueto, ahora veleidoso. Aquellas con vientres abultados y sin anillo de boda habrían destacado especialmente.

Un muchacho corto de entendederas habría intentado entablar conversación con una de estas desafortunadas hijas de Eva allí mismo en la heladería, atrayendo así la atención. Henry se apostaba fuera, en la boca de un callejón entre la confitería y la mercería contigua, sentado en un cajón de embalaje y leyendo él periódico, con la bicicleta apoyada en la pared de ladrillos a su lado. Esperaba a una chica un poco más atrevida que aquellas que se contentaban simplemente con sorber sus gaseosas con helado y que luego volvían corriendo con las hermanas. Eso significaba una chica que fumara. La tercera tarde en el callejón se presentó una.

En el tiempo desde entonces la he encontrado, y he hablado con ella. No requirió mucho trabajo detectivesco. Estoy seguro de que Omaha les parecía una metrópoli a Henry y a Shannon, pero en 1922 era realmente un pueblo del Medio Oeste con pretensiones de gran ciudad solo un poco mayor que la media. Victoria Hallett es ahora una respetable mujer casada y con tres hijos, pero en el otoño de 1922 ella era Victoria Stevenson: joven, curiosa, rebelde, embarazada de seis meses, y aficionada a los Sweet Caporals. Aceptó encantada un cigarrillo del paquete que Henry le ofrecía.

—Coge otro par para luego —invitó él.

La muchacha se echó a reír.

—¡Estaría como una cabra si lo hiciera! Las hermanas nos registran los bolsos y nos sacan los bolsillos del revés al llegar. Tendré que masticar tres palotes de Black Jack para que no me huela el aliento a este pitillo. —Se acarició la abultada barriga con diversión y desafío—. Estoy metida en un apuro, como ya habrás visto. ¡Chica mala! Y mi amorcito huyó. ¡*Chico* malo, pero al mundo eso le da igual! Así que el dandi me encerró en una cárcel con pingüinos como guardias...

—No lo capto.

—¡Caray! ¡El dandi es mi padre! ¡Y pingüinos es como llamamos a las hermanas! —Se rió—. Vale, ya veo que eres de pueblo. ¡Y tanto! Bueno, de todas formas, la prisión donde hago condena se llama...

—Santa Eusebia.

—*Ahora* ya cocinas con gas, Jackson. —Le dio una calada a su cigarrillo, y entornó los ojos—. Dime, apuesto a que sé quién eres: el novio de Shan Cotterie.

—Una muñeca Kewpie para la chica —dijo Hank.

—Bueno, yo no me acercaría a más de dos bloques de nuestra casa, ese es mi consejo. Los polis tienen tu descripción. —Rió alegremente—. La tuya y la de otra media docena de Perritos Solitarios, pero ninguno de esos patanes tiene los ojos verdes como tú, ni una chica tan bien parecida como Shannon. ¡Ella es una verdadera Saba! ¡Guau!

—¿Por qué crees que estoy aquí y no allí?

—Te seguiré el juego. ¿Por qué *estás* aquí?

—Quiero ponerme en contacto, pero no quiero que me atrapen al hacerlo. Te daré dos dólares si le entregas una nota.

Los ojos de Victoria se abrieron como platos.

—Compañero, por un billete de dos me metería una corneta bajo el brazo y le llevaría un mensaje a García, así de mal ando de dinero. ¡Pásamela!

—Y otros dos si mantienes la boca cerrada sobre este asunto. Ahora y luego.

—Para eso no hace falta que me pagues más —dijo ella—. Me encanta fastidiarles el negocio a esas zorras santurronas. ¡Vaya, hasta te pegan en la mano si intentas coger un panecillo de más para la cena! ¡Es como en *Gulliver Twist*!

Le entregó la nota, y Victoria se la entregó a Shannon. La guardaba en el bolso entre sus cosas cuando la policía finalmente dio con ella y Henry en Elko, Nevada, y he visto una fotografía policial. Pero Arlette me contó lo que decía mucho antes, y el escrito real coincidía palabra por palabra.

«Esperaré detrás de la casa desde medianoche hasta el amanecer todas las noches durante dos semanas —rezaba la nota—. Si no apareces, sabré que lo nuestro ha terminado y volveré a Hemingford y ya no te molestaré más, aunque seguiré amándote por siempre. Somos jóvenes pero podríamos mentir sobre nuestra edad y comenzar una nueva vida en otro lugar (California). Tengo algo de dinero y sé cómo conseguir más. Victoria sabe cómo encontrarme si quieres enviarme una nota, pero solo una vez. Más no sería seguro.»

Supongo que Harlan y Sallie Cotterie recibieron aquella nota. En tal caso, habrán visto que mi hijo firmó con su nombre dentro de un corazón. Me pregunto si fue eso lo que convenció a Shannon. Me pregunto incluso si era preciso que la convenciera. Es posible que lo que más deseara en el mundo fuera conservar (y legitimar) un bebé del cual ya se había enamorado. Trátase esta de una cuestión sobre la cual nunca se pronunció la horrible voz susurrante de Arlette. Probablemente no le importaba ni una cosa ni otra.

Henry regresó a la boca del callejón a diario después de aquel encuentro. Estoy seguro de que sabía que los polis podrían presentarse allí en lugar de Victoria, pero sentía que no le quedaba alternativa. La muchacha apareció al tercer día de vigía.

—Shan escribió una respuesta enseguida, pero no pude salir antes —explicó—. Algún memo se coló en ese agujero que tienen la caradura de llamar sala de música, y los pingüinos han estado en pie de guerra desde entonces.

Henry extendió la mano, y Victoria le entregó la nota a cambio de un Sweet Caporal. Había solo cinco palabras: «Mañana. 2 de la madrugada».

Henry echó los brazos alrededor de Victoria y la besó. La muchacha se rió con entusiasmo y ojos chispeantes.

—¡Cielos! Algunas chicas nacen con estrella.

Sí, indudablemente. Pero considerando que Victoria terminó con un marido, tres hijos, y una bonita casa en la calle Maple, en la mejor zona de Omaha, y que Shannon Cotterie no superó aquella maldición de año..., ¿a cuál de ellas diría *usted* que sonrió la suerte?

«Tengo algo de dinero y sé cómo conseguir más», había escrito Henry, y así fue. Solo horas después de besar a la atrevida Victoria (quien transmitió a Shannon el mensaje: «Dice que allí estará con las botas puestas»), un joven con una boina echada sobre la frente, que se tapaba la boca y la nariz con un pañuelo, robó el First National Bank. Esta vez el atracador se llevó ochocientos dólares, lo cual constituía un buen botín. No obstante, el guardia era más joven y entusiasta con sus responsabilidades, lo cual no era tan bueno. El ladrón se vio obligado a pegarle un tiro en el muslo para efectuar la huida, y aunque Charles Griner sobrevivió, desarrolló una infección (simpatizaba con él), y perdió la pierna. Cuando le visité en casa de sus padres en la primavera 1925, Griner se mostraba filosófico al respecto.

—Tengo suerte de estar vivo —dijo—. Para cuando me pusieron un torniquete en la pierna, estaba tendido en un puñetero charco de sangre de casi una pulgada de profundidad. Apuesto a que necesitaron una caja entera de detergente Dreft para sacar *toda* esa mierda.

Cuando traté de disculparme en nombre de mi hijo, agitó la mano restándole importancia.

—Nunca debí acercarme a él. A pesar de la gorra y el pañuelo, pude verle perfectamente los ojos. Debería haber sabido que no se detendría a menos que lo derribaran, y en ningún momento tuve oportunidad de desenfundar mi pistola. Estaba en sus ojos, ¿entiende? Pero yo mismo era joven. Ahora soy más viejo. Envejecer es algo que su hijo nunca tendrá la oportunidad de hacer. Lamento su pérdida.


Después de aquel trabajo, Henry disponía de dinero más que suficiente para comprar un coche, uno bueno, un turismo, pero fue más sensato. (Mientras escribo esto, de nuevo experimento ese sentimiento de orgullo: débil pero innegable.) ¿Un crío con aspecto de haber empezado a afeitarse solo una o dos semanas antes, haciendo ostentación de riqueza con un Olds casi nuevo? Con toda seguridad eso le hubiera echado encima a los servidores de la ley.

Por tanto, en lugar de comprar un vehículo, lo robó. No un coche de turismo, eso tampoco; se decantó por un anodino cupé Ford. Fue ese el coche que aparcó detrás de Santa Eusebia, y fue ese al que subió Shannon, después de salir a hurtadillas de su habitación, deslizarse sigilosamente escaleras abajo con su bolsa de viaje en la mano, y escurrirse por la ventana del lavabo contiguo a la cocina. Tuvieron tiempo para intercambiar un único beso (Arlette no lo dijo, pero yo aún poseo mi imaginación) y Henry condujo el Ford rumbo al oeste. Al amanecer circulaban por la Carretera Omaha-Lincoln. Debieron de pasar cerca de su antiguo hogar (el de él y el de ella) hacia las tres de aquella tarde. Quizá miraran en esa dirección, pero dudo que Henry redujera la marcha; no querría detenerse a pasar la noche en un área donde pudieran reconocerlos.

Su vida como fugitivos acababa de comenzar.

Arlette me susurró cosas de aquella vida, más de lo deseado, y no tengo ánimo para incluir aquí nada más que los detalles esenciales. Si usted quiere saber más, escriba a la Biblioteca Pública de Omaha. Por un precio, le enviarán copias hectografiadas de las crónicas relacionadas con los Novios Bandidos, como llegaron a ser conocidos (y como ellos mismos se apodaban). Puede que incluso sea capaz de encontrar crónicas en su propio periódico, si usted no vive en Omaha; la conclusión de la historia se consideró lo suficientemente desgarradora como para merecer cobertura nacional.

Hank el Guapo y Shannon la Dulce, así los bautizó el *World-Herald*. En las fotografías aparecían imposiblemente jóvenes. (Y, por supuesto, lo eran.) No quería mirar aquellas imágenes, pero lo hice. Existe más de una manera de ser mordido por las ratas, ¿verdad?

Al coche le reventó un neumático en la región de las colinas de arena de Nebraska. Dos hombres se acercaron a pie mientras Henry montaba la rueda de repuesto. Uno desenfundó una escopeta de una especie de canana que llevaba bajo el abrigo (lo que se llamaba una bandolera «sacaclavos» en los días del Salvaje Oeste) y apuntó a los amantes en fuga. Henry no tuvo ninguna posibilidad en absoluto de empuñar su propia arma; la guardaba en el bolsillo de su abrigo, y si lo hubiera intentado, es casi seguro que lo habrían matado. Así pues, el atracador fue atracado. Bajo un frío cielo otoñal, Henry y Shannon caminaron cogidos de la mano hasta una granja cercana, y cuando el granjero salió a la puerta a preguntar en qué les podía ayudar, Henry apuntó con la pistola al pecho del hombre y dijo que quería su coche y todo su dinero.

La muchacha que iba con él, contó el granjero a un periodista, se quedó en el porche mirando hacia otro lado. El granjero dijo que creía que lloraba. Dijo que se compadecía de ella, porque no era mayor que un minuto, y que estaba tan preñada como la vieja que vivía en un zapato, y porque viajar con un joven forajido únicamente podía deparar un mal final.

¿Ella intentó detenerle?, inquirió el reportero. ¿Intentó disuadirle?

No, respondió el granjero. Permaneció simplemente de espaldas, como si pensara que si no lo veía, entonces no estaba pasando. Encontraron abandonada la vieja carraca Reo del granjero cerca de la estación de ferrocarril de McCook, con una nota en el asiento: «Aquí tiene su coche de vuelta, le enviaremos el dinero que le robamos cuando podamos. Se lo cogimos solo porque estábamos en un apuro. Afectuosamente, "Los Novios Bandidos"». ¿Quién tuvo la idea de ese nombre? Probablemente Shannon; la caligrafía de la nota era suya. Solo lo utilizaron porque no querían dar sus nombres, pero de cosas así nacen las leyendas.

Un día o dos más tarde se produjo un atraco en el insignificante Frontier Bank de Arapahoe, Colorado. El ladrón, ataviado con una boina echada hacia abajo y un pañuelo echado hacia arriba, actuaba solo. Consiguió menos de cien dólares y se marchó conduciendo un Hupmobile cuyo robo se había denunciado en McCook. Al día siguiente, en el First Bank de Cheyenne Falls (casualmente también el único banco de Cheyenne Falls), una mujer joven se unió al muchacho. Ella ocultaba el rostro con su propio pañuelo, pero resultaba imposible disimular su embarazo. Se llevaron cuatrocientos dólares y salieron de la ciudad a toda velocidad, en dirección oeste. Se estableció un bloqueo en la carretera a Denver, pero Henry anduvo listo y no le abandonó la suerte. Viraron al sur no mucho después de dejar Cheyenne Falls, siguiendo una ruta por pistas de ganado y caminos de tierra.

Una semana más tarde, dos jóvenes, que se hacían llamar Harry y Susan Freeman, tomaron el tren con destino a San Francisco en Colorado Springs. Por qué se bajaron de repente en Grand Junction lo ignoro, y Arlette no lo dijo; vieron algo que les puso nerviosos, sospecho. Todo cuanto sé es que robaron un banco allí, y otro en Ogden, Utah. Su versión de ahorrar dinero para una nueva vida, quizá. Y en Ogden, un hombre intentó detener a Henry en el exterior del banco; Henry le disparó en el pecho. El hombre forcejeó igualmente, y Shannon lo hizo caer por los escalones de granito con un empujón. Lograron escapar. El hombre al que Henry disparó murió en el hospital dos días más tarde. Los Novios Bandidos se habían convertido en asesinos. En Utah, los asesinos convictos iban a la horca.

Eso ocurrió cerca de Acción de Gracias, aunque no sé a qué lado, si antes o después. La policía al oeste de las Rocosas tenía sus descripciones y extremó la vigilancia. A mí ya me había mordido la rata que se escondió en el armario (creo), o se encontraba a punto de hacerlo. Arlette me dijo que estaban muertos, pero no era cierto; no lo era cuando ella y su corte real vinieron a visitarme, quiero decir. O mintió o lo profetizó. Para mí, ambas cosas son la misma.


Su penúltima parada fue Deeth, Nevada. Era un día de frío glacial, a finales de noviembre o principios de diciembre, y el cielo blanco empezaba a escupir nieve. Solo querían tomar huevos y café en la única cantina del pueblo, pero su suerte casi se había desvanecido. El hombre tras la barra provenía de Elkhorn, Nebraska, y aunque no había vuelto a casa en años, su madre aún le enviaba fielmente paquetes enormes con los números del *World-Herald*. Acababa de recibir uno de esos paquetes apenas unos días antes, y reconoció a los Novios Bandidos de Omaha, sentados en uno de los reservados.

En lugar de telefonear a la policía (o a los vigilantes de la cercana mina de cobre, lo cual habría resultado más rápido y efectivo), decidió efectuar un arresto ciudadano. Sacó un oxidado revólver de vaquero de debajo de la barra, apuntó el arma hacia ellos, y les ordenó (en la más pura tradición del Oeste) que levantaran las manos. Henry no obedeció. Salió deslizándose del reservado y caminó hacia el sujeto, diciendo:

—No haga eso, amigo, no queremos causarle ningún daño, pagaremos y nos iremos.

El cantinero apretó el gatillo y la vieja pistola falló. Henry se la arrebató de la mano, la abrió, miró el cilindro, y se echó a reír.

—¡Buenas noticias! —le dijo a Shannon—. Estas balas llevan ahí tanto tiempo que están verdes.

Dejó dos dólares en la barra (por la comida) y entonces cometió un error terrible. A día de hoy creo que las cosas habrían terminado mal para ellos pasara lo que pasase, pero aun así desearía poder llamarlo a través de los años: «¡No dejes esa pistola cargada! ¡No hagas eso, hijo! ¡Verdes o no, guárdate esas balas en el bolsillo!». Sin embargo, únicamente los muertos pueden llamar a través del tiempo; eso lo sé ahora, y por propia experiencia.

Cuando se marchaban (*cogidos de la mano*, me susurró Arlette en el oído ardoroso), el cantinero agarró aquel viejo pistolón de la barra, lo sostuvo con ambas manos, y volvió a apretar el gatillo. Esta vez disparó, y aunque probablemente creyera que apuntaba a Henry, la bala alcanzó a Shannon Cotterie en la parte inferior de la espalda. Ella profirió un grito y se precipitó por la puerta, trastabillando en la ventisca. Henry la apresó antes de que pudiera caer, y la ayudó a meterse en su último coche robado, otro Ford. El cantinero trató de pegarle un tiro a través de la ventana, y en esta ocasión la vieja pistola le explotó en las manos. Un trozo de metal le extirpó el ojo izquierdo. Nunca lo he compadecido. No soy tan indulgente como Charles Griner.

Shannon, gravemente herida (y quizá ya moribunda), se puso de parto mientras Henry conducía a través de una nieve cada vez más espesa hacia Elko, a menos de cincuenta kilómetros en dirección sudoeste; quizá pensó que encontraría un doctor. Ignoro si allí había algún médico o no, pero ciertamente había una estación de policía, y el cantinero telefoneó, todavía con los restos de su globo ocular secándose en la mejilla. Dos agentes locales y cuatro miembros de la Patrulla Estatal de Nevada los estaban esperando a la entrada de la ciudad, aunque Henry y Shannon nunca llegaron a verlos. Median cuarenta y ocho kilómetros entre Deeth y Elko, pero Henry solo recorrió cuarenta y cinco.

Ya dentro de los límites del municipio (pero aún lejos de la población), a Henry le abandonó su última pizca de suerte. Con Shannon chillando y sujetándose el vientre mientras se desangraba por todo el asiento, debía de ir conduciendo a mucha velocidad; a demasiada velocidad. O quizá pilló un bache en la carretera. Sea como fuere, el Ford patinó hacia la cuneta y se ahogó. Permanecieron allí sentados, en el vacío de aquel alto desierto, mientras un viento que soplaba cada vez más fuerte lanzaba nieve a su alrededor, y ¿en qué pensaba Henry? Que lo que los dos hicimos en Nebraska les había arrastrado a él y a la chica que amaba a aquel lugar en Nevada. Arlette no me contó eso, pero no hacía falta. Yo lo sabía.

Divisó el espectro de un edificio a través de la nieve, por momentos más espesa, y sacó a Shannon del coche. Logró dar unos pasos en el viento, y ya no pudo más. La muchacha que sabía hacer *trigonoromía* y podría haber sido la primera fémina en graduarse en la escuela normal de Omaha apoyó la cabeza en el hombro de su chico y dijo:

—No puedo llegar más lejos, cariño, déjame en el suelo.

—¿Y el bebé? —le preguntó.

—El bebé está muerto, y yo también quiero morir —respondió ella—. No soporto el dolor. Es terrible. Te quiero, cariño, pero déjame en el suelo.

En cambio, la llevó a aquel espectro de edificio, que resultó ser una cabaña refugio no muy diferente de la casucha cercana a Boys Town, aquella con una desteñida botella de Royal Crown Cola pintada en el costado. Había una estufa, pero no leña. Salió y se agenció unos trozos de madera residual antes de que la nieve los cubriera, y cuando volvió dentro, Shannon yacía inconsciente. Henry encendió la estufa, y luego posó la cabeza de la chica en su regazo. Shannon Cotterie estaba muerta antes de que la pequeña lumbre se redujera a rescoldos, y entonces solo quedó Henry, sentado en una miserable cabaña refugio donde una docena de sucios vaqueros se habían tumbado antes que él, casi siempre más borrachos que sobrios. Se sentó allí y acarició el cabello de Shannon mientras el viento aullaba en el exterior y el tejado de hojalata de la cabaña temblaba.

Todo eso me contó Arlette un día cuando estos dos niños condenados a la fatalidad aún seguían con vida. Todo eso me contó mientras las ratas reptaban sobre mí y su hedor me invadía la nariz y el dolor de mi mano infectada y abotagada era como el fuego.

Le supliqué que me matara, que me abriera la garganta igual que yo había abierto la suya, y no lo hizo.

Esa fue su venganza.

Puede que hubieran pasado dos días cuando llegó mi visitante, o incluso tres, pero no lo creo. Creo que solo fue uno. Me parece que no habría durado dos o tres días más sin recibir auxilio. Había dejado de comer, y casi ni bebía. Aun así, cuando comenzó el martilleo en la puerta logré salir de la cama y tambalearme hasta ella. Una parte de mí pensaba que a lo mejor era Henry, porque una parte de mí todavía osaba albergar la esperanza de que la visita de Arlette hubiera sido una alucinación incubada en el delirio... e incluso, aunque hubiera sido real, que me hubiera mentido.

Era el sheriff Jones. Se me aflojaron las rodillas al verle, y me desplomé hacia delante. Si no me hubiera agarrado, habría caído de bruces en el porche. Intenté hablarle de Henry y Shannon, contarle que a Shannon le iban a pegar un tiro, que iban a acabar en una cabaña a las afueras de Elko, que él, el sheriff Jones, tenía que llamar a alguien y evitarlo antes de que sucediera. Lo único que surgió fue un galimatías, pero captó los nombres.

—Se ha escapado con ella, de acuerdo —dijo Jones—. Pero si Harl vino a contárselo, ¿por qué se marcharía dejándole así? ¿Qué le mordió?

—Rata —me las arreglé para decir. Me pasó un brazo alrededor y medio me arrastró escaleras abajo hasta su coche. George el gallo yacía congelado en el suelo, junto al tajo, y las vacas estaban mugiendo. ¿Cuándo las había alimentado por última vez? No lo recordaba.

—Sheriff, tiene que...

Pero me interrumpió. Creyó que desvariaba, y ¿por qué no? Podría sentir la fiebre que me cocía por dentro, y vería su irradiación en mi rostro. Debió de ser como acarrear un horno.

—Necesita ahorrar fuerzas. Tiene que estar agradecido a Arlette, porque yo nunca habría venido aquí de no ser por ella.

—Muerta —logré decir.

—Sí. Está muerta, en efecto.

Así que entonces le confesé que yo la había matado, y, ah, el alivio. Un conducto taponado dentro de mi cabeza se acababa de abrir por arte de magia, y el fantasma infecto que había estado allí capturado finalmente desapareció.

Me tiró al interior de su coche como una bolsa de comida.

—Hablaremos de Arlette, pero ahora mismo le llevo a los Ángeles de la Misericordia, y le agradecería que no vomitara en mi coche.

Cuando salía del patio delantero, dejando atrás el gallo muerto y las vacas mugientes (¡y las ratas! ¡No se olvide! ¡Ja!), intenté explicarle de nuevo que tal vez no fuera demasiado tarde para Henry y Shannon, que tal vez aún existiera la posibilidad de salvarlos. Me oí a mí mismo decir que «estas son cosas que quizá sean», como si fuera el Espíritu de las Navidades Futuras en el relato de Dickens. Entonces perdí el conocimiento. Cuando desperté era el dos de diciembre y los periódicos de la zona oeste informaban de que «LOS NOVIOS BANDIDOS ELUDEN A LA POLICÍA DE ELKO, VUELVEN A ESCAPAR». Falso, pero nadie lo sabía aún. Excepto Arlette, por supuesto. Y yo.


El doctor confió en que la gangrena no se hubiera propagado a mi antebrazo, y se jugó mi vida al amputarme solo la mano izquierda. Fue una apuesta que ganó. Cinco días después de que el sheriff Jones me llevara al Hospital Ángeles de la Misericordia en Hemingford City, reposaba pálido y fantasmagórico en una cama de hospital, diez kilos más liviano y una mano izquierda menos, pero vivo.

Jones me hizo una visita, el rostro serio. Esperaba que me dijera que me arrestaba por el asesinato de mi mujer y que me esposara luego la mano superviviente al poste de la cama. Sin embargo, nunca ocurrió. Me expresó, en cambio, lo mucho que lamentaba mi pérdida. ¡Mi pérdida! ¿Qué sabría ese idiota sobre pérdidas?

¿Por qué estoy aquí sentado en esta miserable habitación de hotel (¡pero no solo!) en lugar de yacer en la tumba de un asesino? Se lo explicaré en dos palabras: mi madre.

Al igual que el sheriff Jones, tenía el hábito de salpicar su conversación con preguntas retóricas. En el caso de él, se trataba de un mecanismo conversacional que había adquirido durante toda una vida dedicada al cumplimiento de la ley; formulaba sus preguntitas tontas y observaba a su interlocutor en busca de alguna reacción de culpabilidad: una mueca, un fruncimiento de cejas, un leve movimiento de ojos. En el caso de mi madre, solo se trataba de una forma de hablar que había adquirido de su propia madre, que era inglesa, y me la había transmitido. He perdido cualquier rastro de acento británico que pude haber tenido alguna vez, pero nunca perdí la costumbre de mi madre de convertir afirmaciones en preguntas. «Será mejor que entres ya, ¿no?», solía decir ella. O «Tu padre ha vuelto a olvidarse el almuerzo; ¿verdad que tendrás que llevárselo?». Incluso observaciones sobre el clima venían expresadas como preguntas: «Otro día lluvioso, ¿no es cierto?».

Aunque estuviera febril y muy enfermo cuando el sheriff Jones apareció en la puerta aquel día de finales de noviembre, no deliraba. Recuerdo nítidamente nuestra conversación, como un hombre o mujer que recuerda las imágenes de una pesadilla particularmente vívida.

«Tiene que estar agradecido a Arlette, porque yo nunca habría venido aquí de no ser por ella», dijo.

«Muerta», contesté.

El sheriff Jones: «Ella está muerta, en efecto». Y después, hablando como había aprendido a hablar en las rodillas de mi madre: «Yo la maté, ¿verdad?».

El sheriff Jones entendió el mecanismo retórico de mi madre (y el suyo propio, no se olvide) como una verdadera pregunta. Unos años más tarde (en la fábrica donde encontré trabajo después de perder la granja) oí a un capataz que amonestaba a un empleado por enviar un pedido a Des Moines en lugar de a Davenport sin haber comprobado el formulario de transporte en la oficina de recepción. «Pero siempre enviamos los pedidos de los miércoles a Des Moines», protestó el empleado próximo a su despido. «Simplemente supuse...»

«Suponer a la ligera hace asno a cualquiera», replicó el capataz. Un viejo dicho, me figuro, pero era la primera vez que lo escuchaba. ¿Y extraña que me acordara en ese momento del sheriff Frank Jones? La costumbre de mi madre de convertir afirmaciones en preguntas me salvó de la silla eléctrica. Nunca fui procesado ante un jurado por el asesinato de mi esposa.

Hasta ahora, claro.

Están aquí conmigo, muchas más de doce, alineadas a lo largo del zócalo, bordeando toda la habitación, escrutándome con sus ojos aceitosos. Si una criada entrara con sábanas limpias y descubriera a estos jurados peludos, huiría a la carrera, chillando, pero ninguna criada vendrá; hace dos días que colgué el cartel de NO MOLESTAR en la puerta, y ahí ha permanecido desde entonces. No he salido. Podría pedir que me subieran la comida del restaurante calle abajo, supongo, pero sospecho que la comida provocaría una reacción por su parte. No tengo hambre, de todos modos, así que no implica ningún gran sacrificio. Han sido pacientes hasta ahora, mis jurados, pero sospecho que no aguantarán mucho más tiempo. Como cualquier jurado, están ansiosas de que acaben los testimonios para poder emitir un veredicto, recibir sus simbólicos honorarios (en este caso, pagados en carne), e irse a casa con sus familias. Así que debo concluir. No llevará mucho tiempo. El trabajo duro ya está terminado.

Lo que el sheriff Jones dijo cuando se sentó al lado de mi cama del hospital fue:

—Lo vio en mis ojos, imagino. ¿No es así?

Yo seguía siendo un hombre muy enfermo, pero me había recuperado lo suficiente para mostrarme cauto.

—¿Ver qué, sheriff?

—Lo que había ido a contarle. No se acuerda, ¿verdad? Bueno, no me sorprende. Era todo un americano enfermo, Wilf. Estaba convencido de que iba a morir, y creí que lo haría antes de poder llevarle a la ciudad. Me figuro que Dios no ha acabado todavía con usted, ¿verdad?

*Algo* no había acabado conmigo, pero dudaba que fuera Dios.

—¿Era Henry? ¿Vino a contarme algo sobre Henry?

—No —respondió—, se trataba de Arlette. Son malas noticias, las peores, pero no puede culparse. No es como si la hubiera echado de casa a garrotazos. —Se inclinó hacia delante—. Puede que tenga la idea de que usted no me cae bien, Wilf, pero no es cierto. Hay varias personas por estos lares que no me gustan (y sabemos quiénes son, ¿verdad?), pero no me ponga en el mismo saco que a ellos solo porque tuve que proteger sus intereses. Usted me ha irritado una o dos veces, y creo que habría conservado la amistad de Harl Cotterie si hubiera atado a su chaval con una rienda más corta, pero siempre le he respetado.

Lo dudaba, pero mis labios permanecieron sellados.

—En cuanto a lo que le pasó a Arlette, lo diré otra vez, porque cabe repetirlo: no puede culparse.

¿No? Me parecía rara esa conclusión, aun proviniendo de un hombre de ley a quien nunca confundirían con Sherlock Holmes.

—Henry se ha metido en un lío, si algunos de los informes

que he recibido son ciertos —dijo pesadamente—, y ha arrastrado consigo a Shan Cotterie. Están con el agua al cuello y lo más probable es que los dos acaben ahogándose. Ya es una situación difícil de manejar sin que además le reclamen responsabilidades por la muerte de su esposa. No necesita...

—Cuéntemelo —le rogué.

Dos días antes de su visita (quizá el día que me mordió la rata, quizá no, pero en torno a esa fecha), un granjero que se dirigía a Lyme Biska con lo último de su producción avistó un trío de perros coyotes peleando por algo a unos veinte metros al norte de la carretera. Es posible que hubiera proseguido su camino si no hubiera divisado también un zapato de charol rozado y un par de enaguas de color rosa tiradas en la cuneta. Se detuvo, disparó su rifle para ahuyentar a los coyotes, y se adentró en el prado para inspeccionar su presa. Lo que encontró fue el esqueleto de una mujer con los harapos de un vestido y varios trozos de carne aún colgando de los huesos. Lo que quedaba de su cabello era de un marrón apático, el color al que habría derivado el suntuoso castaño rojizo de Arlette tras unos meses a la intemperie.

—Algunos dientes habían desaparecido —dijo Jones—. ¿A Arlette le faltaban un par dientes traseros?

—Sí —mentí—. Los perdió por una infección en las encías.

—Aquel día después de que se fugara, su chico dijo que se llevó las joyas buenas.

—Sí.

Las joyas que ahora estaban en el pozo.

—Cuando pregunté si habría echado mano a algún dinero, mencionó doscientos dólares. ¿No es eso correcto?

Ah, sí. El dinero ficticio que supuestamente Arlette había hurtado de mi cómoda.

—Es correcto.

El sheriff asentía con la cabeza.

—Bien, ahí lo tiene, ahí lo tiene. Algunas joyas y algo de dinero. ¿No diría que eso lo explica todo?

—No veo...

—Porque no lo mira desde la perspectiva de un agente de la

ley. La asaltaron en la carretera, eso es todo. Algún tipejo vio a una mujer haciendo dedo entre Hemingford y Lyme Biska, la recogió, la mató, le robó el dinero y las joyas, y luego llevó su cadáver al erial más cercano, dejándola a suficiente distancia para que no pudiera ser vista desde la carretera.

Por su cara larga noté que especulaba con la idea de que probablemente la habían violado además de robado, y que probablemente resultó algo bueno que sus restos no permitieran confirmarlo.

—Sí, es lo más probable, pues —coincidí, y de algún modo fui capaz de mantener un semblante rígido hasta que se marchó. Entonces me di la vuelta y, aunque me golpeé en el muñón al hacerlo, rompí a reír. Enterré la cara en la almohada, pero ni siquiera eso sofocó el sonido. Cuando entró la enfermera, una sargenta vieja y fea, las lágrimas que me surcaban el rostro la indujeron a suponer (y suponer a la ligera hace asno a cualquiera) que había estado llorando. Se ablandó, algo que había creído imposible, y me suministró una dosis adicional de morfina. Yo era, después de todo, el doliente marido y padre desolado. Merecía consuelo.

Y ¿sabe por qué me reía? ¿Por la estupidez bienintencionada de Jones? ¿Por la fortuita aparición de una vagabunda muerta que a lo mejor había sido asesinada por su compañero de viaje estando ebrios? Por ambas cosas, pero principalmente por el zapato. El granjero solo se había detenido para investigar la razón de la pelea de los coyotes porque vio un zapato de charol de mujer en la cuneta. Sin embargo, cuando el sheriff Jones había preguntado por el calzado aquel día de verano en la casa, yo había respondido que faltaban las zapatillas de *lona* de Arlette. El idiota lo había olvidado.

Y nunca lo recordó.

Cuando regresé a la granja, casi todo mi ganado estaba muerto. La única superviviente era Aquelois, que me miró con ojos famélicos llenos de reproche y mugió lastimeramente. Le di de comer tan tiernamente como uno daría de comer a una mascota, y en realidad, era todo cuanto era. ¿De qué otra forma llamaría usted a un animal que ya no puede contribuir al sustento de una familia?

Hubo una época en la que Harlan, asistido por su esposa, habría cuidado de mi casa durante mi estancia en el hospital; así son las relaciones entre vecinos colindantes en el Medio Oeste. Pero incluso después de que los angustiosos mugidos de mis vacas moribundas empezaron a dispersarse por los campos hasta su granja mientras él se sentaba a cenar, se mantuvo alejado. De haberme encontrado en su posición, puede que hubiera hecho lo mismo. A ojos de Harl Cotterie, y del mundo, mi hijo no se había contentado solo con traerle la ruina a su hija; la siguió a lo que debería haber sido un lugar de refugio, la secuestró, y la arrastró a una vida de crimen. ¡Cómo debió de haber corroído a su padre ese asunto de los «Novios Bandidos»! ¡Cual ácido! ¡Ja!

La semana siguiente, más o menos al mismo tiempo que se izaban los adornos de Navidad en las haciendas y a todo lo largo de la Calle Mayor, el sheriff Jones vino a la granja una vez más. Un vistazo a su rostro me reveló cuáles eran sus noticias, y empecé a menear la cabeza.

—No. Más no. No lo toleraré. No puedo. Márchese.

Entré en la casa y traté de atrancar la puerta, pero seguía demasiado débil además de manco, y forzó la entrada con bastante facilidad.

—Recupere el control, Wilf —dijo él—. Lo superará.

Como si supiera de lo que hablaba.

Miró en la vitrina decorada con la jarra de cerveza de cerámica artesanal en la parte superior, encontró mi botella de whisky tristemente mermada, vertió el último dedo en la jarra, y me la ofreció.

—El doctor no lo aprobaría —dijo—, pero no está aquí, y va a necesitarlo.

Descubrieron a los Novios Bandidos en su escondite final, Shannon muerta por la bala del cantinero, Henry por la que se había metido en su propio cerebro. Los cadáveres fueron transportados a la morgue de Elko, en espera de instrucciones. Harlan Cotterie se encargaría de su hija, pero no movería un dedo con respecto a mi hijo. Por supuesto que no. De eso me ocupé yo mismo. Henry llegó a Hemingford por tren el dieciocho de diciembre, y estuve en la estación, junto con un carruaje funerario negro de Castings Brothers. Mi imagen fue fotografiada repetidas veces. Me hicieron preguntas que ni siquiera traté de responder. Los titulares tanto del *World-Herald* como del mucho más humilde *Hemingford Weekly* destacaron la frase: PADRE AFLIGIDO.

Si los reporteros me hubieran visto en la casa de pompas fúnebres, sin embargo, en el momento de abrir el ataúd de pino barato habrían presenciado la verdadera aflicción; podrían haber destacado la frase PADRE LLORANDO A GRITOS. La bala que mi hijo se disparó en la sien mientras estaba sentado con la cabeza de Shannon en el regazo le atravesó el cerebro expandiéndose como un hongo y se llevó un gran trozo de cráneo en el lado izquierdo. Pero eso no era lo peor. Sus ojos habían desaparecido. El labio inferior había sido masticado por completo, de modo que sus dientes sobresalían en una macabra sonrisa. Lo único que quedaba de su nariz era un muñón rojizo. Antes de que los cadáveres fueran descubiertos por algún policía o algún ayudante de sheriff, las ratas se habían dado un festín con mi hijo y su querido amor.

—Adecéntele —le dije a Herbert Castings cuando pude volver a hablar racionalmente.

—Señor James..., señor..., el daño es...

—Ya veo el daño. Adecéntele. Y sáquele de esa mierda de caja. Póngale en el mejor ataúd que tenga. Me da igual lo que cueste. Tengo dinero. —Me incliné y le di un beso en la mejilla desgarrada. Ningún padre debería besar a su hijo por última vez, pero si algún padre mereció alguna vez tal destino, ese fui yo.

Shannon y Henry recibieron sepultura en la Iglesia Metodista Gloria de Dios de Hemingford, Shannon el día veintidós, y Henry en la víspera de Navidad. La iglesia se llenó para Shannon, y los llantos eran tan fuertes que casi hacían levitar el tejado. Lo sé porque estuve presente, al menos durante un rato. Me quedé de pie en el fondo, inadvertido, y me marché sigilosamente a mitad del panegírico del Reverendo Thursby. Este también presidió el funeral de Henry, pero huelga decir que la concurrencia fue mucho menor. Thursby vio a una sola persona, pero había otra. Arlette también estuvo presente, sentada mi lado, invisible y sonriendo. Susurrándome al oído.

«¿Te gusta cómo han resultado las cosas, Wilf? ¿Valió la pena?»

Sumando los costes de las exequias, los gastos del entierro, los gastos del mortuorio, y los costes de transporte del cadáver, la inhumación de los restos terrenales de mi hijo costó poco más de trescientos dólares. Los pagué con el dinero de la hipoteca. ¿Qué otra cosa tenía? Cuando terminó el funeral, regresé a casa, a un hogar vacío. Pero antes compré una botella de whisky.

1922 guardaba un truco más en la manga. El día después de Navidad, una imponente ventisca rugió procedente de las Rocosas, azotándonos con treinta centímetros de nieve y vientos huracanados. A medida que descendía la noche, la nieve se convirtió primero en aguanieve y luego en una lluvia torrencial. Hacia medianoche, estando yo sentado en el salón en tinieblas, curándome con pequeños sorbos de whisky el muñón que aullaba de dolor, me llegó un chirrido, un ruido de desgarro, desde la parte posterior de la casa. Se trataba del tejado viniéndose abajo, la sección que pretendía arreglar con el dinero de la hipoteca (con una parte de él, al menos). Brindé por ello alzando mi vaso, y luego tomé otro sorbo. Cuando el viento frío comenzó a soplarme en los hombros, cogí el abrigo de su percha en el ropero de la entrada, me lo puse, me volví a sentar, y bebí un poco más de whisky. En algún punto caí dormido. Otro estrépito me despertó a eso de las tres de la madrugada. Esta vez fue la mitad delantera del establo la que se derrumbó. Aquelois sobrevivió de nuevo, y a la noche siguiente la metí en la casa conmigo. ¿Por qué? Quizá me haga usted esa pregunta, y mi respuesta sería: ¿Por qué no? ¿Por qué diablos no? Nosotros éramos los supervivientes. Nosotros éramos los supervivientes.

La mañana de Navidad (que pasé bebiendo whisky en mi fría salita, con mi vaca superviviente por compañía), conté lo que restaba del dinero de la hipoteca, y comprendí que no bastaría ni para empezar a cubrir el daño causado por la tormenta. Tampoco me preocupaba mucho, porque había perdido el gusto por la vida de granjero, pero la idea de que la compañía Farrington construyera un matadero de cerdos y contaminara el arroyo aún provocaba que me rechinaran los dientes de ira. Especialmente después del alto precio que había pagado por impedir que aquellas cuarenta hectáreas tres veces malditas cayeran en manos de la empresa.

De repente, se me ocurrió con atino que, estando Arlette oficialmente muerta en lugar de desaparecida, aquel terreno me pertenecía. Así que dos días más tarde me tragué mi orgullo y fui a ver a Harlan Cotterie.

El hombre que contestó cuando toqué a la puerta había salido mejor parado que yo, pero igualmente las conmociones de aquel año se habían cobrado su peaje. Había perdido peso, había perdido pelo, y tenía la camisa arrugada, aunque no tanto como la cara; y la camisa, al menos, se podía planchar. Aparentaba sesenta y cinco años en lugar de cuarenta y cinco.

—No me pegues —dije cuando vi que apretaba los puños—. Escúchame hasta el final.

—Nunca le pegaría a un hombre con una sola mano —dijo—, pero te agradecería que fueras breve. Y hablaremos aquí en la entrada, porque nunca volverás a poner un pie en mi casa.

—Está bien. —Yo mismo había perdido peso (a mansalva) y tiritaba de frío, pero el aire gélido le sentaba bien al muñón, así como a la mano invisible que aún parecía existir debajo—. Quiero venderte cuarenta hectáreas de buena tierra, Harl. Las cuarenta que Arlette estaba tan decidida a vender a la compañía Farrington.

Esbozó una sonrisa en respuesta, y los ojos centellearon en el fondo de sus recién hundidas cuencas.

—Pasando una mala racha, ¿eh? La mitad de tu casa y la mitad de tu establo se han desmoronado. Hermie Gordon dice que tienes una vaca viviendo contigo. —Hermie Gordon era el cartero rural, y un célebre chismoso.

Concreté un precio tan bajo que la boca de Harl se desencajó y sus cejas se alzaron disparadas. Fue entonces cuando noté un olor flotando en la ordenada y bien equipada granja de Cotterie que se antojaba completamente ajeno a aquel lugar: comida frita quemada. Aparentemente, Sallie Cotterie no estaba cocinando. En un tiempo algo así habría suscitado mi interés, pero ese tiempo había pasado. Lo único que me importaba en ese momento era deshacerme de las cuarenta hectáreas. Dado que me habían costado tan caro, me parecía correcto venderlas barato.

—Eso es como dar dólares por cuatro peniques —dijo él. Entonces, con evidente satisfacción, añadió—: Arlette se revolvería en su tumba.

*Ha hecho más que revolverse*, pensé.

—¿Qué te hace sonreír, Wilf?

—Nada. Excepto por una cosa, esa tierra ya me trae sin cuidado. Lo único que sí me preocupa es preservarla de ese condenado matadero de Farrington.

—¿Aunque pierdas tu propia casa? —Asintió con la cabeza como si le hubiera preguntado alguna cuestión. —Me enteré de que la has hipotecado. No hay secretos en una ciudad pequeña.

—Aunque la pierda —convine—. Acepta el ofrecimiento, Harl. Estarías loco si no. Ese arroyo lo llenarán a rebosar de sangre y pelo y tripas de cerdo; y ese arroyo también es tuyo.

—No —repuso.

Lo miré de hito en hito, demasiado sorprendido para hablar. Pero volvió a asentir con la cabeza como si le hubiera preguntado algo.

—Crees que sabes lo que me has hecho, pero no lo sabes todo. Sallie me ha dejado. Se ha ido para quedarse con su gente en McCook. Dice que a lo mejor vuelve, dice que meditará las cosas, pero no lo creo. Conque eso nos coloca a los dos en el mismo puñetero carro, ¿no? Somos dos hombres que comenzaron el año con mujeres y lo terminan sin ellas. Somos dos hombres que comenzaron el año con sus hijos vivos y lo terminan con ellos muertos. La única diferencia que veo es que yo no he perdido la mitad de mi casa y la mayor parte de mi granero en una tormenta. —Reflexionó sobre ello—. Y me quedan las dos manos. Eso es todo, supongo. A la hora de afilarme el arma, si alguna vez siento la necesidad, podré elegir qué mano usar.

—¿Qué...? ¿Por qué iba ella...?

—Vamos, usa la cabeza. También me culpa a mí por la muerte de Shannon. Dijo que si me hubiera bajado del caballo y no hubiera enviado fuera a Shannon, ella seguiría sana y salva y viviendo con Henry ahí al lado en tu granja en vez de yacer congelada en una caja bajo tierra. Dice que tendría un nieto. Me llamó fariseo estúpido, y tiene razón.

Alargué el brazo sano, y lo apartó de sí con un manotazo.

—No me toques, Wilf. No te lo advertiré más veces.

Volví a pegar mi mano al cuerpo.

—Una cosa sé seguro —prosiguió—. Si aceptara tu ofrecimiento, apetecible como es, me arrepentiría. Porque esa tierra está maldita. Puede que no estemos de acuerdo en todo, pero apuesto a que en eso sí. Si quieres venderla, véndesela al banco. Recuperarás la hipoteca y además te quedará algo de dinero.

—¡Se la venderían a Farrington en cuanto me diera media vuelta!

—Ajo y agua.

Fueron sus últimas palabras antes de darme con la puerta en las narices.


El último día del año conduje hasta Hemingford Home para ver al señor Stoppenhauser del banco. Le expliqué que había decidido que no podía seguir viviendo en la granja. Le expliqué que me gustaría vender el terreno de Arlette al banco y usar el saldo de lo recaudado para redimir la hipoteca. Al igual que Harlan Cotterie, contestó que no. Durante uno o dos instantes simplemente me quedé sentado en la silla de cara a su escritorio, incapaz de dar crédito a lo que acababa de oír.

—¿Por qué no? ¡Es buena tierra!

Me contó que trabajaba para un banco, y que un banco no era una agencia de bienes inmuebles. Se dirigió a mí como señor James. Mis días como Wilf en aquella oficina habían terminado.

—Eso es...

«Ridículo» fue la palabra que me vino a la mente, pero no quise arriesgarme a ofenderlo por si existía la más mínima posibilidad de que cambiara de opinión. Una vez tomada la decisión de vender la tierra (y la vaca, también tendría que encontrar un comprador para Aquelois, posiblemente un forastero con una bolsa de habichuelas mágicas para canjear), la idea se había aferrado a mí con la fuerza de una obsesión. Por tanto, continué hablando sosegadamente, sin alzar la voz.

—Eso no es exactamente cierto, señor Stoppenhauser. El banco compró el Rodeo cuando salió a subasta el verano pasado. Y también el Triple M.

—Se trataba de situaciones diferentes. Poseemos la hipoteca sobre sus treinta y dos hectáreas iniciales, y estamos contentos con ello. Lo que haga con esas cuarenta hectáreas de pastura no es de nuestra incumbencia.

—¿Quién ha venido a verle? —inquirí, y entonces comprendí que ya conocía la respuesta—. Fue Lester, ¿verdad? El lacayo de Cole Farrington.

—No tengo ni idea de lo que está hablando —dijo Stoppenhauser, pero advertí el parpadeo en sus ojos—. Creo que su pena y su..., su lesión... le han dañado temporalmente la facultad para pensar con claridad.

—Ah, no —dije, y empecé a reír. Era un sonido peligrosamente desequilibrado, incluso a mis propios oídos—. Nunca en toda mi vida he pensado con mayor claridad, señor. Vino a verle, él u otra persona, estoy seguro de que Cole Farrington puede permitirse contratar a todos los picapleitos que desee, y cerraron el trato. ¡Actúan en *co-co-connivencia*! —Reía con carcajadas más fuertes que nunca.

—Señor James, me temo que tendré que pedirle que se marche.

—Quizá lo tenían planeado todo de antemano —proseguí—. Quizá por eso estaba tan ansioso de hablarme de la maldita hipoteca, para empezar. O quizá cuando Lester se enteró de lo de mi hijo, vio una oportunidad de oro para sacar provecho de mi infortunio y acudió corriendo. Quizá se sentó en esta misma silla y dijo: «Esto nos va a beneficiar a los dos, Stoppie; tú consigues la granja, mi cliente consigue la tierra junto al riachuelo, y Wilf James puede irse al Infierno». ¿No es así más o menos como sucedió?

Stoppenhauser había pulsado un botón en su escritorio, y en ese instante la puerta se abrió. Era un banco de poca importancia, demasiado pequeño para emplear a un vigilante, pero el cajero que asomó era un muchacho fornido. De la familia Rohrbacher, por su aspecto; yo había ido a la escuela con su padre, y Henry debió de ir con su hermana pequeña, Mandy.

—¿Hay algún problema, señor Stoppenhauser? —preguntó.

—No si el señor James se marcha ahora —respondió—. ¿Querrías acompañarle hasta la puerta, Kevin?

Kevin entró, y al ser yo lento en levantarme, ciñó una mano justo por encima de mi codo izquierdo. Vestía como un banquero, tirantes y pajarita inclusive, pero la mano era la de un granjero, fuerte y encallecida. El muñón que aún estaba sanando me dio una punzada de advertencia.

—Venga por aquí, señor —dijo el muchacho.

—No me tires del brazo —repliqué yo—. Me duele el sitio donde antes tenía la mano.

—Entonces venga por aquí.

—Yo fui a la escuela con tu padre. Se sentaba a mi lado y me copiaba en los exámenes de primavera.

Me arrancó de la silla donde en una época se dirigían a mí como Wilf. El buenazo de Wilf, que sería un tonto si no solicitara una hipoteca. La silla casi se volcó.

—Feliz Año Nuevo, señor James —dijo Stoppenhauser.

—Lo mismo te deseo, cabrón estafador —repliqué. Ver la expresión conmocionada en su rostro quizá haya sido la última cosa buena que me ha sucedido en la vida. Llevo aquí sentado cinco minutos, mordisqueando la punta de la estilográfica y tratando de encontrar una desde entonces, un buen libro, una buena comida, una tarde agradable en el parque, y no puedo.


Kevin Rohrbacher me acompañó a través del vestíbulo. Supongo que es el verbo correcto; no se puede decir exactamente que me arrastrara. El suelo era de mármol, y nuestras pisadas producían eco. Las paredes eran de roble oscuro. En las ventanillas de las cajas, dos mujeres atendían a un pequeño grupo de clientes de fin de año. Una de las cajeras era joven y la otra vieja, pero sus expresiones de ojos grandes eran idénticas. Mas no fue su interés horrorizado, casi lascivo, lo que llamó la atención de mis propios ojos; quedaron completamente cautivados por otra cosa. Un travesaño de roble nudoso de siete u ocho centímetros de ancho se extendía sobre las ventanillas de las cajas, y correteando afanosamente por él...

—¡Guardaos de la rata! —voceé, y señalé con el dedo.

La cajera joven profirió un pequeño grito, alzó la vista, y luego intercambió una mirada con su homóloga más vieja. No había rata alguna, solo la sombra pasajera del ventilador de techo. Y todos me observaban ahora.

—¡Contemplad cuanto gustéis! —les dije—. ¡Mirad hasta saciaros! ¡Mirad hasta que se os caigan vuestros ojos malditos de Dios!

Entonces me vi en la calle, y exhalando el frío aire invernal como humo de cigarro.

—No vuelva a menos que tenga negocios que hacer —indicó Kevin—. Y a menos que pueda mantener un lenguaje respetuoso.

—Tu padre era el mayor tramposo maldito de Dios que jamás fue conmigo a la escuela —le dije. Quería que me pegara, pero volvió a entrar y me dejó solo en la acera, de pie frente a mi viejo camión destartalado. Y así fue como Wilfred Leland James pasó su visita a la ciudad en el último día de 1922.

Cuando llegué a casa, Aquelois ya no se hallaba dentro. Estaba en el patio, yaciendo sobre un costado, y expulsaba sus propias nubes de vapor blanco. Veía las marcas en la nieve por donde había pisado al salir trotando del porche, y la grande en donde había aterrizado mal y se había roto las dos piernas delanteras. Ni siquiera una vaca inocente podía sobrevivir cerca de mí, según parecía.

Fui al ropero a por mi arma, luego entré en la casa, queriendo ver, si podía, qué la había aterrorizado tanto para abandonar su nuevo refugio a galope tendido. Las ratas, por supuesto. Tres de ellas, sentadas en el preciado aparador de Arlette, me miraron con ojos negros y solemnes.

—Volved y decidle que me deje en paz —las exhorté—. Decidle que ya ha causado suficiente daño. Por el amor Dios, decidle que me deje seguir con mi vida.

Continuaron sentadas observándome, con las colas enroscadas alrededor de sus cuerpos grises y gordos. De modo que levanté el rifle para alimañas y disparé a la situada en medio. La bala la destrozó y esparció sus entrañas por el empapelado que Arlette había seleccionado con tanto esmero nueve o diez años antes. Cuando Henry aún era solo un pequeñajo y las cosas iban bien entre nosotros tres.

Las otras dos huyeron. De regreso a su pasaje secreto bajo tierra, no me cabe duda. De regreso junto a su reina putrefacta. En el aparador de mi esposa dejaron varios montoncitos de mierda de rata y tres o cuatro retales del saco de arpillera que Henry fue a buscar al granero aquella noche a principios del verano de 1922. Las ratas habían venido a matar a mi última vaca y a traerme fragmentos de la *crespina* de Arlette.

Salí afuera y acaricié la cabeza de Aquelois. El animal estiró el pescuezo y mugió lastimeramente. *Ponle fin. Tú eres el amo, tú eres el dios de mi mundo, así que ponle fin.*

Así lo hice.

Feliz Año Nuevo.


Este fue el final de 1922, y este es el final de mi relato; el resto es el epílogo. Los emisarios congregados en esta habitación (¡cómo gritaría el gerente de este buen y viejo hotelito si los viera!) no tendrán que esperar mucho más para emitir su veredicto. Ella es la juez, ellas son el jurado, pero yo seré mi propio verdugo.

Perdí la granja, por supuesto. Nadie, incluyendo la compañía Farrington, compraría aquellas cuarenta hectáreas hasta que el hogar desapareciera, y cuando los carniceros de cerdos finalmente se abatieron sobre su presa, me vi obligado a vender a un precio demencialmente bajo. El plan de Lester funcionó a la perfección. Estoy seguro de que fue suyo, y estoy seguro de que obtuvo una gratificación.

Ah, bien; habría perdido mi pequeño punto de apoyo en el condado de Hemingford aun cuando hubiera dispuesto de recursos financieros a los que echar mano, y ello encierra una suerte de perverso consuelo. Se dice que la depresión en la que nos hallamos inmersos empezó el Viernes Negro del pasado año, pero la gente de estados como Kansas, Iowa y Nebraska sabe que se inició en 1923, cuando las cosechas que sobrevivieron a las terribles tormentas de esa primavera fueron diezmadas por la sequía que siguió, una sequía que se prolongó durante dos años. Las pocas cosechas que lograron llegar a los mercados en las grandes ciudades y a las lonjas agrícolas en las pequeñas ciudades se vendían a precios de mendigo. Harlan Cotterie resistió hasta 1925 más o menos, y después el banco embargó su granja. Tropecé con esa noticia mientras repasaba concienzudamente los artículos de subastas bancarias en el *World-Herald*. Hacia 1925, esos artículos a veces ocupaban páginas enteras del periódico. Las pequeñas granjas habían comenzado a desaparecer, y creo que dentro de cien años (quizá solo setenta y cinco) habrán sucumbido todas. Para 2030 (si se alcanza tal año), toda Nebraska al oeste de Omaha será una única granja enorme. Probablemente en posesión de la compañía Farrington, y aquellos que tengan la desgracia de vivir en esa tierra pasarán su existencia bajo sucios cielos amarillos y llevarán máscaras antigás para impedir ahogarse en el hedor de los cerdos muertos. Y *toda* corriente de agua fluirá teñida de rojo con la sangre de la matanza.

Para 2030, solo las ratas serán felices.

«Eso es como dar dólares por cuatro peniques», dijo Harlan el día que le ofrecí la tierra de Arlette, y al final tuve sin remedio que vendérsela a Cole Farrington a un precio aún menor. Andrew Lester, abogado, llevó los papeles a la pensión de Hemingford City donde me hospedaba a la sazón, y sonrió mientras yo firmaba. Por supuesto que sí. Los peces grandes siempre se comen a los chicos. Fui un tonto al creer que por una vez podría ser diferente. Fui un tonto, y todos a quienes en alguna ocasión amé pagaron el precio.

A veces me pregunto si Sallie Cotterie volvió con Harlan, o si él se fue a McCook con ella después de perder la granja. No lo sé, pero creo que probablemente la muerte de Shannon terminó con aquel matrimonio otrora feliz. El veneno se difunde como la tinta en el agua.

Entretanto, las ratas han iniciado su avance desde el zócalo. Lo que fuera un cuadrado se ha convertido en un círculo aprisionador. Saben que esto es solo el epílogo, y nada de lo que siga a un acto irrevocable importa mucho. Terminaré, empero. Y no me atraparán mientras esté vivo; esa pequeña victoria final será mía. Mi vieja chaqueta marrón cuelga del respaldo de la silla en la cual me siento. La pistola está en el bolsillo. Cuando haya terminado las últimas páginas de esta confesión, la usaré. Dicen que los suicidas y los asesinos van al Infierno. En ese caso, conozco todos sus recovecos, porque he habitado en él durante los últimos ocho años.

Me trasladé a Omaha, y acaso sea una ciudad de idiotas, como solía afirmar, pero si es así, entonces al principio me comporté como un ciudadano modelo. Acometí la empresa de beberme las cuarenta hectáreas de Arlette, e incluso vendiendo a peniques el dólar, tardé dos años. Cuando no bebía, visitaba los lugares donde había estado Henry durante sus últimos meses de vida: la tienda y estación de gasolina en Lyme Biska con la Chica del Gorro Azul en el tejado (para entonces ya cerrada, con un letrero en la puerta entablada que rezaba EN VENTA POR EL BANCO), la casa de empeños en la calle Dodge (donde emulé a mi hijo y compré la pistola ahora guardada en el bolsillo de mi chaqueta), la sucursal de Omaha del First Agricultural Bank. La bonita cajera aún trabajaba allí, aunque su apellido ya no era Penmark.

—Cuando le entregué el dinero, me dio las gracias —me contó—. Tal vez se torció, pero alguien lo educó bien. ¿Lo conocía usted?

—No —respondí—, pero conocía a su familia.

Me acerqué, por supuesto, hasta Santa Eusebia, pero no hice tentativa alguna de entrar a inquirir acerca de Shannon Cotterie a la institutriz o matrona o cualquiera que fuera su título. Se trataba de una mole de edificio, gélida e intimidante, y sus gruesas piedras y sus ventanas como saeteras exteriorizaban perfectamente los sentimientos para con las mujeres que la jerarquía papista parece albergar en sus corazones. Observar a las pocas muchachas embarazadas que salían disimuladamente con los ojos alicaídos y los hombros encorvados me reveló todo lo que necesitaba saber sobre lo que había impulsado a Shan a desear abandonar el lugar.

Por extraño que parezca, donde más cerca me sentí de mi hijo fue en un callejón, aquel contiguo a la Farmacia y Heladería de Gallatin Street (Caramelos Schrafft's y El Mejor Dulce de Azúcar Casero Nuestra Especialidad), a dos bloques de Santa Eusebia. Había un cajón de embalaje allí, probablemente demasiado nuevo para ser el mismo donde se sentaba Henry a la espera de una muchacha lo suficientemente aventurera para cambiar información por cigarrillos, pero podía fingir, y lo hice. Tal pretensión era más fácil estando borracho, y cuando acudía a la calle Gallatin, casi todos los días estaba verdaderamente muy borracho. A veces fingía que volvía a ser 1922 y que era yo quien esperaba a Victoria Stevenson. Si ella viniera, le cambiaría un cartón entero de cigarrillos por un recado: *Cuando un muchacho que se hace llamar Hank aparezca por aquí preguntando por Shan Cotterie, dile que se pierda. Que se lleve la música a otra parte. Dile que su padre necesita que vuelva a la granja, que quizá con ellos dos trabajando juntos puedan salvarla.*

Pero aquella muchacha se hallaba fuera de mi alcance. La única Victoria que conocí fue la versión posterior, la que tenía tres lindos hijos y el respetable título de señora Hallet. Para entonces ya había dejado la bebida, tenía un trabajo en la fábrica de Confecciones Bilt-Rite, y había vuelto a familiarizarme conmigo mismo a base de navaja y espuma de afeitar. Aplicado este barniz de respetabilidad, ella me recibió de buen grado. Le conté quién era yo solo porque, si he de ser honesto hasta el final, mentir no era una opción. Advertí en la dilatación de sus ojos que ella había observado el parecido.

—Atiza, pero si era un encanto —dijo ella—. Y estaba locamente enamorado. Lo siento por Shan, también. Era una gran chica. Es como una tragedia sacada de Shakespeare, ¿no?

Salvo que pronunció algo parecido a *tradigia*, y después de eso ya nunca regresé al callejón de la calle Gallatin, porque, a mis ojos, el asesinato de Arlette había emponzoñado incluso el intento por ser amable de esta inocente joven matrona de Omaha. Ella creía que las muertes de Henry y Shannon eran como una *tradigia* sacada de Shakespeare. Ella creía que era romántico. ¿Aún pensaría así, me pregunto, si hubiera oído a mi mujer exhalar su último aliento a voz en grito dentro de un saco de arpillera empapado de sangre? ¿O vislumbrado el rostro de mi hijo, carente de ojos y carente de labios?

Tuve dos empleos durante mis años en la Ciudad de Entrada, también conocida como la Ciudad de los Idiotas. Usted dirá que claro que tuve empleos; de lo contrario me habría visto viviendo en la calle. No obstante, hombres más honestos que yo han continuado bebiendo incluso cuando deseaban parar, y hombres más decentes que yo han terminado durmiendo en portales. Supongo que podría decir que, tras mis años perdidos, realicé un último esfuerzo por vivir una vida real. Hubo ocasiones en las que realmente creía en ello, pero tumbado en la cama por la noche (y escuchando a las ratas correteando por las paredes, han sido fieles compañeras), siempre percibía la verdad: aún intentaba ganar. Incluso después de las muertes de Henry y de Shannon, incluso después de perder la granja, aún estaba tratando de derrotar al cadáver en el pozo. A ella y a sus *adláteres*.

John Hanrahan era el capataz del almacén en la fábrica de Bilt-Rite. No quería contratar a un hombre con una sola mano, pero le rogué que me hiciera una prueba, y cuando le demostré que podía tirar de un palé totalmente cargado de camisas o petos igual que cualquiera de sus hombres en nómina, me contrató. Pasé catorce meses arrastrando aquellos palés, y a menudo regresaba cojeando a la casa de huéspedes donde me alojaba, aun con la espalda y el muñón en llamas. Sin embargo, nunca me quejé, y hasta encontré tiempo para aprender a coser. Esto lo hacía en mi hora del almuerzo (que duraba en realidad quince minutos) y durante el descanso de la tarde. Mientras los demás hombres salían al muelle de carga, fumaban y se contaban chistes verdes, yo aprendía a coser, primero en los sacos de embalaje que utilizábamos, y después en los petos que constituían las principales existencias en el almacén de la compañía. Resultó que poseía un don especial para ello; sabía incluso poner una cremallera, lo cual no es una habilidad que por término medio abunde en un taller de confección en serie. Sujetaba la prenda en su sitio presionando con el muñón, y con el pie operaba el pedal eléctrico.

Coser estaba mejor pagado que acarrear, y le exigía menos a mi espalda, pero la Planta de Costura era lóbrega y cavernosa, y después de unos cuatro meses empecé a ver ratas en las montañas de pantalones recién azulados, y agazapándose en las sombras bajo las carretillas de mano que traían y llevaban el trabajo a destajo.

En varias ocasiones llamé la atención de mis colegas hacia estas alimañas. Afirmaban no verlas. Quizá fuera cierto. Creo que es mucho más probable que tuvieran miedo de que la Planta de Costura se cerrara temporalmente para permitir a los exterminadores realizar su trabajo. La plantilla de costura podría haber perdido el salario de tres días, o hasta de una semana. Para los hombres y mujeres con familia, eso habría supuesto una catástrofe. Resultaba más fácil decirle al señor Hanrahan que yo me imaginaba cosas. Lo entendía. ¿Y cuando empezaron a llamarme Wilf el Chiflado? Eso también lo entendía. No fue esa la razón por la cual renuncié al empleo.

Me despedí porque las ratas seguían acercándose.


Había ido guardando un poco de dinero, y estaba preparado para vivir de él mientras buscaba otro trabajo, pero no fue necesario. Solo tres días después de despedirme de Bilt-Rite, vi un anuncio en el periódico solicitando un bibliotecario para la Biblioteca Pública de Omaha («se requiere licenciatura o referencias»). Yo no poseía una licenciatura, pero he sido lector toda mi vida, y si los sucesos de 1922 me enseñaron algo, fue a engañar. Falsifiqué referencias de bibliotecas públicas en Kansas City y Springfield, Missouri, y conseguí el empleo. Tenía la seguridad de que el señor Quarles comprobaría las referencias y descubriría que eran falsas, así que me esforcé por convertirme en el mejor bibliotecario de América, y aprendí rápido. Cuando mi nuevo jefe me recriminara cara a cara el engaño, simplemente me abandonaría a su merced y esperaría lo mejor. Pero no se produjo confrontación alguna. Conservé mi empleo en la Biblioteca Pública de Omaha durante cuatro años. Técnicamente hablando, supongo que aún lo conservo, aunque no he acudido en una semana ni he avisado de estar enfermo.

Las ratas, ¿entiende? Me encontraron allí también. Empecé a

verlas agazapadas sobre pilas de libros viejos en la Sala de Encuadernación, o correteando por las baldas más altas de las estanterías, escudriñándome con complicidad. La semana pasada, en la Sala de Consulta, saqué de la estantería un tomo de la *Encyclopaedia Britannica* para una cliente de edad (el correspondiente a Ra-St, el cual sin duda contiene una entrada para «*Rattus norvegicus*», por no mencionar «sacrificio») y descubrí un rostro hambriento, gris hollín, que me miraba de hito en hito desde el hueco. Era la rata que había arrancado a mordiscos la tetilla de Aquelois. Ignoro cómo era posible (estoy seguro de haberla matado) pero allí estaba, sin duda. La reconocí. ¿Cómo no hacerlo? Pegado a los bigotes, colgaba un trozo de arpillera, arpillera *manchada de sangre*.

¡Crespina!

Le entregué el tomo de la *Britannica* a la anciana señora que lo había solicitado (llevaba una estola de armiño, y los ojillos negros de la cosa me contemplaban sombríamente). Luego, sencillamente me marché. Vagué por las calles durante horas, y al final vine aquí, al hotel Magnolia. Y aquí he estado desde entonces, gastando el dinero que he ahorrado como bibliotecario (el cual ya no tiene importancia) y redactando mi confesión, lo cual sí es importante. Yo...

Una de ellas acaba de morderme en el tobillo. Como para decir: «Date prisa, el tiempo casi ha expirado». Un poco de sangre ha empezado a mancharme el calcetín. No me molesta ni un ápice. He visto más sangre en mis tiempos; en 1922 hubo una habitación llena.

Y ahora creo que oigo..., ¿es mi imaginación?

No.

Alguien ha venido de visita.

Taponé la tubería, pero aun así las ratas escaparon. Cegué el pozo, pero *ella* también encontró el camino de salida. Y esta vez creo que no está sola. Creo que oigo arrastrarse dos pares de pies, no solo uno. O...

¿Tres? ¿Son tres? ¿La muchacha que habría sido mi nuera está también con ellos en un mundo mejor?

Creo que sí. Tres cadáveres arrastrando los pies por el pasillo, con los rostros (lo que queda de ellos) desfigurados por las mordeduras de rata; el de Arlette, además, torcido hacia un lado... por la coz de una vaca agonizante.

Otro mordisco en el tobillo.

¡Y otro!

¿Cómo es que la gerencia...?

¡Ay! Otro. Pero no me atraparán. Ni tampoco mis visitantes, aunque ya veo girar el pomo de la puerta, y puedo olerlos, la carne restante colgando de los huesos despidiendo el hedor de los sacrificad

la matanza

La pistola

dios donde esta la

basta

OH HAZ QUE DEJEN DE MORDER M

Del *Omaha World-Herald*, 14 de abril de 1930:

## BIBLIOTECARIO SE SUICIDA EN HOTEL DE LA LOCALIDAD
### Hombre de Seguridad del hotel recibido con singular escena

El cuerpo de Wilfred James, un bibliotecario de la Biblioteca Pública de Omaha, fue descubierto el domingo en un hotel de la localidad cuando los esfuerzos del personal del establecimiento por ponerse en contacto con él no hallaron respuesta. El huésped de una habitación cercana se había quejado de «un olor como de carne en mal estado», y una camarera del hotel dijo haber oído «gritos o lloros amortiguados, como de un hombre con dolor» a última hora de la tarde del viernes.

Tras llamar repetidamente a la puerta sin recibir respuesta, el jefe de Seguridad del hotel usó su llave maestra y descubrió el cadáver del Sr. James, desplomado sobre el escritorio de la habitación.

«Vi una pistola y supuse que se había pegado un tiro», dijo el guardia, «pero nadie había informado de ningún disparo, y no había olor a pólvora. Cuando comprobé el arma, establecí que se trataba de una pistola del calibre 25 con un pobre mantenimiento, y que no estaba cargada.

»Para entonces, claro, ya había visto la sangre. No he visto nada igual en mi vida, y espero no volver a verlo. Se había mordido a sí mismo por todo el cuerpo, brazos, piernas, tobillos, hasta los dedos de los pies. Y eso no era todo. Era evidente que había estado traba-jando en alguna clase de escrito, pero también había mordisqueado el papel. Estaba por todo el suelo. Era como cuando las ratas utilizan papel para construir sus nidos. Al final, se abrió las muñecas a dentelladas. Creo que fue eso lo que lo mató. Seguramente debía de haber perdido el juicio.»

Poco se sabe del señor James en el momento de redactar esta noticia. Ronald Quarles, el director de la Biblioteca Pública de Omaha, contrató al señor James a finales de 1926. «Obviamente estaba de malas, e impedido por la pérdida de una mano, pero sabía de libros y sus referencias eran buenas», dijo Quarles. «Tenía buen trato con los colegas, pero era distante. Creo que había estado trabajando en una fábrica antes de solicitar un puesto aquí, y le contaba a la gente que antes de perder la mano había poseído una pequeña granja en el condado de Hemingford.»

El *World-Herald* está interesado en el desventurado señor James, y solicita información de los lectores que pudieran haberle conocido. El cadáver está depositado en la morgue del condado de Omaha, pendiente de inhumación. «Si no aparece ningún allegado», dijo el doctor Tattersall, oficial médico jefe de la morgue, «supongo que se le dará sepultura pública».

# CAMIONERO GRANDE

1

Tess concertaba doce charlas remuneradas al año, siempre que pudiera conseguirlas. A mil doscientos dólares cada una, eso representaba más de catorce mil dólares. Era su plan de jubilación. Después de doce libros, aún se sentía satisfecha con la Sociedad de la Calceta de Willow Grove, pero no se engañaba con que podría continuar escribiéndolos hasta que fuera una septuagenaria. De hacerlo, ¿qué encontraría en el fondo del barril? *¿La Sociedad de la Calceta de Willow Grove viaja a Terre Haute? ¿La Sociedad de la Calceta de Willow Grove en la Estación Espacial Internacional?* No. Ni siquiera aunque los grupos literarios para señoras que constituían su puntal los leyeran (y probablemente así sería). No.

Por tanto, fue un ardillita buena; llevaba una buena vida con el dinero que generaban sus libros... pero hacía acopio de bellotas para el invierno. Cada año durante los últimos diez metía entre doce y dieciséis mil dólares en su fondo de inversiones. La suma total no era tan alta como habría deseado, a causa de la oscilación del mercado de valores, pero se decía a sí misma que si continuaba con esos actos de promoción, probablemente le iría bien; ella era la pequeña locomotora que sí podía. Y asistía gratis a tres eventos al año, como mínimo, para acallar así la voz de su conciencia. Ese órgano a menudo irritante no debería remorderle por ganarse un dinero honrado a cambio de un trabajo honrado, pero a veces lo hacía. Probablemente porque darle a la sin hueso y garabatear su nombre no encajaba con el concepto de trabajo en el que había sido educada.

Además de unos honorarios de al menos mil doscientos dólares, imponía un requisito más: poder viajar al lugar de la conferencia en automóvil, con no más de una parada para hacer noche en el trayecto de ida o vuelta. Esto significaba que raramente llegaba más al sur de Richmond, o más al oeste de Cleveland. Una noche en un motel resultaba agotadora, pero era aceptable; dos la dejaban para el arrastre durante una semana. Y Fritzy, su gato, detestaba cuidar del hogar él solo. Eso quedaba patente cuando regresaba a casa; se entrelazaba entre sus piernas en la escalera, y a menudo hacía un uso promiscuo de las uñas cuando lo sentaba en el regazo. Y aunque Patsy McClain, la vecina de al lado, se encargaba bien de su alimentación, el gato raramente comía mucho hasta que Tess volvía a casa.

No era que temiera volar, ni que vacilara a la hora de pasar las facturas por los gastos de viaje a las organizaciones que la contrataban, igual que hacía con las habitaciones de motel (buenos siempre, elegantes nunca). Lo que odiaba: las aglomeraciones, la indignidad de los escáneres de cuerpo entero, la manera en que las aerolíneas ahora buscaban sacar tajada de lo que antes concedían gratis, los retrasos... y el hecho innegable de no tener el control. Eso era lo peor. En cuanto atravesabas los interminables controles de seguridad y embarcabas, ponías tu más valiosa posesión, tu vida, en manos de extraños.

Claro que eso también valía para las autopistas e interestatales que casi siempre tomaba en sus viajes; un borracho podría perder el control, saltarse la mediana, y acabar con tu vida en una colisión frontal (*ellos* sobrevivirían; los borrachos, al parecer, siempre lo hacían), pero detrás del volante de su coche, al menos mantenía cierta *ilusión* de control. Y le gustaba conducir. Era relajante. Algunas de sus mejores ideas se le ocurrían cuando iba con el control electrónico de velocidad puesto y la radio apagada.

—Seguro que fuiste un camionero de largas distancias en tu última encarnación —le dijo Patsy McClain en una ocasión.

Tess no creía en vidas pasadas, ni en futuras, para el caso (en términos metafísicos, pensaba que lo que veías era lo que tenías), pero le gustaba la idea de una vida en la que no fuera una mujer pequeña con rostro élfico, sonrisa tímida, y escritora de misterios amigables, sino un tipo fornido con una gran gorra que protegiera del sol sus bronceadas cejas y sus entrecanas mejillas, dejando que el ornamento de un bulldog en el capó le condujera por el millón de carreteras que surcaban el país. En esa vida no tendría necesidad de conjuntar su ropa antes de una aparición pública; unos tejanos desteñidos y unas botas con hebillas servirían. Le gustaba escribir, y no le importaba hablar en público, pero lo que verdaderamente le gustaba era conducir. Tras su aparición en Chicopee, eso le pareció curioso..., pero no curioso en el sentido de gracioso. No, en absoluto, nada de eso.

## 2

La invitación de Books & Brown Baggers cumplía sus requisitos a la perfección. Chicopee se encontraba apenas a noventa kilómetros de Stoke Village, el compromiso iba a ser asunto de un día, y las Tres Bes le ofrecían unos honorarios no de mil doscientos, sino de mil quinientos dólares. Más gastos, por supuesto, pero estos serían mínimos, ni siquiera una estancia en un Courtyard Suites o en un Hampton Inn. La carta de petición provenía de una tal Ramona Norville, quien explicaba que, aunque fuera la bibliotecaria principal de la Biblioteca Pública de Chicopee, escribía en calidad de Presidenta de Books & Brown Baggers, que todos los meses celebraba una comida-conferencia. Se animaba a la gente a traer sus almuerzos, y tales eventos eran muy populares. Estaba programada la presencia de Janet Evanovich para el 12 de octubre, pero se había visto obligada a cancelarla por un asunto familiar, una boda o un funeral, Ramona Norville no estaba segura de cuál de las dos cosas.

«Sé que es muy precipitado», escribía la señora Norville en su párrafo final, ligeramente adulador, «pero la Wikipedia dice que usted vive en el vecino Connecticut, y nuestros lectores aquí en Chicopee son *tan* admiradores de las chicas de la Sociedad de la Calceta... Usted recibiría nuestra eterna gratitud, así como los honorarios arriba mencionados.»

Tess dudaba que la gratitud perdurara mucho más que un día o dos, y ya tenía un compromiso para octubre (la Semana de la Cabalgata Literaria en los Hamptons), pero desde la Interestatal 84 podría tomar la I-90, y desde allí el camino era directo. Fácil para entrar, fácil para salir; Fritzy ni se enteraría de que se había ido.

Ramona Norville había incluido por supuesto su dirección de correo electrónico, y Tess le escribió inmediatamente, aceptando la fecha y la minuta. Especificó también (como era su costumbre) que solo firmaría autógrafos durante no más de una hora. «Mi gato es un abusón y me castiga si no estoy en casa para darle la cena personalmente», escribió. Solicitó varios detalles más, aunque ya conocía casi todo lo que se esperaba de ella; llevaba acudiendo a eventos similares desde los treinta. Aun así, las personas organizativas como Ramona Norville esperaban que se los pidieran, de lo contrario, se ponían nerviosos y empezaban a preguntarse si la escritora contratada ese día se presentaría achispada y sin sujetador.

A Tess le cruzó por la cabeza la idea de sugerir que quizá dos mil dólares sería una cantidad más apropiada para lo que era, en realidad, una misión de «triaje», pero la desechó. Sería aprovecharse. Además, dudaba que todos los libros juntos de la Sociedad de la Calceta (había una docena) hubieran vendido tantos ejemplares como una sola de las aventuras de Stephanie Plum. Le gustara o no (y a decir verdad, a Tess no le importaba mucho ni una cosa ni otra), ella era el Plan B de Ramona Norville. Un recargo estaría cerca del chantaje. Mil quinientos era más que justo. Por supuesto, cuando estuvo tendida en una alcantarilla, tosiendo sangre por la boca y la nariz, no le pareció para nada justo. Pero ¿habrían sido más justos dos mil dólares? ¿O dos millones?

Si podías o no poner precio al dolor, la violación y el terror era una cuestión que las damas de la Sociedad de la Calceta nunca habían abordado. Los crímenes que ellas resolvían en realidad no eran mucho más que *ideas* de crímenes. Pero cuando Tess se vio obligada a planteárselo, dedujo que la respuesta era no. Le parecía que posiblemente solo existía una cosa que pudiera constituir una retribución por semejante crimen. Tanto Tom como Fritzy coincidieron.

## 3

Ramona Norville resultó ser una mujer jovial, ancha de espaldas y de busto generoso, alrededor de los sesenta, con mejillas sonrojadas, un corte de pelo de Marine y un decidido apretón de manos de «no hacer prisioneros». Esperaba a Tess en el exterior de la biblioteca, en medio de la plaza de aparcamiento reservada para el Autor del Comentario de Hoy. En lugar de desearle a Tess los buenos días (eran las once menos cuarto), o de alabarle sus pendientes (lágrimas de diamante, una extravagancia reservada para las pocas ocasiones en que salía a cenar y para los compromisos como ese), le hizo una pregunta de hombre: ¿Había venido por la 84?

Cuando Tess respondió afirmativamente, los ojos de la señora Norville se agrandaron y se disipó el color de sus mejillas.

—Me alegro de que haya llegado aquí sana y salva. La 84 es la peor autopista de América, en mi humilde opinión. Además del largo rodeo. Podemos mejorar la situación para el camino de vuelta, si lo que dice internet es correcto y vive usted en Stoke Village.

Tess confirmó que sí, aunque no estaba segura de si le gustaba que cualquier extraño (aunque se tratara de una agradable bibliotecaria) supiera dónde recostaba ella su cansada cabeza. Pero no valía de nada quejarse; en estos tiempos, todo estaba en internet.

—Puedo ahorrarle más de quince kilómetros —dijo la señora Norville mientras ascendían la escalera de la biblioteca—. ¿Tiene GPS? Así sería más fácil que con unas indicaciones escritas al dorso de un sobre. Una maravilla de aparatos.

Tess, que sí había agregado un GPS al salpicadero de su Expedition (lo llamaban un Tomtom y se enchufaba al mechero de coche), dijo que sería algo estupendo reducir el viaje en quince kilómetros.

—Mejor cruzar por el granero de Robin Hood que dar toda la vuelta —dijo la señora Norville, y palmeó suavemente a Tess en la espalda—. ¿Tengo razón o tengo razón?

—Totalmente —convino Tess, y así, de manera tan simple, quedó sellado su destino. Siempre había sentido debilidad por los atajos.

4

*Les affaires du livre* consistían habitualmente en cuatro actos bien definidos, y la aparición de Tess en la asamblea mensual de Books & Brown Baggers podría servir de plantilla para el caso general. La única desviación de la norma fue la introducción de Ramona Norville, escueta hasta el punto del laconismo. No subió al estrado con un desalentador taco de notas, ni sintió la necesidad de hacer un refrito de la infancia de Tess en una granja de Nebraska, ni se molestó en aportar ramilletes de críticas elogiosas de los libros de la Sociedad de la Calceta de Willow Grove. (Eso era bueno, porque en raras ocasiones se reseñaban, y cuando lo hacían, se solía invocar el nombre de la señorita Marple, y no siempre para bien.) La señora Norville se limitó a decir que los libros eran enormemente populares (una exageración perdonable), y que su autora había sido sumamente generosa al donar su tiempo tras avisarla con tan poca antelación (aunque, por mil quinientos dólares, difícilmente se trataba de una donación). Después cedió la palabra, ante el aplauso entusiasta de las aproximadamente cuatrocientas personas en el pequeño pero idóneo auditorio de la biblioteca. La mayoría eran señoras que no asisten a acontecimientos públicos sin ponerse sombrero.

Pero la introducción no era más que un *entr'acte*. El Acto Uno fue la recepción de las once, donde los más derrochadores pudieron conocer a Tess en persona mientras tomaban queso, galletitas y un pésimo café (en los eventos nocturnos se ofrecía un pésimo vino en copas de plástico). Algunos le pidieron autógrafos; otros muchos le pidieron fotos, tomadas por lo general con sus teléfonos móviles. Le preguntaron de dónde sacaba las ideas, y recitaba su cantinela habitual, cortés y humorística, en respuesta. Media docena de personas quisieron saber cómo conseguir un agente, y el destello de sus ojos sugería que habían pagado los veintes dólares adicionales solo para hacerle esa pregunta. Tess les dijo que no había que cansarse de escribir cartas hasta que alguno de los más hambrientos accediera a leer tu material. No era la verdad completa (en lo relativo a los agentes, no existía una verdad completa), pero se acercaba.

El Acto Dos era la disertación en sí misma, que duraba unos cuarenta y cinco minutos. Consistía fundamentalmente en anécdotas (ninguna demasiada personal) y una descripción de cómo elaboraba sus historias (hacia atrás). Era importante incluir al menos tres menciones del título más reciente, que ese otoño daba la casualidad de ser *La Sociedad de la Calceta de Willow Grove se va de espeleología* (explicó qué era eso para quienes no lo supieran).

El Acto Tres era el Turno de Preguntas, durante el cual le preguntaban de dónde sacaba las ideas (respuesta vaga y humorística), si extraía sus personajes de la vida real («mis tías»), y cómo conseguir que un agente le echara un vistazo a tu trabajo. Hoy también le preguntaron dónde había comprado la cinta elástica que le recogía el pelo (en JCPenney, una respuesta que provocó inexplicables aplausos).

El último acto era la Hora de los Autógrafos, durante la cual diligentemente satisfacía las peticiones de dedicatorias, felicitaciones de cumpleaños, felicitaciones de aniversario, «Para Janet, una fan de todos mis libros», y «Para Leah, ¡espero volver a verte en el Lago Toxaway este verano!» (una petición un poco rara, pues Tess nunca había estado allí, pero probablemente el caza-autógrafos sí).

Después de firmar todos los libros, y satisfacer a los últimos rezagados con más fotos de teléfono, Ramona Norville escoltó a Tess hasta su despacho para invitarla a una taza de café auténtico. La señora Norville lo tomó solo, lo cual no sorprendió en absoluto a Tess. Su anfitriona era la arquetípica mujer de café solo si es que alguna vez una ha pisado la faz de la tierra (y probablemente calzada con Doc Martens en su día libre). Lo único sorprendente en el despacho era la foto firmada y enmarcada que colgaba en la pared. El rostro le era familiar y, tras un instante, Tess fue capaz de recuperar el nombre del trastero de recuerdos que es el activo más preciado de todo escritor.

—¿Richard Widmark?

La señora Norville se rió, avergonzada pero en cierto sentido ufana.

—Mi actor favorito. Si quiere que le diga la verdad, estaba encaprichada de él cuando era niña. Conseguí que me la firmara diez años antes de su muerte. Incluso entonces, ya estaba muy viejo, pero es su firma real, no un sello. Esto es para usted.

Por un delirante momento, Tess creyó que la señora Norville se refería a la foto firmada. Entonces vio el sobre en sus dedos romos. La clase de sobre con una ventanilla para que pudieras echar una ojeada al cheque en su interior.

—Gracias —dijo Tess.

—No hay por qué darlas. Se ganó cada centavo.

Tess no puso objeciones.

—Bien, ahora sobre ese atajo.

Tess se inclinó hacia delante con atención. En un libro de la Sociedad de la Calceta, Doreen Marquis hubiera dicho: «Las dos mejores cosas en la vida son un cruasán caliente y un camino rápido a casa». Este era un ejemplo del escritor que utiliza sus propias convicciones para darle vida a su ficción.

—¿Puede usted programar intersecciones en su GPS?

—Sí, Tom es muy astuto.

La señora Norville sonrió.

—Introduzca Stagg Road y US-47, entonces. Stagg Road es una carretera muy poco transitada en esta época moderna, casi olvidada desde que se construyó esa maldita 84, pero es pintoresca. Es un paseo de unos, eh..., veinticinco kilómetros, más o menos. El asfalto está parcheado, pero no hay demasiados baches, o no los había la última vez que la tomé, y eso fue en primavera, que es cuando aparecen los peores. Por lo menos según mi experiencia.

—Según la mía, también —dijo Tess.

—Cuando llegue a la 47, verá una señal hacia la I-84, pero solo tendrá que seguir la autopista unos diecinueve kilómetros, esa es la parte hermosa. Y se ahorrará un montón de tiempo y fastidios.

—Esa también es la parte hermosa —dijo Tess, y rieron juntas, dos mujeres con la misma mentalidad bajo la mirada de un sonriente Richard Widmark. La tienda abandonada con el letrero del tic-tic-tic aún se hallaba a noventa minutos, arropada cómodamente en el futuro como una serpiente en su agujero. Y la alcantarilla, por supuesto.

5

Tess no solo tenía un GPS; había gastado dinero extra por uno personalizado. Le gustaban los juguetes electrónicos. Después de introducir la intersección (Ramona Norville se apoyó en la ventanilla mientras Tess lo programaba), el aparato se quedó pensando durante un momento o dos, y luego dijo: «Estoy calculando tu ruta, Tess».

—¡Guau! ¡Qué te parece! —exclamó Norville, y rió como hace la gente ante alguna rareza simpática.

Tess sonrió, aunque en su fuero interno pensó que programar el GPS para que te llamara por tu nombre no era más raro que conservar la foto de un actor muerto en la pared de tu despacho.

—Gracias por todo, Ramona. Fue todo muy profesional.

—En las Tres Bes procuramos hacer las cosas lo mejor posible. Póngase ya en camino. Con mi agradecimiento.

—Sí, me pongo ya en camino —convino Tess—. Y de nada. He disfrutado. —Lo cual era cierto; normalmente disfrutaba de estos eventos, de una manera del tipo «muy bien, acabemos con esto cuanto antes». Y su plan de jubilación ciertamente disfrutaría con esa inesperada inyección de dinero.

—Que tenga un buen viaje —deseó Norville, y Tess le alzó el pulgar.

Cuando arrancó, el GPS dijo:

«Hola, Tess. Veo que nos vamos de viaje.»

—Así es —dijo ella—. Y hace un día estupendo, ¿tú qué dices?

A diferencia de los ordenadores en las películas de ciencia ficción, Tom estaba pobremente equipado para mantener conversaciones banales, a pesar de que Tess a veces procuraba ayudarle. La voz del GPS le indicó que girara a la derecha a cuatrocientos metros, y que después tomara la primera a la izquierda. El mapa en la pantalla del Tomtom mostraba flechas verdes y nombres de calles, absorbiendo la información de algún ovillo metálico de alta tecnología en el firmamento.

Pronto estuvo a las afueras de Chicopee, pero Tom la guió, dejando atrás el acceso a la I-84 sin hacer comentarios, hacia la campiña, que ardía en llamas del color de octubre y humeaba con el aroma de hojas inflamadas. Después de aproximadamente unos diecisiete kilómetros por algo llamado Carretera Vieja del condado, y cuando empezaba a preguntarse si su GPS se habría equivocado (como si tal cosa fuera posible), Tom volvió a hablar.

«En un kilómetro, gira a la derecha.»

En efecto, pronto vio la señal verde de Stagg Road, pero tan acribillada de perdigonazos que era casi ilegible. Por supuesto, Tom no necesitaba señales; en palabras de los sociólogos (Tess había ido a la universidad antes de descubrir su talento para escribir sobre ancianas señoras detectives), se trataba de un individuo «hetero-dirigido».

«Es un paseo de unos veinticinco kilómetros, más o menos», le había dicho Ramona Norville, pero Tess recorrió menos de veinte. Tomó una curva, divisó un viejo edificio ruinoso más adelante a su izquierda (el rótulo descolorido sobre la isleta de servicio sin surtidores aún rezaba ESSO), y entonces vio, demasiado tarde, varios trozos de madera astillados desperdigados a lo ancho de la carretera. De muchos de ellos sobresalían clavos oxidados. Pasó dando tumbos sobre el bache que probablemente había causado que se soltaran de la carga embalada con descuido de algún pueblerino, y luego viró hacia el arcén sin asfaltar en un intento de sortear la basura, sabiendo casi con certeza que no lo lograría; ¿por qué otra razón si no se oiría a sí misma exclamar «oh-oh»?

Se produjo un *clac-plaf-pum* debajo de ella cuando fragmentos de madera salieron volando contra los bajos del vehículo, y entonces su leal Expedition empezó a rebotar arriba y abajo, como si avanzara sobre un resorte, y a desviarse hacia la izquierda igual que un caballo renco. No sin esfuerzo, consiguió meterlo en el patio lleno de hierbajos de la tienda abandonada; quiso sacarlo de la carretera para evitar una colisión trasera de cualquiera que por casualidad doblara aquella curva. No había visto mucho tráfico en Stagg Road, pero algo sí, incluyendo un par de camiones de gran tonelaje.

—Maldita seas, Ramona —dijo. Sabía que no era realmente culpa de la bibliotecaria; la presidenta (y probablemente única miembro) de La Asociación de Admiradores de Richard Widmark, Rama de Chicopee, solo pretendía ayudar, pero Tess no conocía el nombre del tonto del culo que había dejado caer en la carretera su mierda tachonada de clavos y que había seguido alegremente su camino, así que Ramona tendría que ocupar su puesto.

«¿Quieres que recalcule tu ruta, Tess?», preguntó Tom, haciendo que pegara un salto.

Desconectó el GPS, y luego también apagó el motor. No iba a ir a ninguna parte durante un rato. Todo estaba muy tranquilo. Se oía el canto de los pájaros, un acompasado sonido metálico como el de un viejo reloj a cuerda, y nada más. La buena noticia era que solo el morro del Expedition parecía estar inclinado hacia la izquierda. Quizá solo fuera ese neumático. No necesitaría una grúa, en tal caso; tan solo una ayudita de la Triple A.

Cuando salió y echó un vistazo a la rueda delantera izquierda, descubrió un trozo astillado de madera empalado por un pincho largo y oxidado. Tess profirió un improperio de dos sílabas que jamás habría cruzado los labios de ningún miembro de la Sociedad de la Calceta, y sacó su teléfono móvil del pequeño compartimiento entre los asientos envolventes. Tendría suerte ahora si llegaba a casa antes de que anocheciera, y Fritzy tendría que contentarse con su bol de pienso en la despensa. Tanto atajo para nada..., aunque siendo justa, Tess supuso que le podría haber ocurrido lo mismo en la interestatal; ciertamente había esquivado su buena cuota de mierda potencialmente mutiladora de coches en muchas autopistas, no solo en la I-84.

Las convenciones de los relatos de terror y de misterio (incluso los misterios de la variedad incruenta, de un solo cadáver, que gustaban a sus seguidores) eran sorprendentemente similares, y al abrir la tapa del teléfono pensó: *En una historia, no funcionaría.* Fue un ejemplo de la vida imitando al arte, porque cuando encendió su Nokia, las palabras SIN SERVICIO aparecieron en la pantalla. Por supuesto. Poder utilizar su teléfono sería demasiado simple.

Oyó un motor indiferentemente amortiguado que se aproximaba, se volvió, y vio una furgoneta blanca de aspecto avejentado asomar tras la curva que ella misma había tomado. En el costado se veía la caricatura de un esqueleto tocando una batería que parecía compuesta por magdalenas. Encima de esta aparición (*mucho* más peculiar que una foto firmada de Richard Widmark en la pared del despacho de una bibliotecaria), escrito con letra chorreante de película de miedo, se leían las palabras ZOMBIE BAKERS. Por un momento Tess se quedó tan desconcertada que fue incapaz de agitar la mano, y cuando lo hizo, el conductor de los Panaderos Zombis estaba ocupado tratando de esquivar la basura de la carretera y no se fijó en ella.

Fue más rápido en reaccionar hacia el arcén de lo que había sido Tess, pero la furgoneta tenía un centro de gravedad más alto que el Expedition, y por un instante estuvo segura de que iba a volcar y aterrizar de lado en la cuneta. Consiguió mantenerse derecha (por poco), y se reincorporó a la carretera más allá de donde se hallaban desparramados los fragmentos de madera. La furgoneta desapareció tras la siguiente curva, dejando a su paso una nube azulada de gases de combustión y un olor a gasolina quemada.

—¡*Ahí os pudráis, Panaderos Zombis!* —gritó Tess, luego se echó a reír. A veces era lo único que podías hacer.

Enganchó el teléfono al cinturón de sus pantalones de vestir, salió a la carretera, y empezó a recoger aquel caos ella misma. Lo hizo despacio y con cuidado, porque de cerca resultó evidente que todos los trozos de madera (pintados de blanco y con aspecto de haber sido arrancados por alguien sumido en un trance de renovación hogareña) tenían clavos. Clavos grandes y feos. Trabajó despacio, porque no quería cortarse, pero también porque esperaba seguir ahí, realizando perceptiblemente Una Buena Obra de Caridad Cristiana, cuando apareciera el siguiente vehículo. Para cuando terminó de recogerlo todo excepto unas cuantas astillas inofensivas y arrojar los trozos grandes a la cuneta, ningún otro vehículo había hecho acto de presencia. Quizá, pensó, los Panaderos Zombis habían devorado a todo el mundo en las inmediaciones y ahora se apresuraban de regreso a su cocina para poner los restos en las siempre populares Tartas de Gente.

Caminó de vuelta al aparcamiento lleno de hierbajos de la difunta tienda y miró malhumorada su coche inclinado. Treinta mil dólares de hierro rodante, tracción a las cuatro ruedas, frenos de disco independientes, Tom el Tomtom Parlanchín..., y todo cuanto se requería para dejarle a uno tirado era un trozo de madera con un clavo.

*Claro que todos tenían clavos,* pensó. *En un misterio, o en una película de terror, eso no constituiría un descuido; eso constituiría un plan. Una trampa, de hecho.*

—Cuánta imaginación, Tessa Jean —dijo, citando a su madre..., lo cual era irónico, por supuesto, pues fue su imaginación la que había acabado proporcionándole su pan de cada día. Por no mencionar la casa de Daytona Beach donde su madre había pasado sus últimos seis años de vida.

En el gran silencio volvió a ser consciente de aquel tic-tic-tic metálico. La tienda abandonada era de las que ya no se veían en el siglo veintiuno: contaba con un porche. La esquina a la izquierda se había desmoronado, y el pasamanos estaba roto en un par de sitios, pero sí, se trataba de un porche real, encantador incluso en su deterioro. Quizá *a causa* de su deterioro. Tess suponía que los porches de las tiendas se habían vuelto obsoletos porque animaban a que uno se sentara a charlar un rato sobre béisbol o sobre el tiempo en lugar de pagar y salir corriendo a algún otro sitio donde pasar la tarjeta de crédito por otro lector electrónico. Un letrero de hojalata colgaba torcido del tejado del porche. Se hallaba más descolorido que el rótulo de Esso. Se acercó unos pasos, poniéndose una mano sobre la frente a modo de visera. TE GUSTA LE GUSTAS. Lo cual era un eslogan ¿de qué, exactamente?

Casi había desenterrado la respuesta de su trastero mental cuando sus pensamientos se vieron interrumpidos por el ruido de un motor. Cuando se volvió en su dirección, segura de que los Panaderos Zombis habían vuelto después de todo, al ruido del motor se le unió el chirrido de unos frenos anticuados. No era la furgoneta blanca sino una vieja *pick-up* Ford F-150 con una capa de pintura azul mal aplicada y masilla para abolladuras Bondo alrededor de los faros. Un hombre vestido con un peto y una gorra de propaganda estaba sentado tras el volante. Observaba la acumulación de madera en la cuneta.

—¿Hola? —llamó Tess—. ¡Perdone, señor!

El hombre volvió la cabeza y la vio de pie en el aparcamiento cubierto de vegetación; agitó una mano en señal de saludo, se detuvo junto al Expedition, y apagó el motor. Dado el ruido que producía, Tess consideró aquello como un acto análogo a la eutanasia.

—Eh, hola —saludó el hombre—. ¿Ha sacado usted toda esa porquería fuera de la carretera?

—Sí, menos el trozo que pilló la rueda izquierda delantera. Y... —«Y mi teléfono aquí no funciona», estuvo a punto de agregar, pero no lo hizo. Era una mujer bien entrada en la treintena que llegaba a los cincuenta y cinco kilos solo estando calada hasta los huesos, y este hombre era un extraño. Y era grande—. Así que aquí estoy —terminó, con poca convicción.

—Se la cambiaré si tiene una de repuesto —se ofreció él, saliendo trabajosamente de la camioneta—. ¿La tiene?

Durante un momento fue incapaz de contestar. El tipo no era grande, se había equivocado en eso. El tipo era un gigante. Debía de medir cerca de dos metros, pero la distancia de la cabeza a los pies solo constituía una parte. Era orondo de panza, grueso de muslos, y tan ancho como una puerta. Tess sabía que se consideraba descortés quedarse mirando fijamente (otra de las verdades del mundo que aprendió en las rodillas de su madre), pero resultaba difícil apartar los ojos. Ramona Norville era toda una mujerona, pero al lado de este tipo parecería una bailarina.

—Lo sé, lo sé —dijo él, con una voz que sonaba divertida—. No creyó que fuera a toparse con el Alegre Gigante Verde aquí en mitad de ninguna parte, ¿eh? —Salvo que no era verde; lucía un bronceado de un marrón intenso. Sus ojos también eran marrones. Incluso su gorra era marrón, aunque se había desteñido casi hasta el blanco en varios lugares, como si hubiera sido salpicada con lejía en algún punto de su larga existencia.

—Lo siento —dijo ella—. Es solo que estaba pensando que usted no monta en esa camioneta suya, más bien la lleva puesta.

El gigante apoyó las manos en las caderas y rió a carcajadas, doblándose hacia atrás y mirando al cielo.

—Nunca lo había oído expresar de ese modo, pero en cierta forma tiene razón. Cuando gane la lotería, voy a comprarme un Hummer.

—Bueno, yo no puedo comprarle uno, pero si me cambia la rueda, con gusto le pagaré cincuenta dólares.

—¿Bromea? Lo haré gratis. Me ha ahorrado un problema al recoger esos trozos de madera.

—Pasó alguien en una furgoneta graciosa con un esqueleto al costado, pero los sorteó.

El corpulento hombre ya se encaminaba hacia el neumático

desinflado de Tess, pero entonces se volvió hacia ella, con el ceño fruncido.

—¿Alguien pasó y no se ofreció a echarle una mano?

—Creo que no me vio.

—Tampoco se paró a despejar la carretera para el próximo colega, ¿eh?

—No. No se paró.

—¿Se limitó a seguir su camino?

—Sí.

Había algo en este interrogatorio que no llegaba a gustarle del todo. Entonces el tipo fornido sonrió y Tess se dijo que se estaba comportando como una tonta.

—La rueda de repuesto está bajo el suelo del maletero, supongo, ¿no?

—Sí. Es decir, creo que sí. Lo único que tiene que hacer es...

—Tirar de la palanca, sí, sí. No es la primera vez.

El hombre caminó con parsimonia hacia la parte trasera del Expedition, y en ese momento Tess vio que la puerta de la camioneta no estaba cerrada del todo y que la luz del techo abovedado seguía encendida. Pensando que la batería de la F-150 podría estar tan estropeada como el vehículo que alimentaba, abrió la portezuela (los goznes chirriaron casi tan fuerte como los frenos) y luego la cerró de golpe. Al hacerlo, miró hacia la plataforma de la camioneta a través de la ventanilla trasera de la cabina. Había varios trozos de madera esparcidos por la superficie acanalada de metal oxidado. Estaban pintados de blanco y tenían clavos sobresaliendo de ellos.

Durante un instante Tess se sintió como si estuviera teniendo una experiencia extracorporal. El letrero del tic-tic-tic, TE GUSTA LE GUSTAS, ahora sonaba no como un anticuado despertador sino como una bomba de relojería.

Intentó decirse que esos residuos de madera no significaban nada, que cosas así solo significaban algo en la clase de novelas que ella no escribía y en la clase de películas que raramente veía: las asquerosas y sangrientas. No funcionó. Lo cual la dejó con dos opciones. Podría continuar tratando de fingir porque le aterrara hacer cualquier otra cosa, o podría salir corriendo hacia los bosques al otro lado de la carretera.

Antes de que pudiera decidirse, percibió el penetrante olor a sudor masculino. Se volvió y allí se encontraba el hombre, descollando sobre ella con las manos metidas en los bolsillos laterales de su peto.

—En lugar de cambiarte la rueda —dijo en tono agradable—, ¿y si te follo? ¿Qué te parece eso?

Entonces Tess echó a correr, pero solo en su imaginación. Lo que hizo en el mundo real fue pegarse a la camioneta, alzando la vista hacia él, un hombre tan alto que bloqueaba el sol y proyectaba su sombra sobre ella. Pensó que no hacía ni dos horas que cuatrocientas personas (principalmente señoras con sombrero) habían estado aplaudiéndola en un auditorio pequeño pero en absoluto inapropiado. Y en algún lugar al sur, Fritzy la estaba esperando. Empezó a despuntar en su mente (laboriosamente, como si levantara algo pesado) la idea de que podría no volver a ver a su gato nunca más.

—Por favor, no me mate —dijo alguna mujer con una voz muy pequeña y muy humilde.

—Eres una zorra —dijo el conductor de la camioneta. Habló con el tono de voz de un hombre que reflexiona sobre el tiempo. El letrero seguía martilleando contra el alero del porche—. Una puta zorra llorona. La hostia.

La mano derecha salió del bolsillo. Era una mano muy grande. En el dedo meñique llevaba un anillo con una piedra roja. Parecía un rubí, pero era demasiado grande para serlo. Tess creyó que probablemente solo era cristal. El letrero repiqueteó: tic-tic-tic. TE GUSTA LE GUSTAS. Entonces la mano se convirtió en un puño y la vio venir hacia su cara lanzada a toda velocidad, creciendo hasta tapar todo lo demás.

De algún sitio llegó un amortiguado golpe metálico. Supuso que lo produjo su cabeza al chocar contra el costado de la cabina de la camioneta. Tess pensó: *Los Panaderos Zombis.* Después, durante un rato, todo fue negro.

Volvió en sí en una amplia habitación umbría que olía a madera húmeda, café rancio, y pepinillos prehistóricos. Un viejo ventilador de palas colgaba torcido del techo sobre su cabeza. Se parecía al tiovivo estropeado en aquella película de Hitchcock, *Extraños en un tren*. Se hallaba tendida en el suelo, desnuda de cintura para abajo, y la estaba violando. En comparación con el peso, la violación se antojaba secundaria: también la estaba aplastando. Apenas podía respirar. Debía de ser un sueño. Pero tenía la nariz hinchada, un chichón que daba la impresión de ser del tamaño de una colina le había crecido en la base del cráneo, y se le clavaban astillas en las nalgas. Uno no sentía esa clase de detalles en sueños. Uno no sentía verdadero dolor en sueños; siempre te despertabas antes de que comenzara el dolor real. Esto estaba sucediendo. La estaba violando. La había trasladado al interior de la vieja tienda y la estaba violando mientras motas de polvo doradas se arremolinaban perezosamente bajo los oblicuos rayos de sol vespertinos. En algún sitio la gente estaría escuchando música y comprando cosas por internet y echando una siesta y hablando por teléfono, pero aquí dentro una mujer estaba siendo violada, y esa mujer era ella. Le había quitado las braguitas; podía verlas como un espumarajo asomando de su peto. Esto le hizo pensar en *Defensa*, que habían proyectado en una retrospectiva de cine en la universidad, en aquellos días cuando ella se mostraba ligeramente más aventurera a la hora de ir a ver películas. «Fuera los calzoncillos», decía uno de los paletos antes de empezar a violar al gordinflón de ciudad. Era curioso lo que te cruzaba la mente cuando yacías bajo ciento cincuenta kilos de carne del país y tenías dentro de ti la polla de un violador que chirriaba adelante y atrás como un gozne sin engrasar.

—Por favor —suplicó—. Oh, por favor, más no.

—Oh, sí, mucho más —dijo él, y aquí vino el puño otra vez, llenando todo su campo visual. Sintió un estallido de calor en el costado de la cara, sonó un clic en el interior de su cabeza, y perdió el conocimiento.

La siguiente vez que volvió en sí, el gigante danzaba a su alrededor enfundado en su peto, sacudía las manos de un lado a otro y cantaba «Brown Sugar» con voz estridente, atonal. El sol descendía, y las dos ventanas de la tienda abandonada que miraban al oeste (el cristal polvoriento había sobrevivido milagrosamente a los vándalos) rebosaban fuego. Su sombra bailaba detrás de él, retozando entre los tablones del suelo y la pared, que presentaba marcas cuadradas de un tono más claro donde en otra época habían colgado carteles publicitarios. El taconeo de las apaleadas botas de trabajo era un sonido apocalíptico.

Pudo ver sus pantalones de vestir arrugados bajo el mostrador donde en un tiempo debió de estar la caja registradora (probablemente al lado de un tarro de huevos cocidos y otro de manitas de cerdo en vinagre). Percibía el olor a moho. Y oh Dios cuánto le dolía. La cara, el pecho, sobre todo allí abajo, donde se sentía desgarrada por la mitad.

*Finge que estás muerta. Es tu única posibilidad.*

Cerró los ojos. El canturreo cesó y olió el sudor a hombre aproximándose. Más acre ahora.

*Porque ha estado ejercitándose*, pensó. Se olvidó de hacerse la muerta y trató de gritar. Antes de que pudiera intentarlo, unas manos enormes se cerraron en torno a su garganta y comenzaron a estrangularla. Pensó: *Se acabó. Estoy acabada.* Eran pensamientos serenos, llenos de alivio. Al menos no habría más dolor, no más despertares para contemplar la danza del hombremonstruo bajo la luz ardiente de la puesta de sol.

Se desmayó.


8


Cuando Tess emergió a la consciencia por tercera vez, el mundo se había tornado negro y plateado, y ella flotaba.

*Esto es a lo que se parece estar muerto.*

Entonces su mente registró unas manos debajo de ella (manos grandes, las manos de *él*) y la corona de espino de dolor alrededor de su garganta. No la había estrangulado lo suficiente para matarla, pero vestía el molde de sus manos como un collar, las palmas delante, los dedos a los lados y en la nuca.

Era de noche. La luna estaba alta. Luna llena. La llevaba a través del aparcamiento de la tienda desierta. La llevaba más allá de la camioneta. Tess no vio su Expedition. Su Expedition había desaparecido.

*¿Dónde está vuesa merced, Tom?*

El hombre se detuvo al borde de la carretera. Tess olía su sudor y sentía la oscilación de su pecho. Pudo sentir el aire nocturno, frío, en las piernas desnudas. Pudo oír el tic-tic-tic del letrero a su espalda, TE GUSTA LE GUSTAS.

*¿Cree que estoy muerta? Es imposible que crea que estoy muerta. Todavía sigo sangrando.*

*¿O no era así?* Resultaba difícil asegurarlo. Yacía fláccida en sus brazos, sintiéndose como una muchacha en una película de terror, la que se llevaba Jason o Michael o Freddy o como fuera que se llamara después de masacrar a todos los demás. La que se llevaba a alguna cenagosa guarida en las profundidades del bosque, donde la encadenaría a un gancho en el techo. En esas películas siempre había cadenas y ganchos suspendidos del techo.

El hombre se puso en movimiento otra vez. Tess pudo oír sus botas en el asfalto parcheado de Stagg Road: *clad-clamp-clad*. Luego, al otro lado de la carretera, ruidos de roces y restallidos. Estaba quitando a puntapiés los trozos de madera que ella había retirado y echado a la cuneta. Ya no oía el repicar del letrero, pero oía correr agua. No mucha, no un chorro, tan solo un hilito. El hombre se arrodilló y dejó escapar un leve gruñido.

*Ahora me matará, seguro. Por lo menos ya no tendré que escuchar su horrible canturreo. Es la parte hermosa, como diría Ramona Norville.*

—Eh, muchacha —dijo con voz amable.

Tess no contestó, pero lo vislumbró inclinándose sobre ella, examinando sus ojos medio cerrados. Tuvo mucho cuidado en mantenerlos inmóviles. Si los viera moverse, aunque fuera un poco..., o si percibiera un destello de lágrimas...

—Eh, oye.

Le dio un cachete en la mejilla con la palma abierta. Tess dejó que su cabeza girara a un lado.

—¡Eh!

Esta vez la abofeteó sin miramientos, pero en la otra mejilla. Tess dejó que su cabeza girara hacia el otro lado.

La pellizcó en el pezón, pero no se había molestado en quitarle la blusa ni el sujetador, y no le dolió demasiado. Continuó inerte.

—Siento haberte llamado zorra —dijo, aún usando un tono de voz amable—. Ha sido un buen polvo. Y me gustan maduritas.

Tess comprendió que existía la posibilidad real de que la creyera muerta. Resultaba asombroso, pero quizá fuera cierto. Y de repente quiso vivir desesperadamente.

La levantó otra vez. El olor a sudor de hombre la aplastó súbitamente. El rastrojo de la barba le provocó un hormigueo en la mejilla, y le costó no apartarse. Le dio un beso en la comisura de la boca.

—Lo siento si he sido un poco rudo.

Luego volvió a moverse. El ruido de la corriente de agua se hizo más fuerte. La luz de la luna se desvaneció. Había un olor (no, un hedor) a hojas en descomposición. La depositó en diez o doce centímetros de agua. Estaba muy fría, y casi lanzó un grito. La empujó por los pies y ella dejó que sus rodillas se doblaran. *Sin huesos*, pensó. *Tienes que quedarte como sin huesos.* No llegaron muy lejos antes de chocar contra una superficie de metal corrugado.

—Joder —dijo en un tono de voz reflexivo. Luego comenzó a empujarla con brusquedad.

Tess permaneció inerte, incluso cuando algo (una rama) garabateó una raya de dolor en el centro de la espalda. Las rodillas se desplazaban dando tumbos por las arrugas del metal. Sus nalgas arrastraron una masa esponjosa, y el olor a materia vegetal en descomposición se intensificó. Era espeso como carne. Sintió un terrible impulso de toser para expulsar el hedor. Notaba una estera de hojas mojadas aglomerándose en la región lumbar de la espalda, como si se tratara de un cojín empapado de agua.

*Si lo descubre ahora, lucharé. Le pegaré una patada y una patada y una patada...*

Pero no sucedió nada. Durante un buen rato tuvo miedo de abrir los ojos siquiera una rendija, de moverlos aun en lo más mínimo. Lo imaginaba allí en cuclillas, mirando al interior del conducto donde la había escondido, con la cabeza a un lado, inclinada inquisitivamente, en espera de un solo movimiento. ¿Cómo era posible que no supiera que seguía viva? Seguro que había notado los martilleos de su corazón. ¿Y de qué serviría pegarle una patada al gigante de la camioneta? La agarraría por los pies, la sacaría a rastras, y reanudaría el estrangulamiento. Solo que esta vez no se detendría.

Tess yacía entre hojas podridas y agua semiestancada, mirando a la nada a través de sus ojos medio cerrados, concentrada en hacerse la muerta. Pasó a un gris estado de fuga que no era enteramente un estado de inconsciencia, y allí se quedó durante un período de tiempo que pareció largo pero que probablemente no lo fue. Cuando oyó un motor (su camioneta, seguramente su camioneta), Tess pensó: *Te estás imaginando ese ruido. O soñándolo. Todavía sigue aquí.*

Pero el latido irregular del motor primero creció y luego se desvaneció por Stagg Road.

*Es un truco.*

Histeria, casi con certeza. Aun si no lo fuera, no podía quedarse ahí toda la noche. Y cuando alzó la cabeza (con una mueca ante la puñalada de dolor en su garganta maltratada) y miró hacia la boca de la tubería, solo vio un círculo expedito de plata lunar. Tess empezó a avanzar serpenteando hacia la luz, y entonces se detuvo.

*Es un truco. No me importa lo que hayas oído, él todavía sigue aquí.*

Esta vez la idea era más poderosa. Que no viera nada en la

boca de la alcantarilla *la hacía* más poderosa. En una novela de suspense, este sería el momento de falsa relajación que precede al gran clímax. O en una película de miedo. La mano blanca que surgía del lago en *Defensa*. Alan Arkin que se abalanzaba sobre Audrey Hepburn en *Sola en la oscuridad*. No le gustaban los libros ni las películas de terror, pero ser violada y casi asesinada parecía haber abierto una cripta entera de recuerdos de libros y películas de miedo, a pesar de todo. Como si estuvieran simplemente ahí, en el aire.

Podría estar esperándola. Si, por ejemplo, contara con la ayuda de un cómplice que se hubiera hecho cargo del camión. Podría estar agazapado más allá de la boca de la tubería, con la paciencia que los hombres de campo tenían.

—Fuera los calzoncillos —susurró, y luego se tapó la boca. ¿Y si la oyera?

Transcurrieron cinco minutos. Podrían haber sido cinco. El agua estaba fría y empezó a tiritar. Pronto le empezarían a castañetear los dientes. Si se hallaba allí, la oiría.

*Se ha marchado. Lo oíste.*

*Quizá. Quizá no.*

Y quizá no necesitaba salir de la tubería por donde había entrado. Era una alcantarilla, atravesaría toda la carretera por debajo, y puesto que notaba correr el agua bajo su cuerpo, no se encontraba bloqueada. Podría arrastrarse hasta el otro lado e inspeccionar el aparcamiento de la tienda desierta. Cerciorarse de que la vieja camioneta se había ido. Aún no se hallaría a salvo si existía un cómplice, pero Tess se sentía segura, en las profundidades donde su mente racional se ocultaba, de que no había ninguno. Un cómplice habría insistido en tomar su ración de ella. Además, los gigantes trabajaban solos.

*¿Y si se ha ido? ¿Entonces qué?*

No lo sabía. No podía imaginar su vida después de pasar esa tarde en la tienda abandonada y esa noche en la tubería con un emplaste de hojas podridas en el hueco de su espalda, pero quizá no fuera preciso. Quizá podría concentrarse en regresar a casa con Fritzy; le daría de comer una lata de Fancy Feast. Visualizó el paquete con total nitidez. Descansaba en un estante de su pacífica despensa.

Se dio la vuelta sobre el vientre y empezó a incorporarse sobre los codos, a fin de recorrer a gatas toda la longitud de la tubería. Entonces descubrió lo que compartía la alcantarilla con ella. Uno de los cadáveres no era mucho más que un esqueleto (que estiraba unas manos huesudas como en súplica), pero aún le quedaba suficiente pelo en el cráneo para que Tess tuviera casi la certeza absoluta de que se trataba del cadáver de una mujer. El otro podría haber sido un maniquí de unos grandes almacenes con el rostro terriblemente desfigurado, excepto por los ojos saltones y la lengua protuberante. Este cuerpo era más fresco, pero los animales lo habían visitado e incluso en la oscuridad Tess distinguió la sonrisa burlona de la dentadura de la mujer muerta.

Un escarabajo salió torpemente del cabello del maniquí y empezó a descender por el puente de su nariz.

Gritando con voz ronca, Tess retrocedió fuera de la alcantarilla y se irguió disparada sobre sus pies, con la ropa pegada al cuerpo de cintura para arriba, empapada. Iba desnuda de cintura para abajo. Y aunque no se desmayó (al menos creía que no), durante un rato su consciencia fue un objeto extrañamente quebrado. Al echar la vista atrás, recordaría la hora siguiente como un escenario en penumbra iluminado por focos esporádicos. De vez en cuando una mujer apaleada con la nariz rota y sangre en los muslos caminaba bajo uno de estos conos de luz. Después, desaparecía de nuevo en la oscuridad.

9

Tess estaba en la tienda, en la amplia superficie central, ahora vacía pero que en una época habría estado dividida en pasillos, con una cámara frigorífica de comida congelada (quizá) en el fondo, y un refrigerador de cerveza (seguro) a lo largo de la pared opuesta. Ella estaba donde olía a escabeche pasado y café rancio. El gigante había olvidado sus pantalones de vestir o planeaba volver a por ellos más tarde, tal vez cuando recogiera los restos de madera incrustada de clavos. Los pescó de bajo el mostrador. Sus zapatos se encontraban debajo, y también su teléfono, destrozado. Sí, en algún momento él volvería. Su cinta para el pelo no se veía por ninguna parte. Recordó (vagamente, del modo en que uno recuerda ciertas cosas de su más tierna infancia) que una mujer le había preguntado ese mismo día dónde la había comprado, y los inexplicables aplausos cuando respondió que en JCPenney. Se acordó del gigante cantando «Brown Sugar», con aquella voz infantil, monótona, estridente, y volvió a desvanecerse.

## 10

Caminaba por detrás de la tienda bajo la luz de la luna. Se envolvía con un retazo de alfombra alrededor de los hombros temblorosos, pero no podía recordar dónde lo había conseguido. La alfombra estaba mugrienta pero abrigaba, y se la ciñó con fuerza. Se le ocurrió que en realidad andaba en círculos alrededor de la tienda, y que esta podría ser su segunda, tercera, o incluso cuarta vuelta. Se le ocurrió que estaba buscando su Expedition, pero cada vez que no lo encontraba detrás de la tienda, olvidaba que había mirado y volvía a hacer el mismo camino. Se olvidaba porque la habían golpeado en la cabeza y violado y estrangulado y sufría un shock. Se le ocurrió que tal vez le sangrara el cerebro; ¿cómo saber algo así, a menos que uno se despertara con los ángeles y estos se lo contaran? La ligera brisa de la tarde soplaba ahora un poco más fuerte, y el tic-tic-tic del letrero de hojalata sonaba más alto. TE GUSTA LE GUSTAS.

—Seven-Up —murmuró. Su voz era ronca pero aún servible—. Eso es lo que es. A ti te gusta y tú le gustas. —Se oyó alzando su propia voz y entonando una canción. Poseía una buena voz, y el hecho de haber sido estrangulada la dotaba de una aspereza sorprendentemente agradable. Era como escuchar a Bonnie

Tyler cantando bajo la luz de la luna—. ¡Seven Up, sabor refrescante... como un cigarro elegante!

Se le ocurrió que aquello no era correcto, y aun si lo fuera, debería estar cantando algo mejor que un jodido jingle publicitario mientras su voz conservara ese carraspeo; si ibas a ser violada y dejada por muerta en una tubería con dos cadáveres putrefactos, algo bueno tendría que salir de ello.

Voy a cantar el gran éxito de Bonnie Tyler. Voy a cantar «It's a Heartache». Seguro que me sé la letra, estoy segura de que está en el trastero que todo escritor tiene en el fondo de su...

Pero entonces volvió a ausentarse.


## 11

Estaba sentada en una roca y tenía los ojos hinchados de tanto llorar. El mugriento retazo de alfombra seguía alrededor de sus hombros. Sentía dolor y una quemazón en la entrepierna. Un regusto ácido en la boca sugería que había vomitado en algún punto entre sus paseos alrededor de la tienda y el descanso en esa roca, pero no lo recordaba. Lo que sí recordaba...

*¡Me han violado, me han violado, me han violado!*

—No eres la primera ni serás la última —dijo, pero este sentimiento de amor cruel, brotando como lo hizo en una serie de sollozos ahogados, no resultaba de mucha ayuda.

*¡Ha intentado matarme, casi me mata!*

Sí, sí. Y en este momento su fracaso no ofrecía mucho consuelo. Miró a su izquierda y divisó la tienda a cincuenta o sesenta metros carretera abajo.

*¡Ha matado a otras! ¡Están en la tubería! ¡Los bichos se arrastran sobre ellas y les da igual!*

—Sí, sí —dijo con su voz raposa de Bonnie Tyler, y entonces volvió a ausentarse.

## 12

Caminaba por el medio de Stagg Road y cantaba «It's a Heartache» cuando oyó a su espalda el ruido de un motor que se aproximaba. Giró sobre sus talones, a punto de perder el equilibrio, y divisó unos faros que alumbraban la cima de una colina que sin duda ella acababa de superar. Era él. El gigante. Había regresado, y al no encontrar su ropa, había investigado la alcantarilla y descubierto que ella ya no estaba dentro. La buscaba.

Tess salió disparada hacia la cuneta, tropezó sobre una rodilla, perdió la sujeción de su improvisado chal, se irguió, y se adentró a trompicones entre la maleza. Una rama le arañó en la mejilla. Oía a una mujer que sollozaba de miedo. Se tiró al suelo, apoyándose en las manos y las rodillas; el pelo le caía sobre los ojos. La carretera se iluminó cuando los faros salvaron la colina. Vio el trozo de alfombra con total claridad, y supo que el gigante también lo vería. Se detendría y se apearía del vehículo. Ella intentaría huir, pero él la atraparía. Gritaría, pero nadie la oiría. En las historias de este género nunca había nadie para oír los gritos. La mataría, pero antes la violaría un poco más.

El coche (era un coche, no una *pick-up*) pasó sin reducir la marcha. Del interior manaba música de la Bachman-Turner Overdrive, a todo volumen: «B-B-B-Baby, no has visto n-n-nada aún». Observó el parpadeo de las luces traseras hasta que se perdieron de vista. Notó que se estaba preparando para ausentarse otra vez y se abofeteó las mejillas con ambas manos.

—¡*No!* —gruñó con su voz de Bonnie Tyler—. ¡*No!*

Retrocedió un poco. Sintió un fuerte impulso de quedarse agazapada entre los arbustos, pero eso no sería bueno. No era solo que faltara mucho para el amanecer, probablemente aún faltaba mucho para la medianoche. La luna estaba baja en el cielo. No podía quedarse ahí, y no podía continuar... apagándose. Debía pensar.

Tess recogió el trozo de alfombra de la cuneta, empezó a echárselo de nuevo sobre los hombros, y entonces se palpó las orejas, sabiendo lo que descubriría. Los pendientes, las lágrimas de diamante, una de sus pocas extravagancias reales, habían desaparecido. Volvió a romper en lágrimas, pero este arrebato de llanto fue más breve, y cuando terminó se sintió mejor, más como ella misma. Más *en* ella misma, una habitante de su mente y de su cuerpo en lugar de un espectro flotando alrededor.

*¡Piensa, Tessa Jean!*

De acuerdo, lo intentaría. Pero caminaría entretanto. Y se acabaron las canciones. El sonido de su voz cambiada le producía escalofríos. Era como si, al violarla, el gigante hubiera creado a una mujer nueva. Ella no quería ser una mujer nueva. Le gustaba la antigua.

Caminar. Caminar bajo la luz de la luna con su sombra avanzando a su lado por la carretera. ¿Qué carretera? Stagg Road. Según Tom, se hallaba a unos seis kilómetros de la intersección de Stagg Road con la US-47 cuando corrió a meterse en la trampa del gigante. No era tan malo; ella caminaba al menos cuatro kilómetros diarios para mantenerse en forma, ejercitándose en la cinta andadora los días que llovía o nevaba. Claro que esta se trataba de su primera caminata como la Nueva Tess, la del dolor, el coño ensangrentado y la voz rasposa. Pero encontraba un aspecto positivo: estaba entrando en calor, la mitad superior de su cuerpo se estaba secando, y llevaba zapatos planos. Casi se había calzado sus tacones de tres cuartos, lo cual habría hecho muy desagradable ese paseo nocturno, sin duda. Tampoco era que hubiera sido divertido bajo ninguna otra circunstancia, no no n...

*¡Piensa!*

Pero antes de que pudiera empezar a hacerlo, la carretera se iluminó delante de ella. Tess volvió a lanzarse a la maleza como una flecha, esta vez logrando sujetar el retazo de alfombra. Era otro coche, gracias a Dios, no su camioneta, y no desaceleró.

*Aún es posible que sea él. Quizá haya cambiado la* pick-up *por un coche. Pudo llegar a casa, a su guarida, y cambiar de vehículo. Habrá pensado: «verá que es un coche y saldrá de dondequiera que se esconda. Me hará señas con la mano y entonces será mía».*

Sí, sí. Eso era lo que pasaría en una película de miedo, ¿verdad? *Víctimas aullantes 4*, o *Terror en Stagg Road 2*, o...

Empezaba otra vez a ausentarse, por lo que se dio varias bofetadas más en las mejillas. En cuanto estuviera en casa, en cuanto le pusiera la cena a Fritzy y se metiera en su propia cama (con todas las puertas cerradas con llave y todas las luces encendidas), podría ausentarse todo cuanto quisiera. Pero no ahora. No no no. Ahora tenía que seguir andando, y esconderse cuando se acercara algún vehículo. Si era capaz de hacer esas dos cosas, al final llegaría a la US-47, y quizá hubiera una tienda. Una tienda de verdad, una con cabina de teléfono si tenía suerte..., y se merecía algo de buena suerte. No llevaba su bolso, su bolso aún se encontraba en el Expedition (dondequiera que estuviese), pero se sabía de memoria el número de la tarjeta telefónica de la AT&T; su número de casa más 9712. Facilísimo. Chupado, coser y cantar.

Aquí había una señal al borde de la carretera. A la luz de la luna, Tess pudo leerla con suma facilidad:

ESTÁ ENTRANDO EN EL MUNICIPIO DE COLEWICH.
¡BIENVENIDO, AMIGO!

—Te gusta Colewich, le gustas tú —musitó.

Conocía la localidad, cuyo nombre los lugareños pronunciaban «Colitch». Se trataba en realidad de una ciudad pequeña, una de tantas en Nueva Inglaterra que habían sido prósperas en los días de los molinos textiles y que continuaban subsistiendo de algún modo en la nueva era del comercio libre, cuando los pantalones y las chaquetas de Estados Unidos se fabricaban en Asia o en Centroamérica, probablemente por niños que no sabían leer ni escribir. Aún se hallaba en las afueras, pero seguramente sería capaz de caminar hasta un teléfono.

*¿Y luego qué?*

Luego ella..., ella...

—Llamaré a una limusina —dijo. La idea irrumpió en su mente como la salida del sol. Sí, eso era exactamente lo que haría.

Si esto era Colewich, entonces su residencia en Connecticut distaba menos de cincuenta kilómetros. El servicio de limusinas que utilizaba cuando quería ir al Aeropuerto Internacional Bradley o a Hartford o a Nueva York (Tess no conducía por ciudad si podía evitarlo) tenía su base en la vecina localidad de Woodfield. Las Limusinas Royal proporcionaban servicio las veinticuatro horas del día. Mejor todavía, tenían archivado el número de su tarjeta de crédito.

Tess se sintió mejor y comenzó a andar un poco más rápido. Entonces unos faros alumbraron la carretera y una vez más se precipitó hacia los arbustos y se agachó, tan aterrada como una presa acorralada: gamo zorro conejo. Este vehículo sí que era un camión, y se puso a temblar. Siguió temblando aun después de ver que se trataba de un pequeño Toyota blanco, en nada parecido a la vieja Ford del gigante. Cuando desapareció, intentó obligarse a volver a la carretera, pero al principio no pudo. Lloraba otra vez, lágrimas cálidas en su rostro frío. Notaba que se estaba preparando para abandonar el cono de luz de la consciencia una vez más. No debía dejar que eso pasara. Si se permitiera a sí misma adentrarse demasiadas veces en aquella negrura despierta, al final podría no encontrar el camino de regreso.

Se obligó a concentrarse en lo que haría después: darle las gracias al conductor de la limusina y añadir una propina en el formulario de la tarjeta de crédito antes de recorrer lentamente el paseo flanqueado de flores hasta la puerta principal. Levantar el buzón y coger la llave suplementaria del gancho oculto detrás. Escuchar los maullidos ansiosos de Fritzy.

Pensar en Fritzy obró el milagro. Se abrió camino entre la maleza y reanudó su marcha, preparada para ponerse a cubierto al segundo de percibir la luz de unos faros. En el mismo segundo. Porque él estaba ahí fuera, en algún sitio. Comprendió que de aquí en adelante él siempre estaría ahí fuera. A menos, claro, que la policía lo atrapara y lo encarcelara. Pero para que eso ocurriera ella tendría que denunciar lo sucedido, y en el instante en que le vino la idea a la mente, visualizó un deslumbrante titular negro al estilo del *New York Post*:

## ESCRIBA DE «WILLOW GROVE»
## VIOLADA TRAS UNA CONFERENCIA

Los tabloides como el *Post* sin duda reproducirían una foto suya de diez años atrás, cuando se publicó su primer libro de la Sociedad de la Calceta. En aquellos días ella rondaba los treinta, tenía un largo cabello rubio oscuro que le caía en cascada por la espalda, y unas bonitas piernas que le gustaba exhibir con faldas cortas. Más, de noche, la clase de zapatos descubiertos de tacón alto a los que algunos hombres (el gigante, por ejemplo, casi seguro) se referían como zapatos de folladora. No mencionarían que ahora era diez años más vieja, pesaba nueve kilos más, y que cuando fue agredida sexualmente vestía un cómodo y práctico atuendo, casi desaliñado, de mujer de negocios; esos detalles no encajaban con el tipo de historia que gustaba contar a los tabloides. El artículo sería suficientemente respetuoso (si bien con un deje de frivolidad entre líneas), pero su foto contaría la historia real, una que probablemente precedía a la invención de la rueda: *Ella lo pidió... y tuvo lo que quería.*

¿Era realista, o solo se trataba de su vergüenza y su maltrecho sentido de la autoestima imaginando el peor escenario? ¿La parte de ella que querría continuar escondiéndose en los arbustos aun si lograba escapar de esa horrible carretera y ese horrible estado de Massachusetts y regresar a su segura casita en Stoke Village? Lo ignoraba, y supuso que la verdadera respuesta subyacía en algún punto entre medias. Una cosa que sí sabía era que conseguiría el tipo de cobertura a escala nacional que a toda escritora le gustaría cuando publica un libro y que ninguna desea por ser violada y robada y dejada por muerta. Visualizó a alguien que alzaba la mano durante el Turno de Preguntas y que inquiría: «¿Se le insinuó usted de algún modo?».

Eso era ridículo, y Tess lo sabía pese a su estado actual... pero también sabía que si aquello salía a la luz, algún día alguien alzaría la mano para preguntar: «¿Va a escribir sobre ello?».

¿Y qué diría? ¿Qué *podría* decir?

*Nada,* pensó Tess. *Me taparía los oídos con las manos y huiría del escenario.*

Pero no.

No no no.

La verdad era, en primer lugar, que ella no se veía en esa situación. ¿Cómo iba a ser capaz de asistir a otra lectura, a otra conferencia, a otra firma de libros, sabiendo que *él* podría aparecer, sonriéndole desde la última fila? ¿Sonriendo bajo aquella extravagante gorra marrón con manchas de lejía? Quizá con sus pendientes en el bolsillo. Acariciándolos.

La idea de contárselo a la policía le provocó una quemazón en la piel, y pudo notar su rostro literalmente estremeciéndose de vergüenza, incluso allí fuera, sola en la oscuridad. Quizá no fuera Sue Grafton ni Janet Evanovich, pero tampoco era, estrictamente hablando, una persona anónima. Hasta saldría en la CNN durante uno o dos días. El mundo se enteraría de que un gigante loco de sonrisa burlona había descargado su pistola dentro de la Escriba de Willow Grove. Incluso podría destaparse el hecho de que se guardó su ropa interior como recuerdo. La CNN no informaría de esa parte, pero el *National Enquirer* o el *Inside View* no tendrían escrúpulos.

*Fuentes de la investigación han señalado que se encontró la ropa interior de la Escriba en el cajón del presunto violador: unas braguitas azules de Victoria Secret con ribetes de encaje.*

—No puedo contarlo —dijo—. No se lo contaré a nadie.

*Pero hubo otras antes que tú, podría haber otras después de...*

Rechazó ese pensamiento. Estaba demasiado cansada para plantearse cuál era su responsabilidad moral. Se ocuparía de aquella cuestión más tarde, si Dios quería concederle un más tarde..., y parecía probable. Pero no en esta carretera desierta donde cualquier par de luces que se aproximara podría traer detrás a su violador.

El suyo. Ahora le pertenecía.

## 13

Aproximadamente un kilómetro y medio después de pasar la señal de Colewich, Tess comenzó a oír un rumor quedo, rítmico, que parecía brotar de la carretera a través de sus pies. Su primer pensamiento fue para los Morlocks mutantes de H. G. Wells, atendiendo su maquinaria en las entrañas de la tierra, pero otros cinco minutos aclararon el sonido. Le llegaba por el aire, no desde el suelo, y era un sonido que conocía: el latido de un bajo. El resto de la banda fue uniéndose a medida que avanzaba. Empezó a divisar una luz en el horizonte, no unos faros, sino el fulgor blanco de los arcos de sodio y el destello rojo del neón. El grupo estaba tocando «Mustang Sally», y pudo oír risas. Era un sonido ebrio y hermoso, salpicado de voces alegres y festivas. Hizo que le entraran ganas de llorar un poco más.

El bar de carretera, un viejo granero de mala muerte con un enorme aparcamiento de tierra que parecía lleno hasta los topes, se llamaba Stagger Inn. Se detuvo al borde del resplandor proyectado por las farolas del aparcamiento, frunciendo el ceño. ¿Por qué tantos coches? Entonces recordó que era viernes por la noche. Por lo visto el Stagger Inn era el local de moda de la noche de los viernes si vivías en Colewich o en alguna de las poblaciones vecinas. Tendrían un teléfono, pero había demasiadas personas. Se fijarían en su rostro amoratado y su nariz torcida. Querrían saber qué le había sucedido, y no se encontraba en condiciones de inventarse una historia. Al menos no todavía. Ni siquiera un teléfono público en el exterior sería de utilidad, porque también distinguía gente fuera. A montones. Por supuesto. En estos días tenías que salir fuera si querías fumar un cigarrillo. Además...

*Él* podría estar allí. ¿No había estado brincando alrededor de ella en algún momento, cantando una canción de los Rolling Stones con una horrible voz disonante? Tess supuso que podría haber soñado aquella parte (o haber sufrido una alucinación), pero no lo creía. ¿No era posible que, después de esconder su coche, él hubiera venido aquí mismo, al Stagger Inn, con las cañerías limpias y listas para pasar la noche de fiesta?

El grupo se lanzó a interpretar una versión perfectamente apropiada de un viejo tema de los Cramps: «Can Your Pussy Do the Dog».

*No,* pensó Tess, *pero hoy un perro se lo hizo a mi conejito, no cabe duda.*

La Vieja Tess no aprobaría un chiste semejante, pero a la Nueva Tess le pareció la hostia de gracioso. Profirió una carcajada ronca y echó a andar de nuevo, cruzando al otro lado de la carretera, donde las luces del aparcamiento del bar no la alcanzaban de lleno.

Al pasar más allá del edificio, vio una vieja furgoneta blanca estacionada de espaldas a un muelle de carga. No había farolas a este lado del Stagger Inn, pero la luz de la luna fue suficiente para mostrarle el esqueleto que aporreaba la batería de magdalenas. No era de extrañar que la furgoneta no se hubiera detenido a recoger los maderos llenos de clavos desperdigados en el asfalto. Los Panaderos Zombis llegaban tarde al montaje, y eso no era bueno, porque los viernes noche, en el Stagger Inn, las caderas se meneaban, con los músicos se vibraba y el buen rollo reinaba.

—¿Tu conejito sabe hacer el perro? —preguntó Tess, y se ciñó un poco más el retazo roñoso de alfombra alrededor del cuello. No era una estola de visón, pero en la fría noche de octubre era mejor que nada.

14

Cuando Tess alcanzó la intersección de Stagg Road y la Ruta 47, contempló algo hermoso: un Gas & Dash con dos teléfonos públicos en la pared de ladrillos de hormigón entre los servicios.

Usó primero el aseo de mujeres, y cuando la orina empezó a fluir, se tuvo que tapar la boca con la mano para sofocar un grito; era como si alguien le hubiera encendido un librillo de cerillas allí dentro. Lágrimas frescas rodaron por sus mejillas al levantarse del retrete. El agua en la taza tenía un color rosa pastel. Se limpió, muy cuidadosamente, con una hoja de papel higiénico, y luego tiró de la cadena. Habría doblado varias hojas más para ponérselas en la entrepierna de sus braguitas, pero por supuesto no pudo hacerlo. El gigante se las había quedado como recuerdo.

—So cabrón —dijo.

Con la mano en el pomo, hizo una pausa para observar a la mujer magullada y de ojos conmocionados en el espejo metálico salpicado de agua sobre el lavabo. Después salió.

## 15

Descubrió que usar un teléfono público en la era moderna se había vuelto extrañamente difícil, aun cuando tuvieras memorizado el número de tu tarjeta de llamada. El primer teléfono que probó solo funcionaba en una dirección: podía oír a la operadora de información telefónica, pero la operadora no podía oírla a ella, y cortó la conexión sin más. El otro teléfono colgaba torcido en la pared (nada alentador) pero funcionaba. Había un molesto pitido de fondo, pero al menos le permitía comunicarse con la operadora. Solo que Tess no tenía ningún bolígrafo ni ningún lápiz. Guardaba varios instrumentos de escritura en su bolso, pero por supuesto su bolso había desaparecido.

—¿No puede conectarme directamente? —preguntó a la operadora.

—No, señora, para poder utilizar la tarjeta de crédito tiene que marcar el número usted misma.

La operadora hablaba con el tono de voz de alguien que le está explicando una obviedad a una niña tonta. Tess no se enfadó por eso; se sentía realmente como una niña tonta. Entonces advirtió la suciedad que cubría los ladrillos de hormigón de la pared. Le pidió el número a la operadora, y cuando se lo dio, lo escribió en el polvo con el dedo.

Antes de que pudiera comenzar a marcar, una camioneta entró en el aparcamiento. El corazón se le subió a la garganta con una facilidad acrobática, mareante, y cuando se bajaron dos muchachos risueños con chaquetas de la escuela secundaria y se metieron a toda prisa en la tienda, se alegró de tenerlo allí. Bloqueaba el grito que de otra forma seguramente hubiera dejado escapar.

Sintió que el mundo intentaba alejarse y apoyó la cabeza en la pared durante un instante, jadeando en busca de aliento. Cerró los ojos. Vio al gigante descollando sobre ella, con las manos en los bolsillos del peto, y volvió a abrir los ojos. Marcó el número escrito en el polvo de la pared.

Se preparó para un contestador automático, o para un aburrido recepcionista que le diría que no disponían de ningún coche, claro que no, era noche de viernes, ¿su estupidez es de nacimiento, señora, o es que ha estudiado? Pero al segundo timbrazo contestó una seria mujer que se identificó como Andrea. Escuchó a Tess, y dijo que le enviarían un coche inmediatamente. Su chófer sería Manuel. Sí, conocía exactamente el lugar desde donde llamaba Tess, porque mandaban coches al Stagger Inn continuamente.

—Vale, pero no estoy ahí —dijo Tess—. Es en el cruce a unos ochocientos metros por...

—Sí, señora, lo tengo —la interrumpió Andrea—. El Gas & Dash. A veces también vamos allí. La gente a menudo se va andando y llaman si han bebido un poco demasiado. Tardará unos cuarenta y cinco minutos. Quizá una hora.

—Estupendo —dijo Tess. Otra vez se le soltaron las lágrimas. Lágrimas de gratitud, en esta ocasión, aunque se recordó a sí misma que no debía relajarse, porque en las historias como esta las esperanzas de la heroína con frecuencia resultaban ser falsas—. Perfecto. Esperaré a la vuelta de la esquina, junto a los teléfonos. Y estaré atenta.

*Ahora me preguntará si yo he bebido un poco demasiado. Porque seguro que lo parece.*

Pero Andrea solo quiso saber si pagaría en efectivo o con tarjeta.

—American Express. Debería estar en su ordenador.

—Sí, señora, aquí está. Gracias por llamar a Limusinas Royal, donde cada cliente es tratado a cuerpo de rey. —Andrea cortó la comunicación antes de que Tess pudiera responder un «de nada».

Se disponía a colgar el teléfono cuando un hombre (*él, es él*) dobló la esquina de la tienda y se dirigió directo hacia ella. Esta vez el grito no tuvo ninguna posibilidad; se quedó paralizada de terror.

Era uno de los adolescentes. Pasó por delante sin mirarla y torció a la izquierda en el aseo de hombres. La puerta se cerró de golpe. Un momento después le llegó el sonido entusiasta, como de caballo, del joven al vaciar una vejiga formidablemente sana.

Tess recorrió el costado del edificio hacia la parte trasera. Permaneció allí parada al lado de un contenedor hediondo (*no,* pensó, *lo que estoy haciendo es acechar*), esperando a que el muchacho terminara y se fuera. Después regresó junto a los teléfonos para vigilar la carretera. A pesar de todas las partes del cuerpo que le dolían, su estómago retumbaba de hambre. Se había perdido la cena, con su violación y casi asesinato había estado demasiado ocupada para comer. Se habría alegrado de echar mano a cualquiera de los aperitivos que vendían en sitios como ese, incluso esas asquerosas galletitas de mantequilla de cacahuete, con su color amarillo tan raro, habrían sido una delicia, pero no tenía dinero. Y aun en el caso de llevar algo encima, no se atrevería a entrar. Sabía qué tipo de luces se instalaban en las tiendas de conveniencia como Gas & Dash, con aquellos fluorescentes brillantes y despiadados que hacían que la gente sana tuviera aspecto de padecer cáncer de páncreas. El empleado tras el mostrador se fijaría en su frente y en sus mejillas amoratadas, su nariz rota y sus labios hinchados, y puede que se callara, pero Tess advertiría su mirada de sorpresa. Y quizá una mueca rápidamente reprimida. Porque, debía afrontarlo, existían personas que podrían pensar que pegar a una mujer era divertido. Especialmente un viernes por la noche. «*¿Quién le ha dado una tunda, señora, y qué hizo usted para merecerla? ¿No habrá recibido lo que quería después de que algún tipo gastara sus horas extras con usted?*»

Se acordó de un viejo «chiste» que había oído en algún sitio: *«¿Por qué hay trescientas mil mujeres maltratadas cada año en Estados Unidos? Porque... no escuchan una mierda».*

—Da igual —musitó—. Ya comeré algo cuando llegue a casa. Una ensalada de atún, a lo mejor.

Sonaba bien, pero una parte de ella estaba convencida de que sus días de comer ensaladas de atún (o, para el caso, las repugnantes galletas amarillas de mantequilla de cacahuete que se vendían en gasolineras) habían acabado. La idea de una limusina viniendo a recogerla y sacándola de esa pesadilla era un espejismo insano.

Desde algún punto a su izquierda le llegaba el sonido de los vehículos circulando por la I-84; la carretera que Tess habría tomado si no se hubiera mostrado tan dispuesta a que le ofrecieran una ruta a casa más corta. Allí en la autopista, gente que nunca había sido violada ni metida en tuberías iba de un sitio a otro. Tess creyó que el sonido de aquellos despreocupados viajes era el más desolador que hubiera oído jamás.

## 16

Llegó la limusina, una Lincoln Town Car. El hombre sentado tras el volante se apeó y miró en derredor. Tess lo observó celosamente desde la esquina de la tienda. Vestía un traje oscuro. Era un tipo pequeño, con gafas, que no tenía pinta de violador..., pero, por descontado, no todos los gigantes eran violadores ni todos los violadores eran gigantes. Tenía que confiar en él, sin embargo. Si quería volver a casa y dar de comer a Fritzy, no le quedaba alternativa. Por tanto, dejó caer su improvisada y asquerosa estola junto al teléfono que aún funcionaba y caminó despacio y con paso firme hacia el coche. La luz que brillaba a través de las ventanas resultaba cegadora después de haber permanecido en las sombras a ese lado del edificio, y sabía el aspecto que presentaba su rostro.

*Me preguntará qué me ha pasado, y me preguntará si quiero ir a un hospital.*

Pero Manuel (que acaso hubiera presenciado cosas peores, no era imposible) se limitó a sujetar la puerta y a decir:

—Bienvenida a su Limusina Real, señora. —Tenía un ligero acento hispano a juego con su tez aceitunada y sus ojos oscuros.

—Donde me tratan a cuerpo de rey —dijo Tess. Procuró sonreír, lo cual hizo que le dolieran los labios hinchados.

—Sí, señora. —Nada más. Que Dios bendijera a Manuel, que acaso hubiera presenciado cosas peores, quizá en su lugar de origen, quizá en la parte de atrás de ese mismo coche. ¿Quién sabía qué secretos guardaban los conductores de limusina? Era una pregunta que podría encerrar un buen libro en su interior. No de la clase que ella escribía, claro..., aunque ¿quién sabía qué clase de libros escribiría después de esto? ¿O si volvería a escribir alguno? La aventura de aquella noche podría haberle arrebatado aquel solitario placer durante una temporada. Quizá para siempre. Resultaba imposible saberlo.

Subió al asiento trasero del coche, moviéndose como una anciana con osteoporosis avanzada. Ya sentada, y después de que el chófer hubiera cerrado la puerta, envolvió los dedos alrededor de la manija y observó con atención, queriendo cerciorarse de que era Manuel quien se ponía ante el volante, y no el gigante del peto. En *Terror en Stagg Road 2* habría sido el gigante: una vuelta de tuerca más antes de los créditos. *Usa un poco de ironía, es buena para la sangre.*

Pero fue Manuel quien entró en el coche. Por supuesto. Se relajó.

—La dirección que tengo es Primrose Lane, número 19, en Stoke Village. ¿Es correcta?

Por un instante fue incapaz de recordar; en la cabina había tecleado sin vacilación el número de su tarjeta telefónica, pero se quedaba en blanco cuando se trataba de su propia dirección.

*Relájate*, se dijo. *Ya se acabó. Esto no es una película de miedo, es tu vida. Has pasado por una experiencia terrible, pero ya se acabó. Así que relájate.*

—Sí, Manuel, así es.

—¿Querrá hacer alguna parada, o vamos directamente a su

casa? —Fue lo más cerca que estuvo de mencionar lo que las luces del Gas & Dash debían de haberle mostrado mientras ella caminaba hacia el Town Car.

Era solo suerte que siguiera tomando sus píldoras anticonceptivas (suerte y tal vez optimismo; ni siquiera había tenido un rollo de una noche en los últimos tres años, a menos que uno contara lo de esa tarde), pero la suerte había escaseado en el día de hoy, y agradecía esta pequeña bendición. Estaba segura de que Manuel podría encontrar una farmacia abierta en algún punto del trayecto, los conductores de limusina parecían conocer esa clase de cosas, pero no se veía capaz de entrar en una y pedir la píldora del día después. Su rostro habría revelado demasiado bien por qué necesitaba una. Además, estaba el problema del dinero, por supuesto.

—Ninguna parada, tan solo lléveme a casa, por favor.

Pronto estuvieron en la I-84, muy concurrida por el tráfico de un viernes noche. Stagg Road y la tienda abandonada quedaron atrás. Lo que le aguardaba delante era su propia casa, con su sistema de seguridad y una cerradura en cada puerta. Y eso era bueno.

<br>

17

Todo se desarrolló exactamente igual a como lo había visualizado: la llegada, la propina que añadió al recibo de la tarjeta de crédito, el recorrido por el paseo bordeado de flores (le pidió a Manuel que esperara y la iluminara con los faros hasta que entrase), los maullidos de Fritzy mientras inclinaba el buzón y pescaba la llave del gancho. Entonces estuvo dentro, y Fritzy se le enroscó ansiosamente alrededor de los pies, deseando que lo tomara en brazos y lo acariciara, deseando que le diera comida. Tess hizo esas cosas, pero antes cerró con llave la puerta principal y a continuación activó la alarma antirrobos por primera vez en meses. Cuando vio el destello de la palabra **ARMADA** en la pantallita verde sobre el teclado numérico, por fin empezó a sentirse como ella misma, o algo similar. Miró el reloj de cocina y quedó atónita al ver que solo eran las once y cuarto.

Mientras Fritzy se comía su Banquete de Fantasía, ella comprobó las puertas del patio trasero y de la terraza lateral, cerciorándose de que ambas tuvieran el pestillo echado. Después las ventanas. Se suponía que el panel de control de la alarma informaba si algo se encontraba abierto, pero no confiaba en él. Cuando tuvo la certeza de haber asegurado todo, se dirigió al armario del pasillo delantero y bajó una caja que llevaba tanto tiempo en el estante superior que estaba cubierta por un paño de polvo.

Cinco años atrás se había producido una oleada de robos y asaltos a casas en el norte de Connecticut y el sur de Massachusetts. Los malos eran sobre todo drogadictos enganchados a los ochenta, así llamaban a la Oxycontina sus muchos admiradores de Nueva Inglaterra. Se exhortó a los residentes de la zona a que fueran particularmente cuidadosos y que tomaran «precauciones razonables». Tess no se había formado una opinión a favor o en contra de las armas de fuego, ni le preocupaba especialmente que unos extraños invadieran su casa durante la noche (no en aquel entonces), pero un arma parecía encajar bien bajo el epígrafe de «precauciones razonables», y en cualquier caso, pretendía instruirse sobre pistolas para el próximo libro de Willow Grove. El miedo a un robo parecía la oportunidad perfecta.

Fue a la armería de Hartford que tenía la mejor valoración en internet, y el empleado le recomendó un Smith & Wesson del calibre 38, un modelo que denominó Exprimelimones. Lo compró principalmente porque le gustó el nombre. El empleado también le habló sobre un buen campo de tiro a las afueras de Stoke Village. Tess había ido diligentemente con su arma una vez que el período de espera de cuarenta y ocho horas expiró y la tuvo realmente en su poder. Disparó unas cuatrocientas balas en el transcurso de una semana, y al principio disfrutaba de la emoción de los estallidos, pero rápidamente se hizo aburrido. La pistola había permanecido en el armario desde entonces, guardada en su caja junto con cincuenta cartuchos de munición y su licencia de armas.

Cargó el revólver, sintiéndose mejor, más segura, con cada bala que metía en el tambor. Lo puso en la encimera de la cocina y luego comprobó el contestador automático. Había un mensaje. Era de Patsy McClain, la vecina de al lado. «No he visto ninguna luz esta noche, así que imagino que has decidido quedarte en Chicopee. ¿O es que te has ido a Boston? En cualquier caso, he usado la llave de detrás del buzón para dar de comer a Fritzy. Ah, y te dejé el correo en la mesita de la entrada. Todo publicidad, lo siento. Llámame mañana antes de que salga para el trabajo si ya estás de vuelta. Solo quiero saber si has llegado sana y salva.»

—Oye, Fritz —dijo Tess, al tiempo que se agachaba para acariciarle—. Supongo que esta noche has tenido ración doble. Muy inteligente por tu...

Alas grises se cernieron sobre su visión, y si no se hubiera agarrado a la mesa de cocina, habría caído cuan larga era en el suelo de linóleo. Profirió un grito de sorpresa que sonó débil y distante. Fritzy echó las orejas hacia atrás, le dedicó una escrutadora mirada con los ojos entornados, pareció decidir que no iba a desplomarse (al menos, no encima de él), y regresó a su segunda cena.

Tess se enderezó despacio, sujetándose a la mesa para mayor seguridad, y abrió el frigorífico. No había ensalada de atún, pero sí requesón con mermelada de fresa. Lo devoró con avidez, raspando el recipiente de plástico con la cuchara para apurar hasta el último resto de cuajada. Estaba frío y se deslizaba con suavidad por su dañada garganta. No estaba muy segura de que hubiera podido comer carne, de todas formas. Ni siquiera atún de lata.

Bebió zumo de manzana directamente de la botella, eructó, y luego caminó con dificultad hasta el cuarto de baño de abajo. Se llevó consigo la pistola, con el dedo por fuera del seguro del gatillo, como le habían enseñado.

En el estante sobre el lavabo había un espejo de aumento ovalado, un regalo de Navidad de su hermano que vivía en

Nuevo México. Escrito encima con letras doradas se leían las palabras GUAPA YO. La Vieja Tess lo había utilizado para depilarse las cejas y arreglarse rápidamente el maquillaje. La nueva lo utilizó para examinarse los ojos. Estaban inyectados en sangre, por supuesto, pero las pupilas parecían del mismo tamaño. Apagó la luz del baño, contó hasta veinte, luego la volvió a encender y observó que sus pupilas se contraían. Aquello también parecía estar bien. Así que probablemente no hubiera sufrido ninguna fractura de cráneo. Quizá una conmoción cerebral, una ligera conmoción cerebral, pero...

*Como si yo lo supiera. Tengo una Licenciatura en Artes por la Universidad de Connecticut y un doctorado en ancianas señoras detectives que se pasan al menos un cuarto de cada novela intercambiándose recetas que copio de internet y modifico solo lo suficiente para que no me acusen de plagio. Puede que entre en coma o que muera de una hemorragia cerebral durante la noche. Patsy me encontraría la próxima vez que viniera a dar de comer al gato. Tienes que ir a ver a un médico, Tessa Jean. Y lo sabes.*

Lo que sabía era que si iba a su médico, cabía la posibilidad real de que su infortunio llegara a ser de dominio público. Los médicos garantizaban la confidencialidad, formaba parte de su juramento hipocrático, y una mujer que se ganara la vida como abogada o como asistenta o como agente inmobiliario casi podía dar por descontado que se respetaría su privacidad. Hasta podría ocurrir en el caso de la misma Tess, era ciertamente posible. Probable, incluso. Por otra parte, bastaba con ver lo sucedido a Farrah Fawcett: se convirtió en pasto de tabloides cuando un empleado de hospital se fue de la lengua. La misma Tess había oído rumores sobre las desventuras psiquiátricas de un novelista que había sido un clásico de las listas de ventas con sus relatos de vigorosas hazañas. La propia agente de Tess le había pasado el más jugoso de estos rumores mientras comían no hacía ni dos meses... y Tess escuchó.

*Hice más que escuchar,* pensó mientras contemplaba su yo golpeado y aumentado. *Pasé aquel chismorreo en cuanto tuve oportunidad.*

Aunque el médico y su personal mantuvieran la boca cerrada sobre la escritora de misterio que había sido golpeada, violada y atracada al volver de una aparición pública, ¿qué pasaría con los pacientes que pudieran verla en la sala de espera? Para algunos no sería solo otra mujer con moratones en la cara que prácticamente gritaban paliza; sería la novelista residente en Stoke Village, ya sabes quién, hicieron una película para la tele sobre unas señoras detectives hace un año o dos, la echaron en el canal Lifetime, por Dios, seguro que la has *visto*.

No tenía la nariz rota, después de todo. Resultaba difícil creer que algo pudiera doler tantísimo sin estar roto, pero así era. Estaba hinchada (por supuesto, pobrecita), y dolía, pero podía respirar por ella; además, en el piso de arriba guardaba algo de Vicodina con la que capear el dolor por esa noche. Sin embargo, tenía un par de radiantes ojos a la funerala, una mejilla amoratada e hinchada, y un anillo de cardenales alrededor de la garganta. Eso era lo peor, era la clase de collar que la gente interpretaba solo en un sentido. Contaba, además, con una colección de contusiones, moratones y rasguños en la espalda, en las piernas y en el trasero. Pero ropajes y medias encubrirían la tragedia.

*Genial. Soy poeta y no lo sé.*

—La garganta... Podría llevar cuellos de cisne.

Totalmente. Octubre era tiempo para cuellos de cisne. En cuanto a Patsy, podría decirle que por la noche se cayó por las escaleras y se golpeó en la cara. Decirle que...

—Que creí oír un ruido, y que cuando bajaba las escaleras para echar un vistazo, Fritzy se me enredó entre los pies.

Fritzy oyó su nombre y maulló desde la puerta del cuarto de baño.

—Decir que me pegué en mi estúpida cara con el balaustre a los pies de la escalera. Podría incluso...

Incluso hacer una pequeña marca en el poste, por supuesto que sí. Quizá con el martillo para ablandar carne que guardaba en un cajón de la cocina. Nada llamativo, solo uno o dos golpecitos, lo suficiente para desconchar la pintura. Esa historia no engañaría a un médico (ni a una vieja y perspicaz detective como

Doreen Marquis, decana de la Sociedad de la Calceta), pero sí engañaría a la dulce Patsy McC, cuyo marido no le había levantado la mano ni una sola vez en los veinte años que estuvieron juntos.

—No es que tenga algo de lo que estar avergonzada —susurró a la mujer en el espejo. La Nueva Mujer con la nariz torcida y los labios hinchados—. No es eso. —Cierto, pero la exposición pública la avergonzaría. Se hallaría desnuda. Una víctima desnuda.

*Pero ¿y qué pasa con las demás mujeres, Tessa Jean? ¿Las mujeres de la tubería?*

Tendría que pensar en ellas, pero no esta noche. Esta noche se encontraba cansada, dolorida, y escarificada hasta el fondo de su alma.

Muy en su interior (en su alma escarificada) sintió un ascua encendida de furia hacia el hombre responsable de esto. El hombre que la había puesto en aquella situación. Miró la pistola depositada al lado del lavabo, y supo que si él estuviera ahí, la usaría sin un segundo de vacilación. Saber eso la hizo sentirse confusa respecto a sí misma. También la hizo sentir más fuerte.

18

Picó el poste de la escalera con el martillo para ablandar carne, tan cansada para entonces que se sentía como si viviera un sueño en la cabeza de otra mujer. Examinó la muesca, decidió que parecía demasiado deliberada, y dio varios martillazos más suaves alrededor de los bordes del desperfecto. Cuando creyó que se parecía a algo que podría haber causado al golpearse la cara (con la parte donde tenía la peor contusión), subió las escaleras despacio y recorrió el pasillo, sosteniendo la pistola en una mano.

Durante un momento vaciló frente a la puerta de su dormitorio, que estaba entornada. ¿Y si *él* estuviera dentro? Si tenía su bolso, tenía su dirección. No había activado la alarma antirrobo hasta que regresó (menudo descuido). Él podría haber aparcado su vieja F-150 a la vuelta de la esquina. Podría haber forzado la cerradura de la puerta de la cocina. Probablemente no habría requerido mucho más que un cincel.

*Si estuviera aquí, notaría su olor. El olor a sudor. Y le pegaría un tiro. Nada de «Túmbate en el suelo» ni «Levanta las manos, voy a llamar al 911», ninguna de esas tonterías de película de miedo. Le pegaría un tiro sin más. Pero ¿sabes qué le diría primero?*

—Te gusta, le gustas —dijo con voz grave, áspera como una lima. Sí. Exactamente eso. Él no lo entendería, pero *ella* sí.

Descubrió que en cierta forma deseaba encontrárselo en su habitación. Eso significaba probablemente que la Nueva Mujer estaba más que un poco chiflada, pero ¿y qué? Si todo saliera a relucir entonces, merecería la pena. Dispararle haría que la humillación pública fuera más soportable. ¡Y míralo por el lado bueno! ¡Seguro que le daría un empujón a las ventas!

*Me gustaría ver el terror en sus ojos cuando se diera cuenta de que de verdad lo haría. Puede que compensara al menos una parte de esto.*

Tuvo la impresión de que su mano ciega tardaba una eternidad en encontrar el interruptor del dormitorio; por supuesto, esperaba el momento en que le apresara los dedos mientras buscaba a tientas. Se quitó la ropa despacio, y profirió un sollozo acuoso y miserable cuando se desabrochó los pantalones y vio la sangre seca en su vello púbico.

Se duchó con el agua tan caliente como pudo soportar, lavándose las partes del cuerpo que toleraban ser lavadas, dejando que el agua aclarara el resto. Agua caliente y limpia. Quería desprenderse del olor de él, y también del olor a moho del retazo de alfombra. Después, se sentó en el inodoro. Esta vez no sufrió tanto al orinar, pero la saeta de dolor que le atravesó la cabeza cuando intentó, muy cautelosamente, enderezarse la nariz hizo que se le escapara un grito. Bueno, ¿y qué? Nell Gwyn, la célebre actriz isabelina, había tenido la nariz torcida. Tess estaba segura de haberlo leído en algún sitio.

Se puso el pijama de franela y arrastró los pies hasta la cama, donde se acostó dejando todas las luces encendidas y el Exprimelimones calibre 38 en la mesilla de noche, creyendo que nunca se dormiría, que su inflamada imaginación convertiría cada ruido de la calle en el advenimiento del gigante. Pero entonces Fritzy saltó a la cama, se enroscó a su lado, y empezó a ronronear. Eso estaba mejor.

*Estoy en casa,* pensó. *Estoy en casa, estoy en casa, estoy en casa.*

19

Al despertar, la luz indiscutiblemente cuerda de las seis de la mañana entraba a raudales por las ventanas. Había cosas que era necesario hacer y decisiones que era necesario tomar, pero por el momento le bastaba con estar viva y en su propia cama en lugar de metida en una alcantarilla.

Esta vez la micción fue casi normal, y no vio nada de sangre. Volvió a darse una ducha; una vez más hizo correr el agua tan caliente como pudo soportar, cerrando los ojos y dejando que cayera sobre la cara palpitante. Cuando tuvo suficiente, se echó champú en el pelo y lo extendió lenta y metódicamente, empleando los dedos para masajearse el cuero cabelludo, sorteando el punto doloroso donde debió de golpearla. Al principio el profundo rasguño en su espalda le escocía, pero pasó y sintió como un ramalazo de felicidad. Apenas si pensó en la escena de la ducha de *Psicosis*.

La ducha siempre era donde mejor desarrollaba sus ideas, un ambiente similar a un útero, y si alguna vez había necesitado concentrarse y pensar bien, ese era el momento.

*No quiero ir a ver al doctor Hedstrom, y no me hace falta ir a ver al doctor Hedstrom. Esa decisión ya está tomada, aunque más tarde, a lo mejor dentro de un par de semanas, cuando mi cara recupere su aspecto más o menos normal, tendré que hacerme análisis de ETS...*

—No te olvides de la prueba del sida —dijo, y la idea le retorció el rostro en una mueca tan violenta que le dolió la boca. Le aterraba la idea. Sin embargo, tendría que efectuarse la prueba. Por su propia tranquilidad de espíritu. Y nada de eso abordaba la que ahora reconocía que era la cuestión principal de la mañana. Lo que hiciera o dejara de hacer respecto a su propia violación solo le concernía a ella, pero eso no se aplicaba a las mujeres de la tubería. Mujeres que habían perdido mucho más que ella. ¿Y la siguiente mujer que fuera atacada por el gigante? Porque habría otra, de eso no le cabía duda. Quizá no hasta dentro de un mes, o un año, pero la habría. Al cerrar el grifo de la ducha, Tess comprendió (de nuevo) que la próxima podría ser ella, en el caso de que el gigante regresara a comprobar la alcantarilla y no la encontrara allí. Ni la ropa en la tienda, por supuesto. Si había hurgado en su bolso, lo cual era casi seguro, entonces tendría su dirección.

—También mis pendientes de diamante —dijo—. El hijo de puta pervertido de mierda me robó mis pendientes.

Aun si él evitara la tienda y la alcantarilla durante una temporada, aquellas mujeres ahora pertenecían a Tess. Eran su responsabilidad, y no debía eludirla solo porque su foto pudiera aparecer en la portada del *Inside View*.

Bajo la serena luz matinal en una zona residencial de Connecticut, la solución se le antojaba ridículamente simple: una llamada anónima a la policía. El hecho de que una novelista profesional con diez años de experiencia no hubiera pensado en ella inmediatamente casi se merecía el castigo de una tarjeta amarilla. Daría la ubicación (la tienda abandonada TE GUSTA LE GUSTAS en Stagg Road), y describiría al gigante. ¿Qué dificultad entrañaría localizar a un hombre así? ¿O a una camioneta Ford F-150 de color azul con un emplaste de Bondo alrededor de los faros?

Chupado, coser y cantar.

Pero mientras se secaba el pelo, sus ojos se posaron sobre el Exprimelimones del 38 y pensó: *Demasiado fácil. Porque...*

—¿Qué saco yo a cambio? —le preguntó a Fritzy, que se hallaba sentado en la puerta y la miraba con sus luminosos ojos verdes—. ¿Qué narices saco yo a cambio?

De pie en la cocina, una hora y media más tarde. Su tazón de cereales a remojo en el fregadero. Su segunda taza de café enfriándose en la encimera. Hablando por teléfono.

—¡Ay, Dios! —exclamaba Patsy—. ¡Voy enseguida!

—No, no, estoy bien, Pats. Y llegarás tarde al trabajo.

—Las mañanas de los sábados son estrictamente opcionales, ¡y deberías ir al médico! ¿Qué pasa si tienes una conmoción cerebral o algo así?

—No tengo ninguna conmoción, solo más colores. Y me daría vergüenza ir al médico, porque bebí tres copas de más. Tres por lo menos. La única cosa sensata que hice en toda la noche fue llamar a una limusina para que me trajera a casa.

—¿Estás segura de que no tienes la nariz rota?

—Al cien por cien. —Bueno..., casi al cien por cien.

—¿Fritzy está bien?

Tess prorrumpió en carcajadas totalmente genuinas.

—Bajo las escaleras medio borracha en mitad de la noche porque el detector de humo está pitando, me tropiezo con el gato y casi me mato, y tus simpatías son para el gato. Muy bonito.

—Cielo, no...

—Estoy bromeando —dijo Tess—. Vete a trabajar y no te preocupes. Es solo que no quiero que te pongas a gritar en cuanto me veas. Tengo un par de ojos morados que son toda una preciosidad. Si tuviera un ex marido, seguro que pensarías que me hizo una visita.

—Nadie se atrevería a ponerte la mano encima —dijo Patsy—. Eres batalladora, muchacha.

—Así es —convino Tess—. No hago prisioneros.

—Parece que estás ronca.

—Además de todo esto, estoy pillando un resfriado.

—Bueno..., si necesitas algo esta noche..., sopa de pollo..., un par de Percocets..., un DVD de Johnny Depp...

—Te llamaré. Márchate ya. Las mujeres a la última moda en busca de una esquiva talla seis de Ann Taylor dependen de ti.

—A la mierda, mujer —replicó Patsy, y colgó entre risas.

Tess se llevó el café a la mesa de la cocina. La pistola descansaba encima, al lado del azucarero: una imagen no del todo daliniana, pero casi. Entonces estalló en lágrimas y la imagen se duplicó. Fue el recuerdo de su propia voz risueña y optimista lo que motivó el llanto. El sonido de la mentira que viviría hasta que se sintiera con fuerzas para contar la verdad.

—¡Cabrón! —gritó—. ¡Cabrón de mierda! *¡Te odio!*

Se había duchado dos veces en menos de siete horas y aún se sentía sucia. Se había lavado la vagina, pero aún le parecía sentirle dentro, sentir su...

—Su lechada.

Se puso en pie de un salto, con el rabillo del ojo vislumbró a su alarmado gato lanzándose a la carrera por el pasillo, y alcanzó el fregadero justo a tiempo para evitar que el suelo quedara hecho un asco. El café y los Cheerios surgieron con una única y violenta contracción. Cuando estuvo segura de haber acabado, recogió la pistola y subió al piso de arriba a darse otra ducha.

## 21

Cuando terminó, se envolvió en un confortable albornoz y se tumbó en la cama para decidir adónde iría a realizar la llamada anónima. Algún sitio grande y concurrido. Algún sitio con aparcamiento para poder salir pitando nada más colgar. El Centro Comercial de Stoke Village parecía una buena opción. También estaba la cuestión de a qué autoridades llamar. ¿A las de Colewich, o serían demasiado paletos? Quizá fuera mejor informar a la Policía del Estado. Y debería escribir lo que pensara decirles..., la llamada iría más rápida..., reduciría las probabilidades de que olvidara alg...

Tess se marchó a la deriva, tendida en una franja de sol sobre la cama.

El teléfono sonaba en la distancia, en algún universo adyacente. Entonces se detuvo y Tess oyó su propia voz, la grabación gratamente impersonal que empezaba «Ha llamado a...». A esto le siguió la voz de alguien que dejaba un mensaje. Una mujer. Para cuando Tess, a duras penas, alcanzó el estado de vigilia, la persona que llamaba había cortado.

Miró el reloj de la mesilla de noche y vio que eran las diez menos cuarto. Había dormido otras dos horas. Por un instante se alarmó: quizá, después de todo, había sufrido una conmoción cerebral o una fractura. Luego se relajó. La noche anterior había realizado mucho ejercicio. La mayor parte había sido sumamente desagradable, pero el ejercicio era el ejercicio. Resultaba natural que hubiera caído dormida. Quizá incluso se echara una siesta por la tarde (darse otra ducha, seguro), pero antes tenía una diligencia que hacer. Una responsabilidad con la que cumplir.

Se puso una falda larga de tweed y un suéter de cuello alto que en realidad le iba demasiado grande; le lamía la parte inferior de la barbilla. Perfecto para Tess. Se había aplicado corrector sobre la contusión de la mejilla. No lo tapaba por completo, igual que sus gafas de sol más grandes tampoco enmascaraban por completo los ojos morados (los labios hinchados constituían una causa perdida), pero el maquillaje ayudó, de todas formas. El mismo acto de aplicárselo la hizo sentirse más anclada a su vida. Más al mando.

En el piso de abajo, pulsó el botón de PLAY del contestador automático, creyendo que la llamada procedería sin duda de Ramona Norville, haciendo la obligada revisión del día después: lo pasamos bien, espero que usted se divirtiera, las reacciones han sido muy favorables, por favor venga otra vez (ni de coña), bla, bla, bla. Pero no se trataba de Ramona. El mensaje era de una mujer que se identificó como Betsy Neal. Decía que llamaba desde el Stagger Inn.

—Como parte de nuestro esfuerzo por evitar que se mezclen

bebida y conducción, nuestra política es hacer una llamada de cortesía a las personas que hayan dejado sus vehículos en nuestro aparcamiento después del cierre —decía Betsy Neal—. Podrá recoger su Ford Expedition, matrícula de Connecticut 775 NSD, hasta las cinco de esta tarde. Después de esa hora será remolcado al Taller Excellent, en el 1500 de John Higgings Road, Colewich North, a expensas suyas. Por favor, tenga presente que no disponemos de sus llaves, señora. Debió de llevárselas. —Una pausa—. Hay aquí otra de sus pertenencias; por favor, pase por la oficina cuando venga. Recuerde que necesitaré ver alguna identificación. Gracias y que tenga un buen día.

Tess se sentó en el sofá y se echó a reír. Antes de escuchar el discurso enlatado de la mujer, había planeado ir al centro comercial conduciendo su Expedition. No tenía su bolso, no tenía su llavero, no tenía su maldito *coche,* pero aun así planeaba salir andando por el paseo de entrada, montarse, y...

Se recostó contra un cojín, riéndose a pleno pulmón y dándose puñetazos en el muslo. Fritzy se escondía bajo la butaca al otro lado de la sala, mirándola como si estuviera loca.

*Aquí estamos todos locos, así que tómate otra taza de té,* pensó, y rió con más fuerza que nunca.

Cuando finalmente paró (sólo que más bien fue como quedarse sin pilas), volvió a reproducir el mensaje. Esta vez se concentró en lo que esa mujer Neal decía sobre otra de sus pertenencias. ¿Su bolso? ¿Quizá sus pendientes de diamante? Pero eso sería demasiado bueno para ser cierto. ¿Verdad?

Ir al Stagger Inn en un vehículo negro de Limusinas Royal podría resultar demasiado memorable, por lo que llamó a la compañía de taxis de Stoke Village. El operador le dijo que estarían encantados de llevarla a lo que nombró como «El Stagger» por una tarifa plana de cincuenta dólares.

—Perdone que sea tan caro —dijo—, pero el conductor tiene que volver vacío.

—¿Cómo lo sabe? —preguntó Tess, pasmada.

—Dejó allí su coche, ¿no? Ocurre continuamente, sobre todo los fines de semana. Aunque también recibimos llamadas después de las noches de karaoke. Su taxi llegará en quince minutos como mucho.

Tess se comió un bollo Pop-Tart (le dolía al tragar, pero había perdido su primer intento de desayuno y tenía hambre), y luego esperó al taxi de pie en la ventana de la sala de estar, mientras hacía rebotar la llave de repuesto del Expedition en la palma de la mano. Se decidió por un cambio de planes. No se molestaría en ir al centro comercial de Stoke Village; en cuanto hubiera recogido su coche (y cualquiera que fuese la otra pertenencia que Betsy Neal custodiaba), conduciría los ochocientos metros hasta el Gas & Dash y llamaría a la policía desde allí.

Simplemente, parecía apropiado.

## 23

Cuando el taxi giró hacia Stagg Road, el pulso de Tess se aceleró. Para cuando alcanzaron el Stagger Inn, latía desbocado a lo que parecían ciento treinta pulsaciones por minuto. El taxista debió de notar algo por el espejo retrovisor..., o quizá solo fueron las marcas visibles de la paliza lo que propició su pregunta.

—¿Va todo bien, señora?

—De perlas —respondió—. Es solo que no tenía pensado volver aquí esta mañana.

—Pocos lo piensan —dijo el taxista. Chupaba un mondadientes, embarcado en un lento y filosófico viaje de un lado a otro de la boca—. Supongo que tendrán sus llaves aquí, ¿no? ¿Se las dejó al camarero?

—Ah, en eso no hay problema —dijo alegremente—. Pero me están guardando otra posesión mía; la señora que llamó no dijo de qué se trataba, y por más que procuro no logro dilucidar qué podría ser.

*Dios bendito, hablo como una de mis ancianas señoras detectives.*

El taxista hizo rodar el mondadientes al punto de partida. Fue su única respuesta.

—Le pagaré diez dólares más si espera hasta que salga —le dijo Tess, ladeando la cabeza en dirección al bar—. Quiero cerciorarme de que mi coche arranca.

—*No problemo* —dijo el taxista.

*Y si me pongo a gritar porque me encuentro con que él está esperándome ahí dentro, venga a la carrera, ¿de acuerdo?*

Pero no habría dicho una cosa semejante ni aunque hubiera podido hacerlo sin parecer totalmente chiflada. El taxista era un cincuentón gordo que respiraba ruidosamente. No supondría rival para el gigante si aquello fuera una trampa..., como sería el caso en una película de miedo.

*Atraída de vuelta*, pensó Tess con desaliento. *Atraída de vuelta por una llamada de la novia del gigante, que está tan loca como él.*

Una idea estúpida, paranoica, pero el camino hasta la puerta del Stagger Inn se hizo eterno; sus zapatos retumbaban en la compacta tierra apisonada: *clamp-clad-clamp*. El aparcamiento que la noche anterior había sido un océano de coches ahora se hallaba desierto a excepción de cuatro islas automotoras, una de las cuales era su Expedition. Estaba al fondo del aparcamiento (claro, no habría querido que nadie le observara al situarlo allí), y pudo ver el neumático delantero izquierdo. Era normal y corriente, viejo y de flanco negro; no casaba con los otros tres, pero por lo demás parecía en buen estado. Lo había cambiado. Por supuesto que sí. ¿Cómo si no habría podido mover el coche desde su..., su...?

*Su patio de recreo. Su campo de batalla. Trajo el coche hasta aquí, lo aparcó, volvió andando a la tienda abandonada, y se fue en su vieja F-150. Menos mal que no recobré el conocimiento antes; él me habría encontrado vagando en las nubes y yo no estaría aquí ahora.*

Miró por encima del hombro. En una de las películas que ahora ya no se quitaba de la cabeza, seguramente habría visto al taxi alejándose a toda velocidad (*abandonándome a mi suerte*), pero aún seguía allí. Levantó una mano en dirección al conductor, y este respondió con el mismo gesto. Se encontraba bien. Su coche estaba aquí y el gigante no. El gigante estaba en su casa (su *guarida*), muy posiblemente recuperándose aún de los esfuerzos de la noche anterior.

El letrero en la entrada decía CERRADO. Tess llamó a la puerta y no obtuvo respuesta. Probó el pomo, y cuando este giró, siniestros complots de película retornaron a su mente. Complots verdaderamente estúpidos donde el pomo siempre giraba y la heroína clamaba (con voz trémula): «¿Hay alguien ahí?». Todo el mundo sabe que es una locura entrar, pero ella lo hace de todos modos.

Tess volvió la vista hacia el taxi, comprobó que seguía allí, se recordó a sí misma que llevaba una pistola cargada en el bolso de repuesto, y entró de todos modos.

## 24

Accedió a un vestíbulo que abarcaba toda la longitud del edificio hacia el lado del aparcamiento. Las paredes estaban decoradas con imágenes publicitarias: grupos en ropa de cuero, grupos en vaqueros, un grupo todo de chicas en minifalda. Un bar auxiliar se extendía más allá de los percheros; sin taburetes, solo una barra donde se podía beber algo mientras esperabas a alguien o porque el bar interior estuviera a reventar. Un solitario cartel brillaba por encima de las botellas ordenadas: BUD-WEISER.

*Te gusta Bud, a Bud le gustas tú*, pensó Tess.

Se quitó las gafas oscuras para poder andar sin tropezar con algo y cruzó el vestíbulo para echar un vistazo a la sala principal. Era una superficie amplia de donde emanaba olor a cerveza. Del techo pendía una bola de espejos, ahora apagada e inmóvil. El piso de madera le recordó a la pista de patinaje sobre ruedas donde ella y sus amigas prácticamente habían vivido durante el verano anterior al inicio de la escuela secundaria. Los instrumentos aún en el escenario, sugiriendo que Los Panaderos Zombis regresarían esa noche para otra buena ración de rock'n'roll.

—¿Hola? —Su voz resonó en la sala.

—Estoy aquí mismo —contestó una voz susurrante a su espalda.

## 25

Si la voz hubiera pertenecido a un hombre, Tess habría soltado un chillido. Logró evitarlo, pero se volvió tan bruscamente que dio un pequeño traspiés. La mujer en el hueco de los abrigos (una delgada insinuación, de no más de metro sesenta) parpadeó con sorpresa y retrocedió un paso.

—Hey, calma.

—Me ha asustado —se excusó Tess.

—Ya veo. —Una nube de oscuro pelo cardado rodeaba el óvalo perfecto y diminuto del rostro de la mujer. Un lápiz asomaba entre el cabello. Poseía unos punzantes ojos azules que no llegaban a emparejar del todo. *Una chica Picasso,* pensó Tess.

—Estaba en la oficina. ¿Es usted la dueña del Expedition o la dueña del Honda?

—Del Expedition.

—¿Tiene una identificación?

—Sí, dos documentos, pero solo uno con foto. El pasaporte. El resto de mis cosas estaba en mi bolso. Mi otro bolso. Creí que a lo mejor era lo que tenían guardado.

—No, lo siento. ¿Pudiera ser que lo escondiera bajo el asiento o algo así? Únicamente miramos en las guanteras, pero, claro, solo si el coche está abierto. El suyo lo estaba, y su número de teléfono venía en los papeles del seguro. Aunque seguro que ya lo sabe. A lo mejor encuentra su bolso en casa. —La voz de Neal sugería que eso no era muy probable—. Cualquier documento con una foto que se parezca a usted servirá, supongo.

Neal condujo a Tess hacia una puerta por detrás de la zona del ropero, y luego siguieron por un corredor tortuoso y estrecho que bordeaba la sala principal. En las paredes se veían más fotos de grupos. En cierto punto atravesaron una vaharada de cloro que a Tess le provocó una picazón en los ojos y en la delicada garganta.

—Si cree que el servicio huele ahora, debería venir cuando el garito está a tope —dijo Neal, y a continuación agregó—: Ah, lo olvidé; ya ha estado aquí.

Tess no hizo comentario alguno.

Al final del pasillo había una puerta en la que se leía SOLO PERSONAL AUTORIZADO. La estancia al otro lado era grande y agradable, rebosante de luz matinal. Una foto enmarcada de Barack Obama colgaba en la pared, por encima de una pegatina con el eslogan SÍ, PODEMOS. Desde allí Tess no alcanzaba a ver el taxi (el edificio se interponía en el camino), pero sí su sombra.

*Eso está bien. Quédate ahí donde estás y gánate diez pavos. Y si no salgo, no entres. Llama a la policía.*

Neal se acercó al escritorio en el rincón y se sentó.

—Déjeme ver su identificación.

Tess abrió el bolso, hurgó por debajo del 38, y sacó el pasaporte y su carnet del Gremio de Autores. Neal apenas le echó un vistazo superficial a la foto del pasaporte, pero cuando reparó en el carnet del Gremio, abrió mucho los ojos.

—¡Usted es la mujer de Willow Grove!

Tess sonrió animosamente, lo cual le causó dolor en los labios.

—Culpable de los cargos. —Su voz sonaba brumosa, como si estuviera recuperándose de un fuerte resfriado.

—¡A mi abuela le encantan esos libros!

—Como a muchas abuelas —dijo Tess—. Cuando finalmente el afecto se filtre a la siguiente generación, la que no está viviendo ahora de rentas fijas, me voy a comprar un *château* en Francia.

A veces se ganaba una sonrisa con ese comentario. No de parte de la señora Neal, sin embargo.

—Espero que eso no pasara aquí. —No especificó más, ni fue necesario. Tess sabía a qué se refería, y Betsy Neal sabía que lo sabía.

Tess pensó en recurrir a la historia que ya le contara a Patsy (el pitido del detector de humo, el gato bajos los pies, el choque contra el poste de la escalera) y no se molestó. Esa mujer tenía aspecto de ser eficiente a la luz del día, y probablemente visitara en raras ocasiones el Stagger Inn durante el horario de apertura, pero era evidente que no se creaba ilusiones sobre lo que a veces acontecía allí cuando se hacía tarde y los clientes estaban borrachos. Después de todo, se trataba de la persona que venía a primera hora del sábado para efectuar las llamadas de cortesía. Probablemente habría escuchado una buena cantidad de cuentos «del día después» sobre caídas a medianoche, resbalones en la ducha, etcétera, etcétera.

—No fue aquí —respondió Tess—. No se preocupe.

—¿Ni en el aparcamiento? Porque si se topó con problemas ahí, tendré que hacer que el señor Rumble hable con el personal de seguridad. El señor Rumble es el jefe, y se supone que las noches de mucho ajetreo los de seguridad comprueban regularmente los videomonitores.

—Fue después de marcharme.

*Ahora sí tendré que hacer la denuncia anónima, si es que en algún momento pretendí denunciarlo. Porque estoy mintiendo, y esta mujer se acordará.*

¿Si en algún momento pretendió denunciarlo? Por supuesto que sí. ¿Verdad?

—Lo siento mucho. —Neal hizo una pausa, como si deliberara consigo misma. Después dijo—: No es mi intención ofenderla, pero probablemente no se le haya perdido nada en un sitio como este, para empezar. Las cosas no resultaron demasiado bien para usted, y si llegara a los periódicos..., bueno, mi abuela se llevaría una gran decepción.

Tess coincidía. Y como era capaz de adornar una historia de manera convincente (era el talento que pagaba las facturas, a fin de cuentas), eso fue lo que hizo.

—Un mal novio es más peligroso que el colmillo de una serpiente. Creo que lo dice la Biblia. O quizá el doctor Phil. En cualquier caso, he roto con él.

—Muchas mujeres dicen eso, pero terminan cediendo. Y un tipo que lo hace una vez...

—Lo volverá a hacer. Sí, lo sé, fui muy tonta. Si mi bolso no está aquí, ¿cuál es esa otra pertenencia mía?

La señora Neal dio media vuelta en su silla giratoria (el sol le lamió el rostro, resaltando momentáneamente aquellos extraños ojos azules), abrió uno de los archivadores, y extrajo a Tom el Tomtom. Tess se alegró de ver a su viejo compañero de viajes. Eso no mejoraba las cosas, pero se trataba de un paso en la dirección correcta.

—En teoría no deberíamos quitar nada de los coches de los clientes, solo buscamos la dirección y el número de teléfono si podemos, y luego los cerramos, pero no me sentía cómoda dejando esto. A los ladrones no les importa romper una ventanilla para hacerse con algún objeto especialmente apetecible, y esto se encontraba sobre el salpicadero.

—Gracias. —Tess notó que las lágrimas asomaban a sus ojos tras las gafas oscuras, y deseó fervientemente hacerlas retroceder—. Ha sido todo un detalle.

Betsy Neal sonrió, y en un instante el adusto rostro de la Señora Encargada de los Negocios se transformó en una cara radiante.

—No hay de qué. Y cuando ese novio suyo vuelva arrastrándose a pedir una segunda oportunidad, piense en mi abuela y en todos sus fieles lectores y dígale «de eso nada, monada». —Lo meditó un momento—. Pero hágalo con la cadena de la puerta echada. Porque es verdad que un mal novio es más peligroso que el colmillo de una serpiente.

—Buen consejo. Escuche, he de marcharme. Le pedí al taxista que me esperara hasta estar segura de que realmente iba a recuperar mi coche.

Y ahí podría haber acabado todo (en serio, eso podría haber sido todo), pero entonces Neal le preguntó, con apropiada timidez, si tendría inconveniente en firmarle un autógrafo para su abuela. Tess le contestó que por supuesto que no, y pese a todo lo acontecido, observó con franca diversión cómo Neal tomaba una hoja de papel y usaba una regla para rasgar el membrete del Stagger Inn antes de pasársela por encima del escritorio.

—¿Podría poner «Para Mary, una auténtica fan»?

Tess podía. Y mientras añadía la fecha, una nueva fábula le vino a la cabeza.

—Un hombre me ayudó cuando mi novio y yo estábamos..., ya sabe, peleándonos. De no ser por él, me podría haber lastimado mucho más. —*¡Sí! ¡Incluso violado!*—. Me gustaría darle las gracias, pero no sé su nombre.

—Dudo que yo pueda serle de ayuda. Solo hago trabajo de oficina.

—Pero usted es de aquí, ¿no es cierto?

—Sí...

—Lo conocí en la tiendecita que está más abajo.

—¿El Gas & Dash?

—Sí, creo que se llama así. Es donde mi novio y yo tuvimos nuestra riña. Fue a causa del coche. Yo no quería conducir, ni tampoco quería dejarle a él. Estuvimos discutiendo todo el tiempo mientras íbamos andando por la carretera..., íbamos haciendo eses por la carretera..., haciendo eses por Stagg Road.

Neal sonrió como sonríe la gente cuando ha oído el mismo chiste muchas veces antes.

—En cualquier caso, este hombre llegó en una vieja camioneta azul con esa masilla para el óxido alrededor de los faros...

—¿Bondo?

—Sí, creo que se llama así. —Sabía condenadamente bien que se llamaba así. Su padre había mantenido a la compañía casi sin ayuda—. Como sea, recuerdo que cuando se bajó, pensé que más que montar en el camión parecía llevarlo puesto.

Al devolverle la hoja de papel autografiada, vio que Betsy Neal ahora sonreía abiertamente.

—Oh, Dios mío, a lo mejor sé quién es.

—¿De veras?

—¿Era un hombre grande, o *muy* grande?

—Muy grande —dijo Tess. Sintió una peculiar alegría expectante que parecía localizada no en la cabeza sino en el centro del pecho. Era así como se sentía cuando los hilos de una trama descabellada empezaban a confluir, tensos como las asas de un bolso trenzado con precisión. Cuando esto ocurría, siempre experimentaba una sensación de sorpresa y, al mismo tiempo, de no sorpresa. No existía una satisfacción igual.

—¿Por casualidad se fijó si llevaba un anillo en el meñique? ¿Una piedra roja?

—¡Sí! ¡Como un rubí! Aunque demasiado grande para ser auténtico. Y una gorra marrón...

Neal asentía con la cabeza.

—Llena de salpicaduras blancas. Lleva diez años con esa maldita gorra puesta. Usted se refiere a Camionero Grande. No sé dónde vive, pero es de los alrededores, de Colewich o de Nestor Falls. Me lo encuentro a veces, en el supermercado, en la ferretería, en el Walmart, en sitios así. Y una vez que lo has visto, ya no lo olvidas. En realidad se llama Al No-Sé-Qué-Polaco. Tiene uno de esos apellidos difíciles de pronunciar, ya sabe. Strelkowicz, Stancowitz, algo así. Apuesto a que podría encontrarlo en la guía telefónica, porque él y su hermano poseen una compañía de transportes. Líneas Halcón, creo que se llama. O tal vez Líneas Águila. Bueno, algo con un nombre de pájaro. ¿Quiere que lo busque?

—No, gracias —respondió Tess en tono amable—. Ya me ha sido de mucha ayuda, y mi taxista me espera.

—Vale. Pero hágase un favor y aléjese de ese novio suyo. Y manténgase lejos del Stagger. Por supuesto, si le cuenta a alguien que yo he dicho eso, tendré que matarla.

—Me parece justo —dijo Tess, con una sonrisa—. Lo tendría merecido. —Se volvió en el vano de la puerta—. ¿Me haría un favor?

—Sí, si puedo.

—Si casualmente viera a Al No-Sé-Qué-Polaco por la ciudad, no le mencione que ha hablado conmigo. —Sonrió aún más ampliamente, pese al dolor que le provocaba en los labios—. Quiero darle una sorpresa. Hacerle un regalo, o algo.

—Sin problema.

Tess se entretuvo un poco más.

—Me encantan sus ojos.

Neal se encogió de hombros y sonrió.

—Gracias. No son exactamente iguales, ¿verdad? Antes me acomplejaban, pero ahora...

—Ahora se siente cómoda —dijo Tess—. Se acostumbró a ellos.

—Supongo que sí. Hasta conseguí algún trabajo de modelo cuando tenía veintitantos. Pero a veces, ¿sabe qué? A veces es mejor desprenderse de algunas cosas. Como el gusto por los hombres de mal temperamento.

Ante eso, no parecía que hubiera nada que responder.


## 26

Tras constatar que su Expedition arrancaba, le dio al taxista una propina de veinte en lugar de diez. El hombre se lo agradeció con entusiasmo y acto seguido puso rumbo a la I-84. Tess le imitó, pero no sin antes conectar a Tom en el receptáculo del mechero y encenderlo.

«Hola, Tess —saludó Tom—. Veo que nos vamos de viaje.»

—Solo a casa, Tommy-boy —dijo ella, y salió del aparcamiento, muy consciente de estar conduciendo un coche con un neumático que había montado el hombre que casi la mató. Al No-Sé-Qué-Polaco. Un camionero hijo de su madre—. Con una parada por el camino.

—No sé en qué estás pensando, Tess, pero deberías tener cuidado.

Si se hubiera hallado en casa en lugar de en su coche, Fritzy habría sido su interlocutor, y Tess se habría mostrado igual de impasible. Llevaba inventándose voces y conversaciones desde la infancia, aunque dejó de hacerlo en público a los ocho años, salvo cuando buscaba un efecto cómico.

—Yo tampoco sé en qué estoy pensando —respondió ella, pero eso no era del todo cierto.

Más adelante se encontraba la intersección con la US-47 y el Gas & Dash, puso el intermitente, giró, y aparcó en el costado del edificio con el morro del Expedition entre las dos cabinas. Vio el número de Limusinas Royal en el polvoriento ladrillo de hormigón entre ambas. Los dígitos eran sinuosos, irregulares, escritos por un dedo incapaz de mantenerse firme. Un escalofrío le recorrió la espalda, y se envolvió con sus brazos, apretando con fuerza. Luego se bajó del coche y se acercó al teléfono que aún funcionaba.

Alguien, quizá un borracho con una llave, había arañado la placa de las instrucciones, pero aún se leía la información relevante: llamadas al 911 sin coste, levantar el auricular y marcar el número. Chupado, coser y cantar.

Pulsó el 9, vaciló, pulsó el 1, entonces vaciló otra vez. Visualizó una piñata, y una mujer presta a golpearla con un palo. De un momento a otro todo su contenido saldría por los aires. Sus amigos y colegas se enterarían de que la habían violado. Patsy McClain se enteraría de que la historia del tropezón con Fritzy en la oscuridad era una mentira producto de la vergüenza..., y que Tess no había confiado en ella lo suficiente para contarle la verdad. Pero, francamente, nada de eso era lo más importante. Suponía que podría resistir un pequeño escrutinio público, especialmente si con ello evitaba que el hombre al que Betsy Neal había llamado Camionero Grande violara y matara a otra mujer. Tess se dio cuenta de que hasta podría ser vista como una heroína, una posibilidad que ni siquiera hubiera sido capaz de plantearse la noche anterior, cuando orinar la hacía llorar de dolor y su mente retornaba una y otra vez a la imagen de sus braguitas robadas en el bolsillo central del peto del gigante.

Únicamente...

—¿Qué gano yo a cambio? —volvió a preguntarse. Habló en voz muy baja, mientras contemplaba el número de teléfono que había garabateado en el polvo—. ¿Qué gano yo a cambio?

Y pensó: *Tengo una pistola y sé cómo usarla.*

Colgó el teléfono y regresó al coche. Miró la pantalla de Tom, que mostraba la intersección de Stagg Road y la Ruta 47.

—Necesito pensar en esto un poco más —dijo ella.

—¿Qué hay que pensar? —preguntó Tom—. Si lo mataras y luego te atraparan, irías a la cárcel. Con violación o sin ella.

—Eso es lo que necesito pensar —contestó Tess, y torció hacia la US-47, que la llevaría a la I-84.

El tráfico en la interestatal era escaso, propio de una mañana de sábado, y viajar al volante del Expedition era bueno. Balsámico. Normal. Tom estuvo callado hasta que pasó la señal que rezaba SALIDA 9 STOKE VILLAGE 2 MILLAS. Entonces dijo:

—¿Estás segura de que fue un accidente?

—¿Qué? —Tess dio un respingo, sobresaltada. Había oído las palabras de Tom saliendo de su boca, pronunciadas con la voz grave que siempre empleaba para el interlocutor imaginario de sus conversaciones imaginarias (una voz muy poco parecida a la verdadera voz robótica de Tom el Tomtom), pero no sonó como un pensamiento suyo—. ¿Estás diciendo que el cabrón me violó por *accidente*?

—No —replicó Tom—. Estoy diciendo que si hubiera sido por ti, habrías vuelto por el mismo camino que a la ida. *Este* camino. La I-84. Pero a alguien se le ocurrió una idea mejor, ¿verdad? Alguien que conocía un atajo.

—Sí —convino ella—. Ramona Norville. —Lo meditó, luego meneó la cabeza—. Demasiado rocambolesco, amigo mío.

Para esto Tom no tuvo respuesta.


# 27

Al salir del Gas & Dash, Tess había planeado conectarse a internet y ver si podía localizar una compañía de transportes por carretera, quizá una pequeña empresa particular, que operara fuera de Colewich o de alguna de las poblaciones vecinas. Una compañía con un nombre de ave, probablemente halcón o águila. Era lo que las damas de Willow Grove hubieran hecho; sus ordenadores las enloquecían, y se enviaban mensajes de texto continuamente, como adolescentes. Otras consideraciones aparte, resultaría interesante probar si su versión de sabuesa aficionada funcionaba en la vida real.

Mientras tomaba la salida de la I-84 a dos kilómetros de su casa, decidió que primero realizaría una breve investigación sobre Ramona Norville. Quién sabía, a lo mejor descubría que, además de presidir Books & Brown Baggers, Ramona era la presidenta de la Sociedad por la Prevención de Violaciones de Chicopee. Se trataba incluso de algo plausible. Resultaba más que evidente que la anfitriona de Tess había sido no solo una lesbiana, sino una *tortillera*, y las mujeres con aquella clase de convicción a menudo no profesaban cariño hacia los hombres del género *no*-violador.

—Muchos pirómanos pertenecen a la brigada de bomberos voluntarios de sus localidades —apuntó Tom mientras ella torcía hacia su calle.

—¿Qué se supone que significa *eso*? —preguntó Tess.

—Que no deberías descartar a nadie basándote en sus afiliaciones públicas. Las damas de la Sociedad de la Calceta nunca lo harían. Pero, cómo no, compruébalo en la red. —Tom hablaba con un tono de «por favor, faltaría más» que pilló a Tess un poco por sorpresa. Era ligeramente irritante.

—Qué amable por su parte concederme permiso, Thomas —contestó.


28


Pero ya en su despacho, con el ordenador encendido, se quedó contemplando la pantalla de bienvenida de Apple durante los primeros cinco minutos, preguntándose si de verdad estaba pensando en localizar al gigante y utilizar la pistola, o si se trataba solo de la clase de fantasía a la que eran propensos los profesionales de la mentira como ella misma. Una fantasía de venganza, en este caso. También evitaba esa clase de películas, pero sabía que estaban ahí fuera; uno no podía escapar a las vibraciones de su cultura a menos que fueras un absoluto ermitaño, y Tess no lo era. En las películas de venganza, hombres de músculos admirables como Charles Bronson y Sylvester Stallone no se tomaban la molestia de acudir a la policía, se cargaban a los malos por su cuenta. Justicia fronteriza. Pregúntate si te sientes afortunado, vago. Por lo que sabía, hasta Jodie Foster, una de las licenciadas más famosas de Yale, tenía una película de ese tipo. Tess no llegaba a recordar el título. ¿*La mujer coraje*, quizá? Algo así, en cualquier caso.

El salvapantallas con «la palabra del día» se activó en su ordenador. La de hoy resultó ser «cormorán», que daba la casualidad de tratarse de un ave.

—Si envía sus bienes con Transportes Cormorán, usted creerá que vuela —dijo Tess con la grave voz que fingía ser Tom. Luego pulsó una tecla y el salvapantallas desapareció. Se conectó a internet, pero no a ninguno de los motores de búsqueda, al menos no para empezar. Entró primero en YouTube y tecleó RICHARD WIDMARK, sin la menor idea de por qué. No deliberada, en cualquier caso.

*Quizá quiero averiguar si el tipo es realmente digno de un club de fans*, pensó. *Ramona ciertamente así lo cree.*

Había un montón de vídeos. El mejor valorado consistía en una compilación de seis minutos titulada **MALVADO, MALVADO DE VERDAD**. Varios cientos de miles de personas lo habían visto. Reunía escenas de tres películas, y la primera la dejó petrificada. Era en blanco y negro, con aspecto de serie B... pero era definitivamente una de *aquellas* películas. Incluso el título así lo indicaba: *El beso de la muerte*.

Tess reprodujo el vídeo íntegro, luego regresó por dos veces al segmento correspondiente a *El beso de la muerte*. Widmark interpretaba a un matón de risa nerviosa que amenazaba a una anciana en una silla de ruedas. Quería información: «¿Dónde está el chivato de tu hijo?». Y como la anciana no soltaba prenda: «¿Sabes lo que hago a los chivatos? Les pego un tiro en el estómago, así tienen tiempo para reflexionar mientras se retuercen».

No disparaba a la anciana en el vientre, sin embargo. La ataba a la silla de ruedas con el cable de una lámpara y la empujaba escaleras abajo.

Tess salió de YouTube, abrió Bing y buscó Richard Widmark; encontró lo que esperaba, dada la fuerza de aquel breve clip. Aunque posteriormente hubiera actuado en muchas más películas, cada vez más a menudo en el papel del héroe, se le recordaba por *El beso de la muerte*, por el psicótico Tommy Udo y su risa nerviosa.

—Pues qué bien —dijo Tess—. A veces un cigarro es un cigarro.

—¿Lo que significa? —preguntó Fritzy desde el alféizar donde tomaba el sol.

—Significa que probablemente Ramona se enamoró de él después de verle en el papel de un heroico sheriff, o en el de un valiente comandante de acorazado, o algo por el estilo.

—Debió de ser eso —convino Fritzy—, porque si tienes razón respecto a su orientación sexual, probablemente no idolatre a los hombres que asesinan ancianas en sillas de ruedas.

Naturalmente. Bien pensado, Fritzy.

El gato contempló a Tess con un ojo escéptico y dijo:

—Pero quizá te equivocas.

—Y aunque así sea —dijo Tess—, *nadie* anima a los psicópatas malvados.

Reconoció eso último como la estupidez que era en cuanto brotó de su boca. Si la gente no animara a los psicópatas, no seguirían produciéndose películas sobre el lunático de la máscara de hockey ni sobre el quemado de las cuchillas por dedos. Pero Fritzy tuvo la cortesía de no reírse.

—Más te vale —le advirtió Tess—. Y si te sientes tentado, recuerda quién llena tu plato de comida.

A continuación googleó «Ramona Norville», obtuvo cuarenta y cuatro mil resultados, añadió «Chicopee», y los redujo a unos más manejables mil doscientos (aunque sabía que una gran mayoría serían coincidencias absurdas). El primer resultado relevante correspondía al *Weekly Reminder* de Chicopee, y concernía a la misma Tess: LA BIBLIOTECARIA RAMONA NORVILLE ANUNCIA «EL VIERNES DE WILLOW GROVE».

—Heme aquí, la atracción protagonista —murmuró Tess—. Un hurra por Tessa Jean. Ahora veamos a la actriz secundaria.

Pero cuando accedió al recorte de prensa, la única imagen que Tess encontró fue la suya propia. Se trataba de una fotografía promocional con los hombros desnudos que su ayudante a tiempo parcial enviaba rutinariamente. Arrugó la nariz y retornó a Google, no muy segura de por qué quería echar otro vistazo a Ramona, solo sabiendo que quería hacerlo. Cuando finalmente encontró una foto de la bibliotecaria, descubrió lo que su subconsciente ya debía de sospechar, a juzgar por los comentarios de Tom durante el trayecto de regreso a casa.

Aparecía en un artículo del número del 3 de agosto del *Weekly Reminder. BROWN BAGGERS* ANUNCIA EL CALENDARIO DE CHARLAS PARA EL OTOÑO, rezaba el titular. Debajo, Ramona Norville estaba de pie en la escalera de la biblioteca, sonriendo y con los ojos entrecerrados por el sol. Una pésima fotografía, tomada por un becario sin mucho talento, y una pésima (pero probablemente típica) elección de vestuario por parte de Norville. El blazer de corte masculino le otorgaba la amplitud de pecho de un placador de fútbol profesional. Su calzado consistía en unas feas botas marrones sin tacón. Un par de pantalones grises demasiado apretados exhibían lo que Tess y sus amigas habían llamado «muslos de trueno» en los días de la escuela secundaria.

—Hostia puta, Fritzy —le dijo. Su voz se ahogaba en la consternación—. Mira esto. —Fritzy ni se acercó a mirar ni respondió; ¿cómo habría podido, si ella estaba demasiado alterada para fingir la voz del gato?

*Cerciórate de lo que estás viendo,* se dijo a sí misma. *Sufriste un shock tremendo, Tessa Jean, quizá el peor shock que una mujer pueda sufrir, quitando un diagnóstico mortal en la consulta de un médico. Así que cerciórate.*

Cerró los ojos y evocó la imagen del hombre de la vieja *pickup* Ford que tenía un emplaste de Bondo alrededor de los faros.

Al principio le había causado una agradable impresión. «No creyó que fuera a toparse con el Alegre Gigante Verde aquí en mitad de ninguna parte, ¿eh?»

Solo que él no había sido verde, había sido un gigantón bronceado que no montaba en su camioneta sino que la llevaba puesta.

Ramona Norville, no era una Camionera Grande pero ciertamente sí una Bibliotecaria Grande, era demasiado vieja para ser su hermana. Y si ahora era lesbiana, no siempre había sido así, porque el parecido era inequívoco.

*A no ser que cometa un terrible error, estoy viendo una foto de la madre de mi violador.*

## 29

Fue a la cocina y bebió un trago de agua, pero el agua no iba a servir de nada. Una antigua botella de tequila medio vacía llevaba siglos anidando en un armario de la cocina. La sacó, consideró la idea de usar un vaso, y luego lo cató directamente de la botella. Le provocó un ardor en la boca y en la garganta, pero por lo demás tuvo un efecto positivo. Tomó un poco más (un sorbo; lo anterior apenas si fue un dedal) y seguidamente devolvió la botella a su sitio. No tenía intención de emborracharse. Si alguna vez había necesitado de todas sus neuronas, era entonces.

La furia, la mayor y más auténtica furia de su vida adulta, la había invadido como una fiebre, pero en nada semejante a ninguna fiebre que hubiera sentido con anterioridad. Circulaba por su cuerpo como un extraño suero, frío en el costado derecho, caliente en el izquierdo, donde se hallaba el corazón. Parecía terminar cerca de la cabeza, que permanecía despejada. Más despejada desde que se había tomado el tequila, en realidad.

Dio vueltas a la cocina en una serie de rápidos círculos, con la cabeza gacha, masajeándose con una mano el anillo de contusiones en torno a la garganta. No se le ocurrió que andaba en círculos por la cocina igual que había andado en círculos alrededor de la tienda abandonada después de salir arrastrándose de la tubería que Camionero Grande había elegido como tumba para ella. ¿De verdad creía que Ramona Norville la había guiado a ella, a Tess, hacia su hijo psicótico como una suerte de sacrificio? ¿Era eso probable? No lo parecía. ¿Podría siquiera estar segura de que los dos eran madre e hijo, basándose en una mala fotografía y en su propia memoria?

*Pero tengo buena memoria. Sobre todo para las caras.*

Bueno, eso pensaba ella, posiblemente igual que todo el mundo. ¿No es así?

*Sí, y la idea es un disparate de cabo a rabo. Tienes que admitirlo.*

Lo admitía, pero había visto cosas más disparatadas en los programas de crímenes reales (los cuales *sí* miraba). Las propietarias del edificio de apartamentos en San Francisco que se pasaron años matando a los inquilinos más viejos y enterrándolos en el patio trasero, todo para cobrar sus pensiones de la Seguridad Social. El piloto de aerolíneas que asesinó a su esposa y que luego la congeló para pasarla por el triturador de madera de detrás del garaje. El hombre que roció con gasolina a sus propios hijos y los cocinó como gallinetas para asegurarse de que su mujer nunca obtendría la custodia que los tribunales le habían concedido. Que una mujer enviara víctimas a su propio hijo era algo espeluznante y poco probable... pero no imposible. En lo concerniente a la oscura inmundicia del corazón humano no parecía existir límite.

—Ay cielos —se oyó decir a sí misma con una voz que combinaba ira y consternación—. Ay cielos, ay cielos, ay cielos.

*Averígualo. Averígualo a ciencia cierta. Si puedes.*

Regresó a su fiel ordenador. Las manos le temblaban fieramente, y necesitó tres intentos para introducir EMPRESAS TRANSPORTE COLEWICH en el cuadro de búsqueda de la página de Google. Cuando por fin lo escribió correctamente, pulsó INTRO, y ahí estaba, encabezando la lista: TRANSPORTES HALCÓN ROJO. La entrada la llevó a su sitio web, que mostraba una animación horrible de un gran camión con lo que suponía que era un halcón rojo en el lateral y un estrafalario hombre con una sonrisa por cabeza tras el volante. El camión cruzaba la pantalla de derecha a izquierda, giraba ciento ochenta grados, regresaba de izquierda a derecha, y luego otra vez. Un interminable viaje de ida y vuelta. El lema de la compañía aparecía intermitente en rojo, blanco y azul sobre el camión animado: ¡LAS SONRISAS ESTÁN INCLUIDAS EN EL SERVICIO!

Aquellos deseosos de adentrarse más allá de la pantalla de bienvenida disponían de cuatro o cinco opciones, que incluían números de teléfonos, tarifas, y testimonios de clientes satisfechos. Tess se las saltó e hizo clic en la última, que decía: ¡VEA LAS INCORPORACIONES MÁS RECIENTES A NUESTRA FLOTA! Y cuando se cargó la imagen, la pieza final encajó en su sitio.

Era una fotografía mucho mejor que la de Ramona Norville de pie en la escalera de la biblioteca. En la imagen, el violador de Tess estaba sentado tras el volante de la cabina de un brillante Peterbilt donde se veían las palabras TRANSPORTES HALCÓN ROJO COLEWICH, MASSACHUSETTS escritas en la puerta con letras estilizadas. El hombre no llevaba puesta su gorra marrón salpicada de lejía, y el hirsuto pelo rubio cortado al rape que revelaba su ausencia le confería un parecido aún mayor casi inquietante con su madre. Su alegre sonrisa de «puede confiar en mí» era la que Tess había visto la tarde anterior. La que aún lucía cuando dijo «En lugar de cambiarte la rueda, ¿y si te follo? ¿Qué te parece eso?».

Mirar la foto aceleró los ciclos del extraño suero de furia a través de su organismo. Tenía en las sienes una palpitación que no era exactamente un dolor de cabeza; de hecho, casi resultaba agradable.

El hombre llevaba el anillo de cristal rojo.

En el pie de foto se leía: «Al Strehlke, Presidente de Transportes Halcón Rojo, aquí tras el volante de la adquisición más reciente de la compañía, un Peterbilt 389 del 2008. Este caballo de carga ya está disponible para nuestros clientes, que son LOS MEJORES DE TODO EL PAÍS. ¡Eh! ¿No parece Al un Papá Orgulloso?».

Oyó su voz llamándola zorra, puta zorra llorona, y apretó los puños. Sintió las uñas hundiéndose en las palmas y apretó con mayor fuerza aún, deleitándose con el dolor.

«Un Papá Orgulloso.» Palabras a las que sus ojos retornaban una y otra vez. «Un Papá Orgulloso.» La furia se movió más y más rápido, daba vueltas por su cuerpo de la misma manera como ella había dado vueltas en la cocina. De la misma manera que ella había dado vueltas alrededor de la tienda la noche anterior, entrando y saliendo de la consciencia como una actriz recorriendo una sucesión de focos de luz.

*Lo vas a pagar, Al. Y no te preocupes por la poli, soy yo la que voy a ir a cobrar.*

Y luego Ramona Norville. La mamá orgullosa del papá orgulloso. Sin embargo, Tess aún no estaba completamente segura respecto a ella. En parte porque no quería creer que una mujer pudiera permitir que le pasara algo tan horrible a otra mujer, pero además porque imaginaba una explicación inocente. Chicopee no se encontraba lejos de Colewich, y Ramona usaría el atajo de Stagg Road siempre que fuera allí.

—A visitar a su hijo —dijo Tess, asintiendo con la cabeza—. A visitar al papá orgulloso con el nuevo tráiler Pete. Por lo que sé, pudo ser ella quien le sacó la foto sentado al volante. —¿Y por qué no iba ella a recomendar su ruta favorita a la oradora de aquel día?

*¿Y por qué no dijo: «Sigo ese camino cada vez que voy a visitar a mi hijo»? ¿No habría sido lo natural?*

—Quizá no le guste hablar con extraños acerca de la fase Strehlke de su vida —dijo Tess—. La fase anterior a descubrir el pelo corto y el calzado cómodo. —Era posible, pero había que sumar los tablones con clavos desparramados. La trampa. Norville la envió por aquel camino, y la trampa fue tendida con antelación. ¿Porque le avisó? ¿Lo llamó y le dijo «Te mando a una jugosita, no la dejes escapar»?

*Nada prueba que estuviera involucrada... o involucrada aun sin saberlo. El papá orgulloso podría hacer un seguimiento de los oradores invitados, ¿qué dificultad tendría eso?*

—Ninguna en absoluto —le respondió Fritzy tras subirse de un salto a su archivador. El gato empezó a lamerse una zarpa.

—Y si vio una foto de alguien que le gustó..., alguien razonablemente atractiva..., supongo que sabría que su madre la mandaría por... —Se detuvo—. No, eso no cuadra. Sin ningún aporte de mamaíta, ¿cómo sabría que yo no volvería en coche a mi casa de Boston? ¿O que no volaría de regreso a mi casa en Nueva York?

—Lo has buscado en Google —señaló Fritzy—. Quizá él también te buscó a ti. Igual que hizo ella. Todo está en internet en estos tiempos; tú misma lo dijiste.

Eso concordaba, aunque prendido con alfileres.

Pensó que existía una forma de averiguarlo a ciencia cierta, y consistía en rendir una visita sorpresa a la señora Norville. Escrutar sus ojos cuando viera a Tess. Si no percibiera nada en ellos salvo sorpresa y curiosidad ante el Retorno de la Escriba de Willow Grove... un retorno a la casa de Ramona, más que a su biblioteca... eso significaría algo. Pero si además descubría miedo en ellos, la clase de miedo que podría ser inducida por el pensamiento *«por qué estás aquí y no en una alcantarilla oxidada de Stagg Road»*..., bueno...

—Eso sería diferente, Fritzy. ¿Verdad?

Fritzy la miró con sus astutos ojos verdes, sin cesar de lamerse la zarpa. Parecía inofensiva, aquella zarpa, pero contaba con uñas ocultas. Tess las había visto, y en más de una ocasión las había sufrido.

*Ella averiguó dónde vivía yo; veamos si puedo devolverle el favor.*

Tess regresó a su ordenador, ahora a buscar un sitio web de Books & Brown Baggers. Estaba bastante segura de que encontraría uno (todo el mundo tenía página web en estos tiempos, incluso presos que cumplían cadena perpetua por asesinato), y así fue. La asociación publicaba novedades sobre sus miembros, reseñas de libros, y resúmenes informales (no exactamente actas) de sus reuniones. Tess seleccionó esto último y se desplazó por la página. No necesitó mucho tiempo para descubrir que la reunión del 10 de junio se celebró en la casa de Ramona Norville en

Brewster. Tess nunca había ido a esa ciudad, pero sabía dónde estaba, de camino a la función del día anterior había pasado una señalización verde que lo indicaba. Eran solo dos o tres salidas más al sur de Chicopee.

A continuación fue al registro tributario del Municipio de Brewster, y bajó por la página hasta que encontró el nombre de Ramona. Había pagado 913,06 dólares en impuestos sobre la propiedad; propiedad sita en el número 75 de Lacemaker Lane.

—Te pillé, querida —murmuró Tess.

—Necesitas pensar en cómo vas a manejar esto —dijo Fritzy—. Y cuán lejos estás dispuesta a llegar.

—Si tengo razón —dijo Tess—, puede que bastante lejos.

Empezó a apagar el ordenador, pero entonces se le ocurrió una cosa más que valía la pena comprobar, aunque sabía que podría no conducir a nada. Entró en la página de inicio del *Weekly Reminder* e hizo clic en OBITUARIO. Había un espacio para introducir el nombre en el que uno estuviera interesado, y Tess tecleó STREHLKE. Produjo una sola coincidencia, un hombre llamado Roscoe Strehlke. Según la necrológica de 1999, murió repentinamente en su casa, a la edad de cuarenta y ocho años. Le sobrevivieron su esposa, Ramona, y dos hijos: Alvin (23) y Lester (17). Para cualquier escritor de misterio, incluso los del subgénero incruento conocido como «de salón», la expresión «murió repentinamente» enarbolaba una bandera roja. Buscó en la base de datos general del *Reminder* y no encontró nada más.

Permaneció allí sentada durante un momento, tamborileando con los dedos nerviosamente sobre el reposabrazos de la silla, como hacía cuando trabajaba y se quedaba atascada en una palabra, una frase, o una manera de describir algo. Entonces buscó una lista de periódicos del oeste y el sur de Massachusetts, y encontró el *Republican* de Springfield. Cuando tecleó el nombre del marido de Ramona Norville, el titular que apareció era crudo y conciso: HOMBRE DE NEGOCIOS DE CHICOPEE SE SUICIDA.

Strehlke fue hallado en su garaje, colgado de una viga. No se encontró ninguna nota y no se citaba a Ramona, pero un vecino declaró que el señor Strehlke estaba destrozado porque «su chico mayor se había metido en un embrollo».

—¿En qué tipo de embrollo se metió Al que te disgustó tanto? —preguntó Tess a la pantalla del ordenador—. ¿Algo que ver con una chica? ¿Un asalto, quizá? ¿Agresión sexual? ¿Ya en aquel entonces estaba abonando el terreno para cosas mayores? Si esa es la razón de que te colgaras, fuiste un cagón.

—Quizá Roscoe tuvo ayuda —dijo Fritzy—. De Ramona. Una mujer grandota y fuerte, ya sabes. *Deberías* saberlo; la has visto.

De nuevo, eso no sonó como la voz que ponía cuando hablaba esencialmente consigo misma. Miró a Fritzy, asustada. Fritzy le devolvió la mirada: ojos verdes que preguntaban «¿Quién, yo?».

Lo que Tess deseaba hacer era conducir directamente a Lacemaker Lane con la pistola en el bolso. Lo que *debería* hacer era dejar de jugar a los detectives y llamar a la policía. Dejar que ellos se encargaran. Era lo que la Vieja Tess hubiera hecho, pero ella ya no era aquella mujer. Aquella mujer ahora le parecía una pariente lejana, como esos familiares a los que envías una tarjeta por Navidad y luego te olvidas de ellos durante el resto del año.

Incapaz de decidirse, y como le dolía todo el cuerpo, subió a acostarse. Durmió cuatro horas y cuando se levantó se encontraba casi demasiado agarrotada para andar. Se tomó dos paracetamoles extra fuertes, esperó hasta que hicieron efecto, y luego fue en coche hasta el videoclub. Llevaba el Exprimelimones en el bolso. Ahora pensaba llevarlo siempre que viajara sola.

Llegó al Blockbuster momentos antes de que cerraran y pidió una película de Jodie Foster titulada *La mujer coraje*. El dependiente (que tenía el pelo verde, un imperdible en una oreja, y toda la pinta de un chaval de dieciocho años) sonrió con indulgencia y le indicó que el título de la película en realidad era *La extraña que hay en ti*. Míster Retro Punk apuntó que por cincuenta centavos más podría acompañarla con una bolsa de palomitas para microondas. Tess casi rehusó, luego recapacitó.

—Claro, joder, ¿por qué no? —le dijo a Míster Retro Punk—. Solo se vive una vez, ¿no?

El chaval le dirigió una sobresaltada mirada de reconsideración, después sonrió y convino en que era una oportunidad única en la vida para los clientes.

Ya en casa, preparó las palomitas, insertó el DVD, y se dejó caer en el sofá con una almohada en el hueco de la espalda para amortiguar el roce en esa parte. Fritzy se le unió y ambos vieron a Jodie Foster ir tras los individuos (los vagos, como en «pregúntate si te sientes afortunado, vago») que habían matado a su novio. Foster iba haciendo colección de vagos por el camino, a punta de pistola. *La extraña que hay en ti* era de *esa* clase de películas, pero igualmente Tess la disfrutó. Creía que tenía perfecto sentido. Además, se le ocurrió que durante todos estos años se había estado perdiendo algo: la exigua pero auténtica catarsis que las cintas como *La extraña que hay en ti* ofrecían. Cuando terminó, se volvió hacia Fritzy y dijo:

—Ojalá Richard Widmark se hubiera encontrado con Jodie Foster y no con la anciana en la silla de ruedas, ¿no crees?

Fritzy coincidió al mil por ciento.

## 30

Esa noche, tumbada en la cama, con el viento de octubre arreciando como mil demonios alrededor de la casa, y Fritzy a su lado, enroscado de la nariz a la cola, Tess llegó a un acuerdo consigo misma: si a la mañana siguiente se despertaba con la misma sensación que la embargaba ahora, iría a ver a Ramona Norville, y tal vez después, dependiendo de cómo resultaran las cosas en Lacemaker Lane, debería rendir una visita a Alvin Strehlke, el Camionero Grande. Lo más probable era que se levantara con cierta apariencia de cordura restaurada y llamara a la policía. Nada de llamadas anónimas; aceptaría la música y bailaría. Demostrar la violación cuarenta horas y Dios sabía cuántas duchas después del acto podría ser difícil, pero las señales de la agresión sexual estaban escritas por todo su cuerpo.

Y las mujeres en la tubería: ella era su defensora, le gustara o no.

*Mañana todas estas ideas de venganza me parecerán tontas. Como la clase de delirios que sufre la gente cuando tiene fiebre alta.*

Pero cuando se despertó el domingo, aún permanecía en modalidad Nueva Tess. Miró el revólver encima de la mesilla de noche y pensó: *Quiero usarlo. Quiero ocuparme yo misma de esto, y teniendo en cuenta por lo que he pasado, me merezco ocuparme yo misma de esto.*

—Pero es necesario que me asegure, y no quiero que me atrapen —le dijo a Fritzy, que ahora estaba a sus pies y estirándose, preparándose para otro agotador día que pasaría tumbándose en cualquier sitio y comiendo de su bol.

Tess se duchó, se vistió, y luego sacó un bloc amarillo de tamaño legal a la solana. Se quedó contemplando el césped del patio trasero durante casi quince minutos, de vez en cuando bebiendo sorbos de una refrescante taza de té. Por fin escribió PARA NO SER ATRAPADA en la parte superior de la primera hoja. Lo consideró con sobriedad, y después empezó a tomar notas. Como con el trabajo diario cuando escribía un libro, comenzó despacio, pero fue adquiriendo velocidad.

31

Hacia las diez le entró un hambre voraz. Se preparó un copioso desayuno-almuerzo y devoró hasta el último bocado. Luego fue a devolver la película al Blockbuster y preguntó si tenían *El beso de la muerte*. No hubo suerte, pero después de diez minutos de curiosear, se decantó por una sustituta titulada *La última casa a la izquierda*. Se la llevó a casa y la miró con atención. En la película, unos hombres violaban a una muchacha y la dejaban por muerta. Era tan similar a su propia experiencia que Tess estalló en lágrimas, llorando tan fuerte que Fritzy huyó de la habitación a la carrera. Sin embargo, la muchacha no se rindió y se vio recompensada con un final feliz: los padres de la joven terminaban asesinando a los violadores.

Retornó el disco a su caja, que depositó en el taquillón del recibidor. Lo devolvería al día siguiente, si aún seguía viva al día siguiente. Contaba con ello, pero nada era seguro; existían multitud de recodos extraños y curvas tortuosas en el sendero demasiado crecido de la vida. Tess lo había averiguado por sí misma.

Para matar el tiempo (las horas diurnas parecían transcurrir muy lentamente), volvió a conectarse a internet, en busca de información sobre el embrollo en el que se había metido Al Strehlke antes de que su padre se suicidara. No encontró nada. Posiblemente el vecino mentía más que hablaba (los vecinos muy a menudo lo hacen), pero Tess podía imaginar otro escenario: el problema habría sucedido cuando Strehlke era aún menor de edad. En casos así, los nombres no se transmitían a la prensa, y los registros judiciales (suponiendo que el caso hubiera llegado a los tribunales) se sellaban.

—Pero quizá fuera a peor —le dijo a Fritzy.

—Esos tipos a menudo van a peor —convino Fritzy. (Esto era raro; Tom solía ser el simpático. El papel de Fritzy tendía a ser el de abogado del diablo.)

—Luego, unos años más tarde, pasó algo más. Algo peor. Digamos que mamá lo ayudó a encubrirlo...

—No te olvides del hermano pequeño —dijo Fritzy—. Lester. Podría haber estado también en el ajo.

—No me confundas con demasiados personajes, Fritz. Lo único que sé es que Al el Puto Camionero Grande me violó, y su madre pudo haber sido cómplice. Eso me basta.

—Puede que Ramona sea su tía —especuló Fritzy.

—Oh, cállate —le dijo Tess, y Fritzy obedeció.


32


A las cuatro se acostó, sin ninguna esperanza de poder pegar ojo, pero su cuerpo en recuperación tenía sus propias propiedades. Sucumbió casi al instante, y cuando despertó debido al insistente *dah-dah-dah* del reloj de cabecera, se alegró de haber puesto el despertador. Fuera, el viento racheado de octubre peinaba las hojas de los árboles y las hacía volar por el patio trasero a ras del suelo en vívidos colores. La luz había adquirido ese dorado extraño y sin profundidad que parece ser propiedad exclusiva de las tardes otoñales de Nueva Inglaterra.

Sentía mejor la nariz (reducido el dolor a una sorda palpitación), pero aún tenía la garganta irritada y cojeó más que caminó hasta el cuarto de baño. Se metió en la ducha y permaneció en el compartimiento hasta que el cuarto de baño estuvo tan brumoso como un páramo inglés en un relato de Sherlock Holmes. La ducha ayudó. Un par de paracetamoles del botiquín ayudarían aún más.

Se secó el pelo, luego limpió con la mano el espejo empañado. La mujer en el cristal le devolvía la mirada con ojos atormentados por la furia y la cordura. El espejo no aguantó desempañado por mucho tiempo, pero fue suficiente para que Tess comprendiera que tenía la seria intención de hacerlo, sin importar las consecuencias.

Se vistió con un suéter negro de cuello de cisne y unos pantalones cargo negros con amplios bolsillos de solapa. Se recogió el pelo en un moño y se encasquetó una gorra negra de propaganda. El moño hacía un bulto por detrás, pero al menos ningún testigo potencial sería capaz de decir: «No pude verle bien la cara, pero tenía el pelo rubio y largo. Lo llevaba recogido con una de esas cintas elásticas para el pelo; ya sabe, de las que puedes comprar en JCPenney».

Bajó al sótano donde guardaba su kayac desde el Día del Trabajo y cogió el carrete de cuerda de amarre amarilla que estaba situado en el estante sobre la embarcación. Usó las tijeras de podar para cortar aproximadamente un metro y veinte de cuerda, luego la enrolló alrededor del antebrazo y la deslizó en uno de los amplios bolsillos del pantalón. De vuelta en la cocina, se metió su navaja suiza en el mismo bolsillo, el izquierdo. El bolsillo derecho lo reservaba para el Exprimelimones del 38... y un objeto más, que sacó del cajón junto al horno. Después le sirvió una ración doble de comida a Fritzy, pero antes de permitirle que empezara a comer, lo abrazó y le plantó un beso en la coronilla. El viejo gato acható las orejas (normalmente no era un ama besucona) y se apresuró hacia su plato en cuanto lo depositó en el suelo.

—Hazlo durar —le dijo Tess—. Tarde o temprano, Patsy vendrá a echarte un ojo si no regreso, pero pueden pasar un par de días. —Esbozó una sonrisita y agregó—: Te quiero, viejo zarrapastroso.

—Bueno, bueno —contestó Fritzy, luego se empleó a fondo con la comida. Tess comprobó una vez más las notas de su memorando PARA NO SER ATRAPADA, y entretanto mentalmente hizo un inventario de su equipo y repasó los pasos que pretendía tomar una vez llegara a Lacemaker Lane. Creía que el punto más importante que debía tener presente era que las cosas no se desarrollarían como ella esperaba. Cuando se trataba de cosas así, siempre había cartas sorpresa en la baraja. Pudiera ser que Ramona no estuviera en casa. O que estuviera, pero con su hijo violador-asesino, los dos cómodamente sentados en la sala de estar viendo alguna película del Blockbuster que les levantara el ánimo. *Saw*, quizá. Pudiera ser que el hermano pequeño (sin duda conocido en Colewich como ¡Camionero Chico!) también se encontrara allí. Por lo que Tess sabía, esa noche Ramona podría estar celebrando en su casa una reunión de Tupperwares o un club de lectura. Lo importante consistía en no descomponerse por sucesos inesperados. Tess suponía que, si no se veía capaz de improvisar, era muy probable que estuviera dejando su casa de Stoke Village por última vez.

Quemó sus notas PARA NO SER ATRAPADA en la chimenea, removió las cenizas con el atizador, y luego se puso una chaqueta de cuero y un par de guantes finos de cuero. La chaqueta tenía un profundo bolsillo en el forro. Tess deslizó uno de los cuchillos de carnicero en su interior, como amuleto de buena suerte, y se dijo a sí misma que no olvidara que estaba allí. Lo último que necesitaba este fin de semana era una mastectomía accidental.

Justo antes de salir por la puerta, conectó la alarma anti-rrobo.

El viento la asedió de inmediato, agitando el cuello de la chaqueta y las perneras del pantalón cargo. Las hojas se arremolinaban en miniciclones. En el cielo no-completamente-oscuro, por encima de su refinado trocito residencial de Connecticut, las nubes surcaban el rostro de una luna de tres cuartos. Tess pensó que era una noche perfecta para una película de terror.

Montó en el Expedition y cerró la puerta. Una hoja cayó en espiral sobre el parabrisas, y después echó a correr disparada.

—He perdido el juicio —dijo con impasibilidad—. Se me cayó y murió en aquella alcantarilla, o cuando andaba alrededor de la tienda. Es la única explicación para esto.

Arrancó el motor. Tom el Tomtom se iluminó y dijo:

«Hola, Tess. Veo que nos vamos de viaje.»

—Así es, amigo mío. —Tess se inclinó hacia delante y programó el 75 de Lacemaker Lane en el metódico cerebrito de Tom.

33

Había explorado el vecindario de Ramona en el Google Earth, y cuando alcanzó el lugar parecía igual. Bien por el momento. Brewster era una pequeña ciudad de Nueva Inglaterra, Lacemaker Lane se hallaba a las afueras, y las casas estaban distanciadas. Tess pasó por delante del número 75 circulando a unos treinta kilómetros tranquilos por hora, y comprobó que las luces estaban encendidas y que había un solo coche (un Subaru último modelo que casi gritaba bibliotecario) en el camino de entrada. No se veía rastro del tráiler ni de cualquier otro camión. Ni tampoco de una vieja *pick-up* con parches.

La calle terminaba en una rotonda. Tess dio la vuelta, y giró hacia el camino de entrada de Norville sin concederse la posibilidad de vacilar. Apagó las luces y el motor; respiró largo y hondo.

—Vuelve sana y salva, Tess —dijo Tom desde su posición en el salpicadero—. Vuelve sana y salva y te llevaré a tu próximo destino.

—Haré lo que pueda. —Agarró su bloc de papel amarillo (no había ahora nada escrito) y bajó del coche. Sostuvo el bloc contra la chaqueta mientras caminaba hacia la puerta de Ramona Norville. A la luz de la luna, su sombra (quizá todo cuanto quedaba de la Vieja Tess) caminaba a su vera.

34

La puerta principal de Norville tenía vidrieras biseladas a ambos lados. Eran gruesas y deformaban la visión, pero Tess pudo distinguir un bonito empapelado en la pared y un pasillo con suelo de madera pulida. Había una mesita auxiliar con un par de revistas encima. O quizá eran catálogos. En el otro extremo del pasillo vislumbró una habitación grande. El sonido de un televisor surgía de allí. Oyó cantar, así que probablemente Ramona no estuviera viendo *Saw*. De hecho, si Tess no se equivocaba y la canción era «Climb Ev'ry Mountain», Ramona estaba viendo *Sonrisas y lágrimas*.

Tess tocó al timbre. De dentro le llegó un repique de campanillas que recordaba a las notas iniciales de «Dixie», una elección extraña para Nueva Inglaterra, pero claro, si Tess tenía razón sobre ella, Ramona Norville era una mujer extraña.

Tess oyó el ruido de unas fuertes pisadas y se volvió, de manera que la luz a través del cristal biselado apenas iluminaría su rostro. Separó la libreta en blanco del pecho y ejecutó movimientos de escritura con una mano enguantada. Hundió los hombros un poco. Daría la impresión de ser una mujer realizando algún tipo de encuesta. Era domingo por la noche, estaba cansada, lo único que deseaba era preguntar por el nombre del dentífrico favorito de la mujer (o cualquier otra tontería), y luego irse a casa.

*No te preocupes, Ramona, puedes abrir la puerta, cualquiera vería que soy inofensiva, la clase de mujer que no le haría bu ni a un ganso.*

Con el rabillo del ojo vislumbró una distorsionada cara de pez emergiendo a la vista tras el cristal biselado. Hubo una pausa que pareció durar una eternidad, y entonces Ramona Norville abrió la puerta.

—¿Sí? ¿Puedo ayudar...?

Tess se volvió. La luz de la puerta abierta bañó su rostro. Y el shock que observó en el rostro de Norville, con la mandíbula desencajada por la sorpresa, le dijo todo cuanto necesitaba saber.

—¿*Tú*? ¿Qué estás haciendo...?

Tess sacó el Exprimelimones calibre 38 del bolsillo derecho. En el trayecto desde Stoke Village había imaginado que se atascaría, lo había imaginado con una nitidez de pesadilla, pero salió sin complicaciones.

—Apártate de la puerta. Si intentas cerrarla, te pegaré un tiro.

—No lo harás —dijo Norville. No retrocedió, pero tampoco cerró la puerta—. ¿Estás loca?

—Métete dentro.

Norville tenía puesto un batón azul, y cuando Tess notó que la pechera ascendía precipitadamente, levantó la pistola.

—Dispararé al menor indicio de que vas a gritar. Más te vale creerlo, puta, porque ni mucho menos estoy de broma.

El enorme busto de Norville se desinfló. Los labios se retiraron de la dentadura; los ojos se movían de lado a lado dentro de las órbitas. Ya no tenía aspecto de bibliotecaria, ni su semblante era jovial y acogedor. A Tess le parecía una rata atrapada fuera de su agujero.

—Si disparas esa pistola, todo el vecindario lo oirá.

Tess lo dudaba, pero no discutió.

—¿Y qué importa? Estarás muerta. Métete dentro. Si te comportas y contestas a mis preguntas, puede que aún sigas viva mañana por la mañana.

Norville reculó, y Tess entró por la puerta alargando rígidamente el arma delante de ella. En cuanto cerró la puerta (lo hizo con el pie), Norville se detuvo. Se quedó parada junto a la mesita de los catálogos.

—No toques nada, ni me tires nada —dijo Tess, y por el gesto de la boca de la otra mujer adivinó que la idea de agarrar y tirar algo había cruzado por la mente de Ramona—. Puedo leerte como un libro. Por eso estoy aquí. Más atrás. Hasta la sala de estar. Me encanta la familia Trapp cuando se ponen a rocanrolear.

—Estás chiflada —dijo Ramona, pero empezó a recular de nuevo. Llevaba puestos unos zapatos. Incluso en bata llevaba puestos unos feos zapatones. De hombre y con cordones—. No tengo ni idea de qué estás haciendo aquí, pero...

—No me vengas con gilipolleces, mamaíta. No te *atrevas*. Te lo vi todo en la cara cuando abriste la puerta. Absolutamente todo. Me creías muerta, ¿verdad?

—No sé de qué estás...

—Estamos entre mujeres, así que ¿por qué no confesar?

Ya se encontraban en el salón. Había pinturas sensibleras en las paredes (payasos y animales abandonados de ojos grandes) y montones de repisas y mesas atestadas de fruslerías: bolas de nieve, bebés troll, figuras de Hummel, Osos Amorosos, y una casa caramelo de cerámica a lo Hansel y Gretel. Pese a que Norville era bibliotecaria, no se veía ni un solo libro. De cara a la televisión había una butaca La-Z-Boy con un banquito delante y una mesa bandeja al lado. Esta contenía una bolsa de ganchitos Cheez Doodles, una botella grande de Coca-Cola Light, el mando a distancia, y una *TV Guide*. Sobre el televisor descansaba una fotografía enmarcada de Ramona y otra mujer que entrelazaban los brazos una alrededor de la otra y juntaban las mejillas. Daba la impresión de haber sido tomada en un parque de atracciones o en una feria del condado. Situado delante de la foto, un plato de cristal para dulces relucía con centelleantes puntos de luz bajo la lámpara del techo.

—¿Cuánto tiempo llevas haciéndolo?

—No sé de qué hablas.

—¿Cuánto tiempo llevas siendo la chula del violador homicida de tu hijo?

Los ojos de Norville titubearon, pero volvió a negarlo..., lo cual planteaba a Tess un problema. Al venir hacia aquí, matar a Ramona Noville parecía no solo una opción, sino el resultado más probable. Tess se había sentido casi segura de que podría hacerlo, y de que no necesitaría utilizar la cuerda de barco que tenía en el bolsillo izquierdo del pantalón. Ahora, sin embargo, descubrió que no podría seguir adelante a menos que la mujer confesara su complicidad. Porque lo que había estado escrito en su rostro cuando vio a Tess plantada en la puerta, llena de contusiones pero por lo demás vivita y coleando, no era suficiente.

No bastaba.

—¿Cuándo empezó todo? ¿Qué edad tenía? ¿Quince? ¿Qué dijo, que solo estaba «tonteando»? Eso es lo que afirman muchos cuando empiezan.

—No tengo ni idea de a qué te refieres. Vienes a la biblioteca y haces una presentación perfectamente aceptable..., deslucida, obviamente solo estabas allí por el dinero, pero por lo menos llenaste la fecha libre de nuestro calendario, y luego te presentas en mi casa, apuntándome con una pistola y soltando toda clase de salvajadas...

—Eso no te servirá, Ramona. Vi su foto en la web de Halcón Rojo. Con el anillo y todo. Me violó e intentó matarme. Creyó que me había matado. *Y tú me enviaste directa a él.*

La boca de Norville se abrió en una horripilante mezcla de conmoción, consternación, y culpabilidad.

—*¡Eso no es cierto! ¡Estúpida hija de puta, no sabes de lo que estás hablando!* —Se lanzó hacia delante.

Tess levantó la pistola.

—Ah-ah, no lo hagas. No.

Norville se detuvo, pero Tess no creía que la bibliotecaria permaneciera inmóvil por mucho más tiempo. Se estaba armando de valor para la lucha o para la huida. Y puesto que debía de saber que Tess la perseguiría si trataba de correr y adentrarse en la casa, sería probablemente lucha.

La familia Trapp se puso a cantar otra vez. Considerando la situación en la que Tess estaba inmersa (en la que ella misma se había metido), toda esa porquería de alegría coral resultaba insoportable. Mientras encañonaba a Norville con la mano derecha, Tess recogió el mando a distancia con la izquierda y silenció la tele. Se disponía a soltar el mando cuando se quedó helada. Había dos cosas encima del televisor, pero al principio solo se había fijado en la foto de Ramona y su novia; el plato para dulces apenas se había ganado un vistazo.

Ahora advirtió que el centelleo que había supuesto que provenía del cristal tallado de los bordes no provenía en absoluto de los bordes. Provenía de algo en su interior. Sus pendientes estaban en el plato. Sus pendientes de diamante.

Norville agarró la casa de caramelo de Hansel y Gretel de su repisa y se la tiró. La arrojó con fuerza. Tess se agachó y la casa de caramelo le pasó a escasos centímetros por encima de la cabeza, haciéndose añicos contra la pared a su espalda. Dio un paso hacia atrás, tropezó con el banquito, y se desplomó con las piernas abiertas. La pistola salió volando de su mano.

Las dos se lanzaron a por ella, Norville dejándose caer sobre las rodillas y embistiendo con el hombro contra el brazo y el hombro de Tess, como un jugador de fútbol americano con el propósito de placar al quaterback. La bibliotecaria agarró la pistola, al principio en una suerte de juego malabar, luego empuñándola con firmeza. Tess metió la mano dentro de la chaqueta y la cerró en torno al mango del cuchillo de carnicero que era su arma de respaldo, consciente de que iba a ser demasiado tarde. Norville era demasiado corpulenta... y demasiado maternal. Sí, eso era. Había protegido a aquel hijo descarriado suyo durante años, y estaba decidida a protegerlo ahora. Tess debería haberle pegado un tiro en el recibidor, en el mismo momento de cerrar la puerta tras ella.

*Pero habría sido incapaz*, pensó, e incluso en ese momento, saber que era la verdad le proporcionó algo de consuelo. Se irguió sobre las rodillas, con la mano todavía en el interior de la chaqueta, y se encaró con Ramona Norville.

—Eres una escritora de mierda y fuiste una invitada de mierda —dijo Norville. Sonreía, hablando cada vez más rápido. Su voz poseía la cadencia nasal de un subastador—. Parloteabas con la misma desgana que en tus estúpidas novelas. Eras perfecta para él, y él se lo iba a hacer a alguien, conozco las señales. Te envié por ese camino y salió bien y me alegro de que te follara. No sé qué pensabas que ibas a hacer al venir aquí, pero esto es lo que vas a conseguir.

Apretó el gatillo y no hubo nada salvo un chasquido seco. Tess había tomado lecciones cuando compró el revólver, y la más importante consistía en no poner una bala en la primera cámara donde caería el percutor. Por si acaso se accionaba el gatillo por accidente.

Una expresión de sorpresa casi cómica invadió el rostro de Norville. La hizo rejuvenecer. Bajó la vista al arma, y en ese momento Tess sacó el cuchillo del bolsillo interior de la chaqueta, se lanzó a trompicones hacia delante, y lo hundió hasta la empuñadura en el vientre de Norville.

La mujer emitió un sonido vítreo, como un «OOO-OOOO», que intentaba ser un grito y fracasaba. La pistola de Tess cayó al suelo y Ramona reculó tambaleándose contra la pared, con la vista en el mango del cuchillo. Un brazo como aspa de molino barrió una fila de figuras de Hummel. Cayeron del estante y se hicieron añicos en el suelo. Ella emitió otra vez ese sonido, «OOO-OOOO». La pechera de la bata aún seguía inmaculada, pero la sangre empezaba a gotear del dobladillo, repiqueteando sobre los zapatos de hombre de Ramona Norville. Cerró las manos en torno a la empuñadura del cuchillo, trató de tirar de él para liberarlo, y emitió por tercera vez el «OOO-OOOO».

Alzó la vista hacia Tess, incrédula. Tess echó la vista atrás. Estaba recordando algo que había sucedido en su décimo cumpleaños. Su padre le regaló una honda, y ella había salido en busca de cosas a las que disparar. En algún punto, a cinco o seis bloques de su casa, vio un perro callejero con las orejas mordisqueadas hurgando en un cubo de basura. Colocó una piedrecita en el tirador y se la lanzó. Solo pretendía espantar al chucho (o eso se dijo entonces), pero lo alcanzó en los cuartos traseros. El perro aulló con un miserable *aik-aik-aik* y escapó a la carrera, pero antes le dirigió a Tess una mirada de reproche que esta nunca había olvidado. Habría dado cualquier cosa por deshacer su acción; nunca más había vuelto a disparar su honda contra un ser vivo. Entendía que matar formaba parte de la vida (no tenía reparos en aplastar mosquitos o poner trampas cuando veía excrementos de ratón en el sótano, y había comido su buena ración de hamburguesas del Mickey D's), pero había creído que nunca sería capaz de herir a algo de esa manera sin sentir remordimientos o pesar. No sufrió ninguna de las dos cosas en el salón de la casa de Lacemaker Lane. Quizá porque, al final, había sido en defensa propia. O quizá no.

—Ramona —dijo—, ahora mismo siento cierta afinidad con Richard Widmark. Esto es lo que les hacemos a los chivatos, cariño.

Norville estaba de pie en un charco de su propia sangre y en su bata finalmente comenzaban a florecer amapolas de sangre. Tenía el semblante pálido. Sus ojos oscuros se veían enormes y relucían conmocionados. Sacó la lengua y la deslizó lentamente por el labio inferior.

—Ahora tendrás mucho tiempo para reflexionar mientras te retuerces, ¿qué te parece?

Norville empezó a resbalar. Sus zapatos de hombre se escurrían por la sangre con un ruido acuoso. Tanteó en busca de una de las repisas restantes y la arrancó de la pared. Un pelotón de Osos Amorosos se inclinó hacia delante y se suicidó.

Aunque aún no sentía ningún pesar o remordimiento, Tess descubrió que, a pesar de sus fanfarronadas, poseía muy poco de Tommy Udo en su interior; no tenía ganas de observar ni de prolongar el sufrimiento de Norville. Se agachó y recogió el 38. Del bolsillo derecho de sus pantalones sacó el otro objeto que había tomado del cajón junto al horno. Se trataba de un guante de cocina acolchado. Silenciaría un disparo de pistola con bastante eficacia, siempre y cuando el calibre no fuera muy grande. Eso lo había aprendido mientras escribía *La Sociedad de la Calceta de Willow Grove se embarca en un crucero de misterio.*

—No lo entiendes. —La voz de Norville era un susurro áspero—. No puedes hacerlo. Es un error. Llévame a... hospital.

—El error fue tuyo. —Tess colocó el guante de cocina sobre la pistola, que empuñaba con la mano derecha—. Fue no castrar a tu hijo nada más averiguar lo que era. —Pegó el guante contra la sien de Ramona Norville, volvió la cabeza levemente hacia un lado, y apretó el gatillo. Se produjo un sonido bajo, un enfático *plag*, como un hombre corpulento aclarándose la garganta.

Eso fue todo.

## 35

No había googleado la dirección de la casa de Al Strehlke; había esperado conseguir esa información de Norville. Pero, como no cesaba de recordarse a sí misma, las cosas de esta índole nunca transcurrían de acuerdo a lo planeado. Lo que debía hacer ahora era no perder la cabeza y completar el trabajo.

El estudio de Norville estaba en el piso de arriba, en lo que probablemente se planteó originariamente como un dormitorio para invitados. Allí encontró más Osos Amorosos y más Hummels. Había también media docena de fotografías enmarcadas, pero ninguna de sus hijos, de su novia, o del difunto gran Roscoe Strehlke; eran fotografías firmadas por escritores que habían hablado para Brown Baggers. El cuarto le recordó a Tess el vestíbulo del Stagger Inn con las fotos de los grupos.

*A mí no me pidió que le firmara una foto,* pensó Tess. *Por supuesto que no, ¿quién querría acordarse de una escritora de mierda como yo? Yo era básicamente una cabeza parlante para rellenar un hueco en su agenda. Por no mencionar un pedazo de carne para la picadora de su hijo. Qué suerte tuvieron de que yo apareciera en el momento adecuado.*

En el escritorio de Norville, debajo de un tablón de anuncios sepultado en circulares y correspondencia de la biblioteca, había un Mac de sobremesa muy similar al de Tess. El monitor parecía apagado, pero la luz encendida en la CPU le indicó que el ordenador solo estaba en modo suspendido. Pulsó una tecla con un dedo enguantado. La pantalla se actualizó y se encontró mirando el escritorio electrónico de Norville. Sin necesidad de latosas contraseñas, qué bien.

Tess hizo clic en el icono de la libreta de direcciones, bajó hasta la H, y encontró Halcón Rojo. La dirección era Transport Plaza 7, Township Road, Colewich. Siguió bajando, hasta la S, y encontró tanto a su crecido conocido de la noche del viernes como al hermano de su conocido, Lester. Camionero Grande y Camionero Chico. Ambos vivían en Township Road, cerca de la compañía que debían de haber heredado de su padre: Alvin en el número 23, Lester en el número 101.

*Si hubiera un tercer hermano,* pensó, *serían Los Tres Camioneritos. Uno en una casa de paja, uno en una casa de madera, uno en una casa de ladrillos. Pero, ¡ay!, solo hay dos.*

De nuevo en el piso de abajo, sustrajo sus pendientes del plato de cristal y los metió en el bolsillo del abrigo. Mientras, miraba a la mujer muerta sentada contra la pared. No existía compasión alguna en esa mirada, solo la clase de gesto con el que cualquiera podría despedir un trabajo difícil que ya estuviera terminado. No había necesidad de preocuparse por las pruebas; Tess tenía plena confianza de que no había dejado ninguna, ni siquiera una hebra de pelo. El guante de cocina (ahora con un agujero de disparo) había vuelto a su bolsillo. El cuchillo era un artículo común que se vendía en cualquier hipermercado de Estados Unidos. Por lo que sabía (y le traía sin cuidado), encajaba con el juego de cuchillos de Ramona. Hasta ahora estaba limpia, pero aún le aguardaba la parte complicada. Abandonó la casa, montó en el coche, y se marchó. Quince minutos más tarde se detuvo en el aparcamiento de una estación de servicio desierta el tiempo suficiente para programar en su GPS el número 23 de Township Road.

## 36

Con la orientación de Tom, Tess se encontró cerca de su destino no mucho después de las nueve. La luna gibosa seguía baja en el cielo. El viento soplaba con mayor fuerza que nunca.

La Ruta 47 se bifurcaba en Township Road, a unos once kilómetros del Stagger Inn, y a mayor distancia aún del centro de Colewich. Transport Plaza se hallaba en la intersección de dos carreteras. Según la señalización, tres empresas de transporte y una de mudanzas tenían su base aquí. Los edificios que las albergaban eran feos y de aspecto prefabricado. El más pequeño pertenecía a Transportes Halcón Rojo. Todos estaban a oscuras en la noche de este domingo. Más allá se extendían hectáreas de aparcamiento rodeado por una cerca ciclónica e iluminado con luces de arco de alta intensidad. Tráilers y cabinas atestaban el almacén de vehículos. Al menos uno de los camiones tenía las palabras TRANSPORTES HALCÓN ROJO en el costado, pero Tess creía que no se trataba de la cabina de la foto colgada en el sitio web, la del Papá Orgulloso tras el volante.

Había una parada de camiones adyacente al área de almacenamiento. Los surtidores, más de una docena, estaban iluminados por los mismos arcos de alta intensidad. Unos brillantes fluorescentes blancos derramaban luz desde el lateral derecho del edificio principal; el izquierdo estaba a oscuras. Había otro edificio, este en forma de U, en la parte trasera. Unos cuantos coches y camiones dispersos estaban aparcados allí. El rótulo junto a la carretera era un enorme chisme digital, repleto de información en rojo brillante:

PARADA DE CAMIONES DE TOWNSHIP ROAD RICHIE'S
«TÚ LOS CONDUCES, NOSOTROS LOS LLENAMOS»
GASOLINA 2,99$ / GALÓN
DIÉSEL 2,69$ / GALÓN
BOLETOS DE LOTERÍA SIEMPRE DISPONIBLES
RESTAURANTE CERRADO DOMINGOS NOCHE
LO SENTIMOS: DUCHAS CERRADAS

DOMINGOS NOCHE
TIENDA & MOTEL «SIEMPRE ABIERTOS»
AUTOCARAVANAS «SIEMPRE BIENVENIDAS»

Y la última línea, mal escrita pero fervorosa:

¡APOYA A NUESTRAS TROPAS! ¡A GANAR EN
AFGANDISTÁN!

Con todos los camioneros que iban y venían, que reabastecían de combustible a sus carros y a sí mismos (aun con las luces apagadas, Tess podía afirmar que, abierto, el restaurante era de la clase donde el menú siempre incluiría pollo frito, hamburguesas y pudin de pan), el lugar probablemente sería una colmena de actividad durante la semana, pero los domingos por la noche era una tumba, porque no había nada, ni siquiera un bar de carretera como el Stagger.

Había un solo vehículo estacionado donde los surtidores, de cara a la carretera, con un inyector asomando de la boca del depósito de gasolina. Era una vieja *pick-up* Ford F-150 con Bondo alrededor de los faros. Resultaba imposible discernir el color bajo aquella luz cruda, pero no hacía falta. Tess había visto esa camioneta de cerca, y conocía el color. La cabina se hallaba vacía.

—No pareces sorprendida, Tess —dijo Tom mientras ella reducía la marcha hasta detenerse en el arcén de la carretera y escudriñaba la tienda con los ojos entornados. A pesar del resplandor de la cruda iluminación exterior, pudo distinguir a un par de personas dentro. Pudo ver el tamaño de una de ellas. «¿Era un hombre grande, o muy grande?», había preguntado Betsy Neal.

—No estoy para nada sorprendida —contestó—. Vive por aquí. ¿Adónde si no iría a echar gasolina?

—Quizá se esté preparando para emprender un viaje.

—¿A estas horas de un domingo por la noche? No lo creo. Supongo que estaba en casa viendo *Sonrisas y lágrimas*. Se terminó la cerveza y vino a por más. Y, ya que estaba, decidió llenar el depósito.

—Pero puede que te equivoques. ¿No sería mejor que aparcaras detrás de la tienda y que le siguieras cuando se marche?

Sin embargo, Tess no quería hacer eso. Toda la fachada de la tienda era de cristal. Podría verla si mirara hacia fuera cuando entrase en el aparcamiento. Aun si la brillante iluminación sobre las isletas de los surtidores le dificultaba la visión y no distinguiera su cara, podría reconocer el vehículo. Por las carreteras circulaban muchos todoterrenos Ford, pero después del viernes por la noche, Al Strehlke debería mostrar una particular sensibilidad respecto a los Ford Expeditions negros. Y estaba la matrícula; el viernes pasado, cuando se detuvo a su lado en el aparcamiento asilvestrado de la tienda abandonada, seguramente se habría fijado en su matrícula de Connecticut.

Había algo más. Algo aún más importante. Tess se puso otra vez en movimiento, y la parada de camiones de Richie quedó confinada en el espejo retrovisor.

—No quiero estar detrás de él —dijo ella—. Quiero estar por delante de él. Quiero esperarle.

—Tess, ¿y si está casado? —preguntó Tom—. ¿Y si tiene una mujer esperándole?

La idea la asustó por un instante. Entonces sonrió, y no solo porque el único anillo que llevaba puesto fuera demasiado grande para ser un rubí.

—Los tipos como él no tienen mujeres —respondió—. No de las que se quedan, en todo caso. Solo había una mujer en la vida de Al, y está muerta.

37

A diferencia de Lacemaker Lane, Township Road no se asemejaba en nada a un barrio de las afueras; se trataba de una zona rural, tan *country* como Travis Tritt. Las casas eran trémulas islas de luz eléctrica bajo el brillo de la luna ascendente.

«Aproximándote a tu destino, Tess», dijo Tom con su voz no imaginaria.

Coronó una loma, y allí a su izquierda apareció un buzón que indicaba STREHLKE y 23. El camino de entrada era largo, ascendía en curva, y estaba pavimentado con asfalto, liso como hielo negro. Tess lo enfiló sin vacilar, pero la aprensión se abatió sobre ella en cuanto dejó Township Road a su espalda. Tuvo que luchar para no pisar el freno y dar marcha atrás. Porque si continuaba avanzando, se quedaría sin opciones. Sería como un bicho en una botella. Aunque no estuviera casado, ¿y si había alguien más en la casa? ¿El hermano Les, por ejemplo? ¿Y si Camionero Grande hubiera estado en Tommy's comprando cerveza y aperitivos no para uno sino para dos?

Tess apagó los faros y prosiguió a la luz de la luna.

En su estado de nerviosismo, daba la impresión de que la carretera se prolongaba indefinidamente, pero no habría recorrido más de doscientos metros cuando vio las luces de la casa de Strehlke. Se encontraba en la cima de la colina, un lugar de aspecto cuidado, mayor que una cabaña pero más pequeña que una granja. No era una casa de ladrillos, pero tampoco una humilde casa de paja. En la historia de los tres cerditos y el gran lobo malo, Tess conjeturó que esta correspondería a la casa de madera.

Aparcado a la izquierda de la casa había un largo semirremolque con las palabras TRANSPORTES HALCÓN ROJO en el costado. Aparcado al final del camino de entrada, delante del garaje, estaba la cabina Pete del sitio web. Bajo la luz de la luna, parecía embrujada. Tess redujo la marcha al aproximarse, y entonces la inundó un resplandor blanco que le cegó los ojos y que iluminó el césped y el camino de entrada. Se trataba de un foco con sensor de movimiento, y si Strehlke regresara mientras siguiera encendido, sería capaz de ver el brillo desde la entrada al pie de la colina. Puede que incluso lo percibiera mientras aún estuviera aproximándose por Township Road.

Frenó en seco, sintiéndose como cuando, siendo una adolescente, soñaba con que de repente se encontraba en el instituto sin nada de ropa. Oyó los gemidos de una mujer. Supuso que los había emitido ella, pero no sonaban ni los sentía como propios.

—Esto no va bien, Tess.

—Cállate, Tom.

—Podría volver en cualquier momento, y no sabes cuánto dura el temporizador de esa cosa. Tuviste problemas con la madre, y él es muchísimo más grande.

—¡He dicho que te calles!

Intentó pensar, pero la estridente luz lo dificultaba. Las sombras de la cabina estacionada y el semirremolque a la izquierda parecían extender hacia ella puntiagudos dedos negros, los dedos del coco. ¡Maldito foco! ¡Por supuesto, un hombre como él tendría un foco! Debería irse ya mismo, dar la vuelta en el césped y bajar hasta la carretera lo más deprisa posible, pero si lo hiciera se toparía con él. Lo sabía. Y sin el elemento sorpresa, estaría muerta.

*¡Piensa, Tessa Jean, piensa!*

Y, oh, Dios, solo para empeorar las cosas un poco más, un perro empezó a ladrar. Había un perro en la casa. Imaginó a un pit bull con una cabeza de dientes prominentes.

—Si vas a quedarte, no deberías estar a la vista —dijo Tom... Y no, no sonaba como su voz. O no exactamente. Quizá se tratara de la perteneciente a su yo más profundo, a la superviviente. Y a la asesina, también a ella. ¿Cuántas identidades insospechadas albergaría una persona, ocultas en lo más profundo de su ser? Empezaba a pensar que el número podría irse a infinito.

Echó un vistazo al espejo retrovisor, mordiéndose el labio inferior todavía hinchado. Ningún faro aproximándose aún. Pero ¿cómo podría asegurarlo, dada la brillantez combinada de la luna y ese dichoso foco de Cristo?

—Funciona con un temporizador —dijo Tom—, pero yo que tú haría algo antes de que se apagara, Tess. Si mueves el coche después, lo único que conseguirás es que salte otra vez.

Metió la tracción a las cuatro ruedas del Expedition, comenzó a virar alrededor de la cabina, y entonces se detuvo. La hierba alta invadía el otro lado. Bajo el despiadado resplandor del foco, no pudo menos que prever las huellas que dejaría. Incluso aunque se apagara la luz de Cristo, volvería a encenderse cuando él llegara, y entonces las descubriría.

Dentro, el perro proseguía con su intervención: *¡Yark! ¡Yark! ¡Yark-yark-yark!*

—Cruza el césped y ponte detrás del tráiler —dijo Tom.

—¡Pero las huellas! ¡Las *huellas*!

—Tienes que esconderlo en algún sitio —replicó Tom. Hablaba exculpándose, pero con firmeza—. Al menos la hierba está segada en ese lado. La mayoría de la gente es muy poco observadora, ya sabes. Doreen Marquis no para de decirlo.

—Strehlke no es una dama de la Sociedad de la Calceta, es un puto lunático.

Pero como realmente no existía ninguna otra opción (no ahora que estaba allí arriba), Tess se internó en el césped hacia el semirremolque plateado a través de una deslumbrante luz propia de un mediodía estival. Conducía con el trasero ligeramente levantado del asiento, como si con ello pudiera de algún modo mágico hacer menos visibles las huellas del paso del Expedition.

—Si la luz de movimiento sigue encendida cuando regrese, a lo mejor no sospecha —dijo Tom—. Apostaría cualquier cosa a que los ciervos la activan constantemente. Incluso pudiera ser que solo tenga una luz así para ahuyentarlos de su jardín.

Eso tenía sentido (y volvía a parecerse a su voz-Tom especial), pero no la reconfortó mucho.

*¡Yark! ¡Yark! ¡Yark-yark!* Fuera lo que fuese, sonaba como si estuviera cagando monedas allí dentro.

El terreno tras la caja plateada era desigual y ralo de vegetación (sin duda otros semirremolques se aparcaban allí de cuando en cuando), pero lo bastante sólido. Sumergió el Expedition en la sombra del tráiler cuanto pudo, luego apagó el motor. Sudaba profusamente, y desprendía un aroma viciado que ningún desodorante hubiera sido capaz de derrotar.

Bajó del coche, y la luz se extinguió cuando cerró la puerta. Durante un supersticioso instante Tess pensó que lo había ocasionado ella misma, entonces comprendió que se había agotado el tiempo del puto cacharro que tanto la atemorizaba. Se inclinó sobre el capó caliente del Expedition, inspirando profundamente y expulsando el aire como un corredor en el último medio kilómetro de una maratón. Podría venir bien saber cuánto tiempo había transcurrido con la luz encendida, pero se trataba de una pregunta que Tess era incapaz de responder. Había tenido demasiado miedo. Se le antojaban horas.

Cuando recuperó el control sobre sí misma, pasó revista a su inventario, obligándose a proceder lenta y metódicamente. Pistola y guante de cocina. Ambos presentes y listos para el servicio. No creía que el guante amortiguara otro disparo, no con un agujero; tendría que confiar en el aislamiento de la casita en la cima de la colina. Había dejado el cuchillo en el vientre de Ramona, pero no importaba; si se viera forzada a intentar liquidar a Camionero Grande con un cuchillo de carnicero, tendría serias dificultades.

*Y solo te quedan cuatro balas en la pistola, más te vale recordarlo antes de ponerte a pegar tiros. ¿Por qué no has traído más balas, Tessa Jean? Creías que lo tenías todo planeado, pero en mi opinión no has hecho un buen trabajo.*

—Cállate —susurró—. Tom, o Fritzy, o quienquiera que seas, cierra el pico.

La reprochadora voz cesó, y en ese momento Tess se dio cuenta de que el mundo real se hallaba sumido en el silencio. El perro había interrumpido su ladrido rabioso al apagarse el foco. Ahora el único sonido era el del viento, y la única luz la de la luna.

## 38

Una vez extinguido aquel horrible resplandor, el semirremolque proporcionaba una excelente protección, pero no podía permanecer allí. No si pretendía ejecutar lo que había venido a ejecutar. Tess se apresuró hacia la parte trasera de la casa; le aterrorizaba la posibilidad de activar otro detector de movimiento, pero sentía que no tenía otra opción. No había detector que activar, pero la luna se ocultó tras una nube y tropezó con el mamparo del sótano; casi se golpeó la cabeza contra una carretilla cuando cayó de rodillas. Por un momento, en aquella posición, volvió a preguntarse en qué se había convertido. Era una miembro del Gremio de Autores que había disparado a una mujer no hacía mucho. Después de apuñarla en el estómago.

*He cruzado completamente la línea; estoy haciendo el indio.*

Entonces recordó cuando él la llamó zorra, puta zorra llorona, y dejó de preocuparse por si estaba o no haciendo el indio. Además, se trataba de un dicho estúpido. Y racista, por añadidura.

Strehlke sí que tenía un huerto detrás de la casa, pero de reducidas dimensiones; por lo visto no merecía la pena protegerlo de las depredaciones de los ciervos con una luz activada por movimiento. No obstante, tampoco quedaba nada a excepción de unas cuantas calabazas, la mayoría pudriéndose en los emparrados. Pasó por encima de las hileras, dobló la esquina del otro lado de la casa, y allí estaba la cabina. La luna había vuelto a aparecer y convertía el cromado en la plata líquida de las espadas de las novelas de fantasía.

Tess se arrimó al vehículo, anduvo pegada al costado izquierdo, y se arrodilló junto a la rueda delantera (que alcanzaba la altura de la barbilla; de la suya, al menos). Sacó el Exprimelimones del bolsillo. Strehlke no entraría en el garaje con la camioneta porque la cabina bloqueaba el acceso. Y aunque no, el garaje probablemente se hallaría repleto de adornos de soltero: herramientas, aparejos de pesca, equipo de acampada, piezas de camión, cajas de refrescos de saldo.

*Eso solo son conjeturas. Hacer conjeturas es peligroso. Doreen te reprendería por ello.*

Claro que sí, nadie mejor que Tess conocía a las damas de la Sociedad de la Calceta, pero aquellas nenas amantes de los postres raramente se arriesgaban. Cuando se tomaban riesgos, uno se veía obligado a realizar cierto número de conjeturas.

Tess miró su reloj y quedó atónita al ver que solo eran las diez menos veinticinco. Parecía que hubieran transcurrido cuatro años desde que le sirviera una ración doble a Fritzy y abandonara su casa. Quizá cinco. Creyó oír un motor que se aproximaba, luego determinó que no. Hubiera deseado que amainara el viento, pero si los deseos fueran cerdos, el beicon siempre estaría de oferta. Este era un dicho que ninguna dama de la Sociedad de la Calceta habría expresado jamás (Doreen Marquis y sus amigas adoraban cosas del tipo «cuanto antes se empieza, antes se termina»), pero que igualmente encerraba una gran verdad.

Quizá sí que fuera a emprender un viaje, domingo noche o no. Quizá Tess continuara allí cuando saliera el sol, con el frío metido en sus ya doloridos huesos a causa del constante viento que peinaba esa colina solitaria donde se volvía loca por estar.

*No, el loco es él. ¿Te acuerdas de cómo bailaba? ¿De la sombra que danzaba en la pared detrás de él? ¿Te acuerdas de cómo cantaba? ¿De su voz chillona? Espérale, Tessa Jean. Espera hasta que el infierno se congele. Has llegado demasiado lejos para dar media vuelta.*

Lo cierto era que eso la asustaba.

*Es imposible que sea un decoroso asesinato de salón. Lo entiendes, ¿no?*

Lo entendía. Este asesinato en particular (si fuera capaz de cometerlo) encajaría mejor en *El justiciero de la ciudad* que en *La Sociedad de la Calceta de Willow Grove va al teatro*. El gigante aparcaría, era de esperar que pegado a la cabina tras la que se ocultaba. Apagaría los faros de la *pick-up*, y antes de que sus ojos pudieran adaptarse...

Esta vez no era el viento. Reconoció el latido mal afinado del motor antes incluso de que los faros salpicaran la curva de la entrada. Tess hincó una rodilla en el suelo y se caló bien la gorra para que el viento no se la llevara. Tendría que acercarse, y eso significaba que debía actuar con sincronización exquisita. Si intentara disparar desde donde estaba emboscada, muy probablemente fallaría, incluso a corta distancia. El instructor de armas le había explicado que no podía confiar en el Exprimelimones a más de tres metros. Le había recomendado que comprara una pistola más fiable, pero nunca lo hizo. Y acercarse lo suficiente para asegurarse de matarlo no era todo. Tendría que cerciorarse de que se trataba de Strehlke en su camioneta, y no el hermano o algún amigo.

*No tengo ningún plan.*

Sin embargo ya era demasiado tarde para planear nada, porque era la camioneta, y cuando el foco se encendió, vio la gorra marrón con las salpicaduras de lejía. Vio también que contraía el rostro debido a la deslumbrante luz, igual que le había sucedido a ella, y supo que estaría momentáneamente cegado. Era ahora o nunca más.

*Soy la Mujer Coraje.*

Sin un plan, sin siquiera pensarlo, salió de detrás de la cabina; no corría, sino que daba largas y tranquilas zancadas. El viento la envolvía en ráfagas y hacía ondear sus pantalones cargo. Abrió la puerta del pasajero y vio en una mano el anillo con la piedra roja. El hombre estaba agarrando una bolsa de papel con la forma cuadrada de lo que contenía en su interior. Cerveza, probablemente un pack de doce. Se volvió hacia ella y algo terrible sucedió: se dividió en dos. Una, la Mujer Coraje, vio al animal que la había violado, estrangulado y metido en una tubería con dos cadáveres en descomposición. La otra, Tess, vio el rostro ligeramente más ancho y las arrugas alrededor de la boca y los ojos que no habían estado allí el viernes por la tarde. Pero aún mientras registraba estas evidencias, el Exprimelimones ladró por dos veces en su mano. La primera bala perforó la garganta de Strehlke, justo por debajo de la barbilla. La segunda abrió un agujero negro sobre la tupida ceja derecha e hizo añicos la ventanilla del conductor. El gigante se desplomó contra la puerta, y la mano que sujetaba la bolsa de papel cayó inerte. Su cuerpo entero se convulsionó de manera monstruosa, y la mano con el anillo pegó en el centro del volante, haciendo sonar el claxon. Dentro de la casa, el perro empezó a ladrar de nuevo.

—No, ¡es él! —Continuaba en la puerta, con la pistola en la mano, mirándolo fijamente—. *¡Tiene que ser él!*

Se precipitó al otro lado de la *pick-up*, perdió el equilibrio, cayó sobre una rodilla, se levantó, y abrió la puerta del conductor de un tirón. Strehlke resbaló fuera y su cabeza muerta golpeó el asfalto liso de la entrada. La gorra salió despedida. El ojo derecho, arrastrado por la bala que había penetrado justo por encima, estaba clavado en la luna. El izquierdo estaba clavado en Tess. Y no fue el rostro lo que finalmente la convenció, el rostro con las arrugas que veía por primera vez, el rostro picado con antiguas cicatrices de acné que no habían estado allí el viernes por la tarde.

«¿Era un hombre grande, o *muy* grande?», había preguntado Betsy Neal.

«Muy grande», había contestado Tess, y era cierto..., pero no tanto como este hombre. Su violador medía unos dos metros, según había calculado cuando se bajó de la camioneta (de esta camioneta, no le cabía duda al respecto). Orondo de panza, grueso de muslos, y tan ancho como una puerta. Pero este hombre debía de medir unos dos metros diez. Había venido a cazar a un gigante y terminó matando a un titán.

—Oh, Dios mío —dijo Tess, y el viento se llevó sus palabras—. Oh, Dios bendito, ¿qué he hecho?

—Me has matado, Tess —respondió el hombre en el suelo... y ciertamente eso parecía lógico, habida cuenta de los orificios de bala en la cabeza y en la garganta—. Fuiste y mataste a Camionero Grande, justo lo que querías.

Sus músculos flaquearon. Cayó de rodillas junto al hombre. Por encima, la luna enviaba haces de luz desde el cielo rugiente.

—El anillo —musitó ella—. La gorra. La *camioneta*.

—Se pone el anillo y la gorra cuando sale de caza —explicó Camionero Grande—. Y conduce la *pick-up*. Cuando sale de caza, yo estoy en la carretera en un Halcón Rojo, y si alguien lo ve, sobre todo sentado, pensará que me está viendo a mí.

—¿Por qué iba a hacer eso? —le preguntó Tess al hombre muerto—. Eres su *hermano*.

—Porque está loco —respondió Camionero Grande pacientemente.

—Y porque ya había dado resultado antes —dijo Doreen Marquis—. De jóvenes, cuando Lester tuvo problemas con la policía. La cuestión es si Roscoe Strehlke se suicidó a causa de aquel primer problema, o porque Ramona obligó al hermano mayor Al a asumir la culpa. O puede que Roscoe fuera a contarlo y Ramona lo matara. Hizo que pareciera un suicidio. ¿Cómo ocurrió, Al?

Pero respecto a este asunto Al guardó silencio. Un silencio de muerte, de hecho.

—Te contaré lo que yo pienso —prosiguió Doreen bajo la luz de la luna—. Creo que Ramona sabía que si tu hermano pequeño terminaba en una sala de interrogatorios con un policía medio inteligente, podría confesar algo mucho peor que tocar a una chica en el autobús del colegio o espiar a las parejas de los coches en el picadero local o cualquiera que fuese el delito de tres al cuarto del que le acusaban. Creo que tu madre te persuadió para que asumieras la culpa, y que persuadió a su marido para que se hiciera el tonto. O lo intimidó, sí, eso es. Y bien porque la policía nunca pidió a la chica que hiciera una identificación positiva, o bien porque no presentó cargos, se salieron con la suya.

Al no dijo nada.

Tess pensó: *Estoy de rodillas hablando con voces imaginarias. He perdido el juicio.*

Pero una parte de ella sabía que intentaba mantener la cordura. La única manera de conseguirlo era entendiendo lo sucedido, y creía que la historia que estaba relatando con la voz de Doreen se aproximaba mucho a la verdad. Se basaba en conjeturas y pobres deducciones, pero parecía lógica. Concordaba con lo que había dicho Ramona en sus últimos momentos.

«Estúpida hija de puta, no sabes de lo que estás hablando.»

Y: «No lo entiendes. Es un error».

Era un error, de acuerdo. Todo lo que había hecho esa noche había sido un error.

*No, todo no. Estaba metida en el ajo. Lo sabía.*

—¿Tú lo sabías? —le preguntó Tess al hombre que había asesinado. Alargó la mano para asir el brazo de Strehlke, pero la retiró. Aún estaría caliente bajo la manga. Creyendo que seguía vivo—. ¿Lo sabías?

No respondió.

—Déjame intentarlo —dijo Doreen. Y con su más comprensiva voz de anciana, la de «puedes contármelo todo», la voz que siempre funcionaba en las novelas, preguntó—: ¿Cuánto sabías, señor Camionero?

—A veces sospechaba —respondió él—, pero casi nunca pensaba en ello. Tenía un negocio que dirigir.

—¿Le preguntaste alguna vez a tu madre?

—Puede que sí —dijo, y a Tess le pareció que su ojo derecho extrañamente bizco se mostraba evasivo. Pero bajo aquella demencial luz de luna, ¿quién podría afirmar una cosa así? ¿Quién podría asegurarlo?

—¿Cuando desaparecieron las muchachas? ¿Preguntaste entonces?

Camionero Grande no contestó a esto, quizá porque Doreen había empezado a sonar como Fritzy. Y como Tom el Tomtom, por supuesto.

—Pero nunca hubo pruebas, ¿verdad? —Esta vez fue la propia Tess. No estaba segura de si respondería a su voz, pero lo hizo.

—No. Ninguna prueba.

—Y tú no querías pruebas, ¿verdad?

Ninguna respuesta esta vez, por lo que Tess se levantó y se acercó con paso vacilante a la gorra marrón salpicada de lejía, que el viento había arrastrado hasta el césped al otro lado de la entrada. Justo cuando la recogía, el foco se apagó. Dentro, el perro dejó de ladrar. Eso la hizo pensar en Sherlock Holmes, y allí de pie en el claro de luna azotado por el viento, Tess se oyó a sí misma proferir la risa más triste que jamás hubiera brotado de garganta humana. Se sacó su gorra, la metió en el bolsillo de la chaqueta, y en su lugar se puso la del hombre. Resultaba demasiado grande para ella, así que se la quitó solo el tiempo necesario para ajustar la correa trasera. Regresó hasta el hombre que había asesinado, el hombre a quien Tess juzgaba quizá no del todo inocente... pero sin duda demasiado inocente para merecer el castigo que la Mujer Coraje le había impuesto.

Tocó la visera de la gorra y preguntó:

—¿Es esta la que llevas cuando estás en la carretera? —Sabiendo que no lo era.

Strehlke no respondió, pero sí lo hizo Doreen Marquis, decana de la Sociedad de la Calceta.

—Claro que no. Cuando estás conduciendo para Halcón Rojo llevas una gorra de Halcón Rojo, ¿verdad, querido?

—Sí —dijo Strehlke.

—Y tampoco llevas tu anillo, ¿verdad?

—No. Demasiado llamativo para los clientes. No es serio. ¿Y si alguien en una de esas paradas de camiones roñosas, alguien demasiado borracho o colocado, lo viera y creyera que era de verdad? Nadie se atrevería a atracarme, soy demasiado grande y fuerte para eso, o por lo menos lo era hasta esta noche, pero alguien podría pegarme un tiro. Y no merezco que me disparen. Ni por un anillo falso, ni por las cosas terribles que mi hermano pudiera haber hecho.

—Y tu hermano y tú nunca conducís para la compañía al mismo tiempo, ¿verdad, querido?

—No. Cuando él está en la carretera, yo me encargo de la oficina. Cuando yo estoy en la carretera, él..., bueno. Me figuro que ya sabes lo que hace cuando yo estoy en la carretera.

—¡Deberías haberlo contado! —le chilló Tess—. Aunque solo lo sospecharas, ¡deberías haberlo contado!

—Tenía miedo —dijo Doreen con su comprensiva voz—. ¿Verdad, querido?

—Sí —dijo Al—. Tenía miedo.

—¿De tu hermano? —preguntó Tess, incrédula, o sin querer creer—. ¿Miedo de tu hermano pequeño?

—No de él —dijo Al Strehlke—. De ella.

Cuando Tess regresó a su coche y arrancó el motor, Tom dijo:

—No tenías forma de saberlo, Tess. Y todo pasó muy rápido.

Eso era cierto, pero omitía un amenazante hecho fundamental: al ir tras su violador igual que un justiciero en una película, se había condenado a sí misma al infierno.

Se llevó la pistola a la sien, luego volvió a bajarla. No podía, no ahora. Aún tenía una obligación para con las mujeres de la tubería y cualquier otra que pudiera unirse a ellas si Lester Strehlke escapaba. Y después de lo que acababa de hacer, era más importante que nunca que no escapara.

Tenía una parada más que hacer. Pero no en su Expedition.

La entrada al 101 de Township Road no era larga y estaba sin pavimentar. Se trataba de un estrecho camino formado simplemente por un par de surcos; los arbustos que crecían a ambos lados rasparon los costados de la *pick-up* F-150 azul cuando Tess la condujo hasta la casa. Esta no tenía aspecto de cuidada; esta era una espeluznante rectoría vieja y hacinada que bien podría haber salido directamente de *La matanza de Texas*. A veces la vida imitaba al arte, vaya si no. Y cuanto más rudimentario el arte, más cercana la imitación.

Tess no hizo ningún esfuerzo por pasar inadvertida; ¿por qué molestarse en apagar los faros cuando Lester Strehlke conocería el ruido de la camioneta de su hermano tan bien como el sonido de su voz?

Aún llevaba puesta la gorra marrón salpicada de lejía que Camionero Grande se ponía cuando no estaba en la carretera, la gorra de la suerte que al final resultó ser de mal fario. El anillo con el falso rubí era demasiado grande para cualquiera de sus dedos, por lo que lo guardó en el bolsillo izquierdo del pantalón.

El Camionero Chico se vestía y conducía como su hermano cuando salía de caza, y mientras que quizá él nunca tendría tiempo suficiente (o cerebro suficiente) para apreciar la ironía de que se le apareciera su última víctima usando los mismos accesorios, Tess sí.

Aparcó en la puerta trasera, apagó el motor, y bajó del vehículo, empuñando la pistola. La puerta no estaba cerrada con llave. Entró en una especie de almacén que olía a cerveza y comida estropeada. Una solitaria bombilla de sesenta vatios colgaba del techo al final de un sucio cable. Enfrente había cuatro contenedores de basura llenos a rebosar, de esos de plástico con capacidad para cien litros que se podían comprar en cualquier Walmart. Detrás se apilaba contra la pared lo que parecía el resultado de acumular revistas de anuncios clasificados durante cinco años. A la izquierda, subiendo un único escalón, había una puerta. Sin duda llevaría a la cocina. En lugar de un pomo tenía un anticuado cerrojo. La puerta chirrió sobre sus goznes sin engrasar cuando descorrió el pestillo y la empujó. Una hora antes, semejante chirrido la habría aterrorizado hasta el punto de la parálisis. Ahora no le preocupó en lo más mínimo. Tenía trabajo que hacer. Todo se reducía a eso, y era un alivio estar libre de toda carga emocional. Se internó en el olor de cualquiera que fuese la grasienta carne que el Camionero Chico hubiera frito para la cena. Oyó unas risas enlatadas en la tele. Alguna comedia. *Seinfeld*, creía.

—¿Qué coño haces aquí? —preguntó a voces Lester Strehlke desde la vecindad de la risa enlatada—. No me queda más que una cerveza y media, si has venido a eso. Voy a bebérmela y luego me iré a la cama. —Tess siguió el sonido de la voz—. Si hubieras llamado, te habría ahorrado el pa...

Ella entró en la sala de estar. Él la vio. Tess no había especulado sobre cuál podría ser su reacción ante la reaparición de su última víctima, empuñando un arma y llevando la gorra que el mismo Lester se ponía cuando le asaltaban sus impulsos. Nunca hubiera podido predecir el extremo de la que presenció. Abrió la boca hasta el suelo, y seguidamente el rostro entero quedó petrificado. La lata de cerveza que sostenía se le cayó de la mano y aterrizó en su regazo, salpicando de espuma su única prenda de vestir, un par de calzoncillos amarillentos.

*Está viendo un fantasma*, pensó Tess mientras se acercaba levantando la pistola. *Bien.*

Dispuso de tiempo para observar que, a pesar del desorden de la sala de estar y la ausencia de globos de nieve y figuritas cutres, el equipo para ver la tele era idéntico al de la casa de su madre en Lacemaker Lane: la butaca La-Z-Boy, la mesa bandeja (aquí contenía una última lata Pabst Blue Ribbon sin abrir y una bolsa de Doritos en lugar de Coca-Cola Light y Cheez Doodles), la misma *TV Guide*, la que tenía en portada a Simon Cowell.

—Tú estás muerta —musitó.

—No —contestó Tess. Le puso el cañón del revólver en la cabeza. El hombre hizo un tímido intento de agarrarle la muñeca, pero fue insuficiente y demasiado tardío—. Ese eres tú.

Apretó el gatillo. La sangre brotó del oído y la cabeza se dobló a un lado con un latigazo. Por un instante pareció un hombre que intentara librarse de una tortícolis. En la tele, George Constanza dijo: «¡Estaba en la piscina! ¡Estaba en la piscina!». Los espectadores rieron.


41


Era casi medianoche, y el viento soplaba con más fuerza que nunca. La casa de Lester Strehlke temblaba con cada ráfaga, y en cada ocasión Tess pensaba en el cerdito que había construido la casa de madera.

El cerdito que había vivido en esta nunca tendría que preocuparse de que su casa de mierda saliera volando, porque yacía muerto en su La-Z-Boy. *Y de todas formas él no era un pequeño cerdito*, pensó Tess. *Era el gran lobo malo.*

Estaba sentada en la cocina, escribiendo en las páginas de una mugrienta libreta Blue Horse que había conseguido arriba, en el dormitorio de Strehlke. El segundo piso contaba con cuatro habitaciones, pero el dormitorio era la única que no se hallaba atestada de chatarra, de todo tipo, desde armazones de hierro para camas hasta un motor fueraborda Evinrude que parecía que lo hubieran dejado caer desde lo alto de un edificio de cinco plantas. Puesto que tardaría semanas o meses en revisar aquellos alijos de lo inservible, lo insignificante, y lo inútil, Tess concentró toda su atención en el dormitorio de Strehlke y lo registró cuidadosamente. Obtuvo la libreta como recompensa. Encontró lo que buscaba en un viejo bolso de mano en el fondo del estante del armario, donde estaba camuflado —sin mucho éxito— con números antiguos del *National Geographic*. Dentro descubrió una maraña de ropa interior femenina. Sus propias bragas estaban encima. Tess se las metió en el bolsillo y, como un colector de cachivaches, las sustituyó por el rollo de amarra amarilla. Nadie se sorprendería de encontrar cuerda en la maleta de un violador-asesino que guardaba lencería como trofeo. Además, ya no lo iba a necesitar.

«*Tonto*», dijo el Llanero Solitario, «*nuestra misión aquí ha terminado*».

Lo que escribió, mientras *Seinfeld* daba paso a *Frasier* y *Frasier* daba paso a las noticias locales (un residente de Chicopee había ganado la lotería y otro había sufrido una fractura de columna al caerse de un andamio, así se compensaba), fue una confesión en forma de carta. Cuando llegó a la página cinco, el telediario dio paso a un anuncio, en apariencia interminable, de un suplemento alimenticio, Almighty Cleanse. Danny Vierra estaba diciendo que «muchos americanos hacen de vientre solo una vez cada dos o tres días, y como llevan años así, *¡creen que es normal!* ¡Todo médico que se precie les dirá que *no lo es*!».

El encabezamiento de la carta rezaba así: *A LAS AUTORIDADES PERTINENTES,* y las primeras cuatro páginas consistían en un único párrafo. En su mente sonaban a grito. Tenía la mano cansada, y el bolígrafo que había encontrado en un cajón de la cocina (con las palabras TRANSPORTES HALCÓN ROJO, de un deslucido color dorado, impresas en la caña) mostraba signos de estar secándose, pero ya casi, gracias a Dios, había terminado. Mientras Camionero Chico continuaba no-viendo la tele desde su posición en la butaca, Tess por fin comenzó un párrafo nuevo en la página cinco.

> No pondré excusas por lo que he hecho. Ni diré que actué con mis facultades mentales perturbadas. Estaba furiosa y cometí un error. Es así de simple. Bajo otras circunstancias, menos terribles, podría decir: «Fue un error natural, los dos eran lo bastante parecidos para ser gemelos». Pero estas no son otras circunstancias.
>
> Aquí sentada, he considerado la expiación mientras escribo estas páginas y escucho el sonido de su televisor y el viento, pero no porque espere el perdón, sino porque me da la impresión de que está mal hacer algo malo sin al menos procurar compensarlo con algo bueno. (Aquí Tess se acordó del ganador de lotería y del hombre con la columna fracturada, dos sucesos que nivelaban la balanza, pero el concepto sería difícil de expresar estando tan cansada, y en cualquier caso no estaba segura de que guardara relación.) He considerado ir a África y trabajar con víctimas de sida. He pensado en ir a New Orleans y colaborar como voluntaria en un refugio o en un comedor. He pensado en ir al Golfo a limpiar petróleo de las aves. He pensado en donar el millón de dólares que tengo ahorrado para mi jubilación a algún grupo que trabaje para poner fin a la violencia contra las mujeres. Debe de existir alguna asociación así en Connecticut, a lo mejor varias.
>
> Pero entonces pensé en Doreen Marquis, de la Sociedad de la Calceta, y en lo que dice una vez en cada novela...

Lo que Doreen decía al menos una vez en cada novela era: «los asesinos siempre pasan por alto lo obvio. Quizá dependáis de ello, queridas». Y mientras Tess escribía sobre expiación, comprendió que esta sería imposible. Porque Doreen tenía toda la razón.

Tess se había puesto una gorra para evitar dejar cabellos que pudieran ser utilizados en un análisis de ADN. Se había puesto unos guantes que nunca se quitó, ni siquiera mientras conducía la *pick-up* de Alvin Strehlke. No era demasiado tarde para quemar la confesión en el horno de leña de Lester, conducir hasta la casa del Hermano Alvin (considerablemente mejor: una casa de ladrillos en lugar de una casa de madera), montar en su Expedition, y partir hacia Connecticut. Regresaría al hogar, donde Fritzy la esperaba. Tess parecía limpia, a primera vista, y puede que la policía tardara unos cuantos días en pillarla, pero la pillarían, sí. Porque mientras se concentraba en las toperas forenses, había pasado por alto la montaña obvia, exactamente igual que los asesinos en las novelas de la Sociedad de la Calceta.

La montaña obvia poseía un nombre: Betsy Neal. Una mujer bonita de rostro ovalado, ojos de Picasso desemparejados, y una nube de cabello oscuro. Había reconocido a Tess, había conseguido incluso su autógrafo, pero eso no era el factor decisivo. Eran las contusiones en su cara («Espero que eso no pasara aquí», había dicho Neal), y el hecho de que Tess hubiera preguntado por Alvin Strehlke, describiendo su camioneta y reconociendo el anillo cuando Neal lo mencionó. «Como un rubí», había corroborado Tess.

Neal vería la noticia en la televisión o la leería en el periódico —con tres muertos de la misma familia, ¿cómo iba a pasarle inadvertida?— y acudiría a la policía. La policía llegaría hasta Tess. Por una cuestión de rutina, comprobarían los archivos del registro de armas de Connecticut y descubrirían que Tess poseía un revólver Smith & Wesson del calibre 38, también conocido como un Exprimelimones. Le pedirían que lo entregara, así podrían dispararlo en el laboratorio y comparar las balas con las halladas en las tres víctimas. ¿Y qué iba a decir ella? ¿Les iba a mirar desde el fondo de sus ojos ennegrecidos y decir (aún con la voz ronca por el estrangulamiento al que la había sometido Lester Strehlke) que lo había perdido? ¿Continuaría ateniéndose a esa historia incluso después de que se encontraran las mujeres muertas en el conducto de la alcantarilla?

Tess tomó el bolígrafo prestado y comenzó a escribir otra vez.

... lo que dice una vez en cada novela: los asesinos siempre pasan por alto lo obvio. Además, en una ocasión Doreen siguió el ejemplo de Dorothy Sayers y dejó a un asesino con un arma cargada, diciéndole que tomara la salida honrosa. Tengo una pistola. Mi hermano Mike es mi único familiar cercano vivo. Vive en Taos, Nuevo México. Supongo que heredará mi propiedad. Depende de las ramificaciones legales de mis crímenes. Si lo hace, espero que las autoridades que encuentren esta carta se la muestren, y que transmitan mi deseo de que done el grueso a alguna organización benéfica que trabaje con mujeres que hayan sufrido abusos sexuales.

Lo siento por Camionero Grande, Alvin Strehlke. No era el hombre que me violó, y Doreen está segura de que tampoco violó ni asesinó a las otras mujeres.

¿Doreen? No, *ella*. Doreen no era real. Pero Tess estaba demasiado cansada para volver atrás y corregirlo. Y qué diablos, de todos modos ya se acercaba al final.

Respecto a Ramona y a ese montón de basura en el cuarto de al lado, no me disculparé. Están mejor muertos.

Por supuesto, yo también.

Hizo una pausa, el tiempo que tardó en repasar las páginas y ver si se había olvidado de algo. No lo parecía, así que firmó con su nombre, su autógrafo final. El bolígrafo se quedó sin tinta en la última letra, y lo depositó a un lado.

—¿Tienes algo que añadir, Lester? —preguntó.

Solo respondió el viento, con una ráfaga tan fuerte que provocó que las juntas de la casa gimieran y soplaran corrientes de aire frío.

Regresó a la sala de estar. Le colocó al gigante la gorra en la cabeza y el anillo en el dedo. Así era como deseaba que lo encontraran. Encima del televisor había una foto enmarcada. En ella, Lester y su madre posaban rodeándose mutuamente con los brazos. Sonreían. Solo un muchacho y su madre. Se quedó mirándola durante un rato, después se marchó.

## 42

Le embargaba la sensación de que debería volver a la tienda abandonada donde todo había sucedido y terminar sus asuntos allí. Podría sentarse durante un rato en el aparcamiento lleno de hierbajos, escuchar el viento haciendo repicar el viejo letrero (TE GUSTA LE GUSTAS), pensar en lo que fuera que pensara la gente en los momentos finales de su vida. En su caso, probablemente se acordaría de Fritzy. Suponía que Patsy lo acogería, y eso estaría bien. Los gatos son supervivientes. No les importaba mucho quién les diera de comer, siempre y cuando su cuenco estuviera lleno.

No requeriría mucho tiempo para alcanzar la tienda a esa hora, pero aun así le parecía una distancia enorme. Estaba muy cansada. Decidió que montaría en la vieja camioneta de Al Strehlke y allí lo consumaría. Sin embargo, no quería salpicar de sangre la confesión que había escrito con tanto dolor, eso no parecía correcto considerando todo el derramamiento de sangre que detallaba, y por tanto...

Se llevó las páginas de la libreta Blue Horse a la sala de estar, donde la televisión seguía encendida (un hombre joven con aspecto de delincuente vendía ahora un robot fregasuelos), y las dejó caer en el regazo de Strehlke.

—Sujétame esto, Les —dijo ella.

—No hay problema —contestó él. Reparó en que parte de su enfermizo cerebro ya empezaba a secarse en el huesudo hombro desnudo. Eso estaba bien.

Tess salió a la ventosa noche y lentamente trepó al volante de la *pick-up*. El chillido de los goznes al cerrarse la portezuela del conductor le resultó extrañamente familiar. Pero no, no era tan extraño; ¿no lo había oído ya en la tienda? Sí. Ella procuraba devolverle el favor que él le iba a hacer; él iba a cambiarle el neumático para que pudiera regresar a casa y dar de comer a su gato.

—No quería que se le agotara la batería —dijo, y se echó a reír.

Se puso el corto cañón del 38 en la sien, luego lo reconsideró. Un disparo de ese tipo no siempre era efectivo. Quería destinar su dinero a ayudar a mujeres maltratadas, no a pagar sus cuidados mientras yacía inconsciente año tras año en algún hogar para vegetales humanos.

La boca, mejor. Más seguro.

El cañón le dejó un regusto aceitoso en la lengua, y notó la pequeña protuberancia de la mira clavándose en el cielo de la boca.

*He tenido una buena vida..., bastante buena, diría, y aunque cometí un error al final, quizá no me lo tengan en cuenta si existe algo después de esto.*

Ah, pero el viento de noche estaba cargado de dulzura. Así como las frágiles fragancias que transportaba a través de la ventanilla medio abierta. Era una lástima renunciar, pero ¿qué otra opción tenía? Era hora de irse.

Tess cerró los ojos, flexionó el dedo sobre el gatillo, y fue entonces cuando Tom habló. Era extraño que pudiera hacerlo, porque Tom se hallaba en el Expedition, y el Expedition se hallaba en la casa del otro hermano, casi a kilómetro y medio de distancia. Además, la voz que oyó no se parecía en nada a la que solía fabricar para Tom. Ni sonaba como propia. Era una voz fría. Y Tess... Tess tenía un arma en la boca. No podía hablar en absoluto.

—Nunca fue una buena detective, ¿eh?

Se sacó el revólver.

—¿Quién? ¿Doreen?

A pesar de todo, estaba horrorizada.

—¿Quién si no, Tessa Jean? ¿Y por qué habría de ser buena? Nació de tu viejo yo, ¿verdad?

Tess supuso que era cierto.

—Doreen cree que Camionero Grande no violó y asesinó a aquellas otras mujeres. ¿No es eso lo que escribiste?

—Yo —dijo Tess—. Estoy segura. Estaba cansada, eso es todo. Y horrorizada, supongo.

—También te sentías culpable.

—Sí. También me sentía culpable.

—¿Crees que la gente que se siente culpable hace buenas deducciones?

No. Quizá no las hicieran.

—¿Qué intentas decirme?

—Que solo has solucionado una parte del misterio. Antes de que pudieras resolverlo todo, tú, no una anciana detective de cliché, hay que admitir que sucedió algo desafortunado.

—¿Desafortunado? ¿Así es como lo llamas? —Desde una gran distancia, Tess se oyó a sí misma reír. En algún lugar el viento hacía repiquetear un canalón flojo contra un alero. El sonido recordaba al letrero de Seven Up de la tienda abandonada.

—Antes de que te pegues un tiro —dijo el nuevo y extraño Tom (cuya voz sonaba más femenina por momentos)—, ¿por qué no piensas por ti misma? Pero no aquí.

—¿Dónde, entonces?

Tom no respondió a esta pregunta; tampoco hacía falta. Lo que dijo fue:

—Y llévate contigo esa puta confesión.

Tess bajó de la camioneta y volvió a entrar en la casa de Lester Strehlke. Se quedó en la cocina del hombre muerto, reflexionando. Lo hizo en voz alta, con la voz de Tom (que por momentos sonaba más como la suya propia). Doreen parecía haberse ido de excursión.

—La llave de la casa de Al estará en la anilla con la llave de contacto —dijo Tom—, pero está el perro. No querrás olvidarte del perro.

No, eso sería malo. Tess se acercó a la nevera de Lester. Tras hurgar un poco, encontró un paquete de hamburguesas en el fondo del estante inferior. Utilizó una revista de clasificados *Uncle's Henry* para envolverlo, luego regresó a la sala de estar. Le arrebató la confesión del regazo a Strehlke, con cautela, muy consciente de que la parte del hombre que la había herido (la parte que había hecho que tres personas fueran asesinadas esa noche) yacía bajo las páginas.

—Me llevo tu carne picada, pero no me guardes rencor. Te estoy haciendo un favor. Huele a semen podrido.

—Ladrona además de asesina —dijo Camionero Chico con una monótona voz de muerto—. Qué bonito.

—Cállate, Les —contestó ella, y se marchó.

43

«Antes de que te pegues un tiro, ¿por qué no piensas por ti misma?»

Eso procuraba hacer, mientras conducía la vieja *pick-up* de vuelta a la ventosa carretera de acceso a la casa de Alvin Strehlke. Empezaba a pensar que Tom, incluso sin hallarse en el mismo vehículo, era mejor detective que Doreen Marquis en sus mejores días.

—Iré al grano —dijo Tom—. Si no crees que Al Strehlke era parte del asunto, y quiero decir una parte importante, es que estás loca.

—Claro que estoy loca —contestó ella—. ¿Por qué si no intentaría convencerme a mí misma de que no disparé al hombre equivocado cuando sé que lo hice?

—Es la culpa la que habla, no la lógica —replicó Tom. Su tono era petulante de un modo exasperante—. No era un corderito inocente, ni siquiera una oveja medio negra. Despierta, Tessa Jean. No eran solo hermanos, eran socios.

—Socios de empresa.

—Los hermanos nunca son solo socios de empresa. Siempre es más complicado. Especialmente cuando tienes por madre a una mujer como Ramona.

Tess torció hacia el camino de entrada asfaltado de Al Strehlke. Supuso que Tom podría acertar al respecto. Sabía una cosa: Doreen y sus amigas de la Sociedad de la Calceta nunca se habían topado con una mujer como Ramona Norville.

El foco se encendió. El perro arrancó: *yark-yark, yarkyarkyark*. Tess esperó a que la luz se apagara y a que el animal se calmara.

—No hay forma de que pueda saberlo alguna vez con certeza, Tom.

—No podrás estar segura si no echas un vistazo.

—Aunque él lo supiera, no fue el que me violó.

Tom permaneció en silencio durante unos instantes. Creyó que se había rendido, pero entonces dijo:

—Cuando una persona hace algo malo y otra persona lo sabe pero no se lo impide, ambos son igualmente culpables.

—¿A los ojos de la ley?

—También a mis ojos. Digamos que fue solo Lester quien cazaba, violaba, y asesinaba. No lo creo, pero digamos que fue así. Si el hermano mayor lo sabía y se calló, eso lo hace merecedor de la muerte. De hecho, diría que meterle un par de balas fue demasiado piadoso. Atravesarlo con un atizador ardiendo se acercaría más a mi concepto de justicia.

Tess meneó la cabeza cansinamente y tocó la pistola posada en el asiento. Quedaba una bala. Si tenía que usarla con el perro (y en realidad, ¿qué era una muerte más entre amigos?), debería hacerse con otra pistola, a menos que quisiera probar a colgarse o alguna otra cosa. Pero los tipos como los Strehlke solían tener armas de fuego. Esa era la parte hermosa, como hubiera dicho Ramona.

—Si lo sabía, sí. Pero un «si» tan grande no se merecía una bala en la cabeza. La madre es otro cantar; en lo que a ella respecta, los pendientes era todo cuanto necesitaba como prueba. Pero aquí no hay ninguna.

—¿De verdad? —susurró Tom en voz tan baja que Tess apenas si pudo oírla—. Ve a ver.


## 44


El perro no ladró cuando Tess ascendió los escalones pisando fuerte, pero podía imaginárselo apostado detrás de la puerta, con la cabeza inclinada y los dientes al descubierto.

—¿Manises? —Qué demonios, era un nombre tan bueno como cualquier otro para un perro de campo—. Me llamo Tess. Te traigo unas hamburguesas. También tengo una pistola con una bala. Ahora voy a abrir la puerta. Si yo fuera tú, elegiría la carne. ¿Vale? ¿Trato hecho?

Ningún ladrido aún. Quizá necesitaba la luz del foco para reaccionar. O una jugosa ladrona. Tess probó con una llave, luego otra. Nada. Esas dos probablemente pertenecían a la oficina de la compañía. La tercera giró en la cerradura; abrió la puerta antes de que pudiera acobardarse.

Se había imaginado un bulldog, o un Rottweiler, o un pit bull de ojos rojos segregando saliva por la boca. Lo que vio fue un terrier Jack Russell que la miró con ojos esperanzados y que meneaba la cola.

Tess se guardó la pistola en el bolsillo de la chaqueta y acarició la cabeza del perro.

—Dios bendito —musitó—. Y pensar que te tenía pavor.

—No veo la razón —dijo Manises—. Dime, ¿dónde está Al?

—No preguntes —respondió ella—. ¿Quieres una hamburguesa? Pero te lo advierto, puede que esté estropeada.

—Pásamela, muñeca —dijo Manises.

Tess le dio de comer un trozo de hamburguesa; entró, cerró la puerta y encendió las luces. ¿Por qué no? Después de todo, solo estaban Manises y ella.

Alvin Strehlke había mantenido una casa más ordenada que su hermano menor. Los suelos y las paredes estaban limpios, en los rincones no se acumulaban números de la *Guía de Trueques de Uncle Henry's*, y hasta vio unos pocos libros en las estanterías. Había también grupos de figuritas Hummel, y una foto enmarcada de Mamadzilla en la pared. A Tess le resultó una pizca insinuante, pero difícilmente constituía una prueba concluyente. De nada.

*Si hubiera una foto de Richard Widmark en su famoso papel de Tommy Udo, eso ya sería otra cosa.*

—¿De qué te sonríes? —preguntó Manises—. ¿Quieres compartirlo?

—La verdad es que no —respondió Tess—. ¿Por dónde deberíamos empezar?

—No lo sé —dijo Manises—. Yo solo soy el perro. ¿Qué tal un poco más de esa sabrosa vaca?

Tess le dio otro trozo de carne. Manises se irguió sobre sus patas traseras y giró dos veces sobre los talones. Tess empezó a cuestionarse si no estaría volviéndose loca.

—¿Tom? ¿Algo que decir?

—Encontraste tu ropa interior en la casa del otro hermano, ¿no?

—Sí, y me la llevé. Está desgarrada... y nunca querría ponérmela aunque no lo estuviera..., pero es mía.

—¿Y qué más encontraste aparte de un montón de bragas?

—¿A qué te refieres con «qué más»?

Sin embargo, Tom no necesitaba contestar. La cuestión no consistía en lo que había encontrado; la cuestión consistía en lo que no: ni bolso ni llaves. Lester Strehlke probablemente arrojó las llaves al bosque. Eso habría hecho Tess de hallarse en su lugar. El bolso ya era un asunto diferente. Se trataba de un Kate Spade, muy caro, en cuyo interior tenía cosida una cinta de seda con su nombre. Si el bolso, y las cosas que contenía, no se hallaban en la casa de Lester, y si no lo había tirado al bosque junto con las llaves, ¿dónde estaba?

—Yo voto por que está aquí —dijo Tom—. Echemos un vistazo.

—¡Comida! —gritó Manises, y ejecutó otra pirueta.


## 45

¿Por dónde debería empezar?

—Venga ya —dijo Tom—. Los hombres guardan la mayoría de sus secretos en uno de estos dos sitios: el estudio o el dormitorio. Puede que Doreen no lo sepa, pero tú sí. Y esta casa no posee estudio.

Entró en el dormitorio de Al Strehlke (con Manises a la zaga), donde encontró una cama de matrimonio extra grande arreglada con un eficiente estilo militar. Tess miró debajo. Nada.

Empezó a moverse en dirección al armario, se detuvo, luego giró sobre sus talones de vuelta a la cama. Levantó el colchón. Miró. Tras cinco segundos —quizá diez— pronunció dos palabras con voz seca y sin inflexiones.

—Premio gordo.

Sobre los muelles del somier descansaban tres bolsos de mujer. El del medio era un bolso sin asas de color crema que Tess habría reconocido en cualquier sitio. Lo abrió de un tirón. No contenía nada a excepción de unos Kleenex y un lápiz de ojos con un ingenioso cepillo para pestañas oculto en la mitad superior. Buscó la cinta de seda con su nombre, pero no estaba. La habían retirado con cuidado, pero apreció un diminuto corte en el fino cuero italiano donde las puntadas habían sido descosidas.

—¿El tuyo? —preguntó Tom.

—Sabes que sí.

—¿Y qué hay del lápiz de ojos?

—Esas cosas las venden a miles en todos los hipermercados de Amér...

—¿Es el tuyo?

—Sí. Es el mío.

—¿Ya te has convencido?

—Yo... —Tess tragó saliva. Sentía algo, pero no estaba segura de qué era. ¿Alivio? ¿Horror?—. Supongo que sí. Pero ¿por qué? ¿Por qué los dos?

Tom no lo dijo. No era necesario. Quizá Doreen no lo supiera (o no quisiera admitirlo, pues a las ancianas que seguían sus aventuras no les gustaba el material repulsivo), pero Tess sospechaba que sí. Porque Mamá jodió a ambos. Eso es lo que cualquier psiquiatra diría. Lester era el violador; Al era el fetichista que participaba indirectamente. Quizá hasta ayudó con una o con las dos mujeres de la tubería. Nunca lo sabría con certeza.

—Probablemente no terminarías de registrar la casa entera hasta el amanecer —dijo Tom—, pero deberías registrar el resto de esta habitación, Tessa Jean. Probablemente destruyó todo lo del bolso, imagino que cortó las tarjetas de crédito y las tiró al

Río Colewich, pero tienes que asegurarte, porque cualquier cosa que lleve tu nombre conducirá a la policía directamente hasta tu puerta. Empieza por el armario.

Tess no encontró en el armario sus tarjetas de crédito ni ninguna otra cosa que le perteneciera, pero sí encontró algo. Estaba en el estante superior. Se bajó de la silla en la que se había subido y lo estudió con creciente consternación: un pato de peluche que podría haber sido el juguete favorito de un niño. Un ojo había desaparecido y el pelo sintético estaba apelmazado. De hecho, en algunos lugares no quedaba nada de ese pelo, como si el pato hubiera sido manoseado casi hasta la muerte.

En el descolorido pico amarillo se veía una mancha de color marrón oscuro.

—¿Es lo que yo creo que es? —preguntó Tom.

—Oh, Tom, creo que sí.

—Los cuerpos que viste en la alcantarilla..., ¿alguno podría haber sido el cadáver de un niño?

No, ninguno de los dos había sido tan pequeño. Pero quizá la alcantarilla que corría bajo Stagg Road no había sido el único vertedero de cadáveres de los hermanos Strehlke.

—Ponlo otra vez en el estante. Deja que lo encuentre la policía. Has de asegurarte de que no tiene un ordenador con cosas sobre ti. Después lárgate pitando de aquí.

Algo frío y húmedo acarició la mano de Tess. Casi profirió un grito. Era Manises, que la miraba con ojos brillantes.

—¡Más carne! —pidió Manises, y Tess le dio otro trozo.

—Si Al Strehlke tiene un ordenador —dijo Tess—, puedes estar seguro de que lo tiene protegido con contraseña. Y es difícil que me lo haya dejado abierto para que pueda fisgar.

—Pues te lo llevas y lo arrojas al puñetero río de camino a casa. A dormir con los peces.

Pero no había ningún ordenador.

En la puerta, Tess le dio a Manises el resto de la carne. Probablemente la vomitaría por toda la alfombra, pero eso no iba a molestar a Camionero Grande.

Tom dijo:

—¿Estás satisfecha, Tessa Jean? ¿Te convences ahora de que no mataste a un hombre inocente?

Supuso que no le quedaba más remedio, porque el suicidio ya no parecía una opción.

—¿Qué hay de Betsy Neal, Tom? ¿Qué pasa con ella?

Tom no respondió... pero, una vez más, no fue necesario. Porque, después de todo, él era ella.

¿Verdad?

Tess no estaba completamente segura. Y ¿acaso importaba, mientras supiera qué hacer a continuación? En cuanto a mañana, sería otro día. Scarlett O'Hara había tenido mucha razón a ese respecto.

Lo más importante era que la policía debía ser informada de los cadáveres en la alcantarilla. Aunque solo fuera porque en alguna parte habría amigos y familiares que aún estarían preguntándose por ellas. Y también porque...

—Porque el pato de peluche dice que podría haber más.

Esa fue su propia voz.

Y eso estaba bien.

### 46

A las siete treinta de la mañana siguiente, después de menos de tres horas de sueño interrumpido y asaltado por las pesadillas, Tess encendió el ordenador de su despacho. Pero no para escribir. La escritura se hallaba a años luz de su mente.

¿Betsy Neal estaba soltera? Tess así lo creía. Aquel día en la oficina de Neal no había visto ninguna alianza, y aunque podría no haberse percatado, tampoco vio fotos familiares. La única fotografía que recordaba era una enmarcada de Barack Obama..., y él ya estaba casado. Por lo que sí, probablemente Betsy Neal estuviera divorciada o soltera. Y probablemente no figuraría en la guía. En tal caso, una búsqueda en internet no le serviría de nada. Tess supuso que podría ir al Stagger Inn y encontrarla allí, pero no quería volver al Stagger. Nunca más.

—¿Por qué estás comprando problemas? —dijo Fritzy desde el alféizar—. Al menos comprueba la guía de teléfonos de Colewich. Y ¿a qué hueles? ¿A perro?

—Sí. Es Manises.

—Traidora —dijo Fritzy con desdén.

La búsqueda arrojó una docena de Neals. Uno de los nombres era E. Neal. ¿E de Elizabeth? Solo existía una manera de averiguarlo.

Sin vacilación —que casi con certeza habría hecho que perdiera el valor—, Tess tecleó el número. Estaba sudando, y el corazón le latía acelerado.

El teléfono sonó una vez. Dos veces.

*Seguramente no es ella. Podría ser Edith Neal. Edwina Neal. Incluso Elvira Neal.*

Tres veces.

*Si es el teléfono de Betsy Neal, probablemente ni siquiera esté en casa. Seguro que se ha ido de vacaciones a las Catskills...*

Cuatro veces.

*... o está arrejuntada con uno de los Panaderos Zombis, ¿qué te parece eso? El guitarrista principal. Seguro que cantan «Can Your Pussy Do the Dog» juntos en la ducha después de...*

El teléfono fue descolgado, y Tess reconoció la voz en su oído inmediatamente.

«Hola, has llamado a Betsy, pero ahora mismo no me puedo poner. Ahora viene un bip, y ya sabes qué hacer cuando lo oigas. Que pases un buen día.»

*Pasé un mal día, gracias, y la noche anterior fue todavía mucho pe...*

Llegó el bip, y Tess se oyó hablando antes de ser siquiera consciente de que pretendía hacerlo.

—Hola, señora Neal, soy Tessa Jean, ¿la señora de Willow Grove? Nos conocimos en el Stagger Inn. Me devolvió mi Tomtom y yo le firmé un autógrafo para su abuela. Vio las marcas que tenía en el cuerpo, y le mentí. No fue un novio, señora Neal. —Tess empezó a hablar más rápido, temiendo que se terminara la cinta antes de finalizar..., y descubrió cuán desesperadamente quería finalizar—. Me violaron, y eso fue malo, pero luego intenté hacer lo correcto y..., yo... tengo que contárselo porque...

Se produjo un clic en la línea, y entonces fue Betsy Neal en persona quien habló en su oído.

—Empiece de nuevo —dijo—, pero despacio. Me acabo de levantar y sigo medio dormida.

## 47

Quedaron para almorzar en la plaza comunal de Colewich. Se sentaron en un banco cerca del quiosco de música. Tess creía que no tenía hambre, pero Betsy Neal la obligó a comer un sándwich, y Tess se encontró devorándolo a grandes bocados, lo que le recordó a Manises engullendo la hamburguesa de Lester Strehlke.

—Empieza por el principio —dijo Betsy. Parecía tranquila, pensó Tess, casi de un modo preternatural—. Empieza por el principio y cuéntamelo todo.

Tess comenzó con la invitación de Books & Brown Baggers. Betsy Neal habló poco, solo de vez en cuando agregaba un «Ajá» o un «Vale» para informar a Tess de que aún estaba siguiendo la historia. La narración le provocó sed. Por suerte, Betsy también había traído dos latas de gaseosa de vainilla Dr. Brown's. Tess aceptó una y la bebió con avidez.

Cuando terminó ya era la una de la tarde. La poca gente que había ido a la plaza a comer ya se había marchado. Dos mujeres paseaban cochecitos de bebé, pero se hallaban a una buena distancia.

—A ver si lo he entendido bien —dijo Betsy Neal—. Ibas a matarte, y entonces una voz fantasma te sugirió que volvieras a la casa de Alvin Strehlke.

—Sí —contestó Tess—. Donde encontré mi bolso. Y el pato manchado de sangre.

—Las braguitas las encontraste en la casa del hermano pequeño.

—En la de Camionero Chico, sí. Están en mi Expedition. Y el bolso. ¿Quieres ver las dos cosas?

—No. ¿Y la pistola?

—También en el coche. Queda una bala. —Miró a Neal con curiosidad, pensando: *La chica con ojos de Picasso*—. ¿No te doy miedo? Eres el único cabo suelto. Bueno, el único que se me ocurre.

—Estamos en un parque público, Tess. Además, en casa tengo algo muy parecido a una confesión grabada en el contestador automático.

Tess parpadeó. Algo más que no se le había ocurrido.

—Aunque te las apañaras para matarme sin que aquellas dos madres de allí se dieran cuenta...

—No estoy dispuesta a matar a nadie más. Ni aquí ni en ningún otro sitio.

—Es bueno saberlo. Porque aunque te encargaras de mí y de mi contestador, tarde o temprano alguien daría con el taxista que te llevó al Stagger el sábado por la mañana. Y cuando la policía llegara hasta ti, te encontrarías luciendo una buena cantidad de moratones incriminatorios.

—Sí —dijo Tess, tocándose el peor de ellos—. Eso es cierto. ¿Y ahora qué?

—En primer lugar, creo que lo más prudente sería que te mantuvieras fuera de la vista tanto como puedas hasta que tu bonita cara vuelva a lucir bonita.

—Creo que eso lo tengo cubierto —dijo Tess, y le contó a Betsy la historia que había inventado en beneficio de Patsy McClain.

—Es bastante buena.

—Señora Neal... Betsy..., ¿me crees?

—Oh, sí —respondió, casi distraídamente—. Ahora escucha. ¿Me estás escuchando?

Tess asintió con la cabeza.

—Somos un par de mujeres de picnic en el parque, y eso está bien. Pero después de hoy, no vamos a volver a vernos. ¿De acuerdo?

—Si tú lo dices —respondió Tess. Sentía el cerebro del mismo modo que su mandíbula después de que el dentista le inyectara una buena dosis de novocaína.

—Sí, eso digo. Y deberás inventarte otra historia, por si acaso la policía habla con el conductor de la limusina que te llevó a casa...

—Manuel. Se llama Manuel.

—... o con el taxista que te llevó al Stagger el sábado por la mañana. No creo que nadie haga la conexión entre los Strehlke y tú, siempre y cuando no aparezca ningún documento tuyo, pero cuando se sepa la historia, va a ser una noticia de gran repercusión, y no podemos suponer que la investigación no te alcanzará. —Se inclinó hacia delante y le dio una palmadita a Tess en el pecho izquierdo—. Cuento contigo para asegurarte de que nunca me alcance a mí. Porque no lo merezco.

No, no lo merecía. Rotundamente.

—¿Qué cuento podrías contarle a la policía, cielo? Algo bueno que no me incluya. Vamos, tú eres la escritora.

Tess meditó durante un minuto entero. Betsy no la presionó.

—Diría que Ramona me habló sobre el atajo de Stagg Road después de mi presentación, lo cual es cierto, y que vi el Stagger Inn al pasar. Diría que unos kilómetros más adelante paré a cenar, y que luego decidí volver a tomar una copa. A escuchar a la banda.

—Eso es bueno. Se llaman...

—Sé cómo se llaman —prosiguió Tess. Quizá la novocaína empezaba a disiparse—. Diría que conocí a unos tipos, que bebimos un montón, y que decidí que estaba demasiado pedo para conducir. Tú no saldrías en la historia, porque no trabajas por las noches. También podría decir...

—Da igual, es suficiente. Cuando te pones a cocinar historias eres bastante buena. Pero no la adornes demasiado.

—Descuida —dijo Tess—. Y esta es una historia que puede que nunca tenga que contar. Una vez que encuentren a los Strehlke y a las víctimas de los Strehlke, buscarán a un asesino muy diferente a una mujercita que escribe libros como yo.

Betsy Neal sonrió.

—Una mujercita que escribe libros, y un cuerno. Eres un bicho de cuidado. —Entonces vio la asustada expresión de inquietud en el semblante de Tess—. ¿Qué? ¿Qué pasa ahora?

—Serán capaces de relacionar las mujeres de la tubería con los Strehlke, ¿verdad? Por lo menos con Lester, ¿no?

—¿Se puso condón antes de violarte?

—No. Dios, no. Todavía tenía su semen en los muslos cuando llegué a casa. Y dentro de mí. —Se estremeció.

—Entonces se lo habrá hecho a pelo a las demás. Eso implica multitud de pruebas. Las reunirán todas. Mientras los cabrones se hayan deshecho de todo cuanto pudiera identificarte, deberías estar a salvo. Y no tiene sentido preocuparse de lo que no puedes controlar, ¿verdad?

—No.

—Y en cuanto a ti..., no estás planeando irte a casa y cortarte las venas en la bañera, ¿no? ¿O usar esa última bala?

—No. —Tess recordó la dulzura que impregnaba el aire nocturno mientras estaba sentada en la camioneta con el corto cañón del Exprimelimones en la boca—. No, estoy bien.

—Entonces es hora de que te marches. Yo me quedaré aquí sentada un poco más.

Tess se puso en pie, luego volvió a sentarse en el banco.

—Hay algo que necesito saber. Ahora te has convertido en encubridora. ¿Por qué haces esto por una mujer a la que ni siquiera conoces? Una mujer a la que solo has visto una vez.

—¿Creerías que es porque a mi abuela le encantan tus libros y se sentiría decepcionada si fueras a la cárcel por un triple asesinato?

—Ni en lo más mínimo —respondió Tess.

Betsy permaneció callada durante unos instantes. Tomó su lata de Dr. Brown's, y seguidamente volvió a soltarla.

—Violan a muchas mujeres, ¿no crees? Quiero decir, en esto no eres especial.

No, Tess sabía que a ese respecto no era especial, pero saberlo no reducía el dolor y la vergüenza. Ni le calmaría los nervios mientras esperaba los resultados de la prueba del sida que pronto se realizaría.

Betsy esbozó una sonrisa. No tenía nada de agradable. Ni de bonito.

—Hay mujeres por todo el mundo que están siendo violadas mientras hablamos. También niñas. Algunas sin duda tendrán peluches favoritos. Algunas son asesinadas, y otras sobreviven. Entre las que sobreviven, ¿cuántas crees que denuncian lo sucedido?

Tess meneó la cabeza.

—Yo tampoco —dijo Betsy—, pero sé lo que dice la Encuesta Nacional sobre Víctimas de Crímenes, porque lo busqué en Google. Según los sondeos, el sesenta por ciento de las violaciones quedan sin denunciar. Tres de cada cinco. Creo que podría ser inferior, pero ¿quién puede asegurarlo? Fuera de las clases de matemáticas, es difícil demostrar un negativo. Imposible, en realidad.

—¿Quién te violó? —preguntó Tess.

—Mi padrastro. Yo tenía doce años. Me puso un cuchillo de mantequilla en la cara mientras lo hacía. Me quedé quieta (estaba aterrorizada), pero el cuchillo se le resbaló al correrse. Probablemente no fue a propósito, pero ¿quién sabe?

Betsy tiró hacia abajo del párpado inferior izquierdo con la mano izquierda. Ahuecó la derecha debajo, y el ojo de cristal cayó rodando limpiamente en la mano. La cuenca vacía era de un suave color rojo, y se inclinaba hacia arriba, pareciendo contemplar el mundo con asombro.

—El dolor fue..., bueno, no hay forma de describir un dolor así, de veras que no. Me pareció como si fuera el fin del mundo. Y la sangre. Mucha. Mi madre me llevó al médico. Me dijo que tenía que contar que iba corriendo descalza y me resbalé en el suelo de la cocina porque ella acababa de encerarlo. Que me caí hacia delante y me saqué el ojo con la esquina de la encimera. Dijo que el médico querría hablar conmigo a solas, y que ella dependía de mí. «Sé que te ha hecho una cosa horrible», dijo, «pero si la gente se entera me van a echar la culpa a mí. Por favor, cariño, haz esto por mí y yo me aseguraré de que nunca te vuelva a pasar nada malo». Y eso es lo que hice.

—¿Y volvió a pasar?

—Tres o cuatro veces más. Y siempre me quedé quieta, porque solo me quedaba un ojo para donar a la causa. Escucha, ¿ya hemos acabado aquí o no?

Tess se movió para abrazarla, pero Betsy se encogió. *Como un vampiro cuando ve un crucifijo*, pensó Tess.

—No lo hagas —dijo Betsy.

—Pero...

—Lo sé, lo sé, muchas gracias, solidaridad, hermanas para siempre, bla, bla, bla. No me gusta que me abracen, eso es todo. ¿Ya hemos acabado aquí o no?

—Hemos acabado.

—Entonces márchate. Y yo tiraría esa pistola tuya al río de camino a casa. ¿Has quemado la confesión?

—Sí. Puedes apostar.

Betsy asintió con la cabeza.

—Y yo borraré el mensaje que dejaste en mi contestador.

Tess se alejó andando. Miró atrás una vez. Betsy Neal seguía sentada en el banco. Se había vuelto a colocar el ojo en su sitio.

48

Ya en el Expedition, Tess se dio cuenta de que podría ser una idea sumamente buena borrar del GPS los últimos trayectos. Pulsó el botón de encendido, y la pantalla se iluminó.

«Hola, Tess. Veo que nos vamos de viaje.»

Tess terminó de eliminarlos, luego volvió a apagar la unidad GPS. No era un viaje, en realidad no; solo regresaba a casa. Y pensó que podría hallar el camino por sí misma.

# UNA EXTENSIÓN JUSTA

Streeter solo vio la señal porque tuvo que hacerse a un lado para vomitar. Esto ahora ocurría con mucha frecuencia, y con muy poco aviso, a veces un aleteo de náuseas, a veces un sabor a latón en el fondo de la boca, y a veces nada en absoluto; solo *urk* y ahí aparecía, hola, cómo te va. Eso convertía la acción de conducir en un propósito arriesgado, aunque también conducía mucho últimamente, en parte porque hacia finales de otoño ya no sería capaz, y en parte porque tenía mucho en lo que pensar. Siempre había pensado mejor sentado al volante.

Se hallaba en la Extensión de Harris Avenue, una amplia vía que corría unos tres kilómetros junto al Aeropuerto Comarcal de Derry y los negocios auxiliares: principalmente moteles y almacenes. La Extensión era muy transitada durante las horas del día, porque conectaba las zonas este y oeste de Derry, además de proporcionar servicio al aeropuerto, pero al caer la noche estaba prácticamente desierta. Streeter se detuvo en el carril bici, agarró rápidamente una de las bolsas para vómito de la pila depositada en el asiento del pasajero, hundió la cara en ella, y dejó que fluyera. La cena hizo una aparición estelar. O la habría hecho, de haber tenido los ojos abiertos. No fue así. Una vez que habías visto un hartazgo de vómito, los habías visto todos.

Al comienzo de la fase de vómitos no había dolor. El doctor Henderson le advirtió de que eso cambiaría, lo cual ocurrió al cabo de una semana. Aún no era una agonía, solo una rápida descarga desde las entrañas hasta la garganta, como un reflujo ácido. Llegaba y a continuación se desvanecía. Sin embargo, iría a peor. El doctor Henderson también se lo había dicho.

Levantó la cabeza de la bolsa, abrió la guantera, sacó un cierre de alambre, y aseguró la cena antes de que el olor pudiera impregnar el coche. Miró a la derecha y divisó una providencial papelera con un alegre sabueso de orejas gachas en el costado y un mensaje estarcido en el que se leía **DERRY DAWG DICE: ¡PON LA BASURA EN SU SITIO!**

Streeter bajó del vehículo, caminó hasta la Papelera Dawg y se deshizo de la más reciente eyección de un cuerpo que se deterioraba. El sol veraniego adquiría una tonalidad rojiza sobre el terreno plano (y en ese momento desierto) del aeropuerto, y la sombra clavada a sus talones era larga y grotescamente delgada. Era como si estuviera cuatro meses adelantada a su cuerpo y ya totalmente devastada por el cáncer que pronto lo devoraría vivo.

Regresaba al coche cuando vio el letrero al otro lado de la carretera. Al principio, y probablemente porque sus ojos aún lagrimeaban, creyó que decía EXTENSIÓN DE PELO. Luego parpadeó y vio que en realidad ponía EXTENSIÓN JUSTA.* Debajo, en letra más pequeña: PRECIO JUSTO.

Extensión justa, precio justo. Sonaba bien, y casi parecía lógico.

Había una parcela de grava en el extremo más lejano de la Extensión, en el exterior de la malla ciclónica que marcaba la propiedad del aeropuerto del condado. Mucha gente instalaba allí puestos de carretera durante las horas de mayor ajetreo del día, porque permitía a los clientes aparcar sin que te pegaran por detrás (si uno era rápido y recordaba usar los intermitentes, claro). Streeter había vivido toda su vida en la pequeña ciudad de Derry, en Maine, y a lo largo del tiempo había visto a gente vender helechos frescos en primavera, bayas frescas y mazorcas de maíz en verano, y langostas casi todo el año. Durante la estación del barro, un viejo chiflado conocido como el Hombre Nieve se

* *Hair* («pelo») y *fair* («justo») tienen una grafía muy similar; de ahí la confusión. *(N. del T.)*

adueñaba del lugar, vendiendo baratijas rescatadas que se habían perdido en invierno y que la nieve al fundirse dejaba al descubierto. Muchos años antes Streeter le había comprado a este personaje una bonita muñeca de trapo, con la intención de regalársela a su hija May, que por entonces tenía dos o tres años. Cometió el error de contarle a Janet que la había conseguido del Hombre Nieve, y ella le obligó a tirarla a la basura.

—¿Te crees que una muñeca de trapo se puede hervir para matar los gérmenes? —preguntó—. A veces no entiendo cómo puede un hombre listo ser tan estúpido.

Bueno, el cáncer no discriminaba en cuanto a inteligencia. Listo o estúpido, estaba preparado para abandonar el partido y quitarse el uniforme.

Había una mesa plegable colocada donde el Hombre Nieve exhibiera en otro tiempo sus artículos. El hombre regordete sentado tras ella se protegía de los rayos rojos del sol poniente con una gran sombrilla de color amarillo inclinada de modo desenfadado.

Streeter se quedó parado delante del coche durante un minuto, y cuando se disponía a montar (el hombre regordete no le había prestado atención; parecía estar mirando un pequeño televisor portátil), la curiosidad lo venció. Comprobó el tráfico, no divisó ninguno —como era previsible la Extensión a esa hora se hallaba muerta, todos los viajeros diarios estaban en casa cenando y dando por seguros sus estados no cancerosos— y cruzó los cuatro carriles vacíos. Su sombra escuálida, el Fantasma del Streeter Futuro, le seguía a la zaga.

El hombre regordete alzó la vista.

—Eh, hola —saludó. Antes de que apagara el televisor, Streeter tuvo tiempo de observar que el tipo estaba viendo *Inside Edition*—. ¿Cómo se encuentra esta noche?

—Bueno, no sé usted, pero yo he estado mejor —respondió Streeter—. Un poco tarde para estar vendiendo, ¿no? Hay muy poco tráfico por aquí después de la hora punta. Es la parte posterior del aeropuerto, ¿sabe? Solo entregas de carga. Los pasajeros entran por la calle Witcham.

—Sí —dijo el hombre regordete—, pero por desgracia la zonificación va en contra de los pequeños negocios de carretera como el mío en la parte concurrida del aeropuerto. —Meneó la cabeza ante la injusticia del mundo—. Iba a cerrar e irme a casa a las siete, pero tuve el presentimiento de que podría aparecer un cliente potencial.

Streeter echó un vistazo a la mesa, no vio ningún artículo a la venta (a menos que el televisor lo fuera), y sonrió.

—Es difícil que yo sea un cliente potencial, señor...

—George Alobid —dijo el hombre regordete, levantándose y ofreciéndole una mano igualmente regordeta.

Streeter se la estrechó.

—Dave Streeter. Y es difícil que yo sea un cliente potencial, porque no tengo ni idea de lo que está vendiendo. Al principio creí que el letrero decía extensión *de pelo*.

—¿*Quiere* hacerse extensiones en el pelo? —preguntó Alobid, echándole un rápido vistazo crítico—. Lo digo porque el suyo parece que ralea.

—Y pronto habrá desaparecido —dijo Streeter—. Voy a quimio.

—Oh, vaya. Lo siento.

—Gracias. Aunque no sé qué sentido tiene... —Se encogió de hombros. Le asombró la facilidad con la que uno podía hablarle de esas cosas a un extraño. Ni siquiera se lo había contado a sus hijos, aunque Janet lo sabía, por supuesto.

—¿Las posibilidades no son muchas? —preguntó Alobid. Había genuina compasión en su voz (ni más ni menos), y Streeter notó que se le anegaban los ojos de lágrimas. Llorar delante de Janet le avergonzaba terriblemente, y solo lo había hecho en dos ocasiones. Aquí, con este extraño, parecía correcto. No obstante, sacó su pañuelo del bolsillo trasero y se enjugó los ojos. Un pequeño avión iniciaba la maniobra de aproximación para aterrizar. Recortado contra el sol rojo, se asemejaba a un crucifijo móvil.

—Ninguna posibilidad es lo que oigo —dijo Streeter—. Así que supongo que la quimio es solo..., no sé...

—¿Un triaje reflejo?

Streeter se echó a reír.

—Exactamente eso.

—Quizá debiera considerar cambiar la quimio por más analgésicos. O podría hacer un pequeño trato conmigo.

—Como empecé a decir, difícilmente puedo ser un cliente potencial sin saber qué vende.

—Oh, bueno, la mayoría de la gente lo llamaría aceite de serpiente —dijo Alobid, sonriendo detrás de la mesa y basculando arriba y abajo sobre las puntas de los pies. Streeter advirtió con cierta fascinación que, aunque George Alobid era regordete, su sombra se veía tan delgada y enferma como la de Streeter. Supuso que la sombra de todo el mundo empezaba a parecer enferma a medida que se aproximaba la puesta de sol, especialmente en agosto, cuando el final del día se alargaba y persistía y por alguna razón no resultaba del todo agradable.

—No veo las botellas —comentó Streeter.

Alobid clavó los dedos en la mesa y se inclinó hacia delante, presentando de repente un aspecto serio.

—Vendo extensiones —dijo.

—Lo cual hace que el nombre de esta carretera en particular sea fortuito.

—Nunca lo había pensado así, pero tiene razón. Aunque a veces un puro no es más que un cigarro, y una coincidencia no es más que una coincidencia. Todo el mundo desea una extensión, señor Streeter. Si usted fuera una mujercita con pasión por las compras, le ofrecería una extensión de crédito. Si usted tuviera un pene pequeño (la genética puede ser muy cruel), le ofrecería una extensión de polla.

Streeter se mostraba asombrado y divertido por la llaneza de sus palabras. Por vez primera en un mes —desde el diagnóstico— olvidó que sufría una forma agresiva de cáncer que avanzaba con suma rapidez.

—Bromea.

—Oh, soy un gran bromista, pero nunca hago chistes con los negocios. He vendido docenas de extensiones de polla en mi época, y en una época se me conoció en Arizona como *El Pene Grande*. Estoy siendo completamente sincero, pero, por suerte para mí, no necesito ni espero que usted me crea. Los hombres bajos con frecuencia desean una extensión de altura. Si *quisiera* más pelo, señor Streeter, estaría *encantado* de venderle una extensión de pelo.

—Si un hombre tuviera una nariz grande, ya sabe, como Jimmy Durante, ¿podría conseguir una más pequeña?

Alobid meneó la cabeza, sonriendo.

—Ahora es usted quien bromea. La respuesta es no. Si necesita una reducción, tendría que acudir a otro sitio. Yo me especializo solo en extensiones, un producto muy americano. He vendido extensiones de amor, a veces denominadas *pociones*, a los perdidamente enamorados, extensiones de préstamo a los faltos de liquidez (muchas, con esta economía), extensiones de tiempo a aquellos bajo la presión de una fecha límite, y una vez una extensión de ojo a un compadre que quería ser piloto de las Fuerzas Aéreas y sabía que no superaría el examen de la vista.

Streeter sonreía abiertamente, divertido. Habría dicho que la diversión ya se encontraba fuera de su alcance, pero la vida estaba llena de sorpresas.

Alobid también sonreía, como si compartieran un chiste excelente.

—Y una vez —prosiguió—, arreglé una extensión de *realidad* para un pintor, un hombre muy talentoso, que se estaba deslizando hacia una esquizofrenia paranoide. Eso sí que fue caro.

—¿Cuánto, si me permite el atrevimiento?

—Una de las pinturas del compadre, que ahora adorna mi casa. Conocerá su nombre, famoso en el Renacimiento Italiano. Si en la universidad dio un curso de iniciación al arte, probablemente lo haya estudiado.

Streeter continuaba sonriendo, pero retrocedió un paso, por precaución. Había aceptado el hecho de que iba a morir, pero eso no significaba que quisiera hacerlo ese día, a manos de un posible fugado del manicomio de Juniper Hill para criminales psicóticos de Augusta.

—Entonces ¿de qué estamos hablando? ¿De que usted es una especie de..., no sé..., inmortal?

—Muy longevo, ciertamente —respondió Alobid—. Lo cual nos lleva a lo que puedo hacer por usted, creo. Probablemente querrá una extensión de *vida*.

—Pero supongo que no podrá hacerse, ¿no? —preguntó Streeter. Mentalmente estaba calculando la distancia hasta el coche, y cuánto tardaría en llegar allí.

—Claro que puede hacerse... por un precio.

Streeter, que en su época había jugado sus buenas partidas de Scrabble, ya había imaginado las letras del nombre de Alobid en fichas y las había reordenado.

—¿Dinero? ¿O estamos hablando de mi alma?

Alobid agitó la mano y acompañó el gesto con un pícaro movimiento de ojos.

—No reconocería un alma, como dice el dicho, ni aunque me mordiera en el trasero. No, la respuesta es dinero, como casi siempre. El quince por ciento de sus ingresos durante los próximos quince años debería bastar. Véalo como una comisión para el agente.

—¿Esa sería la duración de mi extensión?

Streeter contemplaba la idea de quince años con nostálgica avaricia. Parecía mucho tiempo, especialmente al lado de lo que le aguardaba realmente: seis meses de vómitos, dolor creciente, coma, muerte. Más una necrológica que sin duda incluiría la frase «tras una batalla larga y valiente contra el cáncer». Yada-yada, como decían en *Seinfeld*.

Alobid elevó las manos a la altura de los hombros, en un expansivo gesto de «quién sabe».

—Podrían ser veinte. No puedo asegurarlo, esto no es una ciencia exacta. Pero si espera la inmortalidad, olvídelo. Todo cuanto vendo es una extensión justa. Es lo más que puedo hacer.

—A mí me vale —dijo Streeter. El tipo le había levantado el ánimo, y si necesitara una pareja seria para su número, Streeter estaba dispuesto a complacerle. Hasta cierto punto, al menos. Aún sonriendo, le tendió la mano por encima de la mesa plegable—. Quince por ciento, quince años. Aunque debo advertirle, el quince por ciento del salario del director adjunto de un banco no es que le vaya a poner precisamente frente al volante de un Rolls-Royce. De un Geo, quizá, pero...

—Eso no es todo —dijo Alobid.

—Claro que no —contestó Streeter. Suspiró y retiró la mano—. Señor Alobid, ha sido un placer hablar con usted, me ha alegrado la tarde, algo que creía imposible, y espero que consiga ayuda para su problema ment...

—Silencio, estúpido —dijo Alobid, y aunque seguía sonriendo, ahora no había nada agradable en su sonrisa. De repente parecía más alto, por lo menos siete u ocho centímetros más alto, y no tan regordete.

*Es la luz*, pensó Streeter. *La luz del atardecer es engañosa.* Y el desagradable olor que percibió de repente no era probablemente sino combustible de aviación quemado, transportado a este pequeño cuadrado de grava al otro lado de la malla ciclónica por una errante ráfaga de viento. Tenía sentido... pero calló como le habían ordenado.

—¿Por qué un hombre o una mujer necesita una extensión? ¿Se ha preguntado alguna vez eso?

—Claro que sí —respondió Streeter con un deje de aspereza—. Trabajo en un banco, señor Alobid, en la Caja de Ahorros de Derry. La gente me pide extensiones de préstamo constantemente.

—Entonces sabe que la gente necesita *extensiones* para compensar *déficit*; déficit de crédito, déficit de polla, déficit de vista, etcétera.

—Sí, este mundo anda corto de muchas cosas —dijo Streeter.

—Justamente. Pero incluso las cosas que no están ahí poseen peso. Un peso negativo, que es el peor. El peso que usted pierde debe ir a algún otro sitio. Es física básica. Física *psíquica*, podríamos decir.

Streeter estudió a Alobid con fascinación. Aquella momentánea impresión de que el hombre era más alto (y de que su sonrisa contenía demasiados dientes) se había esfumado. No era más que un tipo bajito, corpulento, que probablemente tenía una tarjeta sanitaria verde en su cartera, si no de Juniper Hill, entonces del Instituto de Salud Mental Acadia, en Bangor. Si es que *tenía* cartera. Poseía ciertamente una ilusoria geografía desarrollada en grado sumo, y eso lo convertía en un fascinante objeto de estudio.

—¿Puedo andarme sin rodeos, señor Streeter?

—Por favor.

—Debe transferir el peso. En palabras llanas, tiene que hacerle una putada a alguien si quiere deshacer la putada que le han hecho a usted.

—Ya veo. —Y así era. Alobid retomaba su mensaje, y el mensaje era un clásico.

—Pero no puede ser cualquiera. El sacrificio anónimo ya se ha intentado, y no funciona. Tiene que ser alguien que usted odie. ¿Hay alguien a quien odie, señor Streeter?

—Kim Jong-Il no me entusiasma demasiado —dijo Streeter—. Y creo que la cárcel es demasiado buena para los malditos cabrones que volaron el USS *Cole*, pero supongo que no...

—Sea serio o váyase de aquí —dijo Alobid, y una vez más dio la impresión de ser más alto. Streeter se preguntó si esto podría ser un peculiar efecto secundario de la medicación que tomaba.

—Si se refiere a mi vida personal, no odio a nadie. Hay gente que no me gusta, como la señora Denbrough, que vive al lado y nunca pone la tapa de los cubos de basura, y si sopla el viento, toda su porquería termina desparramada por mi césped...

—Si me permite citar erróneamente al difunto Dino Martino, señor Streeter, todo el mundo odia a alguien alguna vez.

—Will Rogers decía...

—Will Rogers era un tejedor de lazos que llevaba el sombrero sobre los ojos como un niño jugando a los vaqueros. Aparte, si de verdad usted no odia a nadie, no podremos hacer negocios.

Streeter lo meditó. Posó la vista en sus zapatos y habló con un hilo de voz que a duras penas reconoció como propia.

—Supongo que odio a Tom Goodhugh.

—¿Quién es él en su vida?

Streeter lanzó un suspiro.

—Mi mejor amigo desde la escuela primaria.

Se produjo un momento de silencio antes de que Alobid estallara en sonoras carcajadas. Rodeó la mesa con grandes zancadas, palmeó a Streeter en la espalda (con una mano que se percibía gélida y unos dedos que se percibían largos y delgados en vez de cortos y regordetes), y luego regresó a su silla plegable. Se derrumbó en ella, aún resoplando y rugiendo. Tenía la cara roja, y las lágrimas que fluían por su rostro también parecían rojas (como de sangre, en realidad) a la luz del atardecer.

—*Su mejor... desde la escuela... oh, eso es...*

Alobid no pudo decir más. Entró en un estado de estallidos y aullidos y espasmos, con la barbilla (extrañamente afilada para un rostro tan rollizo) alzada y saludando al inocente (pero ensombrecido) cielo de verano. Por fin consiguió recuperar el control sobre sí mismo. Streeter pensó en ofrecerle su pañuelo, y decidió que no quería que tocara la piel del vendedor de extensiones.

—Eso es excelente, señor Streeter —dijo—. Podremos hacer negocios.

—Vaya, genial —dijo Streeter, retrocediendo otro paso—. Ya estoy disfrutando de mis quince años adicionales. Pero he aparcado en el carril bici, y eso es una infracción de tráfico. Podrían ponerme una multa.

—Yo no me preocuparía de eso —dijo Alobid—. Como quizá haya notado, ni un solo coche civil ha pasado por aquí desde que empezamos a regatear, no digamos un esbirro del departamento de policía de Derry. El tráfico nunca interfiere cuando estoy haciendo un trato serio con un hombre o mujer seria; me ocupo de eso.

Streeter miró en derredor con inquietud. Era cierto. Podía oír el tráfico en la calle Witcham, en dirección a Upmile Hill, pero esta parte de Derry se hallaba completamente desierta.

*Por supuesto*, se recordó a sí mismo, *el tráfico siempre es ligero aquí al acabar el día laborable.*

¿Pero *ausente*? ¿Totalmente ausente? Cabía esperarlo a medianoche, pero no a las siete y media de la tarde.

—Cuénteme por qué odia a su mejor amigo —invitó Alobid.

Streeter volvió a recordarse que este hombre estaba chalado. Nada de lo que le transmitiera Alobid sería creíble. La idea resultaba liberadora.

—De niños, Tom era más guapo, y ahora lo es más, con *mucha* diferencia. En el instituto era el mejor en tres deportes; el único que a mí se me da medianamente bien es el mini-golf.

—No creo que tengan equipo de animadoras para eso —dijo Alobid.

Streeter sonrió forzadamente, cada vez más entusiasmado con este asunto.

—Tom es bastante listo, pero hizo el vago en el instituto de Derry. Sus ambiciones universitarias eran nulas. Pero cuando bajaron sus notas lo suficiente para poner en peligro su beca de atletismo, le entró el pánico. ¿Y entonces quién recibió la llamada?

—¡Usted! —exclamó Alobid—. ¡El bueno de Míster Responsabilidad! Le dio clases particulares, ¿verdad? ¿Quizá redactó algunos trabajos? ¿Asegurándose de escribir mal las palabras donde los profesores de Tom sabían que solía cometer faltas de ortografía?

—Culpable de los cargos. De hecho, cuando estábamos en el último curso y Tom ganó el premio al Deportista del Año del Estado de Maine, yo era realmente dos estudiantes: Dave Streeter y Tom Goodhugh.

—Algo duro.

—¿Sabe lo que es más duro? Yo tenía una novia. Una chica preciosa que se llamaba Norma Witten. Ojos y pelo castaños, piel impecable, pómulos perfectos...

—Tetitas a las que uno nunca renunciaría...

—Sí, en efecto. Pero, dejando a un lado el atractivo sexual...

—Que no significa que en realidad lo dejara de lado...

—... amaba a esa chica. ¿Sabe lo que hizo Tom?

—¡Se la robó! —dijo Alobid con indignación.

—Correcto. Vinieron a verme los dos, ¿sabe? Para limpiar su conciencia.

—¡Qué noble!

—Declararon que no pudieron evitarlo.

—Declararon que estaban en-amor-ados, oh, A-M-O-R.

—Sí. La fuerza de la naturaleza. Esto es mayor que nosotros dos. Etcétera, etcétera.

—Déjeme adivinar. La dejó preñada.

—Desde luego.

Streeter volvió a clavar la vista en sus zapatos, recordando una cierta falda que Norma había llevado cuando estaba en primer o segundo año de universidad. Estaba cortada para enseñar una ligera insinuación de su ropa interior. Eso había sido casi treinta años antes, pero a veces aún evocaba aquella imagen cuando hacía el amor con Janet. Nunca había hecho el amor con Norma, bueno, al menos no hasta el final; ella no lo permitía. Sin embargo, se había mostrado más que impaciente por quitarse las bragas para Tom Goodhugh.

*Probablemente la primera vez que él se lo pidió.*

—Y la abandonó con un bollo en el horno.

—No. —Streeter suspiró—. Se casó con ella.

—¡Y luego se divorció! ¿Quizá después de darle una paliza?

—Peor aún. Siguen casados. Con tres hijos.

—Eso es casi lo más inmundo que he oído jamás. No existen muchas cosas que pudieran empeorarlo. A menos... —Alobid miró con astucia a Streeter desde debajo de sus tupidas cejas—. A menos que sea usted quien se encuentre congelado en el iceberg de un matrimonio sin amor.

—En absoluto —contestó Streeter, sorprendido por la idea—. Quiero muchísimo a Janet, y ella también me quiere. El modo en el que me ha apoyado durante este cáncer ha sido sencillamente extraordinario. Si existe algo semejante a la armonía en el universo, entonces Tom y yo terminamos con las compañeras acertadas. Definitivamente. Pero...

—¿Pero? —Alobid lo miraba con gozoso anhelo.

Streeter fue consciente de que tenía las uñas incrustadas en las palmas. En lugar de aflojar, presionó con mayor fuerza. Presionó hasta que sintió que brotaba la sangre.

—¡Pero *el hijo de puta me la robó*! —Eso había estado concomiéndole durante años, y sentaba bien poder gritar la noticia.

—Así es, y nunca cesamos de desear lo que deseamos, sea o no bueno para nosotros. ¿No opina lo mismo, señor Streeter?

Streeter no contestó. Respiraba con fuerza, como un hombre que acaba de esprintar cincuenta metros o que se ha enzarzado en una pelea callejera. Intensas pelotitas de color habían emergido en sus previamente pálidas mejillas.

—¿Y eso es todo? —Alobid habló con la inflexión de un comprensivo párroco.

—No.

—Sáquelo todo, entonces. Drene esa ampolla.

—Es millonario. No debería, pero lo es. A finales de los ochenta, no mucho después de la inundación que casi aniquiló esta ciudad, montó una empresa de basuras..., solo que la llamó Eliminación y Reciclaje de Residuos de Derry. Un nombre más atractivo, ya sabe.

—Menos patógeno.

—Acudió a mí para el préstamo, y aunque todo el mundo en el banco opinaba que la propuesta era poco sólida, lo aprobé. ¿Sabe por qué le aprobé el préstamo, Alobid?

—¡Por supuesto! ¡Porque es su amigo!

—Pruebe otra vez.

—Porque pensó que fracasaría estrepitosamente.

—Correcto. Invirtió todos sus ahorros en cuatro camiones de basura, e hipotecó su casa para comprar una parcela colindante a los límites de Newport. Para un vertedero. La clase de cosas que los gángsteres de New Jersey poseen para blanquear el dinero de la droga y la prostitución y usarlo como depósito de cadáveres. Pensé que estaba chalado y me moría por concederle el préstamo. Aún me quiere como a un hermano por eso. No deja de decirle a la gente cómo me enfrenté al banco y puse mi empleo en peligro. «Dave cargó conmigo, como en el instituto», dice. ¿Sabe cómo llaman los niños de la ciudad a su vertedero ahora?

—¡Dígamelo!

—¡El Monte Trashmore! ¡Es enorme! ¡No me extrañaría que fuera radiactivo! Está cubierto de césped, pero hay letreros de PROHIBIDO EL PASO por todas partes, y probablemente bajo esa bonita hierba verde haya una Rata Manhattan. ¡Y seguro que también son radiactivas!

Calló, consciente de que sonaba ridículo, despreocupado. Alobid estaba loco, pero ¡sorpresa! ¡Streeter había resultado ser también un demente! Al menos en lo referente a su viejo amigo. Además...

*En cáncer veritas*, pensó Streeter.

—Por tanto, recapitulemos. —Alobid empezó a enumerar los puntos con los dedos, que no eran largos en absoluto, sino tan cortos, regordetes e inofensivos como el resto de su persona—. Tom Goodhugh era más guapo que usted, incluso de niños. Estaba dotado de unas habilidades atléticas que usted solo podía soñar. La muchacha que para usted se cerraba de piernas en el asiento trasero de su coche, abrió esos suaves muslos blancos para Tom. Se casó con ella. Siguen enamorados. Los hijos bien, supongo, ¿no?

—¡Sanos y preciosos! —escupió Streeter—. Una se va a casar, otro está en la universidad, otro en el instituto. ¡*Este* es capitán del equipo de fútbol! ¡Del puto palo la puta astilla!

—Correcto. Y, la guinda del pastel, él es rico y usted va dando tumbos por la vida con un sueldo de sesenta mil al año, más o menos.

—Conseguí una bonificación por el préstamo —refunfuñó Streeter—. Por tener visión.

—Pero lo que usted de verdad quería era un ascenso.

—¿Cómo sabe eso?

—Ahora soy un hombre de negocios, pero en otro tiempo fui un humilde asalariado. Me despidieron antes de empezar a trabajar por cuenta propia. Lo mejor que me pudo pasar. Sé cómo van estas cosas. ¿Algo más? Le conviene desahogarse.

—¡Bebe cerveza artesanal Spotted Hen! —gritó Streeter—. ¡Nadie en Derry bebe esa mierda pretenciosa! ¡Solo él! ¡Solo Tom Goodhugh, el Rey de la Basura!

—¿Tiene un coche deportivo? —Alobid habló en voz baja, las palabras forradas de seda.

—No. Si lo tuviera, al menos podría bromear con Janet sobre la menopausia del deportivo. Conduce un maldito *Range Rover*.

—Intuyo que queda una cosa más —dijo Alobid—. De ser así, también le convendría sacárselo de encima.

—No tiene cáncer. —Streeter casi lo musitó—. Tiene cincuenta y un años, como yo, y está sano... como un puto... caballo.

—Igual que usted —dijo Alobid.

—¿*Qué*?

—Está hecho, señor Streeter. O, puesto que he curado su cáncer, al menos temporalmente, ¿puedo llamarle Dave?

—Está completamente loco —dijo Streeter, no sin admiración.

—No, señor. Estoy tan cuerdo como una línea recta. Pero fíjese que dije *temporalmente*. Nuestra relación ahora se halla en la fase de «pruébelo, lo comprará». Durará por lo menos una semana, quizá diez días. Le insto a que visite a su médico. Creo que encontrará una notable mejoría en su condición. Pero no durará. A menos...

—¿A menos?

Alobid se inclinó hacia delante, sonriendo de manera cómplice. Los dientes de nuevo parecían ser demasiado numerosos (y demasiado grandes) para su inofensiva boca.

—Vengo aquí de cuando en cuando —dijo—. Normalmente a esta hora del día.

—Justo antes de la puesta del sol.

—Exactamente. Paso desapercibido para la mayoría de la gente, miran a través de mí como si no estuviera aquí, pero usted se fijará. ¿Cierto?

—Si estoy mejor, sin duda —dijo Streeter.

—Y me traerá algo.

La sonrisa de Alobid se ensanchó, y Streeter vio algo asombroso y terrible: los dientes del hombre no eran demasiado grandes o demasiado numerosos. Eran *afilados*.

Cuando llegó a casa, Janet doblaba ropa en el lavadero.

—Aquí estás —dijo—. Empezaba a preocuparme. ¿Has tenido un buen paseo?

—Sí —respondió. Inspeccionó la cocina. Parecía diferente. Parecía una cocina salida de un sueño. Entonces encendió la luz, y todo mejoró. Alobid era el sueño. Alobid y sus promesas. Tan solo un lunático del sanatorio de Acadia con un permiso de un día.

Ella se le acercó y le besó en la mejilla. Estaba preciosa, colorada por el calor de la secadora. Tenía cincuenta años, pero parecía mucho más joven. Streeter pensó que probablemente llevaría una buena vida después de su muerte. Imaginaba que podría existir un padrastro para May y Justin en el futuro.

—Tienes buen aspecto —dijo ella—. Incluso has cogido algo de color.

—¿Sí?

—Sí. —Le dedicó una alentadora sonrisa que encerraba inquietud bajo la superficie—. Ven a charlar conmigo mientras doblo el resto de la ropa. Es muy aburrido.

La siguió y se quedó en la puerta del lavadero. Era lo suficientemente sensato como para no ofrecerle ayuda; Janet decía que ni siquiera sabía doblar bien los trapos de cocina.

—Llamó Justin —le dijo—. Él y Carl están en Venecia. En un albergue juvenil. Dijo que su taxista hablaba un inglés muy bueno. Se está divirtiendo de lo lindo.

—Genial.

—Tenías razón al mantener en secreto el diagnóstico —dijo ella—. Tenías razón y yo me equivocaba.

—Una primicia en nuestro matrimonio.

Ella arrugó la nariz.

—Jus ha estado muy ilusionado con este viaje. Pero tendrás que confesar cuando regrese. May vendrá desde Searsport para la boda de Gracie, y ese sería el momento.

Gracie era Gracie Goodhugh, la hija mayor de Tom y Norma. Carl Goodhugh, el compañero de viaje de Justin, era el hermano mediano.

—Ya veremos —dijo Streeter. Guardaba una de sus bolsas para vómitos en el bolsillo trasero, pero nunca había sentido menos ganas de devolver. Lo que *sí* le apetecía era comer. Por primera vez en días.

*Allí no pasó nada, ¿lo sabes, no? No se trata más que de una pequeña exaltación psicosomática. Desaparecerá.*

—Como el pelo —dijo.

—¿Qué, cariño?

—Nada.

—Ah, y hablando de Gracie, llamó Norma. Me recordó que el jueves por la noche tocaba cena en su casa. Le dije que te preguntaría, pero que estabas muy ocupado en el banco, trabajando hasta tarde, con todo ese tema de las hipotecas basura. Creí que no querrías verlos.

Su voz era tan normal y tranquila como siempre, pero de pronto rompió a llorar, con grandes lágrimas de cuento de hadas que primero le anegaban los ojos y luego rodaban por sus mejillas. El amor se volvía monótono con los años de matrimonio, pero ahora el suyo crecía tan fresco como en los primeros días, cuando los dos vivían en un inmundo apartamento de la calle Kossout y a veces hacían el amor en la alfombra de la sala de estar. Streeter entró en el lavadero, le quitó de las manos la camisa que estaba doblando, y abrazó a su mujer. Ella le devolvió el abrazo, ferozmente.

—Es tan duro y tan injusto —dijo—. Lo superaremos. No sé como, pero vamos a superarlo.

—Así es. Y empezaremos cenando el jueves por la noche con Tom y Norma, igual que hacemos siempre.

Janet se retiró, mirándolo con ojos húmedos.

—¿Vas a contárselo?

—¿Y arruinar la cena? No.

—¿Serás capaz de comer? Sin... —Se llevó dos dedos a los labios cerrados, infló las mejillas, y puso los ojos bizcos: una cómica pantomima del vómito que provocó la sonrisa de Streeter.

—No sé el jueves, pero a lo mejor como algo ahora —dijo—.

¿Te importa si me preparo una hamburguesa? O puedo ir al McDonald's... y quizá traerte un helado de chocolate...

—Dios mío —dijo su mujer, y se enjugó los ojos—. Es un milagro.


—Yo no lo llamaría exactamente un milagro —le dijo el doctor Henderson a Streeter el miércoles por la tarde—. Pero...

Era dos días después de que Streeter discutiera asuntos de vida y muerte bajo la sombrilla amarilla del señor Alobid, y un día antes de la cena semanal de los Streeter con los Goodhugh, que en esta ocasión tendría lugar en la ampliada residencia en la que Streeter a veces pensaba como La Casa Que La Basura Construyó. La conversación se desarrollaba no en el despacho del doctor Henderson, sino en una pequeña sala de consulta del hospital Derry Home. Henderson había intentado disuadirle de someterse a una IRM, diciéndole a Streeter que su seguro no lo cubriría y que con toda certeza los resultados serían decepcionantes. Streeter había insistido.

—¿Pero qué, Roddy?

—Los tumores parecen haber encogido, y los pulmones se ven limpios. Nunca he observado un resultado semejante, ni tampoco los otros dos médicos que echaron un vistazo a las resonancias. Más importante aún, y esto es entre tú y yo, el técnico de IRM nunca ha visto nada igual, y esa es la gente en la que de verdad confío. Cree que probablemente se trate de un mal funcionamiento del ordenador de la máquina.

—Me siento bien, sin embargo —dijo Streeter—, por eso solicité la prueba. ¿Es eso un mal funcionamiento?

—¿Estás vomitando?

—Un par de veces —admitió Streeter—, pero creo que es debido a la quimio. Quiero ponerle fin, por cierto.

Roddy Henderson frunció el ceño.

—Eso sería poco prudente.

—Lo poco prudente fue iniciar el tratamiento en primer lugar, amigo mío. Dices «Lo siento, Dave, la probabilidad de que mueras antes de que tengas oportunidad de decir Feliz Día de San Valentín está en el percentil diecinueve, así que vamos a joder el tiempo que te queda llenándote hasta arriba de veneno. Puede que te sintieras peor si te inyectara lodo del vertedero de Tom Goodhugh, pero lo más seguro es que no». Y yo, como un tonto, accedí.

Henderson parecía ofendido.

—La quimio es la última mejor esperanza de...

—No te tires faroles contra un farolero —dijo Streeter con una afable sonrisa. Respiró hondo, y el aire invadió sus pulmones. La sensación era maravillosa—. Con un cáncer agresivo, la quimio no va destinada al paciente. No es más que una agonía que el paciente paga como recargo, así cuando muera, los médicos y los parientes podrán abrazarse unos a otros frente al ataúd y decir «Hicimos lo que pudimos».

—Eso ha sido cruel —dijo Henderson—. Sabes que eres propenso a una recaída, ¿verdad?

—Cuéntaselo a los tumores —contestó Streeter—. A los que ya no están ahí.

Henderson miró las imágenes del Más Profundo y Más Oscuro Streeter que continuaban apareciendo a intervalos de veinte segundos en el monitor de la sala de conferencias. Lanzó un suspiro. Las resonancias eran buenas, incluso Streeter lo sabía, pero daba la impresión de que hacían infeliz a su médico.

—Relájate, Roddy. —Streeter habló con dulzura, como en otro tiempo habría hablado a May o Justin si uno de sus juguetes favoritos se hubiera perdido o roto—. Así es la vida, y a veces los milagros ocurren. Lo leí en el *Reader's Digest*.

—Según mi experiencia, nunca ha ocurrido uno en una máquina de IRM. —Henderson recogió un bolígrafo y tamborileó sobre el expediente de Streeter, que había engordado considerablemente durante los últimos tres meses.

—Hay una primera vez para todo —dijo Streeter.

Jueves, última hora de la tarde en Derry; anochecer de una noche de verano. El sol del ocaso proyectaba sus rayos rojos y ensoñadores sobre los doce mil metros cuadrados perfectamente cortados, regados y ajardinados que Tom Goodhugh tenía la temeridad de llamar «el viejo patio de atrás». Streeter se encontraba sentado en una silla de jardín en el cenador, escuchando el traqueteo de los platos y las risas de Janet y Norma mientras cargaban el lavavajillas.

*¿Patio? Esto no es un patio, es la idea del paraíso de un fan de la teletienda.*

Había incluso una fuente con un niño de mármol en medio. Por alguna razón, el querubín con el culo al aire (meando, por supuesto) era lo que más ofendía a Streeter. Estaba seguro de que la idea surgió de Norma, quien había vuelto a la universidad para sacarse una licenciatura en artes liberales y tenía burdas pretensiones clásicas; no obstante, ver una cosa así bajo el brillo moribundo de una perfecta noche de Maine y saber que su presencia era consecuencia del monopolio de la basura de Tom...

Y, hablando del diablo (*o de Adibol, si te gusta más así*, pensó Streeter), por la puerta asoma el Rey de la Basura en persona, apresando entre los dedos de la mano izquierda los cuellos de dos botellas sudorosas de cerveza Spotted Hen. Esbelto y erguido, con una camisa Oxford de cuello abierto y tejanos desteñidos, y con el rostro enjuto perfectamente iluminado por el brillo del atardecer, Tom Goodhugh parecía un modelo en un anuncio de cerveza. Streeter incluso visualizó el ejemplar de una revista: *Vive la buena vida, pilla una Spotted Hen.*

—Pensé que a lo mejor te apetecía una cerveza fría, pues tu preciosa mujer dice que conducirá ella.

—Gracias. —Streeter tomó una de las botellas, se la llevó a los labios, y bebió. Pretenciosa o no, era buena.

Mientras Goodhugh se sentaba, Jacob el futbolista salió con un plato de queso y galletas. Era tan ancho de espaldas y guapo como lo había sido Tom en su día. *Seguro que las animadoras se le echan encima*, pensó Streeter. *Muy posiblemente tendrá que quitárselas a garrotazos.*

—Mamá creyó que os podría gustar eso —dijo Jacob.

—Gracias, Jake. ¿Vas a salir?

—Un ratito. A lanzar el Frisbee con unos tíos ahí en los Barrens hasta que esté todo oscuro, y luego vendré a estudiar.

—Quedaos de este lado. Hay hiedra venenosa desde que creció toda esa maraña.

—Ya lo sabemos. Denny la pilló cuando estábamos en el instituto, y estuvo tan mal que su madre creyó que tenía cáncer.

—¡Ay! —exclamó Streeter.

—Conduce con cuidado, hijo. No hagas el tonto.

—Descuida.

El muchacho rodeó con un brazo a su padre y le besó en la mejilla con una falta de cohibición que Streeter encontró deprimente. Tom no solo tenía salud, una mujer todavía preciosa, y un ridículo querubín meón; tenía un guapo hijo de dieciocho años que aún se sentía cómodo dándole un beso de despedida a su padre antes de salir con sus mejores amigos.

—Es un buen chico —dijo Goodhugh con afecto, mientras observaba a su hijo subir los escalones hasta la casa y desaparecer dentro—. Estudia duro y saca buenas notas, no como su viejo. Por suerte para mí, yo te tenía a ti.

—Por suerte para los dos —le corrigió Streeter, sonriendo y untando un poco de Brie en una Triscuit, que trituró en la boca.

—Me hace bien verte comer, colega —dijo Goodhugh—. Norma y yo empezábamos a preguntarnos si te pasaba algo malo.

—Nunca he estado mejor —contestó Streeter, y bebió otro trago de la deliciosa (y sin duda cara) cerveza—. Aunque estoy perdiendo pelo. Jan dice que me hace más delgado.

—Eso es algo de lo que las mujeres no tienen que preocuparse —dijo Goodhugh, y se echó hacia atrás su propia pelambrera, tan abundante y espesa como a los dieciocho años. Ni una mota de gris. Janet Streeter aún aparentaba cuarenta en un día bueno, pero bajo la roja luz del sol poniente, el Rey de la Basura aparentaba treinta y cinco. No fumaba, no bebía en exceso, y se ejercitaba en un centro deportivo que tenía negocios con el banco de Streeter pero que Streeter no podía permitirse. Su hijo mediano, Carl, estaba en la actualidad recorriendo Europa con Justin Streeter, los dos viajando a expensas de Carl Goodhugh. Lo cual, por supuesto, significaba a expensas del Rey de la Basura.

*Oh, hombre quien todo lo tiene, vuestro nombre es Goodhugh*, pensó Streeter, y sonrió a su viejo amigo.

Su viejo amigo le devolvió la sonrisa, y entrechocó el cuello de su botella con la de Streeter.

—La vida es buena, ¿no te parece?

—Muy buena —convino Streeter—. Largos días y placenteras noches.

Goodhugh arqueó las cejas.

—¿De dónde has sacado eso?

—Lo acabo de inventar, creo —respondió Streeter—. Pero es cierto, ¿verdad?

—Si lo es, te debo la mayor parte de mis placenteras noches —dijo Goodhugh—. Se me ha pasado por la cabeza, compadre, que te debo mi vida. —Brindó por su demencial patio de atrás—. La parte de los vicios, al menos.

—No, eres un hombre hecho a ti mismo.

Goodhugh bajó la voz y habló confidencialmente.

—¿Quieres la verdad? La mujer hizo a este hombre. La Biblia dice «¿Quién puede encontrar a una buena mujer? Pues su precio está por encima de los rubíes». Bueno, o algo parecido. Y tú nos presentaste. No sé si te acuerdas.

Streeter sintió un repentino y casi irresistible impulso de romper la botella de cerveza contra los ladrillos del cenador y hundir el cuello dentado y aún espumante en los ojos de su viejo amigo. En cambio, esbozó una sonrisa, sorbió un poco más de cerveza, y se levantó.

—Creo que necesito hacer una visita a las instalaciones.

—Uno no compra cerveza, solo la alquila —dijo Goodhugh, y luego estalló en carcajadas. Como si eso lo hubiera inventado él, así en el acto.

—Palabras más ciertas, bla bla bla —dijo Streeter—. Perdona.

—Sí que tienes mejor aspecto —comentó Goodhugh a su espalda mientras Streeter subía los escalones.

—Gracias —dijo Streeter—. Compadre.


Cerró la puerta del cuarto de baño, apretó el botón del pestillo, encendió la luz y, por primera vez en su vida, abrió el botiquín de la casa de otra persona. La primera cosa que detectaron sus ojos lo alegró inmensamente: un bote de champú Just For Men. Había también varios frascos de medicina con prescripción.

Streeter pensó: *La gente que deja sus medicamentos en el baño que usan los invitados, lo único que hace es buscarse problemas.* No es que hubiera nada excepcional: Norma tenía medicina para el asma; Tom tomaba medicina para controlar la presión arterial (Atenolol) y utilizaba algún tipo de crema para la piel.

El frasco de Atenolol estaba por la mitad. Streeter cogió un comprimido, lo metió en el bolsillo para monedas de los vaqueros, y tiró de la cadena. A continuación salió del cuarto de baño, sintiéndose como un hombre que acaba de cruzar a hurtadillas la frontera de un extraño país.


La tarde siguiente estaba nublada, pero George Alobid seguía sentado bajo la sombrilla amarilla y una vez más veía *Inside Edition* en su televisor portátil. La noticia principal trataba de Whitney Houston, que había perdido una sospechosa cantidad de peso poco después de firmar un nuevo y sustancioso contrato discográfico. Alobid despachó este rumor con un giro de sus dedos regordetes y contempló a Streeter con una sonrisa.

—¿Cómo se siente, Dave?

—Mejor.

—¿Sí?

—Sí.

—¿Vómitos?

—Hoy no.

—¿Come?

—Como un caballo.

—Y apuesto a que se ha sometido a un examen médico.

—¿Cómo lo supo?

—No esperaría menos del próspero directivo de un banco. ¿Me ha traído algo?

Por un instante Streeter se planteó la posibilidad de marcharse. Se lo planteó en serio. Entonces introdujo la mano en el bolsillo de la fina chaqueta que llevaba puesta (la tarde era fresca para el mes de agosto, y él aún se hallaba en el bando de los flacos) y sacó un diminuto cuadrado de Kleenex. Vaciló, pero luego se lo tendió a Alobid por encima de la mesa. El vendedor lo desdobló.

—Ah, Atenolol —dijo. Se metió la pastilla en la boca y la tragó.

Streeter abrió la boca, luego la cerró despacio.

—No ponga esa cara de susto. Si tuviera un trabajo tan estresante como el mío, también sufriría problemas de hipertensión. Y el reflujo que padezco, uf. No querrá saber lo que es.

—¿Qué pasa ahora? —preguntó Streeter. Incluso con la chaqueta, sintió frío.

—¿Ahora? —Alobid parecía sorprendido—. Ahora usted empezará a disfrutar de sus quince años de buena salud. Es posible que veinte, o incluso veinticinco. ¿Quién sabe?

—¿Y de felicidad?

Alobid le honró con su pícara mirada. Habría sido gracioso de no ser por la frialdad que Streeter percibió bajo la superficie. Y la edad. En ese momento tuvo la certeza de que George Alobid llevaba haciendo negocios mucho tiempo, con o sin reflujo.

—La felicidad depende de usted, Dave. Y de su familia, por supuesto. Janet, May y Justin.

¿Le había dicho a Alobid sus nombres? Streeter no lo recordaba.

—Quizá de los hijos, sobre todo. Existe un viejo refrán que dice que los hijos son rehenes de nuestra fortuna, pero en realidad son los hijos los que secuestran a los padres, eso es lo que pienso. Uno de ellos podría sufrir un accidente fatal o discapacitante en una desierta carretera rural..., caer víctima de una enfermedad degenerativa...

—¿Me está diciendo...?

—¡No, no, no! Aquí no hay medias moralejas. Soy un hombre de negocios, no un personaje salido de «El Diablo y Daniel Webster». Lo único que digo es que su felicidad está en las manos de usted y sus más allegados. Y si piensa que voy a presentarme dentro de dos décadas para reclamar su alma y guardármela en una cartera mohosa, le convendría reconsiderarlo. Las almas de los humanos se han vuelto pobres y transparentes.

Hablaba, juzgó Streeter, como podría haber hablado un zorro después de que repetidos brincos le hubieran demostrado que las uvas se hallaban real y verdaderamente fuera de su alcance. Sin embargo, Streeter no tenía intención de decir una palabra. Ahora que el trato estaba cerrado, lo único que quería era largarse de allí. Aun así seguía retrasando el momento de irse, pues no sentía deseos de formular la pregunta que tenía en mente aunque supiera que era preciso. Porque no se trataba de un regalo; Streeter llevaba realizando negociaciones en el banco casi toda su vida, y reconocía un toma y daca cuando lo veía. O cuando lo olía: un tenue y desagradable hedor como de combustible quemado.

*En palabras llanas, tiene que hacerle una putada a alguien si quiere deshacer la putada que le han hecho a usted.*

Pero robar una única pastilla para la hipertensión no era exactamente hacer una putada. ¿Verdad?

Alobid, entretanto, tiraba de la sombrilla para cerrarla. Y cuando estuvo plegada, Streeter observó un hecho asombroso y desalentador: no era amarilla en absoluto. Era tan gris como el cielo. El verano casi llegaba a su fin.

—La mayoría de mis clientes están perfectamente satisfechos, perfectamente felices. ¿Es eso lo que quiere oír?

Lo era... y no lo era.

—Presiento que tiene una pregunta más pertinente —dijo Alobid—. Si quiere una respuesta, deje de andarse por las ramas y pregúntela. Va a llover, y me gustaría resguardarme antes de que lo haga. Lo último que necesito a mi edad es una bronquitis.

—¿Dónde está su coche?

—Ah, ¿era esa su pregunta? —se mofó Alobid descaradamente. Sus mejillas eran enjutas, en absoluto regordetas, y los ojos se curvaban hacia arriba en las esquinas, donde el blanco se fundía en un desagradable y (sí, era cierto) canceroso negro. Presentaba el aspecto del payaso menos simpático del mundo, retirada ya la mitad de su maquillaje.

—Sus dientes —dijo Streeter de manera estúpida—. Son puntiagudos.

—*¡Su pregunta, señor Streeter!*

—¿Va Tom Goodhugh a desarrollar un cáncer?

Alobid se quedó boquiabierto durante un instante, y entonces empezó a reírse tontamente. El sonido era sibilante, polvoriento y desagradable, como una Calíope moribunda.

—No, Dave —respondió—. Tom Goodhugh no va a desarrollar un cáncer. *Él* no.

—¿Qué, entonces? ¿Qué?

El desprecio en la escrutadora mirada de Alobid hizo que Streeter sintiera flaquear los huesos, como si hubieran sido carcomidos por algún ácido indoloro pero terriblemente corrosivo.

—¿Por qué le importa? Usted le odia, así me lo manifestó.

—Pero...

—Observe. Espere. Disfrute. Y tome esto. —Le tendió una tarjeta que tenía escritas las palabras FONDO INFANTIL NO SECTARIO y la dirección de un banco en las Islas Caimán.

—Un paraíso fiscal —dijo Alobid—. Me enviará mi quince por ciento allí. Si me da menos, lo sabré. Y entonces pobre de usted, muchacho.

—¿Y si mi mujer se entera y hace preguntas?

—Su esposa tiene un talonario de cheques personal. Además, nunca fisgonea esas cosas. Confía en usted. ¿Tengo razón?

—Bueno... —Streeter observó sin sorpresa que las gotas de

lluvia que caían en las manos y los brazos de Alobid humeaban y crepitaban—. Sí.

—Por supuesto que sí. Nuestro trato está cerrado. Lárguese de aquí y vuelva con su mujer. Estoy seguro de que le recibirá con los brazos abiertos. Llévesela a la cama. Métale su pene mortal y finja que es la mujer de su mejor amigo. No se la merece, pero es afortunado.

—¿Y si quisiera anular el acuerdo? —susurró Streeter.

Alobid le honró con una sonrisa pétrea que reveló un prominente anillo de dientes de caníbal.

—No puede —respondió.

Esto ocurrió en agosto de 2001, menos de un mes antes de la caída de las Torres.

En diciembre (de hecho, el mismo día que Winona Ryder fue trincada por hurto en unos grandes almacenes), el doctor Roderick Henderson declaró a Dave Streeter «libre de cáncer», y, además, lo proclamó milagro genuino de la era moderna.

—No tengo explicación para esto —admitió Henderson.

Streeter sí, pero guardó silencio.

La consulta tuvo lugar en el despacho de Henderson. En el Hospital Derry Home, en la sala de conferencias donde Streeter había visto las primeras imágenes de su cuerpo milagrosamente sanado, Norma Goodhugh estaba sentada en la misma silla donde se había sentado Streeter, mirando unas resonancias menos agradables. Escuchaba aturdida a su médico, que le explicaba, con la mayor suavidad posible, que el bulto en su pecho izquierdo era efectivamente cáncer, y que se había extendido a sus nodos linfáticos.

—La situación es mala, pero no desesperada —dijo el médico, alargando el brazo por encima de la mesa para apresar la gélida mano de Norma. Sonrió—. Querríamos que empezara con la quimioterapia inmediatamente.

En junio del año siguiente, Streeter finalmente consiguió su ascenso. May Streeter fue admitida en la Escuela de Periodismo de Columbia. Streeter y su esposa se tomaron unas vacaciones largamente aplazadas y se fueron a Hawaii para celebrarlo. Hicieron el amor innumerables veces. El último día en Maui, Tom Goodhugh llamó por teléfono. La conexión era mala y el hombre apenas podía hablar, pero comunicó el mensaje: Norma había muerto.

—Allí estaremos para lo que necesites —prometió Streeter.

Cuando le contó la noticia a Janet, esta se derrumbó en la cama de hotel, sollozando y tapándose el rostro con las manos. Streeter se tumbó a su lado, la abrazó fuerte, y pensó: *Bueno, de todas formas ya volvíamos a casa.* Y a pesar de que se sentía mal por Norma (y más o menos mal por Tom), existía un aspecto positivo: se habían librado de la estación de los bichos, que en Derry podía llegar a ser un coñazo.

En diciembre, Streeter envió un cheque por algo más de quince mil dólares al Fondo Infantil No Sectario. Lo incluyó como deducción en su declaración de impuestos.


En 2003, Justin Streeter entró en el Cuadro de Honor de Brown y —como broma— inventó un videojuego llamado Walk Fido Home. El objetivo del juego consistía en llevar a tu perro atado desde el centro comercial hasta tu casa, esquivando a los malos conductores, los objetos que caían desde balcones de un décimo piso, y una cuadrilla de ancianas enloquecidas que se autodenominaban las Abuelas Canicidas. A Streeter le sonaba a chiste (y Justin les aseguró que pretendía ser una sátira), pero Games, Inc. le echó un vistazo y pagó a su guapo y jovial hijo setecientos cincuenta mil dólares por los derechos. Más royalties. Jus les compró a sus padres un par de todoterrenos Toyota Pathfinder, rosa para la dama, azul para el caballero. Janet lloró y le abrazó y le dijo que era un muchacho insensato, impetuoso, generoso y absolutamente espléndido. Streeter le llevó a la Taberna de Roxie y le invitó a una cerveza Spotted Hen.

En octubre, el compañero de piso de Carl Goodhugh en Emerson volvió de clase y encontró a Carl caído de bruces en el suelo de la cocina; el sándwich con queso a la parrilla que estaba preparándose aún humeaba en la sartén. Aunque solo tenía veintidós años de edad, Carl había sufrido un infarto. Los médicos que atendieron el caso diagnosticaron un defecto congénito en el corazón —algo relacionado con el septo atrial— que no se había detectado. Carl no murió; su compañero de piso llegó a tiempo y conocía técnicas de reanimación cardiopulmonar. Sin embargo, le provocó hipoxia, y el muchachito brillante, guapo y ágil, que no mucho antes había recorrido Europa con Justin Streeter, se convirtió en una torpe sombra de su antiguo yo. No siempre controlaba los esfínteres, se perdía si se alejaba más de uno o dos bloques de su casa (se había mudado con su aún doliente padre), y su habla había degenerado a una indistinta estridencia que solo Tom entendía. Goodhugh contrató a una enfermera que le administraba fisioterapia y vigilaba que Carl se cambiara de ropa. Dos veces por semana le sacaba de «excursión». El destino más habitual era la heladería Wishful Dishful, donde Carl siempre pedía un cucurucho de pistacho y se embadurnaba toda la cara, tras lo cual, la enfermera le limpiaba, pacientemente, con toallitas húmedas.

Janet dejó de ir con Streeter a las cenas en casa de Tom.

—No puedo soportarlo —confesó—. No es por la forma que tiene de arrastrar los pies, ni porque a veces moje los pantalones; es la expresión de sus ojos, como si se acordara de quién era antes pero no pudiera recordar del todo cómo llegó a donde está ahora. Y..., no sé..., en su cara siempre hay algo esperanzado que me hace sentir como si todo en la vida fuera un chiste.

Streeter comprendía lo que quería decir, y a menudo reflexionaba sobre esta idea durante las cenas con su viejo amigo (sin Norma para cocinar, principalmente consistían en comida para llevar). Disfrutaba observando a Tom mientras daba de comer a su perjudicado hijo, y disfrutaba la expresión esperanzada en el rostro de Carl. La que decía: «Todo esto es un sueño que estoy teniendo, y pronto despertaré». Jan tenía razón, era un chiste, pero en cierto modo se trataba de un chiste bueno.

Si realmente lo pensabas bien.

En 2004, May Streeter consiguió un trabajo en el *Boston Globe* y se autoproclamó la chica más feliz de Estados Unidos. Justin Streeter creó Rock the House, que se convertiría en un éxito de ventas perenne hasta que el advenimiento del Guitar Hero lo dejó obsoleto. Para entonces Jus había desarrollado un programa informático de composición musical que llamó You Moog Me, Baby. El propio Streeter fue nombrado director de su sucursal, y circulaban rumores de un puesto regional en el futuro. Llevó a Janet a Cancún, y pasaron unas vacaciones fabulosas. Ella empezó a llamarle «mi conejito hociquitos».

El contable de Tom en Residuos Goodhugh cometió un desfalco de dos millones de dólares y huyó a paradero desconocido. La subsiguiente revisión de las cuentas reveló que el negocio pisaba terreno cenagoso; el malvado contable llevaba picoteando de aquí y allá durante años, por lo visto.

*¿Picoteando?*, pensó Streeter cuando leyó la noticia en el *Derry News*. *Dándole un buen bocado cada vez, más bien.*

Tom ya no aparentaba treinta y cinco; aparentaba sesenta. Y debió de notarlo, porque dejó de teñirse el pelo. Bajo el tinte, Streeter descubrió con deleite que no se le había puesto blanco; el cabello de Goodhugh tenía el mismo color gris apagado y lánguido que la sombrilla de Alobid cuando este la había plegado. El color de pelo, determinó Streeter, de los viejos que veías sentados en los bancos de un parque dando de comer a las palomas. Llámelo Solo Para Perdedores.

En 2005, Jacob el futbolista, que había entrado a trabajar en la compañía agonizante de su padre en lugar de ir a la universidad (adonde podría haber asistido con una beca completa de atletismo), conoció a una chica y se casó. Una morenita llena de vida llamada Cammy Dorrington. Streeter y su esposa coincidieron en que fue una ceremonia hermosa, a pesar de que Carl Goodhugh estuvo ululando, gorjeando y balbuceando de principio a fin, y a pesar de que la hija mayor de Goodhugh, Gracie, tropezó con el dobladillo del vestido en los escalones de la iglesia, se cayó y se rompió la pierna por dos sitios. Hasta que eso pasó, Tom Goodhugh casi se había mostrado como su antiguo yo. Feliz, en otras palabras. Streeter no le envidió un poco de felicidad. Suponía que, incluso en el infierno, la gente obtenía un ocasional sorbo de agua, aunque su único propósito fuera apreciar en toda su extensión el horror de la sed no satisfecha cuando volviera a aparecer.

La pareja se fue de luna de miel a Belice. *Me apuesto lo que sea a que les llueve todo el tiempo*, pensó Streeter. No acertó, pero Jacob pasó la mayor parte de la semana en un hospital de mala muerte, preso de una violenta gastroenteritis y cagando en pañales de papel. Solo había bebido agua embotellada, pero luego se olvidó y se cepilló los dientes con agua del grifo.

—Yo tuve la maldita culpa —dijo.

Más de ochocientos soldados murieron en Irak. Mala suerte para esos chicos y chicas.

Tom Goodhugh empezó a sufrir de gota, desarrolló una cojera, comenzó a usar bastón.

El cheque de aquel año al Fondo Infantil No Sectario fue sumamente generoso, pero a Streeter no le dolió. Era más bienaventurado dar que recibir. Las mejores personas así lo atestiguaban.


En 2006, Gracie, la hija de Tom, cayó víctima de una piorrea y perdió todos los dientes. También perdió el sentido del olfato. Una noche, poco después, durante la cena semanal de los Goodhugh y los Streeter (solo asistieron los dos hombres; la enfermera de Carl había sacado al hijo a una «excursión»), Tom Goodhugh rompió en lágrimas. Había renunciado a la cerveza artesanal en favor de la ginebra (Bombay Sapphire), y estaba muy borracho.

—¡No entiendo lo que me está pasando! —Admitió entre sollozos—. Me siento..., no sé..., ¡como el puto Job!

Streeter le rodeó con sus brazos y le consoló. Le dijo a su viejo amigo que las nubes siempre llegaban, pero que tarde o temprano se iban.

—¡Bueno, pues estas nubes ya llevan aquí la hostia de tiempo, joder! —lloró Goodhugh, y aporreó la espalda de Streeter con un puño cerrado. Streeter no le dio importancia. Su viejo amigo no era tan fuerte como había sido en otra época.

Charlie Sheen, Tori Spelling y David Hasselhoff se divorciaron, pero en Derry, David y Janet Streeter celebraron su treinta aniversario de boda. Hubo una fiesta. Hacia el final, Streeter escoltó a su esposa afuera. Tenía preparado fuegos artificiales. Todo el mundo aplaudió a excepción de Carl Goodhugh. El muchacho lo intentó, pero no acertaba a chocar las manos. Finalmente el antiguo estudiante de Emerson desistió de esa cosa de las palmadas y apuntó al cielo, ululando.

En 2007, Kiefer Sutherland ingresó en prisión (no por primera vez) por conducir en estado de embriaguez, y el marido de Gracie Goodhugh Dickerson murió en un accidente de tráfico. Un conductor borracho invadió el carril de Andy Dickerson cuando este volvía a casa del trabajo. La buena noticia fue que el borracho no era Kiefer Sutherland. La mala fue que Gracie Dickerson estaba embarazada de cuatro meses y arruinada. Su marido había dejado vencer el seguro de vida para ahorrar gastos. Gracie se mudó con su padre y su hermano Carl.

—Con la suerte que tiene, ese bebé nacerá deforme —comentó Streeter una noche en la cama, después de hacer el amor con su mujer.

—¡Calla! —gritó Janet, sobresaltada.

—Si lo dices en voz alta, no se hace realidad —explicó Streeter, y pronto los dos conejitos hociquitos estuvieron dormidos uno en brazos del otro.

Aquel año donó al Fondo Infantil un cheque por valor de treinta mil dólares. Streeter lo firmó sin el menor reparo.

El bebé de Gracie vino al mundo en febrero de 2008, en plena tormenta de nieve. La buena noticia fue que no nació deforme. La mala fue que nació muerto. Aquel condenado defecto cardíaco de la familia. Gracie —sin dientes, sin marido, e incapaz de oler nada— cayó en una profunda depresión. Streeter opinaba que eso demostraba su cordura. Si se hubiera paseado por ahí silbando «Don't Worry, Be Happy», habría aconsejado a Tom que guardara bajo llave todos los objetos afilados de la casa.

Un avión que transportaba a dos miembros de la banda de rock Blink-182 se estrelló. Mala noticia, cuatro personas murieron. Buena noticia, los rockeros lograron sobrevivir, para variar..., aunque uno de ellos moriría no mucho más tarde.

—He ofendido a Dios —dijo Tom durante una de las cenas que los dos hombres ahora llamaban sus «noches de soltero». Streeter había traído espaguetis de Cara Mama, y dejó su plato limpio. Tom Goodhugh apenas si tocó el suyo. En la otra habitación, Gracie y Carl estaban viendo *American Idol*, Gracie en silencio, el antiguo estudiante de Emerson ululando y farfullando—. No sé cómo, pero lo he hecho.

—No digas eso, porque no es cierto.

—Tú eso no lo sabes.

—Sí que lo sé —contestó Streeter con rotundidad—. Es una estupidez.

—Si tú lo dices, compadre. —Los ojos de Tom se llenaron de lágrimas, que rodaron por sus mejillas. Una se aferró a la línea de su mandíbula sin afeitar, osciló allí durante un instante, y luego cayó con un *plink* en sus espaguetis sin comer—. Gracias a Dios por Jacob. *Él* está bien. Ahora trabaja para una cadena de televisión, y su mujer se encarga de la contabilidad del Brigham & Women's. Ven a May de vez en cuando.

—Una noticia estupenda —dijo Streeter calurosamente, pero esperando que Jake no contaminara a su hija con su compañía.

—Y todavía vienes a verme. Entiendo por qué no viene Jan, y no le guardo rencor, pero... espero con ansia estas noches. Son como un enlace a los viejos tiempos.

*Sí*, pensó Streeter, *los viejos tiempos, cuando tú lo tenías todo y yo tenía cáncer.*

—Siempre podrás contar conmigo —contestó, y apresó una de las ligeramente temblorosas manos de Goodhugh entre las suyas—. Amigos hasta el final.

¡2008, qué año! ¡Hostia bendita! ¡China albergó los Juegos Olímpicos! ¡Chris Brown y Rihanna se convirtieron en conejitos hociquitos! ¡Los bancos quebraron! ¡La bolsa se vino abajo! Y en noviembre, la Agencia de Protección Medioambiental clausuró el Monte Trashmore, la última fuente de ingresos de Tom Goodhugh. El gobierno manifestó su intención de intervenir judicialmente en asuntos relacionados con la contaminación de los acuíferos subterráneos y los vertidos ilegales de residuos sanitarios. El *Derry News* insinuó que se podrían emprender incluso acciones penales.

Streeter a menudo conducía por la Extensión de Harris Avenue a última hora de la tarde, en busca de cierta sombrilla amarilla. No quería negociar; solo quería darle a la lengua. Sin embargo, nunca divisó la sombrilla ni a su dueño. Se mostró decepcionado, pero no sorprendido. Los mercaderes eran como tiburones; debían moverse continuamente o morirían.

Extendió un cheque y lo envió al banco de las Caimán.

En 2009, Chris Brown le pegó una paliza a su Conejito Hociquitos Número Uno tras la fiesta de los Premios Grammy, y unas semanas más tarde, Jacob Goodhugh, el ex futbolista, le pegó una paliza a su chispeante mujercita después de que Cammy encontrara cierta prenda íntima femenina y medio gramo de cocaína en el bolsillo de una chaqueta de Jacob. Desde el suelo, llorando, lo llamó hijo de puta. Jacob respondió apuñalándola en el abdomen con un tenedor de carne. Se arrepintió inmediatamente y telefoneó al 911, pero el daño ya estaba hecho; le había perforado el estómago en dos sitios. Más tarde le contó a la policía que no recordaba nada de lo sucedido. Tenía una laguna, dijo.

El abogado de oficio era demasiado inepto para conseguir una reducción de la fianza. Jake Goodhugh apeló a su padre, quien apenas era capaz de pagar las facturas de la calefacción, y mucho menos de proporcionar a su hijo maltratador el caro talento legal de Boston. Goodhugh acudió a Streeter, quien ni siquiera dejó que su viejo amigo pronunciara una docena de palabras de su discurso dolorosamente ensayado antes de decir «faltaría más». Aún recordaba con qué naturalidad había besado Jacob a su padre en la mejilla. Además, pagar la minuta legal le permitió interrogar al abogado sobre el estado mental de Jake, el cual no era bueno; estaba atormentado por la culpa y profundamente deprimido. El abogado le dijo a Streeter que al muchacho probablemente le caerían cinco años, pero con suerte tres de ellos quedarían en suspenso.

*Podrá volver a casa cuando salga*, pensó Streeter. *Y ver* American Idol *con Gracie y Carl, si todavía sigue emitiéndose. Que seguro que sí.*

—Tengo mi seguro —dijo Tom Goodhugh una noche. Había perdido una gran cantidad de peso, y la ropa le hacía bolsas. Tenía los ojos nublados. Había desarrollado psoriasis, y se rascaba incesantemente los brazos, dejando largas marcas rojas en la piel blanca—. Me mataría si tuviera la seguridad de poder conseguir que pareciera un accidente.

—No quiero oír hablar de eso —dijo Streeter—. Las cosas cambiarán.

En junio, Michael Jackson estiró la pata. En agosto, Carl Goodhugh fue e hizo lo propio, al atragantarse con un trozo de manzana. La enfermera podría haberle practicado la maniobra Heimlich y salvarlo, pero la enfermera había dejado de cuidarle dieciséis meses antes, debido a la falta de fondos. Gracie oyó que Carl gorjeaba, pero dijo que pensó que «era su parloteo habitual». La buena noticia fue que Carl también poseía un seguro de vida. Una póliza pequeña, pero suficiente para pagar el entierro.

Después del funeral (Tom Goodhugh lo pasó sollozando de principio a fin, agarrado a su viejo amigo para sostenerse), Streeter tuvo un generoso impulso. Encontró la dirección del estudio de Kiefer Sutherland y le envió un ejemplar del Libro Azul de Alcohólicos Anónimos. Probablemente iría directo a la papelera (al igual que los innumerables ejemplares que los fans le habrían enviado a lo largo de los años), pero nunca se sabía. A veces los milagros ocurrían.

A principios de septiembre de 2009, una calurosa tarde de verano, Streeter y Janet circulaban por la carretera que corre a lo largo de la parte trasera del aeropuerto de Derry. Nadie estaba haciendo negocios en el cuadrado de grava a este lado de la malla ciclónica, de modo que aparcó su magnífico Pathfinder azul y le pasó un brazo por los hombros a su mujer, a quien amaba más profunda y absolutamente que nunca. El sol descendía en una bola roja.

Se volvió hacia Janet y vio que lloraba. Le inclinó la barbilla hacia él y besó sus lágrimas con solemnidad. Eso la hizo sonreír.

—¿Qué ocurre, cariño?

—Estaba pensando en los Goodhugh. Nunca he conocido a una familia que tuviera semejante racha de mala suerte. ¿*Mala* suerte? —Soltó una risita—. *Negra* suerte, más bien.

—Yo tampoco —dijo él— pero sucede constantemente. Una de las mujeres asesinadas en los ataques de Mumbai estaba embarazada, ¿lo sabías? Su hijo de dos años sobrevivió, pero el chiquillo quedó a las puertas de la muerte. Y...

Ella posó dos dedos sobre sus labios.

—Calla. Ya basta. La vida no es justa. Eso lo sabemos.

—¡Pero *sí* que lo es! —Streeter hablaba de todo corazón. Bajo la luz del atardecer, su rostro lucía rubicundo y sano—. Mírame. En otro tiempo jamás pensaste que viviría para ver el 2009, ¿no es cierto?

—Sí, pero...

—Y nuestro matrimonio, aún tan sólido como una puerta de roble. ¿O me equivoco?

Ella meneó la cabeza. No se equivocaba.

—Has empezado a vender artículos por cuenta propia al *Derry News*, May navega viento en popa en el *Globe*, y nuestro hijo el friki es un magnate de los medios a la edad de veinticinco.

Su mujer empezó a sonreír otra vez. Streeter se alegró. Detestaba verla triste.

—La vida es justa. Todos recibimos el mismo batido de nueve meses en el bombo, y después los dados echan a rodar. Algunas personas sacan una racha de sietes. Por desgracia, otras personas sacan los ojos de serpiente. Así es como funciona el mundo.

Ella le rodeó con los brazos.

—Te quiero, cielo. Siempre miras el lado bueno de las cosas.

Streeter se encogió de hombros con modestia.

—La ley de promedios favorece a los optimistas, cualquier banquero te lo dirá. Las cosas suelen equilibrarse por sí solas al final.

Venus se hizo visible por encima del aeropuerto, brillando con luz trémula contra el azul cada vez más oscuro.

—¡Pide un deseo! —ordenó Streeter.

Janet se rió y meneó la cabeza.

—¿Qué podría desear? Ya tengo todo lo que quiero.

—Yo también —dijo Streeter, y luego, con los ojos firmemente clavados en Venus, deseó más.

# UN BUEN MATRIMONIO

# 1

Una cosa que nadie preguntaba en una conversación informal, pensó Darcy en los días posteriores a encontrar lo que encontró en el garaje, era esta: «¿Qué tal tu matrimonio?». Preguntaban «¿qué tal el fin de semana?» y «¿qué tal el viaje a Florida?» y «¿qué tal vas de salud?» y «¿qué tal están los niños?»; incluso «¿cómo te trata la vida, cariño?». Pero nadie preguntaba «¿qué tal tu matrimonio?».

«Bien», habría contestado antes de aquella noche. «Todo va fenomenal.»

La llamaron Darcellen Madsen al nacer (Darcellen, un nombre que solo podría gustar a los padres locos por un libro de nombres de bebé recién comprado), el año que John F. Kennedy fue elegido presidente. Se crió en Freeport, Maine, en los tiempos en que era una ciudad y no un apéndice de L. L. Bean, el primer hipermercado de América, y otra media docena de grandes superficies de venta al por menor, de las llamadas «outlets» (como si se tratara de desagües de alcantarilla más que de tiendas). Asistió al instituto de Freeport, y después a la Escuela de Negocios Addison, donde aprendió secretariado. Fue contratada por Joe Ransome Chevrolet, que hacia 1984, cuando abandonó la compañía, constituía el concesionario de coches más grande de Portland. No era muy guapa, pero con la ayuda de dos amigas ligeramente más sofisticadas aprendió las suficientes habilidades de maquillaje para tener un aspecto atractivo entre semana, y absolutamente llamativo las noches de los viernes y los sábados, cuando salía con un grupito a tomar margaritas a El Faro o al Mejicano de Mike (donde había música en directo).

En 1982, Joe Ransome contrató a una asesoría contable de Portland para ayudarle a descifrar su situación fiscal, que se había vuelto complicada («La clase de problema que a cualquiera le gustaría tener», Darcy oyó que le explicaba a uno de los vendedores más veteranos). Recibieron la visita de un par de hombres que portaban maletines, uno viejo y otro joven. Ambos llevaban gafas y trajes conservadores; ambos llevaban el pelo corto peinado con esmero hacia atrás, de una manera que a Darcy le hizo pensar en las fotografías del anuario de último curso de su madre, RECUERDOS DEL 54, el que tenía estampada en la cubierta de imitación de piel la imagen de un animador sosteniendo un megáfono en la boca.

El contable más joven se llamaba Bob Anderson. Se pusieron a hablar el segundo día en el concesionario, y en el curso de la conversación le preguntó si tenía alguna afición. Sí, contestó él, la numismática.

Comenzó a explicarle lo que era y ella dijo:

—Lo sé. Mi padre colecciona monedas de diez centavos de la Dama de la Libertad, y de cinco centavos del búfalo. Dice que son su caballo de batalla numismático. ¿Tiene usted un caballo de batalla, señor Anderson?

Respuesta afirmativa: peniques de trigo. Su mayor esperanza era encontrar algún día un 1955 con la fecha duplicada, que era...

Pero ella también sabía eso. La fecha duplicada del 55 era un error. Un error *valioso*.

El joven señor Anderson, aquel del espeso cabello castaño y cuidadosamente peinado, se mostró encantado con la respuesta. Le pidió que lo llamara Bob. Más tarde, durante el almuerzo —que tomaron sentados en un banco al sol detrás del taller de chapa y pintura, un sándwich de atún en pan de centeno para él y una ensalada griega en una fiambrera para ella—, le preguntó si le gustaría acompañarle el próximo sábado a un mercadillo en

Castle Rock. Acababa de alquilar un apartamento nuevo, le dijo, y estaba buscando un sillón. También una televisión, si alguien vendiera algo bueno a un precio razonable. «Algo bueno a un precio razonable» era una frase que le terminaría siendo confortablemente familiar en los años venideros.

El contable era tan normalito como ella, otro tipo que pasaría desapercibido si uno se lo cruzara en la calle, y que nunca podría recurrir al maquillaje para hacerse más atractivo..., salvo que aquel día en el banco sí lo pareció. Sus mejillas se ruborizaron cuando la invitó a salir, lo suficiente para iluminarle el rostro y conferirle brillo.

—¿No buscarás colecciones de monedas? —bromeó.

Bob sonrió, revelando unos dientes parejos. Dientes pequeños, bien cuidados y blancos. Nunca se le ocurrió que pensar en esos dientes pudiera provocarle escalofríos; ¿qué razón habría?

—Si viera un buen juego de monedas, por supuesto que le echaría una ojeada —contestó.

—¿En especial si son peniques de trigo? —Bromeando, pero solo un poco.

—En especial esos. ¿Te gustaría venir, Darcy?

Fue. Y en su noche de bodas llegó. No muy a menudo después de aquel día, pero sí de vez en cuando. Lo suficiente para considerarse normal y satisfecha.

En 1986, Bob consiguió un ascenso. Además, con la ayuda y el aliento de Darcy, arrancó un negocio de venta por catálogo de monedas coleccionables de América. Tuvo éxito desde el principio, y en 1990 lo amplió a cromos de béisbol y memorabilia de películas antiguas. No mantenía existencias de pósters, folletos, ni postales, pero cuando la gente preguntaba por tales artículos, casi siempre podía encontrarlos. En realidad era Darcy quien los encontraba, usando su sobresaturado tarjetero Rolodex, en aquellos días de la prehistoria informática, para telefonear a coleccionistas de todo el país. El negocio nunca creció lo suficiente para convertirse en una dedicación a tiempo completo, y eso estaba bien. Ninguno de los dos deseaba una cosa así. Coincidían en eso igual que coincidieron respecto a la casa que con el tiempo compraron en Pownal, e igual que respecto a los hijos cuando llegó el momento de tenerlos. Coincidían. Cuando no, acordaban una solución de compromiso. Pero generalmente coincidían. Veían las cosas desde el mismo prisma.

*¿Qué tal tu matrimonio?*

Sobre ruedas. Un buen matrimonio. Donnie nació en 1986 —ella renunció a su empleo para tenerlo, y excepto por la ayuda que prestaba a Monedas & Artículos de Colección Anderson, nunca volvió a trabajar— y Petra en 1988. Para entonces, el espeso pelo castaño de Bob Anderson raleaba en la coronilla, y hacia 2002, el año en que el ordenador Macintosh de Darcy finalmente se tragó su Rolodex entero, lucía una brillante calva ahí atrás. Su marido experimentó con diversas formas de peinarse el cabello restante, lo cual hacía más visible la calva, en su opinión. Y la irritó cuando probó dos fórmulas mágicas para regenerar el pelo, la clase de productos que buhoneros de mirada furtiva vendían en la tele por cable a altas horas de la madrugada (Bob Anderson se fue convirtiendo en un noctámbulo a medida que se adentraba en la mediana edad). Se lo había ocultado, pero los dos compartían un dormitorio y aunque no era lo bastante alta para ver el estante superior del armario sin ayuda, a veces utilizaba un taburete para guardar las «camisetas de sábado» de su marido, las que se ponía para trabajar en el jardín. Y allí estaban: una botella de líquido en el otoño de 2004, un frasco de pequeñas cápsulas de un gel verde el año siguiente. Buscó los nombres en internet, y no salían baratas. *Claro que la magia nunca lo es*, recordaba haber pensado.

Sin embargo, irritada o no, guardó silencio sobre las pociones mágicas, y también sobre el Chevy Suburban de segunda mano que por alguna razón él había comprado justo el mismo año que los precios de la gasolina iniciaron su escalada. Igual que su marido calló, suponía Darcy (o mejor dicho, sabía), cuando ella había insistido en enviar a los niños a buenos campamentos de verano, o en regalarle una guitarra eléctrica a Donnie (tocó durante dos años, tiempo suficiente para adquirir una sorprendente destreza, y luego sencillamente lo dejó), o en pagarle lecciones de equitación a Petra. El éxito de un matrimonio solo se lograba haciendo malabarismos; eso era algo que todo el mundo sabía. El éxito de un matrimonio también dependía de una alta tolerancia a la irritación; eso era algo que Darcy sabía. Como decía la canción de Stevie Winwood, tenías que aceptarlo, nena.

Ella lo aceptaba. También él.

En 2004, Donnie se marchó a la Universidad en Pennsylvania. En 2006, Petra entró en Colby, apenas a la vuelta de la esquina, en Waterville. Para entonces, Darcy Madsen Anderson había cumplido los cuarenta y seis años. Bob cuarenta y nueve, y aún acudía a los Lobatos con Stan Morin, un contratista de la construcción que vivía a ochocientos metros calle abajo. Le parecía que su marido medio calvo tenía una pinta bastante graciosa con los pantalones cortos de color caqui y los calcetines marrones que se ponía para las excursiones mensuales en la naturaleza, pero nunca lo dijo. Su calva logró consolidarse; sus gafas se transformaron en bifocales; su peso subió de los ochenta kilos hasta superar la barrera de los cien. Le nombraron socio de la asesoría contable; Benson & Bacon pasó a ser Benson, Bacon & Anderson. Cambiaron su primera vivienda en Pownal por una más cara en Yarmouth. Sus pechos, anteriormente pequeños y firmes y elevados (su mejor atributo físico, siempre lo había creído; nunca había deseado parecer una camarera de Hooters) eran ahora más grandes, no tan firmes, y por supuesto se caían cuando se quitaba el sujetador por las noches; ¿qué otra cosa podías esperar cuando te aproximabas a la marca del medio siglo? Sin embargo, cada cierto tiempo Bob se le acercaba por detrás y ahuecaba las manos sobre ellos. Cada cierto tiempo se producía el placentero interludio en el dormitorio de arriba, que dominaba su tranquilo terreno de casi una hectárea, y si él era rápido en desenfundar y a menudo la dejaba insatisfecha, a menudo no equivalía a siempre, y la satisfacción de abrazarle, de sentir su cálido cuerpo mientras se quedaba adormilado a su lado..., esa satisfacción nunca fallaba. Se trataba, suponía, de la satisfacción de saber que seguían juntos cuando tantos otros se separaban; la satisfacción de saber que ante la cercanía de sus Bodas de Plata, aún mantenían el rumbo.

En 2009, tras un recorrido de veinticinco años desde que se dieran el «sí quiero» en una pequeña iglesia baptista que ya no existía (un aparcamiento ocupaba ahora el terreno donde se había alzado), Donnie y Petra organizaron una fiesta sorpresa en Los Abedules de Castle View. Hubo más de cincuenta invitados, champán (del bueno), churrasco, una tarta de cuatro pisos. Los homenajeados bailaron «Footloose» de Kenny Loggins, igual que el día de su boda. Los invitados aplaudieron el quiebro de cintura de Bob, un movimiento que ella no recordó hasta que lo vio de nuevo, y su todavía grácil ejecución le provocó una punzada. Por un buen motivo; le había crecido una barriga a juego con la embarazosa calva (embarazosa para él, al menos), pero sus pies seguían siendo ágiles para tratarse de un contable.

Pero todo eso era historia, material de necrológicas, y aún eran demasiado jóvenes para pensar en ellas. Ignoraba las minucias del matrimonio, y estos misterios normales y corrientes, según su creencia (su *firme* creencia), constituían el material que validaba el compromiso. La vez que había comido gambas en mal estado y se pasó vomitando toda la noche, sentada en el borde de la cama con el pelo sudoroso pegado a la nuca y lágrimas rodándole por las enrojecidas mejillas, y Bob sentado a su lado, sujetando pacientemente la palangana y luego llevándola al cuarto de baño, donde la vaciaba y la lavaba después de cada eyección, para que el olor no la enfermara más, explicó. Estaba calentando el coche para llevarla a urgencias a las seis de la mañana, cuando las horribles náuseas por fin empezaron a aplacarse. Telefoneó a B, B & A para decir que estaba enfermo; también canceló un viaje a White River para poder quedarse con ella en caso de que regresaran los vómitos.

Esa clase de cosas funcionaba en ambos sentidos; lo que valía para uno un año, valía para el otro al siguiente. Estuvo sentada junto a él en la sala de espera del St. Stephen's —fue en el 94 o el 95—, mientras esperaban los resultados de la biopsia que le habían realizado después de descubrir (en la ducha) un bulto sospechoso en la axila izquierda. La biopsia había sido negativa; el diagnóstico, un nodo linfático infectado. El bulto perduró durante un mes, más o menos, y luego se esfumó por sí solo.

La visión de una revista de crucigramas sobre sus rodillas, vislumbrada a través de la puerta entreabierta del baño cuando estaba sentado en el trono. El olor a colonia en sus mejillas, lo cual implicaba que el Suburban desaparecía del camino de entrada durante un día o dos y que su lado de la cama estaría vacío durante una noche o dos porque debía arreglar las cuentas de alguien en New Hampshire o Vermont (B, B & A ahora tenían clientes en todos los estados del norte de Nueva Inglaterra). A veces el olor significaba un viaje para examinar la colección de monedas de alguien en algún rastrillo, porque no todas las compras y ventas numismáticas asociadas a su negocio podían efectuarse por ordenador, ambos lo entendían. La visión de su vieja maleta negra, a la que no renunciaba por mucho que ella rezongara, en el vestíbulo. Las zapatillas a los pies de la cama, una siempre metida dentro de la otra. El vaso de agua en su mesilla de noche, con la píldora de vitaminas al lado, sobre el número de ese mes de *Monedas & Piezas de Colección*. Cómo decía siempre «Hay más espacio fuera que dentro», después de eructar y «¡Cuidado, un ataque de gas!» después de un pedo. Su abrigo en la primera percha en el vestíbulo. El reflejo de su cepillo de dientes en el espejo (aún seguiría usando el mismo que cuando se casaron, creía Darcy, si ella no lo cambiara con regularidad). La manera de frotarse suavemente los labios con la servilleta cada dos o tres bocados de comida. La cuidadosa preparación del equipo de acampada (incluyendo siempre una brújula adicional) antes de que él y Stan partieran de excursión con otro puñado de críos de nueve años a la Senda del Hombre Muerto, una peligrosa y aterradora caminata a través de los bosques desde el centro comercial Golden Grove hasta la Ciudad de los Coches de Ocasión de Weinberg. El aspecto de sus uñas, siempre cortas y limpias. El sabor a Dentyne en su aliento cuando se besaban. Estas cosas y diez mil otras componían la historia secreta del matrimonio.

Sabía que su marido debía de tener su propia historia de ella, desde la barra de labios con sabor a canela que utilizaba en invierno hasta el olor de su champú cuando la besaba en la base del cuello (esos besos ya no se producían con demasiada frecuencia, pero aún existían), pasando por el clic de su ordenador a las dos de la mañana, en aquellas dos o tres noches al mes cuando el sueño por alguna razón la plantaba.

Ya habían transcurrido veintisiete años, o —se había entretenido calculando esto un día en el ordenador— nueve mil ochocientos cincuenta y cinco días. Casi un cuarto de millón de horas y más de catorce millones de minutos. Claro que parte de ese tiempo él había estado fuera por negocios, y ella misma había realizado algunos viajes (el más triste a Minneapolis, para hacer compañía a sus padres cuando su hermana pequeña Brandolyn murió en un extraño accidente), pero casi siempre habían permanecido juntos.

¿Lo sabía todo sobre él? Por supuesto que no. Igual que él no lo sabía todo sobre ella; cómo a veces (generalmente en días lluviosos o en aquellas noches cuando el insomnio se apoderaba de ella) engullía barritas Butterfingers o Baby Ruths, por ejemplo, incluso cuando ya no tenía ganas de más, incluso cuando ya le dolía el estómago. O que el nuevo cartero le parecía un tipo guapo. Existían cosas ignoradas, pero sentía que después de veintisiete años conocían todas las cosas importantes. Era un buen matrimonio, uno de los pertenecientes al cincuenta por ciento que continuaba funcionando después de un largo y dificultoso trayecto. Creía eso incondicionalmente, del mismo modo que creía que la gravedad la mantendría unida a la tierra cuando caminaba por la acera.

Hasta aquella noche en el garaje.

## 2

El mando a distancia del televisor no funcionaba, y no había pilas de tamaño AA en el armario de la cocina a la izquierda del fregadero. Las había de tipo C y de tipo D, vio incluso un paquete sin abrir de las chiquititas, las triple A, pero ninguna puñetera doble A. Por tanto, salió al garaje porque sabía que Bob guardaba allí un alijo de Duracells, y eso bastó para cambiar su vida. Era como si todo el mundo anduviera por el aire, a mucha altura. Un triste pasito en la dirección equivocada y uno se encontraba en caída libre.

La cocina y el garaje estaban conectados por un pasadizo exterior. Darcy lo atravesó a toda prisa, ciñéndose la bata; dos días antes había tocado fin el verano indio, ese año excepcionalmente cálido, y ahora el tiempo era más propio de noviembre que de octubre. El viento le pellizcó los tobillos. Probablemente debería haberse puesto calcetines y pantalones, pero *Dos hombres y medio* iba a comenzar en menos de cinco minutos, y la maldita tele se quedó pillada en la CNN. Si Bob hubiera estado aquí, le habría pedido que cambiara de canal manualmente (existían botones para eso en algún sitio, probablemente en la parte de atrás, donde solo un hombre sería capaz de encontrarlos), y luego le habría enviado a por las pilas. El garaje constituía gran parte de sus dominios, al fin y al cabo. Ella solo entraba para sacar su coche, y eso solo en los días de mal tiempo; de lo contrario aparcaba en la rotonda de la entrada. Pero Bob estaba en Montpelier, evaluando una colección de peniques de acero de la Segunda Guerra Mundial, y ella era, al menos temporalmente, la única responsable de *casa* Anderson.

Tanteó en busca del trío de interruptores al lado de la puerta, y los empujó hacia arriba con el canto de la mano. Los fluorescentes zumbaron en el techo. El garaje era espacioso y se veía recogido, las herramientas colgadas en los tableros y la mesa de trabajo de Bob bien ordenada. El suelo era un bloque de cemento pintado del color gris de los acorazados. Ni rastro de manchas de aceite; Bob decía que las manchas de aceite en un garaje indicaban que los dueños dirigían una chatarrería o que descuidaban el mantenimiento. El Prius de un año que utilizaba para sus desplazamientos diarios a Portland se encontraba allí; se había llevado su veterano dinosaurio SUV a Vermont. El Volvo de ella estaba aparcado fuera.

—Es muy fácil meterlo dentro —había dicho él en más de una ocasión (cuando llevabas casado más de veintisiete años, los comentarios originales tendían a escasear)—. Solo tienes que usar el mando en el parasol del coche.

—Me gusta que esté donde pueda verlo —contestaba ella siempre, aunque el verdadero motivo estribaba en su temor a chocar con la puerta del garaje al dar marcha atrás. Odiaba la marcha atrás. Y suponía que él lo sabía..., igual que ella sabía de su peculiar manía de guardar los billetes en la cartera con el anverso hacia arriba y que nunca depositaría un libro abierto boca abajo al hacer una pausa en la lectura porque, según decía, se deterioraba el lomo.

Al menos en el garaje hacía calor; unas gruesas tuberías plateadas (probablemente se denominaban conductos, pero Darcy no estaba del todo segura) cruzaban el techo. Se acercó al banco de trabajo, donde se hallaban alineados varios cajones de hojalata, cada uno nítidamente etiquetado: PERNOS, TORNILLOS, GOZNES & ABRAZADERAS, FONTANERÍA, y —encontró esto último bastante simpático— CHISMES & CÍA. Un calendario en la pared mostraba una chica de portada del *Sports Illustrated*, en biquini, tan joven y sexy que le resultaba deprimente; a la izquierda del calendario había dos fotos clavadas con chinchetas. Una era de Donnie y Petra en el campo de la Liga Infantil de Yarmouth, vestidos con camisetas de los Red Sox de Boston. Debajo, con rotulador Magic Marker, Bob había escrito **EL EQUIPO DE CASA, 1999**. En la otra, mucho más reciente, se veía a una adulta Petra que rayaba en la hermosura, posando junto a Michael, su prometido, delante de una marisquería en Old Orchard Beach; se rodeaban el uno al otro con los brazos. La leyenda con Magic Marker debajo de esta decía **¡LA FELIZ PAREJA!**

El armario donde guardaba las pilas tenía una etiqueta de cinta Dymo con la inscripción MATERIAL ELÉCTRICO y estaba montado a la izquierda de las fotos. Darcy se movió en esa dirección sin mirar por donde iba, confiando en la pulcritud casi maníaca de Bob, y tropezó con una caja de cartón que sobresalía un poco bajo el banco de trabajo. Trastabilló, pero consiguió asirse a la mesa en el último segundo posible. Se rompió una uña —algo doloroso y molesto— pero se ahorró una caída potencialmente fea, lo cual era bueno. Muy bueno, considerando que no había nadie en la casa para llamar al 911 en caso de que se hubiera abierto el cráneo contra el suelo, sin grasa y limpio, pero sumamente duro.

Podría haber colocado la caja en su sitio simplemente empujándola con el pie; más tarde se percataría de esto y lo meditaría detenidamente, como un matemático revisando una ecuación abstrusa y complicada. Al fin y al cabo, tenía prisa. Pero divisó un catálogo de costura de Patternworks en la parte superior de la caja, y se arrodilló para recogerlo y llevárselo junto con las pilas. Y cuando lo sacó, debajo encontró un catálogo suyo de Brookstone que había extraviado. Y debajo uno de Paula Young..., de Talbots..., de Forzieri... de Bloomingdale's...

—¡Bob! —gritó, solo que la exclamación brotó en dos exasperadas sílabas (como ocurría cuando entraba con las botas llenas de barro o dejaba las toallas mojadas tiradas en el suelo del baño, como si vivieran en un hotel de fantasía con criadas a su servicio), no *Bob*, sino ¡*Bo-ob*! Porque, realmente, le leía como un libro abierto. Su marido pensaba que ella compraba demasiado por catálogo, y en una ocasión había llegado al punto de declarar que era adicta a ellos (lo cual era ridículo, su adicción eran las Butterfingers). Aquel pequeño análisis psicológico le había hecho acreedor de un airado rechazo durante dos días. Pero sabía cómo funcionaba la mente de ella, y que con respecto a cosas que no eran absolutamente vitales se comportaba como la chica que había dado origen al dicho «ojos que no ven, corazón que no siente». De modo que él había reunido los catálogos, el muy furtivo, y los había escondido aquí fuera. Probablemente el próximo destino habría sido el contenedor de reciclaje.

Danskin... Express... Computer Outlet... *Macworld*... Monkey Ward... Layla Grace...

Cuanto más escarbaba, más crecía su exasperación. Cualquiera pensaría que se encontraban tambaleándose al borde de la bancarrota debido a sus derrochadoras aficiones, lo cual se trataba de una solemne tontería. Se había olvidado por completo de *Dos hombres y medio*; ya estaba juntando las cuarenta que le iba a cantar cuando Bob la llamara desde Montpelier (siempre telefoneaba al regresar al motel después de la cena). Pero antes pretendía devolver todos esos catálogos a la puñetera casa, para lo cual necesitaría tres o posiblemente cuatro viajes, porque el montón tenía más de medio metro de altura, y aquellos catálogos profesionales pesaban una *barbaridad*. No era de extrañar que hubiera tropezado con la caja.

*Muerte por catálogo,* pensó. *Esa sí que sería una forma irónica de...*

El pensamiento se quebró tan limpiamente como una rama seca. Continuaba ojeando, revisado ya una cuarta parte del montón, y debajo del Gooseberry Patch (decoración rural), llegó a algo que no era un catálogo. No, no tenía absolutamente nada de catálogo. Se trataba de una revista llamada *Zorritas Esclavas.* Estuvo a punto de no sacarla, y probablemente no lo habría hecho si la hubiera encontrado en uno de sus cajones, o en el estante superior del armario junto a los elixires crecepelo. Sin embargo, descubrirla aquí, escondida en un montón de lo que deberían ser al menos doscientos catálogos (los catálogos de ella) encerraba algo que iba más allá de la vergüenza que un hombre podría sentir respecto a un vicio sexual.

La mujer de la portada estaba atada a una silla, desnuda excepto por una capucha negra, pero la capucha solo le cubría la mitad superior de la cara y uno podía ver que gritaba. La inmovilizaban gruesas cuerdas que le mordían los pechos y el vientre. Sangre falsa le manchaba la barbilla, el cuello y los brazos. A pie de página, en caracteres amarillo chillón, aparecía este desagradable gancho: **¡BRENDA, UNA ZORRITA MALA, RECIBE LO QUE PIDIÓ EN LA PÁGINA 49!**

Darcy no tenía intención alguna de ir a la página 49, ni a cualquier otra. Ya había deducido de qué se trataba: una *investigación masculina.* Sabía de esta clase de indagaciones por un artículo de *Cosmo* que había leído en la consulta del dentista. Una mujer había escrito a una de las muchas consejeras de la revista (en concreto a la psiquiatra en plantilla especializada en prácticas sexuales atrevidas) acerca de un par de revistas gay que había encontrado en el maletín de su marido. Material muy explícito, decía la remitente, y ahora le preocupaba que su marido pudiera estar en el armario. Aunque si así fuera, proseguía, lo disimulaba ciertamente bien en el dormitorio.

No había necesidad de preocuparse, respondía la consejera. Los hombres eran aventureros por naturaleza, y a muchos de ellos les gustaba investigar comportamientos sexuales alternativos —el sexo gay ocupaba el primer puesto en este sentido, seguido muy de cerca por el sexo en grupo— o fetichistas: deportes acuáticos, travestismo, sexo en público, látex. Y, por supuesto, el sadomasoquismo. Añadía que algunas mujeres también se sentían fascinadas por la práctica de la esclavitud, lo que desconcertó a Darcy, pero ella habría sido la primera en admitir que no lo sabía todo.

Investigación masculina, no se trataba de nada más. Quizá hubiera visto la revista en un quiosco en algún sitio (aunque cuando Darcy intentó imaginarse esa portada en particular a la vista en un expositor, su mente se mostró reacia) y le había picado la curiosidad. O quizá la hubiera rescatado de un cubo de basura en una tienda de conveniencia. La habría traído a casa, la habría hojeado aquí en el garaje, habría quedado tan horrorizado como ella (la sangre en la modelo de la portada era obviamente falsa, pero el grito parecía demasiado real), y entonces la enterró en esta pila gigantesca de catálogos destinada al contenedor de reciclaje para evitar que ella la encontrara y le hiciera pasar un mal trago. No era más que eso, una singularidad. Si continuaba ojeando el resto de los catálogos, no hallaría nada similar. Quizá varios *Penthouse* y revistas de ropa interior, sabía que a la mayoría de los hombres les gustaba la seda y la lencería, y Bob no era ninguna excepción a este respecto, pero nada más del género de *Zorritas Esclavas*.

Volvió a mirar la portada, y notó una cosa rara: no tenía marcado ningún precio. Ni código de barras. Comprobó la contraportada, con curiosidad por el precio que tendría una revista semejante, y se le crispó el rostro cuando vio la fotografía: una rubia desnuda atada con correas a una superficie parecida a una mesa quirúrgica de acero. La expresión de terror en esta mujer, no obstante, parecía tan real como un billete de tres dólares, lo cual resultaba en cierto sentido reconfortante. Y el hombre corpulento encorvado sobre ella con lo que aparentaba ser un cuchillo Ginsu se veía ridículo en conjunción con sus brazaletes y sus calzoncillos de cuero; parecía más un contable que alguien a punto de trinchar a la Zorrita Esclava para el *plat du jour.*

*Bob es contable,* observó su mente.

Un pensamiento estúpido proyectado desde la inmensa Zona Estúpida de su cerebro. Lo desterró de su mente igual que enterró la inconcebiblemente desagradable revista entre los catálogos apilados después de verificar que la contraportada tampoco tenía impreso un precio o un código de barras. Y mientras arrastraba la caja de cartón bajo la mesa de trabajo —había cambiado de opinión con respecto a transportar los catálogos de vuelta a la casa— le sobrevino la solución al misterio de la ausencia de precio/código de barras. Se trataría de una de esas revistas que se vendían dentro de una funda de plástico que tapaba las partes de mal gusto. El precio y el código habrían estado en la envoltura, eso era, por supuesto, ¿qué otra cosa podría ser? Debía de haber comprado esa puñetera cosa en algún sitio, suponiendo que no la hubiera pescado en la basura.

*Puede que la comprara en internet. Seguro que hay sitios que se especializan en esta clase de cosas. Para no mencionar las jovencitas que se visten para aparentar doce años.*

—No importa —dijo, con un solo asentimiento de cabeza, rápido y enérgico. Ya era un trato cerrado, una carta no reclamada, una discusión finiquitada. Si se lo mencionara por teléfono esa noche, o cuando regresara a casa, se mostraría avergonzado y a la defensiva. Probablemente la llamaría ingenua, desde un punto de vista sexual, lo cual suponía que era cierto, y la acusaría de reaccionar de forma exagerada, a lo cual no estaba dispuesta. A lo que estaba dispuesta era a aceptarlo, nena. Un matrimonio se asemejaba a una casa en constante construcción, que cada año contemplaba la finalización de nuevas habitaciones. Un matrimonio durante el primer año levantaba una cabaña; uno que había durado veintisiete poseía una mansión enorme y laberíntica. Sin duda existirían recovecos y espacios de almacenamiento, la mayoría polvorientos y abandonados, algunos conteniendo reliquias desagradables que uno preferiría no haber encontrado. Pero eso no constituía ningún problemón. Uno tiraba esas reliquias a la basura o las donaba a Goodwill.

Le gustó tanto este pensamiento (que poseía cierta sensación concluyente) que lo pronunció en voz alta:

—Ningún problemón.

Y para demostrarlo, propinó a la caja un fuerte empujón con las dos manos, desplazándola hasta el fondo.

Donde se produjo un golpe metálico. ¿Qué era eso?

*No quiero saberlo,* se dijo, y estaba bastante segura de que el pensamiento no procedía de la Zona Estúpida, sino de la inteligente. El rincón bajo la mesa de trabajo era umbrío, y podría haber ratones. Incluso en un garaje bien cuidado como este podrían refugiarse los ratones, especialmente cuando se avecinaba el frío, y un ratón asustado podría morder.

Darcy se incorporó, se sacudió los faldones de la bata, y salió del garaje. A mitad de camino del pasadizo exterior, oyó que el teléfono comenzaba a sonar.

3

Estuvo de vuelta en la cocina antes de que saltara el contestador automático, pero esperó. Si fuera Bob, dejaría que respondiera la máquina. En ese preciso instante no deseaba hablar con él, pues su voz podría delatarla. Supondría que había salido a la tienda de la esquina o quizá a la Aldea del Vídeo, y volvería a llamar dentro de una hora. Dentro de una hora, después de que su desagradable descubrimiento hubiera tenido la ocasión de asentarse un poco, se encontraría bien y podrían mantener una conversación agradable.

Pero no era Bob, era Donnie.

—Oh, mierda, de veras que quería hablar con vosotros.

Descolgó el teléfono, se apoyó contra la encimera, y dijo:

—Pues habla. Venía del garaje.

Donnie rebosaba de noticias. Ahora vivía en Cleveland, Ohio, y tras dos años de trabajo ingrato en un puesto de principiante en la mayor agencia publicitaria de la ciudad, él y un amigo habían decidido emprender camino por su cuenta. Bob se lo había desaconsejado con insistencia, alegando que Donnie y su socio nunca conseguirían el crédito inicial que necesitaban para sobrevivir al primer año.

—Despierta —le había dicho después de que Darcy le cediera el teléfono. Esto había ocurrido a principios de primavera, con los últimos vestigios de nieve aún acechando bajo los árboles y los arbustos del patio de atrás—. Tienes veinticuatro años, Donnie, igual que tu amigo Ken. Ni siquiera podéis contratar un seguro a todo riesgo hasta dentro de un año, solo el de responsabilidad a terceros. Ningún banco os va a conceder setenta mil dólares para ponerlo en marcha, sobre todo estando la economía como está.

Pero sí lograron el crédito, y ahora acababan de aterrizar dos clientes importantes, ambos el mismo día. El primero era un concesionario de coches que buscaba un enfoque fresco que atrajera a compradores en la treintena. El otro era el mismo banco que le había proporcionado a Anderson & Hayward la financiación inicial. Darcy gritó de alegría, y Donnie la imitó. Charlaron durante unos veinte minutos. En cierto punto de la conversación se vieron interrumpidos por el doble pitido de una llamada entrante.

—¿Quieres contestar? —preguntó Donnie.

—No, seguro que es tu padre. Está en Montpelier, mirando una colección de peniques de acero. Volverá a llamar antes de irse a la cama.

—¿Cómo está?

*Bien*, pensó. *Explorando nuevos intereses.*

—Alerta y olfateando el aire —respondió. Era una de las expresiones favoritas de Bob, y motivó la risa de Donnie. A ella le encantaba oírle reír.

—¿Y Pets?

—Llámala tú mismo a ver, Donald.

—Sí, sí, vale. Siempre lo estoy posponiendo. Entretanto, hazme un resumen.

—Está fenomenal. De lo único que habla es de la boda.

—Cualquiera creería que es la semana que viene y no en junio.

—Donnie, si no te esfuerzas por entender a las mujeres, nunca te casarás.

—No tengo ninguna prisa, ya me divierto bastante.

—Mientras seas cuidadoso...

—Soy muy cuidadoso y muy educado. Tengo que irme, mamá. He quedado con Ken para tomar una copa dentro de media hora. Vamos a empezar a devanarnos los sesos para el encargo de los coches.

Estuvo a punto de decirle que no bebiera demasiado, pero se contuvo. Puede que aún aparentara ser un adolescente, y el recuerdo más nítido que tenía de su hijo era de cuando tenía cinco años y, vestido con su chaqueta roja de pana, empujaba incansablemente su patinete arriba y abajo por las avenidas de cemento del parque Joshua Chamberlain en Pownal; sin embargo, ya no era ninguno de esos muchachos. Era un hombre joven, y además, por improbable que pareciera, un joven empresario que empezaba a abrirse camino en el mundo.

—De acuerdo —dijo ella—. Gracias por llamar, Donnie. Fue un gusto.

—Lo mismo digo. Saluda al viejo cuando llame y dale recuerdos.

—Lo haré.

—Alerta y olfateando el aire —dijo Donnie, y se rió con disimulo—. ¿A cuántas manadas de Lobatos les ha enseñado eso?

—A todas. —Darcy abrió la nevera para ver si por casualidad había una Butterfinger enfriándose a la espera de sus amorosas atenciones. No—. Es un horror.

—Te quiero, mamá.

—Yo también te quiero.

Colgó, sintiéndose bien otra vez. Sonriendo. Pero mientras permanecía allí, apoyada contra la encimera, su sonrisa se diluyó.

Un *clonc*.

Se había oído un golpe al empujar la caja de los catálogos bajo la mesa. No un estrépito, como el provocado si la caja hubiera chocado con una herramienta caída en el suelo, sino un *clonc*. Una especie de sonido hueco.

*Me da igual.*

Por desgracia, no era cierto. Ese ruido metálico constituía un asunto inconcluso. También la caja. ¿Habría más revistas como *Zorritas Esclavas* escondidas allí?

*No quiero saberlo.*

Correcto, sí, pero quizá debería averiguarlo igualmente. Porque si esa fuera la única, habría acertado al suponer que no se trataba más que de una curiosidad sexual que había saciado por completo con una simple ojeada a un mundo repugnante (*y desequilibrado*, agregó para sí misma). Si hubiese más, eso probablemente no modificaría nada —se iba a deshacer de ellas, después de todo—, pero quizá debería saberlo.

Sin embargo, más que nada..., aquel *clonc*. Persistía en su mente más que el interrogante sobre las revistas.

Se agenció una linterna de la despensa y volvió al garaje. Inmediatamente se cerró la bata, prendida por las solapas, y lamentó no haberse puesto la chaqueta. Empezaba a hacer frío de verdad.

4

Darcy se arrodilló, empujó la caja de los catálogos a un lado, y alumbró el espacio bajo la mesa de trabajo. Por un momento no entendió lo que estaba viendo: dos líneas de oscuridad que interrumpían el zócalo liso, una ligeramente más gruesa que la otra. Entonces una hebra de inquietud se formó en su torso, extendiéndose desde el esternón hasta la boca del estómago. Era un escondite.

*Déjalo en paz, Darcy. Son sus asuntos, y por tu propia tranquilidad de espíritu deberías dejar las cosas como están.*

Buen consejo, pero ya había llegado demasiado lejos para seguirlo. Gateó bajo la mesa con la linterna en la mano, armándose de valor para apartar las telarañas, pero no había ninguna. Si Darcy era la chica paradigma del «ojos que no ven, corazón que no siente», entonces su marido calvo, coleccionista de monedas, explorador, era el chico paradigma del «todo lustroso, todo limpio».

*Además, él también ha gateado aquí debajo, así que las telarañas no han tenido ninguna oportunidad de formarse.*

¿Eso era cierto? En realidad no lo sabía, ¿verdad?

Pero sospechaba que sí.

Las ranuras se hallaban a cada extremo de una sección de zócalo de unos veinte centímetros de longitud que parecía tener una espiga o algo en el centro de modo que pudiera pivotar. La caja había golpeado lo suficiente para dejarla ligeramente entornada, pero eso no explicaba el *clonc*. Empujó un lado del panel. Un extremo giró hacia fuera y el otro hacia dentro, revelando una cavidad secreta de unos veinte centímetros de largo, treinta de alto, y quizá unos cuarenta o cincuenta centímetros de profundidad. Pensó que a lo mejor descubría más revistas, posiblemente enrolladas, pero no ocultaba ninguna revista. Contenía una cajita de madera, una que estaba bastante segura de reconocer. Era la caja que había producido el sonido hueco. Había estado situada de pie sobre un lado, y el zócalo pivotante la había derribado.

Metió la mano y —con un sentimiento de desasosiego tan fuerte que casi poseía textura— la extrajo. Era la cajita de roble que le había regalado por Navidad cinco años antes, quizá más. ¿O había sido por su cumpleaños? No se acordaba, solo que la compró en una tienda de artesanía en Castle Rock, y que fue una ganga. Tallada a mano en la tapa, en bajo relieve, había una cadena. Debajo de la cadena, también en bajo relieve, estaba indicado el propósito de la caja: **GEMELOS**. Bob poseía un revoltijo de gemelos, y aunque para la oficina era partidario de las camisas con botones fijos en los puños, algunas de sus joyas eran bastante bonitas. Recordaba haber pensado que la caja le ayudaría a mantenerlos organizados. Darcy sabía que la había visto encima de la cómoda en su lado del dormitorio durante una temporada después de que desenvolviera el regalo y lanzara las exclamaciones de alegría, pero no recordaba haberla visto últimamente. Claro que no. Estaba aquí fuera, en la cavidad oculta bajo su mesa de trabajo, y habría apostado la casa y el lote (otro de los dichos de su marido) a que si la abriera, no serían gemelos lo que encontraría dentro.

*Pues no mires.*

Otro buen consejo, pero ya había llegado *demasiado* lejos para seguirlo. Sintiéndose como una mujer que ha entrado casualmente en un casino y se ha jugado los ahorros de toda su vida a una sola carta, abrió la caja.

*Que esté vacía. Por favor Dios, si me amas, que esté vacía.*

Pero no lo estaba.

Encerraba tres rectángulos de plástico, atados con una goma elástica. Sacó el fajo, usando únicamente las puntas de sus dedos, como una mujer que sujetara un trapo viejo con miedo a que pudiera estar lleno de gérmenes además de sucio. Darcy retiró la goma.

No eran tarjetas de crédito, como había imaginado en un principio. El primer rectángulo era una tarjeta de donante de la Cruz Roja que pertenecía a una tal Marjorie Duvall. Su grupo era A positivo, su región Nueva Inglaterra. Darcy le dio la vuelta a la tarjeta y vio que Marjorie —quienquiera que fuese— había dado sangre por última vez el dieciséis de agosto de 2010. Hacía tres meses.

¿Quién demonios era Marjorie Duvall? ¿Cómo la conocía Bob? ¿Y por qué el nombre hacía sonar una tenue pero nítida campana?

El siguiente, un carnet de la biblioteca de North Conway, también pertenecía a Marjorie Duvall, y tenía una dirección: Honey Lane número 17, South Gansett, New Hampshire.

El último trozo de plástico era el permiso de conducir de Marjorie Duvall. Parecía una norteamericana perfectamente normal y corriente, de treinta y pocos, no muy atractiva (aunque nadie ofrecía su mejor versión en las fotos del permiso de conducir), pero presentable. Llevaba el cabello rubio oscuro recogido, en un moño o en una coleta; por la foto era imposible distinguirlo. Fecha de nacimiento, 6 de enero de 1974. La dirección coincidía con la del carnet de la biblioteca.

Darcy se percató de que estaba emitiendo un desolado maullido. Era horrible oír un sonido como ese brotando de su propia garganta, pero no podía evitarlo. Y su estómago había sido reemplazado por una bola de plomo. Tiraba de sus entrañas hacia abajo, estirándolas en nuevas y desagradables formas. Había visto la cara de Marjorie Duvall en el periódico. También en las noticias de las seis.

Con manos que no poseían absolutamente ninguna sensibilidad, volvió a poner la gomilla alrededor de los carnet, los introdujo en la caja, y luego colocó esta en su escondite secreto. Se disponía a cerrarlo cuando se oyó a sí misma decir:

—No, no, no, no está bien. Imposible.

¿Era la voz de la Darcy Inteligente o de la Darcy Estúpida? Resultaba difícil asegurarlo. Lo único que sabía con certeza era que había sido la Darcy Estúpida quien abrió la caja. Y gracias a la Darcy Estúpida, ahora se hallaba en caída libre.

Sacando otra vez la caja. Pensando: *Es un error, tiene que serlo, llevamos casados más de la mitad de nuestras vidas, yo lo sabría, yo lo sabría.* Abriendo la caja. Pensando: *¿Alguien conoce a alguien realmente?*

Antes de esa noche ciertamente así lo había creído.

El permiso de conducir de Marjorie Duvall era ahora el primero del montón. Antes había sido el último. Darcy lo movió al fondo. Sin embargo, ¿cuál había estado encima, la tarjeta de la Cruz Roja o el carnet de la biblioteca? Era sencillo, tenía que ser sencillo cuando solo existían dos opciones, pero se encontraba demasiado alterada para recordarlo. Puso el carnet de la biblioteca encima y de inmediato supo que estaba mal, porque lo primero que había visto al abrir la caja fue un destello de rojo, rojo sangre, por supuesto, un tarjeta de donante tendría que ser roja, así que esa era la que había estado encima.

Las ordenó así, y estaba poniendo la goma alrededor de la pequeña colección de plástico cuando el teléfono de casa empezó a sonar de nuevo. Era él. Era Bob, llamando desde Vermont, y de haberse hallado en la cocina para contestar la llamada, habría oído su alegre voz (una voz que conocía tan bien como la suya propia) preguntando: «Eh, cariño, ¿cómo estás?».

Los dedos se agitaron nerviosamente y la banda elástica se partió. Salió volando, y Darcy lanzó un grito, ignoraba si de frustración o de miedo. Pero en verdad, ¿por qué debería tener miedo? Veintisiete años de matrimonio y nunca le había puesto la mano encima, excepto para acariciarla. Y solo en contadas ocasiones le había levantado la voz.

El teléfono sonó otra vez..., otra vez..., y luego se cortó en mitad de un timbrazo. Ahora vendría un mensaje. «¡Otra vez que no te pillo! ¡Mierda! Llámame o empezaré a preocuparme, ¿vale? El número es...»

También añadiría el número de su habitación. Nunca dejaba nada al azar, nunca daba nada por sentado.

Lo que estaba pensando no podía ser cierto. Rotundamente no. Era como uno de aquellos delirios monstruosos que a veces se erguían desde el fango de la mente humana, centelleando con horrible verosimilitud: que la indigestión ácida era el preludio de un ataque al corazón, el dolor de cabeza un tumor cerebral, y que el hecho de que Petra no llamara el domingo por la noche significaba que había sufrido un accidente de tráfico y yacía en coma en algún hospital. Pero esos delirios por lo general venían a las cuatro de la madrugada, cuando el insomnio tomaba el mando. No a las ocho de la tarde... Y ¿dónde estaba la maldita goma?

La encontró por fin, detrás de la caja de los catálogos que no deseaba volver a mirar nunca más. Se la metió en el bolsillo, hizo ademán de ponerse en pie sin recordar dónde estaba, y se golpeó la cabeza contra el tablero de la mesa. Darcy se echó a llorar.

No había ninguna otra goma en los cajones, y eso provocó que llorara con más rabia. Regresó a la casa por el pasillo exterior, con esos carnets inexplicables, horrible, en el bolsillo de su bata, y logró encontrar una de repuesto en el cajón de la cocina donde guardaba toda clase de porquería semiútil: clips, alambres de bolsas de pan, imanes de nevera que habían perdido la mayor parte de su fuerza. Uno de estos decía DARCY MOLA, un regalito de Navidad que Bob le había dejado en el calcetín de la chimenea.

En la encimera, la luz del teléfono parpadeaba ininterrumpidamente, informando: «mensaje, mensaje, mensaje».

Regresó a toda prisa al garaje sin sujetarse las solapas de la bata. Ya no sentía el frío exterior, porque el interior lo superaba. Y además tenía aquella bola de plomo que desplegaba sus entrañas. Alargándolas. Era vagamente consciente de que necesitaba evacuar sus intestinos, y urgentemente.

*Da igual. Aguanta. Finge que estás en la autopista y que todavía faltan treinta kilómetros para la próxima área de servicio. Acaba esto. Deja todo como estaba. Después ya podrás...*

Después podrá ¿qué? ¿Olvidarlo?

Ni por asomo.

Ató los carnet con la goma, reparó en que el permiso de conducir había retornado de algún modo al primer lugar, y se llamó a sí misma «zorra estúpida», un peyorativo que le habría valido un bofetón en la cara a Bob, de haberse atrevido alguna vez a aplicárselo. Cosa que nunca había hecho.

—Una zorra estúpida pero no una zorrita esclava —refunfuñó, y un calambre le apuñaló el vientre. Cayó de rodillas y permaneció inmóvil así, esperando a que remitiera. Si el garaje tuviera cuarto de baño, habría salido disparada hacia él, pero no tenía. Cuando el calambre la liberó —a regañadientes—, reorganizó las tarjetas en el orden que consideraba correcto (donante de sangre, biblioteca, permiso de conducir), y luego las volvió a depositar en la caja de *GEMELOS*. La caja devuelta al agujero. La sección de zócalo girada y firmemente cerrada. La caja de los catálogos en el sitio donde la había hecho tropezar: sobresaliendo ligeramente bajo la mesa. Bob nunca apreciaría la diferencia.

Pero ¿estaba segura de eso? Si su marido era lo que ella pensaba —monstruoso que una idea semejante ocupara su mente, cuando apenas media hora antes únicamente quería unas pilas nuevas para el puñetero mando a distancia—, si lo *fuera*, entonces había sido cuidadoso durante mucho tiempo. Y efectivamente era cuidadoso, era ordenado, era el chico «todo lustroso, todo limpio», pero si además era lo que esas puñeteras (no, *malditas*) tarjetas de plástico parecían insinuar, entonces debía ser sobrenaturalmente cuidadoso. Sobrenaturalmente observador. Astuto.

Era una palabra en la que nunca había pensado en conexión con Bob hasta esa noche.

—No —le dijo al garaje. Estaba sudando, el cabello se le adhería a la cara en feas espigas, sufría retortijones y las manos le temblaban como si padeciera Parkinson, pero su voz continuaba extrañamente tranquila, extrañamente serena—. No, no puede ser. Es un error. *Mi marido no es Beadie.*

Volvió a entrar en la casa.

## 5

Decidió prepararse un té. Un té sería relajante. Estaba llenando la tetera cuando el teléfono comenzó a sonar otra vez. Dejó caer la tetera en el fregadero —el ruido le hizo proferir un gritito—, y luego se acercó al teléfono, limpiándose las manos mojadas en la bata.

*Calma, calma,* se dijo. *Si él puede guardar un secreto, yo también. Recuerda que hay una explicación racional para todo esto...*

Ah, ¿de veras?

*... Solo que no sé cuál es. Necesito tiempo para pensar en ello, eso es todo. Así que: calma.*

Descolgó el auricular y dijo alegremente:

—Si eres tú, guapo, vente ahora mismo. Mi marido está fuera de la ciudad.

Bob se rió.

—Eh, cariño, ¿cómo estás?

—Alerta y olfateando el aire. ¿Y tú?

Se produjo un largo silencio. Se antojó largo, en cualquier caso, aunque no debieron de ser más que unos pocos segundos. Durante esa pausa oyó el quejido del refrigerador, espeluznante por algún motivo, y el goteo del agua del grifo sobre la tetera que había dejado caer en el fregadero, y los latidos de su propio corazón; este último sonido daba la impresión de proceder de su garganta y sus oídos más que de su pecho. Llevaban tanto tiempo casados que sintonizaban el uno con el otro de una manera casi exquisita. ¿Sucedía así en todos los matrimonios? Lo ignoraba. Solo conocía el suyo propio. Salvo que ahora empezaba a cuestionarse si alguna vez lo había llegado a conocer.

—Pareces rara —comentó—. Tienes la voz como pastosa. ¿Va todo bien, cielo?

Debería haberse sentido conmovida. En cambio estaba aterrorizada. Marjorie Duvall: el nombre no pendía simplemente ante sus ojos; parecía parpadear, ahora encendido, ahora apagado, como el letrero de neón de un bar. Por un instante se quedó muda, y para su horror, la cocina que tan bien conocía empezó a fluctuar delante de ella cuando las lágrimas le subieron a los ojos. La pesadez de estómago había regresado, además. Marjorie Duvall. A positivo. Honey Lane número 17. Honey de cariño, como en «Eh, cariño, ¿cómo te trata la vida, estás alerta y olfateando el aire?».

—Me estaba acordando de Brandolyn —se oyó decir.

—Oh, cielo —dijo él, y la empatía en su voz era todo Bob. La conocía bien. ¿No le había servido de apoyo una y otra vez desde 1984? ¿Incluso antes, cuando aún andaban cortejándose y comprendió que nunca habría nadie más? Seguro. Igual que Darcy había sido el apoyo de Bob. La idea de que esa empatía pudiera no ser más que una capa de glaseado sobre un pastel de veneno era demencial. El hecho de que ella estuviera mintiéndole en ese mismo instante lo era aún más. Si, claro estaba, existieran grados de demencia. O quizá demencial era como único, y no existían formas comparativas ni superlativas. ¿Y qué estaba haciendo? Por el amor de Dios, ¿en qué estaba pensando?

Su marido continuaba hablando, y ella no tenía ni idea de lo que acababa de decir.

—Repíteme otra vez eso. Había ido a por el té. —Otra mentira, era imposible que pudiera agarrar algo con las manos tan temblorosas, pero se trataba de una pequeña y verosímil. Y la voz no le temblaba. Eso creía, al menos.

—Quería saber qué había pasado.

—Llamó Donnie y preguntó por su hermana. Eso me hizo pensar en la mía y salí a dar un paseo. No paraba de sorberme la nariz, aunque en parte se debía al frío. Seguro que me lo has notado en la voz.

—Sí, desde el primer momento —dijo él—. Escucha, debería pasar de Burlington y volver a casa mañana.

Darcy casi dejó escapar un «¡No!», pero precisamente eso habría sido todo un error. Conseguiría que se echara a la carretera con la primera luz del alba, preso de la preocupación.

—Hazlo y te pego un puñetazo en el ojo —replicó ella, y se sintió aliviada al oírle reír—. Charlie Frady te contó que merecía la pena ir al rastrillo de Burlington, y sus contactos son buenos. Y también su instinto. Siempre has dicho eso.

—Sí, pero no me gusta oírte tan desanimada.

Que hubiera detectado (¡y al instante!, ¡al instante!) que algo le ocurría era malo. Que fuera necesario mentir sobre cuál era el problema, ah, eso era peor. Cerró los ojos, vio a la Mala Zorrita Brenda gritar dentro de la capucha negra, y volvió a abrirlos.

—Estaba desanimada, pero ya no —le aseguró—. Fue una fuga momentánea. Era mi hermana, y vi cuando mi padre la trajo a casa. A veces me acuerdo, eso es todo.

—Lo sé —dijo él. Con total sinceridad. La muerte de su hermana no fue la razón por la cual se había enamorado de Bob Anderson, pero la comprensión que le brindó había estrechado la conexión.

Brandolyn Madsen había muerto al ser atropellada por una moto de nieve mientras esquiaba a campo traviesa. El conductor, que estaba borracho, huyó, dejando su cuerpo en los bosques a menos de un kilómetro de la casa de los Madsen. Cuando Brandi no regresó antes de las ocho, un par de policías de Freeport y la Patrulla Vecinal formaron una partida de búsqueda. Fue el padre de Darcy quien la encontró y cargó con el cuerpo los ochocientos metros a través del bosque de pinos hasta la casa. Darcy, instalada en la sala de estar, vigilando el teléfono y procurando tranquilizar a su madre, fue la primera en verle. El hombre se adentró en el césped bajo el duro resplandor de la luna llena invernal, expulsando nubes blancas de vaho. El pensamiento inicial de Darcy (aún le resultaba terrible) había sido para esas sensibleras películas románticas en blanco y negro que a veces emitían en el canal TCM, aquellas en las que un novio en su feliz luna de miel cruzaba el umbral de una casita con su nueva esposa en brazos mientras cincuenta violines vertían sirope en la banda sonora.

Bob Anderson, había descubierto Darcy, se identificaba con ella de un modo que muchas personas no podían. No había perdido a un hermano ni a una hermana; había perdido a su mejor amigo. El muchacho había salido como una flecha a la carretera para atrapar una pelota errante durante un partido de béisbol (Bob no había sido el bateador, al menos; no jugaba al béisbol, y aquel día estuvo nadando); le atropelló un caminón de reparto y murió en el hospital poco después. Esta coincidencia de viejas aflicciones no era el único motivo por el que sentía que su emparejamiento era algo especial, pero le confería cierta cualidad mística, como si fuera no una coincidencia, sino un suceso planeado.

—Quédate en Vermont, Bobby. Ve al rastrillo. Te quiero por preocuparte tanto, pero si vuelves corriendo a casa, me sentiré como una niña pequeña. Y luego me enfadaré.

—De acuerdo. Pero te llamaré mañana a las siete y media. Estás avisada.

Darcy se rió, y sintió alivio al oír que se trataba de una risa sincera..., o tan cercana como para no suponer diferencia alguna. ¿Y por qué no debería permitirse reír con sinceridad? ¿Por qué diablos no? Amaba a su esposo, y le concedería el beneficio de la duda. De *cualquier* duda. No es que tuviera opción. Uno no podía apagar el amor —ni siquiera el amor con frecuencia ausente que tras veintisiete años a veces se daba por descontado— de la misma forma en que cerraba un grifo. El amor nacía del corazón, y el corazón dictaba sus propios imperativos.

—Bobby, tú siempre llamas a las siete y media.

—Culpable de los cargos. Llámame esta noche si...

—... necesito algo, a cualquier hora —concluyó por él. Ahora volvía a sentirse casi como ella misma. Resultaba realmente asombroso el número de golpes duros que podía encajar la mente—. Lo haré.

—Te quiero, cariño. —La coda de tantas conversaciones en el transcurso de los años.

—Yo también te quiero —dijo ella, sonriendo. Acto seguido colgó, apoyó la frente contra la pared, cerró los ojos, y empezó a llorar antes de que la sonrisa abandonara su rostro.

6

Su ordenador, un iMac lo suficientemente antiguo para ser considerado de moda retro, estaba instalado en su cuarto de costura. Raramente lo utilizaba para otra cosa que no fuera el correo electrónico o eBay, pero en esta ocasión abrió Google y tecleó el nombre de Marjorie Duvall. Vaciló antes de sumar *Beadie* a la búsqueda, aunque brevemente. ¿Por qué prolongar la agonía? Aparecería de todas formas, no le cabía duda. Pulsó INTRO, y mientras observaba el cursor en espera girando y girando en la parte superior de la pantalla, los retortijones la azotaron de nuevo. Se apresuró al cuarto de baño, se sentó en el inodoro, y se ocupó de sus asuntos con el rostro entre las manos. Había un espejo colgado en la puerta, y no quería verse reflejada. ¿Por qué estaba allí? ¿Por qué permitía que estuviera allí? ¿Quién querría verse a sí mismo sentado en el váter, aun en su mejor momento, que casi con certeza no sería ese?

Regresó despacio al ordenador, arrastrando los pies como

una niña que se sabe a punto de ser castigada por la clase de cosas que la madre de Darcy había llamado Malotas. Vio que Google le había suministrado más de cinco millones de resultados para su búsqueda: oh, omnipotente Google, tan generoso y tan terrible. Sin embargo, el primero la hizo reír de verdad; la invitaba a seguir a Marjorie Duvall Beadie en Twitter. Darcy juzgó que ese podría ignorarlo. A menos que se equivocara (y cómo agradecería que así fuera), la Marjorie que buscaba había tuiteado su último tuit hacía tiempo.

El segundo resultado correspondía al *Portland Press Herald,* y cuando Darcy hizo clic en el enlace, la fotografía que la recibió (similar a una bofetada, ese recibimiento) era la misma que recordaba de ver en televisión, y probablemente también en ese mismo artículo, pues acostumbraba leer el *Press Herald.* El artículo había sido publicado diez días antes, y constituía la noticia principal. **UNA MUJER DE NEW HAMPSHIRE PODRÍA SER LA UNDÉCIMA VÍCTIMA DE «BEADIE»** gritaba el titular. Y el subtítulo: *Fuente policial: «Estamos seguros al noventa por ciento».*

Marjorie Duvall parecía mucho más guapa en la imagen del periódico, una fotografía de estudio en la que posaba con estilo clásico, luciendo un vestido negro con volantes. Tenía el cabello suelto, y se veía de un rubio más claro. Darcy se preguntó si esa foto la habría proporcionado el marido. Suponía que sí. La imaginaba colocada en la repisa de la chimenea en el número 17 de Honey Lane, o quizá colgada en el pasillo. La guapa anfitriona de la casa dando la bienvenida a los invitados con su eterna sonrisa.

*Los caballeros las prefieren rubias porque se cansan de reventar puntos negros.*

Otro de los dichos de Bob. Nunca le había gustado mucho, y detestaba no poder quitárselo ahora de la cabeza.

Marjorie Duvall había sido hallada en un barranco a diez kilómetros de su casa en South Gansett, a no mucha distancia del límite municipal de North Conway. El sheriff del condado especuló que la muerte se había producido por estrangulación, probablemente, pero no podía asegurarlo; eso dependía del forense. Se negó a seguir especulando y a contestar preguntas, pero la fuente anónima del periodista (cuya información estaba al menos semivalidada por ser «cercana a la investigación») declaró que Duvall presentaba marcas de mordiscos y que había sufrido abusos sexuales que se ajustaban a «un patrón consistente con las otras víctimas de Beadie».

Que era una transición natural a una recapitulación completa de los asesinatos anteriores. El primero había ocurrido en 1977. Hubo dos en 1978, otro en 1980, y luego dos más en 1981. Dos de los asesinatos habían ocurrido en New Hampshire, dos en Massachusetts, el quinto y el sexto en Vermont. Después siguió un hiato de dieciséis años. La policía supuso que había sucedido una de tres cosas: Beadie se había trasladado a otra parte del país y proseguía con su afición allí, Beadie había sido arrestado por algún otro delito sin relación y estaba en prisión, o Beadie se había suicidado. Una cosa improbable, según un psiquiatra que el reportero había consultado para su artículo, era que Beadie se hubiera cansado. «Estos tipos no se aburren nunca», declaraba el psiquiatra. «Es su deporte, su compulsión. Más que eso, es su vida secreta.»

Vida secreta. Qué caramelo envenenado escondía esa frase.

La sexta víctima de Beadie había sido una mujer de Barre, desenterrada de un montículo de nieve por un quitanieves justo una semana antes de Navidad.

*Menudas vacaciones debió pasar su familia*, pensó Darcy.

Tampoco ella había disfrutado de unas buenas navidades aquel año. Sola y lejos del hogar (un hecho que ni siquiera una manada de caballos salvajes le hubieran arrancado cuando hablaba con su madre), con un empleo para el que no se sentía cualificada aun después de dieciocho meses y un aumento por méritos, no albergaba ningún sentimiento navideño en absoluto. Tenía conocidas (las Chicas Margarita), pero no auténticas amigas. No se le daba bien trabar amistades, siempre había sido así. «Tímida» era el término suave para definir su personalidad; «introvertida», el más exacto probablemente.

Entonces Bob Anderson había entrado en su vida con una sonrisa en el rostro; Bob, quien la había invitado a salir sin aceptar un no por respuesta. Apenas tres meses después de que el quitanieves hubiera desenterrado el cuerpo de la última víctima del «ciclo temprano» de Beadie, debió haber sido eso. Se enamoraron. Y Beadie interrumpió sus crímenes durante dieciséis años.

¿Por ella? ¿Porque la amaba? ¿Porque quería dejar de hacer cosas Malotas?

*O una mera coincidencia. Podía ser eso.*

Buen intento, pero los documentos que Bob guardaba a buen recaudo en el garaje hacían que la idea de la coincidencia pareciera mucho menos probable.

La séptima víctima de Beadie, la primera de lo que el periódico denominaba «el nuevo ciclo», fue una mujer de Waterville, Maine, llamada Stacey Moore. Su marido la encontró en el sótano al regresar de Boston, donde él y dos amigos habían asistido a un par de partidos de los Red Sox. Agosto de 1997, fue entonces. Tenía la cabeza metida en un depósito de maíz dulce que los Moore vendían en un puesto de carretera en la Ruta 106. La mujer estaba desnuda, con las manos atadas a la espalda, y las nalgas y los muslos presentaban mordeduras en una docena de sitios.

Dos días más tarde, el permiso de conducir y el carnet de la Cruz Azul de Stacey Moore, ligados con una goma elástica, fueron remitidos a Augusta; el paquete iba dirigido al FISCAL BOBO DEPTO. JENERAL DE INVESTIGACION CRIANIMAL. Incluía una nota, también escrita en letra de imprenta: *¡HOLA! ¡HE VUELTO! ¡BEADIE!*

Se trataba de un paquete que los detectives responsables del caso Moore reconocieron de inmediato. Se habían recibido documentos similares —y notas jocosas similares— después de cada una de las muertes previas. Sabía cuándo se encontraban solas. Las torturaba, principalmente con los dientes; las violaba o las sometía a otra clase de vejaciones; las mataba; enviaba una identificación a alguna rama de la policía semanas o meses más tarde. Burlándose.

*Para asegurarse de llevarse el mérito,* pensó Darcy sombríamente.

Hubo otro asesinato de Beadie en 2004; el noveno y el décimo en 2007. Estos dos fueron los peores, porque una de las víctimas había sido un niño. Al hijo de diez años le habían eximido de las clases después de que se quejara de un dolor de estómago, y por lo visto había sorprendido a Beadie en plena faena. El cuerpo del niño había sido hallado junto al de su madre, en un arroyo cercano. Cuando los documentos de la mujer —dos tarjetas de crédito y un permiso de conducir— llegaron al Cuartel n.º 7 de la Policía del Estado de Massachusetts, la nota adjunta decía: *¡HOLA! ¡EL CHAVAL FUE UN ACCIDENTE! ¡LO SIENTO! ¡PERO FUE RÁPIDO, NO «SUFRIÓ»! ¡BEADIE!*

Existían otros muchos artículos a los que podía haber accedido (oh, omnipotente Google), pero ¿con qué propósito? El dulce sueño de una ordinaria noche más en una ordinaria vida había sido engullido por una pesadilla. ¿Continuar leyendo acerca de Beadie disiparía la pesadilla? La respuesta a eso resultaba evidente.

El vientre se le contrajo bruscamente. Corrió al cuarto de baño —aún maloliente a pesar del ventilador, por lo general uno podía ignorar cuán maloliente asunto era la vida, pero no siempre— y cayó sobre las rodillas delante del retrete, con la vista clavada en el agua azul y la boca abierta. Por un instante creyó que la necesidad de vomitar pasaría, y entonces pensó en Stacey Moore con la cara negra por la asfixia embutida en el maíz y las nalgas cubiertas de sangre seca del color de la leche chocolatada. Se le revolvió el estómago y vomitó dos veces, con fuerza suficiente para salpicarle la cara de Ty-D-Bol y de gotas de su propio efluvio.

Llorando y jadeando, tiró de la cadena. Tendría que limpiar la porcelana, pero por el momento se limitó a bajar la tapa y apoyar la mejilla enrojecida sobre el frío plástico beige.

*¿Qué voy a hacer?*

La solución lógica consistía en llamar a la policía, pero ¿y si todo resultaba ser un error? Bob siempre había sido el más generoso e indulgente de los hombres —cuando ella estrelló el morro de su vieja furgoneta contra un árbol al borde del aparcamiento de la estafeta y el parabrisas se hizo añicos, únicamente le preocupaba que no se hubiera cortado la cara—, pero ¿la perdonaría si equivocadamente le acusaba de once asesinatos con tortura que no había cometido? Y el mundo lo sabría. Culpable o inocente, su foto saldría en los periódicos. En primera página. Y también la de ella.

Darcy se puso en pie con esfuerzo, sacó del armario del baño el cepillo para fregar el inodoro, y limpió su porquería. Procedía despacio. Le dolía la espalda. Suponía que para sufrir una contractura muscular debería haber vomitado con mucha fuerza.

A mitad de la tarea, un nuevo pensamiento cayó como una losa. No serían simplemente ellos dos los arrastrados a la especulación periodística y al obsceno ciclo de aclarado en los canales de noticias del cable; debía tener en cuenta a los chicos. Donnie y Ken acababan de conseguir sus primeros clientes, pero el banco y el concesionario que buscaba un enfoque fresco se esfumarían a las tres horas de estallar esta bomba de mierda. Anderson & Hayward, que hoy había tomado su primer aliento real, estaría muerta mañana. Darcy desconocía cuánto habría invertido Ken Hayward, pero Donnie lo había apostado todo. No ascendía a mucho en cuanto a dinero en efectivo, pero existían otras cosas que uno invertía cuando iniciaba su propia travesía. El corazón, la mente, el sentido de la autoestima.

Luego estaban Petra y Michael, que probablemente en ese mismo instante trazaban juntos nuevos planes de boda, sin ser conscientes de que una caja de caudales de dos toneladas pendía de una cuerda deshilachada sobre sus cabezas. Pets siempre había idolatrado a su padre. ¿Cómo le afectaría averiguar que las manos que en otro tiempo la columpiaran en el patio de atrás eran las mismas manos que habían estrangulado hasta la muerte a once mujeres? ¿Que los labios que le dieran los besos de buenas noches escondían dientes que habían mordido a once mujeres, en algunos casos hasta el hueso?

Sentada de nuevo delante de su ordenador, un terrible titular despuntó en la mente de Darcy. Iba acompañado de una fotografía de Bob con su pañuelo atado al cuello, los absurdos pantalones cortos de color caqui y unos calcetines largos. Era tan nítido que bien podría haber sido ya impreso:

## ASESINO EN SERIE «BEADIE», MONITOR DE LOBATOS DURANTE 17 AÑOS

Darcy se cubrió la boca con la mano en un gesto de consternación. Sentía los ojos palpitando en sus cuencas. Se le ocurrió la posibilidad del suicidio, y por un instante (un largo instante) la idea se le antojó completamente racional, la única solución razonable. Podría dejar una nota explicando que se temía que padecía cáncer. O un inicio temprano de Alzheimer, eso sería todavía mejor. Sin embargo, el suicidio también proyectaba una profunda sombra sobre la familia; además, ¿y si se equivocaba? ¿Y si sencillamente Bob se hubiera encontrado ese manojo de documentos en una cuneta, o algo similar?

*¿Sabes lo improbable que es eso?*, se mofó la Darcy Inteligente.

Sí, de acuerdo, pero improbable no equivalía a imposible, ¿verdad? Aparte, omitía algo más, algo que la aprisionaba en una jaula a prueba de fugas: ¿y si tenía razón? ¿Su suicidio no liberaría a Bob para seguir matando, pues ya no tendría que mantener una doble vida? Darcy no estaba segura de si creía en una existencia consciente después de la muerte, pero ¿y si había una? ¿Y si allí se viera no frente a verdes campos edénicos y ríos de abundancia sino frente a un espectral comité de bienvenida compuesto por mujeres estranguladas, todas ellas con la impronta de la dentadura de su marido, todas ellas acusándola de causar sus muertes por haber tomado la salida fácil? Y si decidía ignorar lo que había encontrado (cosa que ni por un segundo creía que fuera posible), ¿no convertiría en cierta esa acusación? ¿De verdad pensaba que podría condenar a otras mujeres a una muerte horrible solo para que su hija pudiera casarse felizmente en junio?

Pensó: *Desearía estar muerta.*

Pero no lo estaba.

Por primera vez en años, Darcy Madsen Anderson se dejó caer de la silla sobre las rodillas y se puso a rezar. No sirvió de nada. Nadie había en la casa excepto ella.

7

Darcy nunca había llevado un diario, pero conservaba diez años de agendas en el fondo de su espacioso arcón de costura. Y décadas de registros de viajes atiborraban uno de los cajones del archivador que Bob tenía en su despacho de casa. Como contable fiscal (y con un negocio paralelo debidamente constituido, además), era muy meticuloso en lo concerniente al mantenimiento de sus registros, y apuntaba cada gasto deducible, cada crédito fiscal, cada centavo que pudiera justificar como depreciación de vehículos.

Apiló los archivos y las agendas junto al ordenador. Entró en Google y se obligó a efectuar la investigación que necesitaba, anotando los nombres y las fechas de las muertes (algunas forzosamente aproximadas) de las víctimas de Beadie. A continuación, cuando el reloj digital en la barra de tareas proseguía su curso inexorable y silenciosamente más allá de las diez de la noche, inició la ardua labor de cotejar datos.

Habría renunciado a una docena de años de su vida por encontrar algo que le descartara de al menos uno de los asesinatos, pero las agendas solo empeoraban las cosas. Kellie Gervais, de Keene, New Hampshire, fue hallada en los bosques tras el vertedero de basura de la localidad el quince de marzo de 2004. Según el forense, llevaba muerta de tres a cinco días. En la agenda de Darcy de ese año, garrapateado sobre las fechas del diez al doce de marzo, se leía «Visita Bob a Fitzwilliam, Brat». George Fitzwilliam era un acaudalado cliente de Benson, Bacon & Anderson. Brat era abreviatura de Brattleboro, donde residía Fitzwilliam. Un simple paseo desde Keene, New Hampshire.

Helen Shaverstone y su hijo Robert fueron hallados en el

Arroyo Newrie, en la ciudad de Amesbury, el once de noviembre de 2007. Habían vivido en Borla Village, a unos diecinueve kilómetros de distancia. En la página de noviembre de su libreta de direcciones de 2007, Darcy había trazado una raya desde el día ocho hasta el diez, garabateando «Bob en Saugus, 2 rastrillos + subasta monedas Boston». ¿Y no recordaba haberle llamado al motel de Saugus una de aquellas noches y no encontrarle? ¿No había supuesto que estaría fuera con algún vendedor de monedas, rastreando una pista, o quizá en la ducha? *Creía* recordarlo así. En tal caso, ¿habría estado realmente en la carretera aquella noche? ¿Volviendo quizá de hacer un recado (una pequeña parada) en la ciudad de Amesbury? O, si hubiera estado en la ducha, en el nombre de Dios, ¿por qué habría necesitado lavarse?

Retornó a sus registros y tickets de viajes mientras el reloj en la barra de tareas rebasaba las once y emprendía el ascenso hacia la medianoche, la hora embrujada, cuando se decía que los cementerios bostezaban. Trabajaba con minuciosidad y a menudo se detenía para volver a verificar los datos. El material de finales de los setenta era intermitente y no de mucho provecho —en aquellos días no había sido más que el típico esclavo de oficina—, pero a partir de los ochenta todo estaba allí, y las correlaciones que estableció con los asesinatos de Beadie en 1980 y 1981 resultaban claras e innegables. Bob había realizado viajes en los momentos precisos y a las zonas precisas. Y, como insistía la Darcy Inteligente, si uno encontraba suficientes pelos de gato en la vivienda de una persona, prácticamente debía admitir que había un felino en algún rincón de la casa.

*¿Y qué hago ahora?*

La respuesta parecía consistir en llevarse su confusión y su terror al piso de arriba. Dudaba que fuera capaz de dormir, pero al menos podría darse una ducha caliente y tumbarse después. Estaba agotada, le dolía la espalda de haber vomitado, y apestaba a su propio sudor.

Apagó el ordenador y subió las escaleras con paso lento y dificultoso. La ducha le alivió la espalda, y el paracetamol probablemente le aliviaría aún más el dolor cuando le surtiera efecto, hacia las dos de la madrugada o así; estaba segura de que continuaría despierta para averiguarlo. Devolvió los analgésicos al botiquín, sacó el frasco de Zolpiden, lo sostuvo en la mano durante casi un minuto entero, y luego lo volvió a colocar en su sitio. Eso no la haría dormir, solo conseguiría sentirse embotada y —quizá— más paranoica de lo que ya estaba.

Se tumbó y contempló la mesilla al otro lado de la cama. El reloj de Bob. Las gafas de lectura de Bob. Un ejemplar de un libro titulado *La cabaña*. «Deberías leerlo, Darce, te cambia la vida», le había dicho dos o tres noches antes de este último viaje.

Apagó su lámpara, vio a Stacey Moore enterrada en el maíz, y la encendió de nuevo. Cualquier otra noche la oscuridad habría sido su amiga —el dulce presagio del sueño—, pero no hoy. Esta noche el harén de Bob poblaba la oscuridad.

*Eso no lo sabes. Recuerda que no sabes absolutamente nada.*

Pero si encuentras suficientes pelos de gato...

*Ya basta de pelos de gato.*

Permaneció tumbada, aún más desvelada de lo que había temido; su mente giraba y giraba, ahora pensando en la víctimas, ahora en los hijos, ahora en ella misma, pensando incluso en una olvidada historia de la Biblia, la oración de Jesús en el huerto de Getsemaní. Tras lo que se le antojó una hora dando vueltas alrededor de ese espantoso círculo de preocupación, echó una ojeada al reloj de Bob y advirtió que solo habían transcurrido doce minutos. Se irguió sobre un codo y orientó la esfera del reloj fuera de su vista.

*No volverá a casa hasta mañana a las seis de la tarde*, pensó..., aunque, como ya pasaba un cuarto de hora de la medianoche, supuso que técnicamente volvería a casa ese mismo día. En cualquier caso, eso le proporcionaba dieciocho horas. Tiempo suficiente para tomar cualquier tipo de decisión. Ayudaría si pudiera dormir, siquiera un poco —el sueño poseía su propia forma de reinicializar la mente—, pero eso quedaba fuera de toda consideración. Se adormecía un poco, luego pensaba *Marjorie Duvall* o *Stacey Moore* o (esto era lo peor) *Robert Shaverstone, diez años. ¡NO «SUFRIÓ»!* Y entonces cualquier posibilidad de dormir se desvanecía. Se le pasó por la cabeza la idea de que nunca podría volver a dormir. Eso era imposible, por supuesto, pero allí tendida, aún con el regusto a vómito a pesar del enjuague bucal, le pareció totalmente factible.

En algún punto se encontró recordando una época de su temprana infancia en la que recorría toda la casa mirándose en los espejos. Se plantaba delante de ellos con las manos ahuecadas a ambos lados de la cara y la nariz pegada al cristal, y contenía el aliento para que no se empañara la superficie.

Cuando la pillaba su madre, la apartaba de un manotazo.

*Eso deja marca, y tendré que limpiarla yo. Además, ¿qué es lo que te interesa tanto de ti? Nunca serás colgada por tu belleza. ¿Y por qué te arrimas tanto? Así no podrás ver nada que valga la pena mirar.*

¿Qué edad tenía? ¿Cuatro años? ¿Cinco? En cualquier caso, demasiado joven para explicar que no era su reflejo lo que le interesaba; o no principalmente. Estaba convencida de que los espejos eran portales a otro mundo y que cuanto veía reflejado en el cristal no era del salón o el baño de su casa, sino del salón o el baño de alguna otra familia. Los Matson en lugar de los Madsen, quizá. Porque al otro lado todo era *similar,* pero no *idéntico,* y si mirabas el tiempo suficiente, empezabas a captar algunas diferencias: una alfombra que allí parecía ovalada en lugar de ser redonda como a este lado, una puerta que parecía tener un pestillo en lugar de un cerrojo, un interruptor de luz situado en el lado equivocado de la puerta. La niña tampoco era la misma. Darcy estaba segura de que guardaban parentesco —¿hermanas del espejo?—, pero no, no eran la misma. Quizá aquella niña se llamaba Jane o Sandre, no Darcellen Madsen; incluso tal vez Eleanor Rigby, quien por alguna razón (alguna razón que la asustaba) recogía el arroz en las iglesias donde se había celebrado una boda.

Yaciendo en el círculo de luz de su lámpara, dormitando sin ser consciente de ello, Darcy supuso que si hubiera sido capaz de contarle a su madre lo que estaba buscando, si le hubiera hablado sobre la Chica Oscura que no era exactamente ella, la habrían mandado a un psiquiatra infantil. Sin embargo, lo que suscitaba su interés no era la niña, nunca había sido la niña. Lo que le interesaba era la idea de la existencia de un trasmundo entero tras los espejos, y si uno pudiera atravesar aquella otra casa (la Casa Oscura) y salir por la puerta, encontraría todo un mundo nuevo esperando.

Por supuesto, esta ilusión pasó y, con la ayuda de una nueva muñeca (le puso de nombre Doña Butterworth por el sirope para tortitas que tanto le encantaba) y una nueva casa de muñecas, había progresado a fantasías más propias de una niña: cocinar, limpiar, ir de compras, Regañar Al Bebé, Cambiarse Para La Cena. Ahora, después de tantos años, por fin había hallado el camino a través del espejo. Solo que no la esperaba ninguna chiquilla en la Casa Oscura; la habitaba en cambio un Marido Oscuro, uno que llevaba residiendo detrás del espejo todo el tiempo, y cometiendo actos terribles allí.

«Algo bueno a un precio razonable», le gustaba decir a Bob; el credo de un contable si alguna vez hubo uno.

«Alerta y olfateando el aire», una respuesta a «¿Cómo estás?» que cada niño de cada grupo de Lobatos que hubiera guiado a través de la Senda del Hombre Muerto conocía bien. Una respuesta que muchos de esos chicos sin duda repetirían cuando fueran adultos.

*Los caballeros las prefieren rubias, no te olvides de ese. Porque se cansan de reventar...*

Pero entonces el sueño venció a Darcy, y aunque esa dulce enfermera no pudo transportarla lejos, las arrugas de su frente y las comisuras de sus ojos enrojecidos e hinchados se suavizaron un poco. Se hallaba bastante cerca de la consciencia para agitarse cuando su marido aparcó en el camino de entrada, pero no lo suficiente para volver en sí. Quizá lo habría conseguido si la luz de los faros del Suburban se hubieran esparcido por el techo, pero Bob los había apagado al enfilar hacia la casa para no despertarla.

## 8

Un gato le acariciaba la mejilla con una zarpa aterciopelada. Muy suavemente, pero con insistencia.

Darcy intentó quitárselo de encima, pero parecía que la mano pesara mil kilos. Y se trataba de un sueño, al fin y al cabo. Seguro. No tenían ningún gato. *Aunque si hay suficientes pelos de gato en una casa, debe de haber uno en alguna parte*, le dijo con razón su mente, que luchaba por despertar.

Ahora la pata le acariciaba el flequillo y la frente, y no podía ser un gato porque los gatos no hablaban.

—Despierta, Darce. Despierta, cariño. Tenemos que hablar.

La voz, tan suave y balsámica como la caricia. La voz de Bob.

Y no una zarpa de gato sino una mano. La mano de Bob. Solo que no podía ser él, porque había ido a Montp...

Abrió los ojos de golpe y allí estaba él, de acuerdo, sentado en la cama a su lado, acariciándole el rostro y el pelo como a veces hacía cuando se sentía un poco pachucha. Llevaba puesto un traje de tres piezas de Jos. A. Bank (compraba todos sus trajes allí, aunque la llamaba, en otra de sus semigraciosas expresiones, «Joss-Bank»), pero tenía el chaleco desabotonado y el cuello de la camisa abierto. Vio el extremo de la corbata asomando del bolsillo de la chaqueta como una lengua roja. El vientre le sobresalía por encima del cinturón, y su primer pensamiento coherente fue: *Bobby, de verdad que tienes que hacer algo con tu peso, no es bueno para el corazón.*

—¿Qué...? —Brotó casi como el incomprensible graznido de un cuervo.

Su marido sonrió y continuó acariciándole el pelo, la mejilla, la nuca. Se aclaró la garganta y probó otra vez.

—¿Qué haces aquí, Bobby? Deben ser... —Levantó la cabeza para mirar el despertador, lo cual no le sirvió de nada, por supuesto. Lo había girado de cara a la pared.

Bajó la vista a su reloj. Había estado sonriendo mientras la acariciaba para despertarla, y seguía sonriendo ahora.

—Las tres menos cuarto. Después de hablar contigo estuve

sentado en mi estúpida habitación de motel casi dos horas, intentaba convencerme de que lo que estaba pensando no podía ser verdad. Solo que no he llegado a donde estoy eludiendo la verdad. Así que brinqué al 'Burban y me eché a la carretera. No había absolutamente nada de tráfico. No sé por qué no hago más viajes de madrugada. A lo mejor empezaré a hacerlo. Si no me encierran en Shawshank, claro. O en la Prisión Estatal de New Hampshire en Concord. Pero eso en cierta forma depende de ti. ¿No?

Su mano acariciándole el rostro. La sensación resultaba familiar, incluso su aroma resultaba familiar, y siempre le había encantado. Pero ya no, y no se debía únicamente a los espantosos descubrimientos de esa noche. ¿Cómo nunca había notado cuán posesivo, de un modo autocomplaciente, era su tacto? *Eres una perra vieja, pero eres mi perra*, parecía decir esa caricia. *Solo que esta vez te has meado en el suelo, y eso es una cosa mala. De hecho, es una cosa Malota.*

Le apartó la mano y se incorporó.

—Por el amor de Dios, ¿de qué estás hablando? Llegas a hurtadillas, me despiertas...

—Sí, dormías con la luz encendida; me fijé en cuanto doblé hacia la casa. —No existía culpabilidad alguna en su sonrisa. Nada siniestro, tampoco. Era la misma sonrisa dulce de Bob Anderson que ella había amado casi desde el primer momento. Por un instante su memoria evocó un destello de su noche de bodas, la ternura que había mostrado no apremiándola. Concediéndole tiempo para acostumbrarse a la novedad.

*Lo mismo que va a hacer ahora*, pensó.

—Nunca duermes con la luz encendida, Darce. Y aunque te has puesto el camisón, llevas el sujetador debajo, y eso tampoco lo haces nunca. Se te olvidó quitártelo, ¿no? Pobrecita. Pobre niñita cansada.

Le acarició brevemente los pechos; luego, gracias a Dios, alejó la mano.

—Además, has girado el despertador para no tener que ver la hora. Estabas alterada, y yo soy la causa. Lo siento, Darce. Desde lo más profundo de mi corazón.

—Comí algo que me sentó mal. —Fue lo único que se le ocurrió.

Bob sonrió pacientemente.

—Encontraste mi escondite especial en el garaje.

—No sé de qué estás hablando.

—Oh, hiciste un buen trabajo al volver a situar las cosas donde las encontraste, pero soy muy cuidadoso con estos temas, y la cinta adhesiva que coloqué sobre el pivote en el zócalo estaba rota. No te diste cuenta, ¿verdad? Normal. Es de esas que cuando se pegan son casi invisibles. Además, la caja estaba a tres o cuatro centímetros a la izquierda de donde la pongo; de donde siempre la pongo.

Hizo ademán de acariciarle de nuevo la mejilla, pero retiró la mano (aparentemente sin rencor) cuando ella volvió el rostro.

—Bobby, veo que algo te trae de cabeza, pero sinceramente, no sé lo que es. A lo mejor has estado trabajando mucho.

Su marido torció la boca hacia abajo en una mueca de tristeza, y se le humedecieron los ojos de lágrimas. Increíble. Darcy tuvo que reprimirse verdaderamente para no sentir lástima por él. Daba la impresión de que las emociones no constituían sino un hábito humano más, tan condicionado como cualquier otro.

—Supongo que siempre supe que este día llegaría.

—No tengo ni la más remota idea de lo que estás hablando.

Bob lanzó un suspiro.

—He tenido mucho tiempo para reflexionar sobre esto, cariño. Y cuanto más lo meditaba, cuanto más concienzudamente meditaba, más me convencía de que solo existía una pregunta que necesitara respuesta: QHD.

—Yo no...

—Silencio —ordenó, y le posó un suave dedo sobre los labios. Percibió olor a jabón. Debía de haberse duchado antes de abandonar el motel, algo muy del estilo de Bob—. Te lo contaré. Lo confesaré todo. Creo que, en el fondo, siempre he querido que lo supieras.

¿Que siempre había querido que ella lo supiera? Cielo Santo.

Quizá aún le aguardaran cosas peores, pero esta era con mucho la más horrible hasta el momento.

—No quiero saberlo. Sea lo que sea lo que se te ha metido en la cabeza, no quiero saberlo.

—Noto algo distinto en tus ojos, cariño, y he llegado a ser muy bueno leyendo los ojos de las mujeres. Me he convertido casi en un experto. QHD significa Qué Haría Darcy. En este caso, Qué Haría Darcy si encontrara mi escondite especial, y lo que hay dentro de mi caja especial. Siempre me ha encantado esa caja, por cierto, porque me la regalaste tú.

Se inclinó hacia delante y le plantó un rápido beso entre las cejas. Tenía los labios húmedos, y por primera vez en su vida le repugnó sentir su contacto sobre la piel. Se le ocurrió que podría estar muerta antes de que saliera el sol. Porque las mujeres muertas no contaban historias.

*Aunque*, pensó, *procuraría asegurarse de que no «sufriera».*

—Primero, me pregunté si el nombre de Marjorie Duvall significaría algo para ti. Me habría gustado contestar a esa pregunta con un gran no, pero a veces uno tiene que ser realista. No eres la adicta a las noticias número uno del mundo, pero he vivido contigo lo suficiente para saber que sigues los sucesos importantes en la tele y en los periódicos. Pensé que te sonaría el nombre, y aunque no fuera así, pensé que reconocerías la foto del carnet de conducir. Además, me dije, ¿no sentiría curiosidad por saber por qué guardaba esos documentos? Las mujeres siempre son unas curiosas. Fíjate en Pandora.

*O en la esposa de Barba Azul*, pensó ella. *La mujer que echó una ojeada al cuarto cerrado con llave y encontró las cabezas cortadas de todas sus predecesoras en el matrimonio.*

—Bob, te juro que no tengo ni idea de lo que...

—Por tanto, lo primero que hice al llegar fue arrancar tu ordenador, abrir Firefox, ese es el navegador que utilizas siempre, y comprobar el historial.

—¿El qué?

Se rió entre dientes como si ella se hubiera regodeado con una expresión excepcionalmente ingeniosa.

—Ni siquiera sabes lo que es. Me lo figuraba, porque cada vez que lo reviso está todo allí. ¡Nunca lo limpias! —Y volvió a reírse, como haría un hombre cuando una esposa exhibiera un rasgo de su personalidad que le resultara particularmente simpático.

Darcy empezó a sentir una débil convulsión de ira. Algo probablemente absurdo, considerando las circunstancias, pero innegable.

—¿Revisas mi *ordenador*? ¡Eres un fisgón! ¡Un sucio fisgón!

—*Claro* que lo reviso. Tengo un amigo muy malo que hace cosas muy malas. Un hombre en una situación así ha de mantenerse al corriente de las actividades de los más próximos a él. Y desde que los niños se fueron de casa, esos son tú y solo tú.

¿Amigo malo? ¿Un amigo malo que hace cosas malas? Su cabeza flotaba, pero una cosa parecía demasiado clara: no serviría de nada seguir negándolo. Darcy lo sabía, y Bob sabía que ella lo sabía.

—No solo has estado indagando sobre Marjorie Duvall. —No percibió ninguna vergüenza en su voz, ni que se hubiera puesto a la defensiva, solo un horrible pesar por haber llegado a esto—. Has indagado sobre todas las demás. —Entonces se echó a reír y exclamó—: ¡Ups!

Darcy se sentó contra el cabecero de la cama, lo cual la alejaba ligeramente de él. Eso estaba bien. La distancia era buena. Tras todos esos años acostada a su lado, cadera con cadera y muslo con muslo, y ahora la distancia era buena.

—¿Qué amigo malo? ¿De qué estás hablando?

Ladeó la cabeza, la expresión corporal de Bob que significaba «Te noto un poco espesa, pero de un modo gracioso».

—Brian.

Al principio no supo a quién se refería, y creyó que debía tratarse de alguien del trabajo. ¿Posiblemente un cómplice? A primera vista no parecía probable, habría asegurado que Bob era un desastre para hacer amigos, tanto como ella misma, pero los hombres que cometían actos de ese tipo a veces tenían cómplices. Los lobos cazaban en manada, después de todo.

—Brian Delahanty —dijo—. No me digas que te has olvidado de Brian. Te hablé sobre él después de que me contaras lo que le pasó a Brandolyn.

Se quedó boquiabierta.

—¿Tu amigo del instituto? ¡Bob, está muerto! Le atropelló un camión mientras jugaba al béisbol y está *muerto*.

—Bueno... —La sonrisa de Bob derivó en una mueca contrita—. Sí... y no. Contigo casi siempre me refería a él como Brian, pero no es así como le llamaba en el instituto, porque odiaba ese nombre. Le llamaba por sus iniciales. Le llamaba BD.

Empezó a preguntarle qué tenía que ver eso con el precio del té en China, pero entonces lo entendió. Por supuesto que sí. BD.

Beadie.

9

Habló durante mucho tiempo, y cuanto más hablaba, más horrorizada se sentía. Todos esos años viviendo con un maníaco, pero ¿cómo podía saberlo? Su locura se asemejaba a un mar subterráneo. Un estrato rocoso se asentaba sobre el agua, y un estrato de tierra sobre la roca; en este crecían las flores. Uno podía pasear entre ellas y nunca saber que el agua insana estaba ahí..., pero existía. Siempre había existido. Culpó de todo a BD (que se convirtió en Beadie unos años más tarde, en las notas que enviaba a la policía), pero Darcy sospechaba que Bob sabía más; la inculpación de Brian Delahanty hacía más fácil mantener sus dos vidas separadas.

Fue idea de BD llevar armas al instituto y arrasar con todo, por ejemplo. Según Bob, la inspiración le había sobrevenido en el verano entre su primer y segundo año en la Escuela Secundaria de Castle Rock.

—1971 —dijo, meneando la cabeza con gesto amable, como podría hacer un hombre que rememorara un inofensivo pecadillo de la infancia—. Mucho antes de que esos palurdos de Columbine fueran siquiera un proyecto en la mente de sus padres.

Había unas cuantas chicas que nos miraban con aire de superioridad. Diane Ramadge, Laurie Swenson, Gloria Haggerty... y un par de muchachas más, pero he olvidado sus nombres. El plan consistía en conseguir un puñado de armas... El padre de Brian tenía alrededor de veinte rifles y pistolas en el sótano, incluyendo un par de Lugers alemanas de la Segunda Guerra Mundial que nos fascinaban; y pensábamos llevárnoslas al instituto. Entonces no había registros ni detectores de metal, ya sabes.

»Teníamos previsto atrincherarnos en el ala de ciencias. Pondríamos cadenas en las puertas, mataríamos a varias personas, sobre todo profesores, pero también a la gente que no nos caía bien, y luego haríamos que el resto de los chavales huyeran en estampida por la salida de emergencia al final del pasillo. Bueno..., la mayoría de los chavales. Íbamos a tomar como rehenes a aquellas altaneras muchachas. Planeábamos, *BD* planeaba, ejecutar todo esto antes de que llegara la policía, ¿de acuerdo? Dibujó mapas, y escribió en su cuaderno de geometría una lista con todos los pasos que deberíamos dar. Creo que había quizá veinte pasos en total, empezando con «Activar las alarmas de incendio para crear confusión». —Soltó una risita—. Y cuando tuviéramos el lugar bien asegurado...

Le dirigió una sonrisa ligeramente avergonzada, pero Darcy intuía que se avergonzaba principalmente de lo estúpido que había sido el plan, para empezar.

—Bueno, puedes imaginártelo. Un par de adolescentes, con las hormonas tan revolucionadas que nos poníamos cachondos cuando soplaba el viento. Íbamos a decirles a aquellas chicas que si, ya sabes, nos echaban un buen polvo, las dejaríamos marchar. Si no, tendríamos que matarlas. Y elegirían follar, vaya si no.

Asentía lentamente con la cabeza.

—Follarían para vivir. BD acertaba en eso.

Estaba ensimismado en el relato. Tenía los ojos empañados con una bruma de (grotesca pero auténtica) nostalgia. ¿De qué? ¿Los locos sueños de juventud? Temía que pudiera ser realmente eso.

—Tampoco planeábamos suicidarnos como esos heavys tarados de Colorado. De ninguna manera. Había un sótano bajo el ala de ciencias, y Brian decía que existía un túnel. Decía que iba desde el cuarto de suministros hasta la vieja estación de bomberos al otro lado de la Ruta 119. Decía que cuando el instituto no era más que una escuela de primaria, en los años cincuenta, había un parque, y los críos solían jugar allí en el recreo. El túnel era para que no tuvieran que cruzar la carretera.

Bob se echó a reír, sobresaltándola.

—Me fié de su palabra, pero resultó ser un fantasma. El siguiente otoño bajé al sótano para inspeccionarlo por mí mismo. El cuarto de suministros estaba allí, lleno de papeles y apestando a la tinta de los mimeógrafos que se utilizaban antes, pero si existía un túnel, nunca lo encontré, y eso que en aquel entonces yo ya era muy meticuloso. No sé si nos mentía a los dos o se mentía a sí mismo, lo único que sé es que no existía ningún túnel. Habríamos quedado atrapados arriba, y quién sabe, puede que al final nos hubiéramos pegado un tiro. Es imposible decir lo que va a hacer un chaval de catorce años, ¿verdad? Son como bombas sin detonar dando bandazos de un lado a otro.

*Pero tú ya no eres una bomba sin detonar*, pensó ella. *¿Verdad, Bob?*

—Es probable que nos hubiéramos acobardado, de todas formas. Pero quizá no. Quizá habríamos intentado seguir adelante. Me ponía caliente escuchar a Bob diciendo que primero las íbamos a sobar, y que luego las obligaríamos a quitarse la ropa unas a las otras... —La miró con seriedad—. Sí, sé cómo suena, fantasías para hacerse pajas, pero aquellas tías eran unas estiradas. Si intentabas hablar con ellas se reían y se iban. Luego se paraban en la esquina de la cafetería, todo el grupo, nos miraban por encima del hombro y se reían un poco más. Así que no puedes culparnos, ¿verdad?

Se miró los dedos, que tamborileaban sin sosiego sobre los muslos donde los pantalones del traje se estiraban tensos; luego volvió a levantar la vista hacia Darcy.

—Lo que tienes que entender, lo que de verdad tienes que

ver, es lo persuasivo que era Brian. Muchísimo peor que yo. Estaba loco de remate. Suma que se trataba de una época en la que se producían disturbios por todo el país, no lo olvides, y eso también contribuyó.

*Lo dudo*, pensó ella.

Lo asombroso era la manera en que su marido lo hacía parecer casi normal, como si las fantasías sexuales de todos los adolescentes incluyeran la violación y el asesinato. Probablemente él lo creía así, igual que había creído en el mítico túnel de escape de Brian Delahanty. ¿O no? ¿Cómo podía saberlo? Al fin y al cabo, estaba escuchando los recuerdos de un lunático. Seguía siendo difícil de creer —¡todavía!—, porque el loco era Bob. Su Bob.

—De todas formas —prosiguió, encogiéndose de hombros—, ese fue el verano en que Brian salió corriendo a la carretera y murió. Hubo una recepción en su casa después del funeral, y su madre me dijo que podía subir a su cuarto y llevarme algo si quería. Como recuerdo, ya sabes. ¡Y claro que quería! ¡Puedes estar segura! Me llevé su cuaderno de geometría, para que nadie tuviera oportunidad de hojearlo y encontrarse con sus planes para El Gran Tiroteo y La Gran Follada de Castle Rock. Así lo llamaba, ¿sabes?

Bob se rió con pesar.

—Si yo fuera un tipo religioso, diría que Dios me salvó de mí mismo. Y quién sabe si no existe Algo..., un Destino..., que tiene sus propios planes para todos nosotros.

—¿Y el plan que este Destino tenía para ti era torturar y asesinar mujeres? —preguntó Darcy. No pudo contenerse.

Su marido la miró con reproche.

—Eran unas estiradas —contestó, y alzó un dedo a la manera de un profesor—. Además, no fui yo. Fue Beadie quien hizo esas cosas, y digo *hizo* por una buena razón, Darce. Digo *hizo* en vez de *hace* porque todo eso ya ha quedado atrás.

—Bob..., tu amigo BD está muerto. Lleva muerto casi cuarenta años. Debes saberlo. Quiero decir, en el fondo lo sabes.

Alzó las manos al aire: un gesto de rendición bondadosa.

—¿Quieres llamarlo evitación de la culpa? Así lo llamaría un loquero, supongo, y no pasa nada si lo dices. Pero, Darcy, ¡escucha! —Se inclinó hacia delante y le apretó la frente a su mujer, con un dedo entre las cejas—. Escucha y métete esto en la cabeza. *Fue* Brian. Me infectó con..., bueno, ciertas ideas, digámoslo así. Algunas ideas, una vez en tu mente, ya no las puedes desimaginar. Uno no puede...

—¿Volver a meter la pasta de dientes en el tubo?

Dio una palmada de satisfacción, que casi la hizo gritar.

—*¡Exacto!* Es imposible volver a meter la pasta de dientes en el tubo. Brian estaba muerto, pero las ideas seguían vivas. Esas ideas, coger a una mujer, hacerle lo que fuese, cualquier locura que se te pasara por la cabeza, se convirtieron en su fantasma.

Los ojos de Bob se movieron hacia arriba y a la izquierda. Darcy había leído en algún sitio que eso significa que la persona que hablaba mentía de manera consciente. Pero ¿importaba que fuera así? ¿O a quién de los dos mentía? Creía que no.

—No entraré en detalles —dijo él—. No es algo que un cielito como tú deba oír, y te guste o no, aunque sé que ahora mismo no, sigues siendo mi amorcito. Pero has de saber que lo combatí. Lo combatí durante siete años, pero esas ideas, las ideas de *Brian*, continuaban creciendo dentro de mí. Hasta que finalmente me dije: «Probaré una vez, solo para sacármelas de la cabeza, para sacármelo a *él*. Si me cogen, me cogen; por lo menos dejaré de pensar en ello. De plantearme cómo sería».

—Me estás diciendo que fue una exploración masculina —dijo ella sin ánimo.

—Bueno, sí. Supongo que podrías decirlo así.

—O como probar un porro para ver a qué viene tanto alboroto.

Bob se encogió modestamente de hombros, de manera infantil.

—Más o menos.

—No se trataba de ninguna exploración, Bobby. Ni de probar un porro. Se trataba de *quitarle la vida a una mujer*.

No había advertido ningún indicio de culpa o vergüenza, absolutamente nada; parecía incapaz de mostrar esos sentimientos, como si el interruptor que los controlaba estuviera frito, quizá incluso desde antes de nacer. Ahora, sin embargo, le echó una malhumorada y victimista mirada. La mirada de un adolescente incomprendido.

—Darcy, eran unas *estiradas*.

Quería un vaso de agua, pero tenía miedo de levantarse para ir al cuarto de baño. Tenía miedo de que la detuviera, y ¿qué sucedería después de eso? ¿Entonces qué?

—Además —prosiguió—, intuía que no me atraparían. No mientras fuera cuidadoso y trazara un plan. No el plan medio cocinado de un chaval caliente de catorce años, sino uno realista. Y comprendí una cosa más. No podría hacerlo yo solo. Podría joderlo todo, si no por los nervios, sí por la culpa. Porque yo era uno de los buenos. Así es como me veía a mí mismo, y lo creas o no, aún lo hago. Y tengo pruebas, ¿no? Un buen hogar, una buena mujer, dos hermosos hijos crecidos y empezando sus propias vidas. Y lo retribuyo ayudando a la comunidad. Es por lo que acepté el cargo de tesorero de la ciudad durante dos años sin cobrar. Es por lo que trabajo con Vinnie Eschler todos los años para organizar la campaña de donación de sangre en Halloween.

*Deberías haberle pedido a Marjorie Duvall que donara*, pensó Darcy. *Era A positiva*.

Entonces, inflando ligeramente el pecho —un hombre culminando su argumento con un último dato irrefutable—, dijo:

—Es la razón de ser monitor de Lobatos. Creíste que lo dejaría cuando Donnie pasó a ser Boy Scout, lo sé. Pero no lo hice. Porque el niño no es la cuestión, nunca lo fue. Se trata de la comunidad. Es una restitución.

—Entonces restitúyele la vida a Marjorie Duvall. O a Stacey Moore. O a Robert Shaverstone.

Ese último nombre penetró; hizo una mueca de dolor, como si le hubiera golpeado.

—El chico fue un accidente. No debía estar allí.

—¿Y que tú estuvieras allí fue un accidente?

—No era *yo* —contestó, y luego añadió lo más absurdo y

surrealista de todo—: No soy un adúltero. Fue BD. Siempre es BD. Fue culpa suya por meterme aquellas ideas en la cabeza, en primer lugar. A mí nunca se me habrían ocurrido. Firmé mis notas a la policía con su nombre para dejarlo claro. Por supuesto, modifiqué la ortografía, porque la primera vez que te hablé de Brian se me escapó el nombre de BD un par de veces. Puede que no te acuerdes, pero sí.

Estaba impactada por el extremo al que había llegado su obsesión. No era de extrañar que no le hubieran atrapado. Si ella no se hubiera tropezado con esa maldita caja de cartón...

—Ninguna de ellas tenía relación conmigo o mi negocio. Con *ninguno* de mis negocios. Eso habría sido muy malo. Muy peligroso. Pero viajo mucho, y mantengo los ojos abiertos. BD, el BD interior, también. Estamos atentos a las estiradas. Siempre es fácil distinguirlas. Llevan las faldas demasiado cortas y enseñan los tirantes de los sujetadores a propósito. Seducen a los hombres. Esa Stacey Moore, por ejemplo. Has leído acerca de ella, estoy seguro. Casada, pero eso no le impedía rozarme con las tetas al pasar. Trabajaba como camarera en una cafetería, Sunnyside, en Waterville. Solía ir a Monedas Mickleson's, ¿te acuerdas? Hasta me acompañaste un par de veces, cuando Pets estaba en Colby. Fue antes de que George Mickleson muriera y su hijo liquidara todas las existencias para poder irse a Nueva Zelanda o a donde fuese. ¡Esa mujer estaba *siempre encima de mí*, Darce! Siempre preguntándome si quería más café caliente y diciendo cosas como qué tal esos Red Sox, y se me arrimaba, me restregaba las tetas contra el hombro, hacía todo lo posible para que se me pusiera dura. Y lo conseguía, lo admito, soy un hombre con necesidades de hombre, y aunque tú nunca me rechazaste ni te negaste..., bueno, casi nunca..., soy un hombre con necesidades de hombre y siempre me he excitado fácilmente. Algunas mujeres lo presienten y les gusta recrearse con eso. Les da morbo.

Clavaba los ojos en el regazo, oscuros y reflexivos. Entonces se le ocurrió algo más y levantó la cabeza bruscamente. Su escaso cabello ondeó y se asentó de nuevo.

—¡Siempre sonriendo! ¡Se pintan los labios de rojo y siempre están sonriendo! Bueno, reconozco esas sonrisas. Como casi todos los hombres. «Ja, ja, sé que lo deseas, lo huelo, pero lo único que vas a conseguir es este roce, así que aguántate.» ¡*Yo* sí era capaz! ¡Yo sí podía *aguantarme*! Pero no BD, él no.

Meneó la cabeza lentamente.

—Hay montones de mujeres así. Es fácil conseguir sus nombres y localizarlas en internet. Se encuentra mucha información si uno sabe cómo buscarla. Y los contables saben. Lo he hecho..., ah, docenas de veces. Quizá un centenar. Es como un hobby, supongo. Podrías decir que colecciono información igual que colecciono monedas. Por lo general no conduce a nada, pero a veces BD dice: «Esa es la que quieres llevar hasta el final. Esa que está ahí mismo. Trazaremos juntos el plan, y cuando llegue el momento, déjame tomar el mando». Y es lo que hago.

Bob apresó su mano, doblándole los dedos fríos y laxos entre los suyos.

—Piensas que estoy loco. Lo veo en tus ojos. Pero no, cariño. El loco es BD..., o Beadie, si prefieres su nombre público. Por cierto, si has leído las noticias de los periódicos, sabrás que deliberadamente introduzco muchas faltas de ortografía en mis notas a la policía. Incluso escribo mal las direcciones. Guardo una lista de errores en la cartera para seguir siempre la misma pauta. Es una pista falsa. Quiero que crean que Beadie es bobo, o por lo menos analfabeto, y se lo han tragado. Porque *ellos* son bobos. Solo me han interrogado una vez, hace años, y fue como testigo, unas dos semanas después de que BD matara a esa Moore. Un viejo con cojera, semirretirado. Me pidió que le diera un telefonazo si recordaba algo. Le contesté que le llamaría. Fue bastante cómico.

Rió calladamente entre dientes, como solía cuando veían *Modern Family* o *Dos hombres y medio*. Era un rasgo de Bob que, hasta esa noche, siempre la impulsaba a reír con más ganas.

—¿Quieres saber una cosa, Darce? Si me acorralaran, lo admitiría, al menos eso pienso, no creo que nadie sepa con un cien por cien de seguridad cómo reaccionará en una situación así, pero no podría darles una confesión completa. Porque no recuerdo mucho sobre los..., bueno..., los actos en sí. Beadie los comete, y yo..., no sé..., caigo en una especie de inconsciencia. Me produce amnesia. O alguna maldita cosa.

*Oh, qué embustero. Te acuerdas de todo. Te lo noto en los ojos, incluso en la forma en que las comisuras de la boca se curvan hacia abajo.*

—Y ahora..., todo está en manos de Darcellen. —Como para enfatizar este punto, le cogió una mano, se la llevó a los labios y la besó en el dorso—. ¿Conoces ese típico remate, el que dice «Podría contártelo, pero tendría que matarte»? Eso no se aplica aquí. Nunca sería capaz de matarte. Todo lo que hago, todo lo que he construido..., modesto como pudiera parecerle a algunas personas, supongo..., lo he hecho y lo he construido por ti. También por los niños, claro, pero sobre todo por ti. Entraste en mi vida, y ¿sabes qué sucedió?

—Que paraste —respondió ella.

Una radiante sonrisa rompió el rostro de Bob.

—¡Por más de veinte años!

*Dieciséis*, pensó ella, pero no lo mencionó.

—La mayoría de esos años, cuando criábamos a los niños y luchábamos por hacer despegar el negocio de monedas, aunque tú fuiste la principal responsable de eso, yo recorría Nueva Inglaterra haciendo declaraciones de impuestos y creando fundaciones...

—Fuiste tú quien lo hizo funcionar —dijo ella, y le impresionó lo que oyó en su propia voz: tranquilidad y calidez—. Eras tú quien tenía la pericia.

Parecía conmovido, casi lo suficiente para echarse a llorar de nuevo, y cuando habló, su voz sonaba ronca.

—Gracias, cariño. Significa un mundo para mí oírte decir eso. Tú me salvaste, ¿sabes? En más de un sentido.

Se aclaró la garganta.

—BD permaneció una docena de años sin decir ni pío. Creí que se había marchado. Lo creía sinceramente. Pero entonces regresó. Como un fantasma. —Pareció meditarlo, luego asintió con la cabeza muy despacio—. Eso es lo que es. Un fantasma, uno malvado. Empezó a señalar a mujeres cuando me iba de viaje. «Mira a esa, quiere asegurarse de que le ves los pezones, pero si se los tocaras llamaría a la policía y luego sus amigas y ellas se echarían a reír cuando te llevaran detenido. Mira a esa, lamiéndose los labios con la lengua, sabe que te gustaría que te la metiera en la boca y sabe que sabes que nunca lo hará. Mira a esa, enseñando las bragas al bajarse del coche, y si piensas que es un accidente es que eres idiota. No es más que otra estirada que piensa que nunca encontrará a nadie que la merezca.»

Se detuvo, sus ojos oscuros y alicaídos una vez más. En ellos se advertía al Bobby que la había eludido con éxito durante veintisiete años. El que intentaba hacerse pasar por un fantasma.

—Cuando comencé a sentir aquellos impulsos, los combatí. Hay revistas..., ciertas revistas... Las compraba antes de casarnos, y pensé que si volvía a recurrir a ellas..., o a ciertos sitios de internet..., creí que podría..., no sé..., sustituir la realidad por la fantasía, supongo que dirías... Pero una vez que has probado lo auténtico, la fantasía no vale un carajo.

Hablaba, pensó Darcy, como un hombre que se había enamorado de alguna cara exquisitez. Caviar. Trufas. Bombones belgas.

—Pero la cuestión es que me contuve. Durante todos esos años me contuve. Y podría parar de nuevo, Darcy. De una vez por todas. Si existiera una oportunidad para nosotros. Si pudieras perdonarme y pasar página. —La miró, serio y con los ojos mojados—. ¿Crees que es posible?

Se imaginó a una mujer sepultada en un montículo de nieve, sus piernas desnudas desenterradas por el despreocupado barrido de un quitanieves; la hija de alguna madre, en otro tiempo la niña de los ojos de algún padre que la viera bailar torpemente en el escenario del colegio vestida con un tutú rosa. Se imaginó a una madre y a su hijo descubiertos en un gélido arroyo, con el cabello meciéndose en una fina capa de agua negra ribeteada de hielo. Se imaginó a la mujer con la cabeza metida en el maíz.

—Tendría que pensarlo —contestó, muy cautamente.

La asió por los brazos y se inclinó hacia ella. Darcy necesitó de toda su fuerza de voluntad para no estremecerse y encontrar su mirada. Eran sus ojos... y no lo eran.

*Quizá haya algo de verdad en ese asunto del fantasma*, pensó.

—Esto no es una de esas películas donde el marido psicópata persigue a su aterrorizada mujer por toda la casa. Si decides acudir a la policía y entregarme, no alzaré ni un dedo para impedírtelo. Pero sé que has pensado en las consecuencias que esto tendría para los niños. No serías la mujer con la que me casé si no lo hubieras considerado. Lo que tal vez no se te haya ocurrido pensar es en las consecuencias que tendría para ti. Nadie se creerá que después de tantos años de matrimonio no supieras nada..., o que al menos lo sospecharas. Tendrías que mudarte y vivir de los ahorros, porque siempre he sido yo el sostén de la familia, y un hombre en la cárcel no puede ganarse la vida. Tal vez ni siquiera pudieras disponer de todo el dinero, a causa de las demandas civiles. Y por supuesto los niños...

—Basta, no vuelvas a mencionarlos mientras estés hablando de esto, ni se te ocurra.

Asintió humildemente con la cabeza, aún aferrando ligeramente sus antebrazos.

—He derrotado a BD una vez..., le derroté durante veinte años...

*Dieciséis*, pensó ella de nuevo. *Dieciséis, y lo sabes.*

—... y puedo volver a derrotarle. Con tu ayuda, Darce. Con tu ayuda soy capaz de cualquier cosa. Aunque él regresara dentro de otros veinte años, ¿qué más da? ¡Menudo drama! Tendría setenta y tres años. ¡Es difícil salir a la caza de estiradas cuando uno va arrastrando los pies detrás de un andador! —Rió alegremente ante esta absurda imagen, y luego adoptó de nuevo una expresión grave—. Pero... ahora escúchame atentamente: si alguna vez volviera a reincidir, aunque fuera una sola vez, me mataría. Los niños nunca lo sabrían, nunca les salpicaría este..., ya sabes, este *estigma*..., porque lo haría parecer un accidente... Pero *tú* lo sabrías. Y sabrías por qué. Entonces ¿qué dices? ¿Podemos pasar página?

Ella pareció meditarlo. Lo estaba meditando, de hecho, aunque todo proceso de razonamiento que era capaz de concentrar tendía hacia una dirección que su marido probablemente no entendería.

Lo que pensó fue: *Es lo mismo que dicen los drogadictos. «Nunca volveré a meterme esa mierda. Lo he dejado antes y lo volveré a dejar de una vez por todas. Va en serio.» Pero no lo dicen en serio, aunque crean que sí. Y él tampoco.*

Lo que pensó fue: *¿Qué voy a hacer? No puedo engañarle, llevamos casados demasiado tiempo.*

A eso respondió una fría voz, una voz que nunca hubiera sospechado que habitara en su interior, quizá emparentada con la voz de BD que susurraba a Bob advirtiéndole de las estiradas que veía en restaurantes, o riéndose en las esquinas, o conduciendo caros coches deportivos con las capotas bajadas, o cuchicheando y sonriéndose en los balcones de los edificios.

O quizá se trataba de la voz de la Chica Oscura.

*¿Por qué no?*, le preguntó. *Al fin y al cabo…, él te ha engañado a ti.*

¿Y después qué? Lo ignoraba. Únicamente sabía que el ahora era ahora, y el ahora debía ser resuelto.

—Tendrías que prometerme que pararás —dijo, hablando muy despacio y con reticencia—. Darme tu más solemne promesa de que se acabó para siempre.

Su rostro rebosó un alivio tan inmenso —tan de algún modo infantil— que se sintió conmovida. Rara vez se parecía al muchacho que había sido. Por supuesto, también se trataba del muchacho que una vez había planeado ir armado al instituto.

—Lo haría, Darcy. Sí. Lo prometo. Ya te lo he dicho.

—Y nunca podríamos volver a hablar de esto.

—Lo entiendo.

—Tampoco vas a enviar a la policía los carnets de Marjorie Duvall.

Percibió la desilusión (también extrañamente infantil) que se abatió sobre el rostro de él nada más decirlo, pero no tenía intención de ceder. Debía sentirse castigado, aunque fuera mínimamente. De ese modo creería que la había convencido.

*¿No es así? Oh, Darcellen, ¿no es así?*

—Necesito algo más que promesas, Bobby. Una acción vale más que mil palabras. Cava un agujero en el bosque y entierra ahí los carnets de esa mujer.

—¿Una vez que lo haya hecho, podremos...?

Ella alargó la mano para taparle la boca. Se esforzó por adoptar un tono de voz severo.

—Cállate. Ya basta.

—Vale. Gracias, Darcy. Muchas gracias.

—No hay nada que agradecer.

A continuación, aunque la idea de tener a su marido acostado a su lado la llenaba de repulsión y consternación, se obligó a decir el resto.

—Ahora desvístete y ven a la cama. Los dos necesitamos descansar.

10

Se quedó dormido casi en el instante en que su cabeza tocó la almohada, pero mucho después de que dieran comienzo sus apocados y corteses ronquidos, Darcy aún yacía con los ojos abiertos, pensando que si se dejaba vencer por el sueño, despertaría con sus manos alrededor de la garganta. Al fin y al cabo, se encontraba en la cama con un loco. Si la sumara a su cuenta, esta ascendería a una docena.

*Pero iba en serio*, pensó. Ocurría en torno a la hora en que el cielo empezaba a iluminarse por el este. *Dijo que me quiere, y eso iba en serio. Y cuando le aseguré que guardaría el secreto, porque a eso se reduce todo, a guardar el secreto, me creyó. ¿Por qué no? Yo misma estaba casi convencida.*

¿No era posible que mantuviera su promesa? No todos los drogadictos fracasaban en su intento de desintoxicarse, después de todo. Y mientras que por sí misma nunca sería capaz de guardar el secreto, ¿no podría hacerlo por los niños?

*No puedo. No. Pero ¿qué alternativa tengo?*

*¿Qué puñetera alternativa tengo?*

Fue mientras sopesaba esta pregunta que su mente, cansada y confundida, finalmente cedió y se escabulló.

Soñó que entraba en el comedor y encontraba a una mujer atada con cadenas a la larga mesa Ethan Allen situada allí. La mujer estaba desnuda excepto por una capucha negra de cuero que le cubría la parte superior del rostro. *No conozco a esa mujer, esa mujer es una extraña para mí*, pensó en el sueño, y entonces, bajo la capucha, Petra dijo:

—Mamá, ¿eres tú?

Darcy intentó gritar, pero a veces, en las pesadillas, uno no puede.


# 11


Cuando finalmente logró despertar —con dolor de cabeza, sintiéndose miserable y resacosa— la otra mitad de la cama se hallaba vacía. Bob había vuelto a girar el reloj, y vio que marcaba las diez y cuarto. No había dormido hasta tan tarde en años, pero por supuesto había permanecido desvelada hasta la primera luz del alba, y su sueño estuvo poblado de horrores.

Utilizó el baño, descolgó su bata de la percha detrás de la puerta, y luego se cepilló los dientes; tenía un regusto asqueroso en la boca. «Como el fondo de una pajarera», decía Bob las inusitadas mañanas después de haberse tomado una copa de vino de más en la cena o una segunda botella de cerveza durante un partido de béisbol. Escupió, hizo ademán de volver a colocar el cepillo en el vaso, pero se detuvo, observando su reflejo. Esa mañana veía a una mujer que no parecía de mediana edad, sino vieja: tez pálida, profundas arrugas encorchetando la boca, bolsas moradas bajo los ojos, el alborotado cabello de loca que uno solo tenía cuando pasaba una noche agitada y dando vueltas en la cama. Sin embargo, todo esto suscitaba un interés pasajero en ella; su aspecto era lo último que ocupaba su mente. Escudriñó por encima del hombro del reflejo y a través de la puerta abierta del baño, inspeccionando su dormitorio. Excepto que no se trataba del suyo; se trataba del Dormitorio Oscuro. Vio las zapatillas de Bob, solo que no eran las suyas. Saltaba a la vista que eran demasiado grandes, casi las zapatillas de un gigante. Pertenecían al Marido Oscuro. ¿Y la cama de matrimonio con las sábanas arrugadas y las mantas sueltas? Era la Cama Oscura. Desplazó su mirada de nuevo a la mujer del pelo salvaje y los ojos aterrorizados, inyectados en sangre: la Esposa Oscura, en toda su avejentada y demacrada gloria. Su nombre era Darcy, pero su apellido no era Anderson. La Esposa Oscura era la señora de Brian Delahanty.

Darcy se inclinó hacia delante hasta que su nariz tocó el cristal. Contuvo el aliento y ahuecó las manos a ambos lados de la cara como cuando era una niña vestida con shorts manchados de hierba y calcetines blancos a medio caer. Miró hasta que ya no pudo aguantar la respiración por más tiempo, y entonces exhaló en un furioso jadeo que empañó el espejo. Lo limpió con una toalla; luego, bajó las escaleras para enfrentarse a su primer día como esposa del monstruo.

Había dejado una nota para ella bajo la azucarera.

Darce:
Me ocuparé de esos documentos, como me pediste. Te quiero, cariño.

Bob

Había dibujado un pequeño corazón de enamorado alrededor de su nombre, algo que llevaba años sin hacer. Sintió una oleada de amor hacia él, tan espesa y empalagosa como el aroma a flores marchitándose. Quería llorar como una mujer del Antiguo Testamento, y ahogó los gemidos con una servilleta. El frigorífico pataleó y dio inicio a su despiadado runrún. El agua goteaba en el fregadero, marcando los segundos sobre la porcelana. Su lengua era una esponja agria comprimida en la boca. Sintió el tiempo —todo el tiempo aún por venir, siendo la mujer de esta casa— estrecharse a su alrededor como una camisa de fuerza.

O como un ataúd. Este era el mundo en el que había creído de niña. Había estado aquí todo el tiempo. Esperándola.

El frigorífico zumbaba, el agua goteaba en el fregadero, y los crudos segundos transcurrían. Esta era la Vida Oscura, donde toda verdad se escribía al revés.

## 12

Su marido había entrenado en la Liga Infantil (también junto a Vinnie Eschler, aquel maestro de los chistes de polacos y los envolventes abrazos de hombre) en la época en que Donnie jugaba de paracorto en el equipo de la Ferretería Cavendish, y Darcy aún recordaba lo que Bob dijo a los chicos —muchos de los cuales lloraban— después de perder la final del campeonato del Distrito 19. Debía de haber sido en 1997, en torno a un mes antes de que Bob asesinara a Stacey Moore y la introdujera en el depósito de maíz. La charla que le dio a aquel grupo de abatidos y gimoteantes muchachos había sido breve, sabia, y (Darcy así lo había creído entonces, y continuaba pensándolo tres años más tarde) increíblemente amable.

«Sé lo mal que os sentís, chicos, pero el sol seguirá saliendo mañana. Y entonces os sentiréis mejor. Y cuando salga el sol pasado mañana, un poco mejor todavía. Esto no es más que una parte de vuestras vidas, y ya ha pasado. Habría sido mejor ganar, pero de una forma u otra, ya ha pasado. La vida continúa.»

Igual que había continuado la vida de Darcy, tras su malhadada visita al garaje en busca de pilas. Cuando Bob regresó del trabajo después de su primer día en casa (ella no podía soportar la idea de salir, temerosa de que su rostro proclamara en letras mayúsculas todo cuanto sabía), dijo:

—Cariño, respecto a la noche pasada...

—Anoche no pasó nada. Viniste a casa antes de tiempo, eso es todo.

Bob agachó la cabeza de aquella forma tan infantil que tenía, y cuando volvió a alzarla, una gran sonrisa de agradecimiento le iluminaba la cara.

—Está bien, entonces —dijo—. ¿Caso cerrado?

—Libro cerrado.

—Danos un beso, preciosa —pidió, abriendo los brazos.

Así lo hizo, preguntándose si su marido las habría besado a *ellas*.

*Hazlo bien, usa de verdad esa instruida lengua tuya, y no te rajaré*, lo imaginaba diciendo. *Pon todo tu corazoncito arrogante en ello.*

La alejó de sí, con las manos aún en sus hombros.

—¿Seguimos siendo amigos?

—Amigos.

—¿Segura?

—*Sí*. No he preparado cena, y no me apetece salir. ¿Por qué no te pones una ropa más cómoda y vas a buscar una pizza?

—Vale.

—Y no olvides tomarte el Omeprazol.

Le brindó una sonrisa radiante.

—Descuida.

Le observó mientras subía las escaleras dando saltos, y pensó en decir: «*No hagas eso, Bobby, no pongas a prueba tu corazón de esa manera*».

Pero no.

No.

Que lo pusiera a prueba cuanto quisiera.


13


El sol salió al día siguiente. Y al siguiente. Transcurrió una semana, luego dos, luego un mes. Reanudaron sus viejas costumbres, los pequeños hábitos propios de un largo matrimonio. Ella se cepillaba los dientes mientras él estaba en la ducha (por lo general cantando algún éxito de los ochenta, con voz afinada pero no especialmente melódica), aunque ya no lo hacía desnuda, esperando a que la dejara libre para poder entrar; ahora se duchaba después de que su marido hubiera salido hacia B, B & A. Si Bob notó este pequeño cambio en el modus operandi de la mujer, no lo mencionó. Darcy retomó las reuniones de su club de lectura; explicó a las damas y a los dos caballeros jubilados integrantes que había estado incubando algo y que no quería contagiarles ni un virus ni su opinión del nuevo libro de Barbara Kingsolver, y todos rieron cortésmente. Una semana después, retornó a la agrupación de costura, Chifladas de la Calceta. A veces se descubría tarareando las canciones de la radio cuando volvía del supermercado o de la estafeta. Ella y Bob veían la tele por la noche, siempre comedias, nunca series de forenses. Ahora él regresaba a casa temprano; no había realizado más viajes por carretera desde que fuera a Montpelier. Instaló en su ordenador algo llamado Skype, aduciendo que le permitía examinar colecciones de monedas fácilmente y así ahorraba gasolina. No añadió que también le ahorraba tentaciones, pero no era preciso. Darcy miraba los periódicos para ver si aparecían los carnets de Marjorie Duvall, consciente de que si él había mentido respecto a ese tema, mentiría respecto a todo. No aparecieron. Una vez a la semana salían a cenar a uno de los restaurantes baratos de Yarmouth. Bob pedía carne y ella pescado. Bob bebía té helado y ella zumo de arándanos. Los viejos hábitos tardaban en morir. A menudo, pensaba Darcy, únicamente morían con nosotros.

Durante el día, mientras Bob estaba fuera, raramente encendía la televisión. Así le resultaba más fácil escuchar el refrigerador, y los pequeños crujidos y gemidos de su bonita casa de Yarmouth al asentarse con vistas a otro invierno de Maine. Le resultaba más fácil pensar. Más fácil afrontar la verdad: Bob volvería a matar. Lo postergaría tanto como pudiera, eso se lo concedía gustosa, pero tarde o temprano Beadie le ganaría la partida. No enviaría a la policía los carnets de la siguiente mujer, pensando que eso podría ser suficiente para engañarla, pero probablemente no le preocuparía que ella detectara el cambio en el modus operandi. *Porque ahora*, razonaría Bob, *ella forma parte de esto. Tendría que admitir que lo sabía. Los polis se lo sacarían incluso aunque ella intentara ocultar su papel.*

Donnie llamó desde Ohio. El negocio iba viento en popa; habían conseguido una cuenta de productos de oficina que a lo mejor alcanzaría escala a nivel nacional. Darcy dijo hurra (y también Bob, quien admitió con alegría que se había equivocado con respecto a las posibilidades de Donnie de sacarlo adelante siendo tan joven). Petra llamó para decir que se habían decidido provisionalmente por vestidos azules para las damas de honor, acampanados, a la altura de las rodillas, chalinas de chiffon a juego, y ¿qué opinaba Darcy, ese conjunto estaba bien o parecería un poco infantil? Darcy contestó que seguro que tendrían un aspecto encantador, y las dos pasaron a debatir sobre zapatos (azules y con tacones de dos centímetros, para ser exactos). La madre de Darcy enfermó en Boca Grande, y todo apuntaba a que requeriría hospitalización, pero entonces le suministraron una nueva medicación y se recuperó. El sol salía y el sol se ponía. Las calabazas de cartulina desaparecieron de los escaparates y aparecieron los pavos de cartulina. Después vinieron las decoraciones navideñas. Las primeras ventiscas de nieve hicieron acto de presencia puntualmente, según lo previsto.

En su casa, una vez que su marido cogía el maletín y se marchaba al trabajo, Darcy vagaba por las habitaciones, deteniéndose a escrutar los diversos espejos. A menudo durante mucho tiempo. Preguntándole a la mujer dentro de aquel mundo qué debería hacer.

Con creciente certeza, la respuesta parecía ser nada.

14

Un día inusitadamente cálido para la época, dos semanas antes de Navidad, Bob se presentó en casa a media tarde, voceando el nombre de Darcy. Ella estaba en el piso de arriba, leyendo un libro. Lo soltó en la mesilla de noche (junto al espejo de mano que ahora residía permanentemente allí) y se precipitó por el pasillo hasta el rellano. Su primer pensamiento (mezcla de terror y alivio) fue que por fin se había acabado. Bob había sido descubierto. Pronto aparecería la policía. Se lo llevarían, y después regresarían para formularle las dos antiguas preguntas: ¿qué sabía, y desde cuándo lo sabía? Las furgonetas de las noticias aparcarían en la calle. Hombres y mujeres jóvenes con el pelo perfecto informarían en directo desde delante de su casa.

Excepto que no percibió miedo en su voz; reconoció lo que era antes incluso de que alcanzara el pie de la escalera y levantara su rostro hacia ella. Era entusiasmo. Quizá incluso júbilo.

—¿Bob? ¿Qué...?

—¡No te lo vas a creer! —El abrigo le caía abierto de los hombros, tenía la cara completamente enrojecida, desde las mejillas hasta la frente, y su escaso pelo volaba en todas direcciones. Como si hubiera conducido a casa con todas las ventanillas del coche bajadas. Habida cuenta de la cualidad primaveral del aire, Darcy lo suponía posible.

Descendió las escaleras cautelosamente y se detuvo en el primer escalón, que los dejaba ojo con ojo.

—Cuéntame.

—¡Una suerte de lo más asombrosa! ¡De veras! Si necesitaba una señal de que volvía a estar en el buen camino, de que los dos lo estábamos, oh, chica, ¡es esta! —Le tendió las manos. Cerraba los puños con los nudillos apuntando hacia arriba. Sus ojos centelleaban. Casi danzaban—. ¿Qué mano? ¡Elige una!

—Bob, no quiero jugar a...

—¡Elige una!

Ella señaló su mano derecha, únicamente para terminar cuanto antes. Bob se echó a reír.

—Me lees la mente..., pero siempre has poseído esa capacidad, ¿verdad?

Giró el puño y lo abrió. En la palma descansaba una única moneda, con el reverso hacia arriba, de modo que pudo distinguir que era un penique de trigo. No cabía duda de que había estado en circulación, pero aún se hallaba en un magnífico estado. Suponiendo que no presentara arañazos en la cara de Lincoln, creía que podría calificarla como BC+ o MBC. Hizo ademán de cogerla, pero se detuvo. Bob le indicó con la cabeza que adelante. Le dio la vuelta, bastante segura de lo que encontraría. Nada más podía explicar su emoción de forma aceptable. Vio lo que esperaba: una fecha duplicada de 1955. Una doble acuñación, en términos numismáticos.

—¡Dios Santo, Bobby! ¿Dónde...? ¿La has comprado?
—Una doble acuñación del 55 no puesta en circulación se había subastado recientemente en Miami por más de ocho mil dólares, estableciendo un nuevo récord. Esta no se hallaba en tan buen estado, pero ningún tratante de monedas con medio cerebro se habría desprendido de ella por menos de cuatro.

—¡Dios, no! Varios compañeros me invitaron a comer en ese tailandés, Promesas del Este, y me faltó poco para acompañarles, pero estaba trabajando en la puñetera cuenta de Vision Associates, ya sabes, ¿recuerdas que te lo comenté? Así que le di a Monica diez pavos para que fuera a buscarme un bocadillo y un Fruitopia al Subway. Me lo trajo con el cambio metido en la bolsa. Y al vaciarla... ¡allí estaba! —Le arrancó el penique de la mano y lo sostuvo sobre la cabeza, alzando el rostro y riéndose.

Darcy se unió a sus risas, y entonces pensó (como hacía a menudo esos días): *¡NO «SUFRIÓ»!*

—¿No es genial, cariño?
—Sí —respondió ella—. Me alegro por ti.

Y, raro o no (*perverso* o no), era cierto. Bob había tramitado la venta de varias en el transcurso de los años y podría haberse comprado una en tiempos pasados, pero eso no era lo mismo que encontrarse una. Incluso le había prohibido a Darcy que se la regalara por Navidad o por su cumpleaños. El gran hallazgo accidental constituía uno de los momentos de mayor júbilo de un coleccionista, así se lo había asegurado durante su primera conversación real, y ahora poseía lo que había estado buscando toda su vida entre puñados de cambio. El anhelo de su corazón había caído de una bolsa de papel blanco junto con un bocadillo de pavo y beicon.

Bob la envolvió en un abrazo. Ella le devolvió el gesto; luego lo apartó con delicadeza.

—¿Qué vas a hacer con ella, Bobby? ¿Guardarla en un cubo de lucita?

Se trataba de una broma, y él lo sabía. Amartilló una pistola de dedos y le disparó a la cabeza. Lo cual estaba bien, porque uno no «sufría» cuando le pegaban un tiro con una pistola imaginaria.

Darcy continuó sonriéndole, pero ahora le veía otra vez (después de aquel breve y afectuoso lapso) como lo que era: el Marido Oscuro. Gollum, con su tesoro.

—Ya lo sabes. Voy a hacer una foto, a colgarla en la pared, y después guardaré el penique en la caja fuerte. ¿Qué opinas, BC+ o MBC?

Ella lo volvió a examinar, luego le dirigió una sonrisa compungida.

—Me encantaría decir MBC, pero...

—Sí, lo sé, lo sé... y no debería importarme. Se supone que uno no le mira los dientes a un caballo regalado, pero es difícil resistirse. Aunque mejor que BC, ¿correcto? Tu opinión sincera, Darce.

*Mi opinión sincera es que volverás a hacerlo.*

—Mejor que BC, definitivamente.

La sonrisa de Bob se desvaneció. Por un instante estuvo segura de que había adivinado sus pensamientos, pero debería haber sabido mejor; a este lado del espejo ella también podía guardar secretos.

—No es una cuestión de calidad, de todas formas. Se trata del hallazgo. De no haberla conseguido en una tienda de compra-venta ni seleccionado de un catálogo, sino de haberla encontrado cuando menos lo esperaba.

—Lo sé. —Ella sonrió—. Si mi padre estuviera aquí ahora mismo, ya habría descorchado una botella de champán.

—Me ocuparé de ese pequeño detalle esta noche durante la cena —contestó él—. Y no en Yarmouth. Nos vamos a Portland. A la Perla de la Orilla. ¿Qué dices?

—Oh, cariño, no sé...

La asió ligeramente por los hombros como acostumbraba cuando quería que ella entendiera que hablaba realmente en serio sobre algo.

—Venga, va a ser una noche templada, lo bastante para lucir tu vestido de verano más bonito. Oí el pronóstico cuando venía hacia aquí. Y te pagaré todo el champán que seas capaz de beber. ¿Cómo puedes decir que no a un trato así?

—Bueno... —Lo meditó. Entonces sonrió—. Supongo que no puedo negarme.

## 15

No tomaron una botella del carísimo Moët et Chandon sino dos, y Bob se bebió la mayor parte. En consecuencia, fue Darcy quien condujo de vuelta a casa en su pequeño Prius, que emitía un casi inaudible runrún; Bob ocupaba el asiento del pasajero, cantando «Pennies from Heaven» con voz afinada pero no especialmente melódica. Estaba borracho, notó Darcy. No solo achispado, sino verdaderamente borracho. Era la primera vez que lo veía así en diez años. Normalmente vigilaba su ingesta de alcohol como un halcón, y a veces, cuando en una fiesta alguien le preguntaba por qué no bebía, citaba una frase de *Valor de Ley*: «No pondría en mi boca un ladrón para que me robase el intelecto». Sin embargo, esta noche, exaltado por el descubrimiento de la moneda con doble acuñación, había permitido que el intelecto le fuese robado, y la mujer comprendió lo que tenía intención de hacer en cuanto su marido pidió aquella segunda botella de champán. En el restaurante no había estado segura de poder llevarlo a cabo, pero al escucharle cantar en el camino de regreso a casa, lo supo. Claro que podría hacerlo. Darcy era ahora la Esposa Oscura, y la Esposa Oscura sabía que lo que Bob consideraba un golpe de buena suerte para él, en realidad había sido para ella.

## 16

Dentro de la casa, Bob arremolinó la americana en el perchero con forma de árbol junto a la puerta y la atrajo entre sus brazos para darle un largo beso. Darcy pudo saborear el champán y la dulce *crème brûlée* en su aliento. No era una mala combinación, aunque sabía que si las cosas se desarrollaban como era probable que sucedieran, ella nunca volvería a desear probarla. Una mano le acarició los pechos. Le permitió que se demorara allí, sintiéndole contra su cuerpo, y luego lo apartó de sí. Pareció decepcionado, pero se animó cuando la mujer sonrió.

—Voy arriba a quitarme este vestido —dijo ella—. Hay Perrier en la nevera. Si me trae una copa, con una rodaja de lima, es posible que tenga suerte, caballero.

Una amplia sonrisa hendió su rostro en respuesta; su vieja y bienamada sonrisa. Pues existía un largamente establecido hábito del matrimonio que no habían reanudado desde la noche en que Bob había olido su descubrimiento (sí, olido, igual que un viejo y sabio lobo puede oler un cebo envenenado) y regresó apresuradamente a casa desde Montpelier. Día tras día habían levantado un muro emparedando a quien era él —sí, con la misma certeza que Montresor había emparedado a su viejo amigo Fortunato— y el sexo en el lecho conyugal colocaría el último ladrillo.

Juntó los tacones y le brindó un saludo militar al estilo británico, los dedos en la frente, la palma hacia fuera.

—Sí, señora.

—No tardes —le dijo seductoramente—. Mamá quiere lo que mamá quiere.

Subiendo las escaleras, pensó: *Nunca saldrá bien. Lo único que lograrás es que te mate. A lo mejor piensa que no sería capaz, pero yo creo que sí.*

No obstante, quizá eso fuera bueno. Suponiendo que no la hiriera primero, como había herido a aquellas mujeres. Quizá cualquier tipo de resolución fuera buena. No podía pasarse el resto de su vida mirando en los espejos. Ya no era una niña, y no podía acarrear una locura infantil.

Entró en el dormitorio, pero solo el tiempo necesario para soltar el bolso en la mesilla junto al espejo de mano. Después volvió a salir y llamó:

—¿Vienes, Bobby? ¡Sé cómo podría usar esas burbujas!

—Voy de camino, señora, ¡lo estaba sirviendo sobre hielo!

Y aquí salió del salón al vestíbulo, alzando una de sus copas de cristal bueno frente a los ojos, como un camarero en una ópera cómica, mientras se acercaba con un ligero tambaleo al pie de las escaleras. Continuaba sosteniendo la copa en alto cuando empezó a ascender, con la rodaja de lima cabeceando encima. La mano libre se deslizaba por la barandilla; su rostro brillaba de felicidad y euforia. Darcy flaqueó por un instante, y entonces la imagen de Helen y Robert Shaverstone invadió su mente, endemoniadamente nítida: el hijo y su madre vejada, mutilada, flotando en un arroyo de Massachusetts en cuyas orillas habían empezado a crecer encajes de hielo.

—Una copa de Perrier para la dama, directamente procedente..., oh...

La mujer notó que el conocimiento se agolpaba en los ojos de Bob en el último segundo, algo viejo y amarillento y ancestral. Era más que sorpresa; era furia horrorizada. En ese mismo instante tuvo una comprensión completa de ese hombre. No amaba nada, ni siquiera a ella. Cada favor y caricia y sonrisa infantil y gesto amable, todo camuflaje. Ese hombre era una cáscara vacía. No existía nada en su interior salvo una inhóspita desolación.

Darcy le empujó.

Fue un empujón fuerte y Bob salió despedido, efectuando un giro de tres cuartos de salto mortal antes de caer en la escalera, primero sobre las rodillas, luego sobre un brazo, luego de lleno sobre la cara. Darcy oyó fracturarse un brazo. La pesada copa Waterford se hizo añicos contra un escalón sin moqueta. El hombre rodó otra vez, y se oyó el chasquido de algo más que se quebraba dentro de él. Chilló de dolor y dio una última vuelta de campana antes de aterrizar desplomado en el suelo de madera noble del vestíbulo, con el brazo roto (no en un solo sitio sino en varios) doblado sobre la cabeza en un ángulo que la naturaleza nunca había proyectado. La cabeza estaba retorcida, una mejilla apoyada en el suelo.

Darcy se precipitó escaleras abajo. En cierto punto pisó un cubito de hielo, resbaló, y tuvo que agarrarse al pasamano para salvarse. Al llegar abajo vio una protuberancia enorme que sobresalía de la piel de la nuca, tornándola blanca, y dijo:

—No te muevas, Bob, creo que tienes el cuello roto.

Un ojo rodó para mirarla. La sangre goteaba de su nariz, que también parecía rota, y mucha más le brotaba de la boca. Casi a borbotones.

—Me has empujado —dijo—. Oh, Darcy, ¿por qué me has empujado?

—No lo sé —contestó, pensando: *Los dos lo sabemos*. Empezó a llorar. Las lágrimas acudieron a ella de forma natural; se trataba de su marido, y estaba gravemente herido—. Ay, Dios, no lo sé. Algo me poseyó. Lo siento. No te muevas. Llamaré a emergencias y pediré que envíen una ambulancia.

Bob movió un pie raspando el suelo.

—No estoy paralítico —dijo—. Gracias a Dios. Pero me *duele*.

—Lo sé, cariño.

—¡Llama a la ambulancia! ¡Deprisa!

Darcy entró en al cocina, dedicó un breve vistazo al teléfono en la horquilla del cargador, y luego abrió el armario bajo el fregadero.

—¿Hola? ¿Hola? ¿Es emergencias?

Alcanzó el paquete de bolsas de plástico GLAD, las de conserva que utilizaba para guardar las sobras de pollo o rosbif, y extrajo una.

—Mi nombre es Darcellen Anderson, llamo desde el 24 de Sugar Mill Lane, en Yarmouth. ¿Lo tienen?

De otro cajón, cogió un trapo de cocina de encima de la pila. Seguía llorando. *Nariz como una manguera*, decían de niños. Llorar era bueno. Necesitaba llorar, y no solo porque más adelante se sentiría mejor. Se trataba de su marido, estaba herido, necesitaba llorar. Recordó cuando él aún poseía una frondosa cabellera. Recordó su deslumbrante quiebro de cintura cuando bailaban «Footloose». Bob le traía rosas cada año por su cumpleaños. Nunca se olvidaba. Habían ido a las Bermudas, donde montaban en bicicleta por la mañana y hacían el amor por la tarde. Juntos habían construido una vida y ahora esa vida tocaba a su fin y ella necesitaba llorar. Se envolvió la mano con el trapo y a continuación se enfundó la bolsa de plástico.

—Necesito una ambulancia, mi marido se ha caído por las escaleras. Creo que tiene el cuello roto. ¡Sí! ¡Sí! ¡Enseguida!

Regresó al vestíbulo con la mano derecha detrás de la espalda. Vio que él había logrado alejarse un poco del pie de la escalera, y daba la impresión de haber intentado tumbarse de espaldas, pero sus esfuerzos habían resultado infructuosos. Darcy se arrodilló a su lado.

—No me he caído —dijo él—. Tú me empujaste. ¿Por qué me has empujado?

—Imagino que por el niño Shaverstone —contestó ella, y sacó la mano de detrás de la espalda. Lloraba con mayor intensidad que nunca. El hombre vio la bolsa de plástico. Vio la mano que dentro apretaba el trozo de felpa. Comprendió cuál era su propósito. Quizá él mismo hubiera hecho algo similar. Probablemente sí.

Bob empezó a chillar..., solo que sus alaridos no eran alaridos en absoluto. La sangre desbordaba de su boca, algo se había roto en el interior de su garganta, y los sonidos que emitía se asemejaban más a gruñidos guturales que a alaridos. La mujer le introdujo la bolsa de plástico entre los labios y la hundió en su boca. Pudo sentir los tocones mellados de los dientes que se habían roto en la caída. Si llegaran a desgarrarle la piel, quizá se viera obligada a dar serias explicaciones al respecto.

Darcy liberó la mano de un tirón antes de que él tuviera oportunidad de morderla, dejando atrás la bolsa de plástico y el trapo de cocina. Le apresó la mandíbula y la barbilla, y con la otra mano le sujetó la parte superior de la calva. La carne allí estaba muy caliente, y sintió la sangre palpitando. Entonces presionó y le cerró la boca sobre el tapón de plástico y tela. Bob intentó quitársela de encima, pero solo tenía un brazo libre, el que se había roto en la caída. El otro estaba retorcido debajo de su cuerpo. Sus pies martillearon espasmódicamente el suelo de madera una y otra vez. Un zapato salió volando. Empezó a gorgotear. Darcy se subió el vestido hasta la cintura, liberando las piernas, y luego se abalanzó hacia delante, con intención de sentarse a horcajadas sobre él. De lograrlo, quizá pudiera pinzar sus fosas nasales.

Sin embargo, antes de que tuviera oportunidad, el pecho de su marido empezó a agitarse convulsivamente debajo de ella, y los gorgoteos se convirtieron en un grave gruñido en su garganta. Le recordó a cuando, mientras aprendía a conducir, a veces hacía chirriar la transmisión intentando encontrar la escurridiza segunda marcha del viejo Chevrolet de su padre. Bob se sacudió, el único ojo visible sobresaliendo con apariencia bovina de su órbita. Su rostro, antes de un brillante carmesí, ahora empezaba a adquirir una tonalidad púrpura. Volvió a yacer inmóvil en el suelo de madera. Darcy esperó, jadeando en busca de aliento, con el rostro enjabonado de flemas y lágrimas. El ojo ya no giraba ni brillaba de pánico. Creyó que estaba mu...

Su marido dio una última sacudida, titánica, y la lanzó despedida. Bob se incorporó, y ella vio que la mitad superior del torso ya no encajaba exactamente con la mitad inferior; se había fracturado la columna además del cuello, aparentemente. La boca revestida de plástico bostezó. Sus ojos se cruzaron en una mirada que supo que nunca olvidaría..., pero con la que podría convivir, en caso de que superara esto.

—¡Dar! ¡Arrrrrr!

Bob se desplomó hacia atrás. Se produjo un sonido similar al de un huevo que se resquebraja cuando su cabeza chocó contra el suelo. Darcy se acercó arrastrándose, pero permaneció a una distancia suficiente de aquel estropicio. Estaba manchada con la sangre de su marido, por supuesto, y aunque eso era bueno —había intentado ayudarle, era algo natural—, no significaba que quisiera bañarse en ella. Se sentó, apoyada en una mano, y le observó mientras recobraba el aliento. Le observó para ver si se movía. No lo hizo. Después de que hubieran transcurrido cinco minutos según el pequeño Michele enjoyado de su muñeca, el que siempre se ponía para salir, alargó una mano y le buscó el pulso en el cuello. Mantuvo los dedos presionados contra su piel hasta contar treinta, y no encontró nada. Acercó el oído al pecho, sabiendo que ese era el momento en que su marido volvería a la vida y la agarraría. No volvió a la vida porque no quedaba vida en él: el corazón no latía, los pulmones no respiraban. Se había acabado. No sintió ninguna satisfacción (aún menos una sensación de triunfo) sino únicamente una firme determinación de terminar esto y de hacerlo bien. En parte por sí misma, pero sobre todo por Donnie y Pets.

Entró en la cocina, moviéndose con rapidez. Tenían que saber que había llamado lo antes posible; si fueran capaces de establecer que se había producido algún tipo de retraso (por ejemplo, porque la sangre hubiera tenido ocasión de coagularse en exceso), podrían surgir preguntas incómodas.

*Les diré que me desmayé si es preciso*, pensó. *Eso se lo creerán, y si no, tampoco pueden refutarlo. O por lo menos no creo que puedan.*

Cogió la linterna de la despensa, igual que había hecho la noche en que literalmente tropezó con el secreto de su marido. Regresó a donde yacía Bob, que contemplaba el techo con ojos vidriosos. Extrajo la bolsa de su boca y examinó el plástico con ansiedad. Si estuviera rasgado, podrían surgir problemas..., y lo estaba, en dos sitios. Enfocó la linterna al interior de la boca y alcanzó a ver un diminuto pedacito de bolsa GLAD en la lengua. Lo recogió con las puntas de los dedos y lo metió en la bolsa.

*Ya basta, es suficiente, Darcellen.*

Pero no lo era. Retiró sus mejillas hacia atrás empujando con los dedos, primero la derecha, luego la izquierda. Y en el lado izquierdo encontró otro diminuto pedacito de plástico, pegado a la encía. Lo recogió y lo metió en la bolsa con el otro. ¿Quedaban más trozos? ¿Se los habría tragado? En ese caso, se hallaban fuera de su alcance y todo cuanto podía hacer era rezar por que no los descubrieran si alguien —no sabía quién— albergaba dudas suficientes como para ordenar una autopsia.

Entretanto, el tiempo pasaba.

Recorrió a toda prisa el corredor exterior hacia el garaje, sin llegar a correr. Se arrastró bajo la mesa de trabajo, abrió el escondite especial, y guardó dentro la bolsa de plástico veteada de sangre que contenía el trapo de cocina. Cerró el agujero, situó la caja de los catálogos delante, y luego regresó a la casa. Devolvió la linterna a su lugar de origen. Descolgó el teléfono, se dio cuenta de que había dejado de llorar, y lo colocó de nuevo en la horquilla. Atravesó el salón y miró a su marido. Pensó en las rosas, pero no funcionó.

*Son las rosas, no el patriotismo, el último recurso de un canalla*, se dijo, y se sorprendió al oír su propia risa. Entonces pensó en Donnie y Pets, que tanto habían idolatrado a su padre, y eso surtió efecto. Sollozando, regresó al teléfono de la cocina y marcó el 911.

—Hola, mi nombre es Darcellen Anderson, y necesito una ambulancia en...

—Un poco más despacio, señora —dijo la operadora—. Tengo problemas para entenderla.

*Bien*, pensó Darcy.

Se aclaró la garganta.

—¿Así mejor? ¿Me entiende ahora?

—Sí, señora, ahora sí. Cálmese. ¿Dijo que necesitaba una ambulancia?

—Sí, en el 24 de Sugar Mill Lane.

—¿Está herida, señora Anderson?

—No, yo no, mi mirado. Se ha caído por las escaleras. A lo mejor solo está inconsciente, pero creo que está muerto.

La operadora dijo que enviaría una ambulancia inmediatamente. Darcy se figuró que también enviaría un coche de la policía de Yarmouth. También un coche de la policía del estado, si hubiera alguno actualmente en la zona. Confiaba en que no. Regresó al vestíbulo y se sentó en el banco que había allí, pero no por mucho tiempo. Eran sus ojos, mirándola. Acusándola.

Cogió la americana de Bob, se envolvió en ella, y salió a la entrada a esperar a la ambulancia.

17

El policía que le tomó declaración era Harold Shrewsbury, un vecino del barrio. Darcy no le conocía, pero casualmente sí conocía a su esposa; Arlene Shrewsbury era una Chiflada de la Calceta. El hombre habló con ella en la cocina, mientras los paramédicos primero examinaban el cuerpo de Bob y luego se lo llevaban, ignorando que había otro cadáver en su interior. Un tipo que había sido mucho más peligroso que Robert Anderson, censor jurado de cuentas.

—¿Le apetece un café, oficial Shrewsbury? No es ninguna molestia.

El oficial se fijó en las manos temblorosas de Darcy y contestó que estaría encantado de prepararlo para los dos.

—Me manejo bien en la cocina.

—Arlene nunca lo ha mencionado —dijo ella mientras el oficial se levantaba. Este dejó su libreta abierta en la mesa de la cocina. Hasta el momento no había escrito nada salvo el nombre de ella, el nombre de Bob, su dirección y su número de teléfono. Lo tomó como una buena señal.

—No, le gusta esconder mi luz debajo del almud —comentó—. Señora Anderson, Darcy, lamento mucho su pérdida, y estoy seguro de que Arlene diría lo mismo.

Darcy empezó a llorar otra vez. El oficial Shrewsbury arrancó un puñado de toallitas de un rollo de papel de cocina y se las ofreció.

—Son más resistentes que los Kleenex.

—Tiene experiencia en estas cosas —dijo ella.

Comprobó la cafetera Bunn, vio que estaba cargada, y la puso en funcionamiento.

—Más de la que me gustaría. —Volvió a sentarse—. ¿Puede contarme lo sucedido? ¿Se siente con fuerzas?

Darcy le habló sobre cómo Bob había encontrado el penique entre las monedas de la vuelta del Subway, y sobre lo emocionado que estaba. Sobre su cena de celebración en la Perla de la Orilla, y sobre lo mucho que bebió. Cómo estuvo haciendo payasadas (mencionó el gracioso saludo militar británico cómico que le dedicó cuando le pidió una copa de Perrier y lima). Cómo subió las escaleras sosteniendo la copa en alto, como un camarero. Cómo ya había alcanzado casi el rellano cuando resbaló. Incluso le contó que ella misma estuvo a punto de caerse, al pisar uno de los cubitos de hielo derramados, mientras bajaba corriendo las escaleras.

El oficial Shrewsbury anotó algo en su libreta, la cerró de un golpe y la miró con ecuanimidad.

—Bien. Quiero que me acompañe. Coja su abrigo.

—¿Qué? ¿Adónde?

A la cárcel, por supuesto. Sin pasar por la casilla de salida, sin cobrar doscientos dólares, directamente a la cárcel. Bob se había librado de casi una docena de asesinatos y ella ni siquiera había sido capaz de librarse de uno (claro que él planeaba los suyos, y con una atención por los detalles propia de un contable). No sabía dónde habría cometido un desliz, pero sin duda resultó ser algo evidente. El oficial Shrewsbury se lo explicaría de camino a la comisaría. Sería como el último capítulo de una novela de Elizabeth George.

—A mi casa —contestó él—. Esta noche se queda conmigo y con Arlene.

Lo miró boquiabierta.

—No..., no puedo...

—Sí que puede —afirmó, con un tono de voz que no admitía discusión—. Ella me mataría si la dejara aquí sola. ¿Quiere ser responsable de mi asesinato?

Darcy se enjugó las lágrimas del rostro y sonrió lánguidamente.

—No, supongo que no. Pero..., oficial Shrewsbury...

—Harry.

—Tengo que hacer varias llamadas de teléfono. Mis hijos...

todavía no lo saben. —Este pensamiento invocó lágrimas frescas, y puso la última toallita de papel a trabajar en ellas. ¿Quién se imaginaba que una persona pudiera albergar tantas lágrimas en su interior?

Aún no había tocado el café, y ahora se bebió la mitad en tres largos tragos, aunque seguía caliente.

—Creo que podremos soportar el gasto de unas cuantas llamadas de larga distancia —dijo Harry Shrewsbury—. Y escuche. ¿Tiene algo que pueda tomarse? Algo de, ya sabe, naturaleza calmante.

—Nada parecido —musitó ella—. Solo Zolpidem.

—Entonces Arlene le dará uno de sus Valiums —dijo él—. Debería tomar uno como mínimo media hora antes de empezar a hacer cualquier llamada estresante. Mientras tanto, la avisaré de que vamos para allá.

—Es usted muy amable.

El hombre abrió un cajón, luego otro, luego un tercero. Darcy sintió que el corazón le subía a la garganta cuando abrió el cuarto. Sacó un paño para secar platos y se lo tendió.

—Es más resistente que el papel de cocina.

—Gracias —dijo ella—. Muchas gracias.

—¿Cuánto tiempo llevaban casados, señora Anderson?

—Veintisiete años —respondió.

—Veintisiete —se maravilló el oficial—. Dios. Cuánto lo siento.

—Yo también —dijo Darcy, y hundió el rostro en el paño.


18


Robert Emory Anderson recibió sepultura en el Cementerio La Paz de Yarmouth dos días más tarde. Donnie y Petra flanqueaban a su madre mientras el ministro hablaba de cómo la vida de un hombre no era sino una estación. El día había amanecido frío y nublado; un viento gélido agitaba las ramas desnudas de hojas. B, B & A había cerrado para el funeral, y todo el personal había acudido. Los contables envueltos en abrigos negros se agrupaban juntos como una bandada de cuervos. Entre ellos no se encontraba ninguna mujer. Darcy nunca antes había reparado en ese detalle.

Periódicamente se enjugaba los ojos anegados con el pañuelo que sostenía en una mano enfundada en un guante negro; Petra lloraba incesantemente y sin tregua; Donnie tenía los ojos enrojecidos y una expresión adusta. Era un joven apuesto, pero su pelo ya raleaba, como le había ocurrido a su padre a la misma edad.

*Mientras no engorde igual que Bob*, pensó ella. *Y no se dedique a matar mujeres, claro.*

Aunque seguramente esa clase de cosas no era hereditaria. ¿Verdad?

Pronto habría terminado todo. Donnie solo se quedaría un par de días; en ese momento no podía permitirse abandonar el negocio por más tiempo, le había dicho. Esperaba que lo entendiera, y ella contestó que claro. Petra permanecería a su lado durante una semana, y aseguró que podría quedarse más tiempo si Darcy la necesitaba. Darcy le dijo que era muy amable, confiando en privado en que no fueran más de cinco días. Necesitaba estar sola. Necesitaba..., no pensar, exactamente, sino reencontrarse consigo misma. Reinstaurarse a sí misma en el lado correcto del espejo.

No era que algo hubiera ido mal; todo lo contrario. No creía que las cosas pudieran haber salido mejor aunque hubiera pasado meses planeando el asesinato de su marido. En ese caso, probablemente lo hubiera jodido por complicar las cosas demasiado. A diferencia de Bob, la planificación no constituía su punto fuerte.

No hubo preguntas comprometedoras. Su historia era simple, creíble, y casi cierta. El factor más importante radicaba en el sólido lecho de roca subyacente: su matrimonio abarcaba casi tres décadas, un buen matrimonio, y no se había producido ninguna discusión reciente que lo estropeara. Realmente, ¿existía algo que pudiera ponerse en duda?

El ministro invitó a la familia a adelantarse. Así lo hicieron.

—Descansa en paz, padre —dijo Donnie, y arrojó un terrón de tierra al interior de la tumba. Aterrizó en la brillante superficie del ataúd. Darcy pensó que parecía el zurullo de un perro.

—Papá, te echo mucho de menos —dijo Petra, y lanzó su propio puñado de tierra.

Darcy fue la última. Se agachó, tomó un puñado suelto en su guante negro, y lo dejó caer. No dijo nada.

El ministro invocó un momento de silenciosa plegaria. Los dolientes inclinaron la cabeza. El viento agitó las ramas. A no demasiada distancia, el tráfico fluía con rapidez por la interestatal 295.

Darcy pensó:

*Dios, si estás ahí, permite que esto sea el final.*

### 19

No lo fue.

Unas siete semanas después del funeral —ya en el nuevo año, el tiempo era sombrío y severo y gélido— sonó el timbre de la casa de Sugar Mill Lane. Cuando Darcy abrió la puerta, se encontró con un caballero de edad avanzada que vestía un abrigo negro y una bufanda roja. En sus manos enguantadas sujetaba ante sí un sombrero de fieltro de la vieja escuela. Su rostro mostraba profundas arrugas (producto del dolor además de los años, pensó Darcy) y cuanto quedaba de su cabello gris era muy corto y fino.

—¿Sí? —dijo ella.

El hombre hurgó en su bolsillo y se le cayó el sombrero. Darcy se agachó y lo recogió. Cuando se enderezó, vio que el anciano caballero extendía una cartera plegable de piel. En ella había una placa dorada y una identificación con foto de su visitante (donde aparecía bastante más joven).

—Holt Ramsey —se presentó, como disculpándose—. Oficina del Fiscal General del Estado. Siento una barbaridad molestarla, señora Anderson. ¿Puedo pasar? Se va a congelar aquí fuera con ese vestido.

—Por favor —dijo ella, y se hizo a un lado.

Observó el renqueante caminar del hombre y el modo en que su mano derecha se desplazó inconscientemente hasta su cadera derecha —como para mantenerla de una pieza—, y un claro recuerdo le vino a la mente: Bob sentado en la cama a su vera, sus dedos fríos tomados como prisioneros en la caliente mano de su marido. Bob hablando. Regodeándose, en realidad.

«Quiero que crean que Beadie es bobo, y se lo han tragado. Porque ellos son bobos. Solo me han interrogado una vez, y fue como testigo, unas dos semanas después de que BD matara a esa Moore. Un viejo con cojera, semirretirado.»

Y aquí estaba aquel viejo, plantado ni siquiera a media docena de pasos del lugar donde Bob había muerto. Del lugar donde ella lo había matado. Holt Ramsey parecía enfermo y aquejado de dolor, pero los ojos eran agudos. Se movieron velozmente a derecha e izquierda, asimilándolo todo antes de retornar al rostro de Darcy.

*Ten cuidado*, se dijo. *Ten mucho cuidado con este hombre, Darcellen.*

—¿En qué puedo ayudarle, señor Ramsey?

—Bueno, una cosa, si no es demasiado pedir..., me tomaría una taza de café. Tengo un frío horrible. Conduzco un coche del estado, y la calefacción no funciona un carajo. Por supuesto, si le parece una imposición...

—En absoluto. Pero me pregunto... ¿Podría volver a ver su identificación?

Le entregó la placa con serenidad, y colgó su sombrero en el árbol de los abrigos mientras ella la estudiaba.

—Esto de RET estampado debajo del sello... ¿significa que está usted retirado?

—Sí y no. —Sus labios se separaron en una sonrisa que reveló unos dientes demasiado perfectos que sin duda pertenecían a una dentadura postiza—. Tuve que irme, por lo menos oficialmente, cuando cumplí los sesenta y ocho, pero he pasado mi vida entera en la policía estatal o trabajando en la FGE, ya sabe, la oficina del Fiscal General del Estado. Ahora soy como una vieja manguera de bomberos con un puesto honorario en el granero. Una especie de mascota, ¿sabe?

*Creo que usted es mucho más que eso.*

—Permítame su abrigo.

—No, no, creo que me lo dejaré puesto. No me quedaré mucho rato. Lo colgaría si afuera estuviera nevado, para no mancharle el suelo, pero no es el caso. Hace un frío de narices, ¿sabe? Demasiado frío para que nieve, habría dicho mi padre, y a mi edad lo noto mucho más que hace cincuenta años. O incluso veinticinco.

Mientras le guiaba a la cocina, andando a un ritmo que Ramsey pudiera seguir con facilidad, le preguntó qué edad tenía.

—Setenta y ocho en mayo. —Hablaba con orgullo manifiesto—. Si llego. Esto siempre lo digo para que me traiga suerte. Hasta ahora ha funcionado. Qué cocina tan agradable tiene usted, señora Anderson; un sitio para cada cosa y cada cosa en su sitio. Mi esposa hubiera dado su aprobación. Murió hace cuatro años de un ataque al corazón muy repentino. Cómo la echo de menos. Igual que usted debe de echar de menos a su marido, imagino.

Sus centelleantes ojos —jóvenes y alertas dentro de unas cuencas arrugadas y acosadas por el dolor— inspeccionaron el rostro de Darcy.

*Lo sabe. No sé cómo, pero así es.*

Comprobó el recipiente de la cafetera y la encendió. Mientras sacaba las tazas del armario, preguntó:

—¿En qué puedo ayudarle, señor Ramsey? ¿O es detective Ramsey?

El anciano se echó a reír, y la risa se transformó en tos.

—Ah, hace la tira de años que nadie me llamaba detective. Puede olvidarse también del Ramsey, si me llama directamente Holt, por mí está bien. Y lo cierto es que deseaba hablar con su marido, ¿sabe? Pero claro, ha fallecido (de nuevo, mis condolencias), conque eso es impensable. Sí, totalmente impensable.

—Meneó la cabeza y se aposentó en uno de los taburetes que bordeaban la isleta central de la cocina. Se oyó el roce del abrigo y, en algún sitio dentro de su cuerpo enjuto, un hueso crujió—. Pero le confesaré algo: un viejo que vive en un cuarto alquilado, que es mi caso, aunque no está mal, a veces se aburre con la tele como única compañía, y por tanto pensé, qué diablos, igualmente podría conducir hasta Yarmouth y hacer mis preguntitas. Ella será incapaz de contestar a la mayoría, me dije, tal vez a ninguna, pero ¿por qué no ir de todas formas? Necesitas salir de aquí antes de que empieces a echar raíces, me dije.

—Un día en que se prevé que la temperatura máxima alcance los diez bajo cero —comentó ella—. En un coche del estado con la calefacción estropeada.

—Ajá, pero llevo puesta mi ropa interior térmica —replicó modestamente.

—¿No tiene coche propio, señor Ramsey?

—Sí, sí —respondió, como si tal posibilidad no se le hubiera ocurrido nunca hasta ese momento—. Venga a sentarse, señora Anderson. No hay necesidad de agazaparse en el rincón. Soy demasiado viejo para morderla.

—No, el café estará listo en un minuto —dijo ella. Temía a este anciano. Bob también debería haberle temido, aunque, por supuesto, Bob ya se encontraba más allá del miedo—. Mientras tanto, tal vez pueda contarme de qué quería hablar con mi marido.

—Bien, no se lo va a creer, señora Anderson...

—Llámeme Darcy, ¿de acuerdo?

—¡Darcy! —Parecía encantado—. ¡Vaya nombre más precioso, a la antigua usanza!

—Gracias. ¿Lo toma con leche?

—Negro como mi sombrero, así lo tomo. Solo que me gusta pensar en mí mismo como uno de los héroes de sombrero blanco, la verdad. Bueno, podría serlo, ¿no? Por lo de perseguir criminales y eso. Así es como me herí la pierna, ¿sabe? En una persecución de coche a gran velocidad, allá por el 89. El tipo mató a su mujer y a sus dos hijos. Ahora un crimen así suele ser un acto pasional, cometido por un hombre que está borracho o drogado o no del todo en sus cabales. —Ramsey se tocó el fino cabello con un dedo que la artritis había retorcido de forma asimétrica—. No este tipo. Lo hizo por el seguro. Intentó que pareciera una, cómo se llama, invasión del hogar. No entraré en detalles, pero empecé a husmear y a husmear aquí y allá. Me pasé tres años husmeando. Y por fin estuve convencido de que tenía lo suficiente para arrestarle. Tal vez no lo suficiente para conseguir una condena, pero no había necesidad de contarle eso a él, ¿verdad?

—Supongo que no —dijo Darcy. El café estaba caliente, y lo sirvió. Decidió tomar el suyo también solo. Y beberlo lo más rápido posible. De ese modo la cafeína la golpearía de inmediato y encendería sus luces.

—Gracias —dijo el viejo detective cuando ella se lo acercó a la mesa—. Muchísimas gracias. Es usted la amabilidad en persona. Café caliente en un día frío, ¿qué otra cosa mejor puede haber? Sidra caliente con especias, tal vez; no se me ocurre nada más. Bueno, ¿dónde estaba? Ah, ya sé. Dwight Cheminoux. Al norte, en el condado de Aroostook, fue esto. Al sur de los bosques de Hainesville.

Darcy atacó su café. Observó a Ramsey sobre el borde de su taza y de repente le dio la impresión de volver a estar casada; un largo matrimonio, en muchos sentidos un buen matrimonio (pero no en todos los sentidos), de la clase que parecía una broma: ella sabía que él lo sabía, y él sabía que ella sabía que él lo sabía. Una clase de relación así era similar a mirar en un espejo y ver otro espejo, un pasillo de espejos extendiéndose hasta el infinito. La única pregunta real consistía en qué iba a hacer ese hombre con respecto a lo que sabía. Qué podría hacer.

—Bien —prosiguió Ramsey, que dejó su taza de café y comenzó a frotarse inconscientemente la pierna dolorida—, el hecho simple es que yo confiaba en provocar a ese tipo. Lo que quiero decir es que tenía las manos manchadas con la sangre de una mujer y dos niños, así que me sentía legitimado para jugar un poco sucio. Y funcionó. Huyó y yo lo perseguí al interior de los bosques de Hainesville, donde dice la canción que hay una lápida a cada kilómetro. Los dos nos estrellamos en la Curva de

Wickett, él contra un árbol y yo contra él. Ahí es donde conseguí esta pierna, por no mencionar la barra de acero que tengo en el cuello.

—Lo siento. ¿Y el tipo al que perseguía? ¿Qué consiguió él?

Las comisuras de la boca de Ramsey se curvaron en una seca sonrisa de singular frialdad. Sus ojos jóvenes centellearon.

—Consiguió la muerte, Darcy. Ahorró al estado cuarenta o cincuenta años de pensión completa en Shawshank.

—Es usted todo un sabueso del cielo, ¿verdad, señor Ramsey?

El anciano, en lugar de mostrar perplejidad, se llevó las manos deformes al lado de la cara, con las palmas hacia afuera, y recitó con voz cantarina de colegial:

—«Yo huí de Él a través de las noches y a través de los días; yo huí de Él a través de los arcos de los años; yo huí de Él a través de caminos laberínticos...» Etcétera.

—¿Aprendió eso en el colegio?

—No, señora, en las Juventudes Metodistas. Hace muchos años. Me gané una biblia, que perdí en el campamento de verano al año siguiente. Solo que no la perdí; me la robaron. ¿Puede imaginarse a alguien tan ruin para robar una biblia?

—Sí —respondió Darcy.

El anciano se echó a reír.

—Darcy, adelante, llámeme Holt. Por favor. Todos mis amigos lo hacen.

*¿Es usted mi amigo? ¿Lo es?*

No lo sabía, pero de una cosa sí estaba segura: nunca habría sido amigo de Bob.

—¿Es el único poema que conoce de memoria? ¿Holt?

—Bueno, antes sabía «La muerte del jornalero» —dijo—, pero ahora solo me acuerdo de la parte acerca de que el hogar es el sitio donde, cuando vas, tienen que acogerte. Es una gran verdad, ¿no le parece?

—Sin duda —asintió Darcy.

Los ojos de Ramsey —de un color avellana claro— buscaron los suyos. La intimidad de esa mirada resultaba indecente, como si la estuviera contemplando desnuda. Y agradable, quizá por el mismo motivo.

—¿Qué quería preguntarle a mi marido, Holt?

—Bien, ya hablé con él en una ocasión, ¿sabe?, aunque no estoy seguro de que lo recordara si siguiera vivo. Fue hace mucho tiempo. Los dos éramos mucho más jóvenes, y usted debía de ser una chiquilla, teniendo en cuenta lo joven y hermosa que es ahora.

Ella le dirigió una fría sonrisa que expresaba «ahórrese las molestias», y a continuación se levantó para servirse una nueva taza de café. Ya no quedaba nada de la primera.

—Puede que haya oído hablar de los asesinatos de Beadie —dijo él.

—¿El hombre que mataba mujeres y enviaba sus carnets a la policía? —Regresó a la mesa, con la taza de café perfectamente estable en su mano—. Ese asunto es carnaza para los periódicos.

La apuntó con el dedo —en un gesto similar a la pistola imaginaria de Bob— y la obsequió con un guiño.

—Correcto. Sí, señora. «Si hay sangre, hay noticia», ese es su lema. Dio la casualidad de que trabajé un poco en el caso. Por entonces todavía no me había retirado, pero ya estaba cerca. Tenía cierta reputación de ser un tipo que a veces obtenía resultados husmeando aquí y allá..., siguiendo mis..., cómo le diría...

—¿Instintos?

Una vez más la pistola de dedos. Una vez más el guiño. Como si existiera un secreto y ambos estuvieran involucrados.

—Sea como sea, me mandaron a trabajar por mi cuenta, ya sabe, el viejo cojo Holt enseña sus fotos por ahí, hace sus preguntas, y... bueno, ya sabe, simplemente husmea. Porque siempre he tenido buen olfato para esta clase de trabajo, Darcy, y nunca lo he perdido, en realidad. Esto fue en el otoño de 1997, no mucho después de que fuera asesinada una mujer llamada Stacey Moore. ¿Le suena el nombre?

—Creo que no —respondió Darcy.

—Se acordaría si hubiera visto las fotos de la escena del crimen. Un asesinato horrible, cuánto debió de sufrir esa mujer.

Pero claro, el tipo este que se hace llamar Beadie estuvo mucho tiempo inactivo, más de quince años, y debía de tener un montón de vapor acumulado en su caldera, esperando a explotar. Y quien se escaldó fue esta mujer.

»Bueno, pues el fiscal general en aquel entonces me puso en el caso. "Que el viejo Holt pruebe suerte", dice, "no tiene otra cosa que hacer, y no molestará". El viejo Holt, ya me llamaban así entonces. Debido a la cojera, me imagino. Hablé con los amigos de la mujer, con sus familiares, con sus vecinos en la Ruta 106, y con sus compañeros de trabajo en Waterville. Oh, hablé con mucha gente. Era camarera en un local de la ciudad llamado Restaurante Sunnyside. Entran muchas aves de paso, porque la autopista está calle abajo, pero me interesaban más sus clientes asiduos. Sobre todo los hombres.

—Es lógico que le interesaran —murmuró ella.

—Uno de ellos resultó ser un tipo presentable, bien vestido, en torno a los cuarenta. Iba cada tres o cuatro semanas, y siempre se sentaba en uno de los reservados que atendía Stacey. Ahora bien, a lo mejor no debería contar esto, pues el tipo resultó ser su difunto esposo... y no debería hablar mal de los muertos, pero como los dos están muertos, me figuro que eso se anula, si entiende lo que quiero decir... —Ramsey se interrumpió, en apariencia confuso.

—Se está enredando —dijo Darcy, divertida a su pesar. Quizá *quisiera* divertirla. No podría asegurarlo—. Hágase un favor y dígalo sin más, ya soy una niña grande. ¿Flirteaba con él? ¿Se trata de eso? No sería la primera camarera que flirtea con un hombre en la carretera, aun cuando el hombre lleve una alianza en el dedo.

—No, no es exactamente eso. Según lo que me contaron las otras camareras..., y por supuesto debería tomarlo con escepticismo, porque todos la adoraban... fue él quien flirteaba con ella. Y según las camareras, a ella le disgustaba. Decía que aquel hombre le daba escalofríos.

—Eso no concuerda con el carácter de mi marido. —O con lo que Bob le había contado, para el caso.

—No, pero probablemente lo era. Su marido, quiero decir. Y una mujer no siempre sabe lo que su maridito hace en la carretera, aunque pueda creer que sí. De todos modos, una de las camareras me contó que este tipo conducía un Toyota 4Runner. Lo sabía porque ella tenía uno igual. Y ¿sabe qué? Varios vecinos de la Moore habían visto un 4Runner similar merodeando cerca de la granja de la familia unos días antes de que la mujer fuera asesinada. En una ocasión solo un día antes de que se cometiera el asesinato.

—Pero no el mismo día.

—No, pero sin duda un tipo tan cuidadoso como este Beadie estaría pendiente de una cosa así. ¿No?

—Supongo.

—Bien, disponía de una descripción y sondeé la zona en torno al restaurante. No tenía nada mejor para hacer. Durante una semana lo único que conseguí fueron ampollas y unas pocas tazas de misericordioso café, ¡aunque ninguno tan bueno como el suyo! Estaba a punto de rendirme, pero entonces casualmente me detuve en un sitio del centro. Monedas Mickleson's. ¿Ese nombre le suena?

—Claro. Mi marido era numismático y Mickleson's era una de las tres o cuatro mejores tiendas de compra-venta del estado. Ya no existe. El viejo señor Mickleson murió y su hijo cerró el negocio.

—Sí. Bien, ya sabe lo que dice la canción, al final el tiempo se lo lleva todo, tus ojos, el brío de tus pasos, hasta tu jodida suspensión, perdone mi lenguaje. Pero en aquel entonces George Mickleson estaba vivo...

—Alerta y olfateando el aire —murmuró Darcy.

Holt Ramsey sonrió.

—Justo como usted dice. En cualquier caso, reconoció la descripción. «Vaya, ese parece Bob Anderson», dice. Y ¿adivina qué? Conducía un Toyota 4Runner.

—Ah, pero de eso hace mucho tiempo —dijo Darcy—. Lo entregó como pago parcial de un...

—Chevrolet Suburban, ¿verdad? —Ramsey pronunció el nombre de la compañía como *Shivvaley*.

—Sí. —Darcy juntó las manos y miró a Ramsey con calma. Ya habían llegado casi al meollo del asunto. La única cuestión era en cuál de los cónyuges del ahora disuelto matrimonio Anderson estaba más interesado este anciano de ojos agudos.

—Por casualidad no tendrá todavía ese Suburban, ¿no?

—No. Lo vendí un mes después de la muerte de mi marido. Puse un anuncio en la guía de trueques *Uncle Henry's*, y voló enseguida. Pensé que tendría problemas, por la cantidad de kilómetros y el alto precio de la gasolina, pero no. Claro que no conseguí mucho por él.

Y dos días antes de que el comprador viniera a recogerlo, ella lo había registrado a conciencia, de cabo a rabo, sin omitir levantar la alfombra del compartimiento de carga. No encontró nada, pero aun así pagó cincuenta dólares para que lo lavaran por fuera (lo cual no le preocupaba) y lo limpiaran con vapor por dentro (lo cual sí).

—Ah, la *Uncle Henry's*. Vendí el Ford de mi difunta esposa del mismo modo.

—Señor Ramsey...

—Holt.

—Holt, ¿fue usted capaz de identificar positivamente a mi marido como el hombre que solía flirtear con Stacey Moore?

—Bueno, cuando hablé con el señor Anderson, admitió que iba al Sunnyside de vez en cuando, lo admitió sin reparos, pero afirmaba que nunca se había fijado en ninguna de las camareras en particular. Dijo que por lo general tenía la cabeza enterrada entre papeles. Pero por supuesto enseñé su foto, la de su permiso de conducir, ¿entiende?, y los empleados lo reconocieron.

—¿Sabía mi marido que usted tenía... un interés especial en él?

—No. Por lo que a él concernía, yo no era más que el viejo Cojo Lennie en busca de testigos que pudieran haber presenciado algo. Nadie teme a un pato viejo como yo, ¿sabe?

*A mí me da mucho miedo.*

—No parece que haya caso —dijo ella—. Suponiendo que esté intentando exponer uno.

—No, no hay caso en absoluto. —Rió alegremente, pero sus ojos color de avellana permanecieron fríos—. Si hubiera podido presentar un caso sólido, el señor Anderson y yo no habríamos tenido nuestra pequeña conversación en su despacho, Darcy. La habríamos tenido en *mi* despacho. De donde uno no se marcha hasta que yo diga que puede. O hasta que un abogado le saque, claro.

—Tal vez sea hora de que deje de bailar, Holt.

—De acuerdo —accedió—, ¿por qué no? En estos tiempos hasta el baile más sencillo duele como mil demonios. En fin, ¡maldito sea Dwight Cheminoux! Además, no deseo hacerle perder toda la mañana, así que agilicemos esto. Fui capaz de confirmar la presencia de un Toyota 4Runner en, o cerca de, la escena de dos asesinatos dentro de lo que designamos como el primer ciclo de Beadie. No el mismo; el color era distinto. Pero también confirmé que su marido tuvo otro 4Runner en los setenta.

—Es cierto. Le gustaba, por eso lo cambió por otro del mismo modelo.

—Sí, los hombres hacen eso. Y el 4Runner es un vehículo muy popular en lugares donde nieva la mitad del año. Pero después del asesinato de Moore, y después de que yo le interrogara, lo cambió por un Suburban.

—No inmediatamente —dijo Darcy con una sonrisa—. Tuvo ese 4Runner hasta bien entrado el nuevo siglo.

—Lo sé. Lo cambió en 2004, no mucho antes de que Andrea Honeycutt fuera asesinada de camino a Nashua. Un Suburban azul y gris; año de fabricación 2002. Un Suburban de ese año aproximado y con esos colores exactos fue visto bastante a menudo por el vecindario de la señora Honeycutt durante el mes anterior a su muerte. Pero he aquí lo curioso. —Se inclinó hacia delante—. Encontré a un testigo que dijo que el Suburban tenía matrícula de Vermont, y otra, una viejecita de esas que se sientan en la ventana del salón y vigilan todo lo que hacen sus vecinos desde el amanecer hasta la noche, porque no tienen nada mejor que hacer, aseguró que ella vio uno con matrícula de Nueva York.

—El coche de Bob tenía matrícula de Maine —dijo Darcy—. Como muy bien sabe usted.

—Claro, claro, pero las matrículas pueden robarse, ¿sabe?

—¿Qué hay de las muertes de los Shaverstone, Holt? ¿También se vio un Suburban azul y gris en el vecindario de Helen Shaverstone?

—Veo que ha estado siguiendo el caso de Beadie un poco más atentamente que la mayoría de la gente. Un poco más atentamente de lo que aparentaba en un principio.

—¿Lo vieron?

—No —contestó Ramsey—. En realidad, no. Pero sí se vio un Suburban azul y gris cerca del arroyo en Amesbury donde tiraron los cuerpos. —Volvió a sonreír mientras sus fríos ojos la estudiaban—. Tirados como basura.

Darcy suspiró.

—Lo sé.

—Nadie pudo identificar la matrícula del Suburban visto en Amesbury, pero de haberlo hecho, imagino que habría sido de Massachusetts. O Pensilvania. O cualquier otro sitio menos Maine.

El anciano se inclinó hacia delante.

—Este Beadie nos enviaba notas con los carnets de sus víctimas. Para burlarse de nosotros, ¿sabe? Desafiándonos a atraparle. Tal vez en el fondo quisiera ser atrapado.

—Tal vez sí —dijo Darcy, aunque lo dudaba.

—Las notas estaban escritas con letra de imprenta. Ahora bien, esta gente piensa que una caligrafía así no puede identificarse, pero casi siempre es posible. Aparecen similitudes. Supongo que no tendrá ninguno de los archivos de su marido, ¿verdad?

—Los que no fueron devueltos a su consultoría han sido destruidos. Pero imagino que allí tendrán multitud de muestras. Los contables lo guardan todo.

Ramsey suspiró.

—Ajá, pero para conseguir algo de una empresa así requeriría una orden judicial, y para conseguirla tendría que demostrar una causa probable. Lo cual no puedo hacer. Tengo una serie de coincidencias..., aunque en mi mente no lo son. Y tengo una serie de..., bueno..., *propincuidades*, supongo que se podrían llamar, aunque no alcanza ni mucho menos para considerarlas pruebas circunstanciales. Por eso acudí a usted, Darcy. Creía que a esta hora ya me habría puesto de patitas en la calle, pero ha sido usted muy amable.

Ella no dijo nada.

Ramsey se inclinó aún más hacia adelante, ahora casi completamente encorvado sobre la mesa. Como un ave de rapiña. Sin embargo, oculto tras la frialdad de sus ojos, no del todo imperceptible, existía algo más. Intuyó que podría ser amabilidad. Rezó por que así fuera.

—Darcy, ¿su marido era Beadie?

Fue consciente de que podría estar grabando su conversación; algo que ciertamente habitaba en el reino de la posibilidad. En lugar de contestar, levantó una mano de la mesa, mostrándole la palma rosada.

—Estuvo mucho tiempo sin saberlo, ¿verdad?

Darcy no dijo nada. Se limitaba a mirarlo. A mirar en su interior, del modo en que uno mira a las personas que conoce bien. Salvo que uno debía ser muy cuidadoso al hacerlo, pues no siempre se veía lo que uno pensaba que veía. Ahora lo sabía.

—¿Y entonces se enteró? ¿Un día se enteró?

—¿Le apetece otra taza de café, Holt?

—Media taza —contestó el hombre, que volvió a sentarse erguido y cruzó los brazos sobre su escuálido pecho—. Más me produciría acidez de estómago, y esta mañana olvidé tomarme la pastilla de Zantac.

—Creo que hay Omeprazol en el botiquín del piso de arriba —dijo ella—. Era de Bob. ¿Quiere que vaya a buscarlo?

—No tomaría nada suyo ni aunque me estuviera quemando por dentro.

—De acuerdo —dijo gentilmente, y le sirvió un poco más de café.

—Lo siento —se disculpó él—. A veces me dejo dominar por

mis emociones. Esas mujeres..., todas esas mujeres..., y el niño, con la vida entera por delante. Eso es lo peor de todo.

—Sí —asintió ella, pasándole la taza. Notó que la mano del hombre temblaba, y pensó que este sería probablemente su último rodeo, independientemente de lo listo que fuera..., y era tremendamente listo.

—Una mujer que averiguara qué clase de persona es su marido con el partido tan avanzado se encontraría en una difícil posición.

—Sí, imagino que así es —dijo Darcy.

—¿Quién se creería que vivió con un hombre tantos años sin saber lo que era realmente? Vaya, ella sería como un, cómo se llama, el pájaro que vive en la boca de un cocodrilo.

—Según se cuenta —indicó Darcy—, el cocodrilo permite a ese pájaro vivir en su boca porque mantiene limpios sus dientes. Se come las partículas de los huecos. —Simuló un movimiento de picoteo con los dedos de la mano derecha—. Probablemente no sea cierto..., pero sí es cierto que yo solía llevar a Bob al dentista. Si lo dejabas solo, se olvidaba accidentalmente adrede de sus citas. Se comportaba como un niño para el dolor. —Los ojos se le inundaron de lágrimas sin previo aviso. Se las enjugó con el dorso de la mano, maldiciéndolas. Este hombre no respetaría las lágrimas derramadas a causa de Robert Anderson.

O quizá se equivocara al respecto. Ramsey estaba sonriendo y asentía con la cabeza.

—Y sus chicos. Serían atropellados una vez cuando el mundo descubriera que su padre era un asesino en serie y un torturador de mujeres. Luego volverían a ser atropellados cuando el mundo decidiera que su madre había estado encubriéndole. Tal vez incluso ayudándole, igual que Myra Hindley ayudó a Ian Brady. ¿Sabe quiénes eran?

—No.

—Entonces da igual. Pero pregúntese esto: ¿qué haría una mujer en una posición tan complicada?

—¿Qué haría *usted*, Holt?

—No lo sé. Mi situación es un poco diferente. Puede que solo sea un viejo gruñón, el caballo más viejo del establo, pero tengo una responsabilidad para con las familias de las mujeres asesinadas. Merecen un cierre.

—Lo merecen, sin duda..., pero ¿lo *necesitan*?

—A Robert Shaverstone le arrancó el pene de un mordisco, ¿lo sabía?

No lo sabía. Por supuesto que no. Cerró los ojos y sintió las cálidas lágrimas que se escurrían a través de las pestañas. *Y una mierda no «sufrió»*, pensó, y si Bob se hubiera aparecido delante de ella, con las manos extendidas e implorando clemencia, habría vuelto a matarlo.

—Su padre lo sabe —dijo Ramsey. Hablando con suavidad—. Y ha de vivir todos los días con ese conocimiento relativo al hijo que amaba.

—Lo siento —musitó ella—. Lo siento muchísimo.

Sintió que le tomaba la mano por encima de la mesa.

—No pretendía alterarla.

Darcy la retiró con un movimiento brusco.

—¡Claro que lo pretendía! Pero ¿piensa que no he estado alterada? ¿Piensa que no lo he estado... viejo metomentodo?

El anciano dejó escapar una risita, revelando la centelleante dentadura postiza.

—No. No pensaba eso en absoluto. Lo vi en cuanto abrió la puerta. —Hizo una pausa, y luego agregó deliberadamente—: Lo vi todo.

—¿Y qué ve ahora?

El antiguo detective se levantó, se tambaleó un poco y reencontró el equilibrio.

—Veo a una mujer valerosa a quien se debería dejar tranquila para que continuara con sus labores del hogar. Por no mencionar el resto de su vida.

Ella también se levantó.

—¿Y las familias de las víctimas? ¿Las que merecen un cierre? —Hizo una pausa, sin ningún deseo de decir el resto. Pero debía. Ese hombre había combatido un dolor considerable, qui-

431

zá incluso un dolor insoportable, para visitarla, y ahora le estaba concediendo un salvoconducto. Al menos, así lo creía—. ¿El padre de Robert Shaverstone?

—El niño Shaverstone está muerto, y su padre como si ya lo estuviera. —Ramsey hablaba con un tranquilo tono de apreciación que Darcy reconoció. Se trataba del mismo tono que utilizaba Bob cuando sabía que un cliente de la consultoría iba a ser sometido a una inspección de Hacienda y que la reunión iría mal—. No despega la boca de la botella de whisky en todo el día. ¿Cambiaría algo el hecho de saber que el asesino de su hijo, el *mutilador* de su hijo, está muerto? No lo creo. ¿Traería de vuelta a alguna de las víctimas? No. ¿Está el asesino ahora mismo ardiendo por sus crímenes en los fuegos del infierno, sufriendo sus propias mutilaciones que sangrarán por toda la eternidad? La Biblia así lo dice. La parte del Antiguo Testamento, al menos, y como es de donde proceden nuestras leyes, a mí me vale. Gracias por el café. Tendré que parar en cada área de servicio entre aquí y Augusta en el camino de vuelta, pero mereció la pena. Hace usted un buen café.

Mientras le acompañaba hasta la puerta, Darcy se dio cuenta de que se sentía en el lado correcto del espejo por primera vez desde que tropezó con la caja de cartón en el garaje. Era bueno saber que habían estado cerca de atraparlo. Que no había sido tan listo como se creía.

—Gracias por venir a visitarme —dijo ella mientras el anciano se encasquetaba debidamente el sombrero. Abrió la puerta, dejando entrar una brisa fría. No le importó. La sensación sobre su piel resultaba agradable—. ¿Le volveré a ver?

—No. La próxima semana termino. Jubilación completa. Me voy a Florida, aunque no estaré allí mucho tiempo, según mi médico.

—Lamento oír e...

Súbitamente la atrajo entre sus brazos, que eran delgados pero nervudos y sorprendentemente fuertes. Darcy se sintió alarmada pero no asustada. El ala del sombrero de fieltro le rozó la sien cuando le susurró al oído:

—Hizo lo correcto.

Y la besó en la mejilla.

## 20

El viejo detective recorrió el camino de entrada despacio y con prudencia, cuidándose del hielo. El andar de un anciano. *Realmente debería utilizar bastón*, pensó Darcy. Pasaba por delante del morro del coche, aún con la vista baja, pendiente de las placas de hielo, cuando ella pronunció su nombre. Ramsey se volvió, enarcando las tupidas cejas.

—Cuando mi marido era un muchacho, tenía un amigo que murió en un accidente.

—¿De veras? —Las palabras brotaron en una bocanada de blanco invernal.

—Sí —dijo Darcy—. Podría buscar lo que ocurrió. Fue muy trágico, a pesar de que no era un muy buen chaval, según mi marido.

—¿No?

—No. Era de los que albergan fantasías peligrosas. Se llamaba Brian Delahanty, pero de niños Bob le llamaba BD.

Ramsey permaneció parado junto a su coche durante varios segundos, procesando la información. Entonces asintió con la cabeza.

—Muy interesante. A lo mejor echo un vistazo al suceso en mi ordenador. O a lo mejor no; fue hace mucho tiempo. Gracias por el café.

—Gracias por la conversación.

Se quedó observando mientras se alejaba calle abajo (conducía con la confianza de un hombre mucho más joven, notó, probablemente porque sus ojos seguían siendo agudos) y a continuación entró en casa. Se sentía más joven, más ligera. Se acercó al espejo del vestíbulo. No vio nada salvo su propio reflejo, y eso era bueno.

# EPÍLOGO

Las historias de este libro son duras. Puede que te hayan resultado difíciles de leer en algunos momentos. En ese caso, ten por seguro que a mí me resultó igualmente difícil escribirlas en algunos momentos. Cuando la gente me pregunta acerca de mi trabajo, he desarrollado el hábito de eludir el tema con chistes y anécdotas personales graciosas (en las que no puedes confiar completamente; nunca te fíes de nada de lo que diga un escritor de ficción). Se trata de una forma de desviación, y un poco más diplomática que la respuesta que hubieran dado mis antepasados yanquis a tales preguntas: «No es asunto tuyo, compadre». Sin embargo, bajo las bromas, me tomo muy en serio lo que hago, y así ha sido desde que escribí mi primera novela, *La larga marcha*, a los dieciocho años.

Tengo poca paciencia con los escritores que no se toman el trabajo en serio, y ninguna en absoluto con aquellos que consideran el arte de los relatos de ficción esencialmente desgastado. No está desgastado, y no se trata de un juego literario. Es uno de los caminos vitales a través de los que intentamos dar sentido a nuestra vida y al mundo a menudo terrible que vemos a nuestro alrededor. Es la manera de contestar a la pregunta: «¿Cómo es posible que ocurran cosas así?». Los relatos sugieren que a veces —no siempre, pero sí a veces— existe un motivo.

Desde el principio —incluso desde antes de que un muchacho que ahora apenas comprendo empezara a escribir *La larga marcha* en su cuarto de la universidad— he sentido que la mejor ficción era al mismo tiempo propulsora y agresiva. Se encara contigo. A veces te grita en la cara. No tengo nada en contra de la ficción literaria, que normalmente se preocupa de personas extraordinarias en situaciones ordinarias, pero como lector y como escritor, me interesan más las personas ordinarias en situaciones extraordinarias. Busco provocar una reacción emocional, incluso visceral, en mis lectores. No me toca a mí hacerles pensar *mientras leen*. Lo pongo en cursiva, porque si la historia es suficientemente buena y los personajes suficientemente vívidos, la reflexión suplantará a la emoción cuando la historia haya sido contada y el libro dejado a un lado (a veces con alivio). Recuerdo haber leído *1984* de George Orwell a los trece años con creciente consternación, ira e indignación, atacando las páginas y devorando la historia a toda velocidad, ¿y hay algo de malo en eso? Sobre todo considerando que aún me da que pensar hoy en día, cuando algún político (me estoy acordando de Sarah Palin y sus insidiosos comentarios del «comité de la muerte») tiene éxito en convencer a la opinión pública de que lo blanco es en realidad negro, o viceversa.

He aquí una cosa más en la que creo: si fueras a adentrarte en un lugar muy oscuro —como la granja en Nebraska de Wilf James en «1922»— entonces deberías llevar contigo una linterna muy potente e iluminar cada rincón. Si no quieres ver, ¿por qué, en el nombre de Dios, te atreves a desafiar la oscuridad? El gran escritor naturalista Frank Norris siempre ha sido uno de mis ídolos literarios, y durante más de cuarenta años he tenido presente lo que dijo al respecto: «Nunca me he sometido; nunca me quité el sombrero ante la Moda ni lo extendí por unas monedas. Por Dios, les dije la verdad.»

Pero Steve, dices, has hecho un montón de dinero durante tu carrera, y en cuanto a la verdad..., eso es relativo, ¿no? Sí, he ganado una buena cantidad de dinero escribiendo mis historias, pero el dinero fue un efecto colateral, nunca el objetivo. Escribir ficción por dinero es un juego de idiotas. Y desde luego, la verdad está en los ojos de quien mira. Sin embargo, en lo que atañe a la ficción, la única responsabilidad del escritor consiste en buscar la verdad dentro de su propio corazón. No siempre coincidirá con la verdad del lector, ni con la verdad del crítico, pero mientras sea la verdad del *escritor* —mientras no se someta ni extienda su sombrero ante la Moda—, todo está bien. Para los escritores que mienten conscientemente, para aquellos que sustituyen la manera en que la gente actúa en la realidad por un comportamiento humano inverosímil, no guardo nada salvo desprecio. Una obra mal escrita no se caracteriza únicamente por una sintaxis de mierda y una carencia de observación; una obra mal escrita generalmente surge de una obstinada negación a contar historias sobre lo que la gente hace realmente, a afrontar el hecho, digámoslo así, de que los asesinos a veces ayudan a las viejecitas a cruzar la calle.

En *Todo oscuro, sin estrellas* me he esforzado al máximo por consignar qué podría hacer la gente, y cómo podría comportarse, bajo ciertas circunstancias extremas. La gente de estas historias no se encuentran desesperanzadas, pero reconocen que incluso nuestras más preciadas esperanzas (y nuestros más preciados deseos para nuestros prójimos y para la sociedad en que vivimos) a veces pueden ser vanas. A menudo, incluso. Sin embargo, creo que también expresan que la nobleza reside casi enteramente no en el triunfo sino en procurar hacer lo correcto..., y que cuando fracasamos en nuestro intento, o cuando voluntariamente damos la espalda al desafío, el infierno nos sigue.

«1922» vino inspirado por un libro de no-ficción titulado *Wisconsin Death Trip* (1973), obra de Michael Lesy, que incluye fotografías tomadas en la pequeña ciudad de Black River Falls, en Wisconsin. Me impresionó la desolación rural de aquellas imágenes, así como la dureza y la penuria en los rostros de muchos de los sujetos. Quise conseguir esa sensación en mi historia.

En 2007, viajando por la Interestatal 84 a un evento de firmas en Massachusetts oeste, me detuve en un área de servicio para una típica Comida de Salud de Steve King: una soda y una chocolatina. Al salir de la tienda de refrescos vi a una mujer que tenía un neumático pinchado y que le decía algo con gesto serio a un camionero de largo recorrido aparcado en la plaza de al lado. El hombre sonrió y bajó de la cabina.

—¿Necesita ayuda? —pregunté.

—No, no, ya me ocupo —respondió el camionero.

La señora consiguió cambiar el neumático, estoy seguro. Yo conseguí una barrita Three Musketeers y la idea para la historia que al final se convertiría en «Camionero Grande».

En Bangor, donde vivo, una vía llamada Extensión de Hammond Street circunvala el aeropuerto. Suelo andar cinco o seis kilómetros al día, y si estoy en la ciudad, a menudo voy por allí. Hay una parcela de grava junto a la valla del aeropuerto hacia la mitad de la Extensión, y un cierto número de vendedores callejeros han montado allí sus tenderetes a lo largo de los años. Mi favorito es el Tío de las Pelotas de Golf, como se le conoce en la zona, y siempre aparece en primavera. El Tío de las Pelotas de Golf sube hasta el Campo de Golf Municipal de Bangor cuando el tiempo empieza a ser cálido, y recoge cientos de pelotas usadas que fueron abandonadas bajo la nieve. Tira las que están muy mal y vende el resto en su puestecito en la Extensión (el parabrisas de su coche está bordeado con pelotas de golf, un toque excelente). Un día al verle se me ocurrió la idea de «Una extensión justa». Por supuesto, la situé en Derry, hogar del difunto y no llorado Pennywise, porque Derry no es más que Bangor enmascarado bajo un nombre diferente.

La última historia de este libro se me ocurrió después de leer un artículo sobre Dennis Rader, el infame asesino BTK (siglas de *Bind, Torture, Kill*: atar, torturar, matar) que segó la vida de diez personas a lo largo de un período de aproximadamente dieciséis años, la mayoría mujeres, pero dos de sus víctimas fueron niños. En muchos casos enviaba a la policía documentos identificativos de las víctimas. Paula Rader estuvo casada con este monstruo durante treinta y cuatro años, y mucha gente de la zona de Wichita, donde Rader perpetró sus crímenes, se niegan a creer que hubiera podido vivir con él sin saber lo que hacía. Yo sí lo creí —lo creo— y escribí esta historia para explorar lo que podría suceder en una situación semejante, si la mujer descubriera repentinamente el horrible hobby de su marido. También la escribí para explorar la idea de que es imposible conocer del todo a nadie, ni siquiera a aquellos que más amamos.

De acuerdo, me parece que ya hemos pasado en la oscuridad un tiempo más que suficiente. Existe un mundo entero ahí arriba. Toma mi mano, Lector Constante, y estaré encantado de guiarte a la luz del sol. Me alegra visitar ese lugar, porque creo que la mayoría de las personas son esencialmente buenas. Sé que yo lo soy.

Eres tú de quien no estoy completamente seguro.

*Bangor, Maine*
*23 de diciembre de 2009*

*Todo oscuro, sin estrellas* de Stephen King
se terminó de imprimir en abril de 2017
en los talleres de
Impresora Tauro S.A. de C.V.
Av. Plutarco Elías Calles 396, col. Los Reyes,
Ciudad de México